KUWEI
酷威文化
图书 影视

"刚从牢里出来
还没买手机"

月下娇

Yue Xia Jiao

扁平竹——著

上

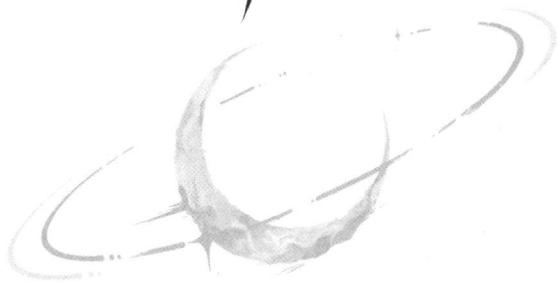

四川文艺出版社

图书在版编目（CIP）数据

月下娇 / 扁平竹著. -- 成都 ： 四川文艺出版社,
2023.5
　 ISBN 978-7-5411-6627-3

　Ⅰ. ①月… Ⅱ. ①扁… Ⅲ. ①长篇小说－中国－当代
Ⅳ. ①I247.5

中国国家版本馆CIP数据核字(2023)第064670号

YUE XIA JIAO

月下娇

扁平竹　著

出 品 人　谭清洁
出版统筹　刘运东
特约监制　王兰颖　代琳琳
责任编辑　叶竹君
选题策划　王兰颖
特约编辑　赵丽杰　张开远　刘玉瑶　宋艳微
封面设计　recns
责任校对　段　敏

出版发行　四川文艺出版社（成都市锦江区三色路238号）
网　　址　www.scwys.com
电　　话　010-85526620
印　　刷　天津鑫旭阳印刷有限公司
成品尺寸　145mm×210mm　　　　开　　本　32开
印　　张　21　　　　　　　　　　字　　数　564千字
版　　次　2023年5月第一版　　　印　　次　2023年5月第一次印刷
书　　号　ISBN 978-7-5411-6627-3
定　　价　69.80元（全2册）

目 录

目 录

第一章

金丝雀

客厅里灯光明亮，厨师和家政阿姨正在厨房里准备下午茶，这些阔太太们口味挑，吃的东西不光要求味美，还得精致，所以得多花些时间来准备。

"三筒。"修长的手指捏着一枚麻将打出来，哪怕保养得当，手背上仍旧能看见那些岁月的痕迹。

耳边的声音有些尖细。

林望书看着自己杂乱的牌面，整个人浑浑噩噩的，摸到什么扔什么，也不管是不是自己要的牌。

那几个阔太太聊起最近的新鲜话题："听说张家那丫头联姻的第二天就割脉自杀了，现在还在医院躺着呢。"

话音刚落，她再次扔出一张牌："六万。"

"碰。"刘苑捡起牌，对她的话还有点嗤之以鼻，"一个破落户，有人瞧上都不错了，还自杀，摆清高给谁看呢？"

旁人轻轻撞了撞她的胳膊，示意她闭嘴，眼神直往林望书那里瞟。

月下娇

刘苑立马反应过来，笑着和林望书道歉："小书啊，阿姨就是随口一说，没有其他意思，你别多想啊。"

当下的北城谁不知道，一年前林有为出事，从公司顶楼摔下去当场死亡。

他这一去，林家资金链断裂，项目全部无限期搁置，那些刚建起的高楼大厦全成了只能远远看着的烂尾楼。

细说起来，林望书才是真正意义上的破落户。

如果不是江丛羡收留她，恐怕她早就无声无息地被人从这个世界上抹除了。

她父亲留下的那堆烂摊子自然而然落在了她的身上。

那些人没办法去找个死人讨债，只能去找他尚活在世上的亲人了。

林望书沉默不语。

她没有给出回应，也迟迟不拿牌，那几个阔太太就这么安静地等着。

虽说她如今是破落了，可谁让她运气好，被江丛羡看上了。

那个人她们得罪不起，同样地，暂时是他女人的林望书她们也得罪不起。

门外传来车轮碾过水泥地面的声音，听到声音后，林望书逐渐回神。

用人开了大门后，接过男人臂弯上的外套。

今天气温高，他内里穿的是一件白色衬衣，熨烫妥帖。哪怕是在外工作了一天回来，仍旧见不到一丝褶皱。和他这个人一样，无论做什么都是一丝不苟，不会让人拿住半分把柄。

瞧见他回来了，那些阔太太们稍微松了一口气，笑着和他套着近乎："丛羡今天怎么回来得这么早，是想我们小书了吗？"

这一口一个"我们"、一口一个"小书"的，语气亲昵到旁人都听不出来她们今天才第一次见面。

江丛羡担心自己的小金丝雀在家待着无聊，便随便找了几个人陪她解乏。

想要解乏找谁都一样，但想要借着这个名头和他攀上关系的，可就不只那么几个人了。

平日里找各种关系都见不着一面的男人，现下不过是陪个破落户打打牌就能近距离接触到，自然是赚大了。

众人各怀心思，想法却一致，都想寻个好点的时机把自己男人的名片给递出去，方便日后两家合作。

江丛羡年纪轻轻便靠着自身手段走到如今的位置，放眼整个北城也没人敢和他比个一二。

单说那在商界狠戾决绝的手段，也能猜想出此人的心机有多深沉。

偏偏却是个矜贵斯文的性子。

金色边框眼镜下的眉眼生得温和，轻笑时撩得人心痒："小书性子怯，我怕她会不适应。"

几个贵妇纷纷迎合道：

"我们小书可真幸福，有个这么好的男朋友。"

"对啊，什么时候结婚？记得请我们喝喜酒呀。"

话是这么说，可她们都知道，光是这八字的第一撇就没办法写下来。

以林望书现在的身份，能当个金丝雀她都得感谢她父母给了她一张漂亮脸蛋。

江丛羡对她们的话避而不答，只是温和地笑了笑。

他走到林望书身旁，扶上温莎结的指骨微屈，将领带扯松了些。

"牌怎么全是乱的？"他一手撑着椅背，上身微倾，白皙修长的手指慢条斯理地将她杂乱的牌给理顺。

这样的姿势极其暧昧，仿佛林望书整个人都被他从身后抱在怀里一样。

月下娇

他表现得极有耐心，语气也温柔："不会的话没关系，下次我找个人慢慢教你。"

简直就是天下第一好男友。

林望书冷笑，把刚被江丛羡理好的牌推翻："我为什么要学这些？"

这动静把那些贵妇给吓到了，这些人平日里都是好吃好喝娇养着的，几时见到这种场面？此刻纷纷不说话了。

小家伙脾气大，近来更是越发没个遮掩了。

江丛羡也不恼，反而顺从地哄她："好，不想学就不学。"

林望书看到他这副嘴脸就厌恶得想吐，推开椅子上楼。

房门被用力地带上。

三缺一，这牌估计是打不成了。

江丛羡轻声和她们致歉："小书最近情绪不太好，改天我会亲自登门赔罪的。"

那几个妇人闻言面上一喜，也不推诿："那就这么说定了啊，改天一定要来家里。"

他点头："会的。"

直到阿姨将那几个聒噪的妇人送出门，江丛羡才敛了脸上仅剩的那点淡薄笑意。

江丛羡把领带从衬衣领口彻底抽出，随手扔在一旁的沙发上。

他上楼发现门没锁，就推开门进去了。

林望书看到他后，脸色不太好看。

江丛羡早就习惯了，心想，她哪天能对自己有好脸色才是怪事。

他随手拖了张椅子过去，金属质感的椅脚在地板上剐蹭出些许刺耳的声响。

"不想见我？"

他这句话问得平淡，似乎也没想要答案。

毕竟会得到什么答案显而易见。

林望书别开脸，将视线望向窗外。

窗外的榕树枝繁叶茂，余晖透过枝丫间的缝隙落在地面上。

江丛羡捏着她的下巴，强行将她的脑袋掰过来。

动作不算温柔，甚至有些粗鲁。

她被捏痛了，白皙的下巴有些泛红。她的力气终究不如江丛羡的大，挣扎了几次也没见成效，只能被迫和他对视。

男人深邃的眼底瞧不出什么情绪来："刚刚在摆脸色给谁看？"

林望书捏着衣摆的手下意识地颤抖，她对他是心存恐惧的，哪怕表现得再强硬，可畏惧就像是藏在空房子里的萤火。微弱，却也无法忽略。

江丛羡略微垂眸，看了眼她颤抖的身子，随即松开手："还以为骨头有多硬。"他站起身，语气像是在警告，"那几个人对我有点用处，你别给我把人得罪了。"

她皮肤细腻的触感似乎还遗留在他的指腹上，江丛羡轻慢地当着林望书的面碾了几下，然后推门离开。

厨房准备好了晚饭，小莲一一端出来，基本上都是林望书爱吃的。

江丛羡对食物的要求不高，没什么特别爱吃的，也没什么特别不爱吃的，厨房便先紧着林望书的胃口来。

等饭菜都端出来了，小莲上楼去叫林望书下来吃饭："书书姐姐，饭菜都好了，下去吃点吧。"

小莲是家里以前请的阿姨的女儿，中专毕业后就跟着她妈妈一起来江家帮工，比林望书小几个月，平时总是用"书书姐姐"的称呼叫林望书。

门内没有回应。

小莲只能垂着脑袋，下了楼。

坐在餐桌旁的江丛羡看了她一眼。

月下娇

小莲轻声说："书书姐姐没理我。"

江丛羡从容地收回视线，拿起筷子："那就别管她了。"

小莲还想说点什么，林望书一整天没吃东西了，连口水都没喝过。

但她张了张嘴，还是沉默着转身走了。

毕竟说了他也不会关心。

偌大的餐桌上只有江丛羡一个人，桌上菜式丰富，日料韩餐都有。

林有为还在世的时候，对自己这个女儿疼爱得紧，满世界地送她去长见识。眼界高了，便把林望书养出了现在那副眼高于顶的冷傲模样。

江丛羡总有法子让她乖顺。

饭才吃到一半，桌上的手机响了，是工作方面的事。他放下筷子，让司机去备车。

如今公司里好几个项目一同开发，他的工作量相比之前成倍地增加。

更何况刚收购林有为的公司，还有一大堆相关的业务等着他去处理。

外界对林有为的跳楼行为异常费解，各种猜测接踵而来，甚至还有朝灵异方向解释的。

但圈子里的人却都对此知晓一二，这一切皆是因为江丛羡做事决绝，耍手段吞并了人家的公司，还撬走了他的投资方合伙人。

林有为手上的所有项目全部被迫停止，面对巨额的亏损，他的最后一根弦彻底断掉，选择在公司的高楼上结束了自己的生命。

小莲见他要走，连忙过来问："要给书书姐姐准备点饭菜端上去吗？"

江丛羡正接着电话，闻言稍顿了一下，抬眸看了眼二楼紧闭的房门，淡声道："放厨房几天假吧，你也回家好好休息一段时间。"

小莲面露担忧："可厨师都走了，书书姐姐吃什么？"

"她不想吃就别勉强她了，我看她的骨头还能硬几天。"

言罢他往外走去，手机重新放回耳边，语气没有丝毫变化地说了声："继续。"

哪怕江丛羡说了不准给她送饭，小莲还是偷偷给她煮了碗面端上去，就放在门口。可等她忙完手上的杂活过去的时候，那碗面仍然原封不动地放在那里。

林望书每天晚上都有和林约开视频的习惯。

父亲去世后，他被姥姥接回老家，这孩子本身自闭症就严重，经历了这些事情后，越发不爱说话了。

老家的院子空旷，屋子里养了几盆花，林望书不太认识，但瞧着挺好看。

乡下月光足，还能看到星星，不开灯也没有特别黑暗。不像城里，雾霾遮着，高楼挡着，什么也瞧不见。

姥姥在准备明天要腌制的咸菜，林约则坐在旁边，专心玩着手里的遥控飞机。

飞机是林望书前几天给他寄的，想不到这么快就到了。

她语调温柔地问："我们小约今天有乖乖听话吗？"

他像没听到一样，神色专注地玩着自己手里的遥控飞机。

姥姥在一旁笑："听话得很，晚饭都多吃了两碗，就是有点想姐姐，昨天晚上睡觉说梦话都在叫你的名字呢。"

林望书听到这话，胸口像是被人拿着刀在剜一样。

她又何尝不是呢，她恨不得现在就乘飞机去找他们，可是她走不了。为了弥补公司亏空，父亲借了高利贷。那群人要钱不要命。

江丛羡答应过林望书，只要她老老实实在他身边待着，他保证那些人不敢动她家人一根手指头。

她现在还没有能力护住林约，他的自闭症又严重，离开了熟悉的地方只会让他的情绪更加崩溃。

林望书只能待在江丛羡身边。

视频挂断后，她强撑着的情绪也一并塌陷。

林望书后背抵着墙，缓缓蹲下。心脏钝痛的她每天晚上都想自杀，想一了百了得个干净利落。

可是她不能，她死了林约怎么办？姥姥怎么办？

她不得不强撑起精神。

江丛羡因为工作的原因，已经好些天不在家里睡了，林望书希望他最好一辈子都别回家。

由于一天未进食，肚子早就饿得阵痛。她的胃病最近越发严重，随便抠了一颗药，就着冷水服下。

疼痛没那么容易缓解，她蜷缩着身子躺在床上，浑浑噩噩地睡着了。

第二天她醒得晚，正午的太阳刺眼睛，窗帘没拉严实。

她下意识地抬手去遮，墙面上挂钟的指针正好对着十二。

十二点了，外面居然还这么安静，有点反常。

林望书洗漱完出了房间，客厅里空无一人，只有江丛羡的书房门口站着两个西装笔挺的男人。

他们是江丛羡的手下，都长着凶狠的脸，但对江丛羡却格外忠心。

江丛羡是从最底层一步步走到如今这个位置的，越是真正吃过苦的人，就越是狠戾冷血。

林望书问他们："家里面的人呢？"

他们微低了头："先生放了他们几天假。"

放假？这些天好像没有什么节日啊？

在林望书疑惑的时间里，书房内传来椅子拖动的声音，应该是男人起身时不小心碰到了。

　　林望书不想见到江丛羡，于是在他出来之前迅速回了房间，并将门给反锁了。

　　她仔细地听着外面的动静。

　　什么声响也没有。

　　刚松了一口气，就被钥匙入孔的声音彻底惊住了。

　　只见门把手左右扭动，"啪嗒"一声，门开了。

　　男人颀长的身影出现在门后。

　　江丛羡讨厌被束缚，在家里的穿着向来随性，黑色的衬衣，没打领带，白皙修长的脖颈线条隐入领口。

　　林望书此时仍蹲在地上，离门很近。

　　江丛羡略微垂眸，神色淡漠地看了她一眼，反手把房门给关上："肚子饿了没？"

　　她不说话，江丛羡也不勉强她，随便拖了张椅子坐下。

　　林望书的桌面上放着几本教科书，还有些试卷。她今年大二，主修音乐，但是文化课的内容平时也要学。

　　江丛羡随便翻了翻便给她找出好几处错误："你成天把自己关在房间里，成绩倒是半点长进都没有。"

　　她声音冰冷："和你无关。"

　　江丛羡笑道："嘴巴倒是挺硬。"

　　小家伙和她那个窝囊父亲一点也不像。哪怕是在他面前眼眶通红的时候，仍旧嘴硬得很。

　　到底还是富养出来的大小姐，稍微难听点的脏话也不会讲，来来回回都只是那几句无关痛痒的反抗话语。

　　他语气温和地问："还是不肯吃饭？"

　　"不吃。"

　　终于听到回答，却是拒绝的话语。江丛羡站起身，决定如她所愿："那就永远都别吃了。"

　　他开门离去。

月下娇

确定他走远了以后，林望书才双手抱膝，深埋着脑袋，像是劫后余生一般。

从昨天到今天，她一粒米都没吃过，整个人虚弱得不行。她不想向江丛羡低头妥协，所以用这种自残的行为表达自己的不满。

多幼稚。

她重新躺回床上，想借助睡眠忘记饥饿。

浑浑噩噩地睡了五六个小时后，外面的天色已经暗下去了。

门被人踹开。声响足够让她惊醒，她睁开眼，还来不及反应，就被江丛羡扛了肩上。他动作粗鲁，力气大得可怕。

林望书拼命地挣扎："你放开我，放开我！"

江丛羡狠狠拍了一下她的屁股，语气阴沉："别逼我硬来。"

这人平时总是一副温和斯文的模样，可林望书却清楚，现在的凶狠才是他最真实的一面。

林望书想到了林约。

她还不能得罪江丛羡，至少现在不能。

想清这件事后，她心如死灰地停止了挣扎，任凭他把自己扛下楼。

走到餐桌旁后，他终于停下，将她放在椅子上。

桌上放了一碗粥，江丛羡屈指轻叩桌面："吃了它。"

林望书紧咬下唇，半天没动。

江丛羡索性将碗端过来，一口一口地喂给她："你想绝食我不拦着你，但我也不能让你饿死。"

慢慢的，一碗粥见了底。勺子放回碗里时，发出清脆的碰撞声，他随手把碗放在一旁的桌子上："你死了，我不就亏了？"

林望书愤恨地看着他："想成为你女人的人很多。"

他似乎在笑，眉尾微扬："可她们都不如你合我的心意。"

林望书死死抓着桌布："无耻。"

他也不否认："你现在的一切都是我这个无耻的人给你的，没了我，你以为你还能维持你的体面吗？林望书，趁我现在对你还有点兴趣，伺候好我。说不准什么时候我腻了，那个时候你才是真的一无所有。"

她紧咬下唇，强忍住想要和他同归于尽的冲动。

唇角被咬破，流了点血。

江丛羡抬手，指腹轻轻揉捏着她的下唇，动作温和："放松些，都流血了。"

旁人若是看到这样的场景，恐怕会沉沦在这如水般的柔情之中。

江丛羡轻笑道："毁容了，我可就不要你了。"

闻言林望书眼神一亮，似乎终于找到逃离的办法。

可她还是太稚嫩，连掩饰情绪都不会。

江丛羡抽了张纸巾，慢条斯理地将指腹上的血迹擦掉："没用的人，我自然也不会在她身上浪费时间。"

话里的警告十分明显。

他不是非她不可，但此刻能护住她和她家人的，只有他。

她在心里安慰自己，没关系的，等她攒够钱偿还了债务，就带着姥姥和林约远走高飞。

只有好好地活下去才能等到那天。

林望书两天没吃饭了，早就饿得浑身发软，那碗粥吃下去也没缓解多少。

唇上似乎还带着粥的甜味，她下意识舔了一下，柔软的舌尖卷过被江丛羡碰过的下唇。

江丛羡眸色微暗，略微直起上身，掩盖住眼中的欲望。

"再去给她盛一碗。"

话是和旁边站着的男人说的，视线却仍旧落在林望书身上。

林望书脸上露出些被看穿的窘迫，但她仍旧强装淡定，腰背挺得直直的。

江丛羡喉间冷笑，这女人还真是每时每刻都把那点不值钱的尊严

月下娇

看得比命要贵重。

粥端上来了，林望书拿着勺子，吃相斯文。

江丛羡微侧着上身，单手撑脸，视线落在她的唇上。

女为悦己者容，她在家从来不化妆。

此时林望书的长发被随意地扎成马尾，江丛羡心想，她哪怕素颜也是清雅好看的。

唇色是淡淡的樱粉，吻得狠了会泛红。也不知她是吃什么长大的，浑身上下都软得要命。

粥有点烫，林望书小口小口地吹凉。

白色的陶瓷勺子盛着粥放进嘴里，下唇从勺底擦过时被轻轻地压下去，唇边偶尔会沾上一些熬化了的米糊，白白的，泛着晶莹的光。

她吃得慢，哪怕是喝粥也是细嚼慢咽的。

江丛羡一言不发地看着勺子在她嘴里进进出出，耐心地等着。

一碗粥吃完，林望书拿着纸巾擦嘴。

江丛羡抬了下手，示意身后站着的两个男人先出去。

随着门被打开又关上，偌大的屋子里只剩下他们两个人，空旷且安静。

江丛羡问她："饱了吗？"

林望书语气疏离："嗯。"

江丛羡把手表摘了，随手扔在桌上："饱了好，这样才有力气。"

他搂着林望书的腰，将她放到自己的腿上。

小姑娘很轻，一米六八的身高，才八十斤多点。

"饭都吃到哪里去了，怎么还是这么瘦？"

林望书也不说话，紧抿着唇，一副赴死的悲壮。

江丛羡笑着，视线从她的眉眼移到胸前，随着呼吸起伏的线条，光是看着就让人口干舌燥："原来是到这里来了。"

林望书移开视线，不想听他口中那些下流不堪的话。

"这么清纯的人，"他并不在意她的沉默，垂首吻她的耳垂，笑声低沉轻慢，"骨子里不还是放浪。"

　　林望书醒来的时候，人已经在卧室了。

　　她不清楚昨天晚上江丛羡抱着她折腾了多久，中途她就累得睡着了。他不是个怜香惜玉的人，除非他自己觉得满足了。

　　她换完衣服下楼，今天有课，她得去趟学校。客厅里没人，她随便做了点早餐，吃完就出门了。

　　江丛羡给她配了司机，不过她一次也没见，出行都是坐公交车。

　　她不想欠他的。

　　父亲在经商方面没什么天赋，爷爷去世后，身为长子的他继承了遗产和公司，但每年都在亏损。以往那个让人仰望的商业帝国在他手上短短二十年的时间就几乎亏空了一半。

　　但瘦死的骆驼比马大。林望书从小到大就生活在编织好的童话里，六岁那年被送出国学习大提琴，每年都会回国，但是待的时间并不长。她崇尚自由如风的生活，热爱蓝天大海，觉得人活着，就应该去看看这世界的春夏秋冬。

　　可是现在，她被关在一个笼子里。

　　这里的公交车不好等，因为住在这里的人很少会选择坐公交出行。

　　好不容易来了一班，林望书离公交站却还差了几百米的距离。她跑过去，拼命地挥手，生怕它会开走。

　　车子往前滑了一下，似乎是看到后视镜里的人了，司机好心地将车停在路边，多等了她一会儿。

　　林望书气喘吁吁地上了车，拉着扶手和司机道谢。

　　长得好看的人，总会获得些优待。

　　这里离总站近，车上还有很多空位，林望书随便找了个单独的位置坐下。

　　手机里是寻雅刚给她发的消息："我又起晚了，待会儿如果点名

月下娇

记得帮我答下到，大恩大德感激不尽！"

寻雅是林望书的同学，她们选修了一样的大课，不过专业不同。

她是历史系的，但因为一起上过几次课，再加上寻雅自来熟，所以也算是林望书在学校少数几个比较聊得来的朋友。

她回了个"好"。

车子连续停了好几个站后，陆陆续续地有人上车，那些空位也逐渐被坐满。

车上一位抱着婴儿的妇女被后来上车的人挤来挤去。林望书回完消息后，抬头正好看到这一幕，于是站起身让出自己的座位："您坐这儿吧。"

妇女连连道谢，抱着婴儿坐下。

林望书今天穿的是一条雪纺的白色连衣裙。她所有的衣服都是江丛羡让人去买的，按照他的喜好审美。林望书其实并不喜欢这种清纯淑女风的打扮。

身后有人贴上来，林望书下意识地往旁边挪，结果她越挪那人就挤得越狠。

她感到疑惑，车厢好像还没有挤到这种程度啊。回头看了一眼，正好对上男人那张油腻泛黄的脸，他正好也看着林望书，那张笑脸猥琐得让人反胃。

前些日子偶然听到学校女生讲起过公交车上的色狼，说是专门趁着人多占小姑娘的便宜，故意往人身上蹭，没想到竟然让她给碰到了。

林望书抱着包努力往旁边挪，尽可能地离他远些，但那男人是个老手了，深知这些还未出校园的小姑娘脸皮薄，不敢大声斥责。她越躲他越得寸进尺，手正要往她裙底探。

突然他手腕吃痛，被人反手扭了一圈，"咔嚓"一声直接脱臼了。

他痛得立刻求饶："别别别，我下次再也不敢了。"

这一嗓子把车上所有人的注意力都吸引过来了，那人被扭到脱白的手此时正无力地垂着，一只骨节分明的手正从他手腕上离开。

徐景阳冷声道："滚。"

正好车停在站旁，男人连滚带爬地下了车。

林望书和身旁的男人道谢，他脸一红，哪里还有半点刚才的气势？

男人一米八七的个子，身上的白色卫衣和林望书的裙子同一个色系，站在她身旁，男帅女靓的，倒是意外地般配。

林望书让座的那个孕妇也打趣般地笑道："男朋友长得挺帅的。"

闻言徐景阳的脸更红了，他也没反驳，只是看着林望书。

后者理好裙摆，语气平淡地解释道："他不是我的男朋友，我们今天第一次见面。"

车里的广播通报着："北南大学到了，需要下车的乘客请有秩序地在后车门等候。"

林望书礼貌地和避让的乘客道谢，然后在后车门站定。

下车以后，徐景阳快步跟过去："我们之前见过的，去年在寻雅的生日聚会上。"

听到"寻雅"两个字，林望书稍微有了点反应。

徐景阳笑道："我是历史系的，大三，也算是你的学长了。"

林望书喊了声"学长好"，便再无后话。

她懂事又有礼貌，可总是给人一种淡淡的疏离感。徐景阳每次看到她都会想起雪莲花，一种生长在极寒环境里的植物。很美，但总有种距离感，清冷孤傲。

学校那些男生私下议论得最多的女生就是林望书，都说谁要是能追到她，才是真的厉害。

林望书对谁都保持着最基本的礼貌，却从不过分亲近。

徐景阳在学校见过她几次，她背着白色的琴箱，长发绑成马尾，发梢微卷，白皙的天鹅颈让人挪不开视线。

无论何时，她的肩背都是挺直的。

月下娇

有些人的气质是天生的，她的骄傲也是天生的。

进了校门，来来往往的学生逐渐多了，徐景阳仍旧跟在她身旁，配合她的步调慢悠悠地走着。

林望书步伐稍顿："不好意思，我不希望被人议论。"

徐景阳明白她的意思，也不让她为难："我刚想起来学生会那边还有点事，下次有机会的话一起吃饭？"

林望书点头："如果有机会的话。"

这话听着便是没机会了。徐景阳无奈地笑了笑，他倒是挺希望林望书对他不要这么礼貌。

两人分别后，林望书去了阶梯教室，教授今天的心情似乎挺不错，点名只是随便抽了几个同学，没有叫到寻雅。

寻雅是下午才到的，手上拎着一个蛋糕，还拿着一大捧玫瑰花。

林望书正在图书馆写论文，看到她后，疑惑地摘下耳机。

寻雅把蛋糕放在她桌前，小声说："这个是我特地给你买的。"

她知道林望书喜欢吃这种甜甜的东西。

林望书道过谢后，看到她手里的玫瑰花，那张清冷的小脸上露出笑容："复合了？"

前几天寻雅和她在美国的男友吵架闹分手，郁郁寡欢了好些日子。这么多天了，林望书终于在她脸上看到了笑容。

寻雅羞涩地扭了扭身子，也没否认："他昨天晚上从美国回来找我，跟我道歉，我们喝了点酒，所以我今天才起晚了。"她那张脸上全是甜蜜，嘴巴上却在埋怨，"昨天真的是被折腾得太厉害了。"

寻雅是在国外长大的，观念也比别人开放一些。更何况据她这些日子以来的观察，林望书的私下生活似乎比她要丰富得多。

虽然没听她提起过自己有男朋友，但寻雅经常会在她的脖子或者肩上看到错落的吻痕。旧的未褪，新的又出来了。

有几次体育课林望书在更衣室换衣服的时候，那些痕迹看着又暖昧又旖旎。

林望书垂下眼睫，安静地把电脑收好："回宿舍吗？"

在图书馆内讲话不太好，哪怕再小声也会影响到其他人。

寻雅点头："正好我也要把花放一下。"

她们俩在一个宿舍，不过都很少住在这里。学校里有条件的女生大多都单独在外面租了房子，还有些会将自己的床位租给外面的女生。

她们宿舍是五人寝，除去林望书和寻雅，另外三个人都是舞蹈系的。

她们几个都在外面住，有一个就把自己的床位租了出去。

租床位的应该不是学生，但年龄看上去和她们差不多，所以宿管阿姨每次查房都没有察觉端倪。

那女孩长得挺好看的，但每次都是一身酒气地回来。

寻雅对今天晚上的聚会似乎格外在意，刚进宿舍就喋喋不休地讲开了："白岚今天也去，你是不知道她有多离谱，凡是学生会来个稍微帅点的她都要和人家搞暧昧，我真的吐了，这次聚会也是她提议的，估计就是为了这些事。"

林望书常听寻雅提起这个名字，好像是学生会的副会长，之前撬走了好几个寻雅有兴趣的暧昧对象。

两人在这件事上简直是水火不容，哪怕寻雅现在已经有男朋友了，仍旧对她恨之入骨。

她拿出自己含泪买的贵妇面霜："我一定要艳压那个女人！"

她劝林望书也陪她化个妆。林望书平日里不爱化妆，但她先天条件好，盈盈一握的腰肢，笔直纤细的长腿，哪怕素颜仍旧清丽好看。

新生入校那会儿她就引起了一大片骚动，甚至连外校的学生都跑过来看她，把大一教室堵得水泄不通。

细说起来，寻雅发现自己好像都没看过她化妆的样子。

她抱着林望书软磨硬泡："我这次可一定不能让白岚独占风头，

月下娇

林大菩萨你普度众生，可怜可怜信女，帮我扳回这一局好吗？"

她话说得可怜，林望书被她逗笑，无奈地点头："好，我答应你。"

她很少化妆的原因是觉得没这个必要，除了需要登台演奏，她平时几乎都是素颜示人。

和江丛羡在一起后，她化得就更少了。

他喜欢看她妆后的样子，她就偏不化，甚至还希望自己能长得再丑一些，丑到他对自己彻底失了兴趣。

她无时无刻不想从他身边逃离，外人只见过他伪装后的温和斯文，只有林望书知道他是个多么恶心的人。

晚上九点，夜总会的灯光朦胧且暧昧。

寻雅抱怨白岚怎么选了这种地方，要说高档倒是挺高档的，门口停的车清一色都是千万级别的，可这环境看着总觉得不对劲儿。

她小声问旁边的林望书："你说这儿该不会提供那种服务吧？"

林望书从来没有来过这种地方，茫然地摇了摇头。她妆化得淡，穿了件气质款的连衣裙。总有路过的人眼神赤裸裸地落在她身上，偶尔还有些浪荡的人冲她吹口哨。

清纯好看的小妹妹，似乎格外能激起男人的征服欲。

林望书不太喜欢这样的氛围，快步跟着寻雅走了进去。

包厢里人几乎都到齐了，正在那里起哄敬酒，茶几上摆放着几十瓶已经开了的啤酒，白色的气泡正往瓶口外涌。

看到她们后，徐景阳放下手上的东西过来，问林望书冷不冷。因为人太多，所以包厢里开了点冷气。

林望书淡淡道："还好。"

那些人已经喝嗨了，正在玩真心话大冒险。寻雅很快就融入了气氛，拉着林望书一块儿坐过去，嚷着要参加。

林望书下意识就要拒绝，那群人起哄道："校花不来多没意思啊。"

然后不由分说地给她面前的酒杯倒满了酒。

桌上的空瓶子瓶口对着谁谁就输了，得在真心话和大冒险中选一个。如果两个都不选的话，就要把面前的酒喝光。

第一下，就是林望书。

起哄声更大，徐景阳贴心地过来，说帮林望书喝："别欺负学妹了。"

白岚不依："学妹也得遵守游戏规则啊。"不等林望书开口，她拍了拍她的肩膀，"这样吧，学姐帮帮你，就选个简单点的，去隔壁包厢要个联系方式。"

她把聚会地点定在这儿的目标很明确。这里的消费可是出了名的高，来这儿的大多非富即贵。隔壁又是 VIP 包厢，里面的人身价可想而知，一般人平时一辈子都很难碰到几个。

林望书听到她的话回道："我还是喝酒吧。"

白岚根本不给她碰酒杯的机会，挽着她的胳膊就将她带出包厢："怕什么？学姐陪你一块儿去。"

她半推半拉地挽着林望书的胳膊出去。

推开隔壁的包厢门，里面的灯光明显比他们那边亮一些。

事业有成的成熟男人和青涩的学生不同，他们不爱玩暧昧那套，欲望都是放在明面上的。

相比之下，独身一人坐着的江丛羡倒算得上一股清流。

他坐姿随意，手肘搭在腿上，白皙的指骨处夹着一支燃了一半的雪茄，清冷的眉眼在烟雾中有些模糊。周身气质散漫恣意，领带被扯开了点。

包厢里的那些女人虽然依偎在别人怀中，眼神却总往他这儿瞟。

一行人都被突然进来的二人给吸引了视线。

林望书一眼就看到了江丛羡，心口一紧，下意识就想逃，至少要在他看见自己之前逃走。

可是白岚却拦住了她："来都来了，现在走多没意思啊。"

听到声音，男人平静地将视线移过来，看清小姑娘的脸后，短暂地疑惑了一会儿。然后，平坦的唇线微微勾起。他放下雪茄，好整以暇地看着被强行推进来的林望书。

她今天化了妆，唇色红润。

那些有钱的人大多是糟老头子，白岚也想清楚了，在这儿待一会儿就开溜。谁知道她运气这么好，居然让她碰到这么个极品——长得帅不说，还有钱。

林望书能感觉到江丛羡的视线落在她身上，她低着头，抿唇不语。

白岚见她不说话，也不勉强，走上前做了个自我介绍："我们是北南大学学生会的，今天有个聚会，就在隔壁，我学妹玩游戏输了，惩罚是过来要个联系方式，不知道大哥哥可以帮帮忙吗？不然的话她就得喝光一整瓶酒了。"

她模样可怜兮兮地撒着娇。

从她们进来的那一刻起，江丛羡的视线便没有从林望书身上离开过。

他笑容温润，并没有直接回答她的那个问题，反而邀请她们："要不先坐下来喝一杯？"

白岚感觉自己再多待一秒就会直接溺亡在他的柔情里，学校里那些阳光学弟们和面前这位成熟儒雅的男人比起来，简直不堪一击。

她自然点头应允："好啊。"

话音刚落，她就牵着林望书的手走了过去。后者不小心跟跄了一下，直接跌进了江丛羡的怀里。她脸涨得通红，挣扎着想要起来，慌乱中手撑错了地方。

他"啧"了一声，搂住她的细腰，微哑的声线带着笑意："撑坏了你可就没得用了。"

他这话是在她耳边说的，音量也恰好只够她一个人听到。

白岚被这动静吓到，回头时，正好看到林望书倒在江丛羡的怀里，后者扶着她的腰，正关切地问她摔疼了没有。

只有林望书看穿了江丛羡假惺惺的关怀，明明是他故意把她绊倒的。她紧咬着唇，没有说话，因为江丛羡的右手，此时正放在别人看不见的某处，轻慢地抚摸。

白岚不爽地翻了个白眼，平时装得那么清高，这时倒原形毕露了。

江丛羡声音清润，和白岚说："你朋友的脚好像扭伤了，要不就让她坐我这儿吧。"

白岚不想让林望书抢了自己的猎物，"啊"了一声，故作为难："要不我送她去医院吧？"

江丛羡笑了笑："还没有严重到去医院的程度，我帮她揉一下就好了。"

"揉"字拖得很长，似乎故意想让人浮想联翩一般。

"那……那就拜托你了。"

担心自己再多言会给对方留下不好的印象，白岚点了点头，心想，也只能这样了。

白岚随便找了个空位坐下，没一会儿就融入了那些气氛中。

江丛羡把灯关了几盏，只留下稍暗的那些，包厢里瞬间陷入一种旖旎的暧昧中。身旁有人在深吻，连声音都能听清楚。

林望书突然开始后悔，今天不该参加这个聚会的。

她微垂着眼睫，紧抿着唇，不想去看江丛羡。后者并不在意，伸手替她抚平裙摆。

她完全长在了他的审美点上，光是抿下唇，就足够让他心生欲望了。

江丛羡趁着昏暗的光线靠近她耳边，气音低沉暗哑："想直接在这儿……"

林望书浑身一颤，怕他真的乱来："我学姐还在这里。"

月下娇

闻言他笑了起来，手指卷着她的长发又缓缓松开，似乎格外享受她这副受惊的模样，而后依着她的意思点了点头，声音里满是宠溺："那等回去了再说。"

他当然只是吓吓她，他和身旁那群老板们可不同。如果不是为了应酬，他甚至不会踏足这种地方。

太脏。

白岚如愿以偿地要到了其中一个还算顺眼的男人的联系方式，想着过来这么久了，也该回去了，就和林望书说了一声。

林望书终于得以逃脱，从江丛羡的魔掌中离开。

白岚对他还是抱有期待的，不想就这么错失一个极品，于是主动邀请江丛羡："要不你和我们一起过去吧？反正也差不了多少岁，可以玩到一块儿去的。"

林望书："……"

江丛羡看了眼林望书，笑着婉拒了："你的学妹好像不太欢迎我呢。"

白岚忙说："她对谁都这样，没事的，这次聚会是我负责的，我欢迎就行。"

在她的一再劝说下，江丛羡终于"勉强"点头应下了："那就打扰了。"

出了包厢后，林望书走在最前面，和江丛羡拉开距离。

白岚为了维持自己清纯女大学生的人设，表情懵懂，明知故问道："包厢里的那些都是夫妻吗？"

"不是。"

她"啊"了一声："那是……男女朋友？"

江丛羡说："也不是。"

她疑惑地眨了眨眼："那那些女生是……"

江丛羡替她答疑解惑："是和你一样的女孩子。"

"她们也是学生？"

他摇了摇头，露出淡淡的笑容，说话的语气也温和起来："是和你一样，为了钱可以陪任何人的那种廉价的女孩子。"

白岚的脸色瞬间变得惨白。她愣在原地，许久都没有反应过来。

江丛羡没有再理她，推开包厢门，跟着林望书一起进去了。

白岚浑身上下都凉透了，因为困惑和恐惧。

这个男人可怕得像是地狱修罗，温柔只是他用来迷惑人的假象。

第二章

家与亲人

　　她们去了这么久还没回，包厢里的人都在猜测可能是碰壁了。

　　有人说："怎么可能，校花都亲自出马了，谁能抵挡得了？"

　　徐景阳担心她们是出了什么状况，刚要过去，包厢门就开了。

　　看到林望书后，他松了一口气，脸上笑意浮现，可还来不及开口，包厢门再次打开，进来的人却不是白岚，而是一个陌生男人。

　　清秀俊逸，如玉如竹。

　　男生都带着警惕，女生反而沸腾了。

　　寻雅上前，拉着林望书的胳膊小声问她："这谁啊，这么帅？"

　　江丛羡笑容温润，做了个简单的自我介绍，然后有礼貌地询问道："我是不是打扰到你们了？"

　　众女生纷纷摇头："不会不会。"

　　他仍旧在笑："那就好。"

　　待他随便找了个位置坐下后，白岚才姗姗来迟。相比出去时的趾高气扬，现在的她就像是一只被挫了锐气的公鸡——蔫了。

　　寻雅向林望书打探情报："她怎么一副半死不活的样子，该不会是被打击到了吧？"

"没有啊。"

刚刚都还挺正常的。

她话说完，看了眼旁边的江丛羡，他正好也在看着她。他坐的那个位置恰好是灯光照不到的地方，林望书看不清他此时的表情，却能感受得到，他在看着自己。

可能是他和白岚说了点什么。

江丛羡表现得似乎对林望书很感兴趣："有男朋友了吗？"

林望书没开口，一旁的寻雅替她回答了："我们望书可是校花，还单着呢。"

他笑容温柔，语气意味深长："这么厉害啊，还是校花。"

徐景阳端着果盘过来，让林望书吃点垫垫肚子："听寻雅说你下午什么也没吃。"

她礼貌地拒绝了："不用了，我不是很饿。"

"那你渴吗？我特意要了杯热牛奶。"

林望书还是拒绝："我喝水就行了。"

徐景阳笑着挠了挠后脑勺："你要是饿的话就跟我说。"

她点头："谢谢。"

年轻就是好啊，随便说句话都能红了脸。

江丛羡看着面前的场景颇为感慨，哪怕他比他们也大不了多少。

林望书为了离江丛羡远一点，主动提出要加入游戏。她运气似乎不太好，一直输。徐景阳全程充当护花使者，帮她喝了一杯又一杯。

那些人起哄道："校花要不和我们会长在一起算了，郎才女貌，多般配啊。"

"对啊，我们会长可是小忠犬，保证你说一他不敢说二，你让他往东他就不敢往西。"

"在一起！在一起！在一起！"

林望书其实不太喜欢这种氛围，她微蹙秀眉，不等她开口，身后

月下娇

传来了瓷器破碎的声音。

众人的起哄暂时停下，都将视线移向了声源处。

摔碎的是放干果的碟子，江丛羡的左臂垂着，上面有一道不短的划痕，正往下滴血。

寻雅惊了一瞬，问他："你没事吧？"

"还好。"他看了眼地上的狼藉，轻声致歉，"打碎的东西我来赔偿，今天的所有消费也都记在我的账上吧。"

他看着林望书："可以麻烦你送我去下医院吗？"

做事周到，谈吐文雅，处处顾虑他人，这是寻雅对他的第二印象。

但她还是有些不太放心让林望书送一个今天第一次见面的人去医院，刚准备说和她一起去，林望书却点了点头："嗯。"

她没拒绝，是知道江丛羡从不做没把握的事。哪怕他没把握，只要他做了，他总有办法让那些事变得有把握。

出了包厢，江丛羡说："看到我胸前口袋里的方帕了吗？"

"嗯。"

"拿出来，止血你会吧？"

林望书没有回答他，沉默地把方帕拿出来，替他绑在伤口上，使劲一勒。

他轻嘶一声，依旧在笑："小坏蛋。"

看到他出来，司机把车门打开，安静地等他们一前一后上了车，然后关上车门。

目的地是医院。

这个时间医院的人很多，林望书挂了号和江丛羡在科室外的椅子上等着。

她问他："你是故意的？"

她白嫩的耳垂开始泛着一层浅薄的粉色。

江丛羡直起上身，声音有点干涩："我没那么傻。"

她显然不信："那你还能被这种碎片划伤？"

他闻言笑了出来："还不是看到你和其他男人在一起，我难受得连盘子都拿不稳了。"

"你以为我会相信你的话？"

江丛羡下巴枕在她的颈窝上，不轻不重地叹了口气："太聪明就不可爱了哦。"

等了十来分钟，终于叫到江丛羡的名字了。

他腕上的伤口深，得缝合，但他没有选择打麻药。林望书光是看着缝合的针都觉得头皮发麻，他却连眉头都没皱一下。

林望书不算关心，顶多只是问了一句："你不痛吗？"

江丛羡抬眸轻笑："关心我？"

"不是，好奇而已。"

他语气平淡："早就痛习惯了，这种程度还是能忍的。"

林望书对于他的过往还算好奇。

到底是有过怎样的经历，才能培养出这样的变态心理。

"痛习惯了？"

他伸过另一只手，轻轻地在她腰上蹭了蹭："还说你不是关心我？"

林望书："……"

她懒得再理他，坐在一旁的椅子上安静地等着。缝合结束后，医生简单地叮嘱了几句。

出了医院，江丛羡在车前停下，问林望书："回家，还是？"

她脸色平静："我还有第二种选择吗？"

他笑道："好像没有。"

她没有再理会他，径直打开副驾驶的车门坐了上去。

她不想和江丛羡坐在一起。

她正系着安全带，一抬头，就看到了坐在驾驶座上的江丛羡。

他左手还贴着无菌纱布，林望书见状眉头微皱："你能开车？"

他漫不经心地开口："试试嘛，又死不了。"

林望书仅有的耐心告罄："你到底想干吗？"

她性子清冷，很少与人争论，更别说是生气。

对江丛羡，她有畏惧，更多是厌恶。外人都传，是他害死了她父亲，现在又霸占了她。

两年前第一次见到江丛羡还是在孙伯伯的寿宴上。他那时已经和现在一样沉稳了，不过演技要更好一些。至少林望书看不出丝毫的端倪。

斯文温润，待人谦和。那些名媛贵女们都将他视为心尖上的白月光。

席间长辈敬酒，他喝得有点多，去洗手间吐了一遭，出来的时候，正好和调整腰间系带的林望书遇见。

十八岁的女孩子，眉眼明晰，脸上全是胶原蛋白，就算披个麻袋都好看。

不过她披的不是麻袋，而是一件白色的高定礼裙，盈盈一握的腰肢被缎带勾勒出纤细的轮廓。

她见江丛羡走路都有些不稳，于是上前询问："需要我帮你叫人过来吗？"

他笑着摇头："可以麻烦你扶我去前厅吗？"

江丛羡轻慢的语调将她的思绪拉回来："不想和我坐一起？"

林望书沉吟良久，最终还是妥协，乖乖下车坐到了后排。江丛羡喉间轻笑一声，也一并下了车。

林望书紧贴车门坐着，尽量离他远远的。江丛羡也不逼她，刚刚喝多了酒，现在有些上头，闭眼休憩了一会儿。

夜凉如水，车辆穿梭在城市的夜景中。

车内没开灯，窗外偶尔有灯影映照进来。

江丛羡头抵着窗，一半在暗处，一半覆着光亮。他睡得很安静，纤长的眼睫在眼底投下一层浅薄的阴影，气质清冷矜贵。

林望书对他的第一印象其实并不坏，可谁知道，他只是虚有其表罢了。那副美好皮囊之下的，不过是个腐败恶臭的灵魂。

回到家后，司机安静地坐在驾驶座上，也不着急将江丛羡叫醒。林望书一刻也不想和他多待，开了车门就下去。

小莲放完假回来，正和吴婶在厨房腌泡菜。林望书喜辣，也爱吃这种酸酸辣辣的泡菜，所以她们都会做一些备着。

看到林望书回来了，小莲擦干净手走过来："书书姐姐，我给你带了点我家的特产。"

她拿出一个黄色的纸袋，递给她："是卤好的鸭脖。"

林望书接过后和她道谢。

小莲说："厨房里有刚腌制好的泡菜，你去尝一尝，看味道好不好。"

林望书今天没怎么吃饭，的确有些饿了，小莲用筷子夹了一小块萝卜喂到林望书嘴巴里，她尝了一口说："挺好吃的。"

酸甜口，比较开胃，林望书更饿了。

小莲听到她肚子里的咕噜声，笑道："我去给你盛碗饭。"

小莲从小就是自己做饭，厨艺虽然不如厨房里的厨师，但还是挺不错的。

她坐在餐桌旁，看着小口吃饭的林望书，语气里有股兴奋劲："我听吴婶说，你过几天有个选拔比赛？"

学校年底有场公益演出，在纽约。这次的舞台是和国际接轨的，如果能被选上的话，对以后的发展有很大的帮助。

林望书虽然报名了，却也没太大的把握。

小莲见过一次林望书拉大提琴，她被接过来的第一天，正好是先生的生日。他让林望书拉首曲子给他听，林望书穿着好看的白色裙子，眉眼清清冷冷，没有一点笑意，可是她拉的曲子很好听，小莲只听了一次就爱上了大提琴。难怪先生喜欢她，她一个女孩子都觉得她

月下娇

好看。

大门被推开，江丛羡从门后进来，已经恢复了往日一丝不苟的模样。他看了眼坐在餐桌旁的林望书，后者避开了他的视线。

他也不在意，径直上了楼。

小莲看到他手腕上的伤，担忧地问林望书："先生怎么受伤了？"

林望书说："不小心被划伤了。"

联想到两人一前一后进来，小莲疑惑道："你们今天是一块儿回来的吗？"

林望书点头："嗯。"

小莲知道林望书讨厌江丛羡，平日里更是话都不想和他多说一句，想不到今天居然一起回来了。

"可先生不是去应酬了吗，是在路上偶遇了？"

林望书显然不是太想在这件事上多费口舌，简短地回一句："在聚会的地方偶遇了。"

小莲知道林望书不想继续说，也就没有继续问下去。

上楼回房后，林望书照常给姥姥打了个视频过去，不过没人接，平时这个时候他们应该在院子里玩耍。

林望书不放心，又打了个电话过去，还是没人接。她只能发了条短信过去，让姥姥看到消息的时候记得给她回个电话。

为了应付月底的选拔，林望书这几天一直在琴房里练习。奖励的诱惑太大，报名参加的人肯定也很多。林望书需要这次机会，非常需要。

寻雅这段时间不在学校，她为了论文，跟着附近的考古队一块儿开荒去了，昨天刚到营地就给林望书发了一段视频。

他们去的位置很偏，在深山里，她兴奋得不得了："是一个汉代的墓！"

林望书没什么朋友，寻雅算是她在大学里交到的唯一一个朋友了。她不在学校，林望书便又恢复了独身一人的寂冷。不过她也不觉得有什么，习惯成自然。

学校里的食堂她很久没去了，除了大一刚入学那会儿被学姐带着去了一次。

她饭量小，随便打了点素菜便找了个靠窗的位置坐下。学校食堂里的饭菜不如家里厨师做得好吃，有点腻。她吃了几口就放下筷子，小口喝着牛奶解腻。

突然面前多出两三个餐盘，接着是几个人高马大的男生在她对面的椅子上坐下："这里没人坐吧？"

她咬着吸管点了点头："嗯。"

听到她这么说，他们便放心地坐下了。

不过这些人饭没吃几口，全程都在和她搭讪："学妹有男朋友了吗？"

"今天晚上有没有空？我们在外面的酒吧开了台，一起去喝几杯？"

"你不用怕，我们没恶意的，就是想约你一起吃顿饭。也有几个大二的女孩子，还有个和你一样，也是学西洋乐的，就当多交几个朋友。"

林望书冷声拒绝："不好意思，我晚上有约了。"

那人笑道："别骗人了学妹，我观察你很久了，你唯一的朋友昨天都出远门了，哪还有人约你啊。"

林望书紧握着手里的牛奶纸盒，眼神逐渐变得淡漠。

忽然旁边一道高大的阴影覆盖过来，徐景阳揽过她的肩膀，笑声清润："不好意思，我女朋友今天的确有约了呢。"

坐在对面的人大多认识徐景阳，知道他家在学校有点关系，不好得罪。他们突然感到没意思，赔笑了几声后纷纷走了。

徐景阳松开手，就揽肩膀的举动和林望书道歉："我刚刚只是想替你解围，所以才……"

林望书摇头："应该我和你道谢才对。"

徐景阳有些不太自然地抿了下唇，脸色微红："下次你如果来食堂吃饭的话，可以喊我陪你。"

"谢谢。"

又是那种疏离淡漠的语气，不过徐景阳也早就习惯，能和她说上话就已经很好了。

他和她一块儿出了食堂："我看你刚刚好像也没吃多少，是不合胃口吗？我知道附近有一家日料店挺好吃的，如果你不想吃日料韩餐店我也——"

林望书顿下脚步看向他："我好像没有告诉过你我喜欢吃什么。"

徐景阳急忙解释："我和那些人不同的，没有调查过你，是我……"他突然变得有些支吾，"是我去问的寻雅，她告诉我的。"

自从父亲的那件事发生以后，林望书有过几次被跟踪的经历，所以她的神经时刻都是紧绷着的。

"不用了，我已经吃饱了。"

想到自己刚才的语气似乎稍微有些重了，林望书把自己手里那盒未开封的牛奶递给他，当作赔礼。

"这个，你喝吧。"

徐景阳愣了好半天，盯着她递过来的牛奶迟迟没动。

修长白皙的手指，指甲修剪得整齐圆润，在阳光的照射下，泛着一点透明的粉。

林望书轻轻歪了下头："不喜欢吗？"

她刚要把手收回来，徐景阳忙说："喜欢。"

接过牛奶后，他似乎怕她会要回去，攥得很紧："谢谢。"

盛夏，蝉鸣声嘈杂，烈日透过繁茂的树枝投下烫人的影子。

林望书要去琴房，徐景阳一直跟着她。

她疑惑地看了他一眼，后者解释说："我要去学生会，也是这条路。"

她点了点头，随后没再开口。

徐景阳看着她的背影，娇小柔弱，长裙之下露出来的那半截小腿白皙纤细。

望着她的身形，他心想，女生的胃都那么小吗？一顿饭才吃一两口。她那么瘦，仿佛风再大一些就能被吹走了一般。

这么想着，徐景阳不由自主地站在她身旁，正好挡住风口。

林望书被他突然的举动弄得稍微怔了一下，却也没说什么。

她选的曲目是巴赫的，教授给她提出了一点修改意见，等处理完所有的工作已经很晚了。

外面下起了小雨，她没带伞。

看了眼灰蒙蒙的天空，这场雨似乎一时半会停不了，而且还可能越下越大。

她犹豫了一会儿，还是用包遮在头顶，快步离开。才刚出校门，就看见穿着黑色西服的男人撑伞跟过来。

林望书见过他，是江丛羡的手下。

虽然知道江丛羡一直都让人跟着她，可像现在这样近距离地看见，她还是有些厌烦。就好像是自己的私生活每时每刻都被监视着。

想到这里，她的声音也随着此时的情绪冷到极点："离我远点。"

男人低了下头，把伞放在她脚边，听话地转身走了。林望书看着那把黑伞，一言不发，继续淋着雨走到路边。

哪怕是淋雨，她也不要接受这种肮脏的施舍。

等到了家，她身上已经湿透了，吴婶看见了，连忙让小莲去给她放洗澡水："怎么淋成这样？快去把身上的湿衣服换了，然后去洗个热水澡。"

林望书点了点头，问吴婶："江丛羡回来了吗？"

这还是她第一次主动询问关于江丛羡的事。

吴婶愣了一会儿后，急忙点头："刚回来，在书房呢。"

月下娇

林望书接过吴婵递过来的干毛巾，把身上的水擦干："衣服就放在二楼浴室吧，我待会儿洗完澡再换。"

反正她只是有句话要和江丛羡说，用不了多长时间。

她上了二楼，裙子上的水顺着脚踝滴到羊毛地毯上。她深吸了一口气，微屈指骨，敲了敲书房的门。

里面传来男人低沉的声音："我说了，我不饿。"

林望书说："是我。"

安静片刻后，门内又传来了声音："进来吧。"

她推开门走了进去。

江丛羡的视线落在她身上，微抬下颔："这是什么新玩法吗？"

林望书不想搭理他下流的言论："我明天想回一趟老家。"

听到她的话，江丛羡声音微沉："嗯？"

林望书说："我给我姥姥打电话，可是没人接，已经连续两天没有任何回应了，我有点担心。"

江丛羡把桌面上的文件合上，站起身："那边我让人守着的，不会有事。"

"我是怕我弟弟又病犯了，他这么久没有见到姐姐，我担心他会害怕。"

"私人医生每天都会上门复查，你有什么好担心的？"

林望书眼神冰凉："就因为是你，所以我才不放心。"

他挑眉轻笑："哦？"

林望书很少像今天这样，控制不住自己的情绪。可是只要一想到林约可能会出事，她就很害怕。这种害怕转变成迁怒宣泄在了江丛羡的身上。

她是讨厌他的，更讨厌不得不依附着他苟且偷生的自己。

"因为你是我这辈子见过最虚伪的人，我不知道你的话有几分可信。"

窗户没关严实，风卷着窗帘吹进屋内，送进了刺骨的凉意。

"我今天心情不太好。"江丛羡捏着她的下巴，脸上的笑意全无，眼里的光森冷，"所以别再惹我生气了。"

小莲煮了点姜茶，准备给林望书驱驱寒。可是这会儿无论怎么敲门屋子里都没人应。

林望书从书房里出来时脸色就不太好看，洗完澡后更是直接将自己关在房间里。她本来就是易生病的体质，刚刚淋成那样，估计现在已经感冒发烧了。

小莲不放心，于是去了书房找江丛羡。

他正站在窗边打电话。

听到身后的动静，他转身看了一眼，小莲刚要开口，他就做了个噤声的手势，直到那边把工作交代完，他才淡声问她："怎么了？"

小莲脸色充满了担忧："书书姐姐好像有点发烧，可是我怎么敲门都没人应。"

江丛羡眼眸深邃，喜怒不显。沉吟片刻，他打开抽屉拿出一串钥匙递给她。

是林望书房间的钥匙。

小莲接过钥匙后，出了书房，跑去将林望书的房门打开。林望书趴在桌子上睡着了，脸色惨白得可怕，一点血色都没有。

小莲走过去轻轻叫了她一声："书书姐姐。"

林望书面前的电脑界面还停留在购票那一栏上，是飞往青市的机票。

小莲将碗放在一旁，用手去探她的额头，体温高得有点烫手。

她小声喊她："书书姐姐，把姜茶喝了会舒服一些。"

林望书被她叫醒，坐起身后慢慢说道："我不想喝。"

"可是……"

林望书虚弱地回应着："你拿走吧。"

"那我去给你拿退烧药。"

"不用。"她冷声拒绝，"我不想吃。"

小莲叹了口气，只能拿着碗出去。

江丛羡站在栏杆旁，正拿着烟点着，看到小莲手上那碗原封不动的姜茶时，眉眼微抬："不喝？"

小莲点头："药也不肯吃。"

江丛羡看了眼紧闭的房门，掐灭了才刚燃上的烟："让吴婶给她煎碗中药。"

小莲欲言又止："可是书书姐姐怕苦。"

他冷声吐出一句："她自找的。"

话说完，他便推开房门进去了。

林望书已经醒了，正在继续查找最近的航班，突然一只带着淡淡烟草味的手直接将笔记本合上。

江丛羡问她："不肯吃药？"

她又去把电脑打开："不用你管。"

"林望书，你家人是把你惯出毛病了是吗？"他声音平淡，也听不出怒意，但莫名给人一种极强的震慑感，"这里不是林家，你也不再是那个林家大小姐了，明白吗？"

她不说话，只是死死地瞪着他。

她和她父亲的眉眼还是有几分相似的，总给人一种淡淡的距离感。尤其是生气时，越发显得冷血狠绝。

江丛羡讨厌她这双眼睛，更厌恶她这个眼神。这总让他想起一些不太愉快的事，他干脆扯开领带，蒙住她的眼睛。林望书病得没有力气挣扎，也只能随他了。

药煎好后，小莲端着碗上来，隔着一道门已经能闻到那股苦涩的中药味。小莲看见面前这副场景，以及江丛羡脸上的薄怒，心里暗暗为林望书感到担心。可她终归只是来打工的，不敢多嘴。

江丛羡接过药碗，看着林望书："最后问一遍，吃不吃药？"

她声音虚弱，语气却异常坚定："不吃！"

江丛羡耐心全无，捏着她的下巴，强行把药灌了进去。

一碗药，因为她的挣扎，喝了一半洒了一半，刚换的衣服领口全湿了。

林望书扶着桌边，苦得直干呕。

江丛羡拿出事先准备好的糖，拆开包装纸问她："我喂还是你自己来？"

蒙着眼睛的领带已经在刚才的挣扎中掉下来了，林望书的眼眶被呛得微红，她用尽全身最后一丝力气说出那句："你真让人反胃。"

江丛羡把那颗糖扔进垃圾桶里，和身后的小莲说："让吴婶再去煎一碗治胃病的药。"

小莲于心不忍地下了楼。

很多次她都想劝劝林望书，劝她偶尔服下软，和江丛羡硬来只会是鸡蛋碰石头，最后受伤的永远是她自己。

林望书从小到大最讨厌的就是中药味，原本就因为生病浑身无力，现在更是彻底虚脱了，像一条被搁浅在岸边濒死的鱼。

心理和身体的双重折磨，让林望书的情绪彻底崩溃，终于忍受不住哭了。因为没力气，连哭声都异常微弱。

房内没开灯，只有一点走廊的灯光斜照进来，被半开的门挡住，江丛羡站在黑暗中，看不清他脸上此时的情绪。

她哭得连肩膀都在颤抖。江丛羡仿佛被黑暗吞噬，冷冷地看着面前这一幕。

林望书从来没有指望过他能怜悯一下自己，更加没打算靠哭泣来博取他的同情。因为她深知江丛羡是个怎样的人，哪怕是有人死在他面前，他都可以做到无动于衷。

四周安静得只剩林望书微弱的哭声，很快就被夜色给淹没。

慢慢地，她彻底没了力气，双眼无神地看着前方的虚无，仿佛已经失去灵魂，只剩下那没什么用的美貌。

如果手边有刀，她可能毫不犹豫地就对准自己的手腕划下去。

月下娇

寂静持续了很久，最后被男人阴冷的声音打断。

"明天八点半，晚一分钟我都会改主意。"

沉声扔下这句话后，江丛羡摔门离开。

等林望书反应过来的时候，他已经出去了，紧闭的房门隔绝了全部的光亮，房间里暗得伸手不见五指。

林望书抹掉眼泪，急忙爬上床，生怕睡得晚了，明天起不来。

书房里，江丛羡一根接着一根地抽烟，把屋子熏得烟雾缭绕。

他不说话，身边的人也不敢开口。

蒋苑跟了江丛羡这么多年，很少看到他像今天这样，明明烦躁得要命，却只能把所有的负面情绪都无声咽下。

以往的他，冷血绝情，看谁不爽都是直接解决。

直到时间逐渐流逝，烟灰缸里的烟蒂越来越多，蒋苑才犹豫着说："之前是因为有我们的人跟着林小姐，所以那些人才不敢动她。可是青市不在我们的地盘范围内，保护工作会很麻烦，万一有个疏忽的话后果不堪设想，而且如果有人跟踪，找到林小姐弟弟的住所，那才是最麻烦的。"

江丛羡把最后一根烟掐灭，淡声道："我和她一起去。"

蒋苑："那我多派几个兄弟一起跟着。"

"不用，其他的不用你们管。"江丛羡看着落地窗外的景色，又点燃一根烟，"盯仔细点就行。"

药没那么快就起作用，林望书还烧着，身上时冷时热，难受得全身冒冷汗。

模糊中她感觉到有人掀开被子进来，在身旁躺下。她不由自主地往来人身上贴去，主动抱着这唯一的热源。"热源"似乎怔住片刻，然后替她把被子掖好。

窗外雷声轰鸣，他翻了个身，下意识捂住她的耳朵。

林望书害怕自己睡过头，特地定了个六点半的闹钟。

起床时，她的烧已经退了。

她从床上坐起来，望着身侧空荡荡的床铺，看来昨天晚上应该是做梦，她松了一口气的同时穿上鞋子出门洗漱。

一楼客厅里，江丛羡正在吃早餐。

听到楼上传来动静，他略微抬眸，金色边框眼镜下的眉眼清冷。看到林望书脸上带着大病初愈后的红润后，他重新将视线移回手里的报纸上。

吴婶走过来，问她是喝点粥还是吃面包。

林望书早上想吃点清淡的："粥吧，谢谢吴婶。"

吴婶看她状态恢复了，也稍微放下心，转身进厨房给她盛粥。

林望书在江丛羡对面坐下，他专注地看着报纸，仿佛没有她这个人一样。

粥被端上来后，隔着升腾的热气，林望书小心翼翼地问他："你昨晚说的话应该还作数吧？"

他也不看她，冷声吩咐着："吃完再说别的。"

林望书难得有这么温顺听话的时候，她仔仔细细地将那一碗粥都给吃了个干净，甚至将碗举起来，对着他展示着碗底："我全都吃完了。"

闻言，江丛羡终于肯将视线从报纸上移开，漫不经心地看了一眼。

他把眼镜摘了，眼底有些许倦色。在林望书充满期待的注视下，他抬手捏了捏眉骨，说话的声音罕见地沙哑："去备车吧。"

蒋苑点了下头，便出去了。

青市有点远，飞机过去也得三个小时的时间。

头等舱里，江丛羡上了飞机后就睡了，然后在下飞机前的十分钟准时醒了过来，也不用人叫。

月下娇

　　林望书带了两个行李箱，里面满满当当都是给林约和姥姥带的东西。

　　老房子在巷子最深处，比较有年代感。林望书上一次回来还是春节前，那时父亲突然说要把她和弟弟送到姥姥家住一段时间。她那个时候已经察觉到父亲的一些异样，如果当时能问出口，可能处境会比现在好一些。

　　小镇子偏僻，街里街坊的也都认识，所以白天里大门都是虚掩着的，并没有落锁。

　　林望书推门进去，一旁挂着的风铃被突如其来的风吹得叮咚直响。

　　院子里有淡淡的花香，姥姥端着刚理好的青菜出来，看到林望书后她愣了几秒，一时没有反应过来。

　　老人没有想到平日里还能够见到她。

　　林望书自父亲去世后一直紧绷着的情绪终于彻底放松下来，她红着眼睛跑过去，紧紧抱着她："姥姥，我好想你。"

　　小姑娘哭得和昨天完全不一样，昨天是心灰意冷的哭，今天像是重新活过来，终于看到一点生命里的曙光。

　　见此情景，姥姥也没有控制住哭了出来："我的乖囡哦，怎么瘦了这么多，是不是没有好好吃饭？"

　　她摇头："有好好吃饭的。"

　　外面风大，姥姥急忙拉着林望书说："先进屋，可别感冒了。"她一边看着林望书，一边问着，"路上累不累？"

　　林望书："不累。"

　　身后一道泛着凉意的声音打破了这幅和谐的画面："你当然不累，行李都是我拿着。"

　　姥姥这才注意到除了林望书，还有另外一个人存在。

　　这个男人身材颀长，样貌也生得英俊好看。

　　"你是小书的男朋友吧？"

　　江丛羡极轻地嗤笑一声："我这么虚伪恶心的人，哪够格当她的男朋友？"

林望书知道他还在生昨天的气。

姥姥疑惑地看向林望书："小书，这是怎么回事？"

因为怕姥姥担心，所以江丛羡在她的口中被塑造成了一个温柔心善的好男友。

她轻声解释："我昨天没控制住脾气，凶了他，所以就……"

姥姥皱眉，批评她："这就是你的不对了，两个人相处就是要互相忍让、互相宽容，知道吗？"

林望书只好乖巧地点头："嗯嗯。"

江丛羡眼神毫无波澜地看着面前这出戏。

装得还挺像。

可能是怕姥姥不相信，林望书只能把戏做全，她转过身去亲昵地挽着江丛羡的胳膊。

后者看了眼女人放在他胳膊上嫩白纤细的手腕，又抬眸看她的脸，似乎觉得有点好笑。

他并不打算陪她演这出戏，麻烦。

姥姥正看着，林望书怕被瞧出端倪，踮着脚，附在他耳边小声说了一句："你帮帮我，晚上……想怎么样都行。"

怎么样都行，倒是个极具诱惑力的交易。

他将胳膊从她手里抽出来，在林望书愣怔的瞬间揽过她的肩膀，温柔地问道："这种程度可以吗？"

"可……可以的。"

姥姥见到他们恩爱，这才放下了心。

带着他们进屋后，姥姥问起林望书今天回来的原因。林望书说她给家里打电话一直没人接，担心他们出了什么事。

姥姥倒了两杯茶出来后想了想："手机前几天不知道让我放哪儿去了，之前担心吵到小约睡觉，就一直调的静音，也没听到。"

林望书稍微松了口气。

"小约呢，我怎么没看到他？"

月下娇

姥姥在沙发上坐下："小约去学校了，他最近状态不错，医生说可以适当地去接触下同龄人。"

林望书听到林约没事，心里的石头也算是彻底放下了。好不容易过来一趟，她打算在这里留宿一天，明天再回去。

林约下午放学回来，进屋后就眼神木讷地一直看着林望书。直到她喊了声"小约"，他才稍微有点反应。

"姐……姐。"

话仍然说得磕磕绊绊，不过好在他的气色不错，至少比之前在视频里看到的要好。

江丛羡哪怕外表装得再温和，骨子里的冷血终究是没办法被改变的。

他兴趣索然地看着面前家人团聚的热闹场景，做不到感同身受，心里想的是快点天黑，他好索取"酬劳"。

林约很乖，现在吃饭也不用人喂了，还会夹菜给林望书："姐姐也……也吃。"

林望书摸了摸他的小脑袋，笑容温柔："谢谢小约。"

江丛羡没什么胃口，随便吃了点就停下筷子。

他下颌微抬，眼神平静地看着林望书脸上的笑容。她从来没有这么温柔地冲他笑过，平日里不是嗤笑就是冷笑。

倒胃口得很。

不过江丛羡从不在意这些。

只要金丝雀还在笼中就行。

吃完饭后，林望书陪林约玩了会儿。

和亲人相处的时光总是过得很快，天色将暗，姥姥过来寻林约回房间休息，临走前嘱咐林望书："你和丛羡也早点休息，我看他眼睛里的血丝很重，估计是昨晚上没怎么睡。"

昨天晚上因为那件事，林望书折腾得晚，等她上床准备睡觉的时候已经是凌晨一两点了，早上六点多起床时他就已经在客厅，很有可能一晚上没睡。

林望书点了点头："知道了。"

江丛羡已经洗完澡了，正躺在床上看书。

这次过来他没带换洗的衣服，姥姥拿了件林约的衣服给他。是之前林望书买给林约的，不小心买得太大了，江丛羡穿着应该合适。

他笑容温柔地道谢，却在姥姥走后随手把衣服扔在了旁边的椅子上，身上仍旧是那件来时就穿着的黑色衬衣。

林望书知道，他不可能穿别人的衣服。

看见林望书进来了，他把手里的书合上："洗完了？"

她轻轻"嗯"了一声。

江丛羡把书随手扔在床头柜上："过来。"

她听话地过去。

窗外夜色温柔，小镇不比大城市，没有雾霾也没有高楼，抬头便能看见星星和月亮。

江丛羡在她耳边低语："烧还没退吗？怎么这么烫？"

林望书不是一个不讲理的人，想到昨天的事，她觉得自己说的话还是太狠了点，也不怪江丛羡会生气。

"那个……昨天我说的话好像有点重了，对不起。"

她的确不善于伪装，厌恶和真诚都赤裸裸地写在脸上。

江丛羡被欲望染红的眼睛有片刻的异样，不易察觉的情绪，在眼底生根。

到了后半夜，林望书突然开始后悔，不该说出那句"怎样都行"。

她累得睡着了，江丛羡去院里抽烟。

镇子里的人似乎都睡了，屋子外半点声响都没有。

月光将院落照亮，隔着升腾的烟雾，他看到了站在走廊上的林约，他正一言不发地看着他。

月下娇

江丛羡轻笑着掸落烟灰："大晚上不睡觉，出来装鬼吓人？"

林约走过来，在外套口袋里掏了很久，最后掏出一个巴掌大的模型。

一个红色的奥特曼。

他把东西递给江丛羡，后者看了一眼，嫌弃地皱眉："拿开。"

林约沉默不语，手就一直这么伸着。

江丛羡虽然坏，但还不至于去欺负一个有病的小孩子。他只能接过他手里那个不知道从哪里挖出来的奥特曼，模型的胳膊缝里还有土。

林约脸上罕见地露出了一点笑容："保护姐姐，帮我……你。"

江丛羡替他把这句混乱的话理好顺序："我帮你保护姐姐？"

小孩子郑重地点了点头。

江丛羡见状笑出了声："我凭什么帮你？"

还真把他当个好人了。

他沉默好久，又从外套口袋里拿出好几个不同样子的奥特曼。

"全部……给你。"

江丛羡无奈地看了看，也不知道这种几十块钱就能买到一大把的劣质模型到底有多招人稀罕，这孩子居然把它们藏在土里。

江丛羡没体会过亲情，也没办法去感受他们的姐弟情深。

为了防止小孩把那些脏东西全部塞给自己，江丛羡掐灭烟蒂，不耐烦地点了下头："行了，我答应你。"

反正他也不是第一次骗人了。

不介意多骗一个。

次日，姥姥留他们吃了中午饭才准他们回去。

私人医生上门给林约复查的时候，顺便给江丛羡手腕上的伤口换了药。

此刻门口站着两个穿黑色西装的男人，是江丛羡的人。

换完药后，他出去和他们说了几句话，然后才再次进来。

林望书正依依不舍地和姥姥告别，江丛羡在一旁等着，靠着墙抽烟，偶尔往里看一眼。也不知道有什么好说的，一声"再见"说了半个小时。

姥姥握着林望书的手，轻轻拍了拍她的手背："好了，你也别太冷落了小羡，好好和他相处，别吵架，知道吗？"

林望书知道，姥姥是看他们今早没怎么说话，所以担心他们是不是又吵架了。为了打消她的担忧，林望书走到江丛羡身旁，再一次亲昵地挽着他的胳膊。

江丛羡正抽烟的手顿住，他垂眸看了眼搭放在他臂弯的手。见他没给回应，林望书撒娇一般地往他身上蹭了蹭，像只小猫一样。

小姑娘平日里就是个性子清冷的人，现在撒起娇来生疏又别扭。

江丛羡唇角微勾，玩味地看着她强装淡定，还不忘笑着和姥姥说一句："姥姥，那我们就先走了，您好好保重身体，我下次再回来看您和小约。"

看到他们两个这么快就和好了，姥姥也高兴："好，姥姥等着你。"

守在门外的两个人进屋，把行李箱扛出去。

出了院落，确定姥姥看不见以后，林望书便把手松开，不动声色地和江丛羡拉开距离。

江丛羡轻笑："把我当工具了，利用完就扔？"

林望书和他道歉，也没反驳。

江丛羡倾身，微沉的声音落在她耳边，似在威胁，偏偏声音里又带着温和的笑意："知道利用我的人会有什么下场吗？"

他总是一副风轻云淡的笑脸，对谁都好像足够宽和。可林望书知道，那些不过是假象罢了。

对于他，她是惧怕的。

外套袖子有点长，放下时能笼住手背。她能感受到，藏在袖中的手在颤抖。她下意识往后退了一步，哪怕已经吓得脸色惨白，却仍旧强撑出一副淡定的表情。

江丛羡不免觉得有些好笑，还真是把那点不值钱的体面看得比什么都重要啊。

他有足够的耐心，把她那点风骨一寸寸摧毁，然后看着她可怜地匍匐在他脚下。

"今天晚上，洗干净了等我回来。"

林望书好歹才勉强控制住了因为惧怕而颤抖的手，她蹙眉："所以你对利用你的那些人，惩罚就是这个？"

江丛羡笑容仍旧温和："吃醋了？"

林望书不知道他是怎么将自己的反应曲解成吃醋的，她纯粹只是厌恶，对于他的随便感到无法认同罢了。

他笑哄道："敢利用我的人，目前为止也只有你一个。"

距离越近，声音放得越轻，薄唇停在她耳边，低沉磁性的声音震得她耳膜发痒："我们都这样了，还吃哪门子醋，嗯？"

林望书被他说得面红耳赤，更何况旁边还站着两个人高马大的男人。

她急道："你乱说什么！"

江丛羡注意到她的视线，直起上身，问他们："刚才有人说话？"

他们纷纷摇头："没有。"

江丛羡耸肩："看吧，没人听到。"

江丛羡为了不引人注目，这次也没带人手过来，身边的这两个是他之前安排在林望书姥姥家附近看守的人。

她父亲留下的那个烂摊子有点棘手，处理起来需要多费些时间。

这里虽然偏僻，但说不准什么时候就被盯上了。

他又对两人简单交代了几句，便让他们走了。

第三章

偶像盛凛

司机开车去机场，两个小时后，林望书一个人坐在机场的贵宾等候室里。

江丛羡出去接电话，他好像很忙，不过离开北城一天，便有接不完的电话。

为了回青市，她特地请了两天假，教授刚刚把课程表发过来，并告知她练习的时间。

还有一周就是最终选拔了，她垂首算了下日子，虽然不是有着百分百的把握，但还是觉得可以试试。

在等候室里枯坐着有些无聊，她戴上耳机，看了会儿视频打发时间。刚好翻到了西岚交响乐团上个月在卡内基音乐厅的演出。

空姐端着咖啡进来，不慎打翻在了不远处的男性乘客身上，那人衣着考究，那身西装一看就价值不菲。旁边的动静引起了林望书的注意，她摘下耳机，看到一脸歉疚的空姐拿着纸巾正要替他擦拭。

男人脸上没有怒意，淡笑着接过她手里的纸巾："我自己来就好。"

空姐闻言愣了一下，像是被他俊朗的外貌所吸引。

男人擦拭着被泼湿的衣摆，见她没动："请问还有其他的事情吗？"

空姐直起身子，连忙摇头："没事了，有需要您可以再叫我。"

林望书反复瞧了好几遍，确定了男人的身份——西岚交响乐团的首席演奏家，盛凛。

同时也是她手机视频里的主角，正优雅地拉着大提琴的男人。

这个交响乐团在国内外都极负盛名，演出往往是一票难求。

林望书没想到居然能在这里碰到偶像，激动得深呼吸了好几次，才敢鼓起勇气和他打招呼："盛前辈您好，我……我叫林望书，是……是北……北南大学的学生，西洋乐专业。"

盛凛微微愣了半响，似乎没想到会在这种地方被人认出来，更没想到会碰到自己的乐迷。小姑娘紧张得都有些语无伦次了。

他笑容温和："不用着急，慢慢说。"

林望书对于自己的反应有些羞愧，低垂着脑袋，手指紧紧抠着沙发扶手。深呼吸几次，将情绪放缓，她才重新抬眸："我看过几次您的演奏，很厉害。"

他是很有名气的大提琴演奏家，学校之前还放过他的纪录片。

四岁开始学习大提琴，十八岁就受聘担任西岚交响乐团的首席演奏家，毕业于柯蒂斯音乐学院。

在那些学生眼中，他就是自带光环的前辈。

"谢谢你的喜欢。"男人看了眼手腕表盘上的时间，有些遗憾地笑道，"不过我的航班马上就要起飞了。"他递给她一张名片，"下个月在北城会有场演出，有时间的话可以过来看。"

林望书态度恭敬地接过名片："谢谢前辈。"

他站起身，慢条斯理地将西装前扣扣好，淡笑着和她告别。林望书一直目送他离开，然后才小心翼翼地把名片收好。

意外见到偶像让她短暂地沉浸在喜悦中，她反复将名片拿出来观察，最后才记起，应该先把手机号存下来。

才刚把手机拿出，名片就被人抽走。

"西岚交响乐团首席演奏家，盛凛。"江丛羡看着上面那几行字，给出了一句没什么营养的点评，"名字不错。"

林望书站起身："还给我。"

这还是江丛羡第一次看到她在乎除了家人之外的东西，他眼神平淡，瞧不出半分异样。

林望书懒得和他废话，直接上手抢了名片，然后放进包里藏好，生怕再被他拿走。

江丛羡看她那副小心劲儿，冷笑："这么急着找野男人给我戴绿帽？"

"什么野男人？"她皱眉，"你说话能别这么难听吗？"

"他给你什么好处了，你这么维护他，名片好像也没镶金啊？"他语气散漫，抬手就要去检查她的衣服，"还是另外塞给你什么了？"

林望书不想再和他废话，拍开他的手，重新拿起手边的书。

"昨天求我的时候也没见你这么冷漠。"

等候室里本就安静，他也没有刻意压低声音，闻言，周围零星坐着的几个人纷纷抬眸，将视线移过来。

"睡完就不认人了？"

林望书脸皮薄，耳朵顿时红得滴血，为了防止他继续说出什么让人误解的话，情急之下起身捂住了他的嘴。

她的手软软的，加上从小练琴的缘故，指腹处有一层薄茧。

因为此时的动作，林望书的大腿正好抵在他膝盖上。她顿时脸红得像个正熟的蜜桃，嘴里小声重复着："你别乱说。"

小姑娘家教好，说不出什么重话，语调也软。

被温热的掌心覆盖住的薄唇微勾，他身子往后靠，黑色西裤包裹着的修长双腿随意地分开。没了支撑，林望书往前跟跄了一下，正好摔进他的怀里，捂住他薄唇的手也条件反射地撑在他的胸口。

看上去倒有几分像是在投怀送抱。

"这么急着表忠心吗？"江丛羡喉间发出声低笑，顺势搂住她的腰，"好，原谅你了。"

林望书没有江丛羡那么不要脸，此时正拼命地推他，偏偏他越抱越紧。好在有熟人认出了江丛羡，林望书才得以逃脱。

面对来人热情的示好，他不动声色地敛了唇角的散漫笑意，恢复了往日的温润清雅。

"江总，真巧啊，我刚刚在外面就觉得像您，想不到还真是。"

江丛羡点头笑笑，握住他递过来的右手："刘经理是来青市出差的吗？"

男人面对他还是有些局促，毕竟身份地位摆在那儿："对啊，公司在这边拓展了新的项目，就过来看看。"

他看了一眼旁边的林望书，将询问的眼神投向江丛羡："这位是女朋友？"

江丛羡垂眸轻笑，没否认，也没承认。

男人准备过去打声招呼，被江丛羡给拦下了："胆子小，怕生人。"

话语里尽是宠溺。

那人倒也识趣，调侃间奉承他："这下不知道该有多少女孩子难过了。"

江丛羡脸上铺着一层薄笑，他的视线偶尔会从林望书身上扫过，却从不做过多的停留。

仿佛只是碰巧停顿。

她正拿着那张名片，小心翼翼地抚平争抢时弄出的褶皱，像是对待一件稀世珍宝一般。

江丛羡似乎被那个刘经理缠上了，林望书就算离得远都能听见刘经理拍马屁的声音。

"江总年纪轻轻就能坐到现在这个位置，放眼整个北城，也挑不出第二个来了。

"孙家那个长女我前些日子倒是在她爷爷的寿宴上见过几面，身材高挑，长得也有些姿色，不过还是配不上江总您。"

江丛羡偶尔淡淡地应付几句，态度谦逊，倒也看不出不耐烦来。只是左手轻轻扭动疏通筋骨的动作还是泄露了他此刻的情绪。

这是他表达烦躁的动作，看来他现在的情绪已经彻底到了临界点。

果不其然，在男人准备再次开启新一轮马屁时，他轻笑着打断："刘经理的飞机好像快起飞了。"

男人笑着点头："你看我，这一聊起来就忘了时间，多亏了江总提醒我，改天有空一起喝一杯？"

"嗯。"江丛羡不紧不慢地应道，"如果有空的话。"

直到那个男人离开，江丛羡的那张面具被彻底撕破。他脸上那点本就为数不多的笑意此刻荡然无存，他微侧脖颈，扯开领带。

林望书捧着那本红色封面的书在看。

江丛羡冷笑着问："怎么不继续看那张镶了金的名片了？"

林望书没有理会他的调侃，索性把书合上，放回原位。

空姐过来提醒登机，林望书先起身，想要和江丛羡拉开距离，但后者握着她的胳膊，将她拽了回来："嫌我丢脸，不想和我走一起？"

林望书没有理他，只是将被他弄皱的袖子抚平，倒像是直接用动作承认了。

看到她的举动后，江丛羡嗤笑一声，阔步走开。

他没有再和林望书说一句话，上飞机后就睡了。

头等舱里，空姐送来餐食和毛毯，似乎怕吵醒睡着的男人，犹豫地看向林望书。

后者放下书，轻声说："给我吧。"

江丛羡起床气大，如果说他的整个人生都是虚伪的，那么被吵醒的这几分钟里，可以算得上是他人性最真实的瞬间。

冷血、阴狠的一面完全展露无遗，他就像是地狱里的阿修罗，哪怕是面带微笑，也足够让人胆寒。

自小接受的良好教养让林望书没办法看着无辜的空姐去惊醒这头沉睡的狮子。

接过毛毯后，她犹豫片刻，想到过足的冷气，还是决定轻轻抬起胳膊，动作轻柔地把毛毯盖在他身上，手捏着边角掖好。

长发因为她此刻的动作而垂落。

等忙完这一切后，她抬起眸，视线正好和男人深邃的眼睛对上。他不知道什么时候醒来，也不知道看了她多久。

林望书其实还没有太仔细地看过他，她只知道他长了一副斯文的皮囊，方便他进行伪装。哪怕他不说话，光是站在那里，似乎都足够温和儒雅。

这还是她第一次这么仔细地看他，不再隔着朦胧暧昧的灯光，也不再是混沌迷离的状态。

男人纤长的睫毛算不上卷翘，因为刚睡醒的缘故，眼睛惺忪地半睁着，睫毛投下的阴影覆在眼底。

他就这么安静地看着她。

一言不发。

林望书没想到自己这么小的动静还是把他给吵醒了，看来他的睡眠障碍好像越发严重了些。

她尽量克制住恐惧，尽力维持着脸上的淡定，继续把被角掖好："会着凉的。"

然而神色再淡定，因为害怕而轻微颤抖的手还是出卖了她此时的内心。

在他面前，她的那点演技还是太拙劣，江丛羡一眼就能够看穿。

不可能不怕的，林望书曾亲眼见过助理忘了敲门进了江丛羡书房，将浅眠状态的他吵醒，最后被打到跪在地上求饶的那一幕。那个时候他的狠戾和平日里的温润谦和有着天壤之别。

也是从那天起，林望书开始对他心生畏惧。

此刻她做好了承受他怒意的准备，江丛羡却什么也没说，调整了下座椅，直起上身。身上的毛毯因为此刻的动作而滑落，搭放在腰间。

他抓了抓额前碎发，刚睡醒的声音更显低沉："几点了？"

林望书看了眼他手腕上的表盘，不知道他为什么要问自己。

"三点半了。"

他"嗯"了一声，便再无后话。只是偶尔视线会短暂地落在尚在腰间的那张薄毯上，不过很快就移开。

空姐端着饮品过来，他把薄毯递还给她。

空姐接过毯子后礼貌地询问："请问是不需要了吗？"

他语气冷漠，态度转变得有些快："拿走，碍眼。"

也不知道这话是说给谁听的。

空姐有点尴尬，却还是保持着职业性的笑容，尽可能地满足客户的需求。

林望书不清楚他的情绪为何突然转变得这么快，不过她也不太想了解清楚，继续神情专注地看着书。

飞机降落在岭东机场，两人从贵宾通道离开时，机场外已经有人等在那儿了。

几个西装革履的彪形大汉站在车旁等着，林望书只认得车旁站着的蒋苑。

看到江丛羡出来了，他站直身子，语气恭敬："陈二公子生辰，一定要请您过去，光是电话里就催了好几遍，我不敢擅自替您应下。"

江丛羡把扯松的领带整理好，恢复了往日的一丝不苟："去吧，他家老头子还有点用处。"

陈二就是个圈子里常见的纨绔，花天酒地，无所事事，江丛羡从不把这种人放在眼里，陈家真正管事的是他家老爷子。

月下娇

蒋苑拉开车门，安静地等在一旁。

上车前江丛羡停顿片刻，看了眼身后的林望书。她正抱着书，不知道应该上哪辆车。江丛羡明显有工作要忙，肯定顾不上她。

看着犹豫不决的女孩儿，他收回视线："送她回学校吧，本来成绩就差，还敢翘课。"

林望书秀眉微蹙："我请了假的。"

他挑眉，淡声道："还说不得了？"

林望书不想再理他，径直走到后面的车旁，开了车门坐进去。司机也不敢贸然开车，将询问的眼神移向江丛羡。后者点了点头，他才踩着油门倒车离开。

虽然请了两天假，但林望书的确也该把时间放在练习上了。她抱着琴谱去琴房，走廊上的几个女生正议论着最近听到的八卦。

"听说陈素敏也参加了这次的选拔。"

"啊，那我们岂不是没胜算了？"

"本来就没多少胜算，林望书好像也报名了，这下有好戏看喽，看看这两个西洋乐的才女哪个更胜一筹。"

陈素敏和林望书都是西洋乐专业的，学的也都是大提琴。

两人因为外形出众，经常被放在一起议论，学校的论坛里甚至还有她们的对比帖。

关于长相和身材还有性格，方方面面，格外具体。娇气小姐和清冷美人，似乎各有特点。

那个帖子都堆出两万多楼了，还是没有分出个胜负来。

这次的选拔赛，众人的目光似乎都放在了她们身上，就等着看谁胜出了。

正议论着的几个女生看到旁边走过去的林望书，彼此交换了下视线，快步走开了。

林望书对于那些话并不在意，只是脚步逐渐放慢。

陈素敏，如果她也报名，自己的胜算就会更小一点。

"林望书！"男人中气十足的声音从身后传来，带一点雀跃。

徐景阳跑过来，手上还小心翼翼地护着一个精致的盒子。

他径直跑到她身边，喘着气停下来："我听你们教授说你感冒了，没事吧？"

感冒不过是她为了请假找的一个借口而已。

她微抿了抿唇，点了点头："好多了。"

徐景阳松了口气："吓死我了，我看你今天都没来还以为感冒加重了呢。"他把手里的盒子递给她，"给你买的。"

林望书没接："是什么？"

"蛋糕，我问过寻雅了，她说你最喜欢吃的就是这家了。"

"谢谢，不过我最近在减肥。"她礼貌地拒绝了他的好意，继续往前走。

徐景阳跟在她身旁："我听说你月底要参加一个选拔？"

林望书点点头。

他东扯西拉说了很多有的没的："那天我正好没课，礼堂好像离得挺近，走过去十分钟就到了。"他说这话时，时刻观察着林望书的表情。

"那个……"他犹豫着挠了挠头，还是小心翼翼地问出了口，"我可以去看吗？"

林望书不明白他为什么要问自己："选拔那天本来就是公开的，你想去的话当然可以。"

徐景阳开心地咧嘴笑着，露出两排大白牙："那我到时候去给你加油。"

林望书再次礼貌地道了声谢，走到琴房门口时，她顿下脚步："我到了。"

徐景阳笑道："我看着你进去。"

真是一个奇怪的人。

林望书没有再理会他，开门进去，然后动作极轻地把门关上。

月下娇

　　徐景阳站在窗户旁看了一会儿，看她把琴谱放下，手臂抬高，将长发随意地绑成马尾。

　　她演奏的曲子徐景阳没听过，他对音乐没什么涉猎，但是很好听。

　　微风将白色的窗帘吹得晃动，暖阳沿着缝隙渗进去，她周身都像是镀了一层光。像误入凡尘的仙女一样。

　　陈旬电话打了十几通，蒋苑就像个公事公办的机器人，来来回回都是那么一句话。

　　"待先生下飞机了，我再给您答复。"

　　他就跟块望夫石一样，站在露台，盯着酒店大门外的车来车往。

　　江丛羡不来就太没意思了。

　　说出去怕是会让人笑掉大牙，外人眼中不可一世的陈二公子，实则是江丛羡的一位超级仰慕者。

　　车内，江丛羡长腿交叠，看着笔记本上这一季度的财务报表。

　　蒋苑在前面开着车，汇报着："方才陈二公子打来电话，听他话里的意思，陈老爷子好像有意让您成为陈家女婿。"

　　江丛羡将笔记本合上，随手放在一旁，不太感兴趣地问了一句："陈家女婿？"

　　蒋苑点了点头："您见过的，之前在江北慈善拍卖晚会上，与您打过招呼的陈素敏，您还夸过她眼睛好看。"

　　这几日的舟车劳顿让江丛羡平静的眼底稍微浮现一抹倦色。

　　他抬手按了按眉骨："不记得了。"

　　哪怕的确有说过这种话，也并不意外。生意场上总得说些漂亮的奉承话，夸男人事业有成，夸女人长得漂亮。

　　来来回回也就这点套路，拉拢人心而已。

　　他素有野志，见人说人话，见鬼说鬼话的本领与生俱来，那点自命不凡的清高对他来说一文不值。

车子停在了酒店楼下，陈旬通过窗户看见了，连忙让小弟下去迎接。

江丛羡才刚从车上下来，就瞧见几个西装革履的男人站成一排，低头向他鞠躬。

场面颇为滑稽。

他看了蒋苑一眼，后者摇头，表示他也不知道这是怎么个状况。

陈旬爽朗的笑声从里面传来："羡哥，你看我这阵仗可以吗，酷不酷？"

男人眼底闪过一丝轻蔑，脸上仍旧挂着淡笑，温和地点头："不错。"

他的话对陈旬来说显然很受用。

上个月陈旬在夜店喝酒，和人起了点冲突，那人也是有点势力的，带了几个人，手上还都拿了家伙。如果不是江丛羡的人恰好路过，恐怕他现在还在医院躺着。

从此以后，那个不可一世的陈二公子便有了仰慕的对象。

一路将人带到宴厅，陈旬喋喋不休地讲着自己最近的英勇事迹。就是些在夜店里把别人给喝趴了，或者是跟好朋友抢女人抢赢了的"丰功伟业"，将"不务正业"四个字阐释得淋漓尽致。

江丛羡轻笑着应付着："看来陈二少最近风光无限。"

陈旬被他夸得有点飘飘然。

电梯门开，一行人走进宴厅。陈旬还想拉着江丛羡多说会儿话，不过后者显然和他这样的纨绔不同，有明确的目的。

上流社会的酒宴，不论是红的白的，都能和利益挂上钩。江丛羡此番过来，不光是为他庆祝生日的，他有正事要办，陈旬也清楚。

瞧见他眼底的失落后，江丛羡笑了笑，温声安抚："我很快就过来。"

闻言陈旬眼前一亮："一言为定啊。"

"嗯。"

月下娇

　　江丛羡去见了陈老爷子，这人年近六十了，仍旧精神矍铄，左拥右抱一个不耽误。想来也是念及今天的场合，只带了个模样温婉的女伴，看眼角细纹，应该在四十岁上下。他礼貌地打过招呼。

　　陈老爷子见他稍显倦色，关切地问道："听蒋苑说，你飞机刚落地就过来，眼下是还没休息过吧？"

　　江丛羡："在飞机上休息过了。"

　　听见他的回答，陈老爷子爽朗地笑着，看向身旁的女人："这就是我之前和你说过的小江，怎么样，是不是一表人才？"

　　女人笑着点头："的确，和我们素敏倒是般配。"

　　儒雅温和、谈吐斯文，听说还是个经商奇才，年纪轻轻便靠着自己走到今天这步，的确是不可多得的优质股。

　　谈话间，宴厅里的灯暗了几个度，前方的灯倒是亮了。灯光铺洒在那一方区域里，众人纷纷将眼神移了过去。

　　身穿高定礼裙的女人，正姿态优雅地拉着大提琴，音色浑厚丰满。

　　曲调熟悉，是林望书曾经给他演奏过的曲子，还是她刚来江家那天，他让她拉的。小姑娘脸上一点笑容都没有。

　　那时的林望书不情不愿地拉给他听，还故意弄错几个音，像是在用自己的方式向他反抗一样。

　　江丛羡漫不经心地看着前面拉琴的女人，心想，拉得没她好听，长得也没她漂亮，那双被她夸过好看的眼睛更是没法和林望书比。

　　鱼目与珍珠的区别。

　　一曲结束，响起满堂掌声，江丛羡也跟着敷衍地拍了几下。

　　陈素敏放下琴弓，视线在人群里扫过，最后落在江丛羡身上。见他在鼓掌，她脸一红，放下琴起身。

　　陈老爷子中年得女，对这个女儿疼爱得紧。哪怕她大学还没毕业，就已经开始关心她的婚姻大事了。

　　上流阶层的婚姻大多与利益挂钩，没什么感情。既然都是联姻，不如选个优秀点的。江丛羡无疑是最好的人选，他不光是年轻一辈里最有能力的，而且待人谦逊，又长得一表人才。最重要的是自己女儿喜欢。

陈素敏红着一张脸过来："爸，你们在聊什么呢？"

陈老爷子笑着训斥她："没大没小，见到哥哥还不打招呼？"

她不太敢看江丛羡，视线偶尔对上都会很快地挪开，像被烫到一般。

上次江北一别，她几乎每天晚上都会梦到江丛羡那张俊朗的脸，梦到他用低沉磁性的声音夸她眼睛好看。

明明是再普通不过的语气，辗转在她耳边，倒似成了情话。缱绻得让人心软，好似浸泡在蜜罐里，从头到脚都是甜的。

陈素敏低垂着头，声音轻细地喊了一声："丛羡哥哥。"

后者笑着点头。

陈老爷子有意撮合他们俩，笑着说："素敏，还不带你丛羡哥哥四处转转。"

她应了一声，然后羞涩地走了过去。

宴厅也没什么好转的，走几步就会遇到熟人，大多都奉承地和江丛羡打着招呼。他好脾气地回应着，修长的手指轻轻晃动着手里的香槟。

不时也有前来搭讪的名媛贵女们，穿着得体优雅的礼裙，妆容精致，个顶个好看，但她们瞧见站在他身旁的陈素敏后，彼此交换了下视线，想着今天陈家才是东道主，不爽也只敢往肚子里咽。

周围那些觊觎的眼神让陈素敏心中升起了危机感。这八字还没一撇呢，她就急着去宣布正宫身份，纤细的手腕就要往江丛羡的臂弯里挽。

陌生的触碰让后者微皱了下眉，不动声色地避开了。

陈素敏一愣。

他声音平静："不好意思，我有些洁癖。"

月下娇

言下之意便是在说，他不喜欢她的触碰。陈素敏有些窘迫，却也能理解。

作为今天的寿星，陈旬和那群前来祝贺的狐朋狗友叙完旧了，扒开人走过来，正好看到自家妹妹站在江丛羡身旁。

他想起老头子前几天在饭桌上讲的，有意让江陈两家联姻，他也希望这事能成。

如今江丛羡在他心里的地位几乎和他爸齐平了，他永远也忘不了那个晚上，男人摘下眼镜擦拭镜片时的淡然，忘不了他居高临下看着那群被打趴在地上的人，踩着地上人的手背轻声询问："以后还敢不敢了？"

周身气质分明是斯文矜贵的，却莫名危险。

从那之后，陈二公子就对他崇拜，甚至开始模仿江丛羡的一言一行。

画虎类犬，像小孩子办家家一样。

陈素敏看到他了，喊了一声"哥"。陈旬应了一声，替她制造机会："羡哥，您月底有空吗？"

江丛羡看了眼身后的蒋苑，似在询问行程。

后者低头答道："月底三天都有空余时间。"

陈旬顿时乐了："正好，我妹她学校月底有个选拔，大提琴的，你要是去看的话她估计得乐疯。"

陈素敏埋怨似的推了他一下："你乱说什么。"又面带期待地看着江丛羡。

男人也不知在想什么，沉默片刻后，问她："你是北南大学的学生？"

陈素敏点头："是的。"

她在心里窃喜，他居然连自己是哪所大学的都知道。

乐器、日期、大学名字，全部对上了，看来林望书最近废寝忘食准备的就是这个选拔。似乎是想到什么有趣的事，他微勾唇角。陈素敏被这个笑容击中，心跳得很快。

江丛羡点头应下："好。"

闻言她心跳得更快，悸动变成了雀跃。

江丛羡强忍着厌恶参加完了这场生日宴。好在不虚此行，陈老爷子同意将北边那块地皮卖给他，似乎算准了江丛羡会成为自己的女婿，还特地给了个亲情价。

出了酒店，男人彻底沉下那张温和的笑脸，脱下西装外套扔给蒋苑，不耐烦地说："扔了。"

蒋苑心下了然，老实照做。

客厅里，忙完家务的小莲正在沙发上织毛衣。

林望书换完鞋子进来，好奇地问了一句："你在做什么？"

娇生惯养的大小姐还是第一次见到织毛衣，有种新鲜劲儿。

小莲笑着往旁边挪了挪，给她空出一个位置："这不就快入秋了嘛，我想着给我爸妈织几件毛衣。"

林望书在她身旁坐下："织毛衣？"

小莲见她似乎感兴趣，问道："要不要我教你？"

林望书犹豫着开口："可以吗？"

小莲笑道："当然可以。"

她递给她一团毛线和两根织针，手把手地教她："这样，先绕过来，然后再穿过去，再穿一圈。"

林望书聪明，很快就学会了，没多久就织好了小半截袖子。

门外传来车轮轧过水泥地面的声音，大铁门"吱呀"了一声。

应该是先生回来了，小莲放下手里的东西起身过去开门。

江丛羡解开袖扣进来，看见了坐在客厅里的林望书。她正低着头，神色专注，怀里放着一团毛线球。

他走过去，在她身旁坐下："属猫的吗？玩个毛线都这么认真。"

林望书看了他一眼，没说话。

小莲走过来，笑道："书书姐姐在织毛衣呢。"

江丛羡低笑："还会这个？"

"书书姐姐很聪明，一教就会。"

江丛羡问她："知道我的尺寸吗？"

林望书侧了下身子："又不是织给你的。"

他挑眉："哦？不是织给我的，那就是织给野男人的了？"他抱起她，下巴枕在她肩上，声音轻柔，"织给哪个野男人的？告诉我，我找人打断他的腿。"

小莲很识趣地走开了，客厅顿时只剩下他们两个人。

林望书推了他几下，没推开。

他抱得更紧一点，脸埋在她柔软的颈窝，贪婪地闻着她身上那股女性的清香："不是让你洗干净了等我回来的吗？怎么身上还是这么香？"

林望书怕他胡来，提醒他："这里是客厅。"

"嗯。"他枕在她肩上不动了，"让我再抱一会儿。"

"好累。"

他本来工作就忙，陪着她回青市也没怎么休息，今天更是刚下飞机就忙着应酬。林望书讨厌归讨厌，却也还是分得清楚好坏的。姥姥和林约的事，是他帮了自己。

听着他声音里的疲倦，林望书也没有再推开他。

直到耳边的呼吸声逐渐变得平稳，应该是睡着了，小莲轻手轻脚地出来问："先生睡着了吗？"

林望书点点头："睡着了。"

江丛羡近一米九的个子，此刻靠在林望书身上，二人的姿势看上去十分亲密。

小莲偷笑道："书书姐姐真厉害，先生平时吃药都不一定能睡着，在你肩上才靠了这么一会儿就睡着了。"

她年纪小，也不清楚林望书和江丛羡之间的恩恩怨怨。只是觉得，两个长得这么好看的人，一看就很般配，看到他们两个恩爱她就很开心。

林望书也不确定他什么时候会醒，肩膀被他压得有点酸。她小心翼翼地动了下坐麻的屁股，眼睫微垂，正好撞上江丛羡那双深邃如墨的眼睛。

林望书没有防备，被吓了一跳，这人每次醒来都是悄无声息的。

"吓到了？"

她伸手推他："既然醒了就起来。"

他不动，也不肯起身："再靠一会儿。"刚睡醒的声音还有点哑。

林望书推不开他，也只能由着他了。

她拿起遥控器打开电视，随便调了个台，音乐频道里某个交响乐团在演奏。镜头拉近，她看到某个熟悉的脸时，眼眸微亮。

是盛凛。

他可以说是林望书的音乐启蒙，林望书开始接触大提琴就是因为无意中在电视里看到他的演奏片段，那个时候的他不过十二三岁。

他是儒雅斯文的，这种特性与江丛羡伪装出来的温润谦和不同。前者是发自内心的，而后者，不过是为了利益所需。

她看得认真，电视屏幕却没有任何征兆地黑掉了。

江丛羡不知何时已经从她肩上起来了，他把手里的遥控器扔回茶几上，脸色阴沉："吵死了。"

明明音量不大，她怕吵着他睡觉还故意调小了一点。林望书想着，可能是他的睡眠障碍更严重了。

她抱着那团毛线和织了半截的袖子起身，回了房间。江丛羡不和她一起睡，除非有需要才会来她的房间。

林望书的床不大，她一个人睡绰绰有余，多一个江丛羡就会显得有些挤了。每次两人一起睡的时候，林望书都得缩在他的怀里才能稍微舒服一点，不然后背抵着墙，很难受。

他今天有工作要忙，没空"宠幸"她。

月下娇

　　林望书在家从来不练琴，怕吵到他们。打发时间的方式基本就是学习，枯燥乏味。

　　今天好不容易学到了新技能，她上网找了个教程，照着织毛衣。她想着先织一件试验品出来，如果成功了，就给姥姥和林约都织一件。

　　之后一段时间，她一放学回家就织毛衣。

　　第一件毛衣只剩最后半截袖子就织完了，小莲夸她："书书姐姐真厉害，我第一次织的时候都花了一个多月呢，你居然这么快就织好了。"

　　林望书不确定自己织得对不对，把毛衣举起来，问小莲："这样是对的吗？"

　　"是对的。"小莲接过毛衣，上下看了个遍，"真好看，先生肯定会喜欢的。"

　　"不是给他的。"

　　她把衣服重新叠好，原本只是打算练练手，尺寸也没按照他的身材来。

　　江丛羡身高近一米九，平日里穿着西装看上去修长清雅，脱了衣服却是精瘦健壮的。他的个子高，肩也更宽一些，这个毛衣他穿不上。

　　小莲心里疑惑，这分明是件男款毛衣，却不是给先生的，那能是给谁的？但她也没多问，她有自觉，主人家的私事，不是她需要操心的。

　　林望书也有些日子没见到江丛羡了，她睡时，他还没回来。她起床时，他还没醒。

　　作息时间似乎被有意错开了。

　　林望书难得有放松的日子，只希望他每天都这么忙。

　　这几日他都是深夜才回来，总是醉醺醺的，偶尔还会带些女人身上的香水味。

浓郁，刺鼻。

蒋苑扶着江丛羡进屋时，林望书正在写论文。

她拿着杯子出来泡咖啡，正好瞧见江丛羡在沙发上坐下，领带被扯得松垮，白皙的脖颈被酒精染上一层浅薄的红。

他抬手按着眉心。

小莲在半个小时前就接到蒋苑的电话，提前煮好了醒酒茶。

江丛羡面不改色地喝掉，放下茶盏时，视线落在了吧台旁正冲泡咖啡的林望书身上。

他将领带抽出，开始解衬衣领扣，声音低哑："过来。"

林望书端着咖啡杯没动。

他微皱了眉："我让你过来。"

虽然不愿，可她还是不得不听话地把咖啡杯放下，走了过去。

"扶我去浴室。"

林望书有片刻迟疑："我怎么扶得动你？"

他淡道："我是醉了，不是残了。"

说完，他搂着林望书的纤腰，大半个身子都靠在她身上。

林望书一米六八的个子，细胳膊细腿的，扶着他有些吃力："你好重。"

他微勾唇角，在她耳边低笑道："平时也没见你嫌我重啊。"

说话的语调散漫肆意。

林望书微抿了唇，想到那些旖旎的场景，耳根有点红。

"你别说了。"

看到她害羞，江丛羡笑着点头："好，我不说。"

浴室在二楼，江丛羡虽是被林望书搀扶着上楼的，但他还没有醉到连路都走不了的地步。一路下来林望书还算轻松。

他衣服上沾染了烟酒的味道，还有些许女人的香水味，这两种味

月下娇

道林望书都不太喜欢。她捂着鼻子别开脸。

江丛羡反手把浴室门关上，开始脱外套："嫌弃我？"

林望书不语。

江丛羡倒是罕见地多了些耐心："讨厌什么，酒味还是香水味？"

看来她如果不回答他就会一直问下去，林望书只得说："烟酒味。"

江丛羡又问她："香水味呢？"

"还好。"

"嗯？"他不依不饶，似乎非要她给个确切答案。

为了停止这个话题，林望书违背良心地说了一句："不讨厌，很喜欢。"

他现在这个样子没法站着淋浴，她过去替他把浴缸里的水放好。

水声遮盖住了身后衣物碰撞时发出的窸窣声。

她起身时，正好看见裸着上身的江丛羡，腰身健壮，腹肌紧实。

他解开皮带，裤腰松垮地挂着，还能看见微露的人鱼线。

林望书闭眼转身，背对着他："你等我先出去再脱。"

他慢条斯理地将裤子褪下："又不是没看过。"

林望书皱着眉，企图贴着墙面蹭出去。

江丛羡也没拦她，漫不经心地说了句："喜欢的话，改天我帮你去问问。"

林望书闻言停下疑惑地问了句："什么？"

他眸光淡淡地亮了一下："不是喜欢吗？"

林望书这才反应过来，他指的是他身上沾上的香水味。

看来他和那个香水的主人倒是熟稔。

"我不喜欢喷香水。"

江丛羡点点头，也不知在想什么，可能什么也没想。

林望书："我先出去了，你慢慢洗。"

男人平淡的声音从身后传来："生意场上的应酬，烟酒不可避免，至于香水味，应该是某个客户女伴身上的。"

林望书不知道他为什么要和自己说这些，"嗯"了一声后问他："我现在可以出去了吗？"

身后人静默很久，一直没动静。

林望书犹豫片刻，还是开门出去了。

论文写到三分之二的时候，她把电脑关了，上床睡觉。

这几天江丛羡很忙，没有工夫折腾她，所以林望书睡眠很好。

一夜无梦。

月底考核就快到了，她准备得也差不多了。

下午和寻雅约好了出去，她打算把毛衣最后那半截袖子给织完。

她做事认真，又爱钻牛角尖，一旦开始某件事了，就非得完成不可。

这些日子寻雅光是看着她织自己都快学会了。

她故意打趣林望书："我看着像男款，织给哪个相好的啊？"

"本来是想给林约织的，不过因为是第一次，有些生疏，就织大了些。"

林约读初中，年纪虽然不大，但身高已经一米七了。

比同龄人发育得都要快。

寻雅似是想到什么，笑容暧昧地看着她："我怎么觉得这个尺寸特别适合某个人。"

林望书疑惑地歪了下头："谁？"

寻雅的视线落在她身后："来了。"

徐景阳应该是刚上完课，左肩挂着背包，寻雅冲他挥了挥手。

他看到以后，走过来。

寻雅往里面坐了坐，给他空出一个位置："怎么这么慢？"

"老师拖堂。"

他看着林望书，白皙的俊脸微微泛红："你今天不用练习吗？"

月下娇

林望书做完最后的收尾工作，把织针收好。

一件不太完美的毛衣就这么织完了。

她摇摇头："已经准备得差不多了，今天想休息一下。"

"这样也好，别给自己太大的压力。"话说完，他注意到她手里的毛衣，"这是你自己织的吗？"

"嗯。"

他惊叹地"哇"了一声："真厉害。"

寻雅用胳膊肘捅捅他的腰窝，暗示他："这件毛衣还没主人哦。"

"什么？"

寻雅冲他使了个眼色，后知后觉反应过来的徐景阳脸色顿时绯红一片。寻雅瞧他一副小媳妇的娇羞样子，怒其不争。

不过帮人帮到底，寻雅顺水推舟道："反正小约也穿不上，放着也是浪费，不如物尽其用，让徐景阳当你的模特，正好也可以试试看合不合身。"

她的话让林望书有些心动，她原本就担心上身效果不好，但是一直找不到合适的人来试穿。江丛羡的身材要更加高大一些，而且他肯定也不会同意当这个模特。

寻雅笑着把衣服拿过来，递给徐景阳："你套下试试，看合不合适。"

徐景阳看了眼林望书，似乎想获得她的准许。后者犹豫片刻，点了点头。得到肯定的回答后，徐景阳把外套脱了，直接将毛衣套在了里面的 T 恤上。

大小合适，就是做工有些粗糙，有的地方明显漏针，看上去就像是破了个口子。

果然，还是不太好。

看到林望书脸上略显失落的神情，徐景阳忙说："很好看的，我很喜欢，而且造型也很别致，这些洞一看……一看就是专门设计的。"

他应该很少撒谎，话说得磕磕绊绊。

林望书轻声说："这个样子也穿不了，你脱下来吧。"

徐景阳攥着毛衣下摆摇头，不肯脱，声音逐渐变小："送出去的礼物哪有收回去的……"

话说得委委屈屈。

寻雅在旁边乐得跟什么似的，笑声有点大，在收获了隔壁桌情侣的一个白眼后，她压低了声音："他喜欢就让他收着，反正这件小约也穿不了。"

林望书沉默片刻，还是点了点头，"嗯"了一声。

的确，扔了也是浪费，倒不如物尽其用。

第四章

被掳走的冠军

月底很快就到了，礼堂里挤满了人，都是提前过来占位置的。明明下午才开始，中午就坐满了人，有些没抢到位置的人更是直接站在了走廊上。

只剩下前面两排是空着的，听说今天有大人物要过来，那是专门给他们留的。

这些学生对音乐也没多大的兴趣，纯粹就是为了过来看人。北南大学两大校花齐聚一堂，多难得的场面啊。

林望书在后台化妆，她今天穿的衣服是江丛羡上个月送给她的生日礼物——亲自带她飞去纽约定做的一条礼裙。

依旧是按照他的审美定的衣服，好在还算典雅淑女，出席这种场合是足够的。

化妆间是共用的，林望书今天化的妆很淡，甚至连睫毛都没夹，但依旧给人一种清冷惊艳的美感，她足够好看，哪怕素颜也好看。

陈素敏拎着包过来，妆发已经提前让造型师做好了。看得出来，她对今天这场选拔相当重视。

扫了眼林望书后，她拖出她身旁的椅子坐下："打扮得这么漂亮，可惜了。"

林望书此刻正低头回消息，寻雅发过来的，让她加油。她今天有事，没办法过来看现场。听到陈素敏的话，林望书动作微顿，不过片刻，指尖轻触，按下发送。

陈素敏对着镜子补口红："打扮得再漂亮，却只是个陪跑的，你说可不可惜？"

林望书从小就是在这个圈子里长大的，见多了浮华利益，有钱有势的那一方轻而易举就能制造出很多的不公平来。

她懂陈素敏话里的意思，不管自己多努力，最终选拔的名额早就内定了。

她的手指因为忍耐情绪逐渐收紧，她为这个选拔赛准备了太久，这是她目前唯一的希望了。

她其实厌恶现在的自己，为了活下去，不得不成为江丛羡的笼中雀。为了小约，为了姥姥，她也得抓住这个机会，可是……

她突然觉得很累，好像完全没有胜算了。

她深知这个世界的规则。

一无所有的她是争不过陈素敏的。

对于江丛羡的到来，主任亲自站在校门口迎接。

这些年来他大大小小的公益做了不少，光是学校就捐出去好几十所。北南大学正在建的新校区也是他出资建的，还特地成立了个助学基金，一年拨款好几十万。

一路陪同他到礼堂，江丛羡看了眼已经人满为患的礼堂内部，淡笑道："看不出来，贵校热爱音乐的人这么多。"

旁边跟着的学生笑道："哪里是音乐受欢迎，分明就是演奏音乐的人受欢迎。"

他略一挑眉："哦？"

没想到他会给自己回应，学生心里觉得荣幸，话也说得更具体了

月下娇

一些："今天参加选拔的学生里有两个就是我们学校大名鼎鼎的校花，一个叫陈素敏，一个叫林望书，都是大二学生，这次甚至还有人赌谁会赢呢。"

主任听到了，紧皱着眉："现在还敢校内赌博了？"

那个学生打着马虎眼笑过去："不算赌，就我们几个宿舍的男生猜着玩，不输钱。"

主任似还想继续追责，被江丛羡拦下了，他笑容温和，带着对后生的宽容："小孩子难免贪玩一些，这次就算了。"

念及江丛羡求情，主任也就没有继续追究下去，只是厉声警告他们："要是被我发现有赌钱的，饶不了你们，一个个的都注意着点！"

"知道了。"那学生的态度还算诚恳，然后问江丛羡，"您要不要也猜一下？"

他略微抬眸，似有些感兴趣："你押的是谁？"

他嘿嘿一笑："陈素敏啊，她的长相完全就是我的理想型。"

江丛羡若有所思地点了点头："那我押林望书吧。"

"押林望书？为什么？"

他淡淡地笑开了："她的长相也是我的理想型。"

出场顺序是由抽签来决定的，陈素敏似乎没什么悬念地被安排在了压轴。

这种时候，压轴出场的优势会大一些。

而林望书，则是第六。

江丛羡坐在第一排，百无聊赖地看着舞台上演奏的女学生。他是个粗俗的人，品不出音乐的好坏来，对这种看不见摸不着的东西不感兴趣。

一首曲子平均五分钟，江丛羡放下交叠的长腿，拿起桌上的水拧开喝了一口。

主持人报着下一个出场选手的名字。

"林望书。"

身后那些已经无聊到打哈欠的男生纷纷沸腾起来，大声喊着她的名字。有一道声音离得很近，仿佛就在他身后。

"林望书你是最棒的！"

江丛羡略微直起上身，视线重新返回舞台之上。

聚光灯落在林望书身上，薄薄的一层，仿佛是混沌和黑暗中仅有的光亮。她本就是冷白色的皮肤，眼下更是白得透明。

黑发被简易地扎了个丸子头，露出白皙的天鹅颈。

林望书在椅子上坐下，抚平裙摆，抬头时，正好和男人的视线对上。他唇角带笑，黑眸静静地凝视着她。

江丛羡在外向来是一丝不苟的样子，穿上西装后更显矜贵，眉目眼角都透着淡然，自带一种与周围人截然不同的气场。

林望书不知道他为什么会出现在这里，却也没有那个心思去管，眼下最紧要的是好好完成这场演奏。

一曲结束，台下掌声雷动。

下台时，林望书恰好与准备上台的陈素敏遇上，陈大小姐冷哼一声："不自量力。"然后擦开她的肩膀，走上台去。

她的大提琴由专人搬上台，动作细致小心，陈素敏就像个高傲的公主一样，在椅子上坐下后，视线刻意在台下扫视一圈，直到看见江丛羡。

他仍旧是人群中最惹眼的存在，身侧的人正和他讲着话，他安静地听着，偶尔露出浅淡的笑容。

她的心猛地一停，完全被这个笑容给击中。男人似乎察觉到了什么，视线看向舞台，平静淡漠，没什么异样。

陈素敏却因为这个对视而红了脸，她想，她一定要好好完成这场演奏。

所有曲目结束后，旁边的人在忙着整理打分。

其实结果早就定下了。

月下娇

即使不懂音乐的人也能听出来，这场比赛，胜者无疑就是林望书。

江丛羡按着手腕，轻轻转动疏通筋骨，脸上笑容足够温和："许主任，学校不比社会，多多少少还是要公平一些，别让这些认真准备比赛的小朋友们寒了心。"

许主任算是个"老油条"了，心思阅历都足够深。哪怕此刻江丛羡是笑着的，可他也听出了那微沉的语调似带了点警告的意味。

倒也说不上威胁，就好像只是随口提了个醒，学校还是公平些的好。他得罪不起陈老，更得罪不起江丛羡。

许主任心里有杆秤，点头笑应着："这次的选拔本就是靠的实力，自然是用实力来说话。"

舞台之上，主持人宣布结果。

参加选拔的学生都站在台上，陈素敏冷哼一声，眉眼高傲地看了眼身旁的林望书，又是那句："不自量力。"

林望书没有任何反应，像是没听见一般。

陈素敏就是厌恶她这副清高的样子，一个破落户，还敢摆公主架子，真当自己是个人物了。她挺直腰背，一副胜利者的姿态，甚至连获奖感言都想好了。

直到主持人念出那个名字，她顿时愣住。

"让我们恭喜林望书！"

林望书眨了眨眼，有些没反应过来。似乎是没想到，原本不抱任何希望的名额会落到自己身上。她接过主持人递过来的花，视线正好滑到台下。

江丛羡站起身，动作斯文地系好西装前扣，提前离场。

寻雅紧赶慢赶忙完，还是错过了。

不过听徐景阳说，林望书得了冠军，她按着胸口松了口气："太好了太好了。"

林望书对这次的机会有多重视，她全看在眼里。

"今天晚上去竹青宴，我请客。"寻雅豪气地揽过她的肩膀。

林望书笑了笑："还是我请吧。"

寻雅说得头头是道："那怎么能行，我给你庆祝肯定得我请啊。"

徐景阳轻声打断她们："我已经预订好位置了。"

寻雅乐了："你一早就知道我们小书能赢了？"

他看向林望书，脸微红，很快就挪开了："我只是觉得……她肯定能赢，所以……"

他们没有任何关系，甚至连朋友都算不上，林望书不希望以这种方式来欠别人的人情，刚要拒绝。

徐景阳又说："就当作是你送我毛衣的答谢。"

寻雅小声劝她："一顿饭而已，你要是直接拒绝，徐景阳多没面子啊。"

她是想撮合这两个人的，虽然一直对林望书身上的痕迹感到疑惑，或许她是有男朋友的，但后者对这方面从来都是避而不谈，也不像是有主的。

她们虽说也才认识两年的时间，但寻雅还是能瞧出她最近这半年来的变化。骨子里的骄傲仿佛被磨灭了，话也日渐变少。

徐景阳脾气好，家庭条件也好，长得还帅，学校那些学姐学妹们哪个盯着他不跟盯猎物一样？林望书如果能和他在一起，肯定会比现在好过。

听了寻雅的一再劝说，林望书犹豫片刻，还是点头答应了："下次我再请回来吧。"

她的礼貌疏离地落在徐景阳耳中，却成了另一种意思。

他疯狂点头，满心欢喜："好。"

竹青宴是离学校比较近的一家中餐厅，人均消费高，平时接待的客人非富即贵。徐景阳为了热闹些特地把自己舍友也给叫来了。

月下娇

包厢隔音效果好，方便客人谈事。

穿着旗袍的服务员走在最前面，领着他们进到预订好的包厢内——天水间。

徐景阳的舍友都是些话多的，没多久就将包厢里的气氛给带起来了，寻雅笑得前仰后合。林望书不太喜欢这样嘈杂的环境，随便找了个借口，想着出去透透气。

"你们慢慢聊，我去趟洗手间。"

离开了青春洋溢的包厢，林望书揉了揉有些酸痛的肩膀，想着今天晚上早点回家，好好休息一下。

走廊不算太宽，迎面走来几个西装革履的男人，正谈笑着什么。她往旁边站，想让他们先过去。

陈素敏落选了，现在正在家里和她爸发脾气，陈旬知道后立马就过来找江丛羡了。正巧他有个应酬，陈旬也厚着脸皮非要过来。

"羡哥，你觉得我妹妹今天的表现怎么样？"

他垂眸轻笑："挺好的。"

对自己这个妹妹，陈旬还是挺自豪的，夸起她来也是滔滔不绝："她从小成绩就好，八岁就开始学大提琴，连老师都说她有天赋，那个时候……"

他的嘴就如开了豁口的大坝，没完没了。

江丛羡听得并不认真，耐心是没法伪装的。他的右手下意识扶上左手手腕，耳边聒噪的声音让他没由来地烦躁，直到视线触到前面那个贴墙站着的小姑娘。

头顶的灯光柔和，她身上还穿着那件白色的礼裙。

江丛羡有印象，那是他亲自带她去定做的。

她适合白色。

瞧出了她眼中想要和他划分界限，此刻正装作不认识的。江丛羡偏不打算如她的愿，心生邪念，正要走过去和她打招呼。

徐景阳从包厢跟过来，喊她的名字："林望书。"

她一愣，看向他："怎么了？"

他把手机递给她："刚刚来电话了，好像是你姥姥。"

林望书道过谢后，也放弃了去洗手间，直接从身后的过道绕出去，想找个安静点的地方回拨过去。

江丛羡看到男人身上的毛衣，眸光森冷。

自从林望书把那件毛衣送给他后，徐景阳就一直舍不得换。晚上扔洗衣机里洗完脱水，往阳台一晒，第二天干了就继续穿。

舍友都笑话他，天这么热还穿毛衣。

哪怕是中暑了他也想一直穿着。

电话回拨过去，那边很快就接通了，也没什么事，就是姥姥有点想她了。

东扯西拉地聊了会儿，林望书想和林约说说话，姥姥笑道："睡啦，这几天都睡得早。"

睡得早就代表他白天精神状态好，林望书松了口气。又嘱咐了几句后，她才挂电话。

徐景阳一直在旁边等她，林望书拿着手机准备进去，看到他后，吓了一跳。

徐景阳不好意思地挠了挠头："我是不是吓到你了？"

她淡淡地应道："没事。"想了下后她又说，"进去吧。"

徐景阳应了一声，和她一块儿进了包厢。

这顿饭吃得很热闹，在座的大多是些话多的，饭几乎没怎么吃，都忙着玩闹了。

直到夜深，才逐渐散场。

几个喝得烂醉的人正蹲在路边吐，徐景阳叫了网约车，还有十分钟才到。他原本是想着先把寻雅和林望书送回去的，可是那群人已经吐得彻底没力气了。

寻雅看出了他的为难，摆了摆手："我们俩自己坐车回去就行。"

"可是……"他还是有些不放心，看着林望书。

寻雅笑道："怎么，你还担心她能在这大街上被人掳走吗？"

徐景阳摇头笑道："怎么可能？"

话音刚落，一辆黑色的卡宴在他们身旁停下。后排的车门打开，不等寻雅他们反应过来，男人劲瘦有力的胳膊揽过林望书的细腰，直接将人给掳了进去。

寻雅一时间没有反应过来，看着卡宴开走后的车尾气发愣，似乎没想到自己居然这么乌鸦嘴。

徐景阳急忙追过去，不过两条腿终究跑不过四个轮子。追了很久，拉开的距离却越来越远。

林望书整个人还是蒙的，车内没开灯，只有一点车窗外的路灯映照进来，随着车速却也只能算得上转瞬即逝。借着这点微弱的光亮她看清了坐在她身旁的男人，他合目坐着，夜色将他的面容线条勾勒得锋利又性感，手指搭放在黑色西裤上，修长细白，骨节分明。

不等林望书开口，手机响了，她垂首看了一眼，是寻雅打过来的。

她才刚按下接通，那边就急忙问道："你没事吧？他们有没有对你怎样？你别害怕，徐景阳现在已经去警局报案了，你先——"

江丛羡缓缓睁眼，笑看着她："谁打来的？"

他语气温柔，似掺着月光一般。

寻雅很显然也听到了，迟疑片刻，现在的绑匪声音都这么好听了吗？

林望书没有理他，而是和寻雅解释："不用报警，是认识的人。"

"认识的人？"

她"嗯"了一声，看了眼已经攀上自己大腿的手掌，忙说："我下次见面了再和你讲。"

然后匆忙挂了电话。

她的裙子薄，男人手掌的温度直接烫在她的肌肤上。他缓慢地移动着手，柔声问他："嗯？"

"与你无关。"

江丛羡面色无异，仍是笑着。小姑娘倒是现实，从青市回来时对他态度好了些，这几日又冷上了。

江丛羡也没继续问了，只是让蒋苑下车。蒋苑听话地将车停在路边，然后下车离开。

车内只剩下他们两个，林望书紧攥着裙摆，以为他要直接在车内做些什么。江丛羡却松开手，一言不发地打开车门，进了驾驶座。

"过来。"

林望书没动。

他声音发沉："别让我重复第二遍。"

他的性子喜怒无常，说不准什么时候就生气了。林望书没那个胆子和他硬来，迟疑片刻，还是听话地坐进副驾驶。

这里偏僻，因为是到山顶的路，所以没有行人，车辆也少。江丛羡一手扶着方向盘，一手把领带扯开。

"刚刚那个人，是叫徐景阳吧？"

林望书疑惑地看向他："你怎么知道？"

江丛羡轻笑，似在笑她的无知："查个学生的背景不是轻而易举的事吗？"

"你查他干吗？"

江丛羡并没有回答她的问题。

"他是个聪明人，知道利用自己的背景来达到利益最大化，不过也只是些小聪明。"前面有个分岔口，他单手打方向盘转弯，"为了个不值一提的学生会会长就把自己父亲搬出来，目光还是过于短浅了些。"

"江丛羡，你到底想说什么？"

他的手伸过来，按着她的脑袋，轻轻揉了揉，像是在安抚宠物一样。

月下娇

"嘘，哥哥现在心情不大好，安静一点。"

林望书紧紧攥着扶手，说不害怕那是假的。

随着车速不断地加快，她终于忍受不了，轻声请求道："江丛羡，你……你先停车好不好。"

声音娇娇细细的，似在服软。

林望书没指望江丛羡会真的听她的话，毕竟他这个人本身就是一个彻头彻尾的疯子。

车窗开着，冷风灌进来。江丛羡眼睫轻抬，手肘搭在车窗上，指腹轻轻摩挲着唇瓣，也不知道在想些什么。

片刻后，他罕见地如了她的意，将车停在路边。这里没路灯，僻静清幽，车前灯像是柄利刃，切割开黑暗。

江丛羡拿出烟盒："他家是有点背景，但护不住你。"

林望书愣了一会儿才反应过来他说的是徐景阳。

"哪怕都是狼，在温室里长大，注定不会有太锐利的爪子，与其花费时间等一个幼崽长大然后寻求庇佑，倒不如安心待在成年狼身边。"他上身微倾，靠近她，指腹轻捻她的耳垂，低沉的笑声里似带了点提醒，"小书，你是个聪明的孩子，应该懂得权衡利弊，不要让哥哥失望。"

她没安全感的时候，手上总得抓点什么。

她双手下意识地扶上安全带："你跟我说这些干吗？"

江丛羡注意到她手上的动作，眼眸微眯。半晌，他握着她的手，放到自己腿上。

江丛羡眼眸含笑，窗外月光洒进来，他的眼中罕见地掺了些温柔的光："以后啊，只抓哥哥的手就好。"在林望书恍神的空当，江丛羡轻轻揉捏她的掌心，"安全感这种东西虽然廉价，但只有哥哥能给你，也只有哥哥才配，知道吗？"

刚才的那点温柔像是错觉，他又恢复了往日的轻佻随意。

林望书垂眸，使劲抽出手。

她冷声说："不需要。"

江丛羡仍旧在笑："没关系，你总会需要的。"

林望书不敢再坐他的车，江丛羡也没继续开下去，给蒋苑打了个电话。

半个小时后，另一辆黑色的轿车开了过来。

江丛羡站在车外面抽烟，单手插放在西裤口袋里。山路还算宽敞，他掸落烟灰，视线落在绵延的夜景里。冷风刺骨，他的所有感官却像都失灵了一般。一动不动的，看着山下万千灯火，也不知在想些什么。

也可能什么也没想。

蒋苑站在一旁，安静地等着。

他跟了江丛羡这么多年，深知他是个怎样的人。

心思深沉，善于玩弄人心。不管从哪方面看，他都不属于善良人的范畴。

江丛羡猛吸了一口手里的烟，吐出灰白色的烟圈："你说，从这儿跳下去能死成吗？"

蒋苑以为他是病情复发了，皱眉拿出手机："我给赵医生打个电话。"

江丛羡拍了拍他的肩膀，笑道："别担心，我只是问问。"

回到家后，林望书洗完澡就睡了，她酒量也不算好，整个人晕乎乎的。

客厅里，江丛羡刚开完一场跨国会议，蒋苑给他冲泡了一杯咖啡。以往这些事都是家里阿姨做的，不过这个点他们都去休息了。

蒋苑端着咖啡杯过来，轻轻放在江丛羡的手边。视频会议已经关了，电脑停留在原始页面。

他眼底有血丝，是过度疲劳后的产物。江丛羡这个人不光对外人狠，对自己更狠，工作忙起来几天几夜不睡觉都是常有的事。

月下娇

他走到今天这步纯粹就是靠他自己，所以他没办法松懈，更不能露出一丝破绽。的确也会累，但是无所谓了。

低贱和累，后者显然稍微好一些。

蒋苑规规矩矩地站在一旁："我刚刚给赵医生打了个电话，他应该快到了。"

江丛羡抬眸："为什么给他打电话？"

蒋苑欲言又止："您的病……"

江丛羡："嗯？"

他低头，面上带着担忧："您今天的情绪很不稳定，还是让赵医生检查一下比较好。"

男人的眉头皱紧，片刻后，逐渐舒展开来。正好也有些日子没复查了，他点了点头，起身的同时把领扣解了："我先去洗个澡，赵医生如果到了就让他多等一会儿。"

"嗯。"

赵医生的确也等了很久，江丛羡穿着睡袍从浴室出来的时候，他手上的书都看了快一半，桌上的咖啡杯也空了。

半干的头发上盖了块干毛巾，眉骨被垂落下来的碎发挡住，江丛羡深邃的眼仿佛还带着浴室里氤氲的雾气。

他到冰箱前拿了瓶冰水出来，走到赵医生对面坐下。

赵医生放下书，神色认真起来，问他："最近感觉怎么样？"

江丛羡喝了口水，漫不经心地点头："还行。"

"左洛复还有吗？"

"嗯。"

"舍曲林也还有吧？"

"嗯。"

"那我再给你开点安定。"赵医生拿出纸笔，"你的病情相对来说比较稳定，尽量不要让自己受刺激。"

江丛羡冷笑："也没人敢。"

他的确也有这个狂妄自大的资本。

赵医生留下一盒药："有不舒服的地方或者频繁出现控制不住自己情绪的情况，就立刻联系我。"

流程简单，确保他的情绪没什么问题后，蒋苑送赵医生出门。

客厅里顿时安静下来。

墙上挂钟的指针缓慢走动，江丛羡喝完了那一整瓶水，看了眼桌上的安定，似在沉思些什么。

半晌，他转身上楼。

林望书屋子里的窗帘没关严实，月光洒照进来，铺在地上，映出点点柔和的光。

床上的人侧躺着，蚕丝被挂在小腿上，睡衣也在不知不觉中被掀开，衣摆往上卷，小腹平坦，没有半点赘肉。

她应该多吃点的，江丛羡喜欢肉感点的女人，抱着舒服。他站在床边，细白修长的手指扯开睡袍系带，心里想的是，以后多喂她点，养胖些。

睡袍被随手扔在一旁。

他个子高大，轻易就将床占去三分之二的位置，林望书被挤得找不到空隙，下意识就往他怀里钻。

睡梦中的她明显更听话乖巧，手抚上他的腰，胡乱地摸索着。

江丛羡翻了个身，按住她蠢蠢欲动的手，声音暗哑，带着警告的意味："出事了可是要负责的。"

那今晚都别想睡了。

她喉间呜咽一声，似是怕了，乖乖地缩在他怀里不敢再动。

窗外月光依旧柔和，他抱着林望书，睡得很熟。

第二天有课，林望书怕睡过，提前定好了闹钟。可是直到她自然睡醒了，闹钟还是没响。

月下娇

　　阳光有些刺眼，她想抬手去挡，胳膊却动不了。大脑还处于宕机状态，意识缓慢归拢，她这才注意到自己身侧还躺了个人。

　　见小家伙终于醒了，江丛羡唇角微勾，眼眸含笑看着她。

　　林望书的眉头逐渐皱起："你怎么在我的房间？"

　　他的视线落在她宽大的衣领上，因为此刻的动作，里面的大好风光清晰可见："整个别墅都是我的，我想在哪儿睡就在哪儿睡。"

　　注意到他的视线，林望书急忙将衣领往上扯。江丛羡淡笑一声，并不在意她的举动。

　　林望书这才想起看时间，她将手机摁亮，已经十二点了。

　　完了，上午的课全睡过去了。

　　她皱着眉，不解地低喃："我的闹钟怎么没响？"

　　江丛羡坐起身："我关了。"

　　"你关我闹钟干吗？"

　　"太吵。"

　　"……"

　　她不想再和他废话，起身走到衣柜旁，停顿片刻，她看向身后："我要换衣服了。"

　　江丛羡点点头，像是准许了："换吧。"

　　"你在这里我怎么换？"

　　他笑道："你全身上下哪个地方我没见过。"

　　林望书脸皮薄，轻易就红了脸，偏偏一时找不到话来反驳。江丛羡饶有兴致地看着她，似乎心情不错。

　　林望书随便拿了套衣服，走进洗手间。换过衣服后，她顺便洗漱了一下。

　　下午还有一节课，而且昨天晚上发生的事她还得和寻雅解释一下。

　　在路上凭空被人掳走，这种事情怎么想都觉得魔幻。也只有江丛羡这种疯子才做得出来。

因为不是一个系的，所以上课时间林望书和寻雅很少碰到，她们约好下课后在宿舍见面。

寻雅今天正好没课，时间还早，她划拉手机想着去哪里玩，美其名曰"不能让自己的青春全部浪费在学校里"。

她抱着林望书撒娇："今天晚上晚点回家，好不好？"

林望书有些犹豫："家里会说的。"

江丛羡给她定了门禁，不许她太晚回家。

的确，像林望书这种大家闺秀，家里肯定也管得严，寻雅早就想到了。

她嘿嘿笑着，给她出主意："要不这样，你就说你去我家睡，你爸妈肯定会同意的。"

林望书沉吟片刻，刚要拒绝，寻雅又挽着她的胳膊撒娇："好不好嘛，人家就想让你陪我这一天，呜呜呜，小书书最好了。"

林望书看上去娇娇柔柔的，其实是个倔强性子，吃软不吃硬。

寻雅连续撒娇轰炸，她最终选择妥协："那……那我打个电话问问吧。"

她背过身子，拨通了江丛羡的号码。

这个时间他不是在应酬就是在公司，接电话的是个陌生的男声。

"林小姐，江总还在开会，请问有什么事吗？我可以代为转达。"

应该是江丛羡的特助，林望书之前和他见过几次。

林望书道过谢后说了句不用，又问："他大概还有多久结束会议？"

助理看了眼时间："已经进去一个多小时了，估计快了。"

"嗯，那我等他一会儿吧。"

电话也没挂，就这么放着。

寻雅问她："怎么样，同意了吗？"

林望书说："他还在开会。"

"是你爸爸吗？"

面对她的提问，林望书愣住片刻，纤长的睫毛覆住眼底的情绪。

她不知道该怎样去和她介绍江丛羡，她是个有着自己骄傲的人，暂时还不敢将这段混乱的关系暴露在自己朋友面前。

于是她随便扯了个谎："是哥哥。"

寻雅似乎来了兴趣："哥哥？帅吗？有女朋友吗？"

林望书眼前突然浮现出江丛羡的那张脸，他无疑是好看的，不然也不会惹出那么多烂桃花来。也不知他到底有什么魔力，让那些女孩子们个个都倾心于他。

"一般吧。"她又扯了个谎。

寻雅似乎不信："你长得这么好看，你哥哥肯定也差不到哪里去。"

与此同时，手里的手机传来男人清润的声音："嗯？"

林望书连忙关了不知是什么时候按下的免提，背过身子去接电话。

"你开完会了吗？"

他似乎在笑："刚刚在讲我的坏话？"

"没有。"

"我听到了。"

林望书转移话题，轻声开口："我有事要跟你说。"

他应该刚结束完会议，身边有些嘈杂，不时有此起彼伏的"江总好"的声音传来，他也有耐心地一一回应着。

林望书有时候其实挺佩服他的，为了达到自己的目标，多大的牺牲都愿意做。哪怕心里的厌恶已经到了最大的临界点，面上仍旧能带着温柔的笑意。

随着关门声的响起，四周陷入安静中，他应该是到了总裁办公室。

随着椅子的响动，他的声音传来："说吧，什么事？"

"我……我今天不回家了。"

江丛羡的声音微沉："不回家？"

不知为何，她张了张嘴，却没再发出半点声音来。

寻雅见她半天说不到重点，急得把手机抢过来："我帮你说。"她先是做了个自我介绍，"哥哥好，我是林望书的同学，今天是我生日，所以我想让林望书去我家陪我，就一晚上，可以吗？"

那边不知道说了些什么，寻雅保证道："我肯定不会带她去那种乱七八糟的地方，您放心好了，我们就去附近的网红店吃点东西、拍些自拍就回家。

"好的，谢谢哥哥。"

她冲林望书比了个 OK 的手势，然后把手机还给她，林望书犹豫着将手机贴放在耳边。

江丛羡低声问道："什么时候开始学会撒谎骗人了？"

林望书心里一惊，以为他是察觉到了什么。

不等她开口，他那撩人的笑声就传了过来："下次骗人也编个可信点的身份，哪有监管妹妹在外过夜的哥哥。"

林望书："……"

"既然是朋友过生日，也不能太寒酸，钱我待会儿让人打到你的卡上。别玩太晚，早点回去休息，不要让哥哥担心，知道吗？"

他语气温柔，仿佛只是一个关心妹妹的好哥哥。

林望书："没什么事的话我就先挂了。"

他轻声哄骗道："乖，叫一声'哥哥'再挂。"

寻雅似乎还沉浸在刚刚那通电话里："你哥哥的声音也太好听了吧，我孩子都要直接从耳朵里蹦出来了。"

林望书被她夸张的比喻逗笑。

寻雅故作生气地去捏她的腰："你这个小气鬼，有这么帅的哥哥也不知道早点拿出来和好姐妹分享。"

林望书怕痒，频频闪躲，还不忘提醒她："你远在国外的男朋友该哭了。"

"哼。"一提到他就来气，寻雅恶狠狠地骂道，"他又开始失联了。"

"算了，不想他了，我们还是决定下去哪里玩吧。"

寻雅拿出手机查找附近的娱乐场所。说生日也只是为了哄骗林望书的哥哥，毕竟以她家里的严厉程度来看，似乎也只有用这个借口才能最快达到目的了。难得能让林望书陪陪自己，她怎么着也不能浪费啊。

寻雅似乎突然想到什么，唇角微勾："要不我们去夜店吧？"

"夜店？"

一看林望书的反应就知道她没去过。

寻雅揽过她的肩膀："我的小姐妹太可怜了，这得被家里管得多严啊，今天姐姐我一定得带你去长长见识。"

林望书其实不太想去那种嘈杂吵闹的地方，她犹豫着开口："要不我们换个地方吧？"

她不愿意，寻雅也没勉强："去清吧总行吧，安安静静的，多好。"

喝喝小酒聊聊天似乎也不错，最主要的是她还约了徐景阳，想着趁这次机会再撮合下他们两个。林望书这样的性格就得配一个像徐景阳这样阳光乐观的人。

林望书虽然心里还是有些顾虑，但一再拒绝似乎不太好，最后还是点头应下了。

寻雅牵着她的手去路边拦车，走了一半发现不对劲，回头看了一眼，有个人高马大的男人始终保持着一段距离跟在她们身后。

寻雅有些害怕，贴近林望书，小声问她："我们是不是被坏人盯上了啊，后面那个男的怎么一直跟着我们？"

林望书顺着她的视线往回看，抿唇说："他是……是我哥让他跟着我的。"

撒谎还是不太熟练，说得磕磕绊绊的。

好在寻雅并没有察觉到异样，反而震惊地瞪圆了眼睛："啊，你哥这么严苛吗？居然还派人跟着你？"

林望书没有说话，因为不知道该怎么回答。

寻雅频频回头去看那个男人，总觉得他长得凶神恶煞的，好像徒手能捶死一头牛。有他跟着，她们肯定没办法好好玩。

她心不在焉地和林望书讲着话，视线时刻关注着路边的车辆，直到那辆亮着"空车"灯的的士开过来，她拉着林望书的手一边拦车一边往路边跑。

林望书被她的举动弄蒙了："怎么了？"

上车以后，寻雅赶紧回头看，那个男人跟在后面跑了一段路，实在追不上了，又想拦车跟过来。

可惜这个地段本身就不好打车，过了这么久只来了这一辆。他拿出手机拍下车牌号，然后开始打电话。

寻雅拍着胸松了口气："还好还好，没被他追上。"

林望书这才反应过来，寻雅是故意甩开他的。

她心里终究有些顾虑："可是……"

连她自己也没察觉到，在江丛羡长期的管束下，她竟然开始下意识地听他的话。

寻雅安慰她道："没事的，有他跟着总感觉被人监视，怪怪的。"

见林望书还是满怀心事，寻雅揽过她的肩安慰道："放心好了，出了什么事我保护你，难不成还有人去酒吧绑架你不成？"她拿出手机转移林望书的注意力，"来，咱们自拍一张，庆祝我们墨守成规的林大小姐终于深夜出行。"

林望书被她的话逗笑："哪有你说的那么夸张？"

"一点都不夸张，我还没见过哪个女大学生像你家教这么严厉的。"

寻雅自由惯了，这样的生活光是想想都觉得可怕。林望书倒不觉得有什么，可能是已经习惯了。

月下娇

江丛羡占有欲强，尤其不喜欢别人沾染他的东西。

在他眼中，林望书也是他的所有物。

林望书原本以为今天的约会只有她们两个人在，直到看见了徐景阳。

看到她们来了，他起身挥了挥手："这儿。"

寻雅拉着她过去，问徐景阳："你怎么来得这么早？"

徐景阳笑道："正好今天没什么事，打完篮球冲了个澡就过来了。"说话的同时他的眼神像是黏在林望书身上一样，始终没离开过。

这个注视让林望书有些不太舒服，于是她转开了脸，打量了一下四周。就是普通的清吧，没什么太出众的地方。

寻雅给林望书要了一杯低度的鸡尾酒。调酒师调好后放在林望书面前，她礼貌地道过谢，轻抿了一口。

她其实不爱喝酒，觉得又苦又辣，怪怪的。

寻雅聊到一个月后的暑假要去哪儿玩："我听说你家在海景湾有一套别墅，要不我们暑假就去那里？我年前专门学过冲浪，还没亲自实践过呢。"

徐景阳点头笑道："可以的，正好那里的别墅一直空着，也没人住，我明天让人提前去打扫一下。"

寻雅看着林望书："你也去吧。"

后者愣了会儿神，刚要拒绝，寻雅不依不饶地抱着她的胳膊撒娇："你不去的话那多没趣啊，我该无聊死了，去嘛去嘛，你哥哥那边我帮你说，他肯定会同意的。"

寻雅其实不太理解林望书为什么这么忌惮她的哥哥，明明他是个挺好说话的人。

林望书也不忍心直接拒绝她，点了点头："那我回去以后问问他。"

寻雅心满意足："小书书最好了。"

寻雅又去点了几瓶酒，似乎要来个不醉不归。

突然，热络的气氛中断，清吧进来了一群眉目不善的男人。

这条街不算太平，年前还有人过来收保护费。

那些生活在阴沟里的"老鼠"又狠又不怕死，秉着多一事不如少一事的想法，开店赚钱的老板们也不敢和他们硬来。

清吧老板也算是见过不少场面的了，他走过去，笑着打招呼："各位要不先坐下来喝一杯？我们这儿开店做生意，也不想惹麻烦，有什么条件你们先提。"

为首的男人扒拉开他，笑道："我们都是些良民，不闹事，就是过来找个人。"

老板闻言松了一口气："找人？"

张衡下巴一抬，看着他身后那张桌子旁的林望书："喏，那边那个女的。"

注意到他们看过来的视线，寻雅吓得将林望书往后拉："他们不会是人贩子吧？"

后者迟迟没给出回应，她这才注意到她的掌心全是冷汗。她回头去看，此时的林望书脸色惨白，看着逐渐靠近的那群人，身子因为恐惧而颤抖着。

寻雅担忧地小声问："怎么了？"

不等林望书开口，为首的那个人冷笑着走近："哟，江丛羡养的那条狗今天怎么没有跟着你了？"

林望书见过他们，父亲的葬礼上他们去闹过。她做了大半年的噩梦，每天晚上都是这些人。

她爸是被他们逼得跳楼的，她无家可归，林约的病情也因为目睹那次葬礼闹事后加重。这一切都是拜他们所赐，她恨死他们了。

徐景阳也来不及思考林望书是怎么和这群人扯上关系的，挡在她身前："你们是谁？"

"我们是谁？"那人笑了笑，"你管我们是谁？"

月下娇

张衡的视线一直没有离开过林望书的脸，自从在她父亲的葬礼上见过，他就对她那清纯可人的模样吸引得魂牵梦萦，就想着什么时候能够将这天仙一般的人拐到手，奈何江丛羡家的那条"狗"看得紧。心痒痒了这么长时间，这下她身边终于没了人保护，还不得赶紧下手？

张衡笑道："总陪着一个江丛羡有什么意思？要不要投入哥哥的怀抱？哥哥肯定好好疼你。"

说着就要上手摸她的脸，徐景阳冲过来，一拳揍在他脸上："拿开你的脏手！"

但他到底还是个学生，平时又被家里娇养着，那点力气对这些粗人来说连挠痒痒都不如。

张衡揉了揉被揍得有些发麻的嘴角，不屑地嗤笑："力道太软，年轻人还是少去健身房，光靠吃蛋白粉练出来的肌肉都没力气。"

他笑着抬脚，对着徐景阳的肚子猛踹过去。

"这才是打人应该用的力道。"

他那一脚的确踢得不轻，徐景阳身后的桌子都被撞倒了几张。他捂着肚子趴在地上，疼得站不起来。

寻雅什么时候见过这种场面，早就被吓得僵在那里，半天没有反应。

扫清了障碍，张衡走到林望书面前，笑容猥琐："乖，哥哥不打你，只要你陪哥哥一晚，你的这几个同学，哥哥也保证不再动了。"

林望书身后是桌子，已是无路可退。她的手在抖，身子也在抖，整个人像是掉进了一个深不见底的万丈深渊里。

所有恐惧全部涌了上来。

可能是在江丛羡的庇佑下活得太安稳了，以至于她差点忘记这些人的可怕之处。此刻的她像是被谁掐住咽喉一般，呼吸也变得费力起来，恐惧像波涛一样几乎将她溺亡。

男人油腻的脸靠近，伸手就要摸她的脸，林望书没有地方躲，就像是一只在屠宰场里等待被剥皮抽筋的兔子。眼见他就要得逞，一张椅子从后方飞来，准确无误地砸在他的头上。

男人摸了下后脑勺，触到温热的血，怒吼道："是谁砸的——"

看清来人后，他的话头止住，神色变得怪异，各种复杂的情绪交织在了一起。

不过片刻后，他脸上的狠戾就化为谄媚的笑："这不是羡哥吗，您怎么来这儿了？"

第五章
是魔鬼亦是救星

江丛羡上身深灰色衬衣，没打领带，黑色西裤包裹下的双腿修长笔直。他在外向来都是一丝不苟的，现在打扮得这般懒散随意，可能是直接从家里过来的，蒋苑跟在他身后。

借着清吧昏暗的灯光，他敛眸看着面前的狼藉。视线从林望书身上扫过时，神色没有丝毫变化。

眼神重新定格在张衡身上，他笑道："家里的猫跑了，过来找找。"沉吟片刻，他微抬下颌，笑容淡，声音也轻，"刚刚失手扔了张椅子过来，没误伤到你吧？"

张衡看到他这个笑就心里发怵，都差点把他给砸死了，还能这么淡然地说只是失手。即使明眼人都能看出椅子是他故意砸的，但这人得罪不得。

张衡只能打碎了牙往肚里咽。

"没有没有。"他搭话道，"什么猫啊？还来清吧找。"

"一只不怎么让人省心的猫。"江丛羡也不看她，只是沉声道，"还不快过来？"

林望书有些担忧地看了眼身后被寻雅扶起来的徐景阳。

注意到她的视线，江丛羡眸色微暗："嗯？"

这种时候林望书不敢忤逆他的意思，低着头小步走到他身旁。小姑娘应该是真被吓到了，整个人像是中邪了一样，七魂丢了六个，双眼也无神。

旁边看热闹的那些人已经开始拿出手机偷拍了。

江丛羡按着手腕缓缓活动了下有些僵硬的筋骨，和身后的蒋苑说："让老板清下场，今晚这里我包了。"

蒋苑点头，然后离开。

林望书脸上的泪水还没干呢，眼里的就又蓄上了，水汪汪的，想来是被吓得不轻。

江丛羡抬手，指腹在她脸颊轻扫过，带走那抹泪："哭什么？又不是不帮你出气。"

张衡算是明白了，江丛羡口中的"猫"指的是什么。

他忍着剧痛为难道："我想羡哥应该是个讲道理的人，这次就当给兄弟个面子，抓不到人，我们回去也不好交差。"

江丛羡点头："既然你叫我一声哥，我也应当给你这个面子。"

听他这么说，张衡松了一口气，伸手就要去扯林望书的胳膊。

林望书下意识就往江丛羡身后躲，张衡扑了个空，抬眸看着他。

对于江丛羡，他是有忌惮的。这个人无论对谁，似乎都足够温和，也从未因为身处高位便随意给人分出个高低贵贱来。可张衡知道，这是因为江丛羡不将他们这种见不得光的老鼠放在眼里。

坏人可怕，但像他这种喜怒不显、心思极重的人更可怕。

姜丛羡抬手解了袖扣，声音轻慢："蒋苑，带这几位出去好好讲讲道理。"似乎是想到了什么，他又笑着叮嘱了一句，"别太粗鲁，温柔些。"

那群人走后，清吧更静了。

徐景阳的眉头因为疼痛而轻蹙，却还是不忘上前问林望书有没有事。

情急之下，他拉住了她的手，关切地问着："你没有伤到哪里吧？"

江丛羡神色淡漠地看了眼被男人握在掌心的柔荑。

林望书不动声色地抽出手："我没事的。"她的语气算不上热络，带着歉疚地问道，"你还好吧？"

怕林望书担心，他强撑着安慰她："没事的，小伤。"

看出了他的勉强，林望书心里更加愧疚，如果不是因为自己，他也不会被卷进这种危险的事情当中。

哪怕清吧光线再昏暗，寻雅还是认出了面前这个男人就是之前在聚会包厢里看到的那个。

看林望书和他的关系，两人应该认识很久了，至少在那次包厢相遇之前就认识了，可为什么他们当时要装作彼此不认识的样子？

她疑惑地看着林望书："你们两个……"

林望书紧攥着袖口，不知道该怎么解释面前这一幕。

她不该撒谎的，一旦撒下一个谎言，就得用无数个谎言去圆。

江丛羡动作亲昵地搂过林望书的腰，捏了捏她的脸，柔声询问她的意见："我该怎么和你朋友介绍我自己？哥哥，还是你男人？"

寻雅惊得下巴都要掉了，这个声音的确和电话里的如出一辙。徐景阳看到面前这一幕，整个人像是被点了穴道一般，神色比刚才还要难看。

"林望书，你……你要是有什么隐情的话可以和我说，我可以帮你的！"他话说得急切，似乎断定了她不是自愿的。

她那么骄傲的一个人，怎么可能容忍男人这样的举动？这其中定是有什么隐情，莫非是她因为父亲借了高利贷被逼得走投无路，让她不得不依附在他的羽翼下生活？

林望书说不出口。

的确如江丛羡说的那样，哪怕再落魄，她也把那点风骨和骄傲看得格外重要。自小接受的教养让她没办法释怀，没办法轻易和身边人讲出真相。

撒谎的确是个不好的行为，可是她实在没有勇气说出实情。她只能声音微弱地顺着江丛羡的话编下去："他……是我男朋友。"

她压下心中的情绪，克制住突然生出的对自己的厌恶。

他太可恨了，实在是太坏了。

一时之间，每个人脸上的情绪都精彩各异。

唯独江丛羡仍旧淡然如常。

他扫了眼空荡荡的桌子："不是过生日吗，怎么连蛋糕也没有？"

他和身后刚跟人"讲完道理"的蒋苑说："去订个蛋糕过来。"

寻雅有些心虚地看了江丛羡一眼。

他声音清冽，眉眼却柔和："寻小姐介意把身份证拿出来给我看一下吗？不然不知道该订多少岁的蜡烛。"

"我……我二十一。"

江丛羡笑道："还是看一下身份证比较保险，寻小姐连自己的生日都能记错，难免会把年纪也给记错。"

他是儒雅的，周身气质也温润，像是雨后的青竹，自成风骨。可寻雅却莫名感到一种压迫感，在他面前，自己的所有伪装和谎言都无处遁形。

她怕他。

不知为何，她发自内心地害怕面前这个人。

以至于寻雅开口时，声音都开始磕绊："对……对不起，今天的确不是我生日，我只是希望您能同意林望书出来，所以才……所以才撒谎的。"

她一股脑全部坦白了。

她终于明白了为什么林望书在他面前会那么忌惮。

月下娇

这个男人的确太可怕了。

在他面前，她甚至不敢有任何隐瞒，哪怕他面上的笑容温柔又和善。

"既然这样的话，小书我就先带回去了。"江丛羡的语气不强硬，反而处处询问她的意见，"可以吗？"

"可……可以的。"

他也不牵林望书的手，只是攥着她的手腕，将她带出清吧。

外面天色暗，黑色的轿车停在门口。

他这次出来只带了蒋苑一个人。

不过几只老鼠而已，除了臭了点脏了点，构不成任何威胁。只是小姑娘平日里养得娇气，眼下怕是被吓破了胆。

蒋苑去附近的便利店买了瓶水过来，江丛羡递给林望书，让她好好把手洗洗。林望书也不问为什么，只是低头照做。

车子上了高架桥，蒋苑把车窗关上，隔绝了风声以后，车内更静。她全程不发一言，很显然，还没从刚才的恐惧中缓过神来。

江丛羡冷声问："现在知道怕了？"

林望书不知道在想什么，眼睛都没眨一下，就这么傻坐着，像是中邪了一样。

恐惧和内疚，以及其他各种情绪杂糅在一块，她也说不上来现在是种什么感觉。

心其实早就已经死了，正如江丛羡所说的那样，她的骄傲的确不值钱。所有的秘密全部被暴露在朋友面前，甚至还因此连累了他们。

小姑娘藏不住心思，尤其是在江丛羡面前，什么都逃不过他的眼睛。他看了眼她有些破皮的下巴，应该是在刚才那场混乱中不小心伤到的。

"疼吗？"

她没回答。

　　江丛羡打开车上的储物柜，从里面的药箱里拿出一管药膏。挤了一点在手上，涂抹在她受伤的地方。药膏带着薄荷成分，凉凉的，和他指腹的温度差不多。

　　林望书下意识地躲避了一下，被他的手强硬地控制了，手就这么捏着她的脸颊，生生将她的脸转了过来。

　　"别乱动，还没涂完。"

　　他动作并不温柔，只是尽量避免弄疼她。

　　他的手指白皙修长，是好看的，指腹处有着一层薄茧。

　　入江家前，她多少也听说过一些关于他的事，江丛羡现在的一切都是靠他自己打拼出来的，和那些等着继承自己父亲家产的富二代们不同。他比他们聪明，也比他们狠，心机城府更是深沉似海。

　　林望书想，他应该也吃过很多苦。

　　从一无所有走到现在的位置，几乎很少有人在他这个年纪就能办到。只是他从来不将这些挂在嘴上，不是为了那些不值钱的傲骨和风度，他向来不将这些放在眼里。

　　不说的唯一原因就是，他不需要也不屑于得到任何人的怜悯。

　　药膏涂完后，车内充斥着一股刺鼻的薄荷气味。江丛羡不太喜欢，于是降下车窗通风。

　　林望书犹豫良久，还是拿出手机，想给寻雅发个信息。可不等她点开微信，手机就被人抽走。

　　江丛羡看着屏幕里的头像，是个卡通小人，和她长得挺像的——大眼睛、小鼻子、小嘴巴。

　　他知道林望书嫌弃他，不肯加他的微信，平时和他联系也只是通电话和发短信。

　　"自己画的？"

　　她没有回答："还给我。"

　　江丛羡点了点头，似乎也不在意，只是拿着手机的那只手缓缓抬起，移向车窗外。他拿得不稳，风吹得手机摇摇欲坠。

林望书看到他的动作后，心猛地一揪。

手机里家人的语音和视频是她现在仅存的寄托了。

"你还给我。"

她生怕他真的扔了，眼泪一下子就涌了上来，起身就要去抢。

江丛羡淡淡垂眸："现在肯说了？"

"是我自己画的。"

还是读高中的时候画的，上面的衣服是她第一次代表学校参加比赛时穿的。也是为了纪念那次，她的头像才一直没换过。

江丛羡也没真想扔，就是吓唬吓唬她而已，谁知道小姑娘这么不经吓。

"哭吧。"他把手机扔回给她，"哭不丢人。"

从刚才起，林望书就一直忍耐着。

她算不上坚强，从小在宠爱里长大的富家千金，承受力又能有多强？这一年是她这辈子里最难熬的日子。

她没有放弃，也一直努力。可是意外接踵而至，始终都看不到尽头，她的未来仍是一片灰蒙蒙的。她不知道这样的生活还要持续多久，活在城堡里的人，是没办法做到足够坚强的。

她厌恶现在的自己，越哭越大声，瘦削的肩膀也跟着颤抖，仿佛要将这些日子所有的委屈难过全部发泄出来。

江丛羡搂过她的肩，将她揽过来，靠在自己怀里，轻轻拍打着她的后背，帮她顺气，防止她哭到脱力。

林望书也没哭多久，累了就停下来了。江丛羡胸前那部分衬衣也被她的眼泪浸湿。

手机屏幕亮了，是徐景阳发来的消息。

徐景阳：你还好吧？

徐景阳：我到医院了，医生说除了肋骨断了一根，其他的都还好，你不用担心。

江丛羡淡扫了一眼上面的内容："心疼他？"

林望书没说话。

他冷笑了一声："宝贝，你难道不应该多心疼心疼我吗？又被骗又被绿的，多可怜啊。"

"我跟他只是普通同学而已。"

"为了和他约会不惜撒谎骗我，还亲手给他织毛衣。"他捏着她的下巴，指腹慢慢捻过，"这个同学可真够普通的。"

林望书屏住呼吸，没再开口。毕竟这件事她的确有错，也不占理。

车内静默良久，直到蒋苑将车驶进大院。

他踩了刹车，安静地等着。

江丛羡并没有下车的打算，林望书也不敢动。

"开进去。"

他略显低沉的声音在这黑夜中响起，蒋苑听话地照做。

车开到地下车库，蒋苑非常自觉地把车停到了靠里面的车位，然后开了车门离开。

车库里是清一色的限量版超跑以及大排量的重型机车。

江丛羡对这种极限运动算得上热爱，似乎只有拿自己的生命做赌注的时候，他才会稍微轻松一点。

比起活着，死亡才是最简单的事。毕竟人死了就什么都没有了，多好。

他慢条斯理地将衬衫下摆从裤腰里扯出来，薄唇落在她的耳边，声音暗哑低沉："你太不乖了，总得吃点苦头才行，不然不长记性。"

小莲有些担忧地在客厅里等着，今天晚上先生从公司回来后，还没待多久就铁青着一张脸走了。直觉告诉她，应该是发生了什么。

她不安了一晚上，直到蒋苑进到客厅，她才松了一口气。

可往门后看了很久，都没看到有人进来。

"先生和书书姐姐呢？"

月下娇

　　蒋苑沉吟片刻，没有回答她的问题。

　　小莲继续不安地等着，大概一个多小时后，江丛羡才推门进来，身上的衬衣满是褶皱，像是被谁用力揉过。

　　他在外向来一丝不苟，着装打扮也是，几时像今天这般狼狈过。

　　小莲没见到他身后有人，犹豫着站直身子："书书姐姐她……"

　　他淡声吩咐："把浴室的洗澡水放好，她的衣服也一起拿进去。"

　　他把手放在肩上揉了揉，小家伙也是狠，直接挠了下去，半点也不带含糊的。手从他肩上离开的时候，指缝甚至还带着皮肉和血。

　　养不熟的狼崽子。

　　小莲点头："好的。"

　　林望书过了很久才进来，路走得有些别扭。为了不让人看出异样，她走得很慢。

　　小莲单纯，也看不出发生了什么，忙从二楼下来告诉她："书书姐姐，我给你放好了洗澡水，你睡衣也拿进去了。"

　　林望书和她道谢后问她："可以麻烦你再给我煮一碗醒酒茶吗？"

　　那酒的度数不高，但是后劲足，她这会儿已经有些头晕了。

　　小莲笑道："不用跟我这么客气的，我待会儿煮好了给你端上去。"

　　"谢谢。"

　　这个澡洗的时间有点长，林望书躺在浴缸里，看着身上的痕迹。

　　她皮肤白，这些痕迹在她身上看起来格外明显。偏偏江丛羡今天晚上不当人，专挑显眼的位置下嘴，仿佛在宣示主权一样。

　　林望书那一下有点狠，他正好到了动情之处，也没有把她推开，疼痛刺激着感官，反而令他更兴奋。

　　往往在这种时候，江丛羡对她总是格外宽容。

　　林望书是故意的，故意向他泄愤。

　　她洗完澡后换上衣服回房，桌上放着一碗冒着热气的醒酒茶。

　　桌上的学习资料还没收好，国庆节学校放假，正好趁着这几天把落下的功课补回来。

晚上照常和姥姥开视频，她只露了个脸，不敢把脖子露出来。哪怕姥姥再迟钝，也难免会问起她脖子上的痕迹。

"小约今天吃了两碗饭，说想姐姐，刚刚才被我哄睡着，你这几天学校应该放假吧？"

"嗯，放七天。"

"七天啊，要不要过来玩几天？正好小约他们学校也放假。"

林望书当然也想回去，可是江丛羡肯定是不准的。

姥姥看出了她的为难，小姑娘从小就是个报喜不报忧的性子，什么事都自己忍着，怕她担心。

姥姥虽然人老了，可眼睛还不瞎。她和江丛羡的关系，根本就不是她说的那样。

好在，他待她似乎不错，并没有对她的生活太苛刻。

"要不这样，我让小约去你那儿玩几天，他这些天想姐姐，不肯睡觉，你也知道，这孩子倔起来谁的话也不肯听。"

林约身体不好，不能熬夜。

听到姥姥的话林望书也担心，略一沉吟后，她点头："我去和江……我去和丛羡说一下。"

电话挂断后，她刚要出去，看了眼身上单薄的睡衣，保险起见，她还是披了件外套。

书房门是虚掩着的，没关严，林望书礼貌地敲了敲门。

里面没声音，犹豫半晌，她说了句："我进来了。"然后推门进去。

江丛羡坐在旁边的沙发上，正在脱衣服，裸露在外的上身劲瘦健壮。他皮肤白，身上的疤痕清晰可见。

林望书很久以前就发现了，他身上有很多大大小小的伤口。看颜色深浅和疤痕大小，也不难想象当时受伤有多严重，绝大部分伤口甚至有致死的可能。

肩上那道新鲜的伤口是她刚刚挠的。

月下娇

江丛羡扫了眼她包裹严实的身子，冷笑一声，当真是对他处处提防。

"我有事要跟你讲。"

"不想听。"

没想到他拒绝得这么干脆，林望书愣了一下。

门外有脚步声传来，一个男人手上拿着药箱进了房间。

是一张熟悉的面孔，他是江丛羡安排在她身边的那个人。

他的脸上有伤，看到林望书，低了低头，也算是打过招呼，然后将药箱放在桌上就离开了。

林望书皱眉问江丛羡："你打他了？"

他平静地反问："难道不该打吗？连个人都跟不住的废物。"

所以，那个人挨打是因为她。

林望书眼眸轻垂，不发一言。

江丛羡心想，果然是教养好的大小姐啊，对谁都有一颗怜悯心。思及此处他不由得冷笑，林有为不是什么好东西，倒挺会教女儿的。

"帮我把药上了。"

他弄疼了她，她也想还回来。

车内没开灯，昏暗中她根本不知道自己那一下有多狠。整个人的魂儿都飞远了，哪还有心思去管力道啊。

这会儿近距离看了，下手好像是有些狠了。她胆子小，尤其是害怕这种血肉模糊的场景，哪里还敢过去。

"为什么不直接让赵医生过来？"

"抓伤我的人是你，又不是赵医生。"

她声音小，像某种控诉："你要是这么对赵医生，他也会抓伤你。"

江丛羡眉头紧皱："我为什么要这么对赵医生？"

"……"

林望书最后还是听话地给他上了药，毕竟的确是她挠伤的。

怕弄疼他，她动作小心，消毒，用棉签蘸着药，轻轻地擦在他的

104

伤口上。偶尔还会凑近伤口，替他吹吹。

温热的呼吸喷洒在江丛羡的颈后。

她洗过澡了，身上有股沐浴露的香味，混着她身上自带的清香，闻久了有些上头。

江丛羡别开视线，肌肉紧绷，呼吸也稍有些不顺。

这种感觉有些陌生，不受他控制。

他自制力一向很强，平日里表现出的模样也只是为了吓唬吓唬她而已。理性过头的人，是很难被感情牵着鼻子走的。

江丛羡自然也不会矫情到爱一个人爱得死去活来。甚至可以说，他根本就不会让自己动真情。

他厌恶一切无法受他掌控的东西。

林望书将手里的棉签扔进垃圾桶里，从他身旁离开："好了。"

江丛羡看了她一眼，把衣服穿上，由上而下系好扣子。

林望书盯着他身上的伤口在发呆，沉吟片刻，她还是鼓起勇气问出了口："你和刚刚那伙人，很熟吗？"

他抬眸："怎么，担心我和他们是一路人？"

林望书看着他的伤口，没说话。

这就是默认了。

他和那群人相熟，身上又有这么多伤，很难不让人往那方面去想。小姑娘没什么心机，所有情绪都直接放在了脸上。

江丛羡看得出来，她现在的眼神代表了什么。

哪怕林家已经败落，她现在不过是他的所有物，但仍会习惯性地以高人一等的角度去看其他人。

这是他们这种人的一个通病。

他脸上笑着，那双温柔的眸子里却不见半点笑意："我身上的这些伤口是不是很恶心？"不等林望书开口，他又说，"林望书，全世界所有人都可以嫌我脏，唯独你不行。"

林望书一直以来都有一种感觉，江丛羡独独针对她一个，不是没有缘由的。他身边好看的女生那么多，他没必要把自己一个累赘带在身边。

而现在，这种感觉越发强烈。

她急切地想要去证实心底的猜想，可是因为惧怕，迟迟不敢问出口，她怕得到的答案不是她想听的。

时间过得很慢，林望书神情难看，站在那里一动不动。江丛羡没再理她，他还有工作要忙。

站得久了，林望书的脚又开始疼了，从刚才在清吧的时候，她的脚就一直隐隐发疼。洗澡的时候没看出来异样，现在想想，应该是混乱中不小心磕到了。她深呼一口气，收起自己的负面情绪，一瘸一拐地往外走。

"等等。"

男人低沉的声音在书房内响起，林望书迟疑地回眸看了看他。

他正低着头翻阅文件，也没看她，只是加重了点声调说："过来。"

不知道他又要干吗，但林望书还是听话地过去了。连她自己都没有察觉到，她已经开始下意识地听他的话。

电脑连了语音，对方在向他汇报工作。涉及一些专业性的话题，林望书听不太懂，也没想去听。

方案通过邮箱发过来了，江丛羡滑动鼠标点开，就停在对方汇报的那一页上，江丛羡偶尔出声给他指出需要修改的错处。

他身子往后靠，留出足够的空隙，拍了拍自己的腿："坐上来。"

大 BOSS（老板）这清冷的声音经由耳机入了耳，正心惊胆战汇报工作的何渠愣了一瞬："什么？"

"没和你说。"

想到刚刚引人遐想的那三个字，何渠脸一红，总觉得现在对面的场景肯定香艳异常。

林望书不肯坐，江丛羡便沉着一张脸："我不喜欢把话重复第二遍。"

电脑另一端的男人大气都不敢出一下。

一阵窸窸窣窣的声音从那边传来，半晌，终于重归安静。

汇报工作重新开始，江丛羡脱掉林望书的鞋子，手放在她因为扭伤而红肿的脚踝处，轻轻地揉捏。

"刚刚摆出那张委屈的脸给谁看？"

何渠停下，安静地等他们讲完。

江丛羡说："你继续，我在听。"

美人在怀都能分出心来工作，不愧是大老板。

伴随着电脑里不断发出的汇报工作的声音，江丛羡的力道稍微加大了些："想让我心疼？"

"没有。"

他低沉缱绻的笑落在她耳边："撒谎可不乖。"

林望书想，其实也不怪那些人会被他蛊惑欺骗。他实在太擅于伪装了，冷漠时狠戾阴沉，温柔时又溺人肺腑。如果不是与他朝夕相处，她可能也会被他伪装的假象给骗过去。

江丛羡的手此时捧着女人的小脚，拢在掌心焐热，他轻垂着眼睫看她："不是有话要和我说吗？"

经他这一提醒，林望书才想起正事。她轻声说出那个请求，男人面色平静，却没开口。

她心里没底，担心他会拒绝，手紧紧抓着外套下摆。

江丛羡看到她这个动作后，握住她的手，轻笑道："不是和你说过吗？以后只许抓哥哥的手。"片刻后，他笑得越发暧昧，抓着她的手缓慢往下带，"当然，其他的地方也可以。"

手碰到冰冷的皮带扣，她吓得想立刻将手抽离，却被他握得更紧了一点："躲什么，又不是没抓过。"

他总是会说些这样的话让她面红耳赤。

方案越往下漏洞就越大，江丛羡彻底没了耐心，冷声打断何渠的汇报："行了，待会儿我把需要修改的地方标红发给你。"

月下娇

何渠突然心很慌："好……好的。"

那边没再给回应，直接挂断了语音。

想到刚才的情形，何渠后怕得直擦汗。

对江丛羡的回应，林望书原本就没抱多大的期望，来之前她已经
在心里盘算该怎么和林约讲才不至于让他难过。

江丛羡抱着她，头埋在女人香软的颈窝里，不轻不重地叹了口
气："怎么又委屈上了？"

林望书习惯性嘴硬："我没有。"

江丛羡笑了笑："我又没说不行。"

小姑娘身上没喷香水，也不知道为什么能这么香，还软，像抱了
团棉花。

他抱上就不想离开了，低声哄骗道："叫一声哥哥，我可以考虑
考虑。"

那声"哥哥"林望书最后还是没有叫出来，不过他抱了她一会
儿，似乎心情不错，最后还是点头同意了。

"你那个同学，以后还是少联系。"

林望书抿唇沉默，好半晌道："你现在连我和谁交朋友也要
管吗？"

"那倒不至于，不过是给你些建议，至于听不听就是你的事了。"

过于愚蠢的人，哪怕心地不坏，也总能惹出一堆事来。

林望书的那个朋友，就是一个典型。

从书房里出来时已经很晚了，好在明天林望书没课。她的背抵着
门，浑身的力气都像是被卸掉了一般。

哪怕在江丛羡面前表现得再淡定，她仍旧怕他。

他这个人的性子过于阴晴不定，可能前一秒还是温柔地笑着，下
一秒就沉起了一张脸。林望书在他身边的每一天都如履薄冰。

她是讨厌这种生活的，她好像失去了自我，像个毫无灵魂的洋娃娃，被放在他的城堡里供他欣赏玩弄。

国庆七天假，旅游回家的人很多，机票也不好买。林望书只买到了第三天上午的，不过也好，林约过来还能玩四天。她给姥姥打电话时嘱咐她记得把林约的作业装上。

原本她想让姥姥也一起跟过来的，不过姥姥最近找了个新工作，帮人家带孩子，还算轻松，工资也高。如果现在走，这份工作很快就会被别人给抢走。

姥姥安慰她说："等忙完这阵，姥姥就带着小约一起去找你，给你做你最爱吃的酸菜。"

林望书点了点头："你在家也要注意身体，别太累了，知道吗？"

"姥姥知道，你不用替姥姥担心，照顾好自己。"

江丛羡少有休息的时候，假期也得出去应酬。

那次以后，寻雅联系过林望书几次，不过就是聊些比较日常的话题，并没有提起那件事。明眼人似乎都能看出林望书对江丛羡的抗拒。

寻雅知道，这其中肯定发生了很多事情，既然林望书不想说，那她就不问。

两人东扯西拉地聊了一会儿后，寻雅问她："你最近和徐景阳联系过没有？"

"给他打过一个电话。"

毕竟他也是因为自己才会受伤，她觉得自己也应该慰问一下。不过徐景阳说自己恢复得不错，没什么问题。但林望书能听出来，他只是为了不让自己担心而已。

电话挂断后，林望书抱着衣服去了浴室，手机在桌上接连响了好几声。

月下娇

房门隔绝了声音，她没听见。

别墅外，徐景阳看着因为无人接听而自动挂断的电话，有点担心。他是从医院偷跑出来的，因为想见她。

那天她被江丛羡带走以后他就开始后悔，后悔不该那么轻易让她被人带走。她的模样，分明就不是自愿。她对那个男人有抗拒，有惧怕和忌惮，没有喜欢。

如果是因为钱，自己可以帮到她。

林望书的地址是他在学生会的入会申请里找到的。

从医院逃出来以后，他在路上被一个摆摊的阿姨拦住，她说自己卖的蜡烛有香味，小姑娘都喜欢。他当时也不知道是怎么回事，听到"小姑娘都喜欢"这几个字，就头脑一热买了几个。

电话没人接，徐景阳不清楚她是在忙什么。他拿出打火机，把那几根蜡烛点好摆放在地上，想着她打开窗户就能看到。寻雅和她说了，林望书最近这些天的心情不是很好。他希望自己能做点什么，逗她开心。

这里的路灯前些天因为打雷坏了，路边暗，只有别墅里的淡淡灯光泄出来。

黑色的轿车在院前停下，江丛羡看了眼车窗外不远处正专心摆放蜡烛的男人。视线往上，淡漠地停在二楼亮着灯的窗户上。

安静片刻，他扯开领带，声音阴冷："砸了。"

徐景阳蜡烛才摆了一半，旁边走过来一个身材高大的男人，目测有一米九，只是背着光，看不清脸。

他以为这个男人是这栋房子的管理人，刚要开口向他询问林望书是不是住在这里，不等他开口，那个人面无表情地将那堆蜡烛给踢翻："私人住宅，还请这位先生离开。"

光踢翻似乎还嫌不够，他干脆直接将那些蜡烛踩碎。

自己为林望书准备的惊喜还没让她看到就被破坏，徐景阳既愤怒又着急，刚要开口，一旁车门打开，一道清润的声音传来："蒋苑，不可无礼。"

江丛羡将领带扶正，笑容温润地走来："来找望书的吗？"

徐景阳迟疑了一瞬，下意识地点了点头，似乎是没想到他们居然住在一起。

"正好，她今天在家，不介意的话上去喝杯茶再走？"

面对他的邀请，徐景阳手握成拳，紧了紧，又松开。

过了很久，他才哑着嗓子说了声"好"。

这个时间不算晚，至少还没到林望书的睡觉时间，一楼二楼都亮着灯。用人泡好茶出来，给徐景阳倒上。

江丛羡笑说："福元昌圆茶，客户送的，尝尝味道怎么样。"

徐景阳喝了一口，礼貌地说了句："挺好的。"

"喜欢的话，待会儿回去的时候就带一点。我不爱喝茶，家里的小姑娘也不爱喝，放着也是浪费。"

听到"小姑娘"三个字，徐景阳下意识地愣了一下，脑里的第一反应就是林望书。

江丛羡问旁边的小莲："望书睡了吗？"

小莲摇头："还没有。"

"那去叫她下来。"

"好的。"

徐景阳面前的茶杯空了，江丛羡又给他倒上："望书话少，有些内向，我平时工作又忙，没太多时间陪她，幸好有你们这些朋友能陪在她身边。"

他语气没有丝毫的故作暧昧，反而平淡得像是早已习惯，习惯了这种朝夕相处的亲昵。根本就不像是强迫了林望书的人。

林望书头发吹了一半就被叫下来，头上还盖了块干毛巾。半干的长发披散着，雪白的睡衣被淋湿了一小块。

下楼后她才发现客厅里来了个客人。

月下娇

　　江丛羡待人总是温润谦逊，但从不交心。他好像没什么朋友，也似乎不需要朋友。在他的世界里，人只分为两种，可利用的和不可利用的，家里几乎很少会有客人来。

　　林望书看了一眼，视线触到男人的脸时，愣了半晌。

　　"徐景阳？"

　　徐景阳本想和她打招呼的，可是看到她身上的衣服后，又沉默了。

　　她应该是刚洗过澡，身上还带着沐浴露的淡淡清香。她住在这里，没有半点被强迫的不适，反而很自在。

　　"你怎么过来了？"

　　林望书的提问让他稍微回过来点神，刚要开口："我——"

　　江丛羡轻笑着打断："刚刚在楼下和他碰到，应该是过来找你的。"

　　他看了眼她还在滴水的发尾，抬手招了招："过来。"

　　林望书停顿半晌，还是听话地走了过去。

　　他取下她头顶的毛巾，抬手替她轻轻擦拭着："怎么不吹干了再下来？"

　　"小莲说有客人来了，好像是找我的。"

　　她还以为是寻雅。

　　"那也吹干了再下来，会感冒的。"

　　他语气温柔，似乎真的担心她会感冒。林望书不知道他的葫芦里又在卖什么药。

　　可能是发现和自己想象中的不一样，也可能是觉得，他们两个人之间的亲昵让他觉得自己的行为就是一个彻头彻尾的笑话。因为担心她，特地从医院逃出来，想带她走，结果却发现人家根本就是自愿的。不光自愿，而且还挺恩爱。

　　徐景阳站起身，勉强扯出一个笑："林望书，看到你没事那我就放心了，医院那边还有点事，我就先回去了。"

林望书关心地问了一句："你的伤恢复得怎么样？"

"挺好的。"

"那就好。"

徐景阳欲言又止，似乎还想和她说些什么："我——"

江丛羡看了眼旁边的蒋苑，轻声打断："还不送送客人。"

蒋苑听话地走到徐景阳身旁："徐先生，请吧。"

要说的话被强行堵了回去，徐景阳又看了一眼林望书，然后才转身离开。

一时之间，客厅里便只剩下他们两个了。

江丛羡继续给她擦拭湿发："他喜欢你。"

林望书微愣："什么？"

"看不出来？"

林望书沉默了。

也不能说完全看不出来，他的那点心思，实在太明显了。只不过林望书不确定是不是自己多想了，只能尽可能地和他拉开距离。

"还是太年轻，半点打击都承受不起。"水滴顺着挂耳的长发滴进耳朵里，江丛羡细致轻柔地替她擦干，离开时，指腹还在她圆润的耳垂上轻轻捏了捏。

"不过这次之后他应该不会再来烦你了。"

他最善于拿捏人心，也知道怎么做，可以轻易毁掉一个人的满心热爱。

林望书心想，他很坏。

但对江丛羡这样的人来说，做一个坏人远比做好人来得自在。毕竟从一开始就惹人厌恶，总比得了他人疼爱再遗弃掉，要好上千万倍。

林望书并没有将他的话太放在心上。

已经很晚了，她要回房休息，明天还得早起去机场接林约。

她已经想好了，这些天要带他好好逛逛。重新回到生活了那么多年的城市，他一定会很高兴。正好后天就是西岚交响乐团的演奏会，她提前很久就买好了票。

想到这些事，她晚上翻来覆去睡不着，后来干脆从床上起来，拿出珍藏的那张名片。

上面的"盛凛"二字，是她这么多年一直努力的方向。

可能他早就忘了在机场和他有过一面之缘的她，但没关系，她以后总会用另外一种身份向他介绍自己。不是他的粉丝林望书，而是大提琴演奏者林望书。

她总有一天会成功的，她也为此一直在努力着。

窗外，月凉如水，她小心翼翼地将那张名片放好。

姥姥、林约还有大提琴，是支撑她活下去的所有希望了，也是她在这混乱不堪的人生里，仍旧拼了命想要抓住的最后几根稻草，是她倔强活下去的希望。

第二天林望书很早就起床了，她特地去菜市场逛了一圈，买了点林约喜欢的菜，她自认为厨艺还不错。

菜市场的棚顶不散热，盛夏里整个菜市场就像一个巨大的蒸笼。

蔬菜摊老板娘手里举了个迷你风扇，对着自己大汗淋漓的脸狂吹。

看她挑番茄时的认真劲，老板娘笑着调侃："现在的小姑娘们啊，就是贤惠。知道老公上班辛苦，这么大的太阳都出来买菜。"

林望书愣了一会儿，纤长的睫微抬，她轻声解释说："不是老公。"

老板娘见她那股子拘束劲，笑得更开心，和旁边摊位的老板娘说："你看看，这小娇妻脸都红了。"

她们嗓门大，菜市场里其他人的视线都被吸引过来了。

"小娇妻"本人低垂着头，被她们说得面红耳赤。

她脸皮本来就薄，轻声解释也没人听。

　　为了赶紧离开，她索性也不挑了，随便选了几样自己需要的菜就让老板娘称重。老板娘称好后装袋，还给她多放了一块猪腰。

　　林望书说："这个我好像没有……"

　　老板娘热情地笑着："姐姐送你的，做炒菜给你老公吃，好好补补，这样才能早日生出个大胖小子来。"

　　她说完，旁边又是一阵善意的笑声。

　　小姑娘看上去乖巧可人，又是个会做菜的贤惠性子。说两句耳朵就会红，看着讨喜。

　　林望书道过谢后，结完账就赶紧离开了，生怕她们再说出什么让她面红耳赤的话来。

　　她的身后始终跟着两个身材高大的男人。自从上次那件事以后，江丛羡就换了两个人跟着她。

　　她原先一直以为他派人是想监视她的一举一动，现在看来，倒是她心胸狭隘了。

　　她看到旁边的肉摊有卖排骨的。江丛羡不算挑食，也没有忌口，但他好像对排骨稍微钟情一点。犹豫了一会儿，她还是转了方向，走向肉摊。

　　就当作是之前的谢礼吧。

　　菜买回去以后，她让小莲告诉厨房，今天不用做饭了，她来做。

　　小莲愣了愣，脸上有疑惑，也有些许质疑，似乎不太相信平日里十指不沾阳春水的大小姐还会做饭。

　　林望书换了件外套，看了眼外面的太阳，她把遮阳伞也带上，笑道："我读书的时候是一个人住，做饭也是那个时候学的。"

　　小莲"哇"了一声，眼中满是崇拜："书书姐姐真厉害。"

　　她哪怕长这么大了，都不敢一个人住，怕鬼。

　　林望书笑了笑："那我就先走了。"她今天心情好，一整天都是笑着的。

　　小莲也高兴，主动提出帮忙："那我先把它们清洗干净。"

月下娇

道过谢后，林望书拦了辆的士去机场。

她原本还放心不下林约一个人坐飞机，直到看到从机场里出来的林约身后还跟着一个替他推行李箱的男人时，她悬着的心才逐渐放了下来。

那些人只对江丛羡忠心耿耿，这次一起过来，应该也是他事先吩咐的。

林约全程低着头，样子怯弱又不自在。他害怕人多的地方，更怕生人。

林望书走过去，牵着他的手，声音温柔地喊他的名字。

"小约。"

后者小心翼翼地抬眸，迟疑了好久，才敢走近她："姐……姐。"

两个字都说得费劲。

回家的路上，她问了他很多，姥姥最近的身体怎么样，他有没有在学校交到新朋友，路上累不累。

他话不多，全程都是用摇头点头来代替回答。

林望书说今天晚上给他做他最爱吃的红烧肉。

"姐姐今天专门去菜市场买的菜，都是你爱吃的。"

他低着头不说话，偶尔看一眼车窗外不断后移的风景，又很快将视线收回来，身子不停地颤抖。

林望书轻轻握住他的手，安抚般地轻轻揉捏："有姐姐在，不怕。"

第六章
最后一搏

车停在别墅外，林望书牵着林约的手进去时，小莲已经将那些菜都洗净理好了。

看到林约后，她熟络地过去，要和他打招呼。结果后者下意识避开了，往林望书的身后躲，身子抖得更厉害了。

小莲因为他的反应一时有些窘迫，伸出去的那只手有些尴尬地停在半空，收也不是，伸也不是。

林望书安抚好林约的情绪后和小莲解释："我弟弟他有自闭症，怕陌生人。"

小莲表示理解，又有点可惜。一个一表人才、未来可期的少年，偏偏却得了这样一个病。

二楼的客房已经提前打扫出来了，离林望书的房间很近。

用人将行李箱提上来后，林望书把箱子里的衣服一一取出来，挂在衣柜里。林约站在一旁，正低头玩着手里的魔方。

林望书一边收拾一边问他："你有什么想去的地方吗？"

他像没听到一样，仍旧专注地转着魔方。三两下，魔方的六个面就全部归位了，他又打乱，继续转。

他不想开口，林望书也不勉强他，只是将自己提前定下的计划——讲给他听。

"明天去给爸妈扫完墓，然后姐姐带你去听音乐会，好不好？"

听到"音乐会"三个字，林约暗淡无光的双眼逐渐恢复清明。

"音乐会，姐姐，喜欢。"

他一直都记得的，姐姐喜欢大提琴，很喜欢很喜欢。

林望书看到他这副样子，又想哭了。

为了不让他看见自己发红的眼眶，她抱着他重复着："嗯，姐姐喜欢。"

安顿好林约后，林望书系上围裙进了厨房，小莲在旁边替她打下手。

砂锅里炖着玉米排骨汤，她还特地做了个糖醋排骨。

饭菜都熟了，林望书看了眼墙上挂钟的时间。

江丛羡回家的时间不定，他并不是一个作息规律的人，很多时候，他工作起来甚至连日夜都是颠倒的。

小莲说去给他打个电话，想问下他大概还有多久才回来。可她拿着手机出去，很快就进来摇了摇头："没人接。"

那应该就是在应酬了。

林望书说："那就再等一会儿吧。"

锅里的菜都热着，因为怕林约饿，她上了楼，说给他单独盛出来让他先吃。

林约却摇头："等……哥哥。"

林望书神色微动，替他把外套的拉链拉好，轻声问道："喜欢哥哥？"

他点头。

林约很少和谁亲近，就连和父亲的相处他也始终都是疏离的。

自己一心想逃离的人，竟然是弟弟喜欢的，说来也是讽刺。

林望书摸了摸他的脑袋，声音宠溺："好，姐姐陪你一起等他。"

等人的时间总是过得缓慢，怕林约无聊，林望书就陪他搭了会儿积木。

直到院外的车灯由远及近地亮起，黑色的轿车缓缓驶进院中。

小莲听到声音，连忙过去开门。

隔着夜色看去，男人的侧脸坚毅俊朗。

每次应酬回来，江丛羡身上总是带着一身烟酒味。生意场上，免不了这些。

蒋苑扶着他进屋，让小莲去煮点醒酒茶。江丛羡咳得厉害，背部因为咳嗽轻微地颤动。他身体素质向来很好，哪怕工作繁忙仍旧坚持锻炼，林望书还是第一次看到他像今天这样。

蒋苑注意到她的眼神，解释说："先生今天烟抽得狠了，可能是引发了咽炎。"

林望书给他倒了杯热水，轻声念了一句："抽不了为什么还要抽？"

算不上关心，只是真的感到疑惑。

林望书知道，他并非那种可以被人强迫的人。

江丛羡将领带扯开抽出，领扣也解了两颗，被酒精染红的眼里此时泛着淡淡的笑意。他伸出手来，绕过她递出的水杯，捉住她纤细的手腕，而后一点一点向她的指间缓慢滑去。

"心疼我啊？"

他应该是想亲她的，唇在离她脸颊只有一寸的距离时，被林望书躲开了。

她的表情有抗拒，仿佛也有厌恶。

他也不恼，仍是一味笑着。

待坐直了身子后，他接过水杯，说话的语调懒散随意："小公主，不是所有人都像你一样好命，从前有亲爹护着，现在有我护着。"他

119

说，"这个世界还是有很多的身不由己，在你看不见的肮脏角落。"

哪怕他现在的位置坐得再高又怎样，想拉他下来的人数不胜数。现实本身就是残酷的，只有圆滑虚伪的人，才能笑着活到最后。

清高和自负是吃饱饭的人才会去考虑的。

醒酒茶还没煮好，江丛羡已经去洗手间吐了一遭。

他咳得越发厉害，吃了药以后也仅仅是稍微缓解一些，他本来就白的肤色现下越发少了些血色。身上沾染的气味并不好闻，各种烟酒香水味混杂在一起。

林望书知道，他比谁都厌恶这种纸醉金迷的应酬，他在某些方面有着洁癖，一种很奇怪的洁癖——厌恶他人的触碰。

客厅里安静得甚至能听见墙上钟摆晃动的声音。

江丛羡扶着额头起身，声音低沉："晚饭我就不吃了。"

林望书正在厨房盛饭，正好盛到他的那碗。听到他的话后，林望书动作稍顿，半晌，她将碗里的饭重新倒进锅里。

林约没见到江丛羡不肯吃饭，林望书安抚了好久，他才稍微动了下筷子，不过也只吃了两口，无论林望书怎么劝都没有再动筷子，随后一个人低着头，闷声回了房间。

她起早准备了一天的晚饭，几乎都没被动过。

小莲看了觉得可惜，想着放进冰箱里，明天再拿出来热热，还可以吃。她煮好醒酒茶端上去，江丛羡洗完澡了，身上穿着白色浴袍，站在落地窗边接电话。

小莲怕打扰他，动作小心地将醒酒茶放在桌上。

那边不知说了些什么，江丛羡"嗯"了一声："等我明天过去处理。"

他挂断电话走过来，将手机随手放在身旁的桌上。

小莲把醒酒茶递给他，他单手接过，仰头一口喝完，有一滴茶水顺着他的唇角滑落，勾勒出吞咽时喉结起伏的弧度。

小莲年纪也不大，正好是犯花痴的年纪，她一直觉得江丛羡是她见过最好看的人。像松柏又像青竹，还像摸不透抓不住的微风。

她跟在他身边这么久，其实也不太了解他。哪怕外表再温和，也算不上冷言少语的清冷性子，可他从不愿和人交心，像是将自己困在一座孤岛里，外面的人进不来，他自己也从未想过要出去。

不是清高，亦无关孤僻。他或许只是觉得这种关系过于累赘，不想被任何东西束缚住。

包括感情这种无用的东西。

他的精神状况好像有点问题，她见过他发病的样子，很可怕。

那一次她晚上睡不着，想去院里透透气，正好听到二楼书房传来动静，于是上楼看了一眼。隔着虚掩着的房门，她看到眼底红如泣血的江丛羡，一言不发就拿起剪刀往自己手腕上捅去。

整条胳膊血肉模糊，流满了鲜血，他却像察觉不到疼痛一样，手下的力道不断加重。但他的神色一直都是淡漠的，仿佛捅的是别人。

那个时候，小莲在他眼里看不到任何光。

她将茶盏收拾好，想了想，还是开口劝道："醉酒后还是吃点东西比较好，不然胃会受不了的。"

江丛羡淡声拒绝："不了。"

小莲停顿半晌，又说："书书姐姐很早就去菜市场买的菜，特地给您买了您喜欢的排骨炖汤，她忙活一天做的菜，您不吃，小约少爷也没吃多少，全剩下了。"

话里话外都带着可惜。

卧室内也有办公的地方，他刚把电脑打开，听到她的话后眉眼微抬，语气平静，算不上疑惑，就好像随口问了一句："她还会做饭？"

小莲拼命点头，毫不吝啬夸赞之词："书书姐姐的厨艺特别好，都快赶上厨房阿姨了。"

其实后半句倒有些夸张的成分，家里的厨师都是各个菜系的顶尖大厨，林望书的厨艺顶多算是比小莲好上一些。

月下娇

　　江丛羡也不知在想什么，沉默半晌，平坦的唇线微勾，似来了点兴趣。

　　"你让她亲手给我盛。"

　　小莲见他终于肯吃饭了，心里也高兴，应了声"好"后就直接去了林望书的卧室。

　　林望书刚收拾好，应该是准备去洗澡。小莲和她说完以后，林望书沉吟片刻，还是点头答应了。

　　过了一会儿，江丛羡换了身浅灰色的家居服下楼，看到林望书，他拖出椅子坐下："以前怎么不知道你会做饭？"

　　她没说话，只是将热好的饭菜一一端出来，摆放在桌上。

　　他拿着筷子，轻声嗤笑："还真是姐弟情深，他一来你就什么都会了。"

　　林望书并不理会他的调侃，帮他盛完饭后就要回房。他用脚又拉出一张椅子，让她坐下。林望书看了他一眼，后者迎着她的眼神和她对视，笑容一片淡然，似乎料定了她会听话。

　　也的确，林望书最终还是坐下了。

　　他其实不怎么饿。

　　从强健的外表上倒是看不出什么来，他的身体早就因为他不规律的作息和饮食崩溃得一塌糊涂。不吃饭或是吃得晚了，他的肠胃就会痛，但是痛过了以后就什么都吃不下了。

　　即便如此，他还是随便吃了点。

　　他不挑食，厨房做什么就吃什么，只不过筷子在盛着排骨的盘子上多停留了一会儿。

　　他抬眸看她，明知故问道："你做的？"

　　林望书点头："嗯。"

　　江丛羡眸色微变，冷着声音说："以后别做这个。"

　　林望书不知道自己哪里又惹得他不快，不过他的性子向来阴晴不定，喜怒转换得频繁，林望书早就习以为常。她顿了片刻，依旧点头："嗯。"

像个没有感情的机器一样。

江丛羡窥见桌上居然还放了盘猪腰，就在排骨旁边摆着。

"这么关心我的健康。"江丛羡瞬间敛了刚才的阴冷，轻笑着放下筷子，"是嫌不够吗？"

猪腰是摊贩老板送给她的，她为了不浪费就给炒了，没想到江丛羡会误会。她想开口解释，他却根本不给她这个机会，不断用露骨的话刺激着她。

"之前不是还在控诉受不住吗？

"那会儿哭得多可怜啊，还求我放过你。"

他满意地看着林望书逐渐变红的耳垂，搂着她的腰往自己怀里带，温热的唇咬住她的耳垂，轻笑从齿间溢出："那哥哥多吃点，好好补补。"

林望书一直都很好奇，江丛羡为什么要这么对自己。之前因为害怕，不敢去想心里已经成型的答案，可是情绪积累到一个点了，就像是不断胀大的气球，终有一天会爆炸的。

她终于问出了口："你为什么要这么对我？"

你为什么要这么对我？

外人看来，江丛羡的确对她不错，不缺她的吃穿，在教育方面也未曾亏待过她，甚至还专门派了人随身保护她。

可是林望书知道，他是在用自己的方式，一点一点摧毁她。

知道她清高骄傲，便将她的自尊踩在脚下碾碎；知道她朋友不多，便故意耍手段让她和身边人的关系分崩离析。

他这样的人，就算是杀人，恐怕也会温柔地先问一句："疼不疼？"

林望书深知自己不是他的对手，在他面前，自己就如同一只蝼蚁，毫无还手的能力。

他垂了眼睫，声音清润温柔，似乎有些自责："我惹你不高兴了吗？"

可林望书不知如何回答，她只在这句贴心的问候中听到了绝望。

未来好像，越发难走了。

这条路实在是看不到尽头。

林望书想忍住，她不愿意再当着他的面露出怯懦。可是没办法，她越是拼了命想忍住，情绪就越是极其容易崩溃。

不知从何时起，她开始无声地流泪，直至眼眶泛红，瘦削的肩膀都在颤抖。

或许是小姑娘哭得太过可怜，他的心都开始跟着一块颤动。

江丛羡替她擦掉眼角的泪："哭什么啊，小可怜？"

"所以……"她的声音些哽咽，整句话像是从齿间硬挤出来的一样，"父债女偿，是吗？"

替她擦眼泪的动作停下，他脸色有短暂讶异，似乎没想到她会直接说出来。

讶异过后，他脸上仍旧挂着风轻云淡的笑意："你父亲欠我的，我总得讨回来吧，不然我多惨。"他一边揉她的腰，一边补充了一句，"至于你弟弟，放心，我还不至于对一个有病的人下手。"

林望书闻言抬头看向了他，却不料顿了片刻，他又笑着说："不过也不一定，要看你的表现。"他说，"只要你好好听话，别惹我不高兴就好。"

林望书觉得自己就像是从一个地狱掉进更深层的地狱里。

她曾经短暂地心疼过他，心疼过这个叫江丛羡的魔鬼。

她甚至一度觉得他应该不至于太坏，最起码那些下意识流露出的柔情，应该不是装的。

可她还是太天真了。

江丛羡这个人，本身就是一出戏。是他亲手将自己的人生推向虚伪的深渊里。

他活该万劫不复。

冷静下来后，她问他："怎样才算听话？"

他俯首靠近她耳边，声音低哑撩人："把我伺候好了，就算听话。"

听到这句话后，她眼里满是厌恶："你脑子里只有这点事吗？"

他笑容温润："我只有这时候才会来找你。"

她点头，脱下外套："好。"

江丛羡不知何时点了根烟，他坐在沙发上，指骨处的烟几番明灭，金色边框的眼镜之下，那双深邃眉眼沉静平和。林望书坐到他的腿上，手扶着他的肩。

后者悠闲地看着她，他还挺好奇她能做出什么来。

于是他配合她的力度往她那边靠，两人之间的距离只剩一指。

她眼底带着抹不去的恨："我倒希望温柔乡真的会让人死亡。"

他笑着解开皮带扣："那就试试，说不定你运气好，我就真的折在你这儿了呢。"

人到绝望深处，是会触底反弹的。

林望书想最后赌一把。

她是骄傲的，哪怕落得这么一个境地，仍旧放不下自己的清高。

可是和林约比起来，这些都算不了什么。

讨好他，顺从他。

其实也不算太难的事。

第二天林约醒得早，客厅里，小莲把刚送来的戴安娜玫瑰换上，插进花瓶里，花瓣上甚至还挂着晶莹的露水。

听到楼上的动静了，她抬眸看过去，正好看到下楼的林约。

两人的视线一对上，林约就吓得慌忙转身，他手扶着栏杆，身子抖得厉害。

小莲知道他怕，于是放轻了声音："小约，你饿不饿，姐姐给你

125

月下娇

煮面吃好不好？"

　　他不说话，头埋得更低了。

　　二楼书房旁的卧室门开了，江丛羡打着领带往外走，和站在楼梯口的林约碰到了。

　　看着脸色惨白、全身都在抖的林约，江丛羡微皱了眉，问小莲："怎么了？"

　　小莲为难道："刚刚看到我就这样了。"

　　看到他后，林约也不抖了，只是仍旧不说话。

　　男人修长的手指捏着领带一角往里折，然后抽出，扶正："你姐还在睡。"

　　昨晚林望书累得狠了，中途就在他的房间睡着了。

　　林约手抠着栏杆，非常吃力地喊了一声："哥……哥。"

　　江丛羡颇感意外地抬眸看去："嗯？"

　　可林约摇了摇头，又不说话了。

　　江丛羡没有继续和他废话，绕开他就下了楼。接过用人熨烫好递过来的外套，他边穿边往外走。

　　小莲忙追问道："不吃早饭了吗？"

　　"不吃了。"

　　想到他肠胃本就不怎么好，小莲还想说些什么。不过主人家的事，还轮不到她来多嘴。

　　想清楚这点，她就继续去插花了。

　　戴安娜玫瑰配上尤加利是林望书最喜欢的。

　　卧室里，窗帘拉得严实，半点光都没透进来。

　　屋子里漆黑一片，林望书翻了个身，腿酸得厉害。她看着天花板上的吊灯发了会儿呆，然后费力地坐起身。

　　衣服被扔在地上了，她裹着被子过去捡起，然后穿上。房间里有洗漱的地方，她顺便化了点淡妆，遮盖住脸上因为熬夜而浮现出的憔悴。

客厅里，林约一个人坐在沙发上，面前的茶几上放了杯牛奶，不过一口没动。

林望书下楼后看见弟弟，走过来在他身旁坐下："怎么起这么早？"

他抬眸看着她："姐姐。"

见他今天的状态不错，林望书心情也好了许多。

"吃完早饭我们就去看望爸妈，好不好？"

他点头："好。"

墓园离得远，坐车过去需要一个多小时的时间。林望书中途下车，去花店买了两束花。

上一次来，还是一个多月前。那个时候林约不在身边，她是一个人过来的。

林望书到现在还不是太能接受父亲离世的消息。他或许是个好父亲，但不是一个好丈夫。年幼的林望书偶然见过他殴打母亲的样子。那一幕，直到现在还是她心里的一个阴影。

所以后来母亲执意要和他离婚，林望书也从未反对过。母亲该有她自己的人生的，那个时候的她还年轻。

放下提前买好的花束，又陪着他们说了会儿话，林望书带着林约挨个上完香后便离开了。

天空不知何时阴了下来，淅淅沥沥的小雨落在大地上，好在这里还算好拦车。

林约绝大部分的时候还算正常，只是突然换到一个新环境，难免会有些不适，待久以后，便稍微好些了。

回到家，小莲神色匆忙地从二楼书房下来，手上拿了个文件袋。

林望书看见后忙问她："怎么了？"

月下娇

小莲说："先生把合同落在家里了，让我送过去。"

厨房还炖着汤，她需要照看火候，其实是走不开的。

林望书略一沉吟，接过文件袋："我去吧。"

小莲微愣："啊？"

林望书笑道："我说，我去送。"

小莲感动得都快哭出来了："书书姐姐真好。"说着便上手抱她。

林望书被她逗笑："回来的时候要帮你带点什么吗？"

"带什么？"

她笑起来温柔好看，那双杏眼微微弯成月牙，声音也好听："譬如你最喜欢喝的奶茶。"

小莲最喜欢看林望书笑了。她刚来那会儿并不爱笑，总是冷着一张脸，偶尔也会哭。

走之前小莲还特地准备了些饭菜装好，让林望书也一起带去公司。

"先生饮食不规律，早饭又没吃，我怕他忙起来忘了时间，中饭也省了。"

林望书接过保温饭盒，点了点头："好的。"

小莲想，如果是林望书的话，先生应该会听的。

那辆黑色的轿车停在门口等着，林望书开了车门上去。司机先是诧异了一会儿，然后礼貌地询问她去哪儿。

他是江丛羡配给林望书的司机，只不过后者一次也没坐过，出行不是公交就是打车。这种清闲的工作体验持续了好几个月，今天还是头一次见她上车。

林望书把保温饭盒放好，说："去公司。"

司机应下后便驱车向江丛羡的公司驶去。

这还是林望书第一次来江丛羡工作的地方，LED巨幕正播放着寡淡无趣的新闻。

六十七楼是总裁办，一般员工是没法进去的，只有总裁专用电梯才能上。

林望书走到前台，说要找江丛羡。

前台抬眸扫了她一眼，以为又是以往那些跑来勾搭总裁的名流大小姐们，她回应的话语里满是不屑："工作时间，我们总裁不见外人的。"

她这嗓门有些大，周围那些人都投来看热闹的眼神。

每天来找江总的女人数不胜数，不是自称他妹妹，就是以未婚妻自居，他们倒是见怪不怪了。

不过今天这个，不说姿色和身材，光是周身那股子清清冷冷的气质就足够甩先前那些女人不知道多少条街了。

男员工感叹加艳羡，女员工大多在交头接耳，打听着林望书的来历。

公司里未婚的小姑娘谁没有一个"霸道总裁爱上我"的梦？所以都像防情敌一样防着林望书。

那些议论音量不大，但恰好能让她听见。林望书也没多说什么，拿着手机去了角落打电话，电话依旧是江丛羡的特助接通的。

"林小姐。"

林望书轻声说："我送合同过来，在你们公司楼下。"

特助以为她是问楼层，跟她说了在六十七楼。

她说："可以麻烦你下来拿吗？我上不去。"

"您稍等一下。"

他说完这句话后，那边安静了很久。

好半晌，电话那边才有声音传来："林小姐，您现在去前台，会有人带您上来的。"

电话挂断后，她再一次去了前台，刚刚还满是不屑的女人此时正眼神怪异地看着她。

林望书不清楚特助到底跟她说了什么，也没多问，只是跟在她身后进了电梯，看她刷卡启动电梯后又离开。

月下娇

她一个人站在里面，看着楼层数字不断地变化，直到停在 67 这个数字时，电梯门终于在她面前打开。

走出电梯，安静的走廊直通最里面的总裁办公室。林望书走过去后敲了敲门，里面没有任何回应。

犹豫片刻，她小心翼翼地将门推开。

江丛羡正靠坐在最里面黑色的大转椅上，指腹摩挲着薄唇，视线自然而然地落在她身上。

他穿了件深灰色的衬衣，外套搭放在椅背上，领带松垮，神色慵懒散漫。

很显然，他没想到会是她过来。

林望书把文件袋放在他的办公桌上，又将保温饭盒打开："小莲说你没吃早饭，担心你连中饭都会直接省了，所以让我给你送来。"

她将饭菜一一端出来，江丛羡淡漠地扫了一眼后，将视线重新移回她的脸上。

他眉毛微挑："讨好我？"

林望书的动作微微顿了一下。

他的确善于剖析人心，林望书的任何念头和心思都躲不过他的眼睛。

她也没否认，手上的动作没有停下，给他倒了杯热水："肠胃不好的话，还是要吃早饭的。"

她将水杯递给他，却没有等到接水杯的手。

顿了片刻，她轻声喊他的名字："江丛羡。"

玻璃杯不隔热，一直这么举着，林望书的指腹被烫得有点泛红。她的声音里没有平时的冷冽敌对，轻轻柔柔的，带着她本身就有的软糯语调。

江丛羡恍惚了一下，突然感觉烟瘾犯了，烟盒就在手边放着，可他又觉得抽烟并不能舒缓他的烦躁和焦虑。

他的视线一直停在林望书递过来的那杯水上。

修剪圆润的指甲，透着淡淡的粉色。

见他没回应，她又喊了一声："江丛羡。"

她其实很少喊他的名字，仿佛是嫌这三个字脏一样。

偌大的办公室静得可怕，连空调运作的声音都小到可以忽略不计。江丛羡喜静，甚至连家里的墙面装修都用了最好的隔音材料。

林望书不急着将手收回，水烫到手了，她也像没察觉到一样。

讨好他，顺从他，她都可以做到，只要能护住林约。

她似乎一直都没能将自己的位置摆正。

是她依附着江丛羡，而不是他供着自己。他随时都可以将她遗弃，不管她的死活。

江丛羡冷笑一声，拿了烟盒，抖出一根叼在嘴里："现在就开始了？"

他的声音里似有不屑与嘲讽。

林望书也不介意，犹豫半晌，还是好意提醒了一句："咽炎犯了就少抽点烟。"

他压低了眉，声音阴冷："真把自己当我女朋友了？"

林望书低着头不说话了，只是脊背仍旧挺得笔直。

高傲如雪中的梅。

哪怕是讨好人，也带着几分傲骨。

林望书突然觉得自己的行为荒唐而可笑，明明自己都置身泥潭了，却还想着去管教别人。

"东西送到，人可以滚了。"

他紧了紧领带，转过头不再去看她。

林望书如释重负，松了一口气，把水杯放在桌上："那我先走了。"

她开门离开，特助就站在外面，等着送她下去。

门关上后，室内仿佛更静了。

江丛羡盯着空白的文档看了十几分钟，半晌，他松开握着鼠标的手，看了眼桌上已经变凉、不带半点热气的水。

特助将人送走后，返回时手上拿着在法务部那边走了一遍的合同，等着江丛羡过目。后者也不看他，只是让他放在桌上。

特助走之前想顺便替他把办公桌上的空水杯也给拿走。

水杯就放在桌边，也不怕摔了。他在心里嘀咕，那位胆子真大，江总可是一个注重细节的人。

先前有个借着谈生意来公司找他的女人，不过是随手拿起他书架上的书翻阅了一会儿没有放回原位，就被江丛羡冷着脸让人轰出去了。

那单价值十几亿的生意也懒得继续再谈下去。

特助在心里替刚刚那位祈祷，希望她没事。

他正要伸手将杯子拿走时，江丛羡沉着声音说了一句："就放这儿吧。"

特助一愣："啊？"

江丛羡抬眸，眼神淡了几分："公司不养耳背的废人。"

特助吓出一身冷汗，忙点头说："我……我就不打扰您了，我刚想起来早上开会的内容还没整理好。"

然后逃命一样快步离开总裁办公室。

林望书回到家后已经下午三点多了，音乐会是五点开始。

她担心林约会害怕，事先询问过他的意见："怕的话，我们就待在家里不去了，好吗？"

林约却摇头坚持："要去的。"他说，"姐姐喜欢。"

林望书笑着揉了揉他的脑袋："没关系的，音乐会一直都可以看，不缺这一次。"

他却执意要去。

拗不过他，林望书最后还是顺从地说了声"好"。

他们到演奏厅时，那里的人不是很多。已经开始入场了，林望书怕林约渴，就去马路对面的咖啡馆给他买了杯热饮。

旁边的人点完单后，服务员红着一张脸问："请问美式需要加糖吗？"

身侧传来温润清冽的声音，如翠玉击石："不用，谢谢。"

有些熟悉。

林望书好奇地看了一眼，正好看见男人轮廓分明的侧脸。他低头从钱夹抽出一张纸币，递给收银员。

"盛前辈？"

听到声音，盛凛转过身，正好和林望书的视线对上。

男人安静了半晌，然后淡淡地笑开了，喊出她的名字："林望书？"

林望书脸一红，有些受宠若惊："您还记得我？"

"记得的。"他问她，"来看音乐会？"

第二次面对面同偶像交流，林望书还有些拘束，像个畏首畏尾的小学生："嗯……带弟弟一起来的。"

他仍旧只是温柔地笑着说："我有这么吓人吗？"

林望书一愣，连忙摆手："不是的，我只是……"

这下除了局促还有惊慌了。

盛凛不知道她这么不经逗，原本只是想让她稍微放松一些，谁知道却是弄巧成拙了。

为了表达歉意的礼貌，盛凛拿出两张内场门票递给她："这个位置的视野应该会好一些。"

西岚交响乐团的门票重金难求，更别说是内场票了。这么贵重的礼物，她不能收。

看到女孩想要拒绝，盛凛笑道："本来就是给你准备的，收下吧。"

"那……"她推托不得，只能伸手接过，"谢谢前辈。"

热美式好了，服务员将咖啡递给他。

月下娇

盛凛看了眼腕表上的时间："那我就先走了。"

"嗯，前辈再见。"

一直目送他出了咖啡馆，林望书才敢低头去看那两张内场票。

服务员看到她的模样，笑着打趣道："心上人？"

她摇头否认："不是的。"

"没什么不敢承认的，刚刚那位客人长得帅，又温柔又绅士的，喜欢上他也正常。"

她仍旧说："不是的。"

她仅仅是崇拜他而已。

他一直都是她努力的目标，似乎只有靠近他了，才算得上成功。

内场位置的视野的确很好，林望书看着灯光投向舞台，男人一身深色西装，微低着，优雅地将琴弓搭上琴弦，动作绅士儒雅，周身都好像比别人多了些光环。

林约全程都尽力保持着安静，直到观众席上的灯光亮起，演奏会结束，他终于没有忍住，跑到洗手间吐了。

他的应激反应还不能支撑他面对这样的场面，身处太过热闹的地方时仍旧会反胃。

男洗手间她不能进去，只能担忧地站在外面等。她心里内疚得不行，今天的事是她疏忽了。

想到林约为了不破坏演出忍了那么久，她就越发感到心疼。

盛凛来时，正好看到站在洗手间门口眼眶泛红的林望书，以为她出了什么事。

于是他上前神色担忧地询问了一句："怎么了？"

林望书像是看到了救命稻草，拉着他的袖子请求道："可不可以麻烦您进去帮我看下我弟弟怎么样了？他身体不好，有应激反应，难受了就会想吐，我没办法进去，我不知道……"

因为慌乱，她话说得有些语无伦次。

盛凛安抚好她的情绪后，柔声开口："你别太担心，我去帮你看看。"

他进了洗手间，一眼就看到了在第二个隔层里痛苦呕吐的少年。这孩子看着没多大，但是个头已经很高了，眉眼也与林望书相似，都是清清冷冷的外貌。

他走过去递给他一张纸，手搭放在他的后背，替他轻拍顺气："好些了吗？"

林约接过纸巾，回头看了他一眼。因为呕吐而丧失血色的脸现下越发惨白，见到陌生人后，身子也下意识开始颤抖。

盛凛察觉到他的异样，也大概猜想出他与别人的不同。

他言简意赅地解释："你姐姐很担心你，让我进来照看下你。"

即便如此，林约还是低着头绕开他，慢慢向洗手池走去。他将手伸到感应水龙头下，接了捧水漱口，直到毫无异样了，才推门出去。

林望书看到他没事，心里的石头才稍稍放下。

"很难受吗？都是姐姐不好。"

她话里有自责。

林约动作缓慢地摇了摇头："我没事的。"看着伤心的林望书，他说，"别哭。"

林望书憋回眼泪，尽力笑着说："嗯，姐姐不哭。"

随后出来的盛凛递给她一张纸巾，轻笑道："不知道的还以为你是妹妹呢。"

意识到被外人，还是被自己的偶像看到自己难堪的一面，林望书有些窘迫。她垂着眼睫，脖颈微红，一时间不知道说什么。

盛凛见她害羞，便也不继续逗她，拿出纸笔给她留了个号码："这个是我的私人号码，在音乐方面有不懂的地方都可以问我。"

林望书接过纸条，看了眼上面的号码。

"谢谢前辈。"

他笑得轻柔："希望你能在这条路上坚持下去。"

月下娇

　　盛凛爱才，也惜才，他看得出来，林望书是真心喜欢大提琴的。

　　其实能在这条路上坚持下去的人不多，若她真的喜欢，他希望她能坚持下去。

　　从演奏厅离开后，途经奶茶店，林望书让林约在车上等她一会儿，她下车去小莲最喜欢的那家店买了几杯奶茶。

　　林约不爱甜食，她就没给他点。

　　面对父亲的突然离世、莫名背上的一身债务、弟弟的病情恶化，那段时间，林望书变得偏执多疑，整个人的神经都是紧绷着的，过了好久才慢慢接受现实。

　　可是自从昨天看到林约的那一刻，她突然彻底想通了。

　　哪怕是为了小约，自己也要好好活下去。活下去，总会遇到希望。

　　的确如江丛羡说的那样，她的骄傲不值钱。

　　起码现在不值。

　　回到家后，小莲看到她带回来的奶茶，高兴地伸手接过："谢谢书书姐姐。"

　　她把林约的外套抚平挂在衣架上，看了眼玄关处多出的男士皮鞋。

　　"家里来客人了吗？"

　　小莲手里拿着奶茶，小心翼翼地往楼上看了一眼，然后凑到林望书耳边，小声说道："看上去凶得很，也不知道先生是怎么和这种人认识的。"

　　林望书心里想，其实这种人和江丛羡才是真正的一类人。

　　二楼书房的门开了，两人一前一后走出来。

　　江丛羡嘴里叼了根没点燃的烟，单手插在西裤口袋里，西装没系扣，领带松着，看上去散漫不羁。走在他面前的那个男人虽然健壮，但是矮他一头，气场明显弱一些。

男人笑道："来来那丫头可是成天念叨你，下次有空咱们一定得好好聚聚。"

他笑着点头："自然。"

一阵简单的寒暄过后，男人离开。经过林望书身旁时，多看了她一眼。

林望书不太喜欢他那种打量人的眼神，于是别开了脸，看向其他地方。

这回视线短暂地和江丛羡对上了。

他站在二楼栏杆旁，眼神自然地往下看，似在特意看她，又像是无意中扫过。林望书并没在这件事上纠结多久。他在看谁，对她来说并不重要。

江丛羡去露台抽了根烟后才下楼，饭菜已经端上了桌，林约正坐在林望书身旁。他刚抽完烟，身上还有股淡淡的烟草味，有点呛人。

饭桌上很安静，只有偶尔林望书给林约夹菜的时候会叮嘱几句。

她的声音温柔得像是可以掐出水来一样："姐姐刚刚尝过了，这个不辣的。"

江丛羡看了姐弟俩一眼，筷子一放："我吃饱了。"然后起身上楼。

他的性子本就阴晴不定，这个家里的人都习惯了。

小莲看到他碗里的饭几乎没怎么动过，有些自责："肯定是我做的菜不合先生的胃口。"

见她难过地低着脑袋，林望书也放下筷子，轻声安抚她："很好吃的。"

小莲还是年纪小了些，在很多事上还比较敏感，她的安慰也没见什么起色，小姑娘最后还是郁郁寡欢地进了厨房。

用完晚饭，林约就回房了。这次放假学校布置的作业有点多，白天在外面也写不了，只能晚上回来再写。

月下娇

　　林望书洗完澡后从浴室出来，想着去露台吹吹风。卧室待久了，有些憋得慌。

　　她刚过去就后悔了。

　　露台光线暗，只开了一盏壁灯，男人倚着栏杆站着，修长的指间夹了根快燃尽的烟。

　　林望书在他身边待了这么久，在某些方面也算是懂他的。他有心事或者不爽的时候就会抽烟。

　　迟疑半晌，她转身准备离开，手刚扶上门把，男人吐出一口灰白烟雾，声音带着被侵蚀的哑："过来。"

　　不算强硬的语气，偏偏又让人没办法反抗。

　　他的可怕之处就在于，三言两语就能摧毁人的理智，让人不得不顺从他。林望书最后还是听话地走了过去，站在他身旁。

　　她不喜欢烟味，觉得呛人。

　　注意到她微皱的眉，他唇角带着淡淡的笑，将指间的烟递到她唇边："试试？"

　　林望书往后退了一步，摇头拒绝："我不会抽。"

　　"凡事都有第一次。"

　　他仍旧是笑着的。

　　无论何时，他似乎都是一副淡然冷漠的神情，仿佛天塌了都与他无关。他没有任何惧怕的东西，更没有软肋。这样的人其实非常可怕，因为他们不需要给自己留后路，是以做起事情来，只有狠绝。

　　林望书咬着牙，没动。

　　他也不急，单手撑着头，垂眸看她，安安静静地等着。

　　他是笑着的，可是深邃的眼底见不到半点笑意，像是极暗的黑夜，没有任何光亮。

　　林望书沉默了很久，最终还是往前走了一步，无声地接过他递来的烟。

　　烟是他刚抽过的，滤嘴上除了烟味的苦涩，还有他的气息。

见她犹豫，他直起上身，声音暧昧地打趣道："别嫌弃啊，你又不是没吃过我的口水。"

林望书像是被这句话刺到，身子绷得僵直。

她最终还是鼓起勇气吸了一口。

烟雾呛进肺腑，像是被谁掐着脖子一样，窒息感无法得到纾解。她扶着墙咳嗽，整张脸顿时变得惨白。

江丛羡把她搂在怀里，替她拍背顺气："第一次抽就敢过肺，胆子不小。"

她还在不停地咳着，下意识攥着他的袖口，像是要获取安全感一样。

江丛羡的动作随之一顿，垂眸看了林望书一眼。

林望书重新抬头时，他的脸色已经毫无异样。

"不是要讨好我吗，就这？"

林望书虽然已经咳得没力气了，但听到了这句话，又勉强站直了身子，要再去抽第二口。

江丛羡眼眸微沉，将烟掐灭："行了。"

林望书强忍着咳嗽，没有说话。

江丛羡无声地看了她一眼，自她搬进来起，她的眼神每一天都在发生变化。

她第一天来的时候，眼底是有光的。哪怕陷入父亲离世的过度悲痛中，但那个时候的她仍旧是骄傲的。

而现在，她就像是一个失去灵魂的布娃娃。

他冷笑着问她："你不是很清高的吗？"

她深呼了一口气，想要压下心中的混乱，拢在袖中的手却在止不住地颤抖。

明明是他亲手将她的骨头打碎，现在却反而问她"你不是很清高的吗"。

是啊。

月下娇

她现在还有什么资格直着腰板活下去呢？

她有什么？她什么都没有。

月色凄凉，微风阵阵。她看着头顶的星星，感觉凉意入体。

林望书没有回答他的问题，反而问道："我们以前，是不是见过？"

第七章
一丝怜悯

是从什么时候开始，觉得他很眼熟的呢？

大概是在孙伯伯的寿宴上，也是因为这些莫名的熟悉，她才会对他有些好感。于是欣然答应他的请求，扶着他去了前厅。

生理期的突然到来，让二人的初次见面多了点尴尬。林望书并没有察觉到异样，反而是江丛羡主动脱下自己的外套，帮她围在腰间。

她愣了一瞬，不解他的行为，刚要开口询问。他伸出食指抵在唇上，做了个噤声的手势，然后靠近她耳边，压低了声音："林小姐要不要去趟洗手间？"

他并没有直接点明，反而委婉地提醒了她。就连卫生巾也是他亲自去附近的便利店买来，拜托清洁工阿姨送进去的。

因为这点插曲，林望书对他的第一印象不坏，甚至有些许好感。

少女总是容易春心萌动的，更何况是从未有过恋爱经验的她。只是可惜，萌芽还未长大，就被他亲手给掐死了。

"我们以前，是不是见过？"

月下娇

　　近年来江丛羡的烟瘾似乎更大了，他甚至对香烟已经产生了某种病态的依赖。

　　雾茫茫的夜晚，放眼望去，就像一片掺了黑的白。他能感觉到，自己的情绪变得高涨，思维也开始变得跳脱。

　　他没有再理会她，而是转身回了卧室。燃尽的烟蒂就这么扔在地上，应该是他刚才慌忙离开时不慎落下的。

　　林望书弯腰捡起烟蒂，扔进垃圾桶。

　　可能是白天在外面奔波了一天的缘故，她晚上睡得很熟。

　　半夜，她突然被隔壁书房传来的巨大动静惊醒。她听见什么东西被砸碎的声音，像是瓷器。她想起，江丛羡的书房里摆放了好几个价值不菲的古董花瓶。之后是椅子，再接着是书架，不断有书籍落在地上的声音，听起来沉闷刺耳。

　　林望书被那个动静吓到了，穿上衣服，从卧室门口向外看了一眼。

　　书房外，小莲站在那里，神色惨白。

　　外面传来赵医生的声音："蒋苑，你按住他，别让他碰那些碎片。"

　　"放开我！"

　　伴随着江丛羡的怒吼，有什么东西又摔碎在地上。

　　林望书想，还好这里的房子都是独栋的，不然左邻右舍该报警了。

　　小莲看到她后，红着一双眼睛过来问："书书姐姐，怎么办？"

　　她的声音抖得厉害，应该是被吓到了。

　　林望书搂过她的肩膀，柔声安抚："没事的，没事的。"

　　书房门是虚掩着，并没有关严实。

　　江丛羡的情绪有些过激。

　　他是个还算体面的人，平日里不论发生了什么，面上始终能保持淡然。可是现在就像是潘多拉的魔盒被打开了，里面的怪物全部被放了出来。

小莲终于忍不住，哭出了声："先生病发了，他现在肯定很痛苦。他一发病就会伤害自己，上次发病的时候直接把一整瓶安眠药全部给吞了，如果那次不是蒋苑来得及时，他可能就……可能就……"

里面似乎终于静了下来。

半晌，蒋苑和赵医生一前一后走了出来，前者脸上手上全是伤，应该是在刚刚那场混乱中被江丛羡伤到的。

赵医生说替他缝合一下，他却摇头："皮肉伤，不碍事。"

林望书看了一眼，有的伤口甚至能看见骨头了，想来他是放心不下江丛羡所以才不肯离开的。

迟疑半晌，她微启红唇，轻声开口："你去缝合伤口吧，这里有我。"

蒋苑动作微顿，垂眸看她，显然，对她的话带着很大的质疑。

"你放心好了，我不会害他的。"她说，"我清楚我现在的处境，没有他，我也活不了。"

时间像是凝固了一般，四周静得可怕。

蒋苑那双发沉的眸子凝视她良久，终于点了下头。然后扶着受伤的那条胳膊，随赵医生下了楼。

小莲虽然担心江丛羡，但目睹了刚才发生的那些惨状后，现下自然是不敢进去的，但是又想做些力所能及的事。

于是她对林望书说："书书姐姐，你有什么需要我的地方随时叫我，我就在楼下守着，哪儿也不去。"

林望书摇头笑笑："你早点去休息吧，明天不是还要起早吗？"

江丛羡的衣服每天都要熨烫，他起得早，于是小莲只能起得比他更早。

但小莲还是有些不放心，林望书又劝了一遍，她才肯离开。

小莲走后，她推开书房门进去。里面一片狼藉，电脑被砸得屏幕都碎了，更别说满地的瓷器碎片。

月下娇

书架也东倒西歪，摆放整齐的书此刻全部杂乱地掉在地上，根本没有落脚的地方。

刚注射完镇定剂的江丛羡半躺在沙发上，双眼空洞。似在看天花板，又似什么都没看。白色的衬衣沾染血迹，有种血腥的美感。领扣散了几颗，甚至能看见匿在阴影之下的锁骨，以及肌肉的轮廓走向。

他的肤色是冷白的，像是藏匿在夜间的吸血鬼。哪怕不说话，只是看你一眼，就足够让你心甘情愿地露出脖颈，等待他的享用。

他常笑，或温润，或轻柔，又或者带着欲望。但林望书知道，那些都是虚情假意，是伪装出来的。

不知怎的，她突然有种错觉，就好像现在的江丛羡才是真正的他。

了无生机，阴郁绝望。

他整个人，从里到外都是腐朽的，如枯萎的花，等待凋零的那一刻。

林望书将脚边的书捡起来，放回书架摆好。然后走到江丛羡身旁，看了眼他手腕上的伤口。

只是简单地止了下血，应该是赵医生打算等他睡着了再帮他处理。

林望书拖了张椅子在他身旁坐下，轻声问了一句："疼不疼？"

他罕见地有了些许反应，眼睫轻抬，却也不过是冷冷地看了她一眼，没开口。

林望书倒不意外。

"睡会儿吧，睡着了以后会好受一些。"

他看着她，那双深邃的眸逐渐攀爬戾气："你在可怜我？"

她的确是在可怜他。她不知道江丛羡经历过什么，唯一可知的是，那些经历或许与她身边的人有关。

似乎是从她的神情中得到了答案，他冷笑出声，似在威胁，又似在警告："林望书，精神病杀人不犯法的，你就不怕我杀了你吗？"

她当然怕。

怕得要命，甚至连手都在抖。

江丛羡和那些只会说大话的人不同，没有什么是他做不出来的。

林望书微垂眼睫，看着他受伤的那条手臂，伤口已经用无菌纱布简单包扎了一下，再往上，是一个新鲜的针眼。

应该是刚注射过镇定剂留下的。

他的手和她比起来大很多，修长白皙，骨节是分明的，好看得如同一件工艺品。他全身上下，每一处都是好看的。哪怕林望书偶尔带着对他的恨，可还是不得不承认，他的确是自己见过最好看的人。

掌心相抵的那一瞬间，她甚至能感受到，他的指尖是凉的。像是在隆冬的夜里，被雨水淋过一般。

"疼吗？"

她的手太小了，根本握不住。

嘴角的冷笑甚至还来不及收回，他无声垂眸，看着白嫩的柔荑在自己掌心。

林望书以为他会厌恶地甩开，然后照常扔下一句带着威胁的冷言。

他常让她摆正自己的位置，别妄想那些不属于她的东西。做他的女朋友，她显然不配，顶多仗着那张好看的脸蛋，在他身边当个情妇。哪怕是他以后结婚了，也不会放过她。所以她以为，他是厌恶自己的触碰的，必然会甩开，可是他没有。

他只是无声地看着，纤长却不卷翘的睫毛，此时全数遮挡住眼底情绪，就像是一道不透风的墙，情绪从不外露。

包括现在，也是。

人怎么能活得这么累呢？连自己最真实的一面都得藏着掖着。

林望书还是讨厌他的，只不过在那个基础上，多了些怜悯。

镇定剂似乎起了作用，他逐渐睡去。

手却没有抽离。

月下娇

罕见的，有些乖顺。

赵医生替蒋苑缝合完以后，估算着药物差不多也起了作用，于是带着药箱上了楼。

书房的狼藉被收拾了一大半，穿着白色睡裙的女人正弯腰将地上的书捡起来，一本本归位。看到赵医生后，她站起身，礼貌地打过招呼。

这不是赵医生第一次见到她了，不过上次见时离得远，匆匆一瞥，也没看出什么来。现下这么近距离地瞧，倒的确是个出尘脱俗的美人。

他笑问："吓到了吧？"

林望书也没否认，点了点头："有点。"

赵医生坐过去，给江丛羡缝合伤口。因为他打过镇定剂了，再加上他以往缝合也从不打麻药，所以赵医生只倒了点碘伏给他伤口消毒。

他感叹了一句："没有人从一出生就是疯子，不正常的人在很久之前也是个正常人。"

林望书因为这句话愣了许久。

江丛羡睡得沉，直到伤口缝合结束，他甚至连眉头都没有皱一下。

赵医生收拾好东西后站起身："他就拜托你了。"

林望书点头："我送您吧。"

赵医生婉拒了，走之前，他似乎还有些不放心，回头又叮嘱了一句："他要是发生了什么异样，你记得随时联系我。"

话说完，递给她一张名片。

精神科医生，赵廖。

在蒋苑的帮助下，林望书把江丛羡扶回了房间。她开了床头灯，

146

借着这点光亮，观察起江丛羡的房间。

那些家具摆件都泛着冷色，半点人情味也没有。江丛羡的房间就和他这个人一样，都是冷的。

林望书替他盖好被子，开了窗户通风。

书桌旁边第二个抽屉开着。她犹豫了一会儿，走过去看了一眼。

她没有偷窥别人隐私的癖好，可是此刻，冥冥之中仿佛有什么东西在诱惑着她。

她把抽屉完全拉开，看见里面摆放着各种不同的瓶瓶罐罐，大多是精神疾病方面的药物。她的手突然顿住，视线落在抽屉最里面的相框里。

相片上一个笑容温柔的年轻女人抱着一个小男孩，小男孩的眉眼与江丛羡有几分相似。唯一不同的大概就是，照片里的人阳光可爱，和她接触到的江丛羡截然不同。

林望书的手抖了几下，差点连相框都没拿稳。她似站不住一般踉跄一下，照片里的女人，她是见过的。在整理父亲遗物的时候，在他钱包的夹层里，也有这个女人的照片。

父亲在她心目中一直都是一个高大伟岸的形象，虽然严厉，但却异常疼爱她。哪怕已经确信了他的确做过一些对不起江丛羡的事，可她还是会在心里为他开脱。

这可能是一场误会，也可能是江丛羡认错了人。

林望书失魂落魄地靠在墙上。

没有什么比让一个孩子亲眼见证自己一直敬爱的父亲是龌龊不堪的人更让人崩溃。

小莲这一晚上没有睡好，反复地做噩梦，被惊醒。目睹了那样疯狂的一幕，谁都会被吓到，更何况是小莲这样一个单纯的小姑娘。以至于第二天早上起床的时候眼睛都是肿的。

熨烫衣服的时候她还走了神，不小心把江丛羡的领带给烫坏了。

月下娇

　　江丛羡的东西都是独一无二的高定，昂贵得很，就是把她一年的工资拿去都不够赔。

　　吴婶闻着煳味寻了过来："怎么了？隔着老远就闻着味了。"

　　小莲苦着一张脸，手上还拿着那条烫坏了的领带："吴婶，怎么办？我刚刚走了会儿神，不小心把先生的领带给烫坏了。"

　　吴婶皱着眉斥责了她一顿，让她下次注意着点。

　　恰好林望书从楼上下来，小莲放下领带，匆忙跑过去问她："书书姐姐，先生他好些了吗？"

　　林望书眼睛的肿胀程度不比她的轻，想来昨日也没怎么睡。

　　"他没什么事，你别担心。"

　　听到林望书这么说，小莲这才松了一口气。

　　早餐摆上了桌时，林约还在睡。

　　江丛羡昨夜折腾了那么久，再加上镇定剂的药效，怕是今早也起不来了。

　　于是林望书让厨房多备点热粥，等两人醒来。

　　哪承想她还没吩咐完，二楼便传来江丛羡的声音。

　　似乎没想到他能起得这么早，小莲愣了一会儿，然后才过去问他："先生是吃粥还是吐司？"

　　他声音有些哑，脸色也有些苍白，语气淡淡的："随便。"

　　从楼梯上下来后，他随便拖了张椅子坐下醒神。

　　林望书低着头，专注地小口小口吃着粥。

　　他看了她良久，突然冷声问道："你昨天是不是翻我抽屉了？"

　　她心虚地抬眸看着他的眼睛："你昨天没睡着？"

　　"睡了。"

　　镇定剂对他来说比安眠药有用。

　　"那你怎么……"

　　她在疑惑，那你怎么知道我翻你抽屉了，还是说你在房间里安了监视器？她只知道客厅有，却没想到房间里竟然也有。

这人实在是太……变态了点。

她的反应在江丛羡的眼中便是默认了。

男人的眸色越发阴冷："谁让你动的？"

林望书沉默了一会儿，她知道这件事她不占理，于是主动和他道歉："对不起。"

这句"对不起"仿佛触到了江丛羡心中的禁忌，他神色变得越发冷漠，扔了筷子起身，对一旁的小莲说："衣服拿给我。"

后者从厨房出来，问道："不吃早饭了吗？"

"没胃口。"

小莲还想说些什么，他似没了耐心，敛眉盯着她。小莲被他的眼神吓到，紧咬着下唇，尽数咽下所有的话，应声以后折返进衣帽间，将熨烫妥帖的西装拿出来。

江丛羡接过后，回房换好。再次出现在林望书眼前时，他已经恢复了往日的一丝不苟。

金边眼镜似乎足够遮挡眼底的倦色。

他挽好袖扣，伸出食指和中指抵着镜架往上推，"斯文败类"这四个字用在此刻的他身上似乎再合适不过。

他冷声扔下一句："晚饭不用等我了。"然后就离开了。

他走后，小莲眼眶微红，问林望书："先生是不是嫌我烦了？"

小姑娘似乎格外敏感，动不动就哭鼻子。

林望书暂时将刚才的后怕给忘了，无奈地轻笑，替她擦眼泪："没有的事，我们小莲这么可爱，疼还来不及呢，怎么会嫌你烦？"

小莲抽抽搭搭地咽着眼泪："真的吗？"

"真的。"

小姑娘的情绪来得快去得也快，三言两语就被她给哄好了。

林约在北城待了几天，假期也差不多要结束了。

她送他去机场时，叮嘱了好一通："有哪里不舒服记得和姥姥讲，

月下娇

不要自己硬忍着，知道吗？"

林约乖巧地点了点头。

送走林约后，她伪装的平静彻底崩塌，有些恍惚地回到了家中。

那天晚上看到的照片让她感到无措。父亲身上似乎有很多秘密，有很多她不知道的秘密。

国庆小长假结束后，林望书回到宿舍整理卫生。寻雅来找她，和她聊假期里发生的事。

"我再也不要去爬山了，那里到处都是虫子，帐篷搭了很久都没搭好，晚上还起大风，差点没把我连人带帐篷一起刮走。"

林望书全程都是安静地听着，偶尔出声安慰她几句。

她是个非常合格的倾听者，无论和她埋怨什么，她永远都不会嫌烦，甚至不需要提醒，她也不会将埋怨转述给别人听。

寻雅说得有些累了，问她："你呢，假期怎么过的？"

林望书正在整理衣柜，随口答道："弟弟来北城了，陪他玩了几天。"

"没去约会吗？"

林望书一愣，手上的动作也停下，突然想起，她和江丛羡的事情已经不是秘密了。

她勉强挤出一个笑来："他工作忙，也没时间陪我。"

害怕归害怕，该犯花痴的时候还是得犯的。几天过去了，寻雅早把那天的事给忘到脑后，现下捧着一颗热腾腾的少女心："要是我的男朋友长得这么帅，就算他一年只陪我一天我都开心。"

林望书无奈地摇了摇头，继续整理衣柜。

旁边的床上躺了个人，黑色的蕾丝内衣就挂在床边，宿舍里有个女生把自己的床位租出去了。

林望书见过这位"新室友"几次，橘粉色的长发，皮肤白嫩，看上去年纪不大，和她们相仿。

宿舍内有一股浓郁的烟味，寻雅皱着眉，走过去把窗户打开通

150

风，小声埋怨着："抽烟也不知道去外面抽。"

她虽然在外面租了个公寓，但偶尔也会回宿舍小住几天。相比只和那个女生有过几面之缘的林望书来说，寻雅和她的接触更多。

出了宿舍以后，寻雅彻底放开了埋怨："你是不知道，我回宿舍住的那几天，每天早上都被她吵醒，也不知道她上的什么班，晚上十二点出门，六七点才回来。"

那段时间正好是她课业最重的几天，为了多睡一个小时，她干脆从公寓搬回宿舍学习。

谁知道每天六点会准时被吵醒，那个女生一回来就卸妆洗澡，水声大得吓人，根本睡不了。

林望书安静地听着她的抱怨。

两人一前一后进了图书馆，正好和出来的徐景阳打了个照面。他身旁还站了个女生，满脸的乖巧笑意，不知道在和他说什么。

两组人就这么碰上了，空气似乎都因为尴尬而凝固。

他看着林望书，神色怔住，下意识想要远离身旁那个女生，中途却又像是突然想到什么，对自己的行为自嘲似的笑了笑。

寻雅打趣道："女朋友啊？"

他看了眼林望书，然后才轻声解释说："学妹，隔壁学校的，带她过来参观参观。"

"图书馆有什么好参观的？"寻雅有些不解。

徐景阳下意识地看向林望书，脸色变了变。

为了防止她继续说出什么来，林望书挽着寻雅的胳膊："进去吧，不然待会儿就没座了。"

经她这一提醒寻雅才想起正事。

"对哦。"她看着徐景阳，"那我们先进去了，下次有机会再约。"

徐景阳看着林望书，也不知在想些什么，有些出神，并没有回应她的话。

图书馆只剩下角落里的位置了，坐下后，寻雅特地看了眼门口，

月下娇

徐景阳和那个女生也已经走了。她还以为徐景阳经历那件事后最起码
得颓废上一两个月，谁知道这才七天过去，立马搭上新欢了。

不过这样也好，对他和林望书都好。

寻雅握着笔，小声和她道歉："望书，对不起啊，我之前不知道
你的事，还一直撮合你和徐景阳。"

她摇头笑笑："没事。"

林望书进来时手机忘了调静音，放在桌上的手机响了一声。

隔壁桌已经有人投来不满的眼神，林望书道过歉后，按下静音
键，然后才解锁划开，看到上面的联系人后，她微愣了一瞬。

盛凛：你下周有时间吗？

似乎没想到他会给自己发消息，她盯着那几个字反复看了好几
遍，才确定自己没看错。下周没什么课，时间也松散。

林望书：有的，怎么了？

盛凛：是这样的，我一个后辈的妹妹参加比赛，想找个拉大提琴
的伴奏，你要不要去试试？

寻雅见她低着头一言不发的，还以为是挨谁骂了，凑过来看了一
眼，刚打算帮她出气骂回去。

看到上面的内容后，她鼓励道："多好的机会啊，你赶紧答应。"

林望书自然是愿意的。

可能是看她这么久都没有信，她刚要回复，那边又发过来一条。

盛凛：你不用紧张，平常心就行，这次的比赛关注度还不错，得
奖的话还会有奖金，就当是提前历练。

光是透过这些整齐划一的字眼，林望书已经能想象到男人说出这
些话时的温柔以及耐心。

他知道她缺钱，也知道她缺机会，却依旧顾虑到小姑娘的尊严，
不动声色地绕开这些，只说是让她提前历练。

林望书缓了一会儿，才轻触屏幕，敲下一行字发过去。

林望书：好的，谢谢盛前辈。

盛凛：不用谢。

寻雅看了个全程，她好奇地问道："这个盛凛是谁啊？"

林望书把手机收好，继续低头去看书："一个前辈，之前在机场遇到了。"

"那挺好，背靠大树好乘凉。"

林望书只是笑笑，没有说话。

可能是受病情影响，江丛羡这几日的情绪依旧不太稳定，甚至连平日里那点温柔的伪装也懒得去扮。

不过其他方面的需求倒是明显强了许多，遭罪的那个人便成了林望书。

他房内有浴室，隔着那扇门，甚至能听见"哗哗"的水声。林望书全身痛得不行，在床上躺了一会儿才摸索着坐起身，艰难地穿上衣服。

浴室门不知道是什么时候开的，他靠着墙，嘴里叼了根烟。刚洗过的头发只用干毛巾随便擦了擦，额前落发随意地往后拂去，露出额头和眉骨。透过眼前的白色烟雾，他那张好看的禁欲系面庞越发显得不真切了些。

不知道看了她多久，那双深邃的眸子跟安了定位器一样，她爬到床脚拿衣服，他的眼神也跟到床脚。她往被子里缩着，他的视线也随之延展。

房内没开灯，他便只凭着浴室门那里透出来的一点光芒欣赏着她。

刚从浴室出来的江丛羡没穿衣服，只在腰间围了块浴巾，哪怕该看的都看过了，可羞耻心还是让她别开了视线。

衣服穿戴整齐后，她下了床，把鞋子穿上："我先走了，你早点休息。"

他掐灭指间的烟，对着她微抬下颌。

不算温柔，甚至没什么情绪地问了一句："疼吗？"

似乎没想到他会关心自己，林望书微怔了一瞬。坦白说，是疼的。他半点也没有怜香惜玉，完全把她当成了一个工具，林望书觉得自己就像是刚被车轮狠狠地碾过一般。

她轻声说："有点。"

江丛羡冷笑一声："嘴巴应该不痛吧？"他嘴角微挑，"过来。"

小莲煮了些绿豆粥，放在冰箱里镇着。

最近天越发热了，北城本来就是四季分明的城市，冬天冻死人，夏天又热死人，而且还是那种憋得人发慌的闷热。

她特地盛了几碗出来，想着待会儿给林望书端上去。

至于江丛羡，他对这些甜食的兴趣不大。

卧房门开了，林望书从里面出来，嘴角有点红，干呕了几下。

小莲以为她是中暑了，从药箱里拿了瓶藿香正气水，跑上楼递给她："书书姐姐，你喝碗绿豆粥再睡吧，刚从冰箱里拿出来的。"

林望书很累了，眼下她唯一的念头就是洗个澡睡觉。她接过藿香正气水，冲她笑了笑："放着我明天再喝。"

小莲见到她眼底的倦色，也就没有继续勉强了："我去给你放洗澡水。"

林望书点点头："谢谢。"

她回房没多久，江丛羡也穿戴整齐地从里面出来了。相比林望书的疲乏，他浑身上下都有种畅快，叼着烟一边打火一边往外走。

小莲问他："先生要出门吗？"

他点了点头，也没开口，绕过她下了楼。

蒋苑已经等在楼下了，见他下来，他跟过去："那边见不着您的人不肯签合同，非说要和您喝几杯。"

男人正了正领带，神色未变。

几个大半截身子入土的人，也没啥别的爱好，就喜欢拿酒灌人。

生意场上，没人管你的自尊心。

江丛羡喝吐过无数次，甚至好几次都因为酒精中毒进了医院。估计这次去了，也得躺着出来。

蒋苑有些担忧："要不我去推了，就说您身体不适。"

他淡漠地打断他的话："走吧。"

林望书睡得沉，因为第二天上午没课，闹钟也关了，一直到十点半才醒。

客厅里异常安静，平常这个时候吴婶都在家里忙里忙外地吩咐下人打扫或者修剪院内的花花草草。这会儿居然不见了人影。

她走下楼，看见正给牛排解冻的小莲。见着她醒了，小莲又开始新一轮的推销。

"书书姐姐，你要不要尝尝我做的冰镇绿豆粥？清凉解渴哦。"

她昨天做了一整天，原本以为会大受欢迎，谁知道压根就没人尝。

林望书看出了她眼里的期许，轻笑着点了点头："好，给我盛一大碗。"

小莲感动得都快哭出来了，专门换了个大碗给她盛。林望书看着那个有她两个脸大的碗，颇为无奈。

还真给她盛了这么大一碗啊。

不过小姑娘眼巴巴地在一旁看着，她也不好拂了她的意，便强撑着喝完了。

她拿着纸巾擦嘴，随口问了一句："吴婶呢，今天怎么没见到她？"

小莲把碗放回洗碗池中，用清水冲洗着："先生昨天去应酬，喝了一晚上，酒精中毒送去医院洗胃了，吴婶一早就去医院照顾着。"

"酒精中毒？"

瞧见林望书眼底的不可置信，小莲叹了口气，有些为江丛羡鸣不平："那些生意场上的前辈们觉得先生年轻，便总是各种针对他。先生也没什么背景，他是靠着自己的能力才到现在的位置的，那些人明面上对他恭敬，其实背地里……什么难听的话都讲。"

林家也是高门大户，她多多少少也知晓一些这个圈子里的阴暗面。哪怕再落魄的贵族，也会瞧不起那些白手起家的人。在他们眼中，人与人之间是存在阶级之分的。更何况江丛羡年少有为，几乎是这个圈子里异类中的异类。

光是嫉妒就足够将他淹没了，他如今是孤军奋战，举步维艰。

吴婶回来的时候眼睛都是红的，她在江家帮工也有些年头了，对待江丛羡就像对亲儿子一样。

小莲问道："吴婶，先生好些了没？"

她低头抹泪："还睡着呢，那些杀千刀的，合起伙来欺负一个孙子辈的年轻人算什么本事？也不怕遭报应。"

林望书见她哭了，忙抽了几张纸巾给她。

吴婶接过纸巾后，犹豫地看了她一眼："小书啊，婶婶能拜托你一件事吗？"

林望书点头："您说。"

医院的大楼算不得安静，走廊里不时有病人家属的争吵声传来，病房内偶尔传来几声痛苦的号叫。

林望书提着吴婶专门熬的粥，来到江丛羡所住的病房。

贵宾病房，大套间，厨房、浴室、卫生间，该有的里面都有。

护士刚给他输完液，开门出来时瞧见林望书先是愣了一下，然后问："病人家属？"

林望书沉默半晌，然后点了点头。

护士显然不信，上下打量了她一眼，又问："女朋友？"

林望书有些心虚："嗯。"

见她这么说，护士才让她进去，只不过多叮嘱了几句："病人刚睡着，身体还虚弱着，你尽量小点声，别吵着他。"

"好的。"

护士走后，她开门进去。

房间的主灯关着，只有床头的台灯泛着柔和朦胧的光。

病床上，江丛羡安静地睡着。

林望书怕吵醒他，便把保温饭盒放在一旁，打算等他醒了再去里面的小厨房给他热热。

吴婶放心不下江丛羡，便拜托她来照顾他一晚上。老人家身体不能长时间撑着，林望书自然便应下了。

旁边的架子上放了几本书，林望书随便抽出一本，看了一会儿困意便涌上来了，她打了个哈欠，走到病床边替他调节了下输液的速度，顺便把被子掖好，然后才重新坐回沙发上，躺着眯了一会儿。

贵宾病房的隔音效果好，外面的声响半点都传不进来。

黑夜中，江丛羡缓缓睁开了眼睛。病房内除了刺鼻的消毒水味，还有一种熟悉的清香。闻得久了，就像是有一只纤细又有力的手，紧紧攥着他的心脏，缓慢地拉扯揉捏。

江丛羡是疼醒的。

一种怪异的情绪，因为那股清香而升腾，肺腑仿佛都被一并填塞。

他看了眼身侧的沙发。沙发不算长，一个熟悉的人躺在上方，蜷缩着身子，似乎有些难受。

他看了她一会儿，然后扯掉手背上的针，针眼里被带出了一点血迹，逐渐染红手背上的那一小片皮肤，但他对此毫不在意，赤脚走到沙发旁，然后蹲下看着她，就只是看着。

他并不是一个大度的人，相反，他心眼小到有仇必报。谁得罪了他他都记着，包括昨天晚上故意灌他酒的老头。

总有一天，他会让他们把棺材本都赔干净。

是啊，这么睚眦必报的人，怎么可能放过那个人的女儿，放过林望书呢？

可是，可是啊……

他小心翼翼地碰了碰她红肿的嘴角。林望书没醒，只是由于疼痛瑟缩了一下，身子下意识弓了起来。

看到她这副受惊的样子，他为什么会有些心疼？为什么会有一种，干脆杀了自己为她出气的念头呢？

林望书是被冷醒的，北城的天气本就阴晴不定，前几天还热得人发慌，一场台风席卷，气温突然就降了下来。

林望书从沙发上坐起身，揉了揉睡得有些酸痛的肩颈，视线落在空无一人的病床时，微愣了一下。

护士说过，江丛羡刚洗过胃，身体还算虚弱，暂时没法下床。她有点担心地开门出去，想去找他，身后传来了动静。她回头看了一眼，正好看到江丛羡从洗手间里出来。

哪怕他看上去仍很憔悴，神色却是一如往常的淡定漠然，仿佛这世间没有什么事足以撼动他的情绪。

即使是他的性命。

林望书犹豫片刻，起身去拿保温盒："吴婶托我给你带了点粥，我来的时候你刚睡着，就没有打扰你，我去给你热一下。"

他语气仍旧是淡淡的："医院有吃的。"

听到他这么说，林望书手上的动作微顿，她有些不甘心，轻声说："家里做的粥到底好吃些。"

他冷笑："林望书，你是不是家里破产久了，不清楚普通病房和贵宾病房的区别？"

林望书的手无意识地抖了一下。

江丛羡的确擅于剖析人的内心，也深知什么样的话，能最直接最有力地击溃一个人。

他也的确做到了。

林望书一直隐忍伪装的情绪，轻易就被这个男人撕开。

她的手抖得越发厉害，神情恍惚，一时没注意碰到了桌上的开水壶，开水壶里的热水全部泼在了她的手背上。她的神情还在恍惚着，灼烧的疼痛感无法拉回她丢失的心神，就这么毫无反应地呆呆地站在一旁。

江丛羡眉头紧皱，低骂了一声。他大步走过来，直接将她扯进浴室，开了冷水冲着她的手背。

好在那壶里的水多放了些时间，已经没有原先那么烫了，林望书的手背没有被烫伤，只是红肿了一片。

这时她才稍微察觉到了疼痛，"嘶"的一声想把手往回缩。

江丛羡把她的手死死按在冷水里，声音阴沉地命令着："别动！"

林望书便听话地不动了。

水龙头里流出来的凉水反复在她手背上冲刷，那股灼烧感逐渐减轻。

林望书试探着轻声开口："粥是吴婶特地做的，哪怕不饿也多少吃一点。"

他像是终于忍无可忍一般对她吼道："我说我不想吃，你烦不烦？"

林望书怔住，她没想到他连最后的一点体面也不肯留给她。

以往他虽说对她各种侮辱，但也顾虑着那一层伪装，把所有的情绪都掩藏在那虚情假意的温柔里。像今天这样直接发脾气，虽然不算头一回了，但也是极为少见的。

小姑娘自小娇生惯养的，被身边人护了半生，几时被这样凶过？她抿了抿唇，想要努力忍住，可是眼眶还是不争气地红了。以往清清冷冷的小模样此时跟受了天大的委屈一样。

等冲得差不多了，江丛羡松开她的手，而后就靠着旁边的墙站着。模样慵懒，漫不经心地从她脸上扫过。

他本就没打算哄。

她算什么？让他去哄？

时间就这么缓慢地流逝着，小姑娘难过委屈了一会儿，就自己恢

月下娇

复了常态。

江丛羡心想，她估计是在心里自己安慰了自己一番。

林望书强行忍回去所有的眼泪，为了克制情绪，甚至将下唇咬得有些红肿。既然答应了吴婶照顾江丛羡，她就不会不负责地离开。

看了眼时间，凌晨三点半，离天亮还有一段时间。

虽然江丛羡说了不吃，可她还是将粥拿去厨房热了一遍。

她从柜子里拿出干净的毯子，在沙发上铺开，打算先休息一会儿，她实在太困了。

粥就在桌上放着，江丛羡吃不吃是他的事，反正她按照吴婶的意思，给他送到了。

躺上沙发的那一瞬间，她的眼皮就开始打架，没一会儿就睡着了。

江丛羡不爱住院，因为没法抽烟，烟瘾一旦上来了，就很难压下去。没法抽烟，他就咬着过了会儿干瘾。

他看了眼桌上还带着热气的粥，想到她刚才明明委屈得不行，却还是闷不吭声地进厨房仔仔细细热了一遍，就觉得好笑。

林有为那个老东西当成宝一样的女儿，在他这儿还不是跟个用人一样低贱？想着想着，他垂眸看着沙发上那个身子蜷缩成一团、睡颜安静的小姑娘，露在毛毯外的那只手还是红的，有点肿。

她平日里把手看得精贵，生怕受到一点伤导致以后不能拉琴。他又看向那张脸，也不知在想些什么，烟嘴被咬得稀烂。

半晌，他把嚼烂的烟直接吐到垃圾桶里。

夜色静，病房内更静。

胃里不舒服，江丛羡其实什么也不想吃，但他还是把那碗热好的粥吃了个干净。

林望书醒得早，在沙发上睡到底是有些不舒服。身子酸痛得要命不说，四肢都是麻的。

她从沙发上坐起身时，病房里已经没人了，病房也被重新铺好。

护士告诉她，这里的病人今早就出院了。

她神色有些怪异，问道："你男朋友出院了你都不知道？"似乎对二人的关系存在着很大的质疑。

这女孩说是病人的女朋友，可二人的举动却如同陌生人，甚至连出院这种事都没提前通知一下，就这么走了，也没叫醒她。

林望书刚睡醒，脑子还有些蒙，缓了好一会儿后，她才轻声道谢。避开了护士的问题，她简单地洗漱了一下，然后才离开。

盛凛昨天把地址和联系方式发给她了，让她今天中午直接过去就行。

林望书坐车先回了趟家，在医院住了一晚上，身上沾上了消毒水的味道，洗完澡换了身衣服后她才准备出门。

吴婶说厨房里热好了早点，让她吃了再出门。

她笑着摇了摇头："我不饿。"

吴婶点点头，又说："我让你带去的粥丛羡吃了没？"

应该是没吃的，她起床时甚至连保温盒都不见了，估计是被江丛羡连粥带盒一起给扔了。

害怕吴婶难过，她便撒了个谎："吃了的，都吃干净了。"

吴婶松了一口气："吃了就好，吃了就好，你是不知道啊，那孩子倔，还不拿自己身体当回事。"

林望书把鞋子换好，背上琴："吴婶，那我就先走了。"

吴婶点点头："路上小心点啊。"

"嗯。"

台风刚过，外面天色是阴的，还有点余风。

林望书里面穿的是一件针织的长裙，外面套了件雾霾蓝的呢子大衣，牛角扣也乖巧地全部扣好。为了防风，她还在脖子上围了一条米白色的围巾。

白色的琴箱都快赶上她人高了，看上去应该不轻，她的脊背却仍旧是挺直的。

月下娇

不远处，在病房中消失的人正注视着这一切。

蒋苑透过后视镜看了一眼，男人的目光算不上炙热，甚至平淡得有些反常。他就这么看着车窗外，也不说话。

蒋苑下意识放慢车速，始终与前面的人保持着一段距离。

她走得不快，偶尔还会停下来看一眼手机。很显然，是在回复谁的消息，甚至连前面开过来的电动车都没看见。

蒋苑能清晰地感觉到，那一瞬间身后的男人有了极大的反应。似乎下一秒他就要拉开车门下去，即使车还在行驶状态。

幸好，电动车主反应极快，歪了下车头，擦着她的衣角过去了。

车主下了车，和她说了些什么，应该是在道歉。

女孩摇了摇头，大度地将这件事翻了篇。

风更大了，她如黑藻一般的长发都被吹起。

蒋苑犹豫了一会儿，扶着方向盘问道："要不要送下林小姐？"

"不用。"

他声似寒风，压着怒意："不被撞死一次，还真对不起她的大度。"

扶着方向盘的手松了松，蒋苑没再开口。

不远处的林望书也不动了，就站在路边，像是在等人。

蒋苑自作主张地将车停在不远处的树荫底下。

大概几分钟后，一辆黑色的轿车在她面前停下，林望书面带笑意地走过去，在降下的车窗旁说了会儿话，然后拉开副驾驶的车门坐了进去。

整个动作不足两分钟，看上去与车主非常熟稔。

直到那辆黑色的车开走，后座的男人从始至终都没有说一句话，仿佛并不在意。

蒋苑犹豫着开口："可能是林小姐那个姓寻的女同学。"

男人没有半点反应。

沉默了很久，低沉的声音打破寂静："走吧。"

第八章

夏早的乐队

说是后辈的妹妹，其实盛凛和她早已熟悉。

小姑娘被家里宠坏了，脾气有些骄纵，他担心林望书第一次见面会害怕，所以特地开车送她过去。

林望书有些不好意思："真是麻烦您了。"

他笑道："你总和我这样生疏，我会难过的。"

林望书急忙道歉："没有的，我只是……"

在她心中，盛凛是应该被尊敬着的前辈。

盛凛打开车里的储物柜，拿出一颗糖递给她："你不必这么拘谨的，叫我盛凛就行。"

她小心翼翼地接过糖，还来不及道谢，听到他的话又愣了一会儿："啊？"

他笑着说："我比你大不了几岁，一口一个'您'的，会让我觉得我已经很老了。"

这倒是她疏忽了。

林望书应了一声，于是改口："好的，盛前……盛凛。"

月下娇

目的地是一个工作室，里面设备很齐全，录音棚、器材室什么都有。

客厅里坐着几个穿着休闲的少年，看着年纪都不大，正低头调着设备，见到林望书后，一个个眼睛都冒着光。

盛凛应该提前打过招呼了，不用他再次介绍，那群人也大概猜想到了她是谁。

有人冲着休息室内喊："夏早，你的搭档来了。"

过了好一会儿，里面才传来一点动静。被唤作夏早的女人穿了一件纯黑的背心，半截纤腰露在外面，双腿笔直修长。她打着哈欠四处看，似乎在找寻自己的搭档到底在哪儿。

目光最后定格在林望书身上，缓了几秒钟后，她眼里冒着和那些男生同样的光。

"天啊，天啊，天啊！"

连续三个"天啊"似乎都没办法完美地表达出她此刻的心情。

"盛哥，你简直就是我亲哥，这种仙女你是从哪找来的？太绝了吧，我感觉我比赛都赢了一半了。"

林望书被她这么直白地夸，难免有些不好意思，面色微红。

盛凛无奈地摇了摇头，对这个后辈的妹妹也有些无可奈何："她和你同岁，是北南大学的学生。"

夏早推了推鼻梁上的黑框眼睛："北南大学，还是个高才生啊。"

林望书礼貌地和她打过招呼："你好。"

夏早看了她一会儿，然后乐了："你好。"

她是越看越满意，长得太好看了，这不食人间烟火的清冷气质，光是往那舞台上一站，就能赚足评委们的印象分了。

不过好看归好看，还是得看看她的实力。

夏早把曲谱拿给她："你要不先来一段？"

曲子是她为了这场比赛亲自写的，偏古典风。

林望书接过曲谱后大致看了一眼，"嗯"了一声。

164

不算烦琐。

她坐下后，把琴箱打开，取出她的大提琴。这把大提琴是父亲还在世时送给她的，她用了很多年了。

简单调了下音，然后她照着曲谱演奏了一遍。

林望书在这方面有天赋，一曲结束，周围人眼里的光越发亮了些。

长得好看的天仙的确吸引人注目，而长得好看还有才华的天仙那简直就是抓人眼球了。

林望书不知道的是，这短短的三分钟里，她已经迅速成为这一圈人心目中的女神了。

夏早其实是个很挑剔的人，不然也不会离比赛不到一周的时间还没找到伴奏的搭档。先前那些搭档不是受不了她的大小姐脾气，就是被她嫌弃不合拍。她对伴奏的乐器其实没啥硬性要求，所以才会拜托盛凛，她原本是没抱太大的期望的，谁知道现在完全超出了她的期待值。

夏早说："如果能获胜，奖金咱们五五分。"

夏早报名参加的是一档音乐选秀节目，她已经进到总决赛了，如果能获胜，不光可以成功出道，还可以获得一笔非常丰厚的奖金。

林望书对出道没什么兴趣，她渴求的并不是娱乐圈的舞台。

林望书婉拒了："我只是个伴奏而已，不用——"

夏早打断她："嘁，反正我也不是为了奖金，咱俩各取所需嘛。"

她需要的是成功签约那个经纪公司，这样才有机会出唱片，奖金对她来说都是次要的。

不等林望书再拒绝，她就强行定下了。

为了庆祝林望书的加入，夏早专门订了个位置，说一起去喝一杯。

毕竟是第一次见面，推拒的话，会显得她非常没礼貌和不近人情，所以林望书最后还是点头应下了。

月下娇

她给吴婶打了个电话，说今天有聚餐，会晚些回去。

吴婶叮嘱了她几句，让她注意安全，少喝点。

其实有盛凛在，他也不会让她喝多。

林望书一看就是个乖顺听话的小白兔，平日里应该是滴酒不沾的那种，所以夏早非常贴心地给她另外点了些可乐饮料之类的，甚至还问她要不要再点一杯热牛奶。

旁边有人起哄："夏早，你该不会是看上人家了吧？"

她随手拿了手边的纸抽砸过去："别乱开玩笑，再把人家望书吓到了！"

盛凛显然已经习惯了他们的打闹。小孩子嘛，闹腾点也正常。

他戴上手套，细心地把橙子剥好，然后放在林望书面前的盘子上："这里的橙子很甜的，你尝一下。"

她道过谢后，礼貌地尝了一口，的确很甜。

盛凛看着她，唇角扬起温柔的笑。

聚餐结束后，他们都喝得差不多了，尤其是夏早，话都已经说不利索了。

盛凛将她扶上车，看着林望书说："我先送你回去。"

她摇了摇头："我自己可以打车的。"

"这么晚了，你一个小姑娘不安全。"

他声音不大，语气像山中流水，又有点像春风拂面，给人一种不过多亲近，但很舒适的感觉。

夏早醉得不清醒了，从车窗里探出个头，说话时舌头都有点打结："林望书，你……你上来，为父有话要和你说。"

林望书愣了一瞬，盛凛无奈地摇头轻笑："她就这样，没个正形，你别太往心里去。"

林望书笑道："没有的，我觉得很可爱。"

她对夏早挺有好感的，她正好是自己最想成为的那一类人。

无拘无束，多好。

她最后还是上了车。

夏早嘀嘀咕咕地在她耳边说了句什么，林望书没听清，等她去问时，她已经靠在她的肩膀上睡着了。

车就停在院外，林望书小心翼翼地将夏早放好，然后解开安全带下车。

她和盛凛道过谢后，又说了声"晚安"。对方点了点头，同样声音温柔地回了一句"晚安"。

这个点已经很晚了，客厅里漆黑一片。

门开后，浓郁的烟味呛得她直咳嗽，她摸索着把灯打开，猝不及防撞进了一双幽深阴暗的视线里。

茶几上的烟灰缸零散地落着好些个刚掐灭的烟蒂，江丛羡就这么看着她，也不说话。

林望书被看得有些心虚："你还没睡吗？"

他也不回答她的问题，只是问："去哪儿了？"

林望书说："和朋友聚餐了。"

"哪个朋友？"

他很少过问她的私事，林望书不知道他今天是怎么了，有些反常。

沉吟片刻，她说："你不认识的。"

他挑眉冷笑："我想认识谁难道还不简单？"

林望书看了他好半天，说："你又要调查别人？"

江丛羡看出了她眼神中的变化，她的那种眼神实在是太熟悉了。

那种平静的，只剩下厌恶的眼神。

她对他，除了委曲求全地迎合，真的只剩下厌恶。

江丛羡将指间的烟生生揉烂，烟尾还燃着，他却像感受不到疼痛一样继续揉着。

167

月下娇

他恶狠狠地开口："林望书，你算个什么东西？你以为我会在你身上花费这么多心思？"

是啊，她算个什么东西。在江丛羡眼中，她林望书就像一只蝼蚁一样低贱弱小，这些她分明都是知道的。所以她从未过分奢求过什么，就算是江丛羡真的想给她什么，她也不会要。

他们之间的感情是相互的。

相互厌恶。

她并不在乎他的冷言冷语，自始至终情绪都没有半点起伏。如同一摊温和的水，再大的石头砸进去都不见涟漪。

顾虑到大家都休息了，她将动作放轻，换了鞋子，只说了句晚安便上楼回房了。

多有教养啊。

江丛羡冷笑着起身，把烟灰缸砸了。

林望书被楼下传来的巨大动静给吓到，她靠着墙站了好一会儿，才逐渐缓过来。

自从上次发病后，江丛羡好像越发没办法控制好自己的情绪了。

偶尔林望书也会对他心生怜悯。

他本该过上正常人的生活的。

白天的时候夏早把曲谱拍下来发给她了，同时还传了一个她录制的视频。林望书洗完澡后，躺在床上用手机看了一会儿。离比赛只剩一个星期，好在这首曲子还算简单，她是有把握练好的。

第二天去学校，她借了练习室，在里面练了一下午，直到寻雅过来找她。

寻雅手上拿着两杯奶茶，将其中一杯递给她："今天怎么突然这么勤奋了？"

林望书放下琴弓接过奶茶："下周就要比赛了，所以想抓紧练练。"

　　林望书能看出来，这次的比赛对夏早来说很重要。虽然盛凛让她不要有太大的压力，保持平常心，可林望书还是觉得自己应该尽最大的努力。

　　寻雅这才想起来："我差点忘了。"她刚上完一节户外课，现在累得不行，四仰八叉地躺在椅子上，"待会儿回宿舍坐一会儿吧，我点了外卖。"

　　林望书点点头："好的。"

　　寻雅最近搬回宿舍住了，她那个房东一直无底线地涨房租，她实在忍无可忍，就退租了。

　　两个人回到宿舍的时候，外卖正好送到楼下。

　　寻雅点的是炸鸡和可乐，据她说，只有高热量的东西才能让人快乐起来。

　　宿舍门推开，一股淡淡的烟味在空气中浮动。

　　窗户开着，穿着白色真丝睡裙的女人立在窗前，指间夹了根女士香烟，烟灰缸就放在手边。那头橘粉色的长发被随意地扎成了个马尾。

　　听到动静，她转身看过来，那双多情的桃花眼此时带着点笑意。她抬手在烟灰缸里掸落烟灰，微挑薄唇，和她们打着招呼："下午好啊。"

　　寻雅皱了皱眉，她本来就对这个女人没什么好印象。目睹她在宿舍里抽烟后，就更加懒得和她多废话，翻了个白眼就坐下了。

　　林望书倒是礼貌地回了一句："晚上好。"

　　女人上下打量了她一眼，似乎来了兴趣，将烟掐灭："你就是林望书？"

　　林望书有些疑惑，不知道她怎么认识自己。

　　"无聊的时候翻了下你的课本，应该不介意吧？"

　　原来是看到她课本上的名字。虽然不算大事，但未经她的允许就擅自动她的东西，还是让人觉得不太舒服的。

林望书轻声说："希望下次可以和我说一下。"

她笑道："我叫苏来。"

"嗯，你好。"

礼貌却疏离，还真是难以亲近啊。

苏来靠着墙，眯眼看着她，脸上的笑容意味深长。

寻雅见状坐了过来，挡住她看过来的视线，递给林望书一双手套："这家的炸鸡真的绝了，你尝尝。"

或许是觉得没劲，苏来拿上手机和烟盒，出去打电话了。

她走后，寻雅皱着眉埋怨道："那人怎么回事啊？乱翻别人的东西还理直气壮。"

也不知道是不是她的错觉，她总觉得那个女人对林望书的态度很微妙。就好像林望书抢了她的男朋友一样。

因为白天林望书和夏早都要上课，所以两人只有晚上才有时间一块儿练习。

两个人在这方面很合拍，别人需要花费很长一段时间才能磨合出来的默契，在她们这儿第一天就有了。

夏早属于那种虽然挑剔，但是一旦认定了就会百分之百信任对方的人。对于林望书的技术，她完全不担心。

练习室里，每天都能听到她的彩虹屁。

"我觉得有你在，我的第一名彻底稳了。

"小书书太棒了，这手大提琴拉得真的绝了。

"我要是个男的我立马追你。

"不，我觉得我已经快被你掰弯了。

"啊啊啊啊啊啊！我太爱你了。"

旁边有人提醒她："夏早，你悠着点，人林妹妹都脸红了。"

林妹妹本人抿唇不出声，脸颊微红。她脸皮薄，被人这么热情且直白地夸赞还是头一回，的确会有些不好意思。

170

盛凛刚到，就看见林望书抱着大提琴满脸绯红。

他疑惑地看了眼旁边的夏早，以为她和林望书说了什么不合适的话，声音微沉，带了些严厉："夏早。"

夏早闻声抬眸，就看见盛凛沉着一张脸说："你别把你那些不良作风带到林望书面前。"

夏早其实挺怕盛凛的。他虽说平日里温和宽容，但管教起人来还是挺严厉的。

夏早平日里没个正形，可她还是有着自己的原则的。

"我没有，我就夸了她几句。"

盛凛显然不信她的话，垂眸看着一旁的林望书，声音低了好几度，变得温柔了许多。

"是吗？"

林望书点了点头："嗯。"

她声音小，似乎有些不好意思："是我脸皮太薄了。"

面对她的羞怯，盛凛无奈地轻笑出声，也没再开口。他怕自己如果继续问下去，她会羞得把脑袋都埋进土里去。

明明是个看上去清冷疏离的小姑娘，却意外地容易害羞。第一次在机场见到的时候便是，连话都不太敢和他说。

他看出了林望书眼底的困意："时间也不早了，要不今天就先练到这儿？"

夏早正有此意，她揉了揉肩膀站起身："楼下火锅店开业，七五折，姐姐今天请客。"

林望书说："我就不去了。"

这些日子因为训练的事，她已经连续好几天十一点后才回家了。江丛羡虽然只是不许她去夜店那种地方，但她还是会有顾虑。

夏早看出了她的为难，也不勉强她："这样吧，我让凛哥送送你，你家远，一个小姑娘回去不安全。"

林望书拒绝了。

月下娇

"不用麻烦的，我自己打车就行。"

盛凛笑容柔和："不麻烦的。"

她仍旧坚持："真的不用了。"

盛凛沉吟片刻，点了点头："那我送你出去坐车，这样总行吧？"

如果连这个都拒绝，就显得自己有些过于不近人情了。林望书轻声道过谢后，和他一起往外走。

这里好拦车，没多久就来了一辆。

送她上车后，盛凛拍下车牌号："到了以后和我发个消息报平安。"

林望书点头："嗯。"

一直到的士开走，他才收回视线，转身要回去的时候，正好看到路边有两个西装革履的男人看着他。

盛凛步伐稍顿，他又看了一眼的士离开的方向。

吴婶告诉江丛羡，林望书提前打过电话了，今天有练习，会晚点回来。

男人握着筷子的那只手逐渐收紧，面上却是平静的，看不出半分异样来。

这些日子里，林望书晚归已经是常事了，从那天看到她上了那辆黑色的车开始。

吴婶进厨房给江丛羡盛了一碗汤，端出来，笑道："和朋友在一起呢，都是些喜欢音乐、志同道合的朋友，听得出来，小书也喜欢和他们在一起。"

是啊，兴趣爱好以及年龄阅历，这些几乎完全一致，的确很容易成为朋友。

江丛羡没有说话，放下筷子起身："我吃饱了。"

吴婶看了眼他桌上那些几乎没怎么动过的饭菜，皱着眉。

最近这些天他好像没什么胃口，晚饭也吃不进去，像有心事一样。

回了书房，他刚坐下，手机就接连振动起来。江丛羡摘下眼镜，按了按眉心。空出一只手划屏解锁，看着对方发过来的照片。

霓虹灯下，光线昏暗。林望书扶着车门，正和自己身侧的男人说着话。男人的脸隐匿在黑暗中，看不清长相。但能看出来，林望书在笑。

她在对其他男人笑。

江丛羡的手越握越紧，唇角溢出几声冷笑。

真可以啊，林望书，面对他时苦大仇深，在别的男人面前倒是温柔贤良。

想到这里，手中的眼睛框已经都快被他捏变形了。

楼下传来开门声，伴随着女人轻柔好听的声音："吴婶。"

吴婶笑着迎了过去："吃饭了没？"

林望书摇头："还没。"

"我去给你盛饭，你先坐着。"

话音落，她把刚泡好的咖啡递给小莲，让她端到书房。

小莲这些日子被江丛羡反复无常的情绪吓到了，心里对他有些畏惧，连敲门都是小心翼翼的，生怕触怒了他。

直到房间里面低沉的一声："进来吧。"她才敢推开门。

男人一身深灰色衬衣，领带没打，领扣没系，小莲低着头不敢看他，把咖啡杯放在书桌上，然后准备离开。

江丛羡屈起指骨，漫不经心地敲了下桌面："把林望书叫上来。"

"好的。"

小莲出了书房，腿还在打战。她捂着胸口，深呼吸了几下，然后才下楼。

林望书吃饭慢，一碗饭几乎还没怎么动，见小莲站在旁边一副欲言又止的样子，便问她："怎么了？"

小莲支支吾吾道："先生他……让您上去一下。"

月下娇

林望书沉默了一会儿，放下筷子起身。

"把碗筷收了吧。"

小莲疑惑："您不吃了吗？"

她摇头，心想，也吃不了了。

就连她自己都没察觉，以前抗拒厌恶的事，现在倒有些习以为常了。

她象征性地敲了下书房门，里面没动静，便推开门进去。

灯没开，习惯了光亮的眼睛还没法太快地适应这突如其来的黑暗。她如同一个盲人，在混沌中摸索。下一秒，她就被人用力按在墙上，后背完全无缝隙地紧贴着墙面。

衣服被撕开的声音有些刺耳，直接接触到空气的肌肤有点冷。他毫无章法和技巧的吻落下来，林望书只能用还没完全适应黑暗的眼睛看向天花板。

天花板上的吊灯被风吹得虚晃。

不知过了多久，江丛羡终于停下，头埋在她的颈窝里，喘着粗气。林望书也不说话，那双眼睛已是空洞无光。

习惯了，也就懒得再反抗了。

江丛羡抱着她，笑容轻慢："胆子够大，都这个处境了还敢背着我勾三搭四，你就不怕我把你当个垃圾给扔了吗？"

"勾三搭四"这个字眼太具有侮辱性了。

林望书说："我没有。"

他冷笑："照片都拍下来了，还说没有？"

他咬着她的肩颈，轻轻地拉扯。

"林望书，你是不是还不清楚自己现在的处境？是你求着我，我才保你全家平安。

"你知道你那个慈爱的爹给你留了多大的烂摊子吗？

"六个亿，就算你出去卖，也得不眠不休地卖几百年才能——"

一声清脆的声响，打断了他未说完的话。

江丛羡的脸受力偏向一边，哪怕她使出了全身的力气，对他来说，也不过是挠痒痒。

他轻笑着出声："我说错了吗？"

虽然是笑着的，可那笑意根本不及眼底。

他捏着她的下颌，指腹之下的肌肤细腻光滑："林望书，你叫我一声爸爸，那六亿我帮你还了，嗯？"

林望书有时候觉得，江丛羡可能也没她想的那么坏。他对她还是挺好的，那次在清吧，看到他出现的那一刻，她莫名感到安心。就好像，只要有他在，她就不必担心受到伤害或威胁。

可是现在她突然想明白了。

她生活中最大的伤害和威胁，统统是他带来的。他就像一个绝情的刽子手，清楚哪个地方伤人最疼。然后一刀砍下来，看着你痛苦地挣扎，仿佛只有这样，他才会得到巨大的满足。

怎么能有人坏成这样啊？

她身子颤抖得厉害。

明明屋内开了暖气，不算太冷，可她却像坠入冰窟一般。

她不说话，江丛羡也就没再继续开口。他站在那里，隔着黑暗冷眼看她。

林望书觉得自己的五脏六腑都被拧在了一起，那种感觉就像是闻到了烂果皮的味道，让人恶心，反胃得厉害，她终于忍不住，扶着墙吐了。

她今天一整天几乎什么东西也没吃，胃里没东西，吐的都是胃酸。声音没了平日里的清冷从容，嘶哑得可怕："江丛羡，我以前一直都觉得你很可怜，甚至还短暂地对你动过心。"

是啊，她是对他动过心的，在很久很久以前。

多可笑啊。

她的语气平静，没什么情绪："可是我现在觉得，那个时候的我真恶心，竟然会对你这种垃圾动心。"

月下娇

　　留下这句话后，她开门离开。

　　书房内陷入长久的寂静中。

　　江丛羡像愣住了一样。短短几分钟，却像是过了一个世纪那么久，他的手在抖，视线落在这形同地狱一般的无边黑暗中。就像有一双无形的手狠狠掐住他的脖子，他没办法呼吸，甚至连半点声音都发不出来。

　　外面的风太大了，窗户被吹开，冷风卷着窗帘进来。

　　刺骨地冷。

　　江丛羡靠着墙，缓慢地蹲下。他仰头大口地呼吸，像一条濒死的鱼。空气中的氧气实在太稀薄了，呼吸了很久，他仍旧觉得喘不上来气。

　　他颤抖着伸手去解扣子，越急越乱，越乱越解不开，彻底陷入了一个死循环。

　　情绪像是一根绷紧的弦，一旦承受不住便会彻底崩溃。

　　他抱着头，无助地哭泣。

　　凭什么？

　　她爸折磨他，她也折磨他。

　　林望书也没太难过，江丛羡已经很难再激起她的情绪波动了。

　　刚才她的确是冲动了些。

　　她强迫自己看了一部电影，企图转移注意力，但因为太过无聊，看到一半就睡着了。中途因为耳边喧闹的声音醒过一次，她以为是电影忘了关，便没太注意，翻了个身继续睡了。

　　她实在太困了，连睁眼的力气都没有了。

　　次日一早，她换好衣服准备出门，看到吴婶一个人坐在客厅里，低着头偷偷抹眼泪。

　　林望书担心地走过去问："怎么了，是哪里不舒服吗？"

　　吴婶看见她了，匆忙起身："望书啊，你告诉吴婶，你昨天晚上和丛羡都说什么了？"

想到昨晚的事，林望书脸色不太自然。她并不想再提，于是敷衍过去："没说什么。"

吴婶眼眶红肿，叹着气："那这孩子怎么突然想不开？"

她的话让林望书稍微顿了片刻。

也不过只是片刻。

她没有多问，只是说："那我先走了。"

吴婶还在难过的恍惚中，似没听到。林望书也不在意，开了门离开。

上午只有一节课，她先去了一趟宿舍。

寻雅坐在床上打游戏，对面床铺上苏来还在睡觉。林望书怕吵醒她，便放轻了动作进来。

寻雅看到她了，游戏也不玩了，随手将手机扔在一旁，问她："吃早饭了没？"

她摇头："还没。"

寻雅从床上下来："正好我也还没吃，学校后街那儿有个粥店，听说还不错，要不我们今天吃粥？"

林望书轻应了一声："好。"她说，"你等我一下，我先把东西收拾好。"

"那行，正好我这局游戏还没打完。"

隔壁床铺上，苏来不知道是什么时候醒的，拿着手机正在接电话。

突然，她的声音变得焦急而尖锐："你再说一遍，羡哥怎么了？"

电话那边的人不知道说了些什么，苏来的脸色越发难看，掀了被子下床，边穿衣服边说："你把医院地址发给我，我现在就过去。"

出去之前她步伐微停，深深地看了眼旁边的林望书。

直到她离开，寻雅才心有余悸地推了推林望书："你什么时候得罪她了吗？怎么我看她刚才的眼神不太友善啊？"

月下娇

"我和她不熟的。"林望书似乎也不太在意，东西收拾好了，她站起身说，"走吧。"

寻雅立马将刚才那个眼神抛到脑后，高兴地过去挽林望书的胳膊："我朋友说让我一定要尝尝他家的皮蛋瘦肉粥。"

苏来过去的时候，病房门是关着的，护士根本不放她进去，即使她自称病人的女朋友也没用。

护士翻阅着手上的病例，没什么耐心地开口道："病人的女朋友我见过。"

苏来手上提了个果篮，是在过来的路上特地去买的。听到护士的话，她笑道："那个是冒牌货，你难道不觉得我和里面的病人才更配吗？"

她长得的确属于那种过目不忘的好看，气质上似乎也和里面的病人更搭一些。

电视剧里不都这么演的吗，禁欲矜贵的有钱人，另一半都是美艳不俗的尤物。先前那个，更像是不染世俗的仙女。

不过护士还是没让她进去："病人现在在休息，等他醒了再说吧。"

VIP 病房是不允许外人随意探望的。

苏来挡在她身前，不许她走："我男朋友受伤住院，身边连个照顾的人都没有，万一真出了事你们医院赔得起吗？信不信我现在就去找你们领导投诉你？"她语气并不强势，面上始终都带着笑意，"一个小护士，倒是挺爱耍官威的，晚上走夜路的时候当点心，万一不小心碰到几个猥亵抢劫犯之类的，多不好啊。"

小护士年纪不大，直接被她这几句明里暗里的威胁恐吓给吓住了。

苏来得以如愿进去。

病房里面没开灯，窗帘也都拉上了，透着朦胧的光。她把果篮放

178

下，看了眼病床。

江丛羡已经醒了，坐在床上，宽肩窄腰的身材极具诱惑，死板的条纹病号服穿在他身上也跟量身定做的一样好看。

苏来拖了张椅子过去，在床边坐下："羡哥。"

男人抬眸，视线冷淡地扫过身边的人。神色无异，仍旧是冷漠的。

苏来坐在那儿剥橘子，她的声音里带着点埋怨："林望书那个女人还真是没良心，知道你出事了也不肯来医院看你一下。"

听到"林望书"三个字，他才稍微来了点反应。

像是干吞了一把被烈日炙烤过的沙子，声带也被烫伤，暗哑得可怕："她知道了？"

对林望书，苏来心底是有恨的。不光有恨，甚至还有嫉妒。她到底有什么能耐，可以这么心安理得地留在江丛羡的身边，独占他这么久？

"不光知道了，还在宿舍和她的朋友一块儿咒你呢，希望你赶快死。"

江丛羡本就沉着的眸，越发暗了些。胸口不知怎的，疼得厉害。

刚在鬼门关里走了一圈，全身都像是被抽走了力气一样，连抬个手都极为艰难。他按着胸口，重重地捶了两下，想要缓解那里的剧痛。

那里好像被什么反复扎着，感觉十分奇怪。

他像是生病了，这里经常会痛，可是心电图也做了，彩超也拍了，医生说什么事也没有，他的心脏是健康的，可是为什么会痛？

痛起来时他甚至喘不过来气，比病发时还要难受。

苏来一心希望江丛羡赶紧认清那个女人的丑恶嘴脸，越发变本加厉："她本来就讨厌你，嫌你有精神疾病，说是你毁了她的人生，还说你……说你是变态。"

江丛羡一手捂着胸口，一手抓着床沿，额头冒着虚汗。他大口地喘着气，因为忍耐疼痛，颈间青筋都显出来了。

偏偏苏来还在旁边继续说："我真的不知道你为什么还要把她留在身边，她已经这么恶心你了，你犯不着为自己找不痛快。她和别人打电话的时候我可都听到了，她说你做的肯定不是什么正规生意，还说你私生活乱——"

"滚。"

他阴冷的声音将她的滔滔不绝给打断。

苏来不服气："江丛羡，她到底有什么好？"

往日深邃的眼里此时猩红一片，身上的淡然矜贵早就消失不见，只剩下满身的戾气。

"让你滚，你听到没有？"

苏来被他这副样子吓到，哪怕还想说些什么，最后也只得听话地离开。

她出去的时候，张越就站在外面，应该是刚到，看到她了，问道："怎么样？"

她胡乱擦掉眼角的泪："没死。"

"怎么哭了？被骂了？"

她不说话，抽出一支烟刚点上火就被张越给掐了："得了啊，注意点影响，医院呢。不过你也是，明知道江丛羡是什么狗脾气，还往上冲。你也该庆幸他不打女人，不然你哪还能完好无缺地站在这里。"

苏来心里正窝着火呢，被他这么一说，那股火越烧越旺。

她咬牙切齿地骂道："林望书那个女人到底哪里好了！"

张越听到她的话，回想了一下。

这个名字又陌生又熟悉。江丛羡其实很少和他们联系，这人本来就是个冷血的怪物。指望他讲究点朋友情谊，太难。更何况，人家可能压根就没把他们当成朋友看过。

想起前段时间去他家时看到的那个女人，似乎能和苏来口中的林望书对上号。他那会儿就觉得那个女孩有点熟悉，好像在哪儿见过，但一时又想不起来。

但应该是见过的。

即使是被赶出病房了，苏来也没走，就守在外面。

护士过来查房时看到她了，吓得瑟缩了一下，慌忙开了门进去。

护士对江丛羡是熟悉的，相比其他病人，他有些特殊。这个男人精神状态似乎不太好，受不得刺激。他也不是第一次自杀了，光是手腕上的伤口，都叠了好几层。

护士检查了一下他伤口缝合的情况，好在他体质不错，身强体壮的，恢复得也快。照常叮嘱了些注意事项后，她欲言又止地问了一句："外面那个，是你女朋友吗？"

他放下袖子，听到她的话后，眼睫微抬。眸色清冷，没什么情绪。

很显然，他并不打算回答她的问题。

他并不是一个好相处的人，大多数的时候虽然都是温和地笑着，但她知道，只有现在的冷漠，应该才是他最真实的一面。

"对不起，我不是想要窥探病人的隐私，只是有点好奇。"

"好奇什么？"

听到他主动发问，小护士愣了一下。

她说："我以为那天来的那个女孩子才是你的女朋友。"

说到底，也是为林望书鸣不平。这个男人这么明目张胆地脚踏两只船，实在配不上那么好的女孩子。

江丛羡冷笑了一下："哦？她哪里像我女朋友了？"

小护士将他这句话理解为，林望书不配当他的女朋友。于是有点生气，为林望书感到不值。虽然自己跟她接触不深，但可以看出来，她是个性格脾气都非常好的女孩子。

"你夜晚发烧，是她一直守着你照顾你，结果你第二天出院连话都没和她说一句，就自己走了，她也半点埋怨的话都没说。"护士不

月下娇

满地嘀咕了一句，"她怎么就配不上你了？"

她一直觉得他们之间的关系很怪异，不像情侣。但听到刚才那个女人自称是他的女朋友时，她莫名地就替林望书感到不值。

江丛羡就像一块难以融化的冰山，永远把情绪掩埋在最深处。很少能有人撼动他，尤其是那些他不放在眼里的人，包括此时站在他面前的护士。

可是她的话，却让他短暂地失了神。他也不知道自己在期待着什么。

"你说她，守着我？"

小护士被他的态度气坏了，干脆不再理他，开了门就要离开。开门碰到坐在外面的苏来时她又吓了一跳，却还是佯装淡定地离开了。

不要脸，呸！

她走后，走廊瞬间陷入寂静。

哪怕知道自己现在进去也换不来好脸色，甚至还可能会激怒他，苏来还是鼓起勇气推门进去了。

她想好了，挨骂也好，挨打也好，她今天一定要把话和他说清楚。

林望书根本配不上他，自己和他才是一路人。

可是门开后，她却看到他站在窗边，拿着手机。冷硬的轮廓被阳光勾勒出柔和的弧度，他周身的阴郁似乎都被驱逐。

这种感觉很奇怪，他仿佛变得不再像他。

真正的江丛羡就该是毫无人生希望，对谁都不会付出真感情，虚伪阴暗的。那样的才是他，而不是像现在这样，期待着什么。

期待着有谁将他从地狱深处给拉出去。

手机的"嘟嘟"声响了几声后，电话接通，传来一个男人的声音："请问有什么事吗？"

江丛羡恍惚了一阵后问他："我找林望书，她人呢？"

男人的语气温润平和，甚至还带着一点亲昵："小书在洗澡，有什么事我可以代为转达。"

这个称呼太过刺耳，江丛羡忍着把手机给砸了的冲动，咬着牙又说了一遍："我找林望书，你让她接电话。"

男人沉默了一会儿，许是从他的语气开始疑惑二人之间的关系："那你稍等一下。"

那边传来走路的声音，片刻后终于停下："小书，你的电话。"

江丛羡能感受到自己不断变得粗重的呼吸。

女人的声音像是隔着一扇门传来，被隔绝了一半，听着有些模糊。

"我马上就洗好了，你让他先等一会儿，或者我待会儿再打过去。"

盛凛这边刚要转述，不等他开口，手机那边阴沉的声音已经传了过来："地址发给我。"

光听声音便能听出其中的情绪，像是愤怒与妒火杂糅在一块儿。

盛凛并不清楚他和林望书的关系，电话打过来时也没有备注，他原本没打算接。这种涉及隐私的事情，他还是有着最基本认知的。可是那人一直打，一副她不接就不罢休的打算。担心是什么重要的事，他犹豫了一会儿便接了。

眼下听他逼问地址，盛凛礼貌地婉拒了："还是等小书出来了，让她告诉你吧。"

"小书？"他似在笑，"你就是那个给我戴绿帽的男人？"

饶是盛凛脾气再好，现下也是尽力在克制了。

"麻烦注意您的措辞。"

手机那边男人的声音清润好听，虽然带着一点病后的哑，仍旧笑得漫不经心："这么要脸当什么小三啊？"

盛凛终于忍无可忍，挂了电话。

苏来全程将他们的对话听了去，甚至连江丛羡的情绪转变也全部

月下娇

看在了眼里。

他好像没变，又好像变了。

他不是一个好人，可是脾气不算差。倒不是说他脾气好，只能说，太过冷血绝情的人，是很难出现撼动他们情绪的人或事的。

苏来第一次见到他的时候，他在学校后面的巷子里抽烟，身上是干净的白色衬衫，身材清瘦却不羸弱，少年感十足，如青竹一般，自成一番景色。

他太特别，特别到只看一眼，就足够记一辈子了。

原本是过来找人的苏来，眼神却像是黏在他身上了一样，再也抽不开。

这个世界上，怎么会有这么好看的人？他就像是一件工艺品，一件能工巧匠倾其一生也未必塑造得出的珍品。

二人隔着烟雾对视，不过短暂的一秒，他就移开视线。

他眼中的淡漠她看得仔细，不像是在看一个活生生的人，反而像是在看没有生命的物体。

苏来不甘心，凭什么林望书可以牵动他的情绪，自己就不行？她到底哪里比不上她了？

江丛羡的病情似乎有所加重，现在的他受不得半点刺激。他忍了又忍，只觉得胸口有一团火涌了上来。

洗澡？还和男人在一起？可以，胆子越来越大了。

苏来走过来："羡哥，那个林望书——"

他也不等她讲完，直接推开她："滚。"

这一下动作粗鲁，力道之大，推得苏来直接摔在了地上。

蒋苑过来的时候他已经穿戴整齐。看到蒋苑，江丛羡边打领带边往外走："去把车开过来。"

蒋苑迟疑片刻："您要出门？"

他脸色阴沉，声音几乎是从齿间硬挤出来的："抓个奸。"

蒋苑拦住他："您现在还不能出院，伤口感染怎么办？"

"我连死都不怕，会怕一个伤口感染？"

"可是……"

江丛羡微抬下颌，声音逐渐变冷："再不闭嘴我帮你闭嘴。"

看出了他情绪的不对劲，蒋苑看了眼刚从地上站起来的苏来："怎么回事？"

她拍了拍衣服，憋回委屈的眼泪："打了个电话就这样了。"

蒋苑不用问也知道是谁的电话，除了那个人，也没人能有这么大的能耐了。

几次三番地让他发病。

第九章

乖一点

林望书和盛凛吃饭的时候，坐在她旁边的人不慎将杯子给打翻了，里面的啤酒全都洒在林望书的身上。

衣服湿透了，浑身黏糊糊的十分难受。于是盛凛就带她去附近的酒店开了间房，让她先洗洗。

那件衣服肯定是没法穿了，他到楼下的商场给她买了一套。

浴室门就开了一条缝，他脸偏向一旁，把衣服递进去。

"刚刚看你什么也没吃，下去时顺路给你买了点粥，你吃完再过去吧。"

盛凛简单收拾了一下就准备出去。

浴室内的人声音低弱，有些窘迫："那个……可以再麻烦你一下吗？"

"怎么了？"

里面安静了很久，浴室的门才缓缓拉开，一时间沐浴露的清香和雾气一块儿弥漫在空中。

林望书随意扎了个丸子头，额前落下几缕碎发，白净好看的巴掌脸被热气熏红，像一颗刚成熟的蜜桃。

她说："裙子的拉链好像卡住了。"

脱不下来，也拉不上去。

这样的场景似乎过于尴尬了些，可是林望书也没办法以这副模样出门。后背露了大半，实在是不雅观。

看到她脸上的羞怯，想来也是在里面纠结努力了很久，实在是没办法了，才会求助于他的吧。

盛凛无奈地轻笑着走过去。

拉链卡在布料上了，所以才会拉不动。他稍微用力将布料扯开，捏着拉链，轻松地拉到头。

"好了。"

林望书转过身来和他道谢。

想到刚才的电话，她过去拿手机，看了眼最近通话上的号码，神色微变。

注意到她的表情变化，盛凛担忧地问了一句："出什么事了吗？"

她收起手机，摇了摇头："没事。"

过了一会儿，她还是有些不安地问了一句："他跟你说什么了？"

想到他刚才的话，盛凛神色有些复杂。这种话经由他口说出来不太好，而且林望书又是个年纪不大的小女生，比别人还多了些傲骨。

他顾虑着她的心情，淡笑了下："没说什么，但是听语气好像有点生气，似乎是误会我们了。"

"坐下来一起吃吧。"她说，"我看你刚刚也没怎么吃。"

盛凛也没推拒，在她对面坐下："好。"

他教养好，也懂得该怎么照顾人，热水兑温了才放到林望书面前。

"楼下那家面馆的面也不错，不过我担心你洗完出来会坨掉，所以才买的粥，也不知道你喜不喜欢。"

她吃了一口："喜欢的。"

月下娇

盛凛把旁边的盖子揭开，里面的奶黄包还冒着热气。

他笑道："喜欢的话就多吃点。"

后天就是比赛了，林望书想着赶快吃完，多练一会儿。

她是在很努力地做这件事，不光是为了自己。夏早无条件地信任她，她也应该回报她的信任，她是想帮她拿这个奖的，非常想。

盛凛见她吃得快，怕她烫着，便轻声说了句："慢点吃，不着急的。"

敲门声将二人的用餐打断。

或许用砸门来形容更贴切一些。

盛凛看了林望书一样，然后站起身："我去开门。"

门打开，他看到门后的人。

男人一身剪裁得体的高定正装，深色西裤之下的双腿修长笔直，周身气质斯文温润。若非眉宇间充斥着的戾气，他似乎很轻易就能获得他人的好感。

外在的天然优势，胜过别人做的很多努力。

盛凛问他："请问找哪位？"

江丛羡眼神阴鸷地看了他一眼，直接撞开他走了进去。

客厅里，林望书坐在餐桌旁的椅子上，桌上的粥还冒着热气。两份餐具，意味着他们刚刚坐在一起吃饭。

江丛羡不敢去想他们吃饭之前做了什么，他怕自己会控制不住把林望书和这个男人，还有酒店一块儿给毁了。

"和我回去。"

他的声音没有半点起伏，像是极寒的冰。

盛凛走过来，挡在林望书身前："您是望书的什么人？"

江丛羡微抬下颌，冷笑着威胁："不想死就让开。"

盛凛微皱了眉。

不等他再开口，林望书慌忙起身："盛前辈，我今天还有点事，你帮我和夏早说一下，我明天再过来。"

江丛羡什么都做得出来，她担心盛凛因为自己被无辜牵连，盛凛显然对让这个男人带走林望书心存顾虑。

二人的关系的确微妙，如果说是情侣，可林望书和他分明算不上亲近，但从两人之间的对话来看，应是相识已久。

"你不用怕的，有我在，他带不走你。"

林望书依旧坚持："我明天再过来。"

江丛羡靠着墙，看着面前的二人。嘴角带着笑，只是那笑意却不达眼底。

他反倒成了那个拆散有情人的恶人了。

林望书把东西收拾好后，绕过江丛羡离开。

江丛羡看着盛凛，歪了下头，唇边笑意淡，声音也轻："当小三可不安全，容易被人打断腿。"

他这话说得像是提醒，可威胁的意味过于重了些。

盛凛是个聪明人，自然知道他的意思，他也因此越发担心林望书是被强迫的。可在弄清楚二人真正的关系之前，这一切都只是他的推测。

他没办法去阻止什么，也没有这个资格。

上了路边的车后，林望书一言不发地看着车窗外，也不说话。

江丛羡捏着她的下巴，动作粗鲁地将她的脑袋扭了过来，她被迫和他对视。

他的脸色仍旧憔悴，刚从鬼门关走了一圈的人，哪怕再身强体壮，也没办法在短时间内完全休养好。

"我还没死呢，就这么急着给自己找下家？"

林望书不说话。

他喉间低笑，抓着她的手就往自己胸口放："摸摸看，是喜欢他还是喜欢我。"

林望书忍无可忍，抽出手："江丛羡，你就是个疯子！"

即使情绪已经到了临界点，可她话说得仍旧平静，就好像只是将那几个字念出来了而已。

她的眼底什么也没有，只剩下厌恶。

毫不遮掩的厌恶。

她真的，恶心透了他。

江丛羡握着她的手，力道大了些："他能给你什么？钱，还是能保护你和你家人？林望书，你还要我说多少遍？现在是你求着我，是你离不开我。"

林望书不说话，眼神淡漠地看着他身后的车窗。

挡板早就升起来了，半点缝隙都没留，和驾驶座完全划分为两个区域。

江丛羡眯眼看了一会儿，然后笑了。

她是该讨厌他的，讨厌到想要亲手杀了他，这不就是他想要的吗？她越讨厌他，就说明，他做得越好。

她应该讨厌他的。

可为什么，她能从他身上感受到难过？当自己用这种眼神看他时，他会难过。

连江丛羡自己都不清楚自己为什么会难过，他只觉得胸痛的次数越发频繁了。

近来午夜他总会做梦，接着便会被疼醒。梦里的林望书拿着成年男人小臂粗细的钢管往他身上砸，那张脸有时还会变成她的父亲。

太熟悉了，熟悉得根本就不像是在做梦。就好像，只是把曾经的过往又重新回忆了一遍。

"林望书，林望书，林望书。"

他常常叫着这个名字惊醒。

醒来时身上全是汗，睡衣也被汗水浸湿，他大口喘着气，胸口疼得厉害。那种熟悉的抽痛感像是有一只看不见的手穿透他的血肉，攥着心脏，肆意揉捏撕扯。

他应该恨林望书的，他应该恨她的。连她都知道父债子偿这个道理，所以她也该做好了承担这个后果的准备，不是吗？

可为什么她要讨厌他？为什么要用那种眼神看他？

为什么呢？

她为什么对别的男人笑，却要用那种冰冷空洞的眼神看他？

错的明明不是他啊。

他都被她父亲折磨成了精神病，他对她坏一点难道不应该吗？

太不公平了，这个世界实在是太不公平了。

他无助地低下头，将手指插入发间，浑身颤抖得厉害。

太不公平了啊。

一楼大厅的灯还开着，这个时间其实不算晚。

只不过江丛羡身子还虚弱着，本来就要静养，一路下来，他的体力也算是耗尽，回家后便休息下了。

小莲想到刚才看见的那一幕，还是有些后怕。两人虽说是一同进来的，可两个人之间的气氛实在是过于诡异了些。

林望书的手机接连振动了几下，是盛凛发过来的消息，或许是担心林望书不方便接电话。

盛凛：你还好吗？

她拿起手机，回复过去：没事，已经到家了。

盛凛：到家了就好。

虽然好奇那个男人和她的关系，但盛凛也能看出来，林望书并不想谈论此事。所以他特意避开了，像没有发生过一样。

盛凛：后天的比赛，有信心吗？

林望书：有的，不过还是有点紧张。

消息发过去后，过了一会儿那边才有回复，是一条十几秒的语音，她抬手点开，清冽温润的声音透过手机听筒传来。

"不要给自己太大的压力，心态放平一些，明天你把你的琴带过

月下娇

来，我帮你做下保养。"

林望书：谢谢盛前辈。

对方又发来一条语音，带着几分佯怒："又不听话了？"

犹豫了一会儿后，林望书改口道："盛凛。"

他这才满意，说了句："晚安，早点休息。"

对话结束后，林望书拍了拍自己的脸，强迫自己振作起来，还有那么多的事情等着她去做，她要早点休息才行。

后天就是比赛了，只剩下最后一天的准备时间。

她关灯上床，很快就睡着了。

夜色寂静，月光被厚重的云层遮挡，连风声都听不见。

卧室门从外面打开，男人进来后，反手把门关上。声响不大，并未将林望书惊醒。她只是翻了个身，依旧睡得很熟，就连被子被人掀开，身侧多躺了个人也没察觉。

男人轻微叹了声气："你也只有睡着的时候才不会推开我。"

第二天早上起床时，林望书总觉得身上酸痛得很。她揉着肩膀下楼，小莲已经把早点摆上桌了。

客厅里不见江丛羡，小莲说："先生今天一大早就走了，饭也没吃。"

不知怎的，林望书听到她的话反而松了一口气，她实在是疲于应付他反复无常的情绪了。

早上没什么胃口，她随便吃了点就放下筷子："那我先走了。"

小莲见她才吃了这么点，非要塞给她一个水煮蛋："早餐要多吃点，不然以后会胃痛的。"

林望书看着她那张认真的小脸，无奈地轻笑，揉了揉她的发顶："知道了，我会乖乖吃完的。"

今天只有上午有课，林望书忙完以后就收拾东西回了宿舍。寻雅和她男朋友彻底分了，正在宿舍闹绝食，林望书特地买了点她最爱吃的油炸食品。

寻雅把自己埋在被子里，哭得眼睛都肿了，跟两个核桃一样。看到林望书了，她越发觉得委屈，直接蹿下床，搂着她的脖子哭："你知道那个浑蛋有多渣吗？他居然找了个外国女人，崇洋媚外的死渣男，呜呜呜呜呜，望书，我好难过，就算是提分手也该是我提的啊。"

林望书抱着她哄了好一会儿，好说歹说才让她不哭了。

情绪逐渐冷静下来后，寻雅化悲愤为食量，把林望书特地给她打包来的炸鸡全部吃完了。

她抱着可乐坐在椅子上，大口地喝着，还不忘空出点精力来辱骂前男友："你说他长得那狗样，我当初怎么就瞎眼看上他了？

"离了他我照样桃花朵朵开，我今天晚上就去酒吧找个帅哥。"

林望书安静地陪了她一会儿，直到盛凛的电话打过来。

大提琴需要保养，每隔一段时间就要检查琴马和拉弦板。这些方面，显然盛凛比她要更专业一些。

林望书安抚好寻雅的情绪："别太难过了，我明天带你去好吃吃的。"

寻雅抱着她撒了会儿娇："还是我的书书最好。"

从宿舍离开后，林望书背着琴去了夏早的工作室。盛凛去了外地，还没回来。

夏早今天没化妆，额上绑了条发带，坐在那儿打架子鼓。看到林望书了，她起身出来，接过她肩上的大提琴，放在一旁："盛哥今天有点事，得晚上才能回来。"

林望书点了点头："那我东西先放在这里。"

夏早看她一直揉脖子："脖子痛？"

"应该是睡落枕了，有点酸。"

夏早打趣道："怎么着，还有人和你抢枕头啊？"

林望书笑了笑。

这首曲子偏古风，和大提琴似乎不是特别搭，盛凛修改了几处以后，更加完美地将这两种风格融合在了一起。

月下娇

　　夏早出去接了个电话，进来后告诉林望书："有个不知道算好消息还是坏消息的消息。"

　　这句话听上去似乎有些绕口，林望书看着她，安静地等着。

　　她说节目组刚刚通知她，因为出了点技术上的问题，所以比赛可能要推迟到下周了。这样一来，她们就多出了一周的准备时间。

　　林望书说："应该算好消息。"

　　夏早坐过来："我也这么觉得。"

　　两人闲聊了一会儿，就开始练习了。中途张也送进来两杯奶茶，放桌上就离开了。

　　张也算是夏早的青梅竹马，两人从初中就认识。夏早被他不咸不淡的态度气到了，一边骂一边把奶茶拿过来。

　　这些天已经足够夏早了解林望书了，知道比起奶茶她更爱喝水果茶。她把手里的那杯多肉葡萄递给她："后天晚上我可能得请假。"

　　林望书道过谢后，用吸管扎进杯盖里，点了点头。

　　夏早说："张也后天生日，我陪他过过。"

　　"嗯，好的。"

　　夏早看着她："林望书，我怎么觉得你今天像有心事，哪里不舒服吗？"

　　林望书笑着摇头："没有，只是昨天好像没睡好。"

　　像是被谁挤了一夜，酸痛得不行。

　　"没事就好。"夏早总觉得林望书这种性子文静的女生特别容易被欺负，她揽过她的肩膀，"以后夏姐罩着你，有谁敢欺负你，你就跟姐吱一声。"

　　林望书轻笑着点头："好的，谢谢夏姐。"

　　晚上她回到家，只有吴婶在。小莲的父亲生病了，她请假回去照看。可能是少了小莲的缘故，这几天家里总是很冷清。

　　江丛羡也很少回家了。

　　有时吴婶会给蒋苑打电话，问他："丛羡今天回来吃饭吗？"

那边不知说了什么，她点点头，挂了电话，然后和林望书说："又不回来了。"

林望书"嗯"了一声，似乎并不在意。

他们这些天的反常吴婶也算是看在眼里。江丛羡工作忙，也常有晚归的时候，可从未有过像现在这样，整宿整宿地不回家，干脆住在外面的情况。以往就算忙到再晚，他也会回家。

"小书，你和婶婶说说，你们是不是闹别扭了？"

林望书动作一顿，摇了摇头："没有的，吴婶您别担心。"

闹别扭是在两方都有感情的情况下，这种事在他们身上是不成立的。

吴婶叹了口气，她是老了，可是眼睛不瞎，怎么可能没事呢？一连好几天，江丛羡都没回来过。就连家里的文件也是让人送去公司。林望书对此事也是一副不咸不淡的态度，吴婶越发觉得二人之间肯定发生了什么。

她是心疼林望书的，可是在她心里，对江丛羡总是偏爱一些。林望书最起码还有姥姥和弟弟，而江丛羡什么也没有。

犹豫了很久，她还是上楼，请求林望书给江丛羡打个电话。

"那孩子身体刚恢复，本来就该好好休息，他这样，我怕他又出个好歹来。"

他不回来，林望书反而省心了些。不过看吴婶担忧的神色，她犹豫片刻还是点头答应了："您别太担心，我现在就给他打。"

电话拨出去后，响了好几声那边才接通。不过是个女人的声音："喂，哪位呀？"

又嗲又娇。

林望书沉默了一会儿，礼貌地询问道："请问江丛羡在旁边吗？"

"稍等一下啊。"声音离得远了点，女人撒着娇说道，"江总，有个妹妹给你打电话呢，接不接呀？"

江丛羡笑得散漫随意，又带了点漫不经心："挂了。"

月下娇

那女人靠近手机，问林望书："怎么办？江总现在好像不太想理你呢。"

林望书说了声"谢谢"，然后把电话挂断。

吴婶就在旁边等着，连忙问她："怎么样？"

林望书说："您别担心，他没事。"

可以在外面花天酒地，那就说明他的身体没问题。

闻言，吴婶这才稍微放下了心。

用完晚饭后，林望书看了会儿书，又和林约视频了一会儿。他仍旧不太爱说话，全程都是姥姥在旁边讲。

"又不肯去学校了，昨天回来以后就一直把自己关在房间里，一句话也不肯讲，问他发生了什么也不说，把课本全撕了。"

林望书心猛地揪了起来，她问林约："是被同学欺负了吗？"

后者低着头玩指甲，好半天才迟钝地摇了摇头，仍旧不肯开口。

林望书说："他不想去就不去吧，在家休息几天。"

姥姥说："我也是这么想的，正好我有时间，可以陪陪他。"说完，她又叮嘱林望书，"你也要注意身体，早点休息，别熬夜，知道吗？"

"您也是，别太操劳，上次学校比赛的奖金有五万，我给您转过去了，这几天就好好在家休息。"

姥姥皱眉："你这孩子，都转给我干吗？我们这儿小地方，用不到钱的。"

林望书笑道："没事，我手上还有钱，以前存的加上攒的压岁钱，都够在市中心买一套一百平的房子了。"

她想过了，的确如江丛羡说的那样，那些钱她可能一辈子都还不上，但她还是不想放弃。

林约还小，不可能一辈子都待在那个小镇上。她会努力的，哪怕希望再渺小，她也不甘心就这么放弃。

挂断视频后，她关了灯正准备休息，楼下传来一个女人的声音：

"有没有人？"

"怎么回事，人都死光了吗？"

这个点家里的人都睡下了，林望书疑惑地开了房门出去。她站在栏杆旁，视线落在一楼客厅。

喝得烂醉的江丛羡被一个女人搀扶着进来，蒋苑也不知道去了哪里。也不知道到底喝了多少，他连路都走不稳。

他一米九的高个儿，那个女人搀扶起来吃力。看到林望书她就像看到救星一样，拼命吆喝她过来搭把手："傻站着干吗啊？还不快过来帮忙！"

听她的声音，应该就是刚才接电话的那个人。

林望书还是下了楼，和那个女人一起把他扶回房间。

那个女人双手环胸，靠墙站着，上下打量了林望书几眼，问道："你跟他是什么关系？"

林望书说："没关系。"

那女人就笑道："小妹妹别吃醋啊，我们这种明码标价的可是有职业道德的，不会跟你抢男人。"

林望书无动于衷："他醉成这样，还劳烦您照顾一下。"

刚要出去，江丛羡掐着她的腰把她按到墙上，哪怕是喝醉了，力气仍旧大得要命。

染了醉意的声音低沉喑哑："你就这么希望我和别的女人在一起？"

"这是你的事，与我无关。"她企图掰开他的手，可她越掰他就越使劲，仿佛要将她的腰生生给掐断一般。

她眼角湿润："痛。"

他冷笑一声："一会儿就不痛了。"他抬眸看向那个女人，眼神阴沉，"还不走？"

女人心想，男人都一个德行。

在夜店里他连一个眼神都懒得给她，来了电话却让她来接，还让

月下娇

她送他回来。不仅没履行职责，连她倒的酒也不愿喝，好在给的小费倒是挺多，都快赶上她半年的业绩了，而且他长得还帅，这种好事她自然愿意做。就算他不给小费，恐怕上赶着想送他回家的姐妹们都能挤满整个包间了。

原本还以为送人回来以后，能顺势发生点什么，可谁知道人家里还藏了个娇呢。

没意思。

她"啧"了一声后，识相地转身离开。

那个女人走后，林望书伸手去推江丛羡："你松开。"

"吃醋了？"他吻她的眼睛，喉间笑意微沉，"放心好了，那些女的太脏，我不会碰。"他又去吻她的脸颊，除了胸口，她也就脸上肉多了点，他又是舔又是咬的，眼底猩红一片，"这么急着催我回来，是想我了吗？我这几天哪儿都不去了，就在家陪你，没日没夜地陪着你。好不好？"

他亲了一会儿就停下了，并没有进行下一步。头埋在她的颈窝，手上的动作也停下，呼吸逐渐变得平稳。

熟悉的烟酒味，混着他身上干净清冽的气质。闻久了，林望书竟然荒谬地觉得有些上头。

林望书手抵着他的肩，推了推，没推开。她只能喊他的名字，企图将他唤醒："江丛羡。"

男人"嗯"了一声，抱得更紧，脸在她颈间轻轻蹭了蹭。林望书能感受到他灼热的呼吸在肩膀处喷吐。

他说话的鼻音很重，带着酒后的沙哑："头疼。"

他少有示弱的时候，不再竖起一堵密不透风的墙，不再将情绪完全遮挡。

林望书沉默了片刻。

是想推开他的，可是手才刚放上去，他的声音便软了几个度：

"胃也好疼。"

像在撒娇。

似乎是察觉到了她的意图，他手上的力道加重了些，抱得更紧了。他好像从来不把自己的健康放在眼里，总是仗着年轻过度透支身体。明明不久前才因为酒精中毒洗了胃，还是没长记性，又不要命地喝。

林望书最厌恶他的时候是希望他去死的，可是她现在突然觉得，死亡在他眼里可能根本就算不了什么，相反还是一种解脱。

太便宜他了。

哪怕再讨厌他，莫名其妙的责任心也让她没办法放着他不管。

"你先松开我，我去给你煮醒酒茶。"

他不放，像个小孩子一样耍起了无赖。平时肆意散漫的人，喝醉以后倒像是完全变了个人一样。

林望书无奈地叹了口气，只能放轻语气去哄："你乖一点，先松开我，不然待会儿酒劲上来了会更难受的。"

她总是一副清冷不好接近的样子，其实骨子里是带着温柔大度的，吃软不吃硬。

但她的温柔大度，一直都是给别人，江丛羡从未体会过。

在林望书的眼中，他就是虚伪的代名词。

是啊，他多虚伪，为了谈拢一单生意就可以对着自己厌恶的人笑。娇生惯养的大小姐当然不知道这个社会有多残酷，她的人生都是干净的，一眼就能看到底的那种。

所有人都睡了，四周静得可怕。

只剩下她那句："你乖一点。"

你乖一点。语气有点无可奈何，仍旧是熟悉的声线，却带着他从未听到过的温柔。

纤长的睫轻微地颤动，他的手抬起又放下。

其实也没有多难的，只要她向他示软，哪怕是一次。别说是六亿了，就算是六百亿，他都能帮她还了。

他很好哄的，只要一句"你乖一点"。

于是他听话地松开了手。

因为怕吵到吴婶休息，林望书只开了一圈灯带，暗色的光。厨房开伙的声音有点大，她把门关上。小火慢煮，大概十分钟才好。

她让江丛羡先回房间躺着，她煮好了端上去，他不肯，非要跟她一起过来。

林望书不知道为什么人喝醉了以后连性格都会大变。她也不再勉强他，时刻注意着锅里，偶尔揭盖看一眼。

醉酒是装的，但头疼是真的。洋酒后劲足，他也没个讲究，白的洋的啤的混一块儿。

眼前的事物好像翻了个面，脚步逐渐虚浮起来。他没站稳，扶着墙蹲下，头疼得厉害，像要裂开一样。

其实也习惯了，生意场上的应酬免不了喝酒。就连赵廖都劝他少喝点，当心喝成酒精肝。

每个人活着都不容易，林望书不容易，江丛羡也不容易，可他最不擅长的就是和人诉苦。他的防备心太重，对谁都不信任，要他将自己的真心捧到谁面前，太难。

茶煮开了，鼓着泡沸腾，林望书关了火去拿碗。还烫着，不可能就这么端给他。林望书端出去，放在茶几上，凉一会儿。

江丛羡走不稳路，眼前的东西都是虚影。越往后，醉得越深，意识也越浅显，林望书只能扶着他过来。

身高加体重的压制，她每走一步路都极为艰难，下意识脱口而出："重死了。"

他垂了眼睑，神色有片刻的失落，然后轻声和她道歉。

他说："对不起。"

很罕见，罕见到连林望书都愣了。

客厅的灯带太暗，照明的作用实在微弱。

江丛羡如同冬天里的松柏，冰雪中挺立，就算是喝了个烂醉，仍旧不能让他的脊背弯曲半分。哪怕林望书再恨他，也没办法否认。他是特别的。

再虚与委蛇，再逢场作戏，也很难让人感觉到哪怕一丁点的卑微，骨子里的傲是天生的。

他对谁的态度都一样，正好证明了，他谁也瞧不上，谁也不放在眼里。在他眼中，全世界的人都只分为两种：可以利用的和没用的。商人本来就是看重利益的，他不是慈善家。

可是这样的江丛羡，居然和她道歉了，仅仅是因为她嫌他重。

还是第一次听到他说"对不起"。林望书恍惚了一阵，心中暗想，果然酒是一种奇怪的东西。

醒酒茶放凉了，她说："喝完了就回房休息吧。"

他没动，只是坐在那里看着她。林望书迟疑片刻，以为他是嫌烫，便用手在碗边碰了碰。

试完温度后，她说："已经不烫了。"

天气预报今天一大早就发布了橙色预警，预计晚上会有大暴雨。风吹了半宿之后，暴雨果然如期而至。雨水砸在窗户上的声音有些嘈杂。他的声音混在雨里，有些不真切。

清醒状态下的江丛羡是不可能有这样的表情的，眼尾恹恹地下垂，薄唇抿成线。像是凶狠的猎豹收起自己锋利的爪子，变成了一只毫无攻击性的猫。声音也像是在委屈地控诉："是不是等我喝了这个，你就不管我了？"

林望书不清楚他口中的"管"大概是指什么。她的确没打算在他身上浪费太多时间，等他喝完醒酒茶以后，扶他回房休息，然后便与她无关了。

"喝完了头才不会痛。"她温柔地劝他，"乖，听话一点。"

这几个字说得毫无感情，纯粹只是为了让他抓紧喝完。

刚刚还不肯喝的江丛羡眼睫颤了几下，然后温顺听话地拿起碗，

月下娇

一饮而尽。

　　他脸上没什么血色，就连指尖都是泛着白。林望书不清楚他到底喝了多少，这人本来就毫无节制——不管做什么。

　　林望书扶着他回了房间，他一米九的个子全部靠在她身上，林望书觉得自己的脚都开始发软了。好不容易进来，她的手在墙上胡乱地摸索着，把灯打开。

　　他嚷着头疼，不肯睡觉，林望书便耐着性子哄了一会儿。

　　窗外的雨越下越大，江丛羡却不敢闭眼。他知道，明天醒来，一切都会恢复原样。清醒后，他又将被过往的回忆拉扯。

　　那段阴暗的回忆注定了他没办法像一个正常人一样去正视自己的情感，所以他舍不得这借着酒劲偷来的一点温柔。

　　哪怕只是一点点，他也舍不得。

　　林望书是个非常有耐心的人，哪怕江丛羡一直不肯睡觉，她也没有表现出太明显的不耐烦。直到他酒劲上头，真的撑不住了。

　　他睡得熟，手却紧紧攥着她的袖子，仿佛怕她会趁着自己睡着离开一样。和他担心的倒也没差别，林望书扯出袖子，还是走了。

　　他攥得紧，她就多费了些力气，仅此而已。

　　出去之前林望书替他把窗帘拉上了，屋子里陷入一片漆黑，只有他逐渐变平稳的呼吸声。随着门打开又关上，黑暗中，男人缓缓睁开了眼睛。

　　看吧，他一直都是被抛下的那个。

　　哪怕他再卑微地求，也没用。

　　因为前一天晚上折腾到太晚，林望书睡过了头，醒过来的时候已经是十点了，闹钟都没能将她吵醒。

　　教授一到周五就会点名的。

　　在床上坐起来清醒了一会儿，她捂着脸痛苦地躺下。

　　这回完了。

花瓶里的花每天都得换，还有院子里的绿植花草，也得精心打理。

林望书从楼上下来的时候，吴婶正盯着抱着花进来的工人，偶尔出声叮嘱一句："小心点，别碰到花瓣了。"

花是一早从荷兰空运过来的，不过今天到得晚了些。

吴婶见到林望书了，擦干净手过来："饿了吧？我去给你盛饭。"

林望书摇了摇头："不用了吴婶，我待会儿去学校吃就行。"

"这怎么行，学校的饭哪有家里的好吃？"

林望书无奈地笑了下："已经旷掉一节课了，我怕吃完饭后直接连第二节课也给旷掉了。"

相比之前，她今天是起得晚了些。

吴婶让她先等一会儿，然后从厨房给她装了两个奶黄包："在路上吃，先垫垫，不吃早饭的话对胃不好。"

林望书接过后道谢："谢谢吴婶。"她走到玄关换鞋子，"那我先走了。"

"路上小心点啊。"

"嗯，好的。"

到了学校，原本做好了被教授批评的准备，相熟些的女同学告诉她，教授今天点名的时候替她答了到。

她问林望书："你今天怎么迟到了呀？是哪里不舒服吗？"

林望书向她道过谢后，把电脑拿出来，有些羞怯地笑了一下："睡过头了。"

女同学愣了片刻，然后笑出了声。

她说："林望书，我突然觉得你越来越像个凡人了。"

校花的事迹在校内一直盛为传播。陈素敏只能算是外表好看，而林望书，浑身上下没有哪一处是不吸引人的。永远不卑不亢，清冷淡然。对谁都保持着该有的礼貌，骨子里的疏离却让人无法轻易靠近，就像是不食人间烟火的仙女一样。

月下娇

可能是接触得深，没有那么多的隔阂，她突然发现，林望书其实也没有传言中的那么难以靠近。

听到她的话，林望书也只是笑笑："我本来就是个凡人。"

今天的课有点多，甚至还有一节公开课。林望书抱着电脑去了阶梯教室，那里已经坐满了人。随着她的到来，偶有窃窃私语的声音。她置若罔闻，随便找了个位置坐下。

不知是谁喊了一句："徐景阳，你这么盯着你前女神看，就不怕你女朋友吃醋？"

男人干净微沉的声音慌乱地打断他："你别乱说。"

林望书不为所动，把电脑打开。自从那次以后，她和徐景阳便没再联系了，除却她中途和他道过一次歉。

对于徐景阳，她心里对他是有愧疚的。不过好在，他并没有在这段感情里陷入太久，很快就开始了新的恋情，林望书的愧疚也因此得以减轻了一些。

徐景阳看着她，心里乱得很。这些日子以来，他强迫自己不去想她，也不去找她，甚至还答应了一个学妹的追求。原本以为这样就可以忘掉她的，可是再次见到她时，他发现自己还是那么难受，控制不住地想去看她，也控制不住狂跳的心脏。

明明知道这样不好，可他还是忍不住，还是会心动。

那节课结束后，林望书收好电脑准备离开，恰好和回教室拿东西的徐景阳撞见。她礼貌地让出位置，等他进去，徐景阳只觉得自己的心猛地刺痛。

完了，她真的彻底和他形同陌路了。

明明这是他想要的，可为什么还是这么难过？

从阶梯教室离开后，林望书回了宿舍放东西。寻雅上午没课，在宿舍睡了个天昏地暗。林望书问她要不要带点什么。

她说："你给我带碗关东煮，多放点辣椒。"

林望书回了个"好"以后，绕远路去了学校超市。等她到宿舍的时候，寻雅已经化好妆了。

林望书把打包盒放在她的桌上："怕你吃不饱，所以给你多买了个饭团。"

寻雅顿时嘤嘤怪附体："嘤嘤嘤，要什么男朋友啊？有小书书就够了。"

她无奈地笑，笑她的不正经。

"好啦，先吃饭吧。"

宿舍门被推开，苏来走进来，身上还带着一股呛人的烟味。

看到林望书了，她双臂环胸，往墙上一靠，脸上笑意媚得不行："呦，我们的金丝雀今天怎么来宿舍了？不用陪你的主人了？"

她这话里话外的刺，但凡有耳朵的人都能听出来。

寻雅脾气暴又护短，这会儿已经冲上去和她吵了起来："嘴巴这么臭，是没刷牙吗？"

她笑得漫不经心，还带了点轻佻："刚和男的亲完，还没来得及刷呢。"

哪怕寻雅平时再怎么自称祖安少女、网络喷子，可她到底也只是一个学生，亲耳听到苏来说出这种露骨的话，也有些面红耳赤。

苏来见她这个样子，笑道："都是成年人了，脸红个什么，这是什么难以启齿的话吗？你的好姐妹一看就没少和男人亲过。"

寻雅指着她骂道："不会说话就闭嘴，在这恶心谁呢？"

苏来漫不经心地点了一支烟，看着林望书笑。

"我说错了吗？不信你自己问她。"

寻雅实在忍不住了，冲过去和她扭打在了一块儿："你再说一遍！"

苏来也不是一个打不还手的软柿子，扔了烟扯住她的头发。寻雅明显不是她的对手，林望书想将苏来拉开。苏来见状松开扯着寻雅头发的手，直接把林望书攮到门边。

月下娇

林望书力气小，没有挣开，胳膊被对方攥着往门沿上放，苏来狠狠地带上门。右手被夹住，逐渐失去了知觉，林望书疼得脸色发白，冷汗沿着额头往下流。

"我……我的手。"

寻雅见状急忙过来："怎么了？"

她颤抖得厉害，因为恐惧，眼泪如破堤一般，寻雅很少看到她哭得这么凶。

"怎么办？我的手……我的手动不了了。"林望书慌了神，嘴里一直重复着这句话，"我的手动不了，怎么办？它……动不了了。"

寻雅一直都知道大提琴对林望书来说意味着什么，她不知道她的人生到底发生了什么，但应该是不太乐观的。

很多时候，林望书的眼里是没有光的，像一个失去灵魂的洋娃娃。只有摸到琴的那一刻，这个洋娃娃才像是重新活过来了一样。寻雅不敢去想，如果林望书再也拉不了琴，她的人生会变得怎么样。

后果太惨重了。

苏来也没好到哪里去，头发被寻雅薅乱了，脖子上也被抓出几道触目惊心的印子。她看到林望书那副失魂落魄的样子，突然笑了。

活该啊。

残了活该。

寻雅也顾不上苏来了，搂着林望书打车去医院。林望书低着头，不说话，只是一直在抖。

寻雅抱着她安抚："没事的没事的，你别怕，不会有事的。"

肯定不会有事的，一定不要有事。

寻雅在心里祈祷，哪怕是让她用十年单身来换也没事。她深知右手对一名大提琴手来说有多重要。

林望书全程一句话也没说，恐惧在心里被无限放大。

如果真的不能拉琴了该怎么办？

她不敢去想。

到了医院以后，寻雅让林望书在等候椅上坐下，她去挂号。好在这个点挂号的人并不多，很快就排到了她，林望书在寻雅的陪同下进了诊室。

医生戴上眼镜，低头看病例："林望书对吧？"

"嗯。"

"哪里伤了？"

寻雅忙说："手，您帮忙看一下，以后还能动吗？"

医生小心翼翼地托着林望书的手，仔细检查一遍。

"握拳试试。"

痛感更强烈了，但至少已经可以动了。

林望书忍着疼痛握了下拳，唇色也变得惨白，毫无血色。

太痛了。

医生又检查了一遍她的红肿处。

寻雅见他不说话，顿时慌了神："医生，她的手以后还能拉大提琴吗？"

医生看了眼林望书，小姑娘那双好看的桃花眼此时哭得又红又肿，我见犹怜的可怜样。

他低头写病例："闭合性损伤，外面看不出来什么，但皮下组织已经伤了，待会儿会越来越肿，虽然疼，但也不是什么不可逆的损伤，不必太担心，休养半个月就可以了。"他把病历本递给林望书，看了眼她的手，又转递给寻雅，"待会儿记得替你朋友冷敷下伤口，四十八小时后再热敷。"

听到医生的话后，寻雅松了一口气，接过病历本："谢谢医生。"

她和林望书一起出去。

"医生都说没什么大碍了，你别太难过。"

林望书低垂着眼："休养半个月，比赛都结束了。"

如果因为她的原因让夏早输了这场比赛，她会内疚死的。

寻雅叹了口气："这也是没办法的事，要怪只能怪苏来那个贱人。"

　　苏来。

　　听到这个名字后，林望书再次陷入沉默，她不知道她为什么处处针对自己。

　　可是将她的话串联起来，似乎也不难猜出答案。

　　江丛羡。

　　只能是因为他了。

第十章

把关

寻雅替她请了假，还是有点不放心，就陪着她一块儿回家了。

小莲下午已经从老家回来了，正在院里和吴婶唠嗑，小脸薄红："我爸爸是挺满意他的，在给批发店进货，开货车的。"

吴婶笑说："那挺好的，现在开货车挺赚钱，你嫁过去啊，肯定享福。"

小莲脸更红了："这八字还没一撇呢。"

"人老实的话可以试着交往看看，长得怎么样？"

"挺普通的，我的眼光都被先生的长相养刁了，现在不管看谁都觉得普通。"

"别嫌婶子说话难听，丛羡这样的毕竟是少数，而且像他这种优秀的喜欢的不也都是小书那样的女孩子吗？偶像剧都是假的，普通人还是得找普通人。"

小莲笑说："我知道的，过些日子他会来一趟北城，我带您见见，您帮我把把关。"

"好，婶子就先帮你看看。"

月下娇

　　她们这边正聊着，院外的门铃响个不停。小莲疑惑地走过去，一眼就看到了铁门外的林望书，还有站在她身旁的陌生女人。

　　林望书从来不将自己的朋友带回家，小莲一直担心她是因为话不多，所以没交到朋友。

　　眼下看到有人来家里玩，她连忙把门打开，高兴得不得了："书书姐姐。"

　　正说着话呢，小莲突然看到她肿得有些吓人的右手。

　　她惊呼道："怎么回事？手怎么了？"

　　寻雅说："碰到个疯子，被夹了。你去找个冰袋过来，待会儿给她冰敷一下。"

　　小莲应了一声后，匆忙转身去准备了。

　　这还是寻雅第一次来她家，除了说一句牛，她实在无话可说。

　　这地段、这豪宅，再配上江丛羡的那张脸，妥妥的霸总标配啊。

　　太绝了。

　　她一时不知道该心疼林望书还是该羡慕她了。

　　吴婶看到林望书的手后，顿时心疼得红了眼睛："哎哟，我的乖崽啊，这是怎么弄的？怎么肿成这样了？"

　　林望书怕她担心，只说："不小心被门夹到了。"

　　"这也太不小心了。"

　　小莲拿着冰袋过来，吴婶连忙给她敷上："这几天别去学校了，好好在家休养几天。"

　　林望书低着头，没有说话。

　　要去的，哪怕是受伤，她也得参加完那场比赛，不能因为她让夏早的梦想功亏一篑。

　　寻雅把人送到后，也差不多要走了。林望书请了假，她没请假，待会儿还有课。

　　吴婶非要留她一起吃饭，寻雅有些抵挡不住热情，于是说："我下次有时间了一定过来。"走之前她还不忘安慰林望书，"别担心，休

210

息几天，等消肿就好了。"

林望书点了点头，还是有些不放心："你别和她争。"

她怕寻雅再和苏来打起来，到时候吃亏的肯定是寻雅。苏来不是学校的学生，打架吃处分的是寻雅，她顶多搬出去而已。

寻雅说："不会的，你放心，我心里有数。"

林望书不算是个有攻击性的女生，似乎对谁都足够包容，但这并不代表她没有脾气。

租住床位这种事情在学校本身就是明令禁止的。舍友之间都是有联系方式的，虽然入学那天后，她们便没什么接触了。

林望书拨通了那个租床位的舍友电话。

将事情的来龙去脉讲了一遍后，并希望她不要再将床位租给校外的人了。她说话的语气不重，全程平静地叙述。

那个女生和苏来也不熟悉，当初还是后者主动找上的她，问她床位租不租。反正她也不在学校住，床位空着也是空着，倒不如租给她，一个月还能多得几百块钱，何乐而不为呢？不过她没想到的是，那个妹子居然这么虎，非本校人居然还来了场校园暴力。

室友害怕林望书将这事捅到校领导那里去，她忙说："你放心好了，我今天就让她搬出去。"

"嗯，谢谢。"

电话挂断后，右手的疼痛逐渐让她清醒过来，她疼得轻"咝"了一声。

小莲端着茶过来，正好将她电话里的内容听了去。校园暴力她只在电视里看到过，没想到林望书的手竟然是被别人故意夹伤的。

太恶毒了！

她一定要去先生那里告状，让他给书书姐姐出气。

孙朝从马背上下来，摘了手套接过旁边助理递过来的水。

"还是江总有眼光，在这里建马场，稳赚不赔啊。"

月下娇

江丛羡垂眸温和地笑着，他模样随意地靠在椅子上，肩上搭了件深色大衣。

金边眼镜遮挡住眼底锋芒，流露出的皆是谦卑："不过捡了个漏，侥幸而已。"

孙朝心里冷笑，几亿几亿地往里砸，眼睛都不带眨一下的，这也叫侥幸？

当初这块地因为位置原因无人问津，一时之间地价降得厉害。别人生怕赔里面了，江丛羡却抢先拍下了这块地皮的所有权，还弄了个马场。

他年少有为，圈内谁不知道？不过那段时间大家背地里都在嘲讽，江郎才尽，眼睛也跟着一块儿瞎了，赔本的生意也敢做。

可人家仅仅用了两年时间就打了他们所有人的脸。这马场非但没赔，还成了他最赚钱的产业之一，一年的盈利就将先前的投资给赚了回来。

孙朝落座后，盯着马场边上那匹被精心照料的纯白色汗血宝马，江丛羡这马他可是眼馋很久了。

"江总这马，没八位数下不来吧？"

江丛羡轻声笑笑："绿耳是我从小养到大的，价格倒是次要的。"

孙朝也跟着笑道："那倒也是。"

边上一个腰细臀圆的女人摘下头盔过来，一边抱怨天太热，一边往孙朝的怀里躺："热死了，你给我吹吹。"

孙朝搂着她："好，我给你吹吹。"

美人嘛，谁不喜欢？越是虚荣的他越爱，那些清纯的他反而提不起兴趣。

譬如江丛羡家里养着的那位。

他其实也没见过，只是偶尔听说过一些传闻，说江丛羡这棵万年铁树开了花。可惜人家小姑娘压根就不是自愿的，死活不从。

孙朝觉得没劲，江丛羡要钱有钱，要身材有身材，像他这样的，勾勾手指都有大把女人主动扑上去，犯不着非要找一个不喜欢他的人。

不过说不准他就喜欢玩强迫这套呢？听起来也挺带劲的。

小美人在他怀里躺了一会儿，眼睛却控制不住地一直往江丛羡那里瞄，孙朝看见了也不制止。男人喜欢美女，女人肯定也喜欢帅哥，这是人之常情。他也不需要她对自己一心一意。

"怎么？"他捏了捏她的脸，"喜欢上了？"

女人娇嗔似的在他胸口捶了一拳："你别乱说。"

"不敢承认啊？喜欢上我们江总不丢脸，追他的女人早就可以站满这整个马场了。"

江丛羡仍旧只是笑笑，眉眼温和，他取下眼镜，仔细地擦拭镜片。

相比孙朝的粗暴，面前这个男人似乎更绅士儒雅一些。看孙朝对他的态度，应该是个特别厉害的人物，可半点架子都没有，平易近人到了极致。

孙朝问江丛羡："后天夏越的婚礼，你带不带女伴过去？"

闻言，江丛羡擦拭镜片的动作停下，也不知在想什么，有些入神，并没有回答他的问题。

孙朝见状，在怀中女人的臀上拍了一下："她有个姐妹，身材巨好，你要是没女伴的话，我让她——"

"有的。"他的声音轻，将眼镜戴好，"有女伴的。"

从马场离开后，蒋苑把药和水一块儿递给江丛羡，他随意地服下，进了后座。司机握着方向盘，安静地等着。

江丛羡揉了揉眉心："回家吧。"

蒋苑坐在副驾驶上，犹豫片刻："林小姐可能不会愿意……"

男人的声音清冷平静："由不得她。"

蒋苑没再开口。

月下娇

　　小莲刚把饭菜端出来，门外就传来车子的引擎声。她过去开门，江丛羡和蒋苑一前一后地进来。她接过江丛羡臂弯的外套，走过去挂好。

　　江丛羡扯开领带，想先回房换身衣服，进了客厅，视线定格在林望书的身上。她坐在那里，眼睛很肿，像是哭过。

　　江丛羡将领带抽出，走过去："怎么了？"

　　她听到声音站起身，下意识就将手往身后藏，不想让他看见。

　　如果被他发现自己的手受伤，下周的比赛肯定是不会让她去的。

　　她的反常反而引起了他的怀疑，他眉头一皱，攥着她藏在身后的胳膊就往外扯。

　　林望书今天穿的是一件白色羊绒衫，细白的手腕之下，那只她万般呵护的手此时肿得快赶上平时的两个大了。

　　江丛羡脸色难看，强忍着怒意问她："谁弄的？"

　　他攥着她的手腕，因为忍耐情绪，力道有点大。林望书疼得将手往外抽，纹丝不动。

　　"别说什么是你自己不小心夹到的废话，我没那么蠢。"

　　任谁都能感受得到，江丛羡的情绪已经到了临界点，就差一个借口来爆发了。

　　小莲主动过来告状："是书书姐姐的室友弄的，她故意把书书姐姐攥到门边，还用门夹她的手。"

　　故意攥到门边。

　　用门夹她的手。

　　她看作和生命一样重要的手。

　　这句话的每一个字都像是个重磅炸弹在他耳边炸开。

　　江丛羡的腮帮咬紧，又松开。他气到眉间抽搐了几下，深呼吸后，语气凶狠，咬着牙问："叫什么？"

　　小莲迟疑了一会儿："好像是叫……苏来。"

　　在听到这个名字后，他眼神顿时阴沉下来。片刻后，他扫了眼林

214

望书肿起来的右手，只说："先吃饭吧。"

饭菜都摆上桌了，林望书平时的饭量不大，晚饭更是吃得少。

小莲也按照她的饭量给她盛了半碗，不过多盛了碗汤。

右手暂时用不了，她只能试着用左手握筷子。但是终究是太生疏，也没什么力道，连夹个菜都显得万分艰难。

好不容易夹起来的青椒，还没来得及放回碗里就掉在桌上了。她低垂着眼，犹豫了一会儿，放下筷子："我不是很饿，你们慢慢吃。"

她站起身刚要回房，肩膀就被人按下，又重新坐了下来。

林望书疑惑地抬眸，江丛羡拖出椅子在她身旁坐下，拿过碗和筷子，问："想吃什么？"

她还是那句："我不饿。"

他的声音没什么温度："不把这碗饭吃完你今天就别睡觉了。"

小莲在一旁看得胆战心惊，书书姐姐这还受着伤呢，心里还难过，先生不说哄一哄，怎么还是这么凶？

林望书的肚子不合时宜地响了一下。除了早上那两个奶黄包，她今天什么也没吃。怎么可能不饿，都快饿死了。

她微抿了下唇，面色有点泛红，好在江丛羡似乎没有听到。

他夹了一块鱼肉，将鱼刺挑出，喂到她嘴边："张嘴。"

说是喂食，更像是命令。

林望书清楚他的性子，她如果不肯吃，他总有办法让她张嘴。沉默了一会儿，她还是听话地靠近，吃下他递过来的鱼肉。他又给她剥了只虾，蘸了些酱料，递到她嘴边。那碗骨头汤也全部喂她喝完了。

林望书觉得自己都快被撑死了，她捂着肚子摆手："我吃不了了。"

看她的样子也不像是在撒谎。

江丛羡终于肯放下碗和勺子："去休息吧。"

林望书"嗯"了一声，转身上楼。

汤汤水水的喝了太多，她感觉自己现在每走一步都能听见肚子里的水声。

江丛羡一直在喂林望书，他面前的筷子都没动一下。直到二楼的卧室门关上，他方才站起身。

小莲问他："您不吃饭了吗？"

他穿上外套"嗯"了一声，走到玄关时停下，看了眼二楼。片刻后，他收回视线："看着她，如果她不肯乖乖睡觉就给我打电话。"

"好的。"

他出去的时候，蒋苑已经等在外面了。后者拉开车门等他上去："人已经弄出来了。"

江丛羡下颌微抬，将领带打好，眸色阴冷。

被带过来的时候，苏来没有丝毫的反抗。她认识他们，都是江丛羡身边的人。

她巴不得被江丛羡绑来。

她现在所在的房间干净整洁，不过缺了些生活气息，似乎也没人在这里住过。苏来坐在沙发上，时而看看桌上的茶具，时而掀开窗帘看外面的夜景。

这个地段的房子可不便宜，江丛羡买了却又不在这儿住，莫非是想送给谁？

苏来自嘲地摇头笑笑，打断自己这个念头，怎么可能？

江丛羡那个冷血的怪物，怎么可能？

她等了一会儿，门外才传来动静，守在玄关的男人过去把门打开。楼道外的冷空气夹裹着惨淡的灯光一块儿进来。出现在她面前的，是她日思夜想的男人。

深色的西装三件套，额发随意地往上抓了抓，一缕不听话的发丝从一旁垂落。盖不住的硬冷眉骨，在金边眼镜的勾勒下越发深刻。

苏来看着这张脸，她日思夜想的脸。

男人慢条斯理地摘下眼镜，折好镜架，放在一旁的桌上。他是笑着的，说话的语气也温和："弄这种下作的手段可不乖哦。"

像是提醒，又像是威胁。

苏来心下微动，怀着侥幸问了一句："如果我乖一点，你就会喜欢我吗？"

男人脸上的笑意仍旧温和，他放轻了声音："怎么可能？你那么脏。"

苏来脸色变了。

"脏"这个字眼，从他口中说出来似乎格外伤人。

江丛羡直起上身，将手腕上的表给摘了："我这个人有个不太好的毛病，那就是太护短了。"他把表随手扔到桌上，垂眸去解袖扣，"尤其是女人。"

苏来看着他，心里竟有些后悔，后悔没直接将林望书那只手给剁了。她倒是挺想知道，没了右手她还能不能活下去。

江丛羡踢开挡在她面前的茶几，茶具摔在地上，声响有点大，苏来的注意力被这突如其来的一下拉回现实。

江丛羡掐她的脖子，笑意低沉："更何况，我就这么一个女人。"

苏来被他掐得喘不过来气，脸色惨白。就在她以为自己要死在这个晚上的时候，他松开了手。

苏来趴在地上，大口地喘着气。然而下一秒，她撑着地面的右手被人狠狠踩着。

黑色的男士皮鞋在她手上重重碾了几下，她疼得求饶："我的手，我的手。"

江丛羡笑了。

"你的手被踩知道痛，你用门夹她手的时候，怎么不去想想她会不会痛？"

他的话如同一盆凉水，迎头浇下。

心痛盖过了疼痛。

月下娇

苏来一直以来都追随着江丛羡的背影。她爱了他那么多年，陪了他那么多年，凭什么就被林望书捷足先登了呢？她不甘心，她太不甘心了。

凭什么啊，到底是凭什么？她哪里比不上她了？

眼里的泪蓄不住了，大滴大滴地砸落下来。这副可怜的模样非但没有让男人生起一点怜惜之心，反而越发激怒了他。

林望书被门夹的时候，是不是也哭得这么凶？她把手看得比自己的命还重要。

如果苏来的力气再大一点，会发生什么，他不敢再去想。

夜色寂静，江丛羡微俯了身，低沉暗哑的声音落在她耳边："人也是有高低贵贱之分的，你摇骰子的手怎么和她拉琴的手比？废你一只手，太便宜你了。"

林望书睡得并不安稳，好几次都被右手疼醒。

有点口渴，她穿上鞋子下床去了厨房，打开橱柜拿了个玻璃杯，倒了杯热水。她下意识伸出右手去拿，却忘了那里还伤着，顿时疼得倒吸了口凉气，杯子也摔在地上。

与此同时，二楼某间卧室的灯开了，房门打开，穿着睡衣的江丛羡从里面出来，站在栏杆旁看了一眼，然后皱眉走了下来："嫌手伤得不够严重？"

她还疼着，也没空去和他争，只是小口小口地对着右手吹气。

樱粉色的唇，带了点晶亮的水渍，此时微微鼓着。

江丛羡看得喉咙发紧，短暂地移开视线，深呼一口气，然后冷笑一声："以为吹几下就不疼了？"

被他这一提醒，林望书才察觉到自己这个动作有多蠢。她把手放下，看了眼地上的玻璃碎片，蹲下身准备去捡。

江丛羡说："弄得这么可怜，是想让我心疼你吗？"

林望书秀眉微皱，实在没忍住，小声骂了一句："神经病。"

218

江丛羡也蹲下，攥住她去捡碎玻璃的手："胆子大了，还敢骂我了。"

林望书又小声嘀咕了几句，江丛羡没听清，不过应该也不是什么好话。

她别开脸，不去看他。这副样子幼稚得不行，似乎是想要用实际行动表现出自己有多讨厌他。

以往她虽然也爱和他对戗，但这人时刻注意着体面，从她嘴里听到一句骂人的脏话实在太难。不知怎的，哪怕是被她骂，江丛羡丝毫不恼，反而还挺开心。

他心情好，语气也罕见地少了些冷意："回房休息吧，这里我来处理。"

林望书看着他，眼里明显有质疑。她是不信他的，他的任何话她都不信。

江丛羡眉头一皱："这是我家，难不成我还能不管了？"

林望书这才站起身，绕开他就上楼回房了。江丛羡盯着她的背影看了很久，一直到她进了房间，也没回头看一眼。

江丛羡骂了一句："小没良心的。"

医生说她的手需要静养，所以林望书就请了几天假。至于夏早那边也已经听说了这事，她让林望书安心养伤，比赛的事她有办法。

林望书心里自责，和她承诺，比赛她一定会去。夏早说她手都伤成这样了，要是执意拉琴的话，恐怕会恶化。她说她心里有数的，她可以拉。

夏早见她坚持，也不好再说什么了。

林望书外表看着柔柔弱弱的，其实是个倔强性子，一旦认定的事就一定会坚持下来。

这些江丛羡当然也知道。他怕林望书不听话，带着伤也要坚持练琴，索性把工作都往后推，专门空出来几天陪她。

月下娇

正好小莲的相亲对象来北城了，小莲说他请客吃饭，让她带上朋友。她也没什么朋友，平日里的活动范围就在江家。所以她希望林望书和吴婶可以一块儿过去。顺便帮她把把关，看看那人怎么样。

林望书这几天闲得都快长霉了，可以出去透透气，自然是答应了。她换完衣服后，刚要和小莲还有吴婶一起出门。

江丛羡穿戴整齐后从楼上下来，和她们一起。

林望书微皱了眉，问他："你干吗？"

他说得理直气壮："只许你蹭饭，不许我去了？"

江丛羡漫不经心地挑了下眉，问小莲："我可以去吧？"

小莲吓得后背一凉，她怎么觉得江丛羡这话问的就是走个形式？无论她点头还是摇头，他该去还是会去。

于是她放弃了挣扎："可以的。"

江丛羡将视线重新移回到林望书身上，表情有点欠揍："听到没，人家让我去。"

林望书："……"

原本她们是准备打车去的，有了江丛羡这个司机，反而省事了许多。

小莲还是第一次坐江丛羡的车，对里面的所有东西都感到新奇。果然贵的车和那些便宜的车不同，车门和遮阳帘都是自动的，还有中间那块磨砂的隔断玻璃。

有钱人真好啊。

她突然开始羡慕林望书了，只要嫁给先生，那么这些东西以后都会是她的。

小莲从小在乡下长大，受到的教育程度也不高，被灌输的也都是些"女孩子只有嫁了人，人生才是完整的"这种思想。对她来说，下半生就是依附着另一个男人生活。只有找个好老公，才会享福。

右手时不时还是会痛，林望书只敢去碰手腕，脸色有点憔悴。

这个路段比较堵，车子开得慢。

江丛羡单手握着方向盘，偏头看了一眼她的手："又疼了？"

她语气淡："还好。"

说话的同时把手往回缩，不肯让他看。

江丛羡喉间冷笑，将眼神从她身上移开，重新看向前方路况。

那么丑的手，真以为他想看吗？

目的地是一家很普通的餐馆，从外面看甚至有些破旧。在小巷子里，车开不进去，江丛羡随便找了个路边车位停下。

小莲知道位置，带着他们往小巷子里走。

"书书姐姐，你别看这里偏僻还有点简陋，但是里面的东西特别好吃！"

林望书笑问："你是怎么知道这个地方的？"

小莲脸一红："我前男友带我来过。"

正无声打量四周的江丛羡听到她的话，垂眸问了一句："你以前还谈过恋爱？"

小莲的脸更红了，她显然将江丛羡的话理解为了另一种意思。

她这样的女生，居然还谈过恋爱。

林望书去哄她："他不是这个意思的。"

话说完，她用手肘撞了下江丛羡的腰，想让他解释。后者却并没有成功接收到这个讯息，以为林望书就是单纯地想打他。他那句话的确也没有其他的意思，就是随口一问。

小莲是吴婶介绍过来的，说她可怜，家中负债，自己背井离乡过来，也没什么本事，所以想帮她在这儿谋个差事。

其实吴婶就算不和他说，直接将人带过来他也懒得过问。那些加了苦情色彩的故事别人听了可能还会心生怜悯，他只觉得浪费时间。

让一个热心的人变得冷血太难，但让一个冷血的人变得善良，几乎不可能。

"你以前还谈过恋爱？"

他问出这句话的时候其实也没想过要得到答案，也不是真的感兴趣。他是个情感缺乏的人，其他人的生死在他眼中，甚至还没有林望书晚饭多吃了两碗重要。

小莲自然也不例外。

林望书哄了小莲一会儿后，后者说："我没事的，书书姐姐。"

林望书松了一口气，看到她眼底花掉的妆，她从包里拿出粉饼，给她稍微补了下妆，又顺便涂了个口红。然后退后一步，上下看了眼，满意地点头："真好看。"

面对林望书直白的夸赞，小莲脸又红了，小声说："书书姐姐才好看。"

巷子里第一家店就是了，门口褪色的招牌写着"四季春"。

推开厚重的塑胶帘，里面的空调冷气就蹿出来了。店子不算太大，却摆放着七八张桌子，看上去有点拥挤，服务员端着盘子艰难地穿过椅子与椅子间的空隙。

不过生意很好，桌子都坐满了。旁边桌子是几个戴着金链子的男人，许是喝嗨了，都把衣服脱了，光着上身在那划拳。

江丛羡黑着一张脸，把林望书的眼睛给捂住，声音阴冷："这些油腻的肥肉有什么好看的，不怕长针眼？"

林望书："……"

"我没看，你先把手拿开，我看不到路了。"

听到她说没看，江丛羡这才松开手，只是一直挡在她身侧，似乎怕她偷看。

……幼稚。

最里面那张桌子，周潜看到小莲了，急忙站起身，招了招手："这儿。"

他今天也不是一个人，一起来的还有个工友，叫许照，比他大十几岁。

因为小莲说了，她今天会带几个朋友过来，怕他尴尬，所以让他也带上朋友。周潜也没什么朋友，正好这个工友今天有空，就叫上他一起来了。

虽然今天的主角是小莲，可他们的眼睛总是抑制不住地往林望书这边瞟。也不能说是有别的心思吧，就是人类的正常反应，看到好看的总会忍不住多看几眼。

最主要的是，这小姑娘的气质明显和这儿不太搭，往这儿一坐，那就跟天仙下凡下错了地方似的。

许照看林望书的同时余光瞥了眼旁边的江丛羡，迟疑片刻，总觉得有点熟悉，像是在哪里见过一样。

小莲和周潜介绍了下人："这位就是我经常和你说的书书姐，旁边那位是她的男朋友。"

周潜有点紧张，手在衣服上擦了擦，递到林望书面前："你好。"

伸出来的手半道被江丛羡握住了，他脸色阴沉地回了句："你好。"

语气也多少带点寒意。

周潜一愣，有点尴尬地坐下。

这里生意好，出菜也慢，怕他们来了以后会等太久，所以周潜就先点了。

小莲告诉林望书："书书姐姐，这里的小龙虾真的超级好吃的，你待会儿一定要多吃点。"

林望书点点头。

江丛羡明显对周潜没什么好感，连个好脸色都懒得给他。话也少得可怜，除了开始那句"你好"几乎没怎么说话。

碗筷都是一次性的，用塑膜包着。江丛羡帮林望书拆了，又用热水仔仔细细地烫了一遍消毒。

"喝什么？"他问。

林望书盯着旁边的冰箱看："有可乐吗？"

江丛羡对老板说："麻烦倒一杯热水。"

林望书："……"

热水递给林望书了，她礼貌地说了声谢谢。

小莲和周潜两个人都是容易害羞的性子，看出了他们之间尴尬的气氛，林望书便主动找了几个话题："我听小莲说，你比她大一岁？"

周潜笑着点头："对，二十一了。"

林望书说："那你和我同岁。"

她语气平和，介于礼貌和疏离之间。

这段对话拉开以后，气氛似乎终于缓和了些。小莲和他都没了刚才的别扭，开始聊起了天。

小龙虾端上来了，香味扑鼻，看着好像很好吃，林望书咽了咽口水，垂眸看着红肿的右手，有些失落地低下了头。

江丛羡微沉的声音在她耳边响起，他哄骗道："叫一声哥哥，我帮你剥。"

林望书当然没有叫。比起小龙虾，她那点不值钱的自尊似乎更重要。江丛羡倒也不在意，戴上手套专心地替她剥了起来。不过也没剥多少，她的伤得忌口，辣的吃多了恢复得慢。

偶尔小莲和周潜聊着天会拉上她一起，林望书是个教养很好的女孩子，对谁都保持着足够的礼貌。

小莲刚开始还有些扭捏，或许是几句话以后开始熟悉了，便没了刚开始的拘束。

她问周潜："开货车应该很累吧？"

周潜笑说："累是肯定有点的，尤其是上货卸货，碰到大家伙就比较难搞了。"

他让老板上了两瓶白酒，直接用牙齿咬开了瓶盖，起身就要给江丛羡倒上，后者漫不经心地抬手捂住了杯口。

周潜站在那里，有点尴尬。

林望书连忙解释说："不好意思啊，他有些洁癖。"

周潜放下酒瓶，笑道："这样啊。"

林望书开始后悔。

让江丛羡过来，的确不是一个正确的选择。

他这样的人，喜好厌恶都太明显。遇到对自己有用的人还会装一装，像周潜这种普通人，他是不放在眼里的。

实在是太没有礼貌了。

周潜又让老板拿了一听啤酒过来，他笑说："这个度数不高的，吃小龙虾就应该配啤酒。"说着就给小莲满上，然后犹豫地看着林望书。

发生了刚才那件事后，他明显是有些顾虑的。

原本就觉得他们两个和他们不是一路人，光看外貌打扮就知道是有钱人，即使小莲提前和他讲过，他们人都很好的，没半点架子。可这架子都快摆上天了，明显就是瞧不起他们嘛。

林望书看出了他的为难和犹豫，即使不太会喝酒，她还是将杯子往前推了推，语气轻柔地道谢："谢谢。"

给足了他台阶。

周潜脸一红，匆忙低下头，给她倒酒。也不是对她有企图，就是觉得她好看，声音又好听，难免会有点不好意思。

他活了二十多年，还是第一次在现实生活中见到这么好看的女孩子。细柳抽条的身子，皮肤白嫩得跟豆腐一样。哪怕置身于这廉价的饭店，周身的清冷优雅都没有减少半分。

酒满上了，周潜举着杯子说要敬她一杯。

林望书看着杯子里不断涌着雪白气泡的啤酒，她是不喜欢喝酒的。出于礼貌，还是端起了酒杯。还未碰上，就被江丛羡抢过去了。他仰头一口饮尽，喝得急，有一滴顺着嘴角流出。

林望书终于忍无可忍。

她知道继续待在这里只会闹得大家都不愉快，江丛羡就是一个不可控的定时炸弹，于是她借口身体不适先走了。

她都走了，江丛羡自然也不可能留下来。

月下娇

　　出了饭店，巷子旁边拐进去还有条小巷子，江丛羡搂抱过林望书的腰，不让她走："生气了？"

　　林望书使劲推他："疯子。"

　　他唇角轻笑，也不介意，低头吻住她的唇。林望书一直挣扎，不听话，他就咬她的舌头。从她的嘴里咬过来，包裹在自己的口腔里，又是含又是舔的。

　　小姑娘也不知道一天天吃了些什么，甜得不行。

　　就是太不听话了。

　　居然还冲别的男人笑，还喝别的男人倒的酒。他在旁边都这样，那他不在的时候呢？

　　怀里的人被吻得缺氧了，抵在他胸口想要推开他的手也逐渐软了下来。他便暂时从她唇上离开了，只是仍旧舍不得松开她。

　　他就这样抱着，看她大口喘着气。

　　嘴巴都被吻肿了，眼里垂着泪，胸口随着剧烈的呼吸没有规律地起伏着。

　　林望书早该想清楚的，她就不应该对江丛羡抱有任何期待。

　　他哪怕不发病，也是个疯子。

　　她的眼神冷，语气也冷："你刚刚那么做，就没想过小莲会难堪？"

　　他有点无所谓地笑着："小莲难不难堪关我什么事？"

　　"江丛羡，我真的恶心透你了。"

　　江丛羡愣了一下，唇边的笑也凝固了。

　　"为什么呢？"他抱得更紧，"为什么又说这种话？"

　　他伪装自己的喜好，把情绪藏好，林望书说他虚伪。他完全敞开自己，把心里的话说出来，她又嫌他恶心。

　　"别嫌我恶心啊。"他突然有点委屈，"我又没做什么。"

　　他只是在做自己啊。

　　林望书厌恶他的虚伪，他便让自己不那么虚伪，可是她现在又嫌弃他恶心。

226

江丛羡不太明白。

风度礼貌，他有，并且可以比任何人做得都好。不会区别待人，更加不会将谁分为三六九等，对谁都是斯文温润地笑。

可她嫌他虚伪。

江丛羡已经在很努力地去改变了，想要变得不那么惹林望书厌倦。虽然她就算再讨厌自己，也不可能从他身边离开。

可他还是不希望被她讨厌的。

她应该喜欢他，应该舍不得他，应该为他争风吃醋。

她应该这样的啊。

不是说情感都是相互的吗？他一样不落地对她了，为什么她不能回以相同的情感呢？

林望书没有再和他多说一句话，推开了他自己打车走了。

江丛羡也没去追，就这么靠着墙站着，看着她拉开车门，看着她坐进去，看着车开走。

她全程没有回头看过他一眼。

是真的讨厌他。

这里位置虽然偏僻，但是生意很好，四周吵得不行，偶尔还有吵架的声音传来。

江丛羡点了根烟。

他烟瘾大，抽烟已经快成一种精神寄托了。

旁边传来响动声，他抬眸看了一眼，旁边的拐角处，男人对着墙站着，正解裤带。解到一半才后知后觉地看到不远处的江丛羡。

餐馆里面有洗手间，不过已经有人了，他又实在憋得慌，就想着随便找条巷子解决一下，没想到居然有人在。

许照有点尴尬地把裤带扣好，找着话题："我还以为你们走了呢。"

江丛羡掸落烟灰，没说话。

太尴尬了。

月下娇

许照抬手蹭了蹭鼻子："那我就……先进去了。"

正说着话呢，他又多看了江丛羡一眼，越看越觉得熟悉。

肯定是在哪里见过的。

他试探地问了一句："你认识江明月吗？"

男人动作微顿，抬眸时，眼神变了。

满是戾气。

许照虽然被吓了一跳，但从他这个反应似乎也能看到答案。他笑道："我是你家隔壁的许叔叔啊，你忘了吗？那个时候你才到我腰呢，刚刚那个丫头是你女朋友吧，真想不到，你都长这么大了。"

指间的烟被揉乱，未掐灭的烟尾烫伤掌心，淡淡的焦味。

江丛羡却像感觉不到疼痛一样，掐着他的脖子将他摁在墙上，咬牙切齿地威胁："不想死就给我把嘴闭上。"

许照被吓到了，脸色惨白，拼命点头："好……好。"

暮色渐深，男人离开后许照低头看了一眼，裤裆那里湿了，正往下滴水，他居然吓到尿失禁。

不过不怪他胆子小，江丛羡那个眼神实在是太吓人了，是真的想弄死他的眼神。

许照双腿发软，又有点疑惑。

那个孩子不是应该已经死了吗？

又做那个梦了。

四面不透风的墙，里面什么东西都没有。看不见光，也不知道时间，每天都在恐惧中度日，担心那个男人出现。

他身上已经没有一块完整的皮肤了，伤口刚结痂，那个男人就徒手帮他扯掉。看着他痛苦地惨叫，看着他拼命地挣扎，男人在笑。直到最后，他痛得连惨叫的力气都没了，眼睫无力地抬起，看着男人逐渐朝他走近。

黑夜中，男人的脸变得模糊不清。

228

江丛羡揉了揉眼，再去看时，他的脸变成了林望书，一样的清冷眉眼。

他不常哭的，哪怕是被反复折磨，他也不常哭的。可是看着林望书逐渐靠近，他却攥着她的裙摆哭了起来。

一边求一边哭。

"你抱抱我好不好？"

她应该对他好的，她应该爱他的。

小莲的约会在他们离开后，也算是有了一个圆满的结尾。

确定关系以后，周潜希望她能和他一起回老家，毕竟隔着两个城市，连见面都不是特别方便。

小莲告诉林望书，做完这个月她就要走了。她不舍地抱着林望书："等有空了，我会回来看你和先生的。"她说，"我结婚那天你一定要过来。"

林望书点头，为她感到高兴："我一定会去的。"

小莲犹豫了一会儿，还是小心地问出了口："书书姐姐，你昨天……是不是和先生吵架了？"

他们一前一后地离开，脸色氛围都不太对劲。

林望书试探着将右手握紧又展开，每次都会疼得她倒吸凉气。还有两天就是比赛了，她无论如何也会去的，只能希望伤口恢复得快一点，至少不要影响到她的正常发挥。

夏早准备了两个多月，如果因为她的原因就这么弃赛，她是不甘心的。

听到小莲的话抬眸，林望书淡淡地安慰她："没有的，你别担心。"

江丛羡这个人，敏感多疑，整个人都是病态的，根本不能用正常人的思维去和他交流，太累了。

林望书光是想到要和这样的人朝夕相处，就觉得压抑得不行，神经都是绷紧的。

小莲犹豫了一会儿，还是小声开口："先生他其实也很可怜的。"

他从前也不是这样的。

虽然发病时会控制不住情绪，但其余时间他是正常的。温和斯文，无论对谁，似乎都是平易近人的。可是林望书来了以后，他的情绪起伏得厉害。上一秒还是笑着的，下一秒脸色就沉了下来。可以说，在林望书来之前，他的情绪变化是在自己手中掌握着的。而现在，他的喜怒哀乐全在林望书的言语之中。

小莲甚至有了一种他的命都在林望书手里的可怕想法。

如果林望书离开，他可能就真的活不下去了。

小莲还有活要做，就没继续和林望书说了。

林望书回了房间，试探着拉了会儿琴，手疼得厉害。

工作室聚餐，夏早给她打了个电话，让她也一起过来。

"反正你在家待着也无聊。"

林望书原本是想拒绝的，虽然和学校请了假，可是作业还得完成。

夏早一直劝她："今天大家可都来了，就缺你一个，你要是不来的话那可就太没意思了。"

因为母亲的缘故，林望书的童年几乎就是在好几个城市好几个国家往返。长期无法定居在一个地方，同学还没熟悉，就要分开了。她没什么朋友，所以也格外珍惜为数不多的几个朋友。

别人都觉得她清冷不好接近，其实她只是不知道该如何去开展一段新的关系，一旦熟悉了，她也会双倍回报别人的好。在林望书看来，这些都是相互的，她原本就是爱恨分明的性格。

看了眼刚打开的电脑，林望书轻声应下了。电话挂断后，夏早把地址发过来，在工作室附近的一个KTV。

林望书换好衣服，打车过去。

　　这几天气温降得厉害，戴着围巾都无法抵御刺骨的寒风。

　　因为这边路太绕了，就连在这里待了很久的人偶尔都会迷路，更别说是只来过几次的林望书了。

　　怕她走错，夏早在电话里说："我让人在路口接你，你多留意一下，别把人给弄丢了。"

　　林望书疑惑地四下看了眼，最后视线定格在前方的十字路口。

　　这里算是繁华地段，车多，人也多。

　　盛凛周身的轮廓像是被暗黄色的灯影勾勒了一遍。原本平淡的眉眼，在看着她的那一刻，变得柔和，唇边也带着温柔的笑。

　　恰好是绿灯，他走过来："原本还在担心你不知道怎么进来。"

　　声音不大，微沉有磁性，像是拿着小刷子在心脏边缘轻轻地蹭。

　　林望书抿唇笑了下，语气始终是礼貌的亲疏距离："夏早在电话里和我说了一遍。"

　　盛凛知道她对于分寸这种事情很在意，但看了眼她被冻得有些发红的耳朵，脱下外套就要给她披上。

　　林望书拒绝了，她说："您穿着吧，我不冷的。"许是怕盛凛不信，她又轻声补充了一句，"我的耳朵一沾风就红，从小就这样。"

　　盛凛笑着点了点头，和她并排过去："手好些了吗？"

　　她下意识地将右手往袖子里缩，睁眼说瞎话也不带眨眼的："好多了。"

　　盛凛倒是笑了："别藏了，我都看见了。"

　　她抿了下唇，有种谎言被撞破的窘迫。

　　"比赛的事情你不用太在意的，现在最紧要的是把伤养好。"

　　他也是乐手，自然知道手对他们来说有多重要。那些顶级的演奏者甚至还会动辄给自己的手投保相当大的金额。盛凛倒不至于做到那个份上，也不是说他不看重自己的双手，只是觉得实在没必要。

　　似乎是看出了林望书眼里的犹豫和失落，他声音温柔地安抚着她的情绪："当然，我还是希望你能圆满完成这场比赛的。"

月下娇

这些天有太多人劝她了，劝她放弃。甚至连夏早也甘愿放弃自己准备了两个多月的比赛，就只是为让她安心养伤，可这些都不是她想要的。

一方面是因为愧疚，另一方面，也是不甘心。

"我倒是知道一些活血化瘀的偏方，待会儿给你试一下，至少会比现在这个样子好。"

林望书眼里带着些许的迟疑，看着他："你也觉得我应该试试吗？"

她这副样子实在太可爱了，半分平日里的清冷正经都没有，活脱脱就是一个为了梦想，希望得到前辈肯定的小孩。

盛凛按捺住想要摸摸她脑袋的冲动，笑着鼓励她："当然可以，又没人捆住你的手脚不让你上台，只要不让自己后悔，做什么都可以。"停顿片刻，他又补充了一句，用开玩笑的口吻，"当然，违法乱纪的事不可以。"

林望书抑郁了这么多天的心情终于被他的话给开解通了。

她的心里其实一直是有答案的，她想试试，不过她缺一个能够肯定和鼓励她的人。

那个人是谁倒是不重要。

第十一章
脱离桎梏

KTV 的隔音门开了道缝，不知道是谁出去上厕所忘了关上，里面鬼哭狼嚎的歌声沿着缝隙传了出来。与其说是在唱歌，不如说是搞怪逗乐似乎更贴切一些。

他们都学的音乐相关的专业，平时上课是五线谱，下课也是各种乐器音乐，难得有个放松时间，谁还会正经唱歌，甚至还有现场改词的。

看到林望书，一群人扔了话筒、酒杯、骰子、飞行棋，唱歌的也不唱了，喝酒玩游戏的也不喝不玩了，都拥过来问她手好点了没。

他们都知道了林望书受伤的事，也知道她的手是被人故意夹伤的，不过大多数人还是第一次亲眼见到她那肿得跟个小包子似的手。

夏早骂道："那个女的是心理变态吧，这种事也干得出来，你报警没？这已经是故意伤人罪，够拘她几天了。"

林望书摇了摇头："我朋友先动的手，就算报警也没用。"

夏早为林望书感到不爽，不想就这么放过那个女人，刚想问她要名字，被旁边的盛凛给带过了："事情都过去了，也不必一直咬着不放。"

他特地给林望书要了杯热水，怕她不爱喝，还专门让服务员放了些蜂蜜。

和他们在一起，林望书是放松的。其实她也不是一直都是正经清冷的，很多时候她也只是一个普通的女学生，高兴了会笑，难过了会哭。只是因为先后经历了家里破产、父亲自杀这些事，她又被禁锢在江丛羡身边。长期下来，整个人便逐渐变得压抑。

和怎样的人在一起，长此以往，你也会变成怎样的人。

林望书从很久以前就察觉到了，她应该远离江丛羡的，她应该离他越远越好，她对他的最后一点留恋和感情也已经被毁掉，剩下的全是厌恶。

是他自己亲手毁掉的。

虽然盛凛一再提醒，可林望书还是喝了点酒。这是她这些天来唯一一次真正意义上的开心。

盛凛的话让她想通了很多，她应该坚持下去的，不光是为了这次比赛，还有自己的梦想。

任何事情都会有转机，她总会离开江丛羡的。所以她不能放弃，至少在追求梦想这件事上，她要坚持下去。

洋酒度数不高，但是后劲足。一群人出了KTV，结伴赶下一场的先走了，剩下几个吐得腰都直不起来的醉鬼，也不知道喝了多少。

夏早和张也一人扶了一个，她看着盛凛，用手戳他的胸口："我警告你啊，你可得给我把小林平安送到。"

他拍开她的手，嘴上轻斥道："没大没小。"眼里却满是包容。

林望书意识是清醒的，只是走路有些不稳。

盛凛是个很有分寸的人，因为开了车，所以他滴酒未沾。扶着林望书上了车后，他弯腰垂眸，替她把安全带系好。

副驾驶位置还算宽敞，只是同时容纳两个人就显得有些拥挤了。

她困得不行，靠着椅背就睡了，偶尔还会抬手揉揉脑袋。她的脸颊是红润的，甚至还能闻到她呼吸时嘴里的酒香。

身体急剧升温，盛凛在表现出异样之前，急忙扶着车门离开。

酒店提前两个月就开始清场了，为的就是今天的婚礼。

夏越他老婆嫁过来，不光陪嫁了个酒店，还带了她家企业百分之十的股份。

上流社会的婚姻本来就是一场利益战。

夏越的彩礼给的自然不可能手软，他家里直接把兰国的酒庄和西兰的牧场全过到他老婆的名下了。

孙朝是个无拘无束的性子，身上这身板正的西装就像是个禁锢一样，把他锁在那些条条款款里。他扯松了领带，目送着不知道是第几个搭讪失败的名媛离开。

要不怎么说他讨厌和江丛羡一起来这种大型的场合呢，那些女的眼中只有江丛羡。一个个跟看到猎物的狼一样，却不知道矜贵斯文的男人其实才是最凶狠的狼，不动声色地观察着猎物，伺机盯准了脖子咬上一口。

孙朝就是在名利场长大的，过早看透了人性，人有钱就变坏，这话也不假，但他并不觉得这就是坏。

有些事情你情我愿，各取所需而已。

他佩服江丛羡杀伐果断的劲儿，认识这么久，后者虽然总是一副温柔斯文的笑脸，可他就没见他有害怕的时候。

别人的狠在面上，他的狠在骨子里，和血一起流着。不然怎么把林家多年的基业都给整垮了。

当初林成业在这北城里也是有头有脸的人物，林家的产业都快把整个北城给垄断了。哪怕他儿子不成器，做什么赔什么，家产都霍霍了一大半，但瘦死的骆驼比马大，林家依旧是这上位圈里金字塔顶的那一号。

也多亏了江丛羡，他在暗地里的运作，轻易就让这座屹立多年的

月下娇

大山给倒了。那些产业分流，他们都是受益者，跟鲸落一个道理。

可这么厉害的人，偏偏却被一个女人给绑住了。

专情的男人他还是比较欣赏的，毕竟自己这辈子可能都做不到。他就是觉得男人还是得多点尝试。菜的味道再好，也不能老是吃那一道啊，总会腻的。

"刚刚那个是刘家的二女儿，在老美留学。虽然长得清纯了些，但一看就是开放的性子，你要不给人家一个机会，试试，万一契合呢？"

江丛羡也只是轻声笑笑："我就不去祸害人家小姑娘了。"

孙朝颜有些恨铁不成钢的意思："嘁，这哪能叫祸害呢？人家巴不得被你祸害呢。"

旁边的侍者端着托盘经过，脚下不稳，跟跄了几下，险些摔倒。江丛羡扶住他，温声提醒："小心些。"

侍者道过谢，看见他被红酒弄脏的西装，脸色吓得惨白："对……对不起。"

今天就是上流人士的聚会，厅内全是行走的人民币。这男人身上的行头往少了说也够抵他几十年的工资了。他在心里盘算着贷款能不能还清，男人却大度地笑了笑："下次注意。"似乎并不打算追究他的责任。

侍者连连道谢，然后才匆忙离开。孙朝耸耸肩，没劲透了。

"上次是怎么说的来着？不需要我给你介绍女伴，你自己有，这女伴人呢？"他装模作样地往四处看了看，"我怎么没看到？"

江丛羡声音轻，不动声色地跳开了话题："我先去趟洗手间。"

红酒味浓，都是些年份久远的单支，有价无市。就算他不追究，那侍者也好不到哪里去，估计现在已经在等着结算工资被炒鱿鱼了。

江丛羡忍着厌恶把外套脱了，随手扔在一旁的垃圾桶里。好在衬衣是深色的，弄脏了也看不清楚，但是那股黏腻感实在是让人恶心。

正好借着这个借口提前离场，他也疲于去处理周围那些不断拥上来的烦人的苍蝇。

手机在西裤口袋里响了几声，他抽了张纸巾出来，随意地擦干手，拿出手机，解锁点开。

是几张照片。

夜色浓，那辆黑色轿车就停在路口，照片中的男人站在车外，半个身子却进了副驾驶，只能看见一个后脑勺。

女人的脸被他挡住，只能看见身上的衣服。

白色连衣裙。

似曾相识。

江丛羡看得目眦欲裂，手里的力道大得都快把手机都给捏碎，喉间却是低笑。

很好，真好，穿着他买的衣服和其他男人乱搞？

江丛羡的情绪就像是一个随时都会炸开的玻璃瓶。而引爆它的开关，就是手上握着的林望书的照片。

那场婚礼他匆匆离场，孙朝在后面喊："这婚礼都没开始呢，你怎么先走了？"

他头也没回："有点事。"

语气是阴沉的。

孙朝愣了一下，轻笑着晃了晃手里的香槟，看来是自家后院着火了啊。他还真想见见那个让一向过分冷静的江丛羡屡次情绪失控的乖乖女长什么样。

肯定很有意思。

江丛羡喝了点酒，度数不高，也没醉意。他坐在车子后排，清冷的眉眼看着窗外，没有情绪，哪怕他内心已经如同快要迸发的火山。

他不理解，人怎么可以贪到这种程度，有他一个还不够吗？林望书想要的任何东西他都能给她。

他想不通，头就开始痛了，像是要裂开一样。他手忙脚乱地扯开领带，喘着粗气。

前面开车的蒋苑急忙将车在路边停下，拿出药和水一起递给他。江丛羡服下后，那股不适感依旧没有减轻。

其实就连他自己也不清楚，现在的难受到底是因为他的病还是其他。很多时候他心脏疼得厉害，吃药也没法缓解。

比如现在。

那些照片一直都是发的双份，蒋苑手机里也有，他自然知道江丛羡突然从婚礼上离开是因为什么。

这里不让停车，交警过来，蒋苑和他说了些什么，然后拿着刚贴的条进了驾驶座。

"回家吗？"

江丛羡手捂着额头，努力平复着不太顺畅的呼吸，极沉的一声"嗯"后便再无声音。

蒋苑将车开回家，吴婶说林望书喝醉了，刚刚睡下。

江丛羡尽量心平气和地问道："她是怎么回来的？"

吴婶眼神有些闪躲："她是打的回来的。"

江丛羡怎么可能看不出她在撒谎。

"您别急，慢慢想，想清楚了再告诉我。"

吴婶这才犹豫着说了实话："是她的老师送她回来的。"

刚刚车就停在外面，吴婶过去接人的时候林望书路都站不稳了，一个男人扶着她，她还礼貌地喊了一声："谢谢盛前辈。"

在吴婶眼里，前辈和老师就是一个意思。

吴婶自然知道江丛羡的脾气，平日里斯文儒雅，但对这种事情他的情绪向来按捺不住，所以她才会想着撒谎。不是为了替林望书隐瞒，而是怕激得江丛羡病发。

客厅里寂静良久，出乎意料的是，他神色没有丝毫的改变，只是低低地"嗯"了一声。

他声音有几分喑哑："我累了，明天早上不要叫我。"

吴婶看着他上楼的背影，他的狠在骨子里，傲慢也是，无论何时，脊背都是挺直的，如青竹一般。可是此刻，他应该真的累了，脊背也像是被很多东西压得有些弯曲。

直到他回了房间，蒋苑才上前问吴婶："您还记得送林小姐回来的那辆车的车牌号吗？"

吴婶想了想，摇头："天太黑了，而且谁会去记车牌啊，不过那辆车开到门口了，监控应该拍到了。"

蒋苑道过谢后，转身离开。

林望书睡到十一点才醒，头疼得厉害，肩膀也是。她抬手轻轻按压了几下，起身去洗漱。刚开房门，就和江丛羡遇到了。

他正打着领带往楼梯口走，衣服还未穿戴整齐就出门，实在不太像他的作风。显然，他现在有些急事要处理。

看到林望书，他的脚步微顿。

也只是片刻，然后目不斜视地从她面前走过，径直下了楼。

吴婶说："吃了饭再走吧？"

他站在玄关处把皮鞋换上："不用了。"然后开门离开。

林望书迟疑片刻，转身进了浴室。

她不太记得自己昨天是怎么回来的，但根据吴婶的话和她自己仅剩的零星记忆碎片，大概能拼凑起来。她的酒量连那些低度的洋酒也没能扛住，是盛凛送她回来的。

洗漱完以后，林望书换好衣服想去找夏早。

马上就是比赛了，她想再排练几次，试试她的手能到什么程度。电话刚打过去，夏早的情绪有些激动，即使是接了林望书的电话后也没有太快地收回来。

"什么玩意？人都被打成这样了，就关六天，罚三千？"她吵完以后和林望书说，"望书，今天可能没法排练了。"

239

从她刚才的话里，林望书也能听出来，她现在应该是在警察局。

以为她是出了什么事，林望书忙担忧地问道："你怎么了？"

"不是我，是盛哥，今天早上他出门，在车库被人阴了。"

盛凛脾气好，待人温和，是不可能有仇家的。

林望书突然有了非常不好的预感。

她说："你现在是在警察局吗？"

"对。"

"我现在过去。"

林望书是打车去的，离得不远，半小时就到了。

做完伤情检测的盛凛坐在椅子上，低头看了眼手机。他身上没什么伤，施暴的人似乎清楚地知道对他而言最重要的是什么，左手擦伤不严重，右手直接折了，打着石膏，脸颊也肿了，看上去状况惨烈。

林望书进来后，他像是察觉到什么，抬头看了一眼。有点愣住，似乎没想到她会过来。不过片刻后他挑唇轻笑，不想让她担心。可是又不慎扯到嘴边的伤，疼得皱了下眉。

林望书急忙走过来："很疼吧。"

他轻声说："还好。"

是真的还好。

伤不算严重，除了脸和手，其他的地方都是完好的，那人应该也并非突然兴起的作案，而是对他还算了解。知道手对他重要，便将目标放在他的手上。至于脸上的伤，就连盛凛也不太理解。那人没什么话，但是眼底的狠他是看在眼里的。

里面的门开了，一身深色高定西装的男人从里面出来。

江丛羡刚交完罚款。

人也没打算捞，让他先在里面待几天也好，吃点苦头，长长记性，居然敢背着他去做这些脑子不清醒的事。

他拿出手机刚要给司机打电话，视线漫不经心地抬起，就这么和林望书的撞上。她的眼里有错愕，有震惊，却唯独没有失望。毕竟从一开始就没有对他抱有过希望，又何谈失望呢。

他突然感觉很累，那种被抽走脊梁的累。就这样吧，他也懒得去解释了。她从来不记得他对她的好，只记得他的坏。她的宽容善良可以放在任何人的身上，哪怕是那些仅仅有着一面之缘的人，但唯独不会施舍给他分毫。

江丛羡从来没有觉得这么累过，什么也不想去想，只想好好地睡一觉，最好再也醒不过来的那种。

他忘了自己是怎么走到林望书面前，也忘了自己到底说了一句多么惹她厌恶的话。

那巴掌打下来，不算疼。小姑娘的力道软绵绵的，好像没吃饭。他这么想，便真的这么说出了口。

他抓着她的手就往自己脸上扇："你得这样打，不然打不出印子来的，怎么给你的心上人报仇？"

他话说得风轻云淡，甚至还带着一点零星的笑意。

他是真的不在乎了。

就这样吧。

林望书急忙将手抽出："你……你……"

她眼里是有畏惧的，也有些担忧。因为他的反常，担心他是病发了。

"你带药了吗，或者放在车上？我去给你拿。"

"不用了。"他的语气疏离冰冷，"不用你管。"

林望书的确讨厌他，但她也见过他发病时的场景。他是痛苦的，痛苦到旁人都无法感同身受地体会。

她还想说些什么，但被江丛羡毫不留情地打断了："林望书，你是不是真的觉得我非你不可？"

他想要什么样的女人没有？她林望书是比别人多双眼睛还是多条胳膊？江丛羡为自己那些可笑的执念感到恶心。

说完这句话他就走了。

他是那个施暴者的家属，而林望书又和他认识，作案动机似乎也浮出水面了。

夏早犹豫片刻，上前问她："望书，你还好吧？"

她摇摇头："我没事。"

盛凛的手臂骨折对他是有着不小的影响的，这意味着他接下来的半年内，所有演出都会推迟。

似乎是怕林望书担心，他温柔地安抚她："没事的，正好我可以借着这次养病好好休息一下。"

林望书低垂了眸，没说话。

盛凛看了眼她还未消肿的手，又看了眼自己打着石膏的手，这副场景怎么看怎么滑稽。

他没忍住，笑出了声："你看，我们连受伤的地方都这么一致。"

林望书晚上回到家，发现自己的行李箱被推出来了，放在客厅。

小莲欲言又止地看着她："书书姐姐，您是不是又和先生吵架了？"

林望书看着那个行李箱，笑了笑："不算。"

小莲："那为什么先生让你回学校？"

江丛羡依然履行保护她的承诺，毕竟相处了这么长时间，只不过他说他已经不需要她了。

"一而再再而三地给我戴绿帽，我总不能一而再再而三地原谅你吧？"

这番话他是笑着说的，语气轻佻。

林望书也懒得去解释。

只是说了声"谢谢"，便推着行李箱走。

是发自内心的，她是感谢他的。是他把她从深渊中拉了出来，虽然带她进了另一个深渊。

苏来走后，因为临近考试，宿舍里其他几个女生也都回来了。得知林望书要回宿舍住，寻雅高兴得不行。

"我早说嘛，住宿舍多好，能天天看到这么多热情洋溢的女孩子。"她搂着林望书的脖子，兴奋得不行，"待会儿带你去宿舍阳台看看，那里的视野超好，在那里看日出日落简直绝了。"

林望书都快被她勒得喘不过气了，只好无奈地笑道："等我先把东西放好。"

她的行李是江丛羡让人收拾的，都是一些她自己买的或是当初她搬进来时就带着的东西。他给她买的衣服首饰之类的，通通没带。

这样也好，也不用她去为难该怎么处理这些东西。

这些天是林望书最放松的一段时间。她不再是江丛羡的金丝雀，也不用随时随地地看他的脸色。她就只是一个普通的大二女学生，能让她担忧的只有考试的成绩，而不是江丛羡阴晴不定、不知道什么候会突然爆发的情绪。

压抑了那么久的心情，似乎终于找到豁口。

比赛也进行得很顺利，虽然手还有点疼，可她还是坚持将整首曲子完整且完美地呈现了出来。

西洋乐器与古典风的碰撞不算少见，但被她们演奏出了一些其他的特质。

林望书从出场的那一刻便惊艳到了众人，她周身的气质纯洁清冷，像是不掺杂质的羽毛，沿着心脏轻轻地挠。

为了不影响观感而用纱布围了一圈的右手更是吸引了众人的注意力。

比赛结束，评委问她："你手上的纱布是什么特殊设计吗？"

这还是林望书第一次踏足这么大的舞台，面对这么多的观众。夏早怕她不适应，便替她回答了："她的手前段时间受了伤，还没消肿，所以就简单地挡了一下。"

评委挑眉，显然有些惊讶："可以取下来看看吗？"

林望书放下琴，将纱布拆开，小包子一样的右手随着镜头不断的

月下娇

拉近看得更清楚。只看那几根白皙纤长的手指根本想象不到手掌居然肿成这样。

想到她刚才演奏时脸上的淡然，不动声色地将疼痛藏在演奏之后，评委首先鼓起了掌："看来现在的小朋友们都很敬业啊。"

台下也跟着涌起了大片的掌声。

那场比赛，她们以超高的分数拿了第一。

林望书的名字更是霸屏了各大社交平台。

"我真的好爱啊，长得美身材还巨好，大提琴也拉得这么好，性格也好，太完美了。"

"希望姐姐的性别不要卡得太死，我努努力，争取考进北南大学成为你的学妹。"

"居然是我们北南大学的学姐！大二西洋乐的，之前有幸见过一次，学姐也太不上镜了吧，本人比电视里好看一千倍一万倍啊！"

那些弹幕刷得很快，江丛羡也不说话，就这么一言不发地看着。蒋苑几次想要上前把显示器关了，最后却还是停下。

这个视频江丛羡已经反复看了几十遍了，从昨天下午看到今天早上。进度条完了，再重新拉回来继续看。他也不说话，神色始终都是淡漠平静的，看不出半分异样来。

视频里，主持人说出了获胜者的名字，她高兴得不能自已。她在笑，发自内心地笑。

然后江丛羡也笑了。

他说："蒋苑你看，她笑得多开心啊，从头到尾难过的都只有我。"

林望书的伤又养了几日，才算彻底消肿。

宿舍生活远比她想象的要轻松许多，同寝室的女生都好相处，平时互相带个饭，或是一起出去聚个餐。

林望书终于久违地感觉到，自己只是一个普通的女大学生，可一直压迫在她胸口的巨石也没完全放下。

244

她怕江丛羡会反悔，他这个人本身就是阴晴不定的，指望他讲点原则，太难。

为了应付月底的考试，林望书这段时间几乎大部分的时间都窝在图书馆里，之前为了准备比赛她已经落下不少功课了。

寻雅一直叹气："太难了太难了。"

她实在不是什么学习的好料子，一看书就犯困。林望书摇了摇头，笑容无奈，把自己手边的拿铁咖啡递给她。

寻雅咬着笔，手撑着桌面，靠过来小声问她："想好今天晚上吃什么了吗？"

林望书有些失笑，指着手腕上的表盘提醒她："现在才上午。"

居然已经开始考虑晚饭的事了。

寻雅唉声叹气着重新趴回去："我到底为什么要考大学，受这种罪？"

"好啦。"林望书把她的书翻开，温声安慰她，"你好好看书，晚上想吃什么都行。"

寻雅眼睛一亮，顿时坐直了身子："吃火锅也可以？"

她点头："可以。"

"再来一打啤酒？"

"可以。"

寻雅这才拿起笔："嘻嘻嘻，小书书最好了。"

下午回到宿舍，其他几位舍友听到寻雅说晚上想吃火锅，有人提议干脆在宿舍里搞。

寻雅一琢磨，也觉得挺好。正好林望书和宿舍里另外一个女生下午没课，所以她们两个一起去超市买食材。

这个女生就是把床位租给苏来的女生，叫万笑笑，是大二舞蹈系的，学的是古典舞。

她看了眼林望书已经消肿的手，有些内疚地和她道歉："对不起啊，如果不是我贪图那点蝇头小利，也不会让你受这个罪。"

月下娇

　　舞蹈和音乐多少沾了点关系，她也有好几个学西洋乐的朋友，自然知晓手对她们来说有多重要。

　　林望书说："都过去了。"

　　林望书要是和万笑笑抱怨两句，她心里还稍微好受些。可她这么大度，反而显得万笑笑更不堪了。

　　万笑笑问她："你这手不会有什么后遗症吧？"

　　"没有伤到筋骨，消肿以后就没事了。"

　　万笑笑这才松了一口气："那就好。"

　　两人进了商场。

　　这是学校附近最大的商场了，消费也高，里面都是些高奢专柜。

　　她们这些家境一般的学生平时很少来这里的，不过最近有家海鲜超市刚入驻了这里，东西新鲜，价格也亲民，算是给学校里家境普通的学生带来了些便利。

　　海鲜超市在负一楼，不过万笑笑觉得既然都来了，还不如往上几层逛一逛。她妈妈上周刚给她打了生活费，再加上她做家教的工资也发了，手头上还富裕着，所以想买双鞋子犒劳一下自己。

　　电梯停在五楼，人不算多。

　　万笑笑看得出来，林望书家境是不错的，她平时穿的用的都是些高奢。就她用的那琴，八年前在某次拍卖会上出现过，听说是某位大师的私人收藏，最后被人匿名以一百七十万英镑的价格拍下。

　　万笑笑那个时候还觉得那人是人傻钱多，不就是一把被人用过的旧琴嘛，哪里值得。后来学校演出，经过她们的允许后，林望书第一次将琴带回了宿舍。

　　万笑笑眼睛都看直了，这是她第一次觉得贫富差距就在自己身边出现。

　　"林望书，你那琴是你爸爸送给你的吧？"

　　似乎没想到她会突然问这个问题，林望书愣了一会儿，然后点头："我十三岁生日那年他送给我的生日礼物。"

有钱人就是好啊。

万笑笑羡慕道："你爸爸是什么绝世好父亲啊。"

林望书没有反驳她的这句话。

她爸的确是一位好父亲，可他也只是一位好父亲。

林望书就像是一锅温水，所有的情绪都在这锅温水里慢慢地熬煮。在遇见江丛羡之前，她的情绪很少有太大的波动。

在她年纪尚小的时候就经常有人说，她和她妈妈很像。她们都是温柔和善的性格，像春日里的微风，像盛夏里的细雨，像一切让人感到舒适的东西。

可就是这样温柔的女人，却在婚姻里被折磨得人不是人，鬼不是鬼。

林望书不止一次看见过母亲被摁在地上的场景，除了脸和手，她身上那些能被衣服盖住的地方全是伤。而彼时正疯狂殴打她的男人，就是将林望书捧到云端的父亲。

她也曾哭着跑过去，用幼小得甚至还不及男人的腰高的身体护在女人面前，哭得小肩膀都在颤抖："爸爸，你为什么要打妈妈？"

她无法接受，无法接受这样的父亲，更没办法接受这么痛苦的母亲。

男人看见她了，狠厉的眉眼柔和下来，他扔了带着血迹的凳子，蹲下身给她擦眼泪："小书，是你妈妈不对，她不守妇道，她该打。"

而所谓的不守妇道，仅仅因为她在某次聚会上，礼貌地和别人打了声招呼。

那次之后，林有为便将林望书送到了国外，美其名曰那里的教学质量要好一些。再后来到林约可以自己走路时，林望书的母亲终于提出了离婚。

那个时候她的精神已经有些失常了，林有为不肯离，坚持了一段时间后，最终在林望书的苦苦哀求下签了字。

他说："小书，爸爸是因为你才同意离婚的，你要知道，爸爸所做的一切都是为了你。"

同年年底，母亲死在了家中浴室里。她穿着林望书用比赛得到的第一笔奖金买给她的裙子，浸泡在盛满水的浴缸里。手腕伤口流出来的血将水染红，像红色的颜料，流满了浴缸，也涂在了林望书的记忆里。

洗不掉了。

她是第一个发现母亲自杀的人。她没哭，也没崩溃，而是很安静地参加完了葬礼，用最清澈的眼睛送走了母亲。

直到所有亲戚客人离开，家里的人也都睡下了，她才躲在自己的小被子里，压着声音偷偷哭泣。

她不会埋怨吗？当然会。她埋怨过很多人，埋怨过父亲，埋怨过老天，也埋怨过江丛羡。但人生就是这样，埋怨多了没任何作用，只会成为绊住你的过路石。

人活着不就是为了往前看吗？

碎掉的镜子不可能恢复原样，既然如此，那就扔掉那些会扎手的碎片，去寻找一面更好也更适合你的镜子。

见她没说话，万笑笑以为是自己说错了什么，吐了吐舌头，和她道歉："对不起啊，我这人说话不过脑子，你别介意。"

林望书摇了摇头，语气仍旧是温柔的："和你没关系的，是我突然想到了一些过去的事。"

万笑笑"噢"了一声，看着林望书的侧脸。她们虽然当了两年舍友，但因为平时都不在学校住，万笑笑还是第一次近距离看她。

那些论坛里的帖子经常把林望书和陈素敏放在一起作比较。跟帖的人都说林望书太高冷了，不好接近，眉眼也清冷淡漠，肯定不太好接触。久而久之，万笑笑便也这么觉得了。

其实刚搬回宿舍的时候她还是挺担心的，怕处理不好宿舍关系，毕竟之前刚发生过苏来那事。可林望书却从未提过那件事，仿佛是看书一般，揭过了，便不会再翻回来。

她也并非外界说的那么高冷，温柔又有原则，内心柔软，却又比谁都坚强。

两个人走过长长的过道，路过旁边的西餐厅时，万笑笑多看了一眼。这种价格高得咂舌的餐厅，虽然她消费不起，但好奇心还是有的。能在这里吃饭的人，怎么说也挺有钱吧。

她看着看着就停下了："那个不是陈素敏吗？"

看清坐在她对面的男人那张脸后，万笑笑的眼睛亮了一瞬，被惊艳和酸意填满，没忍住道："那个是陈素敏的男朋友吗？长得好帅啊。"

林望书不经意间抬眸，看到的却是一张熟悉的脸。

万笑笑和林望书看到了陈素敏，她自然也看到了她们。她故意挺直了肩背，动作亲昵地给江丛羡倒了杯红酒。

就餐地点是陈素敏选的，她是故意选在学校附近的，为的就是让别人看到。学校那些不成熟的男生哪里能和江丛羡比？她就是要让他们知道，自己的男朋友是个多么厉害的人物——虽然目前还不是男朋友。

男人看上去兴致不高，点的那份西冷牛排也没动过，就吃了口西兰花，嚼了两下就皱着眉头硬咽了下去。

她把自己面前的盘子推过来："这里的奶油蘑菇意面很好吃的，我以前经常和同学一起过来吃，你尝尝看。"

她是特地给江丛羡点的，想把自己觉得好的东西全部送给他。

江丛羡却放下了刀叉："饱了。"

陈素敏撒着娇："你尝尝看嘛，真的特别好吃。"说着就拿着叉子在盘中搅了一圈，将面递到他嘴边，"你尝一口。"

他不耐烦地抬手推开："说了饱了，听不懂人话是吧？"

陈素敏被他的语气吓到，愣了半天，手上的叉子就这么举着忘了收回来，意面上的奶油都要挂不住了。

月下娇

　　她似乎不敢相信，儒雅温和的江丛羡居然也会有这样的一面。戾气全部放在眼底，没有丝毫遮掩。

　　她抿着唇，眼睛红了："你是不是不想和我一起吃饭啊？"

　　他语气没什么变化："对自己自信一点。"

　　误以为他是在安慰自己，陈素敏擦掉眼角的泪，刚要开口。江丛羡漫不经心地打断了她："把'是不是'这三个字去掉。"

　　一直以来他还算是上进，熬夜工作，不顾酒精中毒也要去应酬，可是现在他突然发现自己没目标了，从前想要的东西现在已经毫无欲望了。

　　钱也好，权也好。

　　不需要继续伪装了，恶劣的那一面便露出来了。

　　他本身就是极其恶劣的人，擅于玩弄人心，也擅于摧毁人性。很变态不是吗？可是他乐意。他高兴啊，看到别人痛苦他就高兴了。

　　他看得很开，他这样的人，本身就该万劫不复下地狱。

　　无所谓了。

　　陈素敏坐在那儿哭，眼泪吧嗒吧嗒地往下掉。江丛羡就这么看着，无动于衷，甚至有点反胃。

　　老头儿知道他想要那块地，口头上承诺要卖给他，却一直不肯办理转让手续，甚至还屡次以此来要挟他。今天借口约他出来谈论相关事宜，结果等他来了目的地，看到的却是他女儿。

　　陈素敏哭得难过，抽泣着问他："你答应和我吃饭是不是为了我爸在江北的那块地皮？"

　　他抬眸看她，也没否认。

　　她努力平复下自己的情绪："那块地的竞争者很多，除了你，这段时间还有好几个人去我家，希望以高价买下来。只要你和我在一起，我让我爸把那块地免费送给你。"

　　他挑唇笑了："免费送？"

　　陈素敏见他终于笑了，顿时也觉得不那么委屈，拼命点着头：

"对的，我的话我爸爸肯定会听的，只要你和我在一起。"

"怎么办呢？"他故作为难地叹了口气，唇边染着的笑意忽然消失，"那块地我又不想要了。"

陈素敏听到他的话顿时慌了。她之前以为江丛羡对她好对她笑是因为他本身就是这样的性格，他对谁都是温柔的。可现在她才反应过来，他对她笑只是因为她有利用价值，而现在，唯一能绑住他的那点价值也没了。

她自然会慌，也会害怕，怕他离开。

"除了地皮还有其他的，你想要的任何东西我都会给你，真的！"她信誓旦旦地承诺。

听到她的话，他罕见地恍了会儿神。

想要的任何东西都可以吗？脑海里有了一个很具体的轮廓，他垂眸自嘲地笑了笑。

笑自己的下贱。

人家都把他当垃圾避之不及了，他却还像一条狗一样想往前凑。

懒得和她继续多费口舌，他喊来服务员买完单，拖开椅子站起身，轻描淡写地说了一句："和你家老头子说一声，我最厌恶的就是有人要挟和欺骗我，他正好两样都占齐全了。偏偏我这人心眼还小，让他多少防着点，不然我怕我下手太重，把你家也搞破产了怎么办？"

陈素敏看着他离开的背影，如坠冰窟。

不该的，他不应该是这样的。

那个声音温柔，夸她眼睛好看的江丛羡，怎么可能用这种无所谓的语气说出这种话来？

其他几个人把想吃的食材都列好清单发在宿舍群里了，林望书和万笑笑看到后一起买了回来。

路上万笑笑还一直在羡慕："当美女太爽了，男朋友都那么帅。"

月下娇

哪怕是阅遍帅哥的万笑笑也没有抗住那个人的魅力。虽然只是一个侧脸，但也足够让人浮想联翩了。

精致的下颌线，以及随着吞咽动作滑动，带了点性感的喉结。

万笑笑觉得此刻的自己已经化身成了一只柠檬精："他要是我的男朋友就好了，我愿意吃素三年。"

面对她半开玩笑半认真的话，林望书没有发表任何意见。她不知道江丛羡为什么会和陈素敏在一起，也不想知道。

他的事与她无关。

两人打车回了学校，宿舍里，寻雅已经把锅和碗筷都给收拾出来了。因为宿舍里的人都能吃辣，所以买的是牛油锅底。

林望书将食材清理干净，切好，装盘端出。寻雅开了几罐啤酒，嘴里说着不醉不归。

她们盘腿围着桌子坐着，聊的话题也都是一些这个年纪的女生感兴趣的，无外乎一些包包鞋子、美妆美食、帅哥美女之类的，偶尔也会聊到梦想。

她们对自己的未来目标都很明确，有想成为的人，有想去做的事。

酒后吐真言，这个时候说的话基本也不会掺谎言。

寻雅问林望书："你最大的梦想是什么？除了治好弟弟的病和你的大提琴。"

除了这两样好像也没什么特别特别想去做的事了，林望书认真地想了很久。然后非常郑重地说了出来："想嫁给一个疼我爱我的人，有个属于自己的家，生两个可爱的孩子，最好是一儿一女。"

可能那个人她也没有多么喜欢，但也不至于反感。他会在她摔倒以后温柔地扶起她，也会哄她，问她痛不痛，会在她感到难过害怕的时候在一旁陪着她，安慰她。

她对爱情其实不是特别看重，不需要那种非要爱得死去活来、轰轰烈烈，才会有想要和对方安定下来的念头。她更喜欢平淡一些，给她足够的安全感，能让她感到幸福，就足够了。

寻雅听完她的形容，笑道："我怎么感觉你这话里的指向性很明确啊？"

林望书眼底攀上醉意，整个人已经有些摇摇欲坠了："谁？"

寻雅笑得暧昧："你的盛前辈啊。"

盛前辈？

林望书不知道她为什么要突然提起盛凛，酒后的脑子迟钝又愚笨。

她头一歪，倒在垫子上睡着了。

夜色寂静，寒风刺骨。

从餐厅离开后，江丛羡也没回家。司机询问他去哪儿，回酒店还是去公司。

他已经好几天没回家了，平时就住在酒店。

江丛羡开了车窗，让冷风灌进来，没什么情绪地回了一句："随便。"

吹了一会儿冷风以后，人清醒了，头也不那么痛了。

他想抽烟，手才刚碰到烟盒，犹豫了一下，还是转了个方向，将旁边的手机拿了起来。

林望书不肯加他的微信，平时联系也只是靠短信和电话。微信好友是他趁她睡着，拿着她的手机偷偷加的。

她的朋友圈设了查看范围，仅限三天。

江丛羡熟练地拉到底，点开那个卡通头像。

一片空白的朋友圈此时多了两张照片。一张是煮沸的火锅，另一张是几个女生的手，举着啤酒罐碰在一起。

林望书：聚餐，龙利鱼真好吃。

江丛羡一眼就认出了林望书的手，他将照片放大，盯着她的手看了很久。

月下娇

真好啊，已经消肿了。

不论是什么职业都需要人脉和机遇，更别说她们这些再过不久就要出校园的学生了。玩音乐的走走业余还行，真当职业了以后就会发现这条路特别难走。僧多粥少，机会就那么一点，所有人都过去争，有人脉的肯定好走一些。

可林望书什么也没有。

盛凛的电话打过来的时候她才刚起床，准备去洗漱。

头还是晕的，她早已忘了昨天是怎么上的床，宿舍里的其他人都还在睡着。

她将动作放到最轻，打开洗手间的门进去。突然手机在床上响了，她又急忙出来按了静音，然后才接通。

盛凛手伤了，这几天干脆在家休养，每天看看书喝喝茶，跟退休老干部一样。听到手机那端刻意压低的声音，盛凛疑惑地问道："在上课吗？"

林望书打开门出去："没有，她们还在睡觉。"

盛凛笑道："看来昨天晚上都喝了不少。"

他看到林望书发的那条朋友圈了。

林望书微抿了唇，对于喝多错过上课这件事有些羞愧。

盛凛也不逗她了，重新回归到给她打这通电话的主题："你周六下午有时间吗？"

她轻声说："有的。"

盛凛说："是这样，克里斯乐团周六在北城音乐馆有一场演出，原本由我来担任提琴演奏的，但因为我受了伤，所以我向他们引荐了你，如果你有这个意向可以去试试。"

他话音才刚落，林望书就忙着答应，生怕他会反悔。她激动地应着说："有的，我有意向的！"声线甚至还有点抖，激动的。她一直点头，甚至忘了她点得再频繁手机那端的盛凛也没办法看到。

虽然之前借着和夏早的那次比赛也算是刷了一波人气，但那些和娱乐圈挨边的比赛对林望书来说起不到太大作用。

她需要的是现在的机会，和正规乐团一起演出的机会。

"盛前辈，谢谢你。"

男人无奈的轻笑透过手机听筒传来，有些低沉："又不听话了。"

第十二章

冲冠

演奏曲目是德沃夏克的《b 小调大提琴协奏曲》，林望书弹奏过很多次了，曲谱都快直接印在她脑子里了。

演奏前为了配合默契会排练许多次，怕她找不到，盛凛就亲自带她过去。

他脸上的肿已经消了，胳膊上还打着石膏，所以是司机在开车。他手上还拿了一个精致的纸袋，里面放着一块蛋糕，他递给她："学生来看我时买的，我不爱吃甜食，但也不能浪费。"

林望书犹豫了一会儿，还是伸手接下："谢谢。"

他笑得温柔："不谢。"

车子平缓地行驶在高架桥上，似乎是怕她紧张，盛凛提前介绍了一下这个乐团的情况。

这个乐团成立的时间不算长，今年是第八年，但名气还是有的，上个月刚从巴黎回来，在那边的表演也是一票难求。乐团的创始人是他在柯蒂斯的学长，盛凛这次答应担任他们的大提琴演奏也是为了还一个人情。

因为是第一天见面，约定的地点是一个饭店。

乐团里的成员平均年龄都不算大，看到盛凛了，有些年龄稍小的后辈纷纷激动地站起身，排着队的要和他握手。在音乐方面，盛凛的确是业界颇负盛名的前辈。

林望书第一次见到他的时候也跟个小迷妹一样紧张得手足无措。

众人看到站在他身旁的林望书，笑道："这位就是您推荐的小书吧？"

她走过来，礼貌地同大家问好。

小姑娘长得好看，还带了股清冷的仙气。饶是站在气质出众的盛凛身旁，也没能将她的光芒掩盖半分。

人群中有人打趣道："盛前辈，你们俩可不是一般的有夫妻相啊。"

他也只是笑笑，并没有急着去反驳。

好在都是些好相处的人，一来二去的，林望书也从最开始的紧张变得放松下来。

盛凛夹了一块龙利鱼放进她碗里："这里的芝士龙利鱼排不错，试试。"

她愣了一下，似乎对这种还算亲密的举动有些不适应。

见她没动，盛凛问："不是喜欢吃吗？"他笑道，"我看离得远，怕你夹不到。"

哪怕再放松，林望书身上还有点初次见面的拘束，连桌子都不敢转，只吃自己面前可以夹到的菜。盛凛怕她饿着，就贴心地给她夹起了菜。

其实林望书对这种亲昵还是无法接受，毕竟他们两个现在只是前后辈的关系。但当着这么多人的面，她也不想拒绝得太干脆，于是说了声谢谢。

简单吃了几口就放下筷子："我饱了。"

盛凛也放下筷子："好。"

月下娇

那几天林望书很忙，又是忙着准备演出，又是忙考试。

小莲给她打了个电话，说她下周就要回老家准备结婚的事了，吴婶也要走了，人老了，身体就没以前那么硬朗。这次回去了，也不知道以后还能不能再见上一面，所以想让她回来一起吃顿饭。

林望书犹豫了一会儿，还是点头应下了。

"我上完课就过去。"

下午六点，她收拾好了东西先回了趟宿舍，寻雅躺在床上问她待会儿吃什么："火锅还是烤肉？不过前几天刚吃完火锅，有点腻了，要不我们去吃烤鱼吧？"

林望书打开衣柜，从里面拿了件藏蓝色的呢子大衣，她把身上的外套换下，扣好牛角扣："我今天要回去一趟。"

寻雅一愣："回那个家？"

林望书点头："那里的帮工阿姨和妹妹要回老家了，所以临走前想叫我过去吃顿饭。"

寻雅手撑在床栏上，若有所思："听你说得我都有点可怜江丛羡了，到头来身边的人还是走光了，又只剩下他一个。"

林望书听到她的话，动作微顿，不过也只是愣了片刻。

她换好鞋子："那我先走了。"

学校直达的公交车被取消了，中途得换乘三次，而且还得下来走一段时间。

看着这里的绿植和湖泊，久违的压迫感再次涌了上来。

她对这里并没有什么好的印象，如果可以，她是不想再踏足这里的。

更加不想见到那个人。

门外停着一辆黑色的轿车，平时江丛羡不用司机自己出行一般都是开这辆，这就说明，他今天在家。

略微迟疑了片刻，林望书抬手按响了门铃。

过来开门的是小莲，她身上还围着围裙，看到林望书了，激动地抱着她："书书姐姐，我好想你啊。"

林望书回抱住她，笑道："我也很想你。"

这段时间没回来，家里似乎变了许多。院里的花草绿植被清理掉了，看上去空荡荡的，死寂一片。

小莲说："是先生让拔的，还有那棵柳树也找人砍了，游泳池也填了。"

不光如此，甚至连家里的摆设装饰也是，全部扔了。

进到客厅，林望书的第一反应就是空。除了一些必要的家具，什么也没有，像是做工精致的样板房。

"这还是先生这一个多月以来第一次回家。"

林望书点点头，没答话，似乎对这些事并不感兴趣。小莲还想说些什么的，可是看到林望书淡漠的神情，便依次吞咽下去了。

厨房里红烧肉的香味溢出来了，江丛羡坐在沙发上看电视。对林望书来说索然无味的财经频道他看得倒是挺认真，认真到家里多了个人也没察觉。

可能也不是没察觉，只是不想理而已。

饭菜端上来了，小莲过去叫江丛羡："先生，饭菜熟了。"

他终于有了点反应，推了推鼻梁上的眼镜，站起身。

深灰色的家居服，抽绳运动裤，眼镜好像换了，变成了黑色的。

看着少了几分往日的禁欲的疏离感，反而多了几分烟火气。林望书这才想起来，他其实也才二十七岁。不算大的年纪，却被他活出了四五十岁的圆滑。

他其实也不容易。

活得比谁都累，四天睡不了十个小时，应酬起来，蒋苑时刻把120的号码放在通讯录的第一位。

他是可怜的，林望书并不否认。

但这些可怜和她没关系，感性她有，但理性永远占了大头，所以她不打算去同情他。她没有斯德哥尔摩综合征，也不会对他这样的人

259

月下娇

动心。

饭桌上不算安静，这还是小莲和吴婶第一次和他们坐在一起吃饭。

聊到结婚的日期了，小莲脸有点红："他爸妈说想年底就把事给办了。"

现在已经十一月份了。

林望书问她："年底会不会太快了？"

他们还什么都没准备，不说订婚宴，婚纱照总得拍吧。

小莲说："婚纱照等回了老家后他会带我去市里拍，而且……"她说着说着，就低头捂住了自己的小腹，"再晚点的话我怕会显怀了。"

林望书愣了好一会儿，没想到他们的进展居然这么快，明明确定关系不过才一个月的时间。

全程安静吃饭的江丛羡抬眸看了她一眼："他没做防护？"

小莲的脸更红了，显然没想到他会这么直接地问出来，她小声嗫嚅："他说他忘了。"

他冷笑："这也能忘，别的倒是没忘。"

小莲脸色一僵，愣住了。

林望书忍无可忍，放下筷子："江丛羡，你够了没有？"

他也把碗筷撂了，靠着椅背，终于看了她来这儿的第一眼。

"我哪句话说错了吗？"

林望书反问："你哪句话没说错？"

他又是一阵冷笑："那男的不就是想靠着孩子来逼她结婚吗？真够龌龊的，和我一样。"

他果真是个疯子，骂人都会带上自己。拖开椅子站起身，走之前还提醒了小莲一句："趁现在孩子还小，能打就打吧，那男的不是什么好东西。"说罢他上楼回房。

他话都说到这个份上，听不听就是她的事了。

好好的一顿饭就这么被搞砸了。

小莲趴在桌上哭得很凶。

林望书实在无法理解江丛羡为什么要在这样的场合下说出这种话，他真的是个彻头彻尾的疯子，不想让身边任何一个人好过。

林望书哄了她一会儿后也起身上了楼。

江丛羡的房门没关，似乎料到了林望书会上来给小莲出头。

她对身边的每一个人都好，除了他。

林望书站在门外犹豫了很久，然后扶着门把开门进去。

江丛羡坐在沙发上抽烟，没开灯。烟雾缭绕下，他的眉眼有些模糊不清。

林望书把灯打开，这才看清楚四周，也看清楚了江丛羡。

从她进来的那一刻，他的眼神就彻底黏在她身上了。

她说："江丛羡，你明知道今天是什么场合，你还说出那种话，你当真就一点人性也没有吗？"

他摁灭烟蒂，扔进烟灰缸里，笑道："我有没有人性，你不是早就知道了吗？"

林望书闭了闭眼，的确，江丛羡已经配不上"人性"这两个字了。

她转身要离开，男人被香烟侵蚀的嗓音稍显低哑，语气平淡，像是在解释："你们不知道那男的在想什么，但我知道，未婚先孕，不都是些被玩烂的套路吗？"

为什么知道得这么清楚？因为他也曾经动过这样的念头，并且也这么去实施过。不过他可没有小莲男人那么卑鄙，他每次都是堂堂正正地告知林望书。

他的确想要一孩子，都快想疯了。

他当了一辈子的孤儿了。

他想把林望书拴在自己身边，也想要个自己的家。被人需要的感觉他从来没有体会过，虽然这是他咎由自取，他活该。后来当他看到林望书抽屉里的避孕药后，他终于清醒了。

是啊，他这样的人，怎么会有人愿意怀他的孩子呢？

所以他也断了成家的念头。

当个孤儿其实也没什么不好的，无牵无挂，想死就死了。

二十七岁的人，却比四五十岁的人活得都通透。他什么都能想通，却想不通自己为什么会在林望书离开时拉住她的衣摆。

紧紧攥着，怕她走。

总说他绝情冷血，她又能好到哪里去？这一走就彻底没了音讯，是真的把他给忘了，哪怕一分一秒都没想起过他。

罕见地，江丛羡主动和她服了软，声音里带着连他自己都没察觉到的颤抖："我可以去和小莲道歉，你能明天再走吗？"

林望书的语气冰冷："这不能成为你要挟我的筹码。"

他干脆笑道："林望书，我想要挟你难道还不简单？"

是，他只需要动动手指，她依旧会乖乖地回到他身边。姥姥和林约，始终都依靠着他的保护。

林望书没再继续说话了，就站在那儿，和往常一样，等着他发号施令。唯一不同的大概就是她的眼神，从还有一丝人性的绝望变成了彻彻底底的冰冷。仿佛在她眼前的不是一个活生生的人，而是一件物品。

江丛羡就这么看了她一会儿。

四周静得可怕，就连楼下客厅里的声音也停了。

他终是别开了脸："你走吧。"

林望书闻言，没有丝毫留恋地开门离开。

听到门外渐行渐远的脚步声，黑暗中的男人笑了一下，也没说什么，靠在沙发背上，掏出烟来想要点燃。手已经抖得厉害，以至于好几次都打不着火，最后他不爽地把打火机砸了。

他也不知道在看什么，无神的双眼看着黑暗中的某一处。过了很久，他终于再次崩溃了，抱着头哭了。

他不敢也不想发出声音，怕被楼下的林望书听见。

他不想再在她面前表现出软弱的一面了，他太害怕她露出那种哪怕他死在她面前，她也无动于衷的神情了。

经过吴婵和林望书的安抚后，小莲的情绪也逐渐平复了下来。

林望书沉吟片刻，知道现在说这些话不合适，但她还是觉得非常有必要让小莲知道："江丛羡虽然口无遮拦，但他的话其实也不无道理。"

小莲没说话。

林望书说："毕竟是你自己的私事，我们这些局外人没法过多干涉，所以最后还是得看你自己的想法。"

小莲点头："我知道的。"

她微垂眼睫，左手轻轻抚上小腹，月份太小，还看不出异样来，那里仍旧是平坦的。

一周前去做产检，她不小心听到了周潜和他妈妈的电话。

他很激动也很兴奋，说："怀了，真的怀了，这下急的肯定是她家，我估计彩礼也不敢多要了。"

那一刻小莲的心是凉的，可她还是不舍得肚子里的这条小生命。

所以这个婚，她是要结的，即使知道是被算计了。

"书书姐姐，其实我不怪先生的。"

她刚哭过的眼睛还有点红。

因为知道江丛羡是怎样的人，所以也没对他有过太大的期待。他本身就不算太热情，甚至可以说是有点冷血。他大可不必和她说这些的，毕竟她的未来好坏与他无关。但他还是说了。

林望书深知劝不动她，摸了摸她的脑袋："希望他能好好待你。"

小莲倒在她怀里，又难过地哭了，这些难过里掺杂了太多的不舍。

"书书姐姐，我会想你和先生的。"

"我也会想你的。"

月下娇

她和吴婶是在第二天下午走的，蒋苑开车送她们去的机场。目的地是一致的，就是所住的县城不同。

吴婶拉着林望书的手，有些不放心地叮嘱她："晚饭还是得吃，不要经常熬夜，你现在年轻没事，但等老了以后这毛病就出来了。"

林望书点了点头："您路上也小心些，到了以后给我发个消息报平安。"

吴婶文化水平不高，字都不认识几个，手机也是林望书手把手教她用的。

林望书刚住进来那会儿整天整天地不肯吃饭，也不爱说话，就一个人坐在房间抱着她那琴发呆，脸上没有一点血色，像个病弱的瓷娃娃。

后来她开始说话，不过最常说的就是骂江丛羡疯子。

有一回她直接拿起手边的烟灰缸迎着他的脑门砸了过来，头破了，眼睛里面都是血。他无动于衷，像是感觉不到疼痛一样，只是沉着声音威胁她："你要是还不肯吃饭我就把你那琴给砸了，你信不信？"

林望书是哭着吃完那碗饭的。

私人医生就住在附近，很快就带着东西过来，给他处理了下伤口。他没回房，而是在客厅里盯着林望书老实吃完那碗饭。

来这儿三天了，一粒米也没吃过，别人客套几句夸她长得像仙女还真当自己喝喝露水就能活了？

他额头上的伤口有点长，缝了八针。医生说会不会留疤还得看后面的恢复情况，他表现得没什么所谓。

留疤不留疤的，不重要，反正整天对着这张脸的又不是自己。

"还饿不饿？"

她又不说话了，只是瞪着他，那双漂亮的眼睛瞪得再凶也勾人。

吴婶察觉到二人之间不对的氛围，连忙岔开话题："今天的菜有点干，我去给她打个蛋花汤。"

她虽然年纪大，但眼睛不花，并且还比他们这些年轻人看得更清楚一些。哪怕江丛羡嘴里放的话再狠，但她看得出来，他心里是在乎她的。不然也不可能每次雷雨天，都会准时赶回来，哪怕是扔下那些即将谈下的生意。

林望书怕打雷，一听到雷声她就睡不着了，所以每次江丛羡都会陪着她。但他又说不出什么好听的话来，每次都气得林望书对他又踢又咬。气上来了，也就忘了害怕，光想着怎么伤害他。

江丛羡这满是伤痕的身子也多亏了她，又添了不少新伤。

广播里已经在提醒登机了，吴婶握着她的手，还想再说些什么。

她心疼林望书，但她也知道，以江丛羡现在的精神状况，离了林望书，他活不了多久的，但谁都没有这个资格去劝她，吴婶也没有。

所以她最终只是握着林望书的手叮嘱："要好好的。"

吴婶走了，小莲也走了。

机场外只剩下林望书和蒋苑了。她对后者没什么好感，所以也没和他说话，转身就要离开。

不料他突然抓住她的手腕："林小姐，我们谈谈。"

"没什么好谈的。"

她不给他丝毫的机会，径自往外走。

蒋苑也不急，声音平淡："负责保护您弟弟的那几个人，是我手底下的。"

他不愧跟了江丛羡那么久，甚至连让人厌恶的方式都极其相似。知道先碰其软肋，再等对方先开口。

用最平淡的语气说着最伤人的威胁。

涉及林约，林望书明显没有那么好的忍耐力了，她彻底怒了："你到底要怎样？"

"我说了。"面对她的盛怒，蒋苑完全无动于衷，"谈谈。"

林望书最后还是妥协，和蒋苑坐在了机场附近的一家咖啡馆里。

他的话实在不多，哪怕是林望书在那个家里待的时间也不算短，听他讲过的话屈指可数。可这次他却破天荒地讲了许多。

林望书听他话里的意思有点想笑，原来是替江丛羡当说客来了："是他让你来找我打苦情牌的？"

"没有。"

江丛羡如果知道他擅自找了林望书，他肯定少不了挨一顿打，可他还是要说。

林望书现在可以说是掐着江丛羡的命门了，只要她这手一松，他可能就真的活不了了。

你没办法去劝一个本身就抑郁的人乐观起来，因为他们比谁都想得到快乐，但治病的过程太漫长，你吃再多的药，也抵不过中间碰到的一个变故。

林望书就是那个变故。

"如果你要说的是这些，那我们没什么好聊的了。"她从钱包里拿出两张红色的纸币，放在桌上，"今天这顿算我请你了。"

她拖开椅子起身。

蒋苑声音越发阴沉："你知道他是怎么从一个正常人变得不正常的吗？"

林望书大可以直接走掉，说一句不感兴趣。可她迟疑了一会儿，还是重新坐下了。江丛羡的过去，她是想知道的。

蒋苑喝了口水润嗓子，刚要开口，桌上的手机响了，是江丛羡打来的。他看了眼坐在对面的林望书，她显然也看到了。

江丛羡的电话没办法不接，哪怕他只剩下最后一口气了，那句遗言也会去和江丛羡说。

这就是后者在蒋苑心里的地位。

所以蒋苑拿着手机起身："失陪一下。"

他走远些，按下接通。

男人清冷的声音传来："在哪儿？"

他老实答："咖啡馆。"

"和谁在一起？"

他回头看了一眼，女人安安静静地坐在那里，在等他打完电话。

"林小姐。"

江丛羡的声音染了点怒意："滚回来。"

"嗯。"

没有任何多余的话，只是简简单单地应了一句"嗯"。

他走过去把账结了："今天这顿还是我请吧。"

林望书见他要走，叫住他："不是有话要和我说吗？"

"可能说不了了。"他和她道歉，"非常抱歉。"

然后推门离开。

和蒋苑想的不同，江丛羡没有惩罚他。

他就坐在沙发上抽烟，一根接着一根地抽着。其实他中途戒掉过一段时间，就是刚和林望书在一起的时候。

她就像是世间最灵验的药，靠近她江丛羡就不会再觉得难受，更不需要靠没日没夜地抽烟来缓解头疼。

他是偶发性的头疼，医生也找不出原因，CT什么的也都拍过，检查不出任何问题，最后的解释还是推给了精神。

就好像，他只要和"精神病"这三个字搭上了边，一切的问题都可以用这三个字来解释。

失眠是，头疼也是。

精神类的药物大多都会有依赖性，人也是。所以林望书离开的这些日子里，他头疼得更厉害了，失眠就不用说了。他都快忘了自己上一次睡够五个小时是什么时候了。

抽完最后一根烟，他让蒋苑把灯打开。蒋苑走过去，摁亮感应的开关。

小莲和吴婶走后，家里更空了，半点生活气息都没有。

江丛羡把指间的烟摁灭，问他："知道我为什么不让你说吗？"

月下娇

蒋苑摇头："不知道。"

他是真的不知道，却也没想过提出质疑。向来都是江丛羡说什么他就去做什么，就算是杀人放火那些违法的事他也会毫不犹豫地去做，不过他也从未提出过这种要求。

这次的自作主张是他逾越了，因为他实在看不下去了。

江丛羡这些日子的消沉他是看在眼里的。林望书却像个没事人一样，从烂泥中抽身，然后向阳而生。她是真的感到开心，为甩开了江丛羡而感到开心。

可是凭什么呢？她凭什么活得这么心安理得？

江丛羡笑了一下，眼睛四周却是红的，声音也沙哑得可怕："我怕啊，这是我最后一张底牌了，我怕我就这么交出去，我和她之间就真的没有一点关系了。"

蒋苑很久以前就认识江丛羡了，那会儿他们都还小，不过他更小，比江丛羡还要小三岁。都是些无父无母的孤儿，住的地方也是些简陋的贫民区。

林望书这种从小娇生惯养长大的大小姐可能永远也不会知道，繁华的北城居然也有那么穷的地方。

住在那儿的多是孤儿，或是没有能力的单亲母亲，勉强养活自己的孩子。

他们住的地方，屋顶只能起到一个装饰作用，一下雨到处都是漏的。

穷怕了，便会出现一些灰色产业，那里自然也不例外。

蒋苑的母亲就是从事灰色行业的。每天家里都有不同的男人过来，然后他会一个人跑出去，因为房子隔音不好，他在客厅里总能听见奇怪的声音。

这种声音让他不舒服，就好像在逼迫着他去面对残酷的事实。

他不想承认。

他每次都会去找江丛羡。

　　他家是流水街那片最干净的，因为他有个很好的姐姐，他姐姐长得很漂亮，会给他们做好吃的，江丛羡也会教他们读书写字。

　　他待人很好，爱笑，聊到自己的梦想也会侃侃而谈。虽然那个时候才九岁，但在蒋苑心中，他就是自己努力的目标。他也要成为和江丛羡一样的人，乐观积极，身处淤泥也不为淤泥所困。

　　后来他们要搬走了，因为江丛羡的姐姐考上了北城最好的大学，为了方便所以在市里租了个房子。她勤工俭学，一边打工一边赚房租。

　　他们离开那会儿江丛羡跑来找蒋苑，给他一把糖，让他等自己。

　　他说："我一定会带你离开这里的。"

　　蒋苑点点头，他对此坚信不疑，江丛羡说的任何话他都信。

　　江丛羡是一年后回来的，不是回来接他离开这里的，而是一个人，在某个夜晚偷偷跑回来的。脏到结成块的衣服和身上的伤口黏在一起，好像扯一下都能掉块皮。他连鞋都没穿，光着脚，也不知道走了多远才走回来，脚底全破了，血肉模糊的。

　　那个时候他的精神就已经开始恍惚了，说胡话，整夜整夜地抖。

　　听说他们走后没多久，明月姐就去世了，因为狂犬病走的。而江丛羡身上发生了什么，没人知道，他不肯说。也不是不肯说，只是那个时候的他已经无法集中注意力去说出一句完整的话了。

　　年老些的长辈说他是被恶鬼附体了，后来还是附近诊所的医生告诉蒋苑："他这是病了，精神上的病。"

　　江丛羡在家待了半年才逐渐恢复正常。也不正常，和从前比起来，他变得太可怕了，阴沉偏执。

　　蒋苑是后来才知道的，江丛羡变成今天这样，都是拜林望书的父亲所赐。

　　林望书的父亲赞助了一个女学生，从她读高中到大学，所有的学费都是他赞助的。原本只是很简单的做慈善，可当他第一次见到江明月的时候，这一切就变了味。

月下娇

林有为爱上了这个比他小七岁的女孩子。

林有为本来就是一混账人，做慈善也只是为了哄老爷子高兴。他还有一个弟弟，比他能干，也比他聪明，但没他好命，迟了两年出生。老爷子是个非常传统的人，哪怕大儿子再不堪，但他到底是长子，是大的那个。所以从小到大他对林有为都是明显偏爱一些，甚至连公司也全部给了他。

小儿子一点也没分到，还因此气得离家出走了。可是那又怎样？林有为对这个弟弟没什么好感。即便处处比他优秀，还不是不得宠？也多亏了老爷子对他的溺爱，所以将他养成了一个废物。

暴力，占有欲强。

他这辈子除了女儿，最爱的就是自己，但他没办法接受别人不爱他。

所以当那个女学生没有丝毫犹豫地拒绝了他的时候，他才会心生暴戾，才会在她死后，把所有的气都撒在她疼爱的弟弟身上。

他折磨江丛羡，往死了折磨，只为一时痛快。

窗外在下雨，男人接到电话，语气慌张："什么，望书发烧了？在哪个医院？我马上过去。"

他很着急，扔了手里带血的木棍就走了，甚至连门都忘了关。

也多亏了他那个三岁的小女儿，江丛羡才能活着逃离那里。

江丛羡一直觉得，林有为能把对他姐姐的恨撒在他身上，他为什么不能把对林有为的恨撒在他女儿身上？

很公平不是吗？

林望书没错，可是他又有什么错？而且他还好吃好喝地供着她。他仅仅是挫了她的傲气，而她父亲带给他的，是精神和肉体双重的折磨。

但他及时悔过了，他想和她好好过日子，也愿意放下那些不好的过去，他可以为了她原谅任何人。

可她却不愿意原谅他。

270

实在是，太不公平了啊。

那场演出进行得很顺利，林望书这个新人也获得了不少业界的好评。

盛凛的手还伤着，却还是坚持带着林望书参加各种饭局，给她介绍人脉，也在替她的未来铺路。

不光是因为她是林望书，更多的，是对于一个优秀后辈的期待。他相信，林望书未来总会拥有一个属于自己的舞台。

她有天赋，也比别人更努力，换了任何一个人有她这样对大提琴的热爱，他都会这么做。

夏早因为如愿签了公司，所以这几天都很忙。好不容易让她逮到机会出来找林望书，后背上还挂着个吉他，应该是直接从公司过来的。

见林望书没看见她，她踮着脚疯狂招手："望书，这儿。"

林望书听到声音了，抬眸看了一眼。看到夏早了，笑着走过去："你怎么来了？"

夏早挽着她的胳膊："想你了呗，听盛哥说，你那演出特顺利，好多人都夸你呢。"

林望书被她这么直白地夸，都有些不好意思了，脸有点红，不说话了。可能是她身上的气势太足了，对比之下林望书就像一只温顺的小绵羊。

她搂过林望书的腰："今天晚上张也生日，有个生日宴，他让我喊你也一起去。"

林望书愣了一下："他上个月不是刚过完生日吗？"

"上个月过的是阴历生日，和朋友过的，阳历生日才是家人大摆筵席，他们这种有钱人家的生日过得没什么意思，就是互相拉拢人脉。"

林家也是高门大户，这些她是知道的。但她的生日从来都只是生

月下娇

日，父亲不会像其他人那样，请一些不相关的客人过来。

宴会地址也不是些高档的酒店，而是提前半年就开工，专门搭建的城堡，林望书是众星捧月的公主。

张也和夏早是青梅竹马，之前在工作室林望书和他见过几面，他很安静，没什么话，视线也一直都在夏早身上。

除了夏早，所有人都知道他的心思。

似乎是怕林望书会拒绝，夏早干脆抱着林望书的胳膊撒起了娇："好不好嘛，你要是不去的话，我也不想去了。"

林望书被她晃得头晕，只能无奈地应下："好，我去。"

至少那个时候，她还没有理解到夏早口中的"有钱人"是怎样的层次，她以为顶多只是北城的中上阶层。所以也没想过，会在那个地方遇到谁。

当林望书在那里看到江丛羡时，第一反应竟然是逃离。

他的穿着打扮与平时无异，依旧是一丝不苟的精英范儿，从头到脚都妥帖体面。

与其说他不在意外表，倒不如说他瞧不起这些人。这里的每一个人，他都是不放在眼里的。所以哪怕他的情绪已经濒临崩溃，却还是不会表现出丝毫异样来。

甚至比平时还要淡定。

几个想要讨好他的男人聚在四周，谈论着最近他手底下新开工的几个项目，都想要插一脚进去，分一杯羹。

眼下圈子里谁不知道江丛羡的厉害？眼光独到，头脑也好，但凡是他接手的项目，哪怕前期再不被人看好，也能在他手底下起死回生。

这就是能力。

圈子里不缺有钱人，缺的是有能力的人。而江丛羡正好有这个能力，所以他们也乐得奉承他，什么好听的话都往上堆。

以往江丛羡还能温和谦逊地笑笑，可此刻，他半点兴趣也没有，

272

百无聊赖地晃着手里的香槟，也不知在看什么，眼神放空，发着呆。

身边那些人还在滔滔不绝地拍着他的马屁，他也没有回应。可能是懒得给回应，也可能是真的没听见。

那些人也都注意到了，江丛羡今天的状况不太对，像魔怔了一样，对什么都提不起兴趣来。热脸贴够了冷屁股，这些人也都识趣地离开了。

他们是散了，但江丛羡的周围向来不缺烦人的苍蝇，立马就有第二批拥了上来。

是个女的，穿着黑色的吊带长裙，那胸大得都快托不住了，腰却细得两只手就能握住。她在江丛羡的身旁停下，主动邀请道："要不要一起去露台吹吹风，喝一杯？"

他还是那副样子，百无聊赖，连眨眼的频率都没有任何变化。眼神是暗淡的，哪怕宴厅里灯光再亮，仿佛都与他无关。

面对他这个态度，那女的也不恼，这种优质罕见的高富帅平时肯定被一群追求者捧得很高，有点脾气也正常，要是没脾气她倒瞧不起了。

"心情不好？"

她是个模特，这次过来也是蹭了别人的邀请函，为的就是钓有钱人。在她手上沦陷的男人不少，所以对于面前这个，她还是很有把握的。先投其所好，再服软，但凡是个男人都抗拒不了这套。

"为什么心情不好呢？说出来，说不定我还能帮到你。"

江丛羡单手插放在西裤口袋里，背靠着墙，模样懒散地轻晃香槟，喝了一口。他的语气平淡，不见什么起伏："趁我还能和你好好说话的时候赶紧滚。"

女人神色瞬变，这还是头回在男人身上栽跟头。面子上有些挂不住，她冷笑道："你这话是什么意思？"

他微垂眼睫，深色的眸子看着她，唇边带着冷笑："意思就是，你要是再不滚，我倒是不介意用我手里的酒给你洗把脸。"

月下娇

他是笑着的，可眼神却可怕。可怕到让她不得不去相信，这事他真的做得出来，所以她非常识趣地走开了。

杯子里的香槟喝完了，江丛羡又从酒保那儿拿了一杯，这次是度数更高的洋酒。

他来这儿也不为别的，就是图一醉，喝醉了应该就能把脑子里的林望书赶走了吧？可这还没喝醉呢，她怎么就从自己脑子里出来了呢？还就站在他跟前，穿着一条蓝色缎面的裙子，肩带很细，锁骨和肩膀全部没遮住。

她更适合白色，江丛羡觉得这个世界上没有谁比她更适合白色了。

他第一次见到她的时候她就穿着白色裙子，在舞台上拉着大提琴，那个画面直到现在都没能从江丛羡的脑子里离开。所以他给她买了很多条白色裙子，他想看她穿。

但她身上的这条裙子，同样很好看。

她本身就是好看的，比任何人都要好看，像朵长在庄园里的，独一无二的玫瑰花。可是这朵玫瑰的刺太多了，光是往那儿一站，就足够江丛羡难过了。

他不想去看她，可是又控制不住自己去看她。

他太想她了啊，特别想，想到他一见到她那张脸就难受得想哭。他不常哭，甚至可以说，他的眼泪稀少到让人觉得冷血的程度。

可他最近经常哭。

半夜被噩梦惊醒了，就看着她的照片哭，失眠睡不着了，也会想哭。他太想林望书了，想到情绪过激，开始反胃，一直呕吐。吐到胃里没东西了，就开始干呕。

他什么都可以不要，钱、权，或是地位，甚至是仇恨，他都可以舍弃。他只要林望书，也只想要她。

可她怕他啊，她一看到他就想躲。包括现在也是，她看见他了，拉着她朋友的手就往一旁走。

274

江丛羡身形微动，想跟过去，却又怕吓到她。

还是算了。

他又去喝酒了，把烈性洋酒当水喝。

孙朝刚跟着他爸到处给那些老前辈们敬酒，看到江丛羡了，就端着酒杯过来了："怎么着？今天美女可比之前那批质量好，这都没兴趣？"

男人没说话。

孙朝倒也不介意，这人本来就这样，性子阴晴不定的。他愿意给你好脸色的时候就冲你笑笑，不愿意的时候，眼里根本就没你这人。

也不准确，因为他可能从头到尾眼里都没你这号人物。无论他是温和地笑着，还是冷着一张脸的时候。

孙朝在某些方面佩服他，但他打心眼里还是有些瞧不起他的。

白手起家走到现在这个高度，似乎已经足够让人佩服了。可"白手起家"这四个字，就足够让他备受歧视。

什么圈子都会出现排挤的情况，他们这些人，几乎都是从祖辈富下来的。钱倒是次要，社会地位和背景那些才是无价之宝。哪怕林家倒台了，可对这个圈子的影响还在。

那些老前辈们看到林望书了，还是会慈爱地喊一声："小书。"

只要她开口，也会有人愿意给她提供人脉和帮助。

虽然那些帮助没办法解决她那个不靠谱的爹留下来的烂摊子。但能做到这个份上的，也足以见到钱在这个圈子，不算是首要。

夏早见林望书的神色不太对劲，担心她不舒服，于是关切地问她："怎么了，是哪里不舒服吗？"

林望书摇了摇头："没有，就是觉得里面有点闷，想出去透透气。"

她似乎在躲着谁，低着头，生怕被人看到脸。如果能早些记起来

月下娇

张也是张伯伯的孙子，她也不会答应过来了。

宴厅里的熟人实在是太多了。

圈子里的那些流言蜚语她多少听到过一些。

林望书的父亲刚去世没多久到处都在传，她被人包了，包她那人有些手段，所以才从那些放高利贷的人手里保住了她一条命。还说包她那男的是个六七十岁的老头子。

有人感叹，也有人当笑话看。

谁不知道林家是个笑话啊，当初林老爷子不把手里的权交到有经商头脑的二儿子手上，非要给那个除了花天酒地，什么也不会的废材大儿子。结果就是尸骨还没放凉呢，家产就败了一大半。

现在又出了这一档子事，可不就是笑话吗？这林家从头到脚就是一个天大的笑话。

这事好长一段时间里都是他们茶余饭后的谈资。

所以林望书害怕见到他们，她还没有足够的勇气去面对他们异样的眼神。

夏早说："我和你一起。"

她之前就参加过几次张也的生日宴，没什么意思，通俗点讲就是些上流社会的名片互递大会，所以她对今年的也没什么期待。

中规中矩，毫无炸点，一点也不刺激。

她玩过一阵摇滚，甚至还搞过朋克。他们这些人的生日，向来和中规中矩不搭边。

在她感到无趣的时候，这场平平无奇的生日宴终于有了个炸点。

宴厅里吵到不行，保安上前将二人拉开，男人捂着被开瓢的脑袋，鲜血流了满手，他骂道："江丛羡，你疯了？"

被保安拦住的男人眼底是红的，被戾气给染红。往日温和的眉眼此时凶狠到了极致，就连说话的声音也像是从遥远的地狱深处传来："你要是再敢乱说我弄死你！"

孙朝也是个脾气大的，被他这一激彻底怒了："我还就说了，她林望书就是个不知廉耻的女人，为了还钱什么事都做得出来！"

"闭嘴！"

江丛羡硬生生地挣开了那三四个平均身高一米九往上、身强体壮的保安。

他冲过来直接一脚踹在孙朝的肚子上，由于力道太大，后者没站稳，接连撞翻了两张桌子，最后倒在地上。江丛羡直接骑在他身上，挥着拳头死命地揍："我让你说，让你说！"

保安过来拉他，拉不开。

江丛羡的大脑似乎已经停止了运转，整个人彻底丧失了理智，满脑子只有一个想法——让孙朝再也开不了口。

在他把孙朝揍到说不出话之前，没人能拉开他，也没人能唤醒他。

林望书听到动静和夏早一起进来，看到面前的场景后，她捂着嘴，险些叫出声。

不顾夏早的阻拦冲了过去，她抱住江丛羡满手血的胳膊："别打了，别打了。"

他似乎听不到，动作并没有放缓。往回抽手后，甚至连她也要一起打。

谁拦他他就揍谁。

可抬眸的那一下，看到她的脸后，他的动作就停下了。

林望书被吓得哭了，抱着他胳膊的那只手也抖得厉害。

他松开手，心脏被她的眼泪刺得生疼，抬手替她擦眼泪："别哭啊。"他抱住她，轻拍她的肩膀，"不哭，我不打了，我听你的，不打了，我都听你的。"

手上的血沾到她脸上了，他误以为是她的血："怎么流血了？是伤到哪里了吗？疼不疼？"他低垂着眉，脸上写满了心疼，忙着哄她，"都是我不好，是我没有保护好你。"

不知道为什么，看到他这副样子，林望书突然很难过。哪怕她对

月下娇

江丛羡再厌恶，再冷漠，可她心里，始终是觉得他可怜的。

警察将他带走的时候，他的精神仍旧恍惚，嘴里一直念着林望书的名字，眼神也一直在她身上，不舍得挪开。

她起身跟过去，握着他的手安抚道："我不走，我陪着你。"

第十三章

林家二叔

江丛羡全程拉着林望书的手不肯松开，哪怕他还戴着手铐。没办法，警察只能让林望书一起上车过去。

孙朝被送去了医院，等伤情检测报告出来，还得看受害者愿不愿意私了，之后才能看要拘多少天。因为江丛羡有精神方面的问题，警方想给他找个心理医生，先做下疏导。

林望书倒了一杯热水，看着江丛羡喝完，然后给赵医生打了个电话，希望他过来一趟。

赵医生刚准备睡下，听到地址后，吓得瞌睡全没了："警察局？怎么去那儿了？"

其中的缘由三言两语也说不清楚，林望书说："您先过来再说。"

"行。"赵医生下床穿衣服，"我马上就过去。"

水喝完了，林望书想再去给江丛羡接一杯，结果刚起身手就被他拉住。

她垂眸，看见他一直在抖。

警察局里开了暖气，应该不是冷的。

月下娇

她重新坐下来，温声问他："怎么了？"

他抱她，头埋在她颈窝，轻轻喘着气："别走。"

声音和往常不同，少了那点不可一世，更多的是渴求。

对于这个拥抱，林望书愣了片刻，想推开的，也应该推开。可沉默片刻，还是温柔地拍了拍他的肩："嗯，我不走。"

江丛羡抱得更紧了一点，紧到林望书都喘不过来气了。

俊男美女，不论在哪儿似乎都能自成一道风景线，警察局也不例外。

里面刚被送进来几个在酒吧打架闹事的小姑娘，染的五颜六色的头发被扯得毛糙，妆也花了，脸上身上大多都带着伤。一路互骂进来的，警察厉声制止也起不到太大的作用。

年纪都不大，平时在家被父母宠上天了，天王老子都不怕，怎么会怕警察呢？骂着进来，然后就停下了。

一行人盯着旁边长椅上的二人，男的整张脸全埋在女的颈窝里，女的在哄他，手在他后背轻轻拍打着，动作亲昵得不行。因为是背对着她们的，所以看不清全脸。

有人笑道："警察叔叔，你们这儿还提供这种服务吗？"

带她们过来的那个警察忍了一路了，这下实在是忍无可忍，把手里的档案往桌上一扔："这里是警察局，不是酒吧，摆正你们的态度！"

她们被这突如其来的动静吓了一跳，最后还是不爽地"喊"了一声。

几个人坐在那儿做笔录。

一时之间，深夜里安静的警局越发吵闹，因为多了她们几个，就像是菜市场，只不过叫喊声变成了偶尔响起的叫骂声。

包里的手机响了，想着应该是夏早打来了，她觉得自己很有必要和她解释一下，以免她担心。于是轻声哄着江丛羡："我去接个电话，回来了再让你抱，好不好？"

280

他不肯松，还是要抱，要一直抱着。

林望书对他从不仁慈，他是知道的。她说先松手，然后回来再抱，这句话肯定也是假的。所以他不信，也不听。

电话因为长时间无人接听自己挂了，过了几秒钟后又响了，应该是很着急。

林望书只能再次去劝他："我先接个电话，好不好？"

他还是不动。

林望书："你听话一点。"

这句话就像是个魔咒，不论林望书在这句话的前面加上什么，江丛羡都会老实照做的。

无论是什么。

似乎是怕自己不听话的话，就会被她讨厌。她已经很讨厌他了，所以他不能让她更讨厌自己。

然后他松开了手。

林望书这才得以起身离开。

里面太吵，她开了门，去外面接的电话。来电人不是夏早，而是盛凛。他那边风声很大，偶尔还有车鸣声传来，应该是在开车。

"今天发生的事，我都听夏早说了，你还好吧？"

他们被警察带走后，夏早听到宴厅里有人在议论，也因此得知那个动手的男人叫江丛羡。盛凛知道这个名字，甚至还和他见过几面，所以才会给林望书打这个电话。

"我没事，不过他现在的精神状况不太好，而且……"她顿了片刻，"而且他也是为了维护我才会动手的。"

所以她觉得自己此刻留在这里陪他，不光是出于怜悯，还有一部分责任。

电话那边沉默了很久，盛凛轻声问她："需要我过去吗？"

"不用的，我已经给他家里人打过电话了。"

虽然他的"家人"也只有蒋苑。

月下娇

而且蒋苑和盛凛之前还有恩怨，即使知道盛凛已经把这件事放下了，但林望书还是觉得最好不要让他们见面。

盛凛也没有继续勉强："记得有事给我打电话，别自己强撑着。"

"嗯。"

原先还在调侃他们在警察局搂搂抱抱，等那女的出去打电话的时候，她们才得以看清男人的脸。

深色西装，虽然是坐着的，但也不难看出他优越的身高和腿长。皮肤很白，可能是因为生病，整个人有些憔悴，那张脸更是毫无血色，英俊的脸庞带了些病弱。

早知道来一趟警察局能碰上这种极品，她们哪里还会在酒吧里为了那个男DJ争得大打出手？和面前这个男人比起来，那个DJ连个凡人都算不上。

她们一群人叽叽喳喳的，问他好多问题。他也不说话，眼睛一直盯着警局门口。

这里不算繁华地带，周围的商铺八点准时关门，这会儿外面已经很黑了。只有警局里的灯光映照出去，但还是太微弱。

林望书的身影被黑暗完全吞噬，一点轮廓也看不见。

那几个女的还在那里调戏他："帅哥怎么不说话啊？我们又不是坏人。"

如果是往常，江丛羡早就用眼神或是言语吓走了她们。他本身就不是什么怜香惜玉的人，更加没有半点绅士风度。

可是此刻，他满脑子只有一个念头，那就是林望书。

他怕她就这么丢下他，不要他了。她做得出来，她对他从来都不仁慈，但凡是有关他的事，她向来不会表现得太热情。

所以他才会怕。

他就一直看着门口，完全忽略了她们的话。

长得帅，话不多，还生着病，看起来又好欺负，这更加激起了她们心底的欲望。

旁边的警察过来赶她们走："言语骚扰也属于骚扰的一种。"

那女的笑道："警察叔叔，您未免也管得太宽了点吧，我们这你情我愿的事，怎么能叫骚扰呢？"说完还冲江丛羡抛了个媚眼，"对吧，帅哥？"

后者仍旧不理她，一双眼睛死死盯着门外。

林望书挂了电话进来，就看到那几个浓妆艳抹的女生围在江丛羡周围。她疑惑着走过去，询问她们："请问有什么事吗？"

江丛羡看到她了，终于有了点反应，从椅子上起身，也不说话，走过来就抱住了她。他比她高太多了，抱她还得弯腰。

那几个女的正要开口呢，看到这一幕突感无趣，原来是个深情的。耸耸肩离开了，没意思。

毕竟无论是外在还是气质她们都比不过面前这个女的。自知之明，她们还是有的。

林望书又去问江丛羡："刚刚发生什么了？"

他摇了摇头，没答，可能连他自己都不知道发生了什么。沙哑着声音反问她："谁的电话？"

林望书没说出名字，只是说："一个朋友的。"

他"嗯"了一声，就没继续问了。光是从她的神情和语气就大概可以猜出来是谁。

如果是以往他可能会生气吃醋，甚至于发脾气，冲她阴阳怪气。

他本身就是个恶劣的人。

可现在，他不想再这样了，他不想把林望书推得更远。

他就一直抱着，也不顾周围的人都在看。林望书脸皮薄，有些挂不住，想推开他。察觉到她的意图，他就抱得更紧。

林望书小声说："你先松开，别人都在看。"

江丛羡点头："嗯。"

却还是不肯松。

月下娇

他也不管有谁在看，他只知道，可能只有今天抱她，她才不会表现得太反感，不会情绪激烈地推开他，也不会对他冷言冷语，哪怕知道这一切都是出于对他的怜悯。

他没有因为这个感到难过或是自尊心受挫，反而很高兴，至少她对他还是有怜悯的。

江丛羡一直觉得自己的人生糟透了，连他自己都厌恶自己，更加没指望过有人会喜欢他。围在他身边的那些人口口声声说仰慕他，喜欢他。可是江丛羡知道，没几个是真心的。不是为了他这张脸，就是为了他可以带来的利益。他把这些看得很透，甚至比他们还要虚情假意。

成年人的世界本来就不谈感情，太幼稚，感情哪有利益来得重要。有利用价值的，他会多看一眼，哪怕说出些违背内心的奉承话他也不介意。

面子尊严能当饭吃吗？当然不能。他是从最底层一点点爬上来的，什么龌龊手段没见过没用过？可能越是缺什么，才会越向往什么。哪怕嘴上不说，内心却是没办法欺瞒的。

江丛羡第一次见到林望书，是在很多年前，她高中的时候。

同学的妹妹参加比赛，他被强拉着一起过来。原本对这种小孩子的文艺汇演没什么兴趣，可是在听到学校的名字以后，他还是稍微犹豫了一会儿。

他不是什么大度的人，所以不可能会轻易地放过林有为。哪怕是拼个玉石俱焚，他也要亲手毁了他。听说他最爱的是他的女儿，所以江丛羡不介意连他的女儿也一起毁了。

那场比赛，林望书作为压轴选手出场，穿着白色的裙子。

聚光灯下，她文文静静的，演奏完表演的曲目，到处都是欢呼声和掌声。后来她得了第一名，放下琴上台领奖。她是台上众星捧月的万人焦点，而江丛羡，是躲在台下，带着仇恨的恶魔。

两个人的人生似乎从那个时候就初见端倪，他注定没办法光明正

284

大地站在亮处。

赵医生很快就带着药赶来了。他给江丛羡简单做了下心理疏导，然后让他吃了药。那药有镇定的作用，没一会儿他就睡着了，只是手还牵着林望书不放。

怕她走，怕自己一睁眼，她就不见了。

孙朝那边的伤情鉴定报告出来了，伤得挺重的，江丛羡的确下了死手，拳拳到肉，一点后路也没给自己留。尤其是脑袋上的伤，缝了好几针。

孙朝他爸看到儿子这样，自然是气不过，但又不敢得罪江丛羡。自己和他还有生意上的往来，要是真的因为这件事撕破脸皮了，那亏损可就太大了。再者，还有人不断给他施压。

林家那个被气走的小儿子林有勤前段时间回国了，当年脱离了本家后，他就去了西亚做生意。这二十多年来，身家早就超过他那个废物哥哥了。

之前林有为跳楼他没回国，足以见他对这个哥哥的恨，这次回来，众人都不知道是因为什么。

不过孙朝在宴会上的那些话林有勤可是一字不落地全听了去。骂林有为他没意见，但林望书是他的侄女，也是林家的血脉。诋毁辱骂她，就等于诋毁辱骂林家，这和当众抽他的耳光没什么区别。于是他适当地在孙家面前施压，让他同意这次私了。

不为江丛羡，而是为了让孙家吃下这个哑巴亏。

他早年移民到西亚，和林家也彻底断绝了关系，原本没打算回国的，但如今听到些风言风语，也不得不回来一趟了。

那个废物为了赌博居然去借高利贷，这事儿他倒是从未想过。自己不管不顾地跳楼死了，半点没有为那一双儿女打算过。

听说自己的侄女被那堆烂债逼得紧，为了保护弟弟不受到伤害，

月下娇

甘愿当了别人的金丝雀。

父辈的错和小孩无关，林有勤这次是来接他们走的。他前段时间联系了那帮债主，要把这笔费用还了，不过人家说早就两清了，有人已经帮忙还了。

还债人叫江丛羡。

六亿，一分不少。

这个便宜林有勤不会去占，要想望书和那个男人彻底撇清关系，最重要的就是没有金钱瓜葛。

所以这笔钱他已经通知财务打到江丛羡的账户上了。

江丛羡醒过来的时候，林望书果然走了。

倒不算意外。

他从床上下来，手上由于受伤还缠着绷带。家中新来的帮工端着煮好的茶上来，毕恭毕敬地放在桌上，然后又低着头离开。

江丛羡脱掉身上不知道谁给他换的灰色 T 恤，打开衣柜，随便拿了件衬衣出来换上。

茶还放在桌上，他看也没看一眼，边穿衬衣边往楼下走，一直守在门口的蒋苑立马跟了过去。

江丛羡淡声说："看下我今天的行程。"

蒋苑欲言又止："赵医生说您的身体应该好好休息。"

江丛羡眸色清冷，看着他："我好好休息，他去帮我赚钱？"

蒋苑低着头。

江丛羡淡漠地收回视线，继续往楼下走。

蒋苑突然想起什么，再次跟过去："昨天账户上突然多出了六亿，也没有署名。"

闻言，江丛羡的脚步突然顿住。

一分不多，一分不少，刚好六亿。

他不蠢，自然知道这意味着什么，却也只是身形微动，然后打好领带："走吧。"

连他自己都没察觉到，他的声音嘶哑到一种极其可怕的程度。

西郊那边的楼盘新开工，他得去审查进度，选在这里建度假酒店也是看中了这里的地理位置。近几年上面大力推广旅游业，不出三年的时间，这里就会成为旅游旺地。

包工头跟条哈巴狗一样在江丛羡面前拍马屁，这种嘴脸他早就见怪不怪了，像他们这种人，似乎都爱用这个方式来讨好上司。

以往江丛羡对这些感到厌恶反胃，向来不拿正眼看他们。是啊，他们又有什么资格让他去拿正眼看呢，没钱没权，没有利用价值，连活下去都得拼尽全力。

江丛羡看到他褐色工装裤上的粉色贴纸。

裤子是脏的，各种水泥石灰混着，但那张贴纸却仍旧干净。

"你女儿贴的？"

听到江丛羡主动发问，男人愣了片刻，然后有点不好意思地挠了挠头："那丫头总嫌我工作忙，一周见不了我几次，所以就把她最喜欢的贴纸给我了，让我每天带着，回去后她要检查的。"

工地虽然经常需要加班，但也还不至于苛求员工到这个程度。

怕江丛羡误会，男人连忙解释说："我家住得远，光是坐车就得两三个小时，这一来一去的光坐车了，所以我就住在工地里的员工宿舍，只有周末才回家。"

江丛羡点了点头，没再开口。

似乎是见老板第一次主动和他搭话，男人有点兴奋，拿出手机点开自己女儿的照片给他看。话里带了点炫耀："这是我女儿，每次带她出去玩，街里街坊的都夸她可爱。"

照片里的小女孩坐着粉色的学步车，手里拿着一个很大的糖果在啃，脸圆嘟嘟的，隔着屏幕仿佛都能闻到孩子身上的那股奶味。

江丛羡不自觉地看得久了点。

月下娇

不知怎的，那男人总觉得老板今天和平时不太一样。

平时老板的话也少，虽然模样温和，偶尔也会笑，但始终有着一种难言的疏离感，但现在是没有的。所以他壮着胆子调侃了一句："您是想要女儿了吗？"

江丛羡回过神来，看了他一眼。男人立马认识到自己多嘴了，刚要开口道歉，他却轻轻"嗯"了一声："想的。"

没有丝毫的遮掩。

男人笑道："想就和夫人生一个，正好你们都还年轻，可以多要几个。"

江丛羡又不说话了，也不知在想什么，那双眼睛盯着面前已经完成了一半的建筑。

几个地方都看过了，江丛羡取下安全帽，递给身旁的人，然后上了路边的那辆车。司机在前面开车，江丛羡揉了揉鼻梁眼角，缓解疲劳。车子匀速行驶，他看向车窗外，片刻后，给项目负责人打了个电话。

"放他们两天假吧。"

林望书说他冷血，眼里只有利益。所以他想试着变成不那么让她讨厌的样子。不那么冷血，不那么利益，他想让她看到，他也可以温柔。

车开到半路就掉转了方向，因为江丛羡突然接到一个电话。对方声称自己是林望书的二叔，约他见一面。

江丛羡答应了。

约见的地址就在附近的一家茶馆里。

穿着旗袍的服务员带着他进到最里面的包厢，包厢里男人的眉眼与林望书有几分相似。准确点说，他的眉眼和林有为相似。

血缘的确是种奇妙的东西，他们不光眉眼相似，身形长相也是相似的。那些深埋在江丛羡记忆里的阴暗过去铺天盖地地涌了过来。

童年的阴影会最大程度地跟着你，它们就像是个随机定时的闹钟，无时无刻不提醒你去回忆。

江丛羡面上没有表现出任何的异样，走过去坐下。

两人互相做过介绍，语气都不算热情。原本就不是为了交朋友而来的，也无须太客气。

林有勤叫退了茶艺师，自己上手开始泡茶："这段时间望书和小约多亏了你才会安然无恙，改天有空的话再约一次，我正式谢你。"

江丛羡松了松领带，笑道："您特意约我过来，恐怕不单是为了谢我吧。"

林有勤抬眸，看了他半天，将茶杯里的热水倒在茶宠上，也笑了："和聪明人说话就是省时省力。"

"那六亿相信你也收到了，望书和小约说到底也是我林家的血脉，我这次回国，也是特地来接他们走的。"他拿出一张卡，放在桌上，推到江丛羡面前，"这里面有五百万，算是答谢你这些日子里照顾他们姐弟俩的酬劳。"

江丛羡看着那张卡，没动，冷笑道："区区五百万就想让我和林望书划清界限？"

"那倒不是。"林有勤的语气非但不重，反而极其温和，只是说出来的话却处处致命，"你们本身就不是一路人，何来的划分界限呢？"

茶泡开了，包厢内茶香四溢，林有勤给江丛羡面前的茶杯倒上。后者气定神闲地看着他："您怎么知道我们不是一路人？"

林有勤也只是笑了笑："身上镀再多层金，骨子里流的血却改变不了。年轻人有上进心是好事，更何况你比绝大多数的人都有能力。可野外长大的狼崽子，最终还是要回到野外的，我不可能让我侄女跟着这样的人。"

两个人的语气都不重，但说出来的话却如同针锋。

江丛羡端着茶杯，喝了一口。他不爱喝茶，更厌恶这股味道。

他在生意场上接触过很多这样的人，为了显示自己的文化底蕴，不爱喝茶也强装出一副没了茶就不能活的样子，嘴上说着提前背好的关于饮茶方面的资料。却不知这种靠伪装出来的蹩脚演技，一眼就会被看穿。

江丛羡自然也不会去戳破，没必要，他没兴趣看人出丑，更加没这个耐心。

他太目中无人了，目中无人到可以对任何一个人笑。因为那些人在他眼中没有任何区别，除却利用价值的高低不说，他们就是一摊会讲话的烂肉。很恶心的形容，但在江丛羡眼中，他们每一个人都是这么恶心的存在，包括此刻坐在他面前的这个。

林有勤自认在商界比他多打拼二十多年，人生阅历也比他丰富几十年，所以是不把他放在眼里的。

对于他来说，江丛羡就是一小孩。一个凭借着初生牛犊不怕虎的莽劲，碰巧运气好点，做出了点成绩的小孩，但好运不是一直有的，像他这种没有背景的人，但凡栽一个跟头，就足以让他消失得无声无息了。

"江先生是个聪明人，应该懂我的意思。"

江丛羡一侧眉梢微挑，舌尖轻扫过牙齿，唇边仍旧是带着笑的。

哪怕他在林望书的身上栽得再惨，被她折腾得再落魄，但这并不代表任何一个人都可以让他难堪。他仍旧是那个动动手指就能搅得北城混乱不堪的江丛羡。

他的心机、手段和年龄不成正比，换句话说，林有勤在他眼中和林有为没什么区别。只要他想，搞垮林有勤辛苦打拼出来的事业也不是一件太麻烦的事。

透润的瓷茶杯被重新放回桌面。

江丛羡靠着椅背，长腿交叠，周身都透着一种漫不经心，话里带着温和的笑："那您可得好好防着点了，野外长大的狼比家养的要凶得多，一旦看准了猎物，不咬烂它的脖子是不会罢休的。"

威胁已经足够明显了，林有勤唇角的笑意淡了一点："拭目以待。"

"界限也不是那么好划分的，她林望书一天是我的女人，那这辈子就都是了。钱我已经让人转回给您了，六亿，加上我给的彩礼，一共五十亿。"江丛羡起身离开，走了两步又停下，他看着林有勤，笑容温和，带着后辈的谦逊，"说到底您还得谢我，逼走您的林家可是在我的推波助澜下一步步走向覆灭的。您也该庆幸，我没以前那么狠了，不然您的下场可能也好不到哪儿去。"

门是推拉式的，有点矮，男人低头出去。

脚步声在走廊里渐行渐远。

江丛羡走后，林有勤彻底撕破了脸上淡然的伪装，气得把手中的茶具给砸了。

"狗崽子！"

出了茶室，江丛羡坐上车，给蒋苑打了个电话。

"照片发给你了，给我查下他的背景、住址、家里的情况，有没有子女，越详细越好。"

蒋苑看着那张照片，男人年过四十，眼角已显皱纹，神态轮廓却很熟悉。

与林望书是相似的。

"这位和林小姐……"蒋苑犹豫着，不知道该不该问出口。

江丛羡很快就给了他答案："林望书的二叔。"

他们这种人都有个通病，就是眼高于顶。哪怕没什么能力也没什么钱，再落魄也得守着祖祖辈辈传下来的老宅，美其名曰根不能丢，不过是因为这个根能带给他们巨大的便利、人脉，以及瞧不起别人的资本。

江丛羡受过的歧视并不少，但他们都隐藏得很好，把对他底层出身的歧视藏在谄媚的奉承之下。

可他们不知道，越是底层出身的人，越是会察言观色。江丛羡太聪明了，他们挑下眉毛他就能猜出他们下句要说什么，但他从来不把这些放在眼里。

月下娇

你会介意一摊会讲话的烂肉对你的歧视吗？当然不会。

他们对他的是歧视，而江丛羡对他们，除了厌恶就是利用。榨干了价值后，便如同垃圾一样扔掉了。

林望书的话一点也不假，他的确冷血。可他在努力改变了，但是改变不是一朝一夕就能完成的，他只能循序渐进。

至少，现在表现得不那么明显。

林望书在警局陪了江丛羡半夜，到家的时候已经很晚了。所以她和教授请了一天假，用的理由是生病。其实只是为了补觉，太困了。

她睡到下午才醒，寻雅上完课回来，顺路给她带了馄饨，还有一碗米酒。她把东西放在林望书的桌子上："学校外面新开了一家回转寿司，开业促销打七五折，我们今天晚餐就去那里吃好不好？"

林望书点头："好。"

寻雅高兴地挽着她的胳膊，头在她肩上蹭来蹭去地撒娇："嘻嘻嘻嘻，果然还是我的小书书最宠我。"

林望书摸摸她的脑袋："后天是要跟教授去野外吗？"

"嗯，这次就是去参观一下发掘现场，三五天就回来了。"寻雅喝了口水，问林望书，"你呢，教授有没有说在纽约待几天？"

之前比赛赢来的去纽约义演的机会就在下个月，只有一场，所以待不了多久，当天去，两日后回，时间比较赶。

林望书也是前几天才得知盛凛也会去。异国他乡，身边有个熟悉的人，至少也不会那么害怕。

馄饨吃到一半，她接到盛凛的电话，说他在她们宿舍楼下。林望书愣了一会儿，放下筷子过去开窗。

女生宿舍后面是片绿化区，每隔几米就放着一张休息的长椅，甚至还有健身器材，所以这个地方也算是学校里的约会胜地。

这个时间正好是人多的时候，学生都放了学，三三两两聚在一起。盛凛这种气质温润的成熟男人，在青涩的学生中格外显眼。尤其是他的长相，到了让人过目不忘的好看程度。所以很短的时间内，已经先后有好几个胆子大的女生过来和他搭讪了。

他笑容温和地婉拒，却也不会让对方感到窘迫。他本身就是不会让人感到不适的性格，像温水，像春风，是一种恰到好处的舒适程度。

林望书挂了电话，立刻下楼。

盛凛的眼神落在宿舍门口，看到她了，笑容温柔，问道："刚醒吗？"

林望书愣了一下："您怎么知道？"

他笑着指了指自己的左边脸颊："睡痕还没消呢。"

林望书脸一红，下意识抬手去遮。

这个举动激起了盛凛眼底最大的笑意，他把手里的纸袋递给她，里面装着他来时特地去买的甜品："昨天的事解决了吗？"

林望书接过后沉默了一会儿："应该是解决了。"

她身上好像有太多的故事，盛凛虽然好奇，但也不想去勉强她。她不愿意说他就不去问，但她如果告诉他，他就会很高兴。

因为这代表林望书彻彻底底地信任了自己，他一直在等，等林望书信他的那天。

"夏早原本要和我一起过来看你，但被教授叫去了，所以让我把她的那份也一起看了。"

似乎能想象到夏早说这番话的语气，林望书被自己的脑补逗笑："还能这么看？"

盛凛看到她笑，也笑了。

小姑娘最近似乎心情不错，以往总是一副有心事的样子，这几天开朗了不少。

也的确，本身就还是一个未出校园的学生，当下还是该享受的时候，无须在那些让人烦心的事上多纠结。

"下个月的演出，紧张吗？"

虽然她这段时间在盛凛的引荐下也参演了不少场算是大型的演出，但这种国际化的还是第一次，说不紧张那是假的。

"紧张的。"

他拍了拍她的肩，轻声安抚道："不用紧张，就当是多了一场阅历。"

俊男美女谈恋爱的画面放在哪里似乎都很赏心悦目。

江丛羡点了根烟，站在那儿抽。

原来林望书也不是抵触所有人的触碰，只是抵触他的。

烦躁说不上，就是心里压着一股火，烧光了所有理智。他本身就是个极端的人，理智没了，就什么事都干得出来了。

一根烟抽了一半，他们还在那儿讲。

女学生在旁边看了江丛羡很久了，见色起意说好听点，那就是一见钟情。

旁边她的小姐妹给她鼓励加油："你看他手腕上都没小皮筋呢，一看就没女朋友。"

女学生被她们一怂恿，甘愿为爱走钢索，鼓起勇气过去了。

男人正抽着烟，听到动静垂眸看了一眼。深邃的眼眸像是不见底的深潭，情绪藏在潭底，倒也分辨不出喜怒来。

勇气像是被戳破的气球，被他这一看就漏得一点也不剩了。

女学生哆哆嗦嗦地向他做了个自我介绍，因为紧张甚至连自己父母的名字也一块儿说了出来，报户口一样，然后才举着个手机问他可以加个微信吗。

江丛羡看了眼她手机界面上的二维码，还是个收款二维码。

女学生察觉到自己的失误后，脸更红了。微信也没脸再加，连连道歉就要转身离开。

江丛羡看了眼面前还在聊的二人，沉吟片刻，叫住了那个女生。

"可以麻烦你帮我一个忙吗？"

能为帅哥排忧解难简直是荣幸至极的一件事，她立马点头："什么忙？"

江丛羡掐灭指骨间的烟，指了指长椅旁的林望书，以及她身侧正面带微笑的男人。

"那个是我女朋友，我们很恩爱的，我今天特地过来也是为了给她一个惊喜，可那个男人总是阴魂不散地出现在她身边，我太难过了，不敢过去，也不敢打扰他们。"

他微垂眼睫，连眼角都透露着难过。

女学生刚陷入恋爱，立马因为他的那句"女朋友"快速失恋了，却也没在忧伤里沉浸多久。此时满心满眼的都是心疼。

那个男的，长得再人模狗样又有什么用，明知道别人有男朋友还这样不要脸地纠缠，还真是够恶心的！

她顿时正义感爆棚："你要我怎么帮你？"

江丛羡不动声色地勾了下唇，把手里拎了一路，专门买给林望书的奶茶递给她："可以麻烦你，帮我把这杯奶茶一滴不剩地泼在他脸上吗？"

这个要求听起来似乎就很诡异，女学生只是犹豫了一会儿，还是向美色屈服，答应了。

她接过男人递来的奶茶，多看了一眼他的手，修长白皙，骨节分明。

连手都是好看的。

心脏漏跳了一拍，她莫名地开始羡慕那个女生，居然让这样的男人为她争风吃醋。

突然走来的女学生打断了盛凛和林望书的交谈，两人纷纷停下，看着她，眼中多少带了点疑惑。

那个女学生这才后知后觉地反应过来，朝别人脸上泼奶茶似乎是件不太好的行为。她将话头转了个方向，把奶茶递给林望书："这是那边那个哥哥给你买的。"

林望书一愣，看了眼她递过来的奶茶，又看了眼她手指的方向。

月下娇

江丛羡双臂环胸，靠树站着，模样总透着几分懒散，视线正好也看向这边。两人的眼神就这么对上。他也没躲闪，就这么看着她。

女学生手里的奶茶还举着，林望书没接："你还给他吧，我不要。"

女学生突然有点生气，这刚刚和其他男的聊得挺开心的，怎么一看到自己男朋友就这个不咸不淡的语气？她是打心底里为江丛羡鸣不平，不由分说地把奶茶塞到她手里："我觉得女生三观还是得正，脚踏两只船不是件太光彩的事。"

林望书愣了片刻，没有太快消化她话里的意思。

女学生又看着盛凛，脸上多少带了点嫌弃："长得这么帅非得抢别人的女朋友，恶不恶心啊？"

突然被人这么污蔑，盛凛极轻地眨了下眼，良好的教养让他发不出脾气来。

他的确是温和儒雅的，平白无故被泼了这么一大盆脏水，却还是温声解释了一遍："你可能误会了。"

女学生冷哼一声："干这种事的人都爱这么说。"

话说完，她头一扭，走了，根本不愿意再多分给他们一点眼神。

林望书顺理成章地把所有的罪责都推在了江丛羡身上。那个女孩子和他们并不认识，不可能无缘无故地骂他们，只能是他说了点什么。

看清了她眼底的情绪，江丛羡走过来，做好了承接她怒意的准备。

林望书的语气是冷的："江丛羡，你够了没有？"

不够，当然不够。

江丛羡是个聪明人，见好就收这个道理他懂，但现在还没见着好，所以他不可能收回来。

他心机重，很会算计人，也很会服软。在很多方面他都属于无师自通，不需要学习。

"我知道，无论发生了什么不好的事，你都会认为是我做的。"

他从来不用这种语气说话，听起来似乎有点委屈，但又带了点寒意。介于委屈和冷讽中间的那一段情绪，听了很难不让人信服。

以林望书对他的了解，直接服软她肯定不会信，甚至还会觉得这里面有猫腻，是他自导自演的一出戏，但是在基础情绪上掺杂一点不易察觉的委屈，听起来像是自然流露，这样她根本无从怀疑。

是啊，她一朵养在温室里的花朵，怎么玩得过他？所以有那么一瞬间，江丛羡从她冰冷的脸上看出了一点情绪松动。

这件事和盛凛无关，平白无故让他挨骂，林望书心里有些过意不去，可眼下并不是个道歉的好时机。她担心江丛羡说出什么疯言疯语来，所以让盛凛先走了。

盛凛不放心地看了江丛羡一眼，然后和林望书说："有什么事给我打电话。"

她点头，却也没想过真给他打，她不能继续麻烦他了。

江丛羡就这么冷眼看着他们你一言我一语的，等盛凛走后，林望书问他："为什么来学校找我？"

他发病的时候自己可以耐着性子照顾他，因为他是病人。可现在，他只是江丛羡，那个让她讨厌的江丛羡。

他看了眼她手里的奶茶，没答话。

言下之意很明显了，就是为了来给她送奶茶。

林望书把奶茶还给他："你走吧。"

他也没动，就站在那里。

这里是女生宿舍楼下，女生自然多，来来往往的，几乎都往这儿看。学校也有帅哥，但像江丛羡这样的，不光学校没有，出了社会，这辈子也见不着几个。哪怕知道人家十有八九是来找女朋友的，却也忍不住多看几眼。帅哥养眼，看看又不犯法，甚至还有人拿着手机光明正大地对着他们拍。

林望书下意识别开脸："你以后不要来学校找我了。"

江丛羡愣了一下，然后点头："哦。"

他是有点难过的，心理上有病的人都敏感，尤其是对自己在乎的人。所以他轻易地就给林望书这句话多加了一层意思——她嫌弃他。

是啊，他有病，她嫌弃他也正常。连他自己都嫌弃自己，更何况是别人呢。

他只有发病时才会失态，其他时候，情绪都被掩藏得滴水不漏。江丛羡不会对任何人付出真心，也不会让任何人看见自己的真心。至少在这之前，他是这样的。

爱一个人太麻烦，你需要在她身上花费很多时间，甚至需要去揣摩她的心理，偶尔还得花费心思去讨好她。

江丛羡极其讨厌自己的情绪被另外一个人牵着走的感觉，他还是习惯掌控别人的情绪。过于聪明的人，是不会用平等的眼光去看待其他人的。无论是谁，在他们眼中都属于低等的那一方。

江丛羡就是这样的一个人，恶劣且冷血。

所以当他突然察觉到自己的情绪莫名其妙地在体内翻滚时，他没办法把它们按住，委屈就像是源源不断往外冒的蒸汽。

他还是头回在不发病不喝醉的情况下，像今天这样委屈难过，只是因为察觉到林望书对他的嫌弃。

她应该嫌弃他的，他的病谁都会嫌弃。谁会愿意让别人发现自己和一个疯子有关系？可只要一想到嫌弃他的那个人是林望书，他就感觉心脏像被谁攥在手里，狠狠地扯。

他不说话了，就站在那里，看她。

林望书也不说话。

周围那些偷拍的人越发肆意，甚至有些连闪光灯都忘了关。

林望书知道，这些照片会被发在论坛，她会成为众人议论的焦点，她不喜欢这样，她只想安安静静地度过大学四年，于是她干脆转身，准备回宿舍。

攥着心脏的那只手撕扯得更彻底，江丛羡捂着胸口缓缓蹲下，难受到说不出话了。

察觉到身后的异样，林望书脚步顿了片刻，似在犹豫，但很快就狠下了心。

他是死是活都和自己无关。

她面无表情地进了宿舍楼，不过三秒钟后，还是转身出来，走到他跟前停下。

"哪里难受？"

语气是生硬的，但还是无法对他弃之不顾。

江丛羡知道，林望书良好的家教没办法让她就这么走掉。可他也是真的难受，不是装的。

他仍旧蹲在那儿，一直不说话，林望书彻底失去了耐心："不说我走了。"

她对江丛羡，总是比对别人少了百分之八十的耐心。

江丛羡微抬眼眸，去牵她的手，怕她真的就这么走了。他不敢和她耍小性子，或是刻意去说一些反话，让她来猜。因为他知道，她根本不会在他身上耗费这么多时间。

这一点自知之明他还是有的。

对于这突然的触碰，林望书首先是反感，她厌恶地挣了几下，没挣开。

江丛羡握着她的手往自己胸口上放："这里难受。"

他今天只穿了一件黑色的卫衣，面料不算太厚，甚至还能感受到胸腔跳动的心脏。

林望书有点疑惑，没听说过江丛羡的心脏也有问题啊。

江丛羡的声音算不上轻，但很平静："我知道你嫌我有病，嫌我丢脸，没有人在见过我发病以后的样子还不嫌弃我的。"

他看得很开，甚至可以说是毫不在意，可是那个人不能是林望书。

她和那个男人在一起的时候，面对别人的注视也不会感到不适，

月下娇

怎么偏偏和他在一起就开始在意这些?

江丛羡虽然一直在接受治疗，但这么多年了，他还是没见好转，所以他甚至已经开始习惯了。习惯自己有这个病，习惯自己不知道什么时候就会情绪失控。认清这个事实以后，他开始消极治疗。反正也没打算活多久，病好不好都无所谓了。可是现在，他突然迫切地希望自己能够变成一个正常人。

他讨厌林望书对自己的嫌弃。

周围的人越来越多，甚至还有人将照片发到了论坛:

> 劲爆!!!女生宿舍楼下来了一个大帅哥，正在和校花林望书告白，要看热闹的速来!!

这个标题似乎还不足以引发太大的轰动，毕竟论坛里为了博关注的标题党实在是太多了。可能是怕他们不信，发帖人还专门配了一张偷拍图。

应该是拍的时候手抖了一下，有些模糊，画质也不算高清，甚至只有一个侧脸，但也足够让全校一众女生直呼惊为天人了。

光是一个侧脸就帅成这样，正脸长什么样就越发让人好奇了。

而被偷拍的本人似乎根本没想过自己的长相会博来怎样的关注度。

林望书并不想因为这件事成为全校的焦点，使劲往回抽出手:"你先回去吧，如果还不舒服就先去医院看一下。"

说完她就转身进了宿舍楼，一刻也不想在这里多待。

第十四章

江丛羡的自救

江丛羡就这么看着她的背影。

她是真的嫌弃他啊。

他深呼一口气，又去揉眼睛，脚蹲得有些麻了，缓了好一会儿才能站起来。

周围站满了人，不光女的多，男的也不少。

大家都爱凑热闹，想看看是哪个没长眼的男的居然敢来他们学校撬校花。

那么多双眼睛都盯着他，和动物园里观赏那些被关在笼子里的动物没两样。江丛羡扯过连帽戴上，企图挡住这些直白的视线以及各种闪光灯。一言不发地低着头往外走。

回到宿舍的林望书莫名开始感到愧疚，不该那样把江丛羡丢下不管的。

她是讨厌他，可总觉得就这么把他丢下，而且还表现出那么不加掩饰的抵触，的确有些伤人。

犹豫了很久，她还是下了楼。

月下娇

那些看热闹的人见没热闹可看了，就都四散离开了，只有少数几对约会的情侣借着夜色在那儿卿卿我我。

林望书四下环顾了一圈都没看见江丛羡，以为他已经离开了，莫名松了一口气。

她刚要进去，宿舍楼旁边的那堵墙后走出来一个人，连帽挡住了半张脸，只能看见高挺的鼻梁和有些失了血色的薄唇。

刚想问他怎么还没走，男人把手里的奶茶强塞给她："我的病不会传染，你放心。"

林望书试图解释："我不是这个意思。"

"嗯。"他点头，"我以后不会再来学校找你了，不丢你的脸。"

林望书微抿了下唇，看着他离开的背影。

她吃软不吃硬到了极点，再加上心软，很难放任这样的江丛羡不管。

沉吟了很久，她才轻声问了一句："你吃饭了吗？"

学校附近有一家拉面店，味道其实一般，因为有点破旧，所以学校里的学生很少来这边。

这边出菜快，连十分钟都不用等。

林望书选这里的确是有私心的。她不想被学校里的人看见，她讨厌成为众人议论的话题，所以想让江丛羡赶紧吃完离开。

后者很聪明，聪明到一眼就猜出了她的想法。他也没说什么，随便点了一碗拉面，就坐在那里看她。

这场关系中，林望书是主导者，他处于劣势。所以他得服软，得放低姿态。

他对食物并不挑剔，但好坏还是吃得出来的。面很干，而且还有无法言喻的味道，倒也符合这家店的卫生标准。从进来的那一刻，江丛羡就有了一种疑惑，这家店主为什么没有被吊销营业执照。

但他还是什么话也没说，老老实实地把一碗面都给吃完了。

他吃得很慢，像是在故意拖时间一样。

林望书也不跟他说话，就坐在那发呆。她一点也不像个二十来岁的女学生，不会下载任何打发时间的游戏，手机纯粹就是用来联系人。

除了拉琴，唯一的爱好就是发呆。

谁都喜欢好看的人，哪怕是上了年纪的老板娘也不例外。她端着刚做好的卤子出来，说是免费送给他的。

江丛羡咽下嘴里的面，抬眸道了声谢，语气算不上热情，却也不会太冰冷。

卤子是刚做好的，还带着热气，可看上去让人毫无食欲。

就连林望书也有这种感觉。

虽然这家拉面馆离学校近，但她从没来这儿吃过，因为她实在不怎么喜欢吃面食。

看来这里生意差也不是没原因的。

在她以为江丛羡会毫不犹豫地把那碗让人没什么食欲的卤子推开的时候，他一言不发地端着碗，倒了进来，然后低头安静地吃完。

林望书看着都替他觉得咸，于是起身去旁边的冰箱给他拿了一瓶水。

他也没客气，拧开瓶盖后一口气喝完了。

这顿饭是林望书请的，她去柜台结账时老板娘没收水的钱，说就当是她送的。

她一直用眼睛偷瞟后面的江丛羡，问林望书："你男朋友啊？"

林望书摇头，否认得干脆："不是。"

"那可惜了，长那么帅，你要是不快点抓牢，以后可就会被别人抢走了。"

林望书很显然并不在意他会被谁抢走，那都是别人的事，与她无关。

找完零后，林望书和他一起出了店门。

月下娇

路灯零零散散，甚至还没有街边的 LED（发光二极管）招牌亮。

林望书说："饭也吃完了，你回去吧。"

江丛羡点头，嘴上说着"嗯"，却迟迟没有动作。

他这次来找她，想见她是一部分，害怕也是一部分。那个人到底是她的二叔，他可以带她走，也可以把她弟弟接回她身边，她肯定不会犹豫。

在她心里，没人能比得过她弟弟，所以他才会怕，怕她真的会走。

林望书没了江丛羡只会活得更好，可江丛羡没了林望书，活过三十岁都是奢望。

他连最后一点拿捏威胁她的条件都没有了，他只能放低姿态。

那一点心软是基于林望书自身的教养，江丛羡有病，在当时的情况下她不可能对他弃之不顾，但现在就没这个必要了。

她要离开，走了两步还是犹豫着停下了。

"我并不是嫌你有病，只是我不希望以这种方式成为全校的焦点。"

江丛羡点头："嗯。"

该说的都说了，林望书转身离开。江丛羡就看着她的背影，一直看着。

她比之前稍微胖了一点，身上有肉了，虽然整体看上去还是很瘦。还是胖点可爱，江丛羡喜欢抱起来肉肉的手感。

只有她温热鲜活的存在，才能减轻身体内那将要撕裂他的痛楚，所以每次病发，他都爱去寻她，可他没有拥抱她的借口，便只好强行将她掳上床。

那种感觉难以形容，病痛的折磨和身体的愉悦同时出现，内外感官剧烈的反差像是有人在他高声呼喊前猛地掐住了他的脖子，制止了他呼吸。

而这一切，只有林望书才能带给他。

也只能是她。

精神和身体的双重洁癖，让他的闲暇时间都只能看着林望书的照片，他对她的喜好已经到了一种病态的程度。

很奇怪，但又不意外。

他本身就是一个病态的人，他的喜好自然也好不到哪里去。

林望书逃不掉的，他这辈子都会缠着她。

女人纤细的身影隐入来来往往的人群，过了十字路口，彻底消失在他的视野里。

江丛羡点了一根烟，嘴角的笑没法掩住，在林望书开始和他解释的那一刻，他就知道——

他成功了。

盛凛是在他准备离开的时候过来的，他一直没走，就在校外等着，等着林望书给他打电话。可他非但没等到她的电话，反而还看见他们一起进了这家拉面店。

盛凛是个正常的成熟男人，他的思维逻辑清晰，所以会从很多方面去考虑眼前所见。

而最直接的办法就是——

"江先生，我们聊聊。"

最适合男人聊天的场地似乎就是酒桌。

江丛羡不想喝酒，只要了杯冰水，静静地坐在那儿等盛凛开口。

林望书的魅力的确很大，走了一个徐景阳，现在又来了个盛凛。前者他从未放在眼里过，哪怕他和林望书的交集甚至还大过面前这个男人，但江丛羡在他身上感觉不到丝毫的危机感。连个学生会长都要靠家里的关系才能当上，这样的人能成什么气候？

酒保过来，分别将他二人点的东西端上来。

江丛羡没动。

在机场那天他就该撕掉林望书手里的名片，不该让她留丝毫的念想。

哪怕面对情敌，盛凛仍旧是他惯有的温和语气，不是出于伪装，而是教养。在某些方面，他的确与林望书极为契合。

"可以冒昧地问一下，江先生和望书是什么关系吗？"

"她没告诉你吗？"

盛凛摇头："望书好像不太想谈及这段关系，所以我不想勉强她。"

"望书"这两个字从他嘴里说出来有些刺耳。

似乎在告诉江丛羡，他们的关系已经亲密到可以互叫昵称的程度。

他冷笑道："你不觉得你这话很矛盾吗？"

盛凛看着他："愿闻其详。"

江丛羡手扶着玻璃杯，轻轻晃了晃，里面的冰块撞到杯壁，发出的声响清脆。

"你明明知道她不想谈及这段关系，却还自作主张地跑来找我，这就是你口中的不想勉强她？"

江丛羡在钩心斗角的商界摸爬滚打那么多年，什么样的人没见过？和他玩套路，实在没必要。

除了浪费时间，毫无意义。

他没把自己的时间看得多宝贵，但也分人。

如果是林望书和他玩这套，他也甘愿顺着她，满足她那点自以为是的聪明。可是和男人就没必要了，更何况还是自己的情敌。

"盛先生，你我都是成年人，有什么话大可开门见山地直接说，不必用一些冠冕堂皇的理由。"

盛凛原本还想着说得委婉一些，见江丛羡并不介意，他点了点头："江先生这么好说话，我也就放心了，我的确很好奇你和望书之间的关系，但是贸然问她似乎不太好，所以只能从您这里寻找突破口。"

　　江丛羡也没个遮掩，大方诚实地告诉他了："我们什么关系？我们亲密得很，情侣之间该做的事我们一样不落全做了，不该做的也都做了。"

　　盛凛的脸色有片刻的僵住，不过也只是片刻。他很快就恢复了往日的儒雅："我能看得出来，望书她现在已经在极力和你划分界限了，希望你也能尊重她的决定。"

　　"希望我尊重她？"江丛羡笑道，"她也不希望你知道这件事，你怎么不尊重她，反而还特地跑来找我？"

　　江丛羡的这句话将盛凛给堵住了。

　　在这件事上他的确没理，原本也没打算去问的，虽然好奇，但他也尊重林望书的决定。她不想说的，他不会逼她。

　　可看到刚才那一幕后，他没办法去隐瞒自己的担心。他喜欢林望书，也希望能成为替她挡风遮雨的依靠。

　　他不想再等了。

　　"江先生，您是个聪明人，相信您也察觉得到，望书和您不是一路人。"

　　每个人都和他说，林望书和他不是一路人。

　　每一个人都这么说。

　　就好像无时无刻不在提醒他，他有多脏。

　　生活在地狱里的人是没办法触碰到公主的裙摆的。

　　是啊，他怎么可能配得上林望书？他们从出生那天起就注定了未来。

　　可那又怎样？林望书不喜欢他，他就让她喜欢上他，他们不是一路人，他可以走到那条属于她的路上。那么多不可能他都做到了，这些他也可以做到。

　　就算做不到，他也会拼尽全力。

　　江丛羡没心情继续聊了，叫来服务员买单。

　　他没什么死板的道德准则，嫉妒心又重。他嫉妒盛凛可以光明正

月下娇

大地站在林望书身边，嫉妒她不会因为他的存在而顾虑旁人的眼光，嫉妒他们有那么多的话可以聊，嫉妒她不会对他冷言相向。

所以他才会在离开之前留下一句很没道德的话："我这个人最讨厌别人介入我的感情，只要你敢和林望书在一起，我总有办法搅得你们不得安宁。"

他走后，盛凛坐了好一会儿才离开。

绅士惯了的他似乎没法去理解江丛羡的三观，直白点讲，这个人好像根本没有三观可言。

他终于理解了林望书为什么会对这段关系难以启齿，的确，换成任何一个人，都不可能光明正大地说出来。

他对林望书的心疼，越发多了一层。

江丛羡并没有回家，而是去了医院。

赵廖正好在坐诊，江丛羡挂了号过去。

看到他了，赵廖调侃了一句："稀客啊。"

后者没有回答，解开西装扣子坐下。

这还是江丛羡第一次来医院找他。赵廖盖上笔帽，把手里的病历推到一旁："今天是来找我叙旧的？"

江丛羡不爱讲一些废话，也跳过了他嘴里说出的那些废话，直说了今天过来的目的："我的病可以治好吗？"

听到他的话，赵廖愣了一下。江丛羡对待治疗这件事一向都表现得不算太积极，好像根本就不在乎自己会变成什么样。

甚至可以说，他这个人本身就是消极的。

像今天这样主动询问病情的话还是头一回。

赵廖以为是自己听错了，用手指掏了掏耳朵，又问了一遍："这是太阳从西边出来了，还是火山爆发了？"

江丛羡语气依旧平淡："这些我没法控制，但我至少可以让你交完车贷房贷以及你孩子的学费后，一家人其乐融融地坐在一起喝西北风。"

赵廖作为三甲医院的主治医生，工资其实也不低。但北城的物价更高，他家两辆车，还有市中心的房子，都是贷款买的，老婆在家做全职主妇，女儿还在上学，这一大家子可就指着他了。

江丛羡给的酬劳很可观，很大程度上改善了他家交完贷款就变得拮据的生活。

赵廖笑道："等你什么时候不爱威胁人了，大概太阳才是真的从西边出来。"

江丛羡的病其实不算严重，只是病的时间太长了。

"心理疗法加上药物辅佐，治愈不算难的，当然了，这个病容易复发，所以你也得做好长期治疗的准备。"

久病成医，这些江丛羡多多少少也是知道一些的。他没说话，眼神看着诊室的某个角落。

赵廖问他："怎么突然这么积极了？"

他收回视线："就是觉得想当一个正常人了。"

不被嫌弃的正常人。

作为他的心理医生，赵廖对他的内心剖析得很清楚。能让他说出这种话的，除了那个叫林望书的女人也没别人了。

既然是心理医生，江丛羡对他自然是知无不言。

赵廖不光知道他那段阴暗的童年经历，甚至还知道林望书和那个把他折磨成现在这副模样的男人是什么关系。江丛羡以为自己得了斯德哥摩尔综合征，所以跑来问赵廖：喜欢上仇人的女儿是心理不正常吗？

那个时候他看上去非常痛苦。

他不想去面对这段让他恶心的感情，但是内心不会骗人。像是被谁强硬地推到那张镜子前面，让他不得不去看镜中自己丑陋的嘴脸。

他居然喜欢上了林望书，而且还到了连他自己都无法控制的范围。

月下娇

很奇怪，他甚至因为太想和她在一起了，还不止一次想要放下对她父亲的恨。

可是这不应该。

如果真的就这么放下了，他可能一辈子都无法从这场噩梦中醒过来，这对他不公平。所以他不停地催眠自己，他喜欢的不过是她的身体。是啊，她长得好看，身材又好，他作为一个血气方刚的正常男人，有点需求也很正常。

可时间越长，他发现自己陷得越深，已经出不来了。对他来说，这并不是一件太好的事。

但没办法，他连自己的病情都控制不住，更别说是感情了。他只能束手无策地任其生长，如同雨后的藤蔓，以最短的时间将他缠住。

赵廖在电脑上输入电子病历："我明天下午坐诊，你过来我给你做个检查，药你记得按时吃，这期间也少饮酒，如果没有必要的应酬，最好烟酒都别碰了。"

江丛羡没听说过抽烟对这个病也有影响。

"抽烟会影响药物的效果？"

边上的打印机在运作，发出微小的轰鸣声。

赵廖说："抽烟不会对药物有影响，但会对你的身体有影响，别病还没治好，肺就先出问题了。"

江丛羡淡淡地"嗯"了一声。

药单打印出来了，赵廖递给他，同时还感叹了一句："那个妹子被你看上，真是她倒霉。"

这话是发自内心的。

江丛羡的"疯"也不全是因为他的病，他这个人本身就是扭曲病态的。

面对赵廖的调侃，江丛羡也没答话，起身离开。

赵廖担心他把自己的话当耳旁风，晚上又去应酬，于是问他：

"拿完药以后要去哪儿？"

他开门出去："和你女儿表白。"

赵廖无奈地笑了笑，还有心思开玩笑，看来状态还不错。

江丛羡的照片很快就在学校论坛传疯了，甚至有人发去微博大V那里投稿，说今天在学校发现了一个野生帅哥，想在这儿捞一波，看能不能找到他的联系方式。

那张有点模糊的侧脸发出去以后，评论和转发以万为单位飙升。

人都有个凑热闹的心理，帅哥谁都爱看，说不定转发的人多了，就有人知道了呢？那条微博在网上疯转了一天，甚至这一话题还被刷到了微博热搜，可还是没人出来认领。

到了下午，那个发博的大V将那条微博删除了，并且还发了一条声明：那条微博是接受的投稿，与他无关。

热搜也是突然消失的。

关于那个男人的痕迹，彻底从网络上消失了。

江丛羡没想过世上居然会有这么多吃饱了没事干的人，拿着一张糊掉的偷拍图喊他老公。

车子平稳地行驶在高架桥上，他下意识地从西裤口袋里摸出烟盒。想到赵廖的话，手下动作微顿，然后把烟扔给了蒋苑，后者愣了一下。

江丛羡把车窗关上："你抽吧。"

蒋苑立马担忧地问道："是哪里不舒服吗？"

他语气平淡："戒了。"

蒋苑还在那愣着，却也没继续多问。

林有勤过来的时候，林望书刚下课。他是特地约的这个时间，因为不想耽误她的学习。

林望书其实对这个二叔没什么印象，在她很小的时候他就离家去

311

了西亚，只是偶尔从家里人的口中听到一些他的消息。听说他在西亚定居了，娶了一个日本媳妇，四十岁时老来得子。

他中间其实回来过一次，在林望书八岁生日那年。不过已经过去这么久了，林望书不记得他也正常。

林有勤看了她很久，到底是亲侄女，哪怕很多年没见了，可对她的疼爱还是在的。只要一想到她这些日子以来受的苦，他就觉得眼底泛酸。

"很苦吧，孩子。"

他长得仍旧年轻，可是声音却有些苍老。眉眼和父亲很像，在他身上，林望书看到了几分父亲的影子。那种终于见到亲人的委屈，和对父亲的思念层层叠叠地扑了上来。

林望书抿了抿唇，终是没有忍住。

她很坚强，也一直都很坚强，但在亲人面前她一点也不坚强。

林有勤看她哭了，心疼地摸摸她的脑袋："别怕，以后有二叔在，二叔会保护好你和小约的。"

她一边哭一边点头，肩膀都哭得颤抖了，似乎要把这些日子来的所有的委屈通通发泄出来。

林约在二叔的安排下被接回了北城，姥姥年纪大了，舍不得她的小院子，就没有一起过来。林约的状态不错，这次没哭也没闹，个子又长高了一些，比林望书高出一大截。

有些日子没见了，林望书问了他很多。

"姥姥身体还好吗？

"你在家有没有好好听话？

"有交到新朋友吗？"

林约依旧是用点头和摇头来回答。

之前林望书一个人还可以住宿舍，可林约回来了，她得照顾他。林有勤已经给他们找好了住所，离学校很近，东西什么的也都搬进去了。

312

"小约学校那边我也都处理好了，你小弟弟生病了，我得回一趟西亚，最快应该是下个月过来，最近降温降得厉害，你和小约注意下身体。"

林望书点头："您也是。"

林约坐在客厅，一个人发呆。

林有勤看着他这副模样，叹了口气，说到底苦的还是小孩啊。

直到他离开，林约才肯说话，声音很小："姐姐……哥哥。"

他说话一向没头没尾的，但林望书能听懂。

"哪个哥哥？"

林约话说得磕绊，每一个字都极为艰难："江……哥哥。"

林望书愣了一下，坐过来替他把衣领折好："我已经从那里搬出来了，和那个哥哥也没有关系了。"

他抿着唇，头低着："可……我喜欢。"

"喜欢那个哥哥？"

他点头，拼命点头："喜欢。"

几个月没见，他瘦了点，脸部的轮廓显出来了，脸颊因为太瘦而往下凹陷，肯定又没好好吃饭。

他倔起来谁的话也不听，姥姥年纪大了，也管不住他。

"这几天好好吃饭，姐姐就带你去见那个哥哥，好不好？"

林约点头，似乎怕她骗自己，又去勾她的小指："不许说谎。"

林望书笑着揉了揉他的脑袋："姐姐永远都不会骗小约的。"

让他在家休息适应了一天后，林望书才带他去学校。

林约现在就读的是一所特殊学校，里面很多他这样的孩子，老师也比其他地方的更有耐心，在这里林望书不用担心他会受欺负。

"乖乖听老师的话，放学了姐姐会来接你的。"

林约长得也好看，清瘦却不羸弱，带着他这个年纪该有的少年感。比较起来，他更像妈妈一点，周身都透着温柔。

林望书一直相信，林约的病会好的。

她也一直为此努力着。

看着他进了学校，她才离开。马上就要考试了，再加上三天后的演出，林望书这段时间里简直想把一天当成两天用。

学习到底是首要任务，她一整天都把自己泡在图书馆里。由于过于安静和投入了，以至于她忘了时间，等她反应过来去看手机的时候，距离林约放学，已经过去半个小时了。

她连忙把书收好塞进书包里，一边往肩上挂一边和寻雅说："待会儿你走的时候顺便帮我把电脑一起带回宿舍。"

寻雅摘下耳机，见她这么着急，问道："出什么事了？"

"我得去接我弟弟了。"

"哦哦，那你快去吧。"

寻雅多少知道一些她家里的事，自然也知道她弟弟的情况。

林约的智力其实和同龄人没太大区别的，并且他比他们都要聪明。走过一遍的路他能记住，只看过一眼的书他也能记住。原本他的病没有这么严重，就连医生都说，等他接受治疗到了一定的年纪，病情自然就会痊愈。

让他病情加重的诱因是目睹了父亲家暴母亲的场面。他拼命地尖叫，用刀子在自己身上乱划。一边叫一边划，也不说其他的话，就是一直重复着这个动作。所以母亲才会彻底狠下心来和父亲离婚。她可以忍受自己受到伤害，但她不能忍受自己的孩子也受到伤害。

等林望书赶到学校的时候，那里已经没多少人了，大多都是家长路上堵车，或是工作太忙没有按时过来的。

她看了一圈也没找到林约，她只能去问门卫，大概描述了一些林约的特征："十三岁，瘦瘦高高的，很白，眼睛下有一粒很小的褐痣。"

他是今天新入学的，再加上长得好看，所以门卫记得很清楚。

"他一放学就走了。"

林望书忙问："那您知道他是往哪个方向走的吗？"

门卫给她指了个方向："这里，应该是去搭公车了。"

有人在外面按门铃，阿姨打开显示屏看了一眼，又是张陌生的脸。

她来这儿时间不长，这是第三周。

薪酬很可观，要求也不高。而且这家主人似乎很好说话，也不常在家。她来的这些天里见到他的次数也才两三次，而今天，也算在这两三次里。

虽然对他并不了解，但也大概知道，他并不好客。之前也常有人过来，有男有女，女的居多。

门铃被按个不停，他在客厅里看电视，也不理。

她忍不住了，问他："先生，需要我去开门吗？"

他淡淡地看了她一眼。

那眼神怎么说呢？没什么情绪，但就是透着一股寒意。直到现在回想起来她都有点害怕，后劲太足了。

她这才意识到，他不是要求不高，他只是不把任何东西放在眼里。过于凉薄的人，是不会在意很多东西的，但这不代表他们没有脾气。所以在同一个人反复不停地上门纠缠时，他才会让人把家里养的那两条黑背放出去。

挺管用，那人再也没来过了。

她干脆把门禁关了，眼不见为净。

江丛羡洗完澡出来，顶着一头没吹干的湿发，走到嵌入式的冰箱前，打开，从里面拿了一瓶水出来。

赵廖一天八通电话叮嘱他："药要按时吃，不能等病发了才想着亡羊补牢。"

站在沙发旁的蒋苑手机一直在响，江丛羡拿了遥控器调台，停在财经频道。

月下娇

"谈恋爱了？"

问这话时也没看他，眼神还放在电视上。

蒋苑把手机调了静音："没有。"

"你这个年纪也该考虑了。"

蒋苑听话地"嗯"了一声，想了想，又说："是林小姐的朋友。"

江丛羡的手就这么顿住了，也只有与林望书有关的事才能让他有这样的反应。

"那个话多的？"

在蒋苑知道的范围里，林望书的每一个朋友话都很多。

"是那天在警局里碰到的那个。"

江丛羡没印象："怎么联系上的？"

蒋苑老实地答："之前去酒吧找人，她正好也在那里。"

"嗯。"江丛羡没有继续问了，"适当出去走动走动也好"。

帮工煮好咖啡端上来，放在茶几上。想到刚才按门铃的小孩，想说些什么的，可又觉得实在没必要，就低着头走了。

手机是调了静音的，可是一直在裤袋里振。

跟着什么人，就会变成什么样。

蒋苑将江丛羡的喜怒不形于色学了个十成十，面上没什么情绪，可心里却有点烦了。

他手底下的人不服管，跑去酒吧闹事，蒋苑那天是去捉人的，谁知道他调戏的妹子正好是夏早的同学。

两人之间的梁子越结越大。

夏早她同学要面子，说去人少的地方再谈，一行人就近去了酒吧后门那片工地。

蒋苑粗略地问了遍来龙去脉，那人被冷风一吹，又被蒋苑这冰冷的声音给吓得瞬间酒醒了一半，就哆哆嗦嗦地讲了出来。

无非就是平时在他身边狐假虎威惯了，再被酒精一浇，就真把自己当个人物，开始调戏起小妹妹。

蒋苑也没说话，慢条斯理地解开袖扣，往上卷了两截，露出精壮结实的手腕。那人拼命地道歉，说下次再也不敢了，让蒋苑放过他这一回。

蒋苑的语气没什么变化："下次的事放着下次再说，先解决这次的。"然后就当着夏早和她同学的面把他给揍了一顿，一点情分都没留。

完事以后，他用男人的衣服擦净了手，声音染了点夜风的冷，问她们："二位消气了吗？"

她同学早就吓得不敢生气了，倒是夏早，非要加他微信，说她朋友现在看着没事，万一被吓出心理阴影了呢，所以后续还得慢慢看，蒋苑也同意了。

自那以后手机便开始无休止地一直响。

江丛羡的话他向来都是无条件服从，原本没想去的，但因为他说了"适当出去走动走动也好"，他便应下，出了门去。

可在出门时，看到蹲在门口睡着了的少年。

北城的冬天冷，他身上穿着校服，在这种寒风中还是单薄了些，手都被冻青了。

蒋苑记得他，林望书的弟弟。

他不是一个爱多管闲事的人，如果换成其他人，哪怕冻死在这里他也不会去管。但只要与江丛羡有关，哪怕是他自己快被冻死了，他也会拼尽最后一丝力气去管的。

而林望书的事，在江丛羡的人生里排第一。面前这个少年，又是林望书的命。关系网不算复杂，却环环相扣，他们都在环中。

蒋苑叫醒了他："怎么蹲在这里？"

林约睁开眼，抬起头："找人。"

蒋苑透过他那双清澈的眼睛看到了自己。他已经很久没有见过这么干净的眼睛了，哪怕是十岁的他照镜子也没看见。

蒋苑将刚抽出的烟重新塞进烟盒里："进去吧，外面冷。"

月下娇

林约站着没动，很显然，并不信他。

防备心还挺重，和他那个姐姐倒是一模一样。

"你要找的人在里面。"

闻言，林约的神色这才稍微松动一些，然后跟着他乖乖进去了。

桌上的咖啡一口也没动。

这个家政阿姨没经验，见江丛羡在夜晚喝过一次咖啡后便以为他有喝咖啡的习惯。但那次只是因为有个跨国会议要开，为了提神醒脑，所以才喝的。谁知她每天都煮，煮了就煮了吧，多洗一个杯子的事。

那药有安眠的成分，半个小时后就会发作，江丛羡已经开始有困意了。

刚起身准备回房休息，就看见门被打开，蒋苑从外面进来，身后还跟了个人。直到少年走出来，进到他的视野里，江丛羡才看清这张和林望书极为相似的脸。白皙的皮肤因为吹了太久的冷风，已经开始泛乌青色了。

江丛羡看着蒋苑，在等他开口。

蒋苑说："我一出门就看到他了，蹲在那儿睡着了。"

江丛羡是个冷血至极的人，他为数不多的温柔全都给了林望书，但也不介意爱屋及乌。

他让人把暖气开大了点，又把沙发上的薄毯拿过去给他披上："来了怎么不按门铃？"

林约怕生人，但他不怕江丛羡，甚至莫名对他有些依赖，和依赖姐姐一样。

"按了，没……没人。"

江丛羡看了眼身后的阿姨，她正端着热水出来，看到他这个眼神，吓得脚步顿住。

"我……我以为和之前一样，都是些无关紧要的人，所以就没和

318

您说。"

江丛羡接过她手里的玻璃杯："嗯，走吧。"

阿姨松了一口气，转身要走。

杯子里的水有点烫，他吹凉了些，说话的语气不重："从大门走。"

这话便是在赶人了。

那阿姨年纪不大，三十刚出头，有三个孩子，丈夫在工地，孩子放在家里给奶奶带，她也是为了赚点奶粉钱。之前也给有钱人当过保姆，因为孩子生病就辞了，回去照顾了一段时间。现在好不容易等到孩子病好了，可以出来赚钱。也是她命好，才出来就找到一份月薪十分可观的工作。可还没高兴上多久，这块肥肉就飞走了。

她虽然可惜，但也不敢多说，生怕哪句话说错又惹得他不快。

这人啊，看着温和好说话，其实绝情冷血得很。不过在薪酬方面倒是没苛待她，没干满一个月，钱也是按一个月来算的。

人走后，蒋苑又给家政公司打了一通电话，让他们找个有眼力见的。

一杯热水下肚后，林约身上的乌青也淡了，脸上重新恢复了往日的红润。

江丛羡这才拨通林望书的电话，她的声音在喘，语气也焦急，应该是担忧到了极点，所以在他这儿也没能成功转换情绪。应该是刚哭过，声音还有点抖。

江丛羡的心有刺痛感，不强烈，但却无法忽视。他不否认自己的丑陋，连林望书的亲弟弟都会嫉妒。

"别哭了，你弟弟在我这里。"

他声音轻，像在哄她，罕见地温柔。

听到他的话，林望书周身的力气都像是被卸掉了一样，这半个小时里的恐慌和担忧足够让她消耗掉大半的体力了。

电话没挂，她还在那儿喘，气息似乎仍有些不稳。江丛羡安静地听着，听了没一会儿就觉得全身燥热，想抽烟。林望书可能不知道，对于他来说，她身体的每一处都有着致命的吸引力。

他很感谢她的"施舍"，于是对林约也多了几分温柔。

林望书和他道过谢后说她马上过来，这才挂了电话。

江丛羡亲自到厨房给林约热了一杯牛奶，递给他后，声音温和地问："姐姐待会儿来了，知道该怎么说吗？"

他接过，点头："我很害怕，很……冷，是哥哥让我进来，给我……毯子，还替……替我热牛奶，亲自照顾我。"

他笑着摸了摸他的头："真乖。"

蒋苑看着面前这一幕，没有说话。

林望书过来得很快，电话挂断十几分钟后就到了，小脸微红，气也没喘顺。不用想也知道是下了车一路跑过来的。

她没看江丛羡，也没看这屋子里的任何人，径直走到林约身前蹲下。

"你知道姐姐有多担心你吗？给你打电话你也不接。"

是江丛羡从未听过的语气，急躁中带着无法遮掩的担心。她是真的很喜欢她这个弟弟啊，看得比她自己的命还重要。

江丛羡甚至还能记得她委身于他的那天，清冷的小表情有过丝丝的松动，她问他："你真的能保护我弟弟？"

他对这个请求很是无奈，笑得有几分自负："当然。"

他多大的能耐啊，怎么可能连个人都保不住？

然后林望书就妥协了。

虽然骨子里带着千金大小姐的矜贵和骄傲，却又不得不为了弟弟做出一些出卖自己的事。

江丛羡原本想着放她一马的。虽然不愿承认，但他面对她时总容易心软。包括那个时候，也包括对付林有为的时候。

哪怕再恨，他也不想让她在那么小的时候就没了爸爸。江丛羡从那个时候就开始心软。

虽然他一再麻痹自己，催眠自己，认为他对林望书是没有真情的，只有欲望。

他也是真的想放过林有为的，可那个人自己不争气，跑去赌博，赌红了眼把公司也给抵押了，甚至还借高利贷。

高利贷都借了，还有什么办法可以来钱呢？啊，他还有个女儿。

你不能和一个丧失人性的人讲三观，也不能和一个沾上赌瘾的人谈理智。更何况，那个时候的林有为沾上的可不只有赌瘾。

江丛羡在他下手前找到了他，把他的那些高利贷的借条和一些足够让他身败名裂的视频砸在了他脸上。

他是笑着说出这番话的："做个人吧，人渣。"

林有为是在一周后跳的楼，不是出于道德觉醒，而是被那些债务逼到走投无路。他不想去面对了，于是就不负责地跳了。

留下他那双不知情的可怜儿女，沦为别人茶余饭后的谈资。

多可怜啊。

她还在上学，还在读大一，才刚二十岁，就没了爸爸，为了保护弟弟还不得不出卖自己的骄傲。

江丛羡原本也想放过她的。

但是大脑迟缓地转动了几圈，理智逐渐被本性给盖过。就是在那个房间，江丛羡度过了让他永生难忘的三天三夜。

当然，也是从那次起，林望书对他厌恶到了极点。

很奇怪不是吗？明明主动的是她，摆出那副让人无法抗拒的神情的也是她，最后说恶心的还是她。

可江丛羡不觉得有什么，哪怕她厌恶。对她的喜欢转化成了瘾，得不到她的心，那就只能先得到她的人。他把对她的喜欢用另外一种方式发泄出来。

他最爱做的就是抱着她，在她耳边说爱她。

他说："林望书，我好爱你，真的好爱你啊，你可不可以也爱爱我？哪怕一点点也好，哪怕只有我爱你的一亿分之一也好。"

她从未给过回应。

可能是知道，这个男人的话都不大能信。

为了挽回那已经卑微到尘埃里的零星尊严，江丛羡只能笑着说："你倒是挺理智，这都骗不了你。"

他早已习惯了用这样调侃的语气和她诉说真心。

因为太害怕了。他不怕的东西很多，不怕死不怕痛，但他就是怕林望书。怕她用那副冷冰冰的表情说她恶心他，更怕她说她永远不会爱他。

他甚至不怕死，但怕午夜梦里都是她说要离开他。

林约摸了摸她的脑袋，轻声哄着她："没事，我……没事的。"

被他这一哄，林望书一直忍着的眼泪也终于像破堤一样崩塌了。

找弟弟的这半个小时里她想了很多，万一林约不在了她该怎么办？她可能真的活不下去了。

人在濒临崩溃时都会给自己找一个寄托，林约就是她的寄托。她能坚强地走到现在就是因为他，所以她不能连林约也失去了。

"你以后不能再这样了知道吗？你知道姐姐有多担心有多害怕吗？想着都是因为我，如果我没有晚那半个小时你就不会不见，想着我应该从你进校门的那一刻起就守在校门口的。"

她越哭越凶，抽泣声更大了。

林约动作温柔地抱住她，一直哄一直哄："不哭，不哭，我……以后……好好听话。"

江丛羡就这么安静地看着面前姐弟情深的一幕，然后他就想到了自己的姐姐。

她很温柔，对他也很好。

在无数个被病痛折磨的夜晚，江丛羡偶尔也会想，如果她还在世，自己是不是就不会这么孤独无助了，是不是就不会连失眠都是一个人坐在客厅等天亮？

不可否认的是，他在羡慕。

羡慕林约。

后者却并不知道他这种扭曲的心理，反而抓着林望书的手将她带到江丛羡的面前："哥哥，帮……我。"

林望书是个善恶分明的人，她不会因为一个人做了一件错事而去否认他做的好事，于是态度温和地和他道谢："谢谢你。"

林约又说："哥哥对我很好，还……怕我冷，给我热牛奶。"

林望书沉吟了一会儿，又和他道一遍谢："真的谢谢你。"

她是发自内心地感谢他，对她弟弟好，似乎比对她好更容易让她接受。

江丛羡含糊地应了。

其实连他自己都不知道自己说了什么，药效太强了，他已经困得意识渐无。更加不可能知道他对于林望书的依赖到了多么严重的地步。哪怕客厅里四五个人，他也能准确地找到她的怀抱，躺下去。

林望书愣了一下，想推开他。他却用脸在她手臂上轻轻蹭了蹭，额前碎发柔软，有点痒。声音像是从胸腔传出，有点软，像是小奶狗在撒娇。

"困。"

他是侧躺在她怀里的，所以从林望书的角度能清楚地看到他的侧脸。

睫毛很长，但是不翘，眼尾处有一层不算深的褶。他其实长了一张很容易勾起他人好感的脸，温柔，甚至有点甜。比起冷笑，他更适合抿唇轻笑。

林望书听见他逐渐变平稳的呼吸声，破天荒地，没有推开他。

KUWEI
酷威文化
图书 影视

月下娇

Yue Xia Jiao

扁平竹 —— 著

下

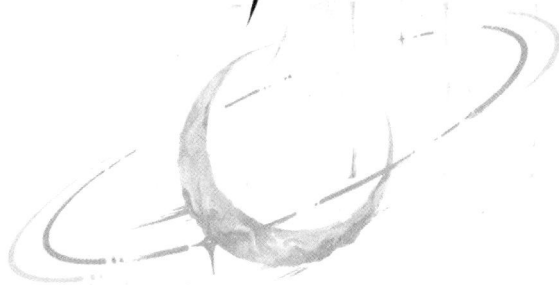

四川文艺出版社

目 录

目 录

第十五章

不会拒绝你

他的睡眠质量不好，哪怕是吃了药睡得也不好，总是做噩梦。包括现在，他皱着眉，睡得很不踏实。

那双手搂过林望书的腰，抱得更紧了一点。眉间的褶皱逐渐消失，表情也变得平静。

蒋苑无声地看着这一幕。

将江丛羡送回房间后，他开车送林望书和她弟弟回家，车上，他和林望书开口道了谢。

林望书愣了一下，有些不解："为什么要和我道谢？"

在她的印象里，蒋苑话不多，但他狠。江丛羡虽然也狠，可他从来不自己动手，因为嫌脏。他不想做的事，都是蒋苑来做。

林望书在那里住了大半年，他和她说的话屈指可数。所以听到他道谢，林望书难免还是有些疑惑。

似乎看透了她的所想，蒋苑语气没什么变化："谢谢你刚刚没有推开他。"

原来是指这个。

月下娇

"是我应该谢他。"

林约的事，多亏了他。

前面有个十字路口，蒋苑熟练地单手扶着方向盘转弯："他其实和你想象中的不太一样。"

旁边林约已经睡着了，身上盖的是蒋苑特地从家里拿出来的薄毯。

他以一副罕见的想要和林望书深入谈心的架势看着她。

在林望书等他说出后面的话时，他却没有再开口。

车停在小区楼下，林望书把林约叫醒，和他一起下车。

她想和蒋苑道谢的，可他根本不给自己这个机会，倒车离开了。

林望书转而去牵林约的手："肚子饿不饿？"

他点头。

林望书又问他："想吃什么？姐姐给你做。"

他说："姐姐做的……都可以。"

林望书就笑："好。"

房子不到一百平，他们两个住已经足够了，甚至还有富余，空出一个房间来。

林望书系上围裙，在冰箱里挑挑选选，最后拿出挂面、鸡蛋和西红柿。

林约在客厅里写作业，肩背挺得直直的。

林望书给他倒了一杯温水，放在他的书桌上："先喝点水。"

他点头："谢谢……姐姐。"

掌心贴着玻璃杯，能感受到源源不断的热意传来。

林约磕磕绊绊地说出那句话："哥哥……人……很好的。"

他很聪明，自然能看出来，姐姐和哥哥之间有隔阂。他们两个都是他最喜欢的人，他不希望这样。

林望书愣了一下，然后才去捏他的小脸："小约说什么就是

326

什么。"

林约捧着玻璃杯点了点头，又笑了。林望书见他笑了，也跟着笑了一会儿。

很傻，但也是发自内心的。

她已经很久没看到林约笑得这么开心了。

他开心了，她也就开心了。

江<u>丛</u>羡仍旧没有睡够八个小时，他醒的时候习惯性地看了眼墙上的挂钟。

四点半，外面的天还是黑的。

隔着落地窗往外看，甚至能看见河滩对面 CBD 大楼里的光。

虽然睡的时间短，但他已经没有那种疲乏感了。罕见地没做梦，睡得很安心。

不，严格来说应该是做了一个不确定是梦的梦。

所以他才会问蒋苑："是梦吗？"

那种感觉太真实了，可又不像是林望书会做出来的事。在不受他胁迫的时候，她每次都会重重地推开他，所以江<u>丛</u>羡会觉得是在做梦。

他这句话问得有尾没头，可蒋苑还是听懂了。

他点头："不是梦。"

夜风渐起，波光粼粼的海面被吹乱。

江<u>丛</u>羡的内心也如这一方被搅乱的春水一般，泛起了看不见的涟漪。

他有多喜欢林望书呢，喜欢到她任何一个不经意的举动都能让他陷得更深。

林望书的厨艺有很大的进步，那一大碗西红柿鸡蛋挂面林约都吃光了，连汤都不剩。

月下娇

　　洗碗的时候林望书还挺有成就感的，想着等考试结束了，多放些时间在研究菜谱上，营养和味道都重要。

　　林约有些挑食，他觉得不好吃的东西碰都不会碰。

　　夏早是下午跑来学校找她的，那个时候林望书刚从图书馆回到宿舍，正好看到她在和寻雅交流文身心得。

　　寻雅的叛逆期来得有点晚，这几天一直想去文身，可是又怂，前怕狼后怕虎的全是顾虑，也不敢去。

　　直到和来宿舍找林望书的夏早碰到了，看见她胳膊上的文身，顿时来了兴趣，拉着她一顿聊。

　　什么文的时候痛不痛啊，会不会文坏啊，价格多少之类的问题。

　　夏早说："文身的时候会敷麻药，不痛的，我有个朋友开了家工作室，你要想文的话我可以介绍你去，友情价打对折。"

　　寻雅感动得差点没上手抱她了："呜呜呜呜呜，你可真是个大好人啊，我都不知道该怎么报答你了。"

　　夏早摆了摆手："嗜，小事。"

　　林望书拿着电脑进来，夏早听到声了，抬眸往这边看。见到林望书，夏早的眼睛顿时亮得像个灯泡，冲她疯狂招手，问道："你待会儿还有课吗？"

　　"没课了。"林望书把电脑放在桌上，"你今天怎么来我们学校了？"

　　夏早笑道："想你了呗，后天就要去纽约了，紧张吗？"

　　林望书也笑："紧张的。"

　　夏早说了很多安慰鼓励她的话："你也不用太紧张，就和之前几次演出没什么区别，而且盛哥也去，有他在就能安心很多。"

　　东扯西拉地说了很多，夏早才开始进入今天的正题。

　　越是表现得漫不经心，就越能证明这事对她来说有多重要。

　　"那个蒋苑，你应该认识吧？"

　　林望书有片刻的疑惑，疑惑于夏早怎么会和蒋苑扯上关系。除了

328

那次在警局，他们应该没有其他交集了啊？

夏早也看出了她的疑惑，就说："我一同学，之前在酒吧被他手底下的兄弟给调戏了，他也说了要给我一说法，可一直不回我消息是怎么回事？所以我觉得我得当面和他唠唠。"

原来是因为这个。

林望书点头："我昨天还见过他。"

闻言，夏早脸上闪过一抹连她自己都没察觉的欣喜，根本不像是要找他讨说法，更有点像有其他的隐情。

"那你知道他家住在哪儿吗？可以带我去见他吗？"

林望书面露难色："知道是知道，就是……"

该有的礼貌，她有。未经当事人的允许就擅自把别人带上门这种行为，似乎不太好。

夏早也明白她的顾虑，刚刚就是脑子一抽，直接问了出来。

"那你可以把你的手机借我给他打一个电话吗？我用我的手机打他根本不接。"

林望书点头："可以的。"

她把手机递给她。

夏早拿着手机去了阳台，按下自己早就背熟的那串号码，铃声响了很久那边才接通。

不过耳边的男声有些陌生，声音清冽低沉，语气却是平缓的："不回我的消息，反而给蒋苑打电话？"

夏早迟疑片刻，还是小心地问出了口："那个请问一下……这不是蒋苑的手机吗？"

手机那边安静了一会儿。

再次有声响传来时，耳边的声音也换了。

"请问哪位？"

听到熟悉的声音，夏早轻咳一声，转换声线："是我，夏早，你不是说后续的事情你都会处理吗？怎么我给你发消息你一条也不回，想反悔？"

蒋苑语气未变，依旧冰冷："夏小姐，我说的是您同学后续有什么问题我都会处理，不代表您精神上出现空虚我还得负责陪聊。"

他一字一句说得毫无感情，但又句句直戳重点。

夏早觉得自己拼命隐藏的那点小心思被他看得一清二楚，顿时呛住了："不是，我的意思是……我就是寒暄一下，我同学的下半生健康可还指着你呢，万一你先死了怎么办？"

他语气冷："我不是医生。"

"咱们见一面吧，当面说。"

"我很忙。"

一而再再而三地被拒绝，夏早难免有点不爽了："忙着打人是吗？"

她话音刚落，耳边传来一阵电话挂断的忙音。

江丛羡开始戒烟了，烟瘾上来的时候他会含一颗薄荷糖止瘾。

这会儿已经是第五颗了。

薄荷味刺激着他的味蕾，他甚至感觉自己的嘴巴已经尝不出味道了。

手里的报纸被折好放回桌上，不太在意地问了句："那个话多的？"

蒋苑点头："嗯。"

江丛羡把桌上的薄荷糖盒递给他："来一颗？"

蒋苑听话地过来，接过盒子。

江丛羡怎么可能看不出来那个女人对蒋苑苦苦纠缠是为了什么，他这辈子被无数个女人纠缠过。

她们就一个共同点，那就是闲。闲到把所有时间都空出来浪费在他身上，可江丛羡只觉得烦。

其实角色互换一下，他又何尝不是这样对林望书的呢？

"你也到了该成家的年纪。"

他是这么和蒋苑说的，后者听不听就是他自己的事了。

薄荷糖越吃越想吐，江丛羡干脆皱着眉，咬碎吞了下去。

抬手看一眼手腕的表盘，已经五点了。

他拿着外套起身："走吧。"

蒋苑跟上："去哪儿？"

江丛羡穿上外套，系上扣子往外走，听到蒋苑的话后，他笑了一下："接鱼饵。"

这个点，学校门口已经围满了等待孩子放学的家长，那辆价值不菲的黑色轿车停在路边很是抢眼。

懂行的家长都用羡慕的眼光看过去。不论是对哪个年龄段的男人来说，车都有着致命的吸引力。

江丛羡厌恶人多的地方，便坐在车上没有下来。

直到放学铃响，蒋苑过去把车门打开，江丛羡才下车，视线落在校门口。

出来的学生很多，林约是其中最显眼的那个。他的确出众，和他姐姐很像。

江丛羡走过去，笑容温和地问："上课累吗？"

林约愣了一下，没想到会在这里遇到他，然后礼貌地喊了一声"哥哥"。

江丛羡替他把折进去的衣领整理好："今天去哥哥家吃饭好不好？"

动作温柔，声音也温柔。

林约点头："好。"他想了想，"不过我要先给姐姐打个电话，可以吗？"

江丛羡笑道："当然可以。"

这就是他来接他的目的，怎么会不可以呢？

月下娇

林望书因为被教授临时叫过去，关于纽约的演出有些要交代她的地方，所以多浪费了些时间。林望书就让林约等她一会儿，说她今天可能会晚一些去接她。

林约站在那儿打电话，也不懂避着人。

他太信任江丛羡了。

电话接通后，林望书那边传来收拾资料的声音："小约，姐姐这边还有点事没处理完，你要不先去学校隔壁的奶茶店点杯喝的等一会儿，姐姐结束后马上就去接你。"

林约摇了摇头："没事的，我不……急，哥哥来接我了。"

林望书有片刻没有反应过来："哥哥？哪个哥哥？"

"姓江的那个……哥哥。"

林望书沉默了一会儿，然后说道："小约可以把手机给哥哥一下吗？"

林约"嗯"了一声，然后把手机递给江丛羡："姐姐让你接。"

江丛羡摸了摸他的头，接过手机走远了些，然后才放在耳边。

教授在讲话，林望书老老实实地听了一会儿，直到谈论结束，她才重新拿起手机。

没有听到声音，她迟疑地喊了一声："江丛羡？"

"嗯。"

他很快就给了回应，应该一直在听。

经历了前几天的事情后，林望书还有点后怕，以至于教授和她说的话她都没太听进去，有点魂不守舍的，担心林约又自己乱走。眼下听说江丛羡去接了他，不知怎的，她竟然莫名地有些安心。

至少照顾小约的是自己熟悉的人。

"小约就先麻烦你了，我这边一忙完就过去接他。"

那个语气是真的怕麻烦他，像个陌生人一样，明明他们之间有过无数次的亲密接触。

反正也隔着手机，他眼里的失落林望书也不会看见，索性也懒得遮掩。

江丛羡姿势慵懒地靠在身后的树上，单手插在西裤口袋里，就这么听着她讲话，顺便想象着她此时的模样。

等她讲完了，他过了好一会儿才开口："不着急，你先忙完你的事。"

他想着，他多善解人意啊，替她排忧解难，替她照顾弟弟。

他的用处远比她想的要多。

有的时候江丛羡甚至想，如果林望书不是学生，而是一个唯利是图的生意人该有多好，这样她就会看到自己的价值了。

也就不会不要他。

电话挂断后，江丛羡把手机还给林约。

蒋苑在前面开车，林约肩背直直的，坐姿认真得像个小学生。江丛羡看着他那张和林望书有几分相似的脸，看了一会儿突然又开始嫉妒。

他居然沦落到去嫉妒一个小朋友。

但又不得不承认，他在林望书心里的地位实在太让他嫉妒了。

林约不是第一次来这儿了，但每次来都会感到拘束。

江丛羡拍了拍他的肩，以示安抚："别紧张，这儿总有一天也会变成你的家的。"

等林望书嫁给他了，林约可不就成了他的家人吗？江丛羡早就想好了他和林望书的未来。

林望书的未来可以没有江丛羡，但江丛羡的未来如果没有林望书……不，这种说法并不成立。

因为这样的话，他压根就不会有未来。

家政公司新派来的阿姨的确是个有眼力见儿的，话也不多。她能看出来这个小少年在这家主人眼里是个怎样的地位。饭也给他多盛了点，还故意用饭勺压实，出来的时候还端了一杯热过的牛奶。

林约低着头，不敢看她，但还是小声地道过谢。

月下娇

江丛羡解开袖扣，往上挽着袖口："先吃饭，吃完姐姐就来了。"

林约点点头，开始听话地吃饭。江丛羡也没动筷，就看着他吃。一碗饭见着底了，门铃果然响了。

阿姨要去开门，结果被主位上的男人抢先一步。

一贯清冷的声线里带了点急不可待："我去吧。"

阿姨见惯了他对什么事都不上心的淡漠神情，少有这样的时候，满心满眼都是迫切，想见某个人的迫切。于是开始好奇，门外的人到底长什么样。

没想到过来开门的是江丛羡，林望书稍微愣了一下。然后将手里提着的保温饭盒递给他，是她自己做的，糖醋排骨。

这是答谢。

她不希望欠他人情，只能在自己力所能及的范围去偿还。

他接过保温饭盒，闻到香味了，却还是多此一举地问了一句："是什么？"

"糖醋排骨，我亲手做的。"想了想，她又说，"谢谢你今天替我照顾小约。"

这话说得滴水不漏，送他糖醋排骨只是作为他照顾林约的谢礼，让他不要多想。

可他就是多想了。

面上却没有表现出异样来，等她进来后他把门关上："先进去吧。"

小约吃完饭了，阿姨又去给他盛了一碗汤，玉米排骨汤。玉米没多少，全是排骨。他喝得认真，连林望书进来也没发现。

林约挑食得厉害，吃饭也不肯好好吃，所以看到他吃得这么香，林望书很高兴。

她在他身旁坐下，笑着问他："好吃吗？"

眼里是遮不住的宠爱。

林约抬头看到她了，把面前的碗推到她面前："姐姐……吃。"

　　江丛羡看一眼阿姨，让她再去盛一碗。

　　林望书原本不打算留下来吃饭的。

　　似看透了她的心思，江丛羡轻声道："吃了再回去吧，不然林约也不吃了。"

　　林望书为难地看了眼林约，他正好眼巴巴地看着她。

　　想到他好不容易这么听话地吃饭，林望书松口："好吧。"

　　汤盛好了，饭也一起端了上来，不仅有林望书的，还有江丛羡的。他一直没吃，就是为了等林望书过来。

　　饭菜都是按照林望书的胃口来的，不是特意如此，而是习惯了。

　　她还住在这里的时候家里的饭菜便是按照她的口味，江丛羡并不挑食，林望书吃的他都吃。哪怕她后来走了，家里的所有也还是按照她的喜好来的，没变过。

　　吃完饭后，林约在客厅里看电视，江丛羡问林望书可不可以谈谈。她犹豫地看了眼正在看电视的林约，还是点头。

　　二楼的露台她已经很久没有来过了，旁边的那个秋千总能让她想起一些面红耳赤的事。

　　当事人之一的江丛羡倒看不出来什么异样，可能是他根本就没有廉耻心吧，不然也不可能总选一些变态的地方。

　　夜风有点冷，林望书不打算先开口，站在栏杆旁看着远处的河滩。

　　她还记得她刚来这里的时候，江丛羡说带她熟悉熟悉四周。她那会儿不听话，总爱和他硬着来。他怕她乱跑，就牵着她的手，哪儿也不让她去，只能跟在他身边。

　　他带她去了河滩，威胁恐吓她，说她要是再不听话就把她扔进去，到时候尸体泡肿了就浮在水面上，鱼虾把她当食物，吃得只剩下骨头。

　　林望书就和他横："你现在就把我扔进去！"

　　他没动，她就挣开他的手往河里冲，跟个炮仗一样。刚到河边就

月下娇

被他扛了回来，她整个人被他扛在肩上，她就拼命地捶他打他，还骂他。他任她打骂，将她扛走，离河滩远远的。

吓唬她要把她扔进去的那个人是他，怕她跳河的也是他。

现在回想起来，林望书却只把那些经历当成一段往事了。

那个时候的她可能也不会想到，那些对她来说算是地狱的曾经，终有一日也会变成留在脑子里的回忆。

江丛羡一看到她就会犯烟瘾，偏偏那盒含到吐的薄荷糖也没在手上，他只能将注意力转移到其他地方。

譬如，看她。

然后烟瘾更重。

恶性循环，但他甘之如饴。

能感受到男人在看她，林望书不适应地别开脸："小约的事谢谢你。"

这已经是她因为这件事谢他的第二次了。江丛羡不希望他们二人难得的相处时间被这种没用的感谢给浪费，于是自动跳开了这个话题。

"我开始治病了。"

没什么特殊的语气，很平淡，就像是普通朋友之间的寒暄。

林望书礼貌地点头给过回应，却没有表现出多感兴趣。

他又说："烟酒也戒了，医生让我少动怒，少发脾气，我最近在学佛，的确也清心寡欲了不少。"停顿片刻，他像是在故意强调着什么，"我已经半个月没有发病了。"

他想强调他也可以变成一个正常人，想强调他总有一天可以以正常人的身份站在她身边，那个时候她不用因为嫌他丢人，而拼命躲避旁人的眼光。

林望书听完他的话，也没给太大的反应，只是客套礼貌地说了句："恭喜。"

然后江丛羡就沉默了。

他努力了这么久，换来的只是一句恭喜。

他自嘲地笑了笑："我知道你不会在意，我的事情你都不会在意。"

对于他的示弱，林望书最终还是选择了沉默，她不知道该怎么回答他这句话。实话实说好像有些伤人，但她的确不在乎他的事。也不能说不在乎，江丛羡还是她胸口上的一道疤。不能说伤好了，就真的一点痕迹也没了。而且这道疤的前提还在于她曾经对他动过情，于是更加深刻了一点。

没有什么比自己喜欢的人这么过分地对待自己还要伤人。

她的安静在江丛羡眼中成了默认。

其实也不意外，他没觉得她会这么快就原谅他。

就是有点后悔，如果能更早一点认清自己的内心，他应该对她好一些的。她那么个清纯乖巧的人，被他那么粗暴地对待，肯定会难受。他应该温柔点的，也应该给她足够的耐心。

江丛羡是个很少后悔的人，因为他觉得后悔是那些无能的人才会有的情绪。他们没办法去承担自己做的决定，于是只好用漫长的余生来难过。

多可悲啊。

江丛羡没想到的是，自己终有一日也会成为这么可悲的人。

他看着林望书，就只是看着，也只敢看着。

他是个极其贪心的人，他不想只得到她的人了，他要林望书的心。

他不急，他可以等，哪怕等到七八十岁他也不介意。

所以他得好好活到那个时候。

多讽刺啊，他因为林望书的父亲痛苦了十多年，自杀了无数回，可为了林望书，他居然变得这么惜命。

江丛羡没等到林望书的回应。

林约乖巧地坐在沙发上看电视，面前的茶几上摆放着切好的水果。

看到林望书，他站起身："姐姐。"

林望书点点头，过去把他放在椅背上的外套拿过来："走吧，我们回家。"林约听话地跟在她身后，林望书又说，"谢谢哥哥，和哥哥说再见。"

他应该懂礼貌，这是最基本的礼仪。

林约十分乖巧地冲江丛羡鞠了一躬："谢谢哥哥，哥哥……再见。"

男人轻轻"嗯"了一声，唇角挂着温和的笑："路上小心。"

直到门开又关上，他们的身影被隔绝在看不见的地方，江丛羡这才逐渐敛了脸上的笑。

不可否认的是，他的确很累。

这种压抑着情感，不让它表现出来，实在是太累了。

蒋苑看见他眼底的倦怠，问他："要喝一杯吗？"

江丛羡以往累了，都会喝酒。

可这次他却摆了摆手："不了。"

他还得留着这副身体，好好活着，不然就等不到林望书爱他了。

偏执的人都有一个共同点，那就是他们对某件事的坚持能超乎常人的想象。

譬如缠着他十多年的烟酒，说戒就戒了。

和林约一起回到家，看着空落落的客厅，林望书终于意识到了事情的严重性。

她去了纽约，那林约怎么办？如果他是个正常的孩子，她大可以把他拜托给相熟些的人，可他不是，林望书没办法去麻烦别人。

她犯起了难。

林约把书包放在沙发上，拉开拉链，把作业一本本地拿出来，他问林望书："明天……还可以去吗？"

338

　　林望书摸了摸他的脑袋，问他："小约要去哪儿？"

　　他言简意赅，说："哥哥。"

　　听到他的话，林望书沉默了一会儿。

　　"小约想和哥哥住在一起吗？"

　　林约自然是没有丝毫犹豫地点头。

　　虽然不想再和他扯上瓜葛，但这件事好像也只有麻烦他了。

　　林约害怕生人，如果让他和不熟悉的人住在一起，只会刺激他的情绪，导致病情加重。眼下也只有江丛羡那里才不会让他有异样感。

　　照顾林约睡下后，她鼓足勇气给江丛羡打了个电话，是蒋苑接的。

　　他说："先生已经睡了，林小姐有什么事可以和我说。"

　　林望书闻言一愣，看了眼墙上的挂钟。才十点半，江丛羡以前少有十二点前睡下的时候。

　　不过她也没多问，将事情讲了一遍，蒋苑没有丝毫犹豫就应下了。

　　林望书更疑惑了："不需要先询问江丛羡的意见吗？"

　　蒋苑依旧是冰冷的官方语气："林小姐提出的要求，先生都不会拒绝。"

　　他好像只有面对江丛羡时才会有些温度。林望书有时候也会想，江丛羡到底是哪里来的魔力，让蒋苑对他这么死心塌地。他让他去死，他就绝对不会去想任何活着的可能。

　　可是她又突然想到，自己曾经又何尝不是对他有过死心塌地的时候呢，那会儿是真的喜欢过的啊。

　　他的演技太好了，林望书怎么可能玩得过他。善于拿捏人心的魔鬼，凭借着为数不多的几次见面就住进了她心里。直到后面一系列的事情发生，她住进了那所宅子，不堪一击的初恋像是被摔碎的玻璃瓶子。她用那些残存的碎片来表达自己的情绪，情绪越大，就越能证明她的难过。

月下娇

她真的太难过了，那个绅士儒雅的江丛羡，怎么能露出这样的情绪来呢？哪怕她觉得自己已经能放下了，可回想起来时，那道伤疤还是会痛。

她去机场前，蒋苑开车过来接林约。

因为是早上七点的飞机，所以她没办法送林约去学校，只能暂时麻烦一下他。

蒋苑的话说得没什么情绪："不麻烦。"然后拉开车门等林约上去。

林望书又叮嘱了林约几句，无外乎一些让他听话的话。在学校听老师的话，在家里听江丛羡的话，不能给别人添麻烦。

林约乖巧地点头，林望书这才放心。

看着他上了车，又目送他们开车离开。

江丛羡今天没能亲自过来是因为他刚约了新娱地产的老总谈生意。作为一个商人，主次还是能分清的。

看着面前那一桌子价值不菲的茶具，江丛羡眉眼轻抬，嘴角仍旧挂着温和的笑。

茶艺师坐在椅子上，指甲修剪得干净，正将茶壶里的热水往茶宠上浇。

年纪轻轻就谢了顶的男人说了一大堆关于茶的知识，熟练得根本不像临场发挥，倒像是提前背过了无数遍。

醇香的茶水倒在茶杯里，只过了三分之二。

江丛羡笑道："看来刘总对茶的造诣颇深。"

被唤作刘总的男人摆了摆手："男人嘛，过了三十总得有些爱好。"他端起茶杯，先是用鼻子闻了闻，然后才去尝，笑着问江丛羡，"江总年轻有为，再过个几年也三十了，不知道有没有什么爱好啊？"

江丛羡转动手里的茶杯，金镶玉的，图案繁杂，那么小的茶杯，还没他掌心一半大，层层叠叠地堆满了装饰。

俗，俗不可耐，和坐在他面前的这个人一样，浑身上下都是一股子暴发户气息，就差没把存款余额文在脸上了。

江丛羡对这样的人向来足够宽容，越是自卑没底气的人，就越爱在这种地方彰显自己身份的尊贵。开最贵的车，买最贵的手表，生怕别人不知道他有钱。

江丛羡不爱欺负弱者，因为觉得没有成就感，所以他是不把这个男人放在眼里的。

偏偏这个男人没眼力见啊，许是见江丛羡好说话，不论他怎么说都是一副温和的笑脸，便真把他当软柿子随意拿捏了。

"我可听说江总只爱美人不爱江山，之前在张老爷子孙子的生日宴上冲冠一怒为红颜，还把人给揍了。啧啧啧，这可不太理智啊，说白了，以你现在的地位想要多少女人没有？犯不着为了一破落户去得罪人，更何况这破落户见不得多干净呢。"

江丛羡面上笑得温和，在听到他这番话后，眼神越发暗了几分。像是深不见底的幽潭，只能看见面上那一层黑，却瞧不见底下暗流涌动的危险。

他仍旧在笑，只是那笑却好似变了味，清冽的声音沾上几分不易察觉的威胁与冷讽："刘总话说得这么满，不知道的，还以为是我在求着您呢。"

男人听到他这话，愣了一下，再蠢也听出了他话里的意思。原本是见他是后辈，脾气又好，便想着挫挫他的锐气。可谁知那些都是假象，他们看到的，不过都是他愿意给他们看的。而在那些假象后面藏着的不动声色，才是最真实的他。

那场生意谈得不欢而散，当然，不欢的只有刘永一个人。

新楼盘的资金链可就等着江丛羡松口了，他要是一撤资，那片儿可就全成了烂尾楼，光是亏损就足够让他喝一壶了。没办法，只能放低姿态去求。

电话打了一个又一个，声音甜美的秘书总是不厌其烦地重复一句

月下娇

话：“实在是抱歉，我们江总最近没有时间。”

除却这些仿佛设定好的机械回答，唯一不同的大概就是在他低声下气地说：“就当我拉下这张脸求他了，再给我一个见面的机会。”

那秘书声音甜美地说：“麻烦您稍等一下。”

那边安静很久，高跟鞋踩在大理石地面上的声音由远及近地传来，她重新拿起电话：“我们江总说了，口头求人没有诚意，总得做出点看得见的举动。”

刘永迟疑：“看得见的举动？”

听声音小秘书年纪应该不大，说起话来像掺着蜜一样，甜到心里去了。偏就用这种让人心痒的声音去重复那些极为狠绝的话，违和得让人后背发凉。

“我们江总说了，刘总这膝盖和额头特别适合用来下跪和磕头，就是不知道刘总是不是也这么有骨气，只跪天跪地跪父母。”

话说到这儿了，小秘书也不等他回复，直接挂了电话。

刘永背后流的冷汗直接把身上的衬衣给打湿了，他比江丛羡年长不了多少，五六岁而已。可他自诩从小见过不少大场面，所以是不把江丛羡放在眼里的。

但他后悔了，这个男人，远比他想的要可怕得多。

周五下午学校消毒，只上了半天的课。

蒋苑开车去接林约，却不想碰上同样过来的夏早。

她得知林望书上飞机后，突然想到她还有个弟弟在上学，担心他一个人在家害怕，就决定来接他。

她骑着那辆改装过的摩托车，黑色的紧身长裤包裹着那双修长笔直的长腿，脏辫是今天打架子鼓的时候绑的。原本想着来接小朋友，得换一身清爽点的打扮，这身装扮太影响她亲和的气质了。可谁知那边突然通知她，今天全市的学校都开始消毒，下午不上课了。

先前她也听林望书讲过她晚去半个小时结果林约就自己先离开的事，担心再有这样的事发生，她就拧着油门过来了。谁知道居然这么巧，和那个每时每刻都板着一张死人脸的蒋苑碰见了。

她把头盔挂在摩托车把手上，走过来调侃他："单亲爸爸来接孩子啊？"

蒋苑也不理她，视线仍旧落在校门上。

夏早看到他这副道貌岸然的样子就来气，她又不是没见过他揍人，那模样，又狠又绝情。

她冷哼一声："装什么哑巴。"

蒋苑似乎压根就看不到她这个人，完全不受她话语影响。

下课铃响了，里面的学生陆陆续续走了出来。夏早看到林约了，拿着她另外准备的男款头盔过去，以前这个头盔是张也在戴。

她递给他："我是你姐姐的朋友，你姐这几天去纽约了，所以我来——"

后半句没讲完，因为少年面不改色地绕过她走开了。

林约走到蒋苑面前，礼貌地喊了声"蒋哥哥"，然后坐进车里。

夏早愣住了，没想到他俩居然接的还是同一个人。

她抱着头盔过去："你这个小家伙怎么不会看人呢？你不能看他车贵就跟他上去啊，他这人心黑，你下来，和姐姐回去。"

她拉了几下车门，没拉开，蒋苑把车门锁上了。

他看了她一眼，然后连车窗也给关上，踩着油门便走了。

夏早气得差点没直接把手里的头盔砸过去。

她不爽地往回走："我这车也不便宜啊，不就是比他少了两个轮子吗？"

她还在那儿生着气呢，电话就打过来了，她没好气地接通："干吗？"

那边说："您可赶紧回来，这边缺一弹贝斯的女 rapper（说唱歌手）。"

月下娇

她更气了："架子鼓、贝斯、rap（说唱）都是我来，你们就不能争点气？成天只会抱着个破吉他，怎么，以后是要和吉他结婚生个小吉他吗？"

男人被吓到了，声音渐小，委屈地嘀咕道："你今天吃炸药了吗？"

她没吃炸药，就是在同一个男人身上吃了好几次瘪。

这蒋苑真够有能耐的。

因为是周五，所以明后两天都不用去学校。江丛羡问林约有没有什么想要去的地方，他可以空出几天带他去玩。

林约摇头，想在家里看电视，江丛羡便依他了。

也多亏了他，江丛羡才有机会接到林望书的语音电话。

她放心不下弟弟，哪怕是隔着十二个小时的时差也要扛着困意打过来。

江丛羡看一眼手表上的时间，她那边应该是凌晨两点。任凭林望书怎么开口问，他一直不说话。过了一会儿，通话挂断，再次打过来时显示的是视频通话，他这才心满意足地接了。

她应该在酒店，刚洗完澡，身后的壁灯是一圈暖黄，素颜的她眼底透着几分憔悴。

"小约他还听话吗？"

"嗯，很听话，刚刚在客厅里看了会儿电视，现在已经上楼写作业了。"

林望书点头和他道谢，刚说完，就别开脸打了个哈欠。

他听到声音了，知道她很累，也很困，于是叮嘱了一句："注意身体，早点休息。"就挂了电话。

他发现自己真的在变，变了很多。

以前那么自私的他，从来不在乎他人感受，现在他居然因为心疼，而主动放弃了这次可以看到她、和她说话的机会。

其实也不算是一件坏事。只要能变成可以让林望书接纳的那类人，不管做出怎样的改变，他都愿意。

因为要在家看着林约，所以江丛羡只能让人将佛学大师请到家中，他亲自请教。

赵廖说了，他首要的就是得学会压制自己的情绪，这样才会对病情的恢复有帮助，所以他建议江丛羡得空可以多研究下佛学。

大师说了很多，最后才讲到重点。

"学佛首先要戒淫、戒欲望……"

江丛羡也没听完，把蒋苑叫过来继续听，自己起身走了。

算了，还是找其他的方法吧。

江丛羡是真的下定了决心要好好活下去的，他不想死了，哪怕是一丁点轻生的念头也没了。赵廖说这是好事。他从前活得一点也不积极，不把自己的命当命，活一天算一天，根本没有考虑过自己的未来。

可现在，他似乎终于找到了活下去的理由，足够支撑他活下去的理由。

烟酒也戒了，不必要的应酬也全部推了，每天十点前准时睡觉。

林约平时也起得早，几乎和他的作息一致。

今天的早餐是烤吐司和荷兰松饼，都是林约爱吃的。

江丛羡戴着眼镜在看报，偶尔看他一眼。

乖是挺乖，比他姐姐要乖得多。

想起林望书刚住进这里的时候，江丛羡现在都有点头疼。饭也不肯吃，还爱和他对着来。明明是她有求于他，反而像是他养了个祖宗。她不听话，他自然也不会有什么好脸色。她骨头越硬，他就越要给她正正骨。一来二去，她吃了不少苦头，也变得沉默了。

乖是乖顺了，就是像个没有灵魂的破布娃娃。

江丛羡现在挺后悔的，如果那个时候对她好点，她是不是就不会那么厌恶他，至少转圜的余地比现在要大。

月下娇

江丛羡是花了很大的力气才劝说自己原谅那段过往的。他爱林望书，所以可以不计前嫌，当作一切都没有发生过，哪怕那些阴暗的过去将他折磨得人不人鬼不鬼的。

他统统可以忘掉。

他只要一个林望书。

林约见他看着自己，以为脸上有脏东西，便放下手里的刀叉，在脸上胡乱地摸了摸。

注意到他的动作了，江丛羡把报纸折好放在一旁，轻声问他："哥哥问你几个问题，你要老实回答，知道吗？"

林约点头，一脸认真。

江丛羡看了眼他面前几乎没怎么动过的松饼，将他的盘子拖过来，拿着刀叉替他切好，又重新放回他面前："有陌生男人去找过姐姐吗？"

他沉吟片刻，看向一旁的蒋苑。

江丛羡又笑："除了蒋哥哥。"

林约摇头："没了。"

江丛羡松了一口气。

见他没动，他屈指敲了敲桌面："吃吧，吃完了哥哥带你去个好玩的地方。"

江丛羡其实没有带小孩的耐心，但他不介意在林约身上多花费些时间。他是个懂得权衡利弊的人，林约可以带给他的东西太多了。

林约安安静静地把那盘松饼吃完，江丛羡亲自开车带他去了靶场。

他这个年纪正好是活泼好动的时候，不能总是待在家里，适当出去走动也是好的。

靶场是周虞安花他爸的钱开的。

周虞安和江丛羡其实勉强能算朋友，他们是校友，同一所大学毕业。不光是同一所学校，还是同一个宿舍。

江丛羡是保送来的，成绩好，每年都拿奖学金。在大学里，成绩好本身就是加分项，再配上有一张禁欲系的帅脸，妥妥就是全校所有女生的梦中情人。

周虞安觉得自己大学四年来就是在江丛羡的阴影下度过的，甚至那个让他刻骨铭心的初恋接受他的告白，也是为了能离江丛羡更近一点。仿佛能够和他说上一句话，短寿十年都无所谓。

但江丛羡这个人，怎么说呢？

他对谁都足够温和，骨子里又是个特别冷血的人。他会礼貌地接过那些源源不断的追求者送来的礼物，并回以一个温柔的笑。在她们窃喜地转身离开时，再面不改色地把那些东西扔进垃圾桶里，幽暗深邃的眼底没有半点笑意。

周虞安觉得他这种行为挺渣的，但又觉得可以理解。毕竟每天被那么多女孩子骚扰，谁不嫌烦？

……好吧，绝大数的男人应该都不会烦。

但江丛羡就是这样一个人，他的血是冷的，他的心也是。

他们大三的时候，舞蹈系有个跳芭蕾的大一小妹妹，长得跟只小白兔似的，软萌可爱得不行，性格又内向，平时和人说话都总是红着脸。所以当周虞安得知她跑到男生宿舍楼下当着那么多人的面和江丛羡告白时，才会惊讶得说不出话来。

这得多喜欢啊，才会这么有勇气。

江丛羡迟迟没给回应，她举着那封情书，当时急得都快哭出来了。然后他伸手接过，骨节分明的手拿着那封粉色的情书。

小姑娘终于破涕为笑，以为他接受了自己的告白。

结果男人面不改色地把那封情书当着她的面给撕了，他那时仍然在笑："麻烦下次不要再往我的更衣室里放便当了，很臭。"

那天之后，周虞安再也没在学校里看到过她。

听说她生了一场病，在家休养了一段时间，再来学校的时候都是

月下娇

处处避着他们系，生怕见到江丛羡。

　　周虞安不认同江丛羡的做法，但他也能理解。虽然没办法做到换位思考，但指望他有点热心，太难。

　　多疯狂啊，这个看脸的世界。

第十六章
姐夫

毕业以后他们也断断续续约过几次，但是最近已经有段时间没联系了。

所以当周虞安看他还带着一孩子的时候，没忍住，调侃道："这才多久没见啊，孩子都这么大了？"

江丛羡没理会他的调侃，让他清下场。

靶场生意不错，来射击的人挺多的。

周虞安解下手腕上的护具："我这场子包一天可不便宜。"

江丛羡似乎懒得和他废话："快点。"

周虞安点点头："得嘞，老板大气。"

他冲旁边的服务生招了招手，把人吆喝过来："把场子清一下，钱全部原价退给他们，会员就多说几声对不起，必要的时候可以挤几滴眼泪装下可怜。"服务员愣了一下，然后乖乖照做。

林约怕生人，待久了会有应激反应。场子清完了，工作人员带他去换护具。

靶场是露天的，打靶和射箭都有。不过周虞安看林约年纪还小，

月下娇

觉得枪对他这个年龄段来说冲击力还是太大了点，于是让人带他去了射击馆。

江丛羡对这种东西没什么兴趣，坐着看了会儿。

周虞安拿出一盒烟来，递给他一根。

他没要："戒了。"

周虞安慵懒的姿势变了，坐直了身子，满脸的不可置信："你戒了？"

江丛羡读书那会儿抽烟抽得凶，也不能说他烟瘾大，在周虞安看来，他完全就是把烟当成了一种寄托。

他有病。

周虞安应该是全校唯一一个知道的。

某次通宵回来，他睡迷糊了，误把江丛羡的抽屉当成了自己的。一打开，里面除了成条成条的烟就是各种精神类的药物，他大概认识一些。

也就是从那个时候开始，他更加肯定了自己心里的想法。

这人压根就是一彻头彻尾的疯子。

江丛羡戒了，那他就自己抽，烟才刚点上，他似想到什么，指间夹着烟，问他："你那病……"

他淡声道："在治了。"

周虞安点头："那就好。"

他见过一次江丛羡病发的样子，挺可怕的，就像变了一个人一样。不过江丛羡本身就挺疯的，平时顶多就算多了层理智的伪装，病发后理智彻底崩溃，暴露本性罢了。现在回想起来，周虞安还是有些后怕。所以听到江丛羡说他在治病了，也算是稍微放下了点心。

他其实一直都在治病，但对他来说治病不过是可有可无。根本就没想过要治好，怎么可能会好好治呢。怂恿一个想活着的人去死，很难；但劝一个本来就想死的人好好活着，那就更难了。

江丛羡这种"死"了很多年的，更是没办法劝，压根就没有劝的余地了。

　　周虞安一直以为江丛羡连二十三岁都活不过去，可他不光活到了现在，居然还重新露出了点对生活的希望。他现在的眼里是有光的，不像从前那样，只是一片雾蒙蒙的灰。

　　周虞安拍了拍他的肩膀，感叹道："不管是谁，能让你这样，都挺牛的。"

　　江丛羡没说话，喝了口水，眼神看向林约所处的方向。

　　第一箭就是十环。

　　周虞安站起身，拍着手过去："这么厉害啊，以前玩过这个？"

　　林约有点害怕，身子在抖，下意识地往江丛羡这边看。后者单手拎着水瓶，坐在椅子上，姿势慵懒随意，长腿微微岔开，手肘就撑在膝盖上，冲他点了点头，示意他别怕。

　　林约这才稍微鼓足了点勇气，但手还是抖得厉害。

　　周虞安早就看出来了，这孩子和普通孩子不太一样。

　　"别怕，我是你哥的朋友。"他扶正了林约的胳膊，将他的手臂往上抬，"姿势不规范都能射中十环，看来你还挺有天赋。"

　　林约身子缩了下，下意识和他拉开距离。

　　周虞安见状笑了，把烟掐灭，非常自觉地与他拉开距离："行了，我就不扫你的兴了，你慢慢玩。"

　　说完他就折返回来了，重新在江丛羡的身旁坐下："挺聪明的，可惜了。"

　　"没什么好可惜的。"江丛羡的语气淡，"他的病能治好。"

　　周虞安抬眸看着他，乐了："这么自信？"

　　"他姐连做梦都是在给他治病。"

　　周虞安觉得自己从他这平淡无奇的话里听出了点暧昧："有情况啊。"

　　江丛羡没理他，又喝了口水。

　　周虞安也没再开口，两人将安静持续了很久，最后还是周虞安没忍住。他本身就是一话痨："江大总裁近来春风得意，兰国那边的公司也上市了，接下来有什么打算？"

"没什么打算。"

周虞安不信："江总的事业心有多重，别人不知道，我怎么可能不知道？大学没毕业就开始创业，能走到今天这步除了异于常人的脑子，还有把命都豁出去的拼劲。"

江丛羡是真的没有任何打算，他当初接触这行就是为了有朝一日能站得更高，高到可以扳倒林有为。可现在人都没了，他也没有拼的必要了，顺其自然吧。

"最大的打算就是先把我这条烂命留下来，然后陪着我喜欢的人。"

周虞安微挑了眉，眼底划过一抹不可思议："嚯，冷血动物都能动情？"

江丛羡自嘲地笑了笑："可不嘛，冷血动物都能动情。"

至少现在，此刻，他是想好好活着的。可人生就是这样，你这辈子苦了开头，接下来的人生就都是苦的。刚看到点希望的苗头，就会毫不留情地给你掐灭，一点光也不肯给你留。

后来的江丛羡，终于明白了这个道理。

林望书原本只打算在纽约待三天，演出结束的第二天就回去。可惜发生了点意外，所以推迟了几天。

她在回酒店的路上被人跟踪。那十分钟里，她觉得自己像是重新死过一遍。她怕得要命，全身都在抖，包就在肩上挂着，她小心翼翼地去拿手机。身后的脚步不紧不慢地跟着她，她走一步，后面的男人走两步。

巷子里太黑了，没有光也没有人，甚至连其他声响也没有。有的只是不断逼近的呼吸声，浑浊且沉重。

在林望书觉得自己可能要死在这个晚上的时候，盛凛出现在了她面前。他给她打电话，无人接听，因为担心便下来找她。附近都找遍了，最后才找到这里来。他应该是一路跑来的，气还没喘顺，衬衫上全是汗。

人们总会把险境中看到的第一个人当成救世主，林望书绷紧的神经终于彻底断开。

她哭了很久，盛凛抱着她，一直安抚着："别怕，已经没事了，我会保护你的。"

和江丛羡开视频的那天晚上，她在盛凛的陪同下去警局报了案。那个人也承认了，自己看林望书长得好看，又是一个人，便起了歹心。

唯一值得庆幸的大概就是，演出很顺利，"林望书"这个名字也成功被人记下。

台下人夸赞她琴声的同时，还夸她长得美，很有中国特色的娴静温婉。她光是安静地坐在那里，拉奏大提琴，就足够吸引所有人的目光了。

盛凛是个成熟内敛的人，他很会洞察人的内心。所以哪怕林望书表现得再淡然，可他知道，她没从那天晚上的阴影里走出来。于是他便将返程日期推迟了一天，在酒店陪她。

她很安静，也不说话，看电视是她打发时间的唯一方式，盛凛就陪着她一起看。偶尔看着看着她就会发呆，眼神没什么焦点地看着某一处。

她的确很坚强，受伤了也不会喊痛的那种坚强。可当你被一个人夸坚强的时候，就说明你已经遭受过苦难，或是正在遭受。

如果你幸福，你压根就不需要坚强。

盛凛身形微动，离她近了一些，他终于还是问出了口："林望书，让我保护你好不好？"

温柔的人甚至连说出来的话都是温柔的。

听到他的声音，林望书突然想到了羽毛。很柔软，沿着心脏一点

月下娇

一点地剐蹭，会痒，但是不会痛。

她不爱盛凛，她自己也很清楚，但很多事情不需要爱。

减肥时顿顿吃黄瓜能证明自己爱吃黄瓜吗？当然不能，但合适。想减肥，黄瓜正好热量低，所以就离不开它。就像林望书，安全感对她来说比爱重要太多了。她应该和盛凛在一起的。

可隔着他的那张脸，她好像看见了自己内心里的一点残留物。想点头，可是到最后又动摇了。

盛凛笑容温和，替她把垂落下来的头发重新挽在耳后："你不用有压力，我知道你现在还不喜欢我。但是没关系，我可以等的，因为我爱你，所以我可以一直等下去，等到你愿意接纳我，让我成为你人生中的一部分，让我保护你的那个时候。"

那天晚上，林望书没怎么睡，以至于上了返程的飞机后，她终于压不住睡意，一路睡回了国内。

盛凛先开车送她回了家，给她煮了一碗面以后才离开。下午还有一个采访，他得先过去。

看了眼收拾行李箱的林望书，他想了想，又说："你不用急着拒绝我，什么时候愿意给我回应都可以。

"或者，我不介意被你利用的，你不是想摆脱那位江先生吗？如果他知道我们在一起了，肯定不会再纠缠你了。"

林望书垂眸，看着手里的化妆包发呆。

还是没有等到答复，盛凛牵动唇角，扯出一抹带着苦涩的笑："那我先走了。"

门打开，又关上。

林望书逐渐站起身，眼前一阵发黑，是贫血的反应。她太瘦弱，需要多吃点东西。

窗户是刚才盛凛打开的，说是给家里通通风，桌上那碗面还冒着热气。

354

很香，有家的味道。

林约是被蒋苑送回来的，原本江丛羡要亲自送，顺便看一眼林望书。这些天他一直梦到她，在各种稀奇古怪的梦里。他目前的睡眠还是得靠药物辅助才能暂时正常，发病仍是不间断的。

先前的确有半个月没发病，可最近又开始了。他一发病就控制不住自己，整个人像是一头暴戾的狮子，什么都砸，有什么砸什么。

他远比他们想的还要痛苦，尤其是当清醒时，看着那满地的狼藉，他就会陷入一种深深的无力感。

为什么呢？为什么得病的会是他？为什么这么努力地想要好好活下去，可还是不得安宁？

那种自卑和挫败感糅杂在一起，江丛羡从没有过这种感觉。自从想和林望书过上正常人的日子以后，就开始有了这个症状。

没有希望的时候，再怎样被折腾都不会失望，可现在不同了，他得好好活下去，只有活下去才能看到林望书满心满眼都是他的时候。

所以他得活下去的。

今天是他去复查的日子。

蒋苑打开车门，让林约先下车，然后才探进去半个身子，替他把装好的衣服和书包拎出来。东西重，他提着轻松，但林望书就未必了，所以他把东西先拿进屋，然后才离开。

林望书叫住他，道过谢后递给他一瓶水，她面露愧色："家里也没其他喝的了。"

蒋苑伸手接过："那我先走了。"

在他开门离开前，林约走过去扯他的袖子："明天还来接我吗？"

蒋苑看一眼他，又看一眼林望书，似乎在等待她的回答。

林约孤僻，难得有想去的地方，林望书自然不会阻止。她点头："麻烦您了。"

蒋苑摇头："不麻烦。"

月下娇

　　他走后，林望书犹豫了一会儿，走到林约面前，温声询问他："小约想要多一个人照顾你吗？"

　　林约有片刻愣住，不太能理解林望书话里的意思。

　　林望书只能更加直接地和他解释一遍："就是，姐姐给你找个姐夫好不好？你之前见过的，那个个子很高的盛哥哥。"

　　赵廖看着江丛羡那堆检查结果，有些不可置信地戴上眼镜，又重新看了一遍，生怕遗漏掉哪些细节："居然真的听话好好治病了，难得啊。"

　　他都病了这么多年了，一直以来都是一副无所谓的态度。江丛羡这人对什么事都不太上心。他很聪明，智商很高，只要是他想做的就没有做不到的，可他不想做的东西太多了，治病就是其中之一。

　　作为他的主治医生，赵廖每天苦口婆心地劝。他丧失了活下去的意志，但自己作为医生，还是得讲究医德的，所以他不能眼睁睁地看着江丛羡在他面前，一步步走向万劫不复。

　　他是自己的病人，自己得对他负责，但没用，人家压根不听。连死都不怕的人，你哪怕说破了嘴皮子，也不足以让他对这个人间有一丝一毫的留恋。

　　可谁知道他居然自己想通了，想活下来了。

　　多好。

　　赵廖一边给他打印药单一边给他减少药物的剂量："是因为林望书那个丫头吧？"

　　江丛羡没开口，只是听到这个名字时，脸色柔和了些。

　　以往赵廖在他脸上是看不到这种鲜活的表情的，赵廖有点欣慰，又有点唏嘘。

　　这得是有多喜欢啊，才会甘愿把那么多年的恨都放下了。不过这样也好，他苦了这么多年，也该有一双手把他从深渊里拉出来了。

　　从医院离开，外面下起了雪。街上有不少卖花的小贩，或摆着地毯，或挎着花篮四处叫卖。今天好像是个什么节日，现在的年轻人，不管什么节日都能当成情人节来过。

很矫情不是吗？

挎着花篮的女人一眼就看到了他，出众的外在不论是在多么喧闹的地方，总是能一下就吸引住别人的注意力。

她是大学生勤工俭学，圣诞节出来卖花赚学费，可此刻，她突然不那么想卖花了。她红着一张脸过来，想和他搭话，可又不知道该说什么。

男人看上去并不好接近，黑色的高领毛衣外随意搭了一件深灰色的休闲外套。西裤之下的长腿修长笔直，甚至能看见黑色袜子勾勒出的脚踝线条，连手臂血管都是性感的。

她想问他有没有女朋友，却又不敢表现得太直接，于是只能轻声询问："先生买花吗？可以送给女朋友的。"

话说完，她安静地等了一会儿，希望他说出那句"我没有女朋友"。

可他盯着花看了一会儿，和这寒风一样冷的眼眸增添几抹暖意，他拿出钱夹："我全要了。"

虽然失落于他有女朋友这件事，但又忍不住羡慕，能让他露出这种神情的女孩子，应该也是特别优秀的人吧？

原本想开车回家的，可开着开着路就逐渐陌生了，不是回家的路。

车停在林望书家楼下的小区，他垂眸看了眼副驾驶上的花，无声地笑了一下。

什么时候他居然也变成了这么矫情的人？

拿着花下车，刚要给林望书发消息，就看到了背着书包拿门禁卡的林约。后者脚步轻快地跑了过来："哥哥。"

江丛羡摸了摸他的脑袋："姐姐呢？"

林约说："在后面。"

月下娇

江丛羡点头，语气温和："你先上去，哥哥有话要和姐姐说。"

他下意识把花藏在身后，却被自己的举动弄得愣怔片刻。

挺蠢的。

林约听话地点头，转身离开，走了两步，又退回来，告诉他："盛哥哥过来了。"

盛哥哥？

江丛羡眉头微皱，脸色不太好看："盛凛？"

"嗯。"林约告诉他，"姐姐说，要让盛哥哥当我的姐夫。"

林约话音刚落，他手上的花就掉了。

盛凛这次过来是要和她说一些关于演出上的事。其实电话里就可以说，但出于私心，他还是亲自来了。

"是那边主动找来的，他们看中了你的天赋和灵气。"

个人演出，对她们这种还在校园里的学生的确是天大的好机会，林望书自然也不例外。

接过盛凛递过来的名片，指腹扫过上面那串号码。如果不是江丛羡的出现，她可能还沉浸在梦想终于得以实现的喜悦当中。他好像把什么扔进了旁边的垃圾桶里，离得太远了，林望书没看清。

唯一看见的，是他转身时，那一抹清冷疏离的眼神，还有他嘴角叼着的烟。

林望书突然有一种很奇怪的感觉。

既陌生，又熟悉。

他好像本来就应该是这样的。虚伪，冷血，就算有人死在他面前了，他也能目不斜视地走过去。

这样的江丛羡，才应该是真实的。

雪下得更大了一点。

他也不知道在这儿站了多久，头上、肩上，落满了一片白。他抽着烟从他们身旁走过，没说话，就只是抽着烟。

林望书没动，直到他走远了，才回头看了一眼。

四周都是一片刺眼的白，他脚步不是很稳，偶尔会踉跄一下，然后重新站稳。看上去很正常，没什么异样。

他还是他，还是那个一无所有的江丛羡。

很公平，又很不公平。

他让她难过，所以她也让他难过。

可为什么，她父亲折磨他，她也折磨他。

江丛羡觉得自己上辈子应该是杀了他们全家，所以他们这辈子才会来找他索命。

他其实也没多难过，也不是没想过，如果林望书和其他男人在一起了，他该怎么办？可能会痛不欲生，也可能会嫉妒，甚至还想过，大不了去直接破坏他们之间的感情，再过激点，可能会做出一些失去理智的事。

可真到了这一天，他却没什么太大的反应。

很平静，平静到可以面不改色地从他们面前离开。

他本来就不是在顺风顺水的环境中长大的，从小到大经历过的，哪一件都比现在严重。为了一个女人，的确不至于，也不值得。

恋爱至上，那是愚蠢的人才会有的思想，他又不是一个傻子。

真的想通了，就会觉得之前的自己有多可笑。

江丛羡想，他要什么女人没有，犯不着去求一个眼里没他的人。

不知怎的，林望书很不安。她不清楚自己这份不安到底来自哪里，但心脏跳动的频率和往常比起来，无比杂乱。

这几天气温降得更厉害，因为大雪，到处都在堵车，楼下的马路上时不时就有汽车的鸣笛声传来。

那份不安持续了很多天，一直到蒋苑的电话打过来。

罕见地，一向冷静自持的他语气慌乱："林小姐，请问您最近见过羡哥吗？"

林望书想了一下："见过的，三天前。"

月下娇

察觉到蒋苑话里的不对劲，她沉默片刻，问他："是发生什么事了吗？"

"羡哥三天没回家了，电话也不接。"

以前他也不是没有突然消失的时候，但三天不接电话这点就很可疑。也没关机，就是不接。有时候是一直响到自动中断，有时是响几声就挂了。

蒋苑并不担心他是被绑架了，只是他现在的状态很不对劲，非常不对劲。

他求林望书："可以麻烦您帮我找一下他吗？"

这还是他第一次这么低声下气地求人，林望书突然明白了事情的严重性。

包房里的射灯刺得人眼睛疼，孙朝拍着身旁小妹妹，让她去把灯关了。女人娇嗔着去捶他的胸口，然后起身去关灯，那小腰扭来扭去，跟没骨头一样。

包房里男男女女都有。孙朝玩得开，这些都是他叫来的。虽说之前和江丛羡闹了点不愉快，但人也不能得罪，所以这次专程安排了局为了赔礼道歉。

原本以为人家禁欲矜贵，瞧不上这些奢靡腐败的声色犬马，谁知他竟然点头答应了。

这几天下来，话没说几句，就是抽烟喝酒，跟不要命似的。度数极高的威士忌当水喝，眼睛都充血了，还在那儿喝。孙朝劝他少喝点，他也不听，又让服务员继续上，随便什么酒，度数越高越好。

这里的酒都是有提成的，就划在服务员的账上。听到江丛羡的话，那服务员立马两眼冒光，点头哈腰地去拿酒。

孙朝不是没见过他不要命的时候，当初他拿酒瓶子往他头上砸时，可不就是不要命了嘛。可他现在和之前揍他的时候不同，之前是失去理智，而现在，他是在清醒中毁灭自己。一步步走向悬崖，头也不回的那种。

那几个女的眼睛黏在江丛羡身上很久了。

在座的几个都有钱，都是北城金字塔尖上的人物。既然都有钱，那她们肯定会选择最帅的那个。

眼前这个男人身上有种很奇异的吸引力。他很危险，是那种非常直观的危险。你看到他眼睛的那一刻甚至很轻易就能联想到一些血腥场景。

但也足够了。

光这一点，就足够让人血脉偾张。

许织颜是个非常具有挑战精神的女人，她乐于去驯服一切不受控制的猎物，也包括面前这个男人。所以当他面前的酒杯空了的时候，她才会坐过来，端起手边的酒杯，替他满上。

她故意将衣领往下扯得更低，手腕轻扫，让他闻到自己身上香水的味道："是遇上什么伤心事了吗？可以跟我讲讲。"

声音妩媚又撩人。

江丛羡拿着冰钳，往杯子里扔了两块冰，没有避开她的触碰，但是声音很冷，丝毫不遮掩对她的厌恶："离我远点，很臭。"

许织颜愣了一下，她还是头回在男人身上吃瘪，于是悻笑着坐直了身子："那我下回换个香水。"

茶几上的手机响了，她看了一眼，上面写着"小书"。

很亲昵的称呼，不用问就知道是女的。许织颜顿时感觉没趣，同时又有点酸。不可否认的是，她在嫉妒这个叫小书的女人。能征服这样的男人，那得多有魅力啊。

她懂得远离有主的男人，刚要起身离开，男人把手机递给她："接了。"

她一愣，以为是自己听错了："什么？"

他拿出钱夹，把里面所有的现金都拿出来，放在桌上："接了，这些全是你的。"

有钱不赚那是蠢，不就是接个电话吗？

月下娇

许织颜红唇微挑，接过他递来的手机。按下接通，手机贴放在耳边，她娇娇软软地"喂"了一声。

听得人都得酥掉了半边身子。

"不好意思呀，他正在陪我喝酒呢，可能暂时回不去。"那边不知道说了些什么，她笑着点头，"你放心好了，有我在，会照顾好他的。"

过了一会儿，她才挂掉电话，把手机递还给他。

男人没接，她就放在桌上，手转了个方向，去拿上面的钱，毫不避讳，就当着他的面一张一张地数了起来。

江丛羡还在喝酒，却明显有些心不在焉起来。许织颜故意数得慢，等他开口询问。男人都一个德行，真要心狠连电话都不会接。

等他喝完杯子里的最后一口酒时，眼睫微抬，终于开了口："她说什么了？"

他的声音很哑，是被烟酒侵蚀后的那种哑。

许织颜数完钱了，塞进自己的包包里，心想，出手倒是挺阔绰，这趟没白来。

"什么也没说，也没问我是谁，就问你还好吗。"

她惯会看人脸色，所以她能很清楚地看见，江丛羡平静的眼底，开始有松动的痕迹。

她叹了一口气："没听出多少关心来，她应该不是你女朋友吧，听到我的声音居然也没反应。"

她是故意这么说的，因为她反悔了。她想得到这个男人，他远比自己想象的还要有魅力。

江丛羡听完后也没什么反应，只是酒倒得更满了一点，冰块也懒得加了，一个劲地猛灌。

许织颜看着他仰头吞咽时性感锋利的脖颈线条，以及喉结滚动的幅度。世上不缺长得帅的男人，但缺有魅力的。她就这么色眯眯地盯着他看了一会儿，桌上的手机又响了，联系人还是之前那个"小书"。

他也没看一眼，拿着手机就扔进了一旁盛满酒的杯子里。

气泡上涌，手机顽强地在里面响了几声。过了一会儿，进水的屏幕彻底暗掉。

电话打过去是一个女人接的，答非所问，于是林望书只好再次打过去，这次直接没人接。犹豫了一会儿，她继续拨通了第三个，机械的女声提醒她手机关机了。

她盯着屏幕发了会儿呆。

算了。

林望书把手机锁屏放回桌面，整个人躺在沙发上，还可以把手机关机，至少能证明他还好好活着。

包房里的气氛被一首歌带得热起来。

可能是被酒精麻痹了大脑，也可能是被音浪壮了胆。所以许织颜才会在江丛羡低头洗牌时，拿着打火机点燃他嘴里叼着的烟。

男人两只手都在发牌，空不出来，他抬眸看了她一眼，倒也没推开她。许织颜微挑了唇，有些得意。

他玩得心不在焉，牌好的时候也懒得跟。

许织颜表现得很乖巧，坐在他身旁也不多嘴。她本身就算得上乖巧那一类，会看人脸色，也懂得审时度势。江丛羡心情不好，她便不去烦他。

又输了，江丛羡扔了牌，去喝酒。

江丛羡眼神已经喝得迷离了，牌没抓稳，全部掉在地上，许织颜立马贴心地弯腰去捡，视线在桌底下流连了一会儿。

他很高，腿也很长。此刻慵懒随意地交叠着，动作间黑色的西裤也没被压出褶。裤腿因为他此刻的动作稍微往上，深色袜子勾勒出脚踝线条，以及那双一看就价格不菲的手工皮鞋。

这个男人从上到下都透着矜贵，还有种让人忍不住想要侵犯的禁欲性感。

月下娇

许织颜混了这么多年，什么帅的男人没见过，但还是头回有个男人让她如此着迷。也不是图他的钱或地位，就是单纯的见色起意。能和这样的人度过春宵一夜，让她倒贴钱也乐意。

一瓶酒立马就见了底，江丛羡扔了牌起身，语气淡漠："我去趟洗手间。"

虽然眼神已经喝得迷离，但步伐还是稳的。他停在洗手间入口，也没进去，而是靠着墙点了根烟。

隔着烟雾，许织颜看到他在发呆，也不知在想什么，十有八九不是什么好的回忆。

啧啧啧，那双喝得发红的眼睛都变得黯淡了。

多可怜啊。

她壮着胆子过去，把他的烟掐了："再抽嗓子就该坏了。"

他微垂眼眸，淡淡地扫了她一眼。眼神没什么变化，可就是能让人感受到那暗藏的寒意。他就像是一座冰山，而且还是冰了亿万年的那种。很难融化，可她偏偏就是喜欢搞一些高难度的挑战。

她的指腹轻慢地捻着他咬过的香烟滤嘴，上面还沾染着他的气息，以及些微的湿润。

"看你心情好像不太好，是因为那个叫小书的姑娘？"

江丛羡神色没什么变化。无关紧要的人，是很难激起他的情绪起伏的，哪怕只是一点点。

"自作聪明可不是什么好的习惯。"

清清冷冷的声音，夹杂着一点不易察觉的威胁。

他转身打开洗手间的门，走了进去。许织颜也不急着离开，咬上那根烟，重新点上。

看得出来，他在那个叫小书的女人身上栽得可不轻，整个人意识都有些混沌不清了。

男人在里面待了很久，许织颜嘴里的烟都抽完了。太烈了，呛人得很。连烟都抽这么烈的，足以见得他对自己的狠。

　　江丛羡从里面出来，衬衣领口全是水，脸上也是，还没擦干。他跌跌撞撞地往外走，偶尔还需要扶墙才不至于跌倒。

　　那酒后劲足，就他拿酒当水喝的架势，酒量再好也架不住。他也没看许织颜，也可能是眼里根本就没她这个人。

　　挺不错的，许织颜对一喝醉酒就精虫上脑的男人没什么好感，他这样的就正好。她跟过去，始终和他保持着一段不远不近的距离。

　　酒局还没散，他接着喝，一直输就一直喝。

　　到最后，在场的都能看出来，他也不是为打牌，就是单纯地想喝酒。直到喝得整个人没力气了，拿一张牌就往下掉，连杯子都握不稳。

　　酒劲全上来了，理智彻底被盖过。然后他就在那笑，看上去似乎心情挺不错的。见他笑了，身旁那些人也跟着一起笑。

　　他扯过身旁人的衣领子，一边笑一边问："我可怜吗？"

　　孙朝正喝着酒呢，突然被扯过来，手里的酒杯没拿稳，就这么洒了，全泼在江丛羡身上。

　　他当即就吓了一跳，经过那天的事后他就对江丛羡有了点莫名的畏惧。不敢得罪他是一回事，怕也是一回事。

　　好在江丛羡也不在意，可能是根本就醉得没了知觉，一直在那儿重复同一句话："我可怜吗？你看看我，我可怜吗？"

　　孙朝笑道："嘻，哪能啊？您可是这北城顶尊贵的，谁可怜也轮不到您啊。"

　　听到这个回答，他就笑得更大声，是真的觉得好笑啊。

　　"对啊，谁可怜那也轮不到我啊，谁能有那么大的能耐得罪我啊。"

　　语气越发狂妄。

　　只是手在抖，拿酒杯也抖，拿烟也抖。

　　孙朝看着他，总觉得哪儿不太对劲。男人还在笑，就是眼睛逐渐蒙上了一层雾气。面前的场景对孙朝来说冲击力太大了，不管是出于

月下娇

江丛羡的反常，还是他那几滴稀有罕见的鳄鱼泪。

低沉到几乎是气音在发声："可她敢啊，她就是敢。"

酒精是个好东西，轻易就麻痹了人的神经。

江丛羡又是笑又是哭的："她没有心的，说我冷血，她又比我好到哪里去？"

普通人酒后发疯，似乎很正常。但冷静自持的人，露出这样的一面，的确足够让人震撼很久了。

孙朝也不例外。

看着面前狼狈的江丛羡，他突然不知道到底哪个才是最真实的他，也更加确定了自己一直以来坚守的底线。

男人就该薄情，就该万花丛中过，片叶不沾身。你看，像江丛羡这么牛的人，动了情后不也成了个借酒浇愁的废物吗？

江丛羡是自己开车来的，孙朝把江丛羡家的地址给了许织颜："人你先老实送到，别在车上动手动脚，他不好惹，你也得罪不起。"

许织颜是个聪明人，怎么会看不出来？她接过写着地址的纸条："知道了。"

她也喝了点酒，没法开车，只能叫代驾，两个人都坐在后座。

江丛羡闭目养神，偶尔因为头疼喉间会发出不适的低吟，连声音都这么性感。许织颜突然开始不解了起来，这样的男人，居然还有人拒绝得了？

车窗外的灯影随着车速快速划过，男人的眉眼也在明灭间模糊起来。

车停在北城有名的富人区，保安认得这个车牌号，开了门禁。

许织颜知道这儿，对他们这种普通人来说，这儿的房价称得上是天价。也不知道是不是心理作祟的原因，她总觉得这里的空气都比别的地方要好。

想绕过去扶他下车，结果男人自己开了车门下来了。半个多小时的车程，酒已消了大半，看到她时，眼神也没什么变化，更多的是淡

366

漠与冷冽。

　　他把醉酒后自己扯开的领带重新系好，又恢复了往日一丝不苟的模样，绕开她便往前走。

　　许织颜偏要跟过去。

　　高跟鞋穿久了走得脚痛，男人腿又长，一步都快抵上她三步了。许织颜只好脱了鞋子，一路小跑跟过去。

　　她是个聪明的女人，也没靠得太近，一直保持着一段不远不近的距离。直到男人的背影停下，他就站在那里，深邃的眼看着前方。

　　路灯之下，纤细的身影被勾勒得明显。

　　林望书看到他完好无恙地出现，稍微松了一口气。

　　她还是不放心。

　　自从那天看到他跌跌撞撞地离开，她的心就一直悬着，所以最终还是决定出来看一下。电话打不通，她就去他之前应酬时最常去的夜店酒吧找了个遍。实在找不到人了，只能在他家楼下等。吹了半个小时的冷风，耳朵都冻红了，总算等到他回来。

　　许织颜跟过来，故意问他："知道我脚疼，所以在等我？"

　　声音媚，又撩人。

　　眼神往上抬，就看到了路灯之下的小姑娘。长得是真好看啊，那双泛着碎光的桃花眼，白色的高领毛衣，外面是一件黑色的针织外套，围巾挡住半张脸。

　　她给人的感觉很干净，是未沾染世俗的那种干净。

　　十有八九就是那个打电话的"小书"了。

　　的确也对得上号。能把江丛羡这样的男人都给迷得神魂颠倒的，就该长这种无可挑剔的脸。

　　林望书看到她了，微愣了一瞬。

　　许织颜笑道："别误会啊，我们今天也是第一次见。"

　　林望书记得她的声音，就是刚刚接电话的那个。她点了点头，礼貌地和她打过招呼。

月下娇

江丛羡看着林望书，就只是看着，看了很久。

然后从她面前走过。

闻到他身上那股浓烈的烟酒味了，林望书下意识去拉他："医生说你的病要少喝酒。"

他也没甩开她的手，声音平静，却没看她："你别碰我，你不要我就别碰我。"

她是情急之下才会去拉他的，意识到自己的举动有些越矩，林望书松开手，然后才听清江丛羡的话。

不等她再开口，后者眼底最后一点光彻底熄灭，绕过她走了。

许织颜跟过去，这一次，江丛羡没有拒绝她。

身后的人在路灯下站了很久，也不知道是什么时候走的。等许织颜再去看时，那里已经没人了。

她叹了口气，居然还有点心疼："今天这么冷，那个小妹妹才穿这么点，刚刚看她手都冻僵了，那块红的应该是冻疮吧。"似乎是怕江丛羡不知道什么是冻疮，她居然还直接给他解释起来，"我以前得过一次，特别痒，还不能抓，越抓越疼。严重点的手都能冻烂了，那皮肉黏在一起，碰不得又挠不得的，痒是钻心的痒，疼也是真的疼。啧啧啧，也不知道那么好看的手要是真长冻疮了可怎么办，现在的小妹妹对手的在意程度和脸可不相上下，人家大老远跑来找你，结果你倒好，就这么把人冷落了，你说这大晚上的她能打到车吗？万一碰到个流氓——"

他撕开清冷平和的面具，声音染了点怒意："说够了没？"

是真的生气了。

许织颜看着他，倒不怎么怕，至少没有在 KTV 时那么怕了。她怕他是觉得他冷血，不讲感情。可她现在觉得他也就一普通人，有七情六欲的普通人。

人啊，总是在劝别人时一箩筐的道理，自己的事情倒是处理得一团糟。明明两情相悦的人，却还偏偏弄得像仇敌，多可笑。与其误会来误会去的，还不如找个时间好好谈谈。

　　许织颜也算是个情场老手，对感情的事没人比她更在行了。虽然看中了江丛羡的身体和那张脸，但也知道，自己这方鱼塘是容不下这条鲨鱼的，杀伤力太大。别说鱼塘里的其他小虾米了，连她也能一块儿咬了。还是那种温柔清纯的小妹妹可以降得住他，所以许织颜很干脆地放弃了。

　　这儿不好打车，得先出了小区。许织颜心里想着这叫什么事嘛，本来打算趁着他喝醉发生点什么的，结果不光酒醒了，还碰到人家前任，这下好了吧，心里全是前任了。

　　没劲透了。

　　啧。

　　想不到这种一看就薄情冷血的男人居然也会对人动心。

　　走了几步，她看见那辆熟悉的车从她面前开走。车内没有江丛羡，只有开车的司机。不用想也知道这车是去干吗的，估计是被她那几句话说得心疼了，怕他的小姑娘在这寒冷的冬夜里打不到车。

　　话说得挺狠，不许她碰，心软得倒是比谁都快。

　　这里的确不好打车，尤其是晚上。就算是网约车也得等很久。

　　林望书站在路边吹了会儿冷风，也没有看到一辆车。

　　寒风越刮越大，跟刀子一样，往人脸上刺。她把围巾往上拉，挡住大半张脸。

　　一辆黑色的轿车停在她身旁，片刻后，车窗降下。车内是蒋苑的脸，语气淡漠，但称得上尊敬："林小姐，上车吧，我送您回去。"

　　她犹豫了一会儿，还是道过谢，开了车门进去。车内开了暖气，缓了好一会儿，身上的寒意才被驱散。

　　蒋苑全程都很安静，自她上车后便没再和她说一句话。

　　林望书不是没有疑惑过他们是怎么认识的，却也没有过问，她不是那种爱管别人闲事的人。

月下娇

车子停在路口等红绿灯，握着方向盘的手松开又收紧。男人冷冽的声音在这夜色中响起，比这车窗外的温度高不了多少。

"林小姐，有些事我本不想多嘴的，可我觉得您应该知道。"

夜风拍打车窗。

外面，下雪了。

第十七章

逃还来得及

　　林望书请了几天假，没去学校。

　　她病了，重感冒加发烧。吹了那么久的冷风，想不病也难。

　　林约不放心她一个人在家，也和学校请了假，留下来照顾她。他只是不善与人交际，绝大多数的时候是正常的。因为那些经历，他甚至比同龄人还要早熟。

　　林望书躺在床上，因为感冒全身酸痛，他就照着食谱给她煮粥熬汤。

　　林约端着粥过来，非要亲自喂她："好好躺着，别乱动。"

　　听到他近乎命令的语气，林望书点头笑笑，很听话："好，我不乱动。"

　　他舀了一勺粥，吹凉了才递到她嘴边。

　　林望书小口吃着，偶尔看着他。他的眉眼和母亲很像，都是温婉柔和的。母亲在他很小的时候就没了，林望书不知道他还记不记得那张脸。

　　她伸手摸了摸他的额头："小约，想妈妈吗？"

371

月下娇

给她喂食的手微微顿住，他低着头，好半天才"嗯"了一声："想。"

林望书也想，很多时候，她也会想父亲。

在孩子的心目中，父亲的形象总是最伟岸、最高大的。

林望书知道自己的父亲和其他人的父亲不同，从小被爷爷溺爱着长大，加之身边人的无限纵容，让他养成自负又残忍的扭曲心理。

林望书怕他也恨他，恨他么对母亲。可当蒋苑和她说出那些话时，她还是感觉有什么在一点一点地崩塌。

她是难受的。

但她不知道自己在为谁难受，是为父亲，还是为自己，抑或是江丛羡。

他受了多少苦，才会被折磨成现在这副模样。而这一切的源头，都是她的父亲。

林望书一直觉得，自己是可怜的。她把尊严看得比命还重要，却不知道有的人，别说尊严了，连整条命都被踩进了她看不见的地狱里。卑微地活下来的人是没有尊严的。连理智都留在了那个地方，又何来尊严可言呢？

林望书想着想着就开始发起了呆。

林约见她脸色不太好看，以为是病难受了，便急忙去了客厅，拿来退烧贴，给她贴在额头上："好些了吗？"

泛着凉意的触感让她周身的燥热稍微减下去一点，她也逐渐回了神："好多了。"

林望书看了眼时间，也不早了，便让他先去洗漱休息。他下个月就要期末考了，功课不能落下。

"明天就老老实实回学校上课，姐姐没事的。"

他还是不放心："可是……"

林望书温声安抚他："别担心，姐姐是大人了，可以照顾好自己的。"

听她这么说，林约才点头。

他相信姐姐，不管什么时候他都相信。

林望书的病好转得慢，在家休息了几天也没用。实在扛不住了，她只能拖着病体去楼下的社区医院打针。

打完针后又回家睡了一觉，烧这才退了。她醒过来的时候已经晚上十点半了，林约已经睡了。

肚子有点饿，她不敢开火，怕吵醒他。于是穿上外套，想着去附近的便利店买份盒饭回来加热一下。

刚出了电梯，去开门禁，就看到蹲在外面路边的男人。他坐在花坛边上，脚边全是零散的烟头，也不说话，就盯着楼上某个开着灯的房间发呆。眼里的红血丝很多，也不知道多久没睡觉了，黑眼圈比他平日里失眠时还要严重。

男人正在不要命似的抽烟。

林望书从未看过他这副落魄的神情，犹豫了一会儿，还是走过去，把他嘴里还剩大半的香烟掐灭，轻声喊他的名字："江丛羡。"

他睁着一双醉酒的眼去看她，很模糊，两个影子。见不到人的时候想，见到了又难过。

蒋苑回去后就跟他讲了，他把那些事情全部告诉了林望书，然后江丛羡就把他给揍了。

情绪彻底崩溃了。

一崩溃就发病，一发病就控制不住，清醒以后连发生了什么都不记得了。

他本来就是个废物，多可笑啊，跟《生化危机》里的丧尸一样。

他之所以不敢告诉林望书这一切，就是怕她可怜他，把他当条狗去可怜。她可以怜悯他，但不能只有怜悯。他是个贪心的人，他想得到林望书的爱。

他想她爱他。

可是江丛羡听着她温柔的声音在喊他的名字，很轻易就又崩溃

月下娇

了。是啊，他有病，他有精神病，多可笑。甚至连正常人都算不上，还想着被人喜欢。

多可笑啊。

可没办法啊，就是控制不住。正常人都没法控制住的情感，他一个精神病又有什么办法？

往日那个高高在上的男人，此时红着眼，声音绝望地求她："林望书，你哪怕把我当条狗留在身边也行，你别不要我。"

只有怜悯也无所谓了。

他要她怜悯他，这样她就不会和别人在一起了。

他要用道德绑架她一辈子。

林望书安抚好他的情绪后，把那些烟头捡起来，扔进路边的垃圾桶里。

"我给蒋苑打电话，让他过来接你。"她下楼也没带手机，只拿了个钱包。说着就去拿他的手机，手才伸过去，便被江丛羡握住手腕。

他不肯松，反而越握越紧，生怕她会抛下自己。

林望书知道他喝醉了，把他一个人扔在楼下不管似乎也不太好，只能先把他带回去。她刚准备拿钥匙，门就开了。

林约站在门后，手里还拿着一杯水。应该是口渴了去厨房倒水喝，结果正好听到外面的动静。

林望书愣了一下，问他："怎么还没睡？"

林约："快考试了，想再复习一下。"视线看着一旁连路都走不稳的江丛羡，眉头因为担忧而皱起，"哥哥怎么了？"

"喝醉了。"林望书让他过来，"先帮我把他弄进去。"

林约应了一声，急忙放下手里的玻璃杯过来帮忙。把江丛羡扶进来以后，林望书让他早点休息。他点点头，回了房。

林望书给蒋苑打了个电话，没人接，只能先去厨房煮碗醒酒汤。

他的酒醒得很快，喝得多了，身体似乎也就习惯了。

酒醒了就开始说胡话。林望书知道，这是他发病的前兆，什么都说，什么都告诉她。

"我以前自杀过几次。

"就在那个关我的小房子里。

"没人救我，血都快流干了也没人救我，是我自己救的自己。

"是不是很可笑？明明想死的那个人是我，最后害怕的，还是我。

"我不敢啊，我太懦弱了。

"也可以说是不甘心，我还没有报复回去，我不甘心就这么去死。"他看着她，喊她的名字，"林望书，你知道我有多恨他吗？我到现在都在后悔，为什么没有亲手杀了他。

"可是我又很庆幸，还好我没有杀他。"

喜欢是什么？喜欢不就是把仅剩的尊严和脸面全部踩在脚下，去祈求一个心软吗？

多可悲啊。

他的人生从头到尾都是可悲的。他宁愿自己在那个时候就死了，也不要再体会一遍现在的痛苦。

想过放弃的，太累了，可他舍不得啊。一闭上眼睛就是林望书那张脸，忘不掉，只能寄希望于酒精，想要麻痹自己。结果喝着喝着就跑人家楼下了。

这不是有病是什么？他就是有病，才会像条狗一样摇尾乞怜。

林望书听到他这些话，也不知道在想些什么。恍惚了一阵，厨房里高压锅的响声把她拉回了现实，她连忙起身进去把火关了。

江丛羡刚喝了酒，喝点热汤肠胃会好受些。

她盛了汤出来，放在他面前："有点烫，先放凉点。"

他看着她，迟疑了很久，然后才伸手去接她递过来的勺子。

林望书正好看到，他手腕上胡乱划出的新鲜伤痕，深浅不一，血已经凝固了。

沉吟良久，她微皱了眉，然后转身，拿了医药箱出来："手。"

他一愣。

月下娇

林望书干脆在他身旁坐下："我帮你消下毒，不然明天伤口会发炎的。"

林望书让他伸手，他就伸手，林望书让他别动，然后他就听话地不动了。

蘸了碘酒的棉签在他伤口上擦过，刺激着伤口，有点疼。可他却像感觉不到一样，只是眼睫轻垂，看着她。

林望书低下头，偶尔会帮他吹下伤口，呼出的气息是凉的。

她离得近，太近了。近到他甚至能闻到她身上那股沐浴乳的香味，像是有无数个细小的钩子在他心脏撕扯。

他离得更近了一点，喉间发出的气音，喊她的名字："林望书。"

闻言，她抬眸，正好和他的视线对上，两人之间只隔了一指的距离。他甚至可以看见她眼中细碎的光。

无论何时，她的眼神都是清澈干净的，和她这个人一样。

很多时候，江丛羡都在想，干脆弄脏她，让她也来到自己所处的地狱。可每次看到她的眼睛，他就开始不忍心了。

她太干净了，她应该永远干净的。

喉结因为忍耐而几番吞咽，他缓慢地再次靠近她，视线落在她的唇上。

林望书下意识往后退开，把用过的棉签扔进脚边的垃圾桶里："消完毒了。"

他收回视线，不动声色地掩盖眼底的情绪，极淡地"嗯"了一声。

林望书在收拾医药箱，手拿着棉签往里放，想了想，她还是开了口："药要按时吃，难受了哭也好，砸东西也好，不要再做出这种伤害自己的举动了。"

听到她的话，江丛羡身形微动，然后点了下头，虽然在收拾桌子的林望书并没看到。

蒋苑的电话一直都是无人接听的状态，没办法，林望书只能让江丛羡留下来住一晚，等明天酒醒了再让他离开。

客房一直都是闲置的，里面放着一些杂物。

林望书简单收拾了一下，从自己房间里拿出被褥和床单给他铺好。

"你先好好睡一觉，等明天酒醒了再走吧。"

这一会儿的工夫，他脸色就惨白得厉害，没有一点血色。他又开始说一些思维跳脱的胡话了，前言不搭后语。发病征兆短暂，也不给他缓冲的时间。

往往这种时候，他都是暴躁易怒的，语无伦次、喜怒无常、控制不住自己的情绪，也不知道自己在干什么。

林望书见过几次他发病后的样子，是可怕的。至少对于她来说是这样。

可他这次却没有发脾气，反而很高兴，话很多，多得有些反常："林望书，我来的时候给你买了糖，是你最喜欢的荔枝味。我之前其实也经常给你买，可我每次想给你的时候你都会惹我生气，我一生气就会对你坏，你不能总惹我生气的。"

他一边说着话，一边把那盒糖从大衣口袋里拿出来，递给她。

林望书看出了他的反常，心里也知道他是发病了。

她迟疑地伸手去接，他却皱着眉，面色愠怒："你是不是又不想要？我送给你的东西你从来都不喜欢，你就是想和别的男人在一起对不对？"

看到他这副样子，林望书鼻子一酸。

愧疚和难过一起涌了上来。心境不同了，自从得知真相后，她总有一种负罪感。

江丛羡每一次病发，都无疑是在给这层罪恶感不断地加码。

她一边安抚他的情绪，一边去给他拿药："别怕，吃了药就会好的。"

他却甩开她的手，还在那里自说自话："林望书，是不是非得我

月下娇

跪下来求你你才会看我一眼？"他眼角猩红，话说得极重，"好，我
给你跪下行吗？"

他说着话，便真的跪了下来。

林望书见状急忙去拉他："江丛羡，你别这样，我给赵医生打电
话，我们去医院，我们好好治病，会好的，肯定会好的。"

他痛苦地捂着胸口，大口地喘息，应该也在挣扎，和这场缠了他
太多年的病挣扎。

睫毛无力地垂着，挡住深邃的眸，曾经的江丛羡就像是一面镜子
被打破。他浑身都在颤抖，抖得厉害。明明家里开了暖气，可他还是
在抖。

他又神色慌张地求她："林望书，你别怕，我会好好治病的，我
以后发病了也躲着你，你不要我，我的病不会传染也不会遗传的。

"我好好治病，我不抽烟了，我也不喝酒，我好好听医生的话。

"你别不要我好不好？"

他语速很快，生怕林望书连听他讲完这些话的耐心都没有。

林望书抱着他，一直安慰："别怕，我不会不要你的。"

他也抱着她，整张脸都埋在她柔软的颈窝里。

墙上挂钟走得缓慢，时间流逝中，他剧烈跳动的心脏和急促的呼
吸也逐渐平复了下来。

颈间传来一股温润的湿意。

他的声音像是常年被关在地窖里的野人，终于得见天光时，开口
说的第一句话，沙哑得不像人声。又像是小动物死前的哀号，在渴望
得到一个救赎。

"林望书，我好难受。"

他是真的很难受，那种无能为力和挫败感交织在一块，像是有人
拿着石头，反复不停地往他胸口上砸。

他再运筹帷幄，再高高在上，可面对这个病，还是束手无策。以
前一心想死，也就无所谓了，可现在他想活着，他想好好活着。

"没事的。"林望书的手放在他后背轻轻拍打着，声音轻柔地安抚道，"我陪着你。"

她是个很温柔的人，可是从来不对他温柔，这应该是第一次吧。

江丛羡浮躁不安的情绪莫名安定了下来，因为她的那句"我陪着你"。

很奇怪不是吗？连镇定剂都无法让他彻底安定下来，她的一句话就办到了。

困意席卷侵袭着他的全身，眼皮越来越重，他却不忘讨一句承诺。

"是你说的，会陪着我，是你主动说的，不是我逼的，你不能言而无信。"

"嗯，不会言而无信的。"

他终于放心，靠在她肩上睡着了。

林望书醒得早，江丛羡醒得更早。

厨房里火开着，煎蛋的香味飘出来，开放式的厨房，很轻易就能看见他忙活的身影。

白色的衬衣，也没系围裙，因为此时的动作，手臂线条拉出衬衣的褶。哪怕是做饭，他也给人一种矜贵的清冷感，像夜空中无法碰到的星。

林望书甚至有一种错觉，昨天晚上可能只是她做的一场荒诞大梦，那个狼狈的江丛羡根本就不存在。

可她知道，这一切都是真的。就算是梦，她也没机会再醒过来了。

很难想象，她居然要去承担另外一个人的未来。

这是沉重的。

比任何时候都要沉重。

比起身体上的疾病，心理上的更磨人。

月下娇

　　江丛羡把煎蛋装盘，放在流离台上，简单清洗了一下煎锅，在上面刷上一层油，将培根放进去。林望书手里还拿着刚从冰箱里拿出来的酸奶，接触到高于冰箱内温度的空气，杯壁很快就挂起了一层小水珠，沿着她的指腹往下流。

　　林望书靠着墙，看了一会儿。

　　这还是她第一次见他亲自下厨，也是她第一次知道，原来他也会做饭。

　　培根的香味把林约给勾醒，他身上还穿着睡衣，揉了揉惺忪的睡眼，疑惑地从房间里走出来。姐姐虽然也会做饭，但她的厨艺一般，这么香的味道，肯定不是出自她的手。

　　林约刚出来就看到了厨房里男人忙碌的身影。

　　他有点惊喜，喊他："哥。"

　　男人手上动作稍顿，把火调小了些，然后才转身。看了他一眼，声音仍是往常一般淡淡的："先去洗漱。"

　　林约很听他的话，立马就进了盥洗室。

　　江丛羡也没看林望书，仿佛根本就没看到她这个人一样。培根煎好后装盘，只有两份，他没做自己的。洗净了手，又擦干，然后去拿外套："你们慢慢吃，我先走了。"

　　林望书叫住他："吃了再走吧。"

　　"不了。"

　　语气疏离地拒绝，他穿上外套准备离开，顿了片刻，还是哑着声音开了口："我昨天喝醉了，说的那些话你不用太往心里去。"他沉默了一会儿，又说，"你说的那些话我也会忘掉的。"

　　昨天晚上抽烟太多，导致嗓子沙哑到了极致。

　　不往心里去。

　　怎么不往心里去呢？

　　她倒是想，可是没办法啊。

　　林望书走过去，把手里焐热的酸奶递给他，不厌其烦地重复了一遍刚才的话："吃了再走吧。"

江丛羡垂眸看着她，没接。

林望书拉着他的手，直接将酸奶放进他掌心："头疼不疼？还疼的话，我待会儿再给你煮一碗醒酒茶。"

"林望书。"

沉默很久的他，突然连名带姓地喊她的名字，后者抬头，安静地等着。

他问她："你知道被我缠上会有什么后果吗？"

她脸色平静："什么后果？"

"你这辈子都会被我套牢，我不会再放手了。

"现在逃，还来得及。"

逃吗？

怎么逃呢？背负着愧疚和自责活一辈子吗？

做不到啊。

知道了那个真相后，她就做不到坦然面对江丛羡了。

他本该是个正常人，有正常的家庭，有正常人的情感，可这一切在他很小的时候就被毁了。

被她的父亲。

没有任何人有资格去劝他善良，她更加没有这个资格。

她没有回答他的问题，而是走过去，把自己盘子里的培根和煎蛋切成两份，分到另一个盘子里。

她问他："要放点胡椒粉吗？"

江丛羡沉吟了很久，看着她。

片刻后，他说："我给过你机会了。"

他太了解她了，以她的性格肯定不会放任他不管的，所以，他又赌赢了。

林约出来的时候，正好看到林望书和江丛羡都坐在餐桌旁。他身上的衣服已经换了，从睡衣换成校服。礼貌地喊了人后，林约拖出椅子坐下。

江丛羡的厨艺的确比林望书要好，并且好了不止一点，这点她还是不得不承认的。

刚刚确定好关系，两个人却仿佛比之前还要生分。

一种很诡异的气氛在周围盘旋。

这段关系里，好像一直都是江丛羡在主动。他不主动时，两人便形同陌路。而此时，他正好没有主动。他转身进了厨房，给林约倒了一杯刚热好的牛奶。

握着玻璃杯的那只手，骨节分明，玉白修长。他本身就好看，全身上下没有一处是可以挑出瑕疵的，如同一件工艺品。

他问了一句："几点上学？"

林约拿纸巾擦嘴："八点半，不过校车七点四十就会来。"

他点点头，没再说话。

林望书用筷子尖戳着盘子里的煎蛋，不知道在想什么，眼神有些飘忽不定。江丛羡余光捕捉到了，也没过问，就这么安静地用完了早餐。

林约在林望书的陪伴下上了校车，她重新折返进来，江丛羡已经穿戴整齐了，在对着镜子折领带。银色的领带夹在灯光的映照下泛着一层冷色的光。他专心于某一件事时，总有种认真的美感，哪怕只是打个领带而已。

但林望书总觉得哪里不太对，可能是自己的心态吧，她还是没办法去适应这段关系。

很奇怪，可又说不出哪里奇怪。

没办法和他表现得太亲密，内心是欺骗不了的。

她走过去把碗筷收拾好："你先走吧，我上午没课。"

江丛羡闻言，手上动作稍顿了一会儿。

他将袖扣嵌入扣眼中，动作轻缓细致，并没有着急回应林望书。

等到这一切都忙完以后，他才走过去，问她："驾照考了吗？"

林望书一愣，不知道他为什么要突然问这个问题，然后才点头："考了。"

他轻轻"嗯"了一声，把车钥匙递给她："我昨天喝了点酒，现在还不能开车，你来。"

林望书迟疑着："可我很久没开过车了。"

她只上过一次路，还是半年前。

他语气淡淡道："没事，我在旁边教你。"

林望书接过钥匙后，终于后知后觉地反应过来，是哪里不对了。

现在的江丛羡就像变了个人一样，不再是她所熟悉的那个自私冷血的暴戾狂。现在的他，有着符合他这个年龄的成熟和气度。

她一时不知道，到底哪个才是真实的他。

最后还是接过了车钥匙，回房换了身衣服。

两人一前一后进了电梯，林望书捂着嘴，打了个哈欠，还是有点困。昨天因为江丛羡的病折腾到了很晚，可是后者却没有丝毫异样，可能是熬夜熬习惯了，他的睡眠时间本来就不固定。刚在一起那会儿，他的时间几乎都是日夜颠倒的。

电梯缓降到了一楼，江丛羡的车因为是外来车辆，进不了地库，于是停在小区后面的露天停车场。

过去的时候林望书的手机响了，她低头去看，来电联系人显示着"盛凛"。

犹豫了一会儿，她刚准备挂断，前面却传来男人温和的声音，在喊她的名字："望书。"

盛凛一直在等林望书给他答复，从告白那天开始，她就一直没有联系他。虽然说给她足够的时间考虑，可盛凛觉得男人还是应该主动一点，所以他就过来了。

只是没想到居然会看到面前这一幕。

她和江丛羡一起出来，这个时间点，他们一起出现，只有一种解释——昨天晚上他们也在一起。

月下娇

这样的答案一旦成形，似乎可以联想出很多种场景了。

盛凛呼吸停滞，心脏莫名有种刺痛感。他不敢去深想，只好不断地麻痹自己，是他多想了。可能，是江丛羡过来找她，两人正好在楼下遇见。虽然存在自欺欺人的可能性，但还是让他好受了些。

盛凛走过来，和江丛羡打过招呼。后者略微颔首，也算是给过回应，礼貌疏离。

盛领把路上买的豆浆递给林望书："知道你早上肯定又不会好好吃饭，特意给你买的。"

林望书下意识地看了眼江丛羡。

他太善妒，占有欲又强，更多时候，他不愿意压抑自己的情绪。林望书以为他会发火，毕竟也不是第一次了。却不想后者脸色平静，只是垂眸温声说："鸡蛋和豆浆不宜同食，会影响消化。"

似乎只是在关心提醒她，可在盛凛听来，却不只这一层意思。

他不光知道她吃过早餐，还知道她吃的什么。这就说明，他们刚才的确在一起。

甚至于，昨天晚上也在一起。

盛凛腮帮咬紧，又松开，呼吸仿佛被遏止住了。

风，大了些。

江丛羡看了眼林望书身上不算厚的衣服，把自己的外套脱下来，给她披上："你们先聊，我去前面等你。"

语气亲昵，进退有度。

他走后，四周又静了许多。

盛凛好不容易才平复下来呼吸，有些艰难地问出了口："你们昨天在一起吗？"

林望书点头，也没隐瞒。的确是在一起，虽然什么也没发生。

单恋本来就是另一种层面上的自欺欺人。盛凛在心里说服完自己不在意，然后准备去找她要一个答案。

关于那场没有结尾的告白。

林望书却在他之前说出了口："盛前辈，对不起。"

她和他道歉，连称呼都变了，重新变得疏离。

盛凛觉得自己一直以来还算稳重，哪怕是碰到再大的打击和挫折，他也能自如应付。可听到林望书说出这句对不起后，他却感觉自己的身子都跟着恍惚了一下。

林望书说："有些事情不方便和您讲太细，但我的确是和江丛羡在一起了。"

盛凛急了："可我看得出来，你对他的喜欢远不足以支撑这段感情。"

"这不重要。"

"为什么不重要？两个人在一起的首要条件不就是两情相悦吗？"

林望书沉默了很久："这是我欠他的。"

可是她真的欠他的吗？她甚至连个帮凶都算不上。有时候就连林望书自己都觉得迷茫，可每次看到他发病，她都会想起她妈被家暴的场景。

能把一个活生生的人折磨成这样子，手段只会更凶残。

所以林望书没法置身事外，也没有这个勇气置身事外。

"对不起，盛前辈，以后我们还是以前后辈相称吧。"

说完，她把手里的豆浆还给他，便绕过他走了。

小区外，江丛羡正靠着墙抽烟，没什么情绪，就只是很平静地抽着烟。偶尔看一眼消散在空中的烟雾，也不知在想些什么。

直到看见林望书了，他才把烟摁灭，扔进旁边的灭烟盒里，语气淡淡地问："说完了？"

林望书看着刚熄灭的烟蒂，没说话。

江丛羡注意到她的视线了，轻声解释："情绪上来了，没控制住，以后不会了。"

林望书知道他口中的情绪指的是什么，他了解她，她同样也了解他。

月下娇

"你放心好了，我既然答应和你在一起，就肯定不会不要你的。"她顿了顿，声音很轻，"除非你主动提分手。"

他"嗯"了一声，朝着停车场走去。

林望书犹豫了一会儿，问他："你会提吗？"

男人停下脚步，垂眸看她。他的眼睛是深邃的，像是幽暗的潭，单是一双眼睛就可以看出他的心思深沉。

他这样的人，一旦想要隐瞒自己的情绪，足够做到滴水不漏。林望书知道，自己玩不过他，甚至于这个玩的机会都取决于江丛羡会不会给她。

她一直觉得自己对他还算了解，可现在突然觉得自己的认知存在偏差。或许，她眼中的江丛羡，只是他愿意让她看到的。他想和她玩，所以露出最真实的一面，等到他玩腻了，便把一身锋芒收敛。

男人清冽的声音在她头顶响起："你希望我提吗？"

明明是她先问的，最后却把决定权交给了她，明知道她不可能说出那句"希望"。

林望书说："没有。"

他点头："那我就不提。"

你看，很轻易不是吗？得利的是他，最后善解人意的反而也成了他。

这就是江丛羡，只要他想。

林望书永远玩不过他。

豪车和普通车还是有许多不同的，光是熟悉那些仪器就花费了一些时间。好不容易上了路，因为害怕，林望书可谓开出了龟速。

后面的车生怕剐蹭到这辆天价轿车，纷纷避让着。还有人开车经过他们时，故意拉下车窗冲着林望书挑衅道："跑车都让你开出了电动三轮的速度，妹妹，还是先练练再出来吧。"

林望书双手握着方向盘，脸有点红。江丛羡看着她，目不转睛地看着她逐渐泛红的脸。

那人的话被风吹散，落在他耳边时，已经变成了零散的字，没有完整的意思了。他心里想的全是，真可爱啊，怎么能有人这么可爱？可爱到他拼命地压制欲望，才得以忍住。

想抱她，也想亲她。只是在一起还不够，他要的是她的爱。她的疼爱、她的宠爱，以及她的偏爱。他要她把所有的爱全部给他，他本身就是极其恶劣的人，哪怕伪装得再好，他依旧恶劣，所以，他不惜变成她喜欢的那一类人。

随着导航里的那句"您已到达目的地"，林望书终于松了一口气，手心全是冷汗，她松开方向盘，想去拿纸巾，手却被人按住。

男人骨节分明的手指扣着她的手腕。

林望书愣了一下，抬头看他。他眼底欲望太深了，深到没法藏。也可能是，他根本就没想过要藏。

他喊着她的名字："林望书。"

"嗯？"

男人喉结滚动几番，性感沙哑的声音溢出来："我可以吻你吗？"他不断退让，"或者，抱也行。"在他不断的靠近下，林望书还是偏头躲开了。

安全带因为他此时的动作而被拉长，江丛羡看着她的侧脸。她的睫毛很长，以往每次接吻时，她的睫毛都会似有若无地蹭在他脸上，蹭得他有点痒。

心也是痒的。

江丛羡喜欢这种感觉，他喜欢她带给自己的任何一种感觉。

痛也好，快乐也好。

只要是她。

偏执恶劣的人，总会把自己所有的情感全都寄托在同一个人身上。一旦恨上了，那这辈子都会一直恨下去。

爱也是。

月下娇

但这些江丛羡不打算再和她讲了，已经讲过一遍了，说得多了，便会显得敷衍，不真诚。他早就被生活磨炼得圆滑，以往懒得在她面前伪装。总觉得，面具戴久了，总得有个可以喘气的地方。所以在林望书面前，他永远无保留。

恶劣的、阴暗的，他把自己剥开，全部给她看。

但现在不会了。

既然要得到她独一无二的爱，就应该付出些什么，他不介意活得更累。

江丛羡重新坐直了身子，面对她的抵触并没有表现出太大的反应，反而淡定如初，就像什么也没发生过一样。

这让林望书愣了一下。

原本以为，以他的性子就算是硬来也得把她的脸掰到自己面前，在她面前，他永远都掌握着主导权。可现在，他什么也没说。

解开安全带后，他拿出药和水，一起服下，然后问她："这车开着顺手吗？"

林望书的手因为紧张，还放在方向盘上。

她点头："还行。"

他低"嗯"一声，道："以后你开吧。"

林望书愣住："什么？"

他把药瓶拧紧，放回原位："送你了。"

林望书连忙拒绝："我不能要。"

江丛羡抬眸看她，他的眼神很静，带着某种很罕见的安定。在普通人身上很平常的情绪，于他来说都算罕见。

车窗封闭，这车的隔音效果很好，哪怕车外下起了雨，里面还是静的。他的声音低沉清冽，像山泉流水，淌过岸边滑石，又在她耳边停下。

"本来就是给你买的生日礼物，可你那天惹我生气，我就没给你，然后一直拖到了现在。女款的，我也开不了，你不要的话就只能放在停车场落灰了，多浪费。"

林望书知道，就算自己现在拒绝了，江丛羡总有办法让她点头。

他这个人，拿起和放下都能做到很坦然，但只要他想，任何事情他都可以办到。

她最后还是点头了。

结果无非就是，放在他的车库落灰，或者放在她居住的小区车库落灰。本质上其实没有太大的区别，但对江丛羡来说，也足够了。

他在意的并不是这辆车能不能发挥它的价值，而是它落灰的地点在哪里。

这很重要。

只有先摸清林望书对他的容忍程度到了哪一步，他才可以不断把范围扩大。

现在看来，是个不错的开场。

"那我先走了。"

林望书点点头："好。"

他打开车门，拿出里面的伞，伞面是黑的，伞柄也是黑的。临下车，他和林望书叮嘱了一句："开慢点，路上小心。"

得到后者的回应后，他才撑着伞进了写字楼。

这栋大楼在科技园最好的地段，一整栋楼全是他的，从一无所有到现在，其中的艰辛也只有他自己知道。

但外人眼中的风光，于他来说都变成了一些可有可无的数字。

五天睡不到七个小时，就连赵廖都说，他没猝死简直算是医学奇迹。

他既然可以对自己狠，自然也可以对自己更狠。

感情也是一样。

他不着急的，他还年轻，他还有时间，他可以慢慢来。他现在已经把林望书捆在身边了，以她的性格，哪怕她真的对谁动心了，也会逼着自己忘掉。她做不到朝三暮四，也做不到在知道那些真相后，再来伤害他。

江丛羡唯一感谢林有为的就是，他生了一个好女儿。哪怕是等到他七八十岁的时候她才爱上他，他也无所谓的。

多好。

这个时间是上班打卡的高峰期，大楼外不少员工看到自家大老板从那辆车的副驾上下来。虽然看不清主驾的脸，但依稀能看个大概。

是个女人。

一时议论纷起。

人多的地方总有八卦，大公司压力太大，难得找到一个放松的缺口，大家自然不会放过。很快，这条八卦就传遍了整栋大楼。

"听说江总今天是被一个开着豪车的女人送来的，长得挺漂亮。"

谣言往往越传越离谱，加上各自的脑补，便出了不同的版本。员工群内，大家聊得热火朝天。

"听说是未婚妻，就是之前来公司的那个。"

"每天来公司找江总的女人多了去了，你说的哪一个？"

"我刚刚就在门口，我看得一清二楚，江总可是搂着那主驾上的妹子亲了好久。"

似乎是为了增加一些可信度，他甚至还直接打开绘画软件，现场画了一幅草图。他是设计部的，美术专业出身，画工一流。整幅画活色生香，还真带了那么点暧昧的氛围。

"当时大概就是这么一个情况，啧啧，那妹子可是搂着咱们总裁不肯放呢，热情奔放得很。"

"总裁居然没推开？我记得他好像有洁癖啊，之前我拿企划案给他，不小心碰到他的手了，他当时的眼神我现在想到都害怕，似乎想先剁掉我的手再剁掉他被我碰过的那只手。"

说话的是一个妹子，原本属于总裁办的，发生这件事后她就被调离了岗位。说是调离，其实就是降职。

她当时的确也有点私心。整天朝夕相处的老板不光有钱，还长得帅，这个年纪的女生春心萌动很正常。霸道总裁爱上我的故事看得多了，便真的以为自己会和他有一段情感展开。

特地买了新裙子，化了很心机的楚楚可怜妆。明里暗里地撩，谁料非但没有等到那句"这个女人真特别"，反而还被降职了。如果不是她业务能力可以，兴许就直接被辞了。

所以这话说得也掺了点个人情感在里面，带着些埋怨。

谁知道很快就惹来了调侃。

"得了吧，你以为我不知道你们这些女员工的心理？个个都一门心思想着钓总裁，现实点吧，就你们这硬性条件，连那些每天自己找上门的女人都比不上。"

这话范围太广了，几乎得罪了全公司所有的单身女性，大家顿时对他进行了声讨。

"不是，你这话什么意思？我们硬性条件怎么了？"

"自己头发都不剩几根了，还在这儿关心别人的条件呢。"

"迟早最后几根头发也全部掉光。"

一时之间，关于老板的八卦绯闻变成了一场骂战。终止这场骂战的，是一条寥寥几个字的消息：

"是我工作安排得太少了吗？都这么闲。"

隔着屏幕都能感受到男人的低气压。

办公室里的众人拿着手机你看看我，我看看你。

"你们说这是特助说的，还是江总说的？"

"看这语气好像是江总……"

"干活干活。"

没有什么比上班时间摸鱼还被老板发现更可怕的事情了，而且他们摸鱼八卦的内容还就是他们的老板。好在男人并没有深究。

特助站在旁边，大气都不敢喘一下。他看公司群一直响个不停，就抽空看了一眼。正好看到里面在讲八卦，聊天记录还没拉完，手机便被人抽走。

月下娇

江丛羡眼神淡漠，一条一条地往下拉，特助吓得手都在哆嗦。

他外表温和也宽容，但这不代表他会一直温和，一直宽容。作为工作期间完全在一起的助理，他深知男人是个怎样的人。

骨子里还是流着恶劣的血，不过他比任何人都多了些忍耐，但这并不包括在私生活方面。

每天找来公司的，都是一些千金名媛，个顶个都是大美女。好看的人，接触到上流人士的机会总是多一些，她们自然也不例外。

想和有钱人谈恋爱很简单，但她们就是对江丛羡念念不忘。他就像毒药，她们明知道致命，但就是想试试。

林望书看不到的魅力，那些人统统可以看到。明知可能是飞蛾扑火、有去无回，甚至万劫不复，可她们还是想去试试。

被这样的男人爱上，该有多刺激啊。甚至于，还有人买通了助理，在江丛羡上班前来了总裁办，偷偷溜进他的办公室，躲在办公桌下。

听到门打开，椅子被拖出，来人坐下。入目看见的，是男人熨烫好的黑色西裤。长腿交叠，随性高冷，他浑身上下没有哪处是不性感的。

桌下女人颤抖着双手去解他的皮带，她很自信，没有哪个男人能拒绝送上门来的主动。

可惜皮带最终还是没解开。

她被送进局子，判了刑，罪名是猥亵和性骚扰。

那个助理也被辞了，因为这件事，他的履历上也有了污点。被大公司盖上污点的，基本彻底告别这个行业了。

特助也是这个时候被招来的，得知前辈的事情后，他自然也是如履薄冰。

因为深知江总对这种事情的厌恶程度，心理上的洁癖比身体上的还要严重。

员工群里，那些人还在络绎不绝地刷着屏，臆想着江丛羡和那个女人的关系。

特助现下最想做的就是拿着喇叭吼一声，让他们别说了，老板正窥屏呢，他们说的那些他全部看见了。

时间缓慢地流逝着，对他来说简直是度日如年。

直到男人屈指轻触屏幕，敲下一行字发送。

他面上没什么情绪，仍旧淡漠平静，所以特助不能从他的表情上来判断他发送的内容是什么。

江丛羡把手机递还给他，什么也没追究，只说："去忙吧。"

特助如释重负，刚要离开，男人微沉的声音再次叫住他。特助后背莫名一凉，以为他这是要找自己算账来了。

结果他只是说："那幅画，发给我。"

画。

某位员工画的接吻图。

特助连忙点头："好。"

"不过那张图他没画脸。"他讨好地问道，"需要我让他重新画一幅吗？把脸也加上。"

江丛羡侧转了下椅子："不了。"

她的美，画笔是没办法还原的。

第十八章

生日告白惨案

　　林望书还是没多少经验，车开得很慢，好不容易到了家，她把车停在地库里，然后回家拿东西。

　　考试逼近，学习强度也成倍地增加。

　　公交车停在学校附近的站牌，她刚下车就接到了夏早的电话。她应该在吃东西，话说得也有些模糊不清："小书，你到学校了吗？"

　　林望书花了一点时间才把她的话转换过来。

　　"刚到，怎么了？"

　　她把嘴里的食物咽下去了，又喝了口水润嗓子："我在你们教室呢。"

　　旁边寻雅的声音传了过来："望书，你快点过来，这个蛋糕真的太好吃了，你必须得尝一尝，专门给你留了一块。"

　　林望书选修的大课和寻雅重了一节，所以每次寻雅都会替她占个座。自从上次介绍了个文身的工作室以后，一来二去的，寻雅就和夏早混熟了。

　　林望书刚到教室，就看见她们两个在后排冲她招手。

夏早打扮得有些特立独行，再加上她那张慵懒又带点厌世的长相，所以很轻易就吸引了教室里其他学生的目光。

那头脏辫还没拆，本来今天约好了人的，结果因为工作室整修，他们明天才上班，只能多留一天了。

夏早和她炫耀："你赶紧尝尝，这蛋糕可是我亲手……"

林望书惊讶："你亲手做的？"

她歪了下脖子，抬手去蹭后颈，笑得有几分心虚："我亲手从张也那儿拿来的。"

张也就是那种典型的好学生，话很少，也安静。和江丛羡的冷血不同，他本身就是偏内向的性子。

爱好也和夏早大相径庭。他对摇滚乐没兴趣，平时就算是听音乐，也都是一些黑胶唱片的古典乐。打发时间的爱好也都是烘焙、书法这种一个人就可以完成的事。

他和夏早，完全就是两个极端。

夏早说："这蛋糕可是张也最近刚做出来的新品，外面可是买不到的，你快尝尝。"

林望书拿着叉子挖了一小口，送进嘴里，在夏早一脸期待的注视下点了点头："很好吃。"

夏早顿时兴奋起来了："好吃对吧，那你说，蒋苑会喜欢吗？"

林望书愣住了："蒋苑？"

"我上次偷看他身份证了，下周就是他的生日，所以我想亲手做个生日蛋糕送给他。"

虽然对于夏早和蒋苑两个人居然会有联系感到诧异，但林望书还是提醒了她一句："蒋苑他不过生日的。"

夏早疑惑："哪有人不过生日？"

"也不是不过生日。"林望书一时不知道该怎么和她解释，努力组织了一下语言，然后才再次开口，"他平时生日都是和江丛羡一起过，而且就是非常普通地在家里吃一顿饭。"

月下娇

年年如此。

江丛羡对这种形式上的事不过多关心，顶多在记起今天是蒋苑生日时，嘱咐一句厨房多做点蒋苑爱吃的菜。

但绝大多数时，他都是记不起的。兴许是和他待久了，蒋苑有些地方被他同化，对生日同样不上心。

夏早听完她的话后，误解了她的意思，皱着眉："你是说，他生日只和姓江的一起过？"没想到她居然能曲解成这样，林望书刚要解释，夏早神色有些复杂，"你说他该不会是同性恋吧？"

"……应该不是。"

夏早抿了抿唇，没说话了，只是拿着叉子去戳蛋糕，有点丧气。

蒋苑那个人，其实不适合谈恋爱。他太听江丛羡的话了，这种无条件的服从必定会让一段感情失了平衡。可看到夏早垂头丧气的模样，林望书还是有点不忍心。

她安慰道："还是有办法的。"

解决问题，总得先从根源上来解决。

根源就是江丛羡。

校车只接不送，所以每天下午还是得家长亲自去学校门口等着。有了之前几次的教训，林望书现在都是提前半个小时过去，可还是低估了北城市区的堵车程度。

等她赶到的时候，校外已经没多少人了，她拿着手机准备去保安室。一般家长来晚了，或是没人接的学生都会被带到保安室等着。

走了两步，手机就响了，是江丛羡打来的，男人清冽好听的声音从耳边传来。

"转身。"

很平常的语气，算不上命令。林望书疑惑地转身，手机还放在耳旁。

马路对面的香樟树上落满了雪，他站在一旁，穿着板正沉稳的西装三件套，额发和肩上落了几片雪。

应该站在这里等了一段时间了。

既然他能出现在这里，那就说明林约已经被他接走了，保安室也就没必要再去。

林望书挂了电话过去，眼睛在他身边看了一遍。

知道她在找什么，江丛羡说："外面冷，我让他先在里面的咖啡馆里坐着。"顿了一会儿，他又说，"怕你见不着人担心，所以我就在外面等了一会儿。"

林望书问他："怎么不打电话呢？"

"打过了。"他看着她，"你没接。"

这话便沾了点其他的情绪，太淡，但也足够林望书听出其中的控诉和些微的委屈。

林望书翻了下通讯录，果然在上面看到了几条未接来电。

上课的时候调了静音，忘了打开，在车上时手机又一直放在包里，所以也没察觉。

她想和他道歉，可看到他冻到开始泛乌青色的手时，顿了一会儿，然后低侧着头，想去包里拿暖宝宝。又突然想到她手里最后一个暖宝宝已经被她撕开贴在针织衫上了，用来暖肚子的，位置太尴尬。

她支吾了一会儿，问他："你介意——"

不等她说完，江丛羡便摇头："不介意。"

因为知道了她不会离开自己，最害怕的事情已经不可能发生了，所以其他任何的事他都可以不介意。

只要是林望书提出来的。

听到他的话，她脸有点红，解开了呢子大衣的牛角扣，把针织衫上的暖宝宝撕下来，递给他："你先拿着暖下手吧，不然出了冻疮就惨了。"

江丛羡看着那个还沾着她针织衫上细小绒毛的暖宝宝，很久才伸手去接。

月下娇

他没说话，也没有表现出任何的异样来，只是觉得，她还是太蠢。跟了他那么久，除了学会惹他生气，他的聪明一点也没学到。

怎么能当着一个男人的面脱外套呢？

江丛羡从来不否认自己是个好色的人。他喜欢林望书，喜欢她的一切。

林望书自然无法从他一本正经的表情下看穿他此时的龌龊想法。

她说："我隔着衣服贴的，没碰到其他地方，你可以先暖下手。"

江丛羡点点头，把暖宝宝握紧了些，和她道谢。

其实他们现在的关系，相处本可以不这么处处带着礼貌的。但既然林望书还不太适应，他可以多给她点时间去适应。

毕竟情侣之间该做的事情，他一件也不会落下。

只是还不是现在。

既然想得到她的爱，就不能再像之前那样不顾她的意愿硬来了。

不可取。

咖啡馆里，林约手边放了一杯热饮，正在写作业。

他在某些方面很有天赋，也聪明。他考试从来都是第一，所以在学习方面，林望书也不需要替他担心。

相比较起来，更加需要担心的那个人好像是她。

江丛羡又要了两杯美式。一杯不放糖，一杯多糖多奶。

外面的雪下得更大了，看情况一时半会儿也停不了。

江丛羡中途出去接了个电话，工作方面的事情。

等他进来的时候，挨着落地窗的那张桌子旁，此时一女一男，一大一小，都低着头，拿着笔在写作业。模样有几分相似，拿笔的方式也一模一样。只是小的那个看上去很轻松，大的则是愁着一张脸，时而翻下资料，时而额头抵着桌面自闭。

江丛羡不忍心破坏这样的画面，便没有急着过去。

他更喜欢这个状态下的林望书，就是一普普通通的小女孩，会因

398

为作业太难而发愁，会长吁短叹，会抓耳挠腮。

多可爱啊。

江丛羡看了很久，在她因为解不出来题而开始感到焦虑，去咬自己嘴唇的时候，他走过去，拉开她身侧的椅子坐下："别咬了，再咬该流血了。"

林望书一愣，抬头看了他一眼，见他正在看自己的作业，下意识就要伸手去挡。写了这么久，连一道题都没写出来，太丢人了。

江丛羡却没有丝毫要嘲笑她的意思，反而很认真地从林约的笔袋里抽出一支笔："哪道题不会？"

林望书沉默了一下，声音小，说得也没底气："全……全部。"

江丛羡看了她一眼。

其实就是很普通的眼神，没什么太多的含义，但在此刻的林望书看来他就是在嘲笑她脑子笨。她本身就不算很聪明的那一类，学习也是。

笨鸟先飞，勤能补拙，她就是那只笨鸟。

男人没有理会她的沮丧，反而很认真地从头到尾，把所有的题目都给她讲了一遍。

咖啡馆没什么人，很安静，店里放的是某个韩国组合的歌。轻柔舒缓，很符合这个咖啡馆的风格。

江丛羡的音色很正，语调放轻时，有点气泡质感。

林望书知道他很聪明，但一直以来，她所理解的聪明都是在于他的心机和城府，可没想到他在这方面也这么聪明。

解题思路和教授不同，甚至更清晰，三言两语就能让林望书听懂。他了解她，也知道怎么讲才更容易让她接受以及消化。

林望书听得认真，乖乖巧巧地坐在那里，偶尔低头把他说的重点写下来。那个时候江丛羡就会光明正大地盯着她看。

她的手很好看，修长细白，但因为长期练琴，指腹处有一层薄茧。江丛羡并不觉得这层茧会影响美感，他反而很喜欢这里。

月下娇

因为有了那层独一无二的偏爱，所以林望书身上的每一处他都喜欢。

很喜欢，喜欢得不得了。

温柔的眼神却在看到她的解题步骤时，稍微显出了点严厉的神色："这里错了。"

林望书沉默了一会儿，犹豫着抬头看他。眼神像小鹿，一面害怕，一面又有着对知识的渴求。

江丛羡被她这么看着，突然开始后悔。他不应该选择创业的，而是应该当老师。

这样就可以一直被她用这种眼神看着了，多好。

黑色的笔触在草稿纸上画过，他简单地写下一串公式："用这个换算一下。"

林望书照着推了一下，果然算出来了。

她由衷地感叹了一句："你都毕业这么久了，居然还能记得这个。"

下意识脱口而出一句夸赞，可这句话在江丛羡耳中却似变了味，仿佛在说他老。

于是他提醒林望书："我只比你大六岁，也才毕业七年。"

他这话说出来，林望书仿佛被公开处刑了一般。

她读书晚，二十一岁了才大二，而江丛羡因为聪明，成绩好，一路跳级，二十岁就大学毕业。

差距便在这里显出来了。

她默默闭嘴，专心写作业。

江丛羡放下笔，怕他们饿，又去要了两块蛋糕。林望书看到蛋糕了，才想起夏早的事。

斟酌了很久，她才开口问他："蒋苑的生日是不是快到了？"

他眼睫微垂，似乎在想，然后才漫不经心地点了下头："好像是。"

"生日的话，应该得办生日宴吧？"

男人动作顿住，没有回答她的话。

林望书也没察觉出异样来，脑子里想的全是怎么说服蒋苑去办这个生日宴。他什么都听江丛羡的，所以说服了后者，就等于说服了他。

"感觉之前也没怎么重视过，但过了二十五岁以后生日都是过一次少一次的，所以我觉得还是不应该再像从前那样随意对待。"

他语气依旧平淡："难道二十五岁之前的生日不是过一次少一次？"

林望书被他问住了。

她也就是打一个比方，没想到他会这么钻牛角尖。

缓了一会儿，她才说："我只是打个比方而已。"

他的语气更加淡漠："以后不要再打这种没有逻辑的比方了。"

"哦。"

他把那块黑森林蛋糕推到她面前："吃了它。"

他又变回她所熟悉的那个江丛羡了，霸道，强硬，不容置喙。

若是以前，林望书就算没法改变最后的结果，也会梗着脖子和他反抗一番。可是现在她没说什么，只是听话地拿叉子去吃蛋糕，头低着，也不说话。

从江丛羡的角度能看到她小口抿着上面那一层巧克力奶油。他又突然开始后悔，觉得自己刚刚好像凶了点，开始心疼起她。

一旦有了这种情绪的存在，他的语气就会放缓，对她也更纵容。

"慢点吃，不然会腻。"

林望书其实也没觉得委屈，她不说话是因为在想怎么说服江丛羡点头同意。可能让他高兴了，说不定就会比较好说话，于是她把那一整块黑森林蛋糕全部吃完了。

江丛羡的脸色果然缓和了很多。

注意到他细微的情绪变化了，林望书见缝插针道："我还是觉得

月下娇

生日应该重视一点。"

他喊她的名字："林望书。"

她抬眸："嗯？"

"你故意想惹我发病是不是？"

这句话就像是一个禁忌。

只要他提起，就会让林望书的愧疚加深。

她低着头，拿叉子去戳面前的蛋糕，却只戳中空气，然后才想起来，她已经吃完了。注意力没被转移，反而让尴尬更上一层。她将头埋得更低，整张脸都涨得绯红。

他说出那句话其实也没别的意思，只是想让她闭嘴，他讨厌她在自己面前讨论其他男人。

可她呢？她居然只有愧疚。非但不知道他在因为什么生气，反而急着去转移注意力。

他当然想到过这点，和小孩子谈恋爱，肯定会有许多代沟。她们这个年纪的人，思维都跳脱，他再聪明也不可能时时刻刻都猜到她们想的是什么。很可能这一秒还在愧疚，下一秒就联想到其他的事，开始感到尴尬。

小朋友嘛，会这样也很正常。

在她的整张脸都快埋进面前那个沾了巧克力的盘子时，江从羡伸手，托住她的下巴，这才阻止了她继续往下的动作。

他的手很大，手指也长，泛着凉意的掌心，只在指尖处才有一点暖意，只需轻微地拢住，便可以掐住她的脖子。若是缓慢地收紧，不用几秒，她就会窒息，整张脸先是泛红，然后再变成青白色。

林望书很轻易就将他与凶案现场联想到了一起。也不怪她，毕竟江丛羡一直以来给她的感觉就是这样。

危险、可怕。

男人低垂眼眸，手指没有往下，反是在她下巴上轻轻摩挲了几下，像挠小猫一样挠她的下巴。

动作是温柔的，声音亦是充满了温和："委屈什么？我又不是不答应。"

林望书愣了好一会儿，才迟疑着开口："真的吗？你真的同意？"

江丛羡对生日并不在意。姐姐还在世的时候其实也会期待，因为知道有人会给他准备惊喜，可是后来独身一人了，反而觉得无所谓了。生日不过是一个数字，顶多比其他时候多了些特殊的意义而已。

但对于生病的江丛羡来说，出生那天便是有罪，久而久之，他也就不过生日了。

虽然不过生日，但也不代表他不介意林望书给别人过生日。

他们在一起这么久，她也没说要替他过一次生日。现在倒好，关心起其他人了。

可以，挺可以的。

虽然心里吃味，表面上倒是不见异样。

外面雪停了，林约的作业正好也写完。江丛羡简单地帮他检查了一下，几乎全对。

林家的好智商似乎全部被林约继承走了，林望书不算蠢，但也不在聪明的范畴内。如果不是在音乐方面有着超乎常人的天赋，她可能就得背负着花瓶的称号过一辈子了。

江丛羡开车先把他们送回去。

林约下了车，礼貌地和江丛羡说再见。林约的病好治，只是时间问题，大多数的时候还是正常的，譬如现在。医生也说了，随着年龄的增长，他也会稳步康复。

江丛羡手肘搭在方向盘上，略微颔首，也算是给了他回应。但他没急着走，而是将视线放在林望书身上，仿佛在等着什么。

林望书顿了一下，也抬手和他说了声再见。

江丛羡这才"嗯"了一声，表情没什么变化，但能看出来，他很满意。平时非得将欲望完全发泄出来才会满意的男人，现在却只需要一句很简单的再见。

月下娇

江丛羡并非贪得无厌的人，从很久之前就是了。之前他对林望书是半强迫的，因为心理得不到满足，只能先填满身体上的。

天平上，总得有一方是倾斜的。

比起身体，他更想得到的是她的心。

做梦都在想。

送他们回家后，江丛羡去了医院。

每个月两次的复查，赵廖看着结果，神色不太好看，问他："你按时吃药了吗？"

江丛羡点头。

赵廖戴上眼镜，重新看了一遍，以为自己看错了："最近有没有出现过心慌，呼吸困难，浑身发抖的症状？"

江丛羡依旧点头。

赵廖把结果递给他："重度焦虑。"

他伸手接过，粗略地扫了一眼。

精神方面一旦开始出现状况，是很容易引起其他的连锁反应的。像江丛羡这种，病龄这么长，并且还这么严重的，赵廖其实也见过不少，但现在都没什么联系了。

有的治愈了，而大多数，则是彻彻底底地离开了这个让他们抑郁难过的地方。

不是短暂地离开，而是永远也不会回来的那种。

双向情感障碍就像是一把架在脖子上的钝刀。它不会很快地将你置于死地，但能让你时刻处于恐惧中，消磨你的意志。

江丛羡现在就处于这样一个危险的境地。

赵廖依旧在鼓励他："你这个病可以治好的，只要你配合治疗，好好吃药。"

这话江丛羡都听出茧子来了，他自己是个怎样的状况，他比谁都清楚。不过是拖着个病体苟延残喘，但他也没真打算放弃。

404

试试吧。

再坚持坚持，都走到这步了，经历了半生的苦难，好不容易开始看到一点幸福的苗头。

现在就死的话，多亏啊。

林望书给夏早打了个电话，告诉她这个好消息。

夏早刚从录音棚出来，穿了件黑色的连体工作裤，脏辫拆了，染了灰色的挂耳烫。

听到林望书的话后，她眼睛一亮："答应了？"

"答应了。"

刚刚录音时和合作的男歌手闹了点矛盾，夏早本来还在气头上，这会儿也全消气了。

"我还以为那个姓江的很难搞呢，想不到居然这么好说话。"

林望书在心里吐槽，的确挺难搞的。

那边的工作人员在叫夏早的名字，她应了一声后和林望书说："我要去录歌了，待会儿再给你打电话。"

林望书点头："好。"

电话挂断后，她把台灯打开，出去泡了杯咖啡，然后拿着今天做的笔记看了起来。

都是一些江丛羡给她讲的重点，对她来说真的很有用。

他的确很聪明，智商也高，不光是在做生意上，而是表现在方方面面，这点林望书不得不承认。

蒋苑回来的时候客厅灯没开，书房里有动静传来，是什么掉在地上的声音。他神色微变，连鞋也忘了换，直接冲到二楼书房里。

江丛羡坐在沙发上，领带解开了，衬衣领口也被扯坏，锁骨处有几道新鲜的红色抓痕。他捂着胸口，大口地喘息，全身都在冒冷汗，头发也被浸湿，脸色惨白，手边是散落一地的白色药丸。

月下娇

他就像是随着浪潮搁浅的鱼，危在旦夕。

蒋苑急忙过去，把药捡起来，倒了一杯水递给他。

他摆了摆手，声音虚弱："吃过了。"

这药可以治病，但也不是灵丹妙药，没办法立刻抑制住他的病情，最少也得半个多小时才见效。好在他也都习惯了，并不会觉得有多难受。

时间流逝，夜凉如水。

江丛羡逐渐恢复了稳定，蒋苑下楼给他倒了一杯热水。

衣服重新穿戴整齐，现在他看上去和正常人没有任何区别，甚至比正常人还要冷静沉稳。

合同在法务部走了一遍，特助发给他再次过目。

这就是江丛羡，公私分得很细。哪怕前一秒还在生死边缘徘徊，也能很快调整过来，投入工作中。他是危险的野心家，也是冷血的掌控者。是爱把他从地狱深渊里拉回来，变成了抵死挣扎的囚徒。

玻璃杯还带着热气，就放在他左手边。

江丛羡关了电脑，摘下眼镜，按压鼻梁解乏："下周的生日在家里过吧。"

蒋苑点头："好。"

"有什么想要的礼物吗？"

"没有。"

倒也不是个意外的回答，蒋苑从来不主动问自己要东西。

江丛羡很少去关注别人的感受，他本身就是一个冷血自私的人，这点他也从未否认过，但蒋苑这么多年，也算是尽心尽责地跟在他身边。

他重新把眼镜戴上："说一个。"

蒋苑沉默了一会儿："您放我两天假吧。"

"一周吧，正好趁着这个时间好好休息下，找个女朋友。"

蒋苑对他的话百依百顺，自然没有丝毫犹豫就点头应下了。

406

江丛羡手指微屈，似有若无地轻叩几下桌面，显然还有话要讲。蒋苑便老实地站在那里，等他开口。过了很久，书房内终于再次传来男人的声音。

"把你的手机给我。"

虽然不解，但蒋苑还是把自己的手机拿出来，递给江丛羡。后者接过后，先是点开了通讯录，熟练地输入林望书的号码，然后拉黑，接着他又把微信打开。

看到熟悉的头像时，江丛羡感觉自己的太阳穴在突突地跳动着。他比任何人都善妒，这点他不否认。

聊天记录不多，几下就拉到顶了，无非是一些询问蒋苑喜欢吃什么水果之类的。

他抬眸，将手机放在桌上，掉转了方向，推到蒋苑面前："解释一下。"

蒋苑低着头："林小姐今天早上加我，因为都是一些无关紧要的问题，所以我就回答了。"

"这次给你过生日也是她提议的。"

这话说得平淡，倒是不见太大的起伏。蒋苑却猛地抬起头，一向淡漠平静的脸上有了罕见的慌乱和松动。

他解释说："除了您吩咐的，我和林小姐私下从未有过联系。"

是真的着急了。

江丛羡很有斯文败类的气质，尤其是戴上眼镜的时候，看着儒雅守礼，给人一种庄重的神圣感。明知道这人碰不得，可还是想亲手解了他的镣铐。

此刻这副镣铐被他自己解开。

他喝了口水润嗓子，说话的声音不紧不慢："我想你应该也明白，林望书对我来说意味着什么，我不可能把一个威胁留在身边，你也一样。"

蒋苑明白他话里的意思。他把江丛羡当成信仰，心甘情愿地留在他身边，替他卖命。

可他不是。

过于理性的人是很难被情感左右的，林望书对他来说只是意外。如果没有遇到林望书，江丛羡是不可能有软肋的。所以林望书应该感到庆幸的，江丛羡爱上了她，不然以他的心机和手段，她才是该万劫不复的那个。

正因为爱上了她，所以江丛羡开始万劫不复。

蒋苑生日那天，夏早特地放了张也的鸽子，一大早就跑到林望书的宿舍里找她。

蛋糕是她花了三个多小时才做好的，很丑，但已经是她的极限了。

跳舞唱歌这事她在行，但做蛋糕就挺费劲了。

"你觉得这样行吗？"

寻雅看着那些奶油里胡乱塞的水果块，眉头皱着："你这也不能乱塞一气吧？都挤在一起了。"

夏早看上去还挺为难的："我让望书去问他喜欢吃什么水果，他说都行，我就每样都切了点。"

寻雅眼尾一挑："这是有情况了？"

夏早嘿嘿笑道，也不隐藏，拿出手机给她看自己偷拍的照片："看看，帅吗？"

照片挺糊的，但也能看出大致轮廓来。

寻雅是越看越熟悉，问林望书："这不是之前在夜店遇到的那个吗？"

林望书点头："是他。"

他长得的确挺帅的，但太残忍了。

寻雅担忧道："你说他该不会家暴吧？"

林望书反驳道："不会的，他虽然话不多，但人还是很好的。"

至少和江丛羡比起来，更有人情味。

夏早为了给蒋苑庆祝生日，特地翘了一天的课。但林望书今天有一场很重要的考试，所以夏早就在她的宿舍里等她。

两人先是去学校把林约接回家，然后才一起打车过去。

这还是夏早第一次来这边，手里提着蛋糕盒，四下看了眼，然后给出一个简短的评价："风景不错。"

她家境优渥，也算是从小养尊处优，还不至于像寻雅那样，看什么都感到新奇。

因为林望书之前来过，所以家中的阿姨认得她的脸，门铃按了两声就开了。

厨师和阿姨在厨房忙活，饭菜的香味已经冒出来了。

江丛羡还没回来。

夏早看着没有任何生日气氛的客厅，皱了皱眉："就这？"

林望书早就料想到了，他们两个大男人，肯定也不会有什么过多的仪式感。

夏早不允许自己未来的男人生日过得如此粗糙，当下就决定亲自上手。她找跑腿买了些装饰用的气球以及蜡烛，顺便定了一束玫瑰花。

花当然不是送给蒋苑的，她还没这么俗，就是想把花瓣撒了，扔在地上点缀一下氛围。

顺便还喷了点随身带着的香水，香味有点浓。

屋子的装修本来就是黑白灰为基调的简约风，还带了点冷淡感，江丛羡似乎不太喜欢烦琐的东西。

夏早布置得很浪漫，是每个女孩子都会喜欢的那种浪漫。

但好像，也只有女孩子才会喜欢。

当男人的黑色皮鞋没有任何防备地踩在那些红色的玫瑰花瓣上时，精致的眉骨因为眉间沟渠，肉眼可见地抬高了一些。他厌弃地将鞋底在玄关处的地毯上蹭了蹭，丝毫不遮掩眼中的厌恶。

月下娇

　　林望书这才后知后觉地记起来，江丛羡讨厌花，很讨厌。她还住这里的时候，每天都有从荷兰空运过来的花，吴婶和小莲会专门趁江丛羡不在客厅的时候拿进来。

　　客厅里的灯是关着的，为了更直观地看到角落里的烛光。

　　夏早等到蒋苑进来才开了灯，冲到他面前，说了一句："Surprise（惊喜）！"

　　后者同样也皱了皱眉，因为闻到了空气中的香水味。

　　夏早拿出自己事先准备好的蛋糕，递给他："生日礼物。"

　　看着面前这一幕，江丛羡很快就猜到了这次的策划者是谁，原来林望书只是其中一个说客。

　　莫名地，他心情好了很多，也原谅了这满屋子俗气的玫瑰花。

　　厨房将饭菜端出来后，夏早主动把蛋糕切了，把最大的那块给了蒋苑。

　　蛋糕本来就做得丑，再加上颠簸了一路，更是惨不忍睹，甚至有点像是刚从垃圾堆里扒拉出来的一点边角料。

　　毫无食欲。

　　蒋苑不爱吃甜食，更不爱吃这么丑的甜食。他道过谢后，把蛋糕推开。

　　夏早"嘶"了一声，不乐意了："你尝尝嘛，虽然看着丑，但还是挺好吃的。

　　"你相信我。

　　"你就尝一口。

　　"你尝一口，不好吃我喊你爹，行吗？"

　　她太闹腾了，整个家里只听到她一个人的声音。蒋苑被逼得没办法，只能接过叉子尝了一口。

　　"不好吃。"

　　"……爹。"

　　江丛羡吃饭时很安静，安静地给林望书夹菜，安静地看她吃饭，

410

眼睛一刻都没有离开过。

夏早快被蒋苑给气死了，化悲愤为食欲，连干了三碗饭。

吃完饭后，为了给他们单独留出点时间，林望书找借口把江丛羡叫到楼上去了。

夏早是个爱恨分明的人，也不爱那些弯弯绕绕，她之前的确和蒋苑有些矛盾，但等她认清自己的内心和情感以后，也没想过要隐瞒自己的内心和情感。从小被爱包围的人，天生就有别人没有的自信。

这是优势，也是弱点。

二楼露台，秋千还放在那里，风挺大的，也有点冷。

江丛羡没说话，一直在等林望书先开口。她用的那个借口是，有话要和他说。

什么话呢？江丛羡很期待。

林望书沉吟了一会儿，问他："你吃饱了吗？"

哦，原来只是问这个。

江丛羡将视线从她身上移到远方的夜景上，并没有回答她。

很显然，他在用自己的沉默表示这个问题到底有多愚蠢。

这话说出口，林望书便开始后悔，这个借口太像借口了。

于是她又问："你觉得夏早告白能成功吗？"

江丛羡手臂撑在栏杆上，侧眸看着她。他的眼睛很好看，形状细长，眼尾的褶皱很浅，皮肤白得几近透明。

长着这样一双眼睛的人往往处在两个极端里——温柔时，如深海里的水，让人溺毙；绝情时，又像是寒流冰川。

可此刻的江丛羡却两种都不属于。

他把她头发上的落叶拿掉，声音被这夜风撞散，零零碎碎地落在林望书的耳边："我很珍惜和你单独在一起的时间，所以我希望哪怕只是在这段时间里，你眼里看着的、心里想着的都只有我。"

这不太公平，对江丛羡来说非常不公平。

月下娇

他的眼里从始至终都只有她一个人，永远都只有她一个。可林望书却做不到，她的爱和温柔给了太多人。

就像一块蛋糕，你分成无数块，到最后是剩不了多少的。江丛羡是个贪心的人，他要的从来不是最大的那块，而是全部。

客厅里传来夏早的声音，她好像是在骂人。

有点担心的林望书刚要转身下楼，耳朵被人捂住，脸也被迫抬起，视线与男人平齐。他深邃的眼看着她，离得很久，但也只是看着。

他向来都不是什么只在嘴上说说的人，这点林望书比谁都清楚。

他说出口的事情，就一定会办到。

他的手很大，也很凉，捂着她的耳朵，不让她听到半点外界的声音，也不许她去看其他地方。

眼里只能有他，霸道得不行。

但这样才是他，才是江丛羡。

林望书深呼了一口气，点了点头："我答应你。"

昏暗的露台灯光之下，秋千被风吹得晃动。

男人的睫毛也因为此时情绪的牵引，有些颤抖。他垂眸看她，平坦的唇线抿出高兴的弧度，手也逐渐松开。

往日低沉清冽的男声，此时却哑得如同气音，轻得仿佛被这夜风一撞就能散了。

他向她寻求承诺："你答应我的，你就不能反悔。"

"嗯，我答应过的就不会反悔。"

每个人的人生似乎都有着不同的颜色。

对于江丛羡来说，这个世界就是灰与黑的基调，带给他的，只有无边的绝望和过不完的黑夜。

心理上的病不会直观地带给你身体上的痛，但它会不断磋磨你的意志。

江丛羡是个自负孤傲的人，他不可能逢人就去讲自己得了病。甚至于，在他将林望书藏娇在屋中后，也都时刻避着她。

他不希望被人怜悯，他的自尊和骄傲统统都不允许。可既然都被发现了，那就没什么好隐藏的了。

可他居然看到了她眼里的惧怕，以及厌恶。

凭什么呢？她凭什么害怕呢？这一切的罪魁祸首难道不应该是她那个可亲可敬的爹吗？他把他变成了这副人不人鬼不鬼的样子，让他被折磨了十几年。

那段时间他变得神经质，情绪也极端，一点小事就能让他崩溃。他不说，不代表他不会难受。

他本身就是苟延残喘地活到现在的。

可现在，他突然想好好地活下去，活得像个人样。

他想和林望书在一起。

夏早告白失败了，蒋苑言简意赅地拒绝了她："抱歉。"

她也没哭，就是有点不爽和难过。

她为了今天这场告白准备了很久，胳膊上的文身也全部遮起来了，蛋糕花了两天时间才学会，公司好不容易给她争取到的音乐节目也让她给推了。

结果就换来一句抱歉。

她不爽地把胳膊上用来遮文身的黑色防晒袖套摘了，露出大花臂："别抱歉了，你直接抱我不行吗？"

蒋苑冷眼看着她，无动于衷。

夏早深呼一口气，想忍住涌上来的火气。最后还是没忍住，骂了一句。

她什么时候受过这种窝囊气，正好林望书过来了，她迫切地需要转移情绪，一刻也不想在这里待了："走吧，我先送你回去。"

林望书看着面前有些凝固的气氛，就大概猜到了结果应该不太好。夏早直接过去，牵她的手，在那儿放狠话呢。

"男人没意思，还是女人好，白白软软的，不比那种又冷又硬的大铁块要好？"

这话是故意说给一旁的蒋苑听的。后者仍旧无动于衷，不发一言，很显然，并不在乎。倒是从楼上下来的江丛羡，眉头微皱，视线落在十指紧扣的双手上。

夏早直接牵着她出去，越想越火大："我到底哪里不好了？我不说全能吧，好歹什么都会一点，他要是不喜欢这文身我也可以去洗了。"

蒋苑那个人，林望书其实也不算特别熟悉。他们很少有单独相处的机会，绝大多数的时候都是有江丛羡在。

林望书对他最直观的印象就是寡言少语，所以也不知道该怎么劝夏早。

那天回去后，夏早以失恋的名义组了个局，嚷着天下男人千千万，这个不行她就换。蒋苑算个什么东西？她夏早从小到大追求者无数，想要男人还会没有？

话说得豪言壮志，到了酒吧整个人就蔫了。在那儿埋头喝苦酒，时不时叹口气："我到底哪儿不入他的眼了？我这么好看！"

寻雅在一旁给她解答："说不定他喜欢小甜妹呢，像我们小书这样的。"

林望书冷不丁地被提到，愣了一下，发现夏早正拎着个酒瓶在看她。

她连忙摇头摆手，极力撇清和蒋苑的关系："我跟他不可能的。"

夏早揽过她的肩膀："我当然相信你们不可能，就蒋苑那个死人脸，还不如姓江的呢。"

林望书看出来了，夏早的确非常讨厌江丛羡，甚至连叫他的名字都嫌晦气。

的确，江丛羡那个性格好像真的……不怎么讨喜。

车内，江丛羡别开脸，打了个喷嚏。

蒋苑听到了，抬手去调暖气的温度："是不是感冒了？"

他摇头，声音淡："没事。"

今天他有应酬，要去谈一单合同。原本约好的是下午，但小姑娘都开口请求了，他只得将应酬推到晚上。

这个点不堵车，很快就上了高速。

车速平缓地行驶着，江丛羡看了眼窗外不断后移的景色，沉吟片刻，拿出手机。

夏早和寻雅都喝嗨了，纷纷脱了外套，准备去舞池里蹦迪。林望书要了两块热毛巾过来，让她们敷敷脸，正巧她放在软皮沙发上的手机响了。

江丛羡发来的消息："回家了吗？"

寻雅看到上面的消息了："这才几点，就开始查岗了？"

她把手机拿过来，替林望书回了："回了，刚洗完澡，现在准备睡觉的。"

江丛羡："好，晚安。"

寻雅把手机锁屏递还给林望书，醉醺醺的话也说得理直气壮："你怎么可以连这点自由都没有呢！"

旁边的夏早鼓掌赞同："去饭店可以不吃饭，但是来夜店就不能早回家，这可是你夏姐我的生存名言。"说完就揽过林望书的肩膀，"今天就让姐姐们开开眼，看仙女是怎样蹦迪的。"

蒋苑拉开车门，静等在一旁。江丛羡回完林望书的消息后才把眼镜戴上，下车。

眼镜的度数不深，其实戴不戴都可以，纯粹是为了增加几分亲和度。所以他一般只在工作时，或是谈生意的时候戴。

利益自然是放在第一位的。

月下娇

他慢条斯理地系上西装前扣，进了旋转门。

一楼是夜店，年轻男女挥霍夜晚时间的地方。

这条街是北城最有名的，也是最大的酒吧街。这里鱼龙混杂，什么人都有。

江丛羡有洁癖，生理洁癖，所以他对这种地方向来都带着抵触情绪。

厌恶。

蒋苑在前面替他阻拦着那些故意想往上撞，以此来搭讪的女人。

二楼才是谈生意的场所，唯一的通道就是酒吧里面的那个楼梯。两边都有保安守着，二楼和一楼简直是两个极端。

除了消费高，还得要高身价。能从这儿上去的，那都是北城有名的人物。

蒋苑把名片递给他，保安看了一眼，然后恭敬地侧开身子，让他们上去。

男人的脚才踏上一个台阶，动作微动，似乎感应到了什么一样。射灯转过来，侧脸轮廓被勾勒得明显，冷硬性感。

他回头看了一眼。

热闹的舞池中，十分钟前在手机里说自己准备睡觉的林望书，此时正和一个与她年龄相仿的男人说着话，偶尔还低头笑笑。

笑得可真好看啊，好看到就连江丛羡都觉得，不应该去打扰他们了。

江丛羡动作斯文地摘下眼镜，放进西装胸前的口袋里。

对待不听话的小姑娘，总得适当地给她一点小小的惩罚，不然她不会长记性。

第十九章
唇边的眼泪

林望书没想到会在这里碰到苏启。

因为两家也算是世交,他们两个从小就认识。后来林望书出国,苏启又去了江城读高中,中途他们偶尔也会联系,后来随着年龄的不断增长,这点联系也逐渐断掉了。

没想到今天居然能在这儿碰到。

苏启说他大学毕业后就开始接手家里的产业了,不过他家老头子对他这个半瓶水还是不放心,只敢把公司旗下的酒店扔给他,先练练手。

说完自己的近况了,他沉吟了一会儿,迟疑地问她:"你呢,还好吗?"

林望书家里的事,他也是这次回来才从家里人口中得知。

之前也想过给她打电话,可是又担心她好不容易把那段往事给忘却,自己再贸然提起的话,只会是反复撕扯她的伤口。

林望书笑了笑:"挺好的,都过去了。"

见她还能笑出来,说明是真的过去了,苏启也安下心来。

月下娇

　　DJ 的声音有点大，他干脆和林望书去了安静点的地方，打算暂时叙叙旧。发小好不容易见面了，不多唠会儿怎么对得起这么多年的情谊？

　　小姑娘从小就长得好看，从小学开始身边就不缺追求者，课桌里永远都堆满了各种情书和零食。每天放学回家总会碰到各种不良少年拦她的路。那些不听话的小男生都喜欢这种乖乖女，为此，苏启还充当了好长一段时间的护花使者，每天送她上下学。

　　现在长大了，更好看了，跟仙女一样。

　　她家里的事听说了，她那点情史自然也没错过。江丛羡这个名字在这个圈子里极负盛名，什么夸人的辞藻都被人往他身上堆。年轻有为、儒雅随和、眼光也独到，双商高的人，不论做什么都轻松。

　　总之，他就这么被那群平日里眼高于顶的人捧上了神坛。

　　苏启还听说，林望书她爸捅出的篓子全是江丛羡兜的底。补齐了资金链，重启了烂尾楼，甚至还收购了那个负资产的空壳公司。

　　林望书的美貌的确足够让人把她放进金屋里藏起来，但远不至于做得这么彻底。

　　当然，这些也只是苏启从客观的角度来分析的。

　　从情感角度，他还是非常感谢那个叫江丛羡的男人。如果不是他，林望书和林约现在的处境就难讲了。

　　他今天是陪客户，没办法在这儿多留，拿出手机要了林望书的微信，说改天一起出来聚聚，把小约也叫出来。

　　"有阵子没见到那个小子了，也不知道长高了没有，小的时候一看见我就哭，那会儿他才多大啊，四五岁吧。"他还伸手在自己腰下比画了几下，"就到我这儿，小矮子一个，还整天想打我，又是蹦又是跳的，结果还没我肚子高。"

　　林望书被他的话逗笑："他现在长高了，比我还高。"

　　"也是，伯父伯母都挺高，他也矮不到哪里去。"

　　闻言，林望书便沉默了，解锁屏幕的那只手顿住，低垂的长睫也掩盖不住眼底的难过。

苏启知道她是想起母亲了。

他走过去，拍了拍她的后背，以示安抚："没事的，伯母肯定在天上看着你和小约呢，她那么温柔的人，肯定也舍不得离开你们。"

林望书点头，把微信二维码点开，企图赶紧做点什么转移注意力。

她把手机递过去，让他扫码添加。苏启还来不及扫，面前的手机就被人抽走。

男人把手机关机，重新还给林望书。

额发往上抓了抓，露出光洁冷硬的额头，他身上那点锋芒全部展露无遗，眼神也带着压迫人的凌厉感。

来人的气场太强了，就连身高都压他一头，苏启总觉得自己在他跟前就和一个未开智的小学生一样。

虽然自己没多高，但178cm也是有的。平时也没觉得自己有多矮，这会儿有了对比，顿时有一种被人碾压的挫败感。

人家看他还得低头。

他这边正挫败着，旁边林望书倒是愣了一下："江丛羡，你怎么来了？"

苏启听到这名字，挫败感被八卦的心思给取代。

这就是传说中的江丛羡？

他还以为江丛羡三十来岁，有点矮，长得不怎么样，但人看上去很精明，最起码也应该是个秃顶的老男人，不然配不上他那被吹到天上去的智商。

可这会儿见了真人才发现之前的想象太离谱，这人头发非但不秃，反而挺多的。长得像个男模，还是最顶级的那种。就他现在这身不显山不露水，处处都透着低调的行头，衣服都不用换，就直接可以上T台走秀了。

这得把那些看秀的妹子们给迷成啥样啊。

月下娇

原本还在心疼林望书被迫跟了个她不爱的人，可这会儿，他莫名开始心疼自己。

凭什么都是两个眼睛、一个鼻子、一张嘴的男人，他江丛羡就可以当个坐拥美女的高富帅，而他却啥也没有，太不公平了。

他在这里感叹老天不公，被他羡慕嫉妒恨的男人此时却敛眸看着面前的女人。

他不说话，是在等她开口，在给她解释的机会。

他可以包容她的小脾气，但不会无条件容忍和退让，尤其是欺骗。人得为自己的行为付出代价，这个道理从林望书住进他家的第一天起，他就告诉过她。

那边在打电话催，苏启和林望书说了一声："那我先过去了，下次找个机会聚聚。"

林望书点头："好。"

苏启刚想和江丛羡也礼貌地道个别，结果人家看都懒得看他一眼。自讨无趣，也就转身走了。

他走后，两人之间就更安静了。

江丛羡神色平淡，眼底也没什么情绪，就这么看着她。

喜怒不显。

林望书知道这件事是自己的不对，于是和他道歉："对不起啊，我不是故意要骗你的。"

他挑了下眉，还是没开口。只是神色稍微缓和了点，至少没刚才那么凌厉了。

江丛羡不开口，那就是让她继续解释，直到他满意为止。

可林望书口才不行，就算是狡辩也狡辩不出个什么来，她左顾右盼了一会，想着应该说点什么。

像是小学时，上课开小差被老师抓包的学生，有点心虚，又有点怕。

江丛羡轻蹙着眉："林望书，看着我。"

　　然后她就乖乖听话地看着他了。

　　她越来越不老实了，最近居然开始撒谎了。甚至还来夜店，和别的男人谈笑风生。

　　总得让她吃点苦头。

　　江丛羡是个理性的人，理性过头的人是很难心软的。原则和底线对他们来说，大于一切。做错了事，就得罚，这是常识。林望书跟了他这么久，也该有这个觉悟。

　　他抬手，稍稍松了松领带，刚要开口，西装下摆传来被拉扯的坠感，他垂眸看了一眼。

　　白嫩的小手正紧紧攥着他的衣摆："对不起，我下次不会了。"

　　林望书想的是，不能惹江丛羡生气，他的病受不得刺激。主动认错是最好的解决办法了。

　　男人无动于衷，以为他没听清，她便捏着他的衣摆晃了晃，企图引起他的注意。

　　"我以后真的不会了，也不来这种地方，你别生气好不好？"

　　母亲老家是南方的，她虽然在北方长大，但却说了一口的吴侬软语，道个歉都跟撒娇一样。

　　此时仰着头看他，那双透亮的眼睛被灯光映照出点点的碎光。现在的小朋友啊，就是天真。

　　真以为撒娇可以解决一切？

　　江丛羡冷笑一声，去牵她的手："如果再被我发现就不可能这么简单地放过你了，知道吗？"

　　撒娇的确可以解决一切。

　　林望书松了一口气："嗯。"

　　她把手往外抽了抽，察觉到她的举动，江丛羡握得更紧一些，喉间发出低沉的声音，似在表达不满："嗯？"

　　然后林望书就不动了。

　　他牵着她往二楼走："我今天有个应酬，你陪我一起去。"

月下娇

"啊？"

"啊什么？"

林望书欲言又止："你聊工作，我去的话好像不太合适吧。"

他平静反问："为什么不合适？"

"就……"

林望书被他问住了，从前他们在一起的时候，江丛羡从未带她出席过这样的场合，所以久而久之，在林望书的心里，就有了一种特定的思维——她和江丛羡的关系仅仅维持在私底下，是没有办法暴露在大众视野里的。

很多事情，江丛羡都不会和她解释。他觉得没这个必要，再者，解释了也没用。

从前林望书讨厌他，已经讨厌到他连呼吸都是错误。

江丛羡不是会讨好人的性子。在生意场上，为了利益，他不介意多说几句奉承话，但讨好人这种事，他向来不会做。不是因为性子孤傲或是为了自尊，而是觉得没必要，他向来不做任何多余的事。

哪怕赵廖总是劝他，在某些方面也可以圆滑一些，这样才能用真心换真心。

江丛羡只觉得他整天待在医院，见不到那些钩心斗角的阴暗场面，心智都开始倒退了。

名利场上是不存在真心的，有也只是凤毛麟角。你有钱有权，有利用价值，真心自然就来了。

江丛羡对这一切看得比谁都淡。时间长了，他便对任何事情都看得很淡。

包括林望书对他的误会。

他牵着她的手，上了二楼。能感受到，她的手在抖。

他停下，垂眸："怕？"

422

林望书摇了摇头，沉默了好一会儿才问他："那些人都认识我吗？"

原来是在介意这个。

江丛羡微沉的声音给了她足够的安全感："认不认识都无所谓，你现在是我的女朋友。"

他们之前的关系不清不楚，但现在不同了。

有他在，没人敢说她半个不字。平常人说这话，似乎挺狂，但如果是江丛羡，反而显得谦虚了些。

他有这个能力，也足够强大。

二楼和一楼天壤之别，连服务员都是经过特殊的礼仪训练的，穿着统一的服装，淡妆，那身材不输模特。这里的装修采用的是最好的隔音材料，方便来这儿的老板们谈生意。

林望书给夏早发了条消息，说她碰到江丛羡了，可能会晚点再下去。夏早很快就给了回复，让她玩得开心点，还配了个坏笑的表情。

服务员先他们一步，把包厢门打开。

相比外面那些嘈杂的 DJ 音乐，里面安静许多。桌上摆放着各种名贵的酒，都是直接从酒庄拿来的。酒吧基本上喝不到真酒，就算有，也入不了他们这些人的眼。

看到江丛羡，赵河拿出一个空酒杯，满上："盼星星盼月亮，可把您这尊大佛给盼来了。"

话音落，直到男人完全进来，他这才看清他身后的人。

看上去年纪没多大，一身简单的打扮，但就是架不住那股勾人的气质，清纯干净中，又带了点不经意的撩人。男人眼睛都看直了，却也清楚她是谁的人。

不是他们可以乱想的。

他笑着调侃道："江总，这出来喝酒应酬怎么还带家属呢？"

江丛羡牵着林望书，随便找了个远离人群的地方坐下："不放心，总得盯着。"

赵河又笑："嫂子管得还挺严。"

能感受到，从进来的那一刻起，他们的视线就没从林望书身上离开过。

这种感觉不太好，非常不好。

心底起了躁意，江丛羡发现自己在对待林望书时，总有种病态的占有欲。她是他的所有物，旁人染指不得，哪怕是多看一眼，都会让他不爽。

于是他侧身挡住了那些看过来的视线，手放在她的腿上，不轻不重地揉捏："是我不放心，总得盯着她。"

林望书被挡了个严严实实，赵河连个裙摆都看不见。

挺好笑不是吗？那个冷血的江丛羡居然也能动真心，就是不知道这次的真心会维持多久，一周，半个月，还是半年？

反正是不会超过半年的。

不是他了解江丛羡，而是同为男人，自然知晓男人的心思。等到了这个位置，真心真的不值钱。你就算再爱一个女人，也顶多就是爱一个新鲜感。

新鲜感又能维持多久呢？等你遇到下一个让你有新鲜感的女人自然也就没了。

赵河之前也和他的大学同学有过一段轰轰烈烈的感情。

爱过头了，非要闹着和她结婚，可家里人不同意，觉得她家配不上。

赵河他爸妈不同意，什么手段都用上了，可他偏要和她结婚，就认死了她。到最后甚至站在他家顶楼上威胁他们。

他妈当时就吓哭了，四十多岁的贵妇，平时连根发丝儿都得花费时间和金钱来保养，这会儿就任凭眼泪把它们糊在脸上，哭得撕心裂肺："小河，你下来，妈妈答应你，妈妈让你们结婚，你下来好不好？你听妈妈的话。"

赵河如愿和她在一起了，顺风顺水地过了半年，证还没扯，他就先腻了。

外面的野花太多了，他为什么非要在这一棵树上吊死？

想通了这件事后的赵河立马分手了，过上了玩乐人间的生活。

多爽。

听着挺没道德，但在他们这个圈子里再正常不过了。所以他不觉得江丛羡这会儿的真心有多值钱，说不定下一次带出来的，就不是这张脸了。

赵河亲自给林望书调了一杯度数不高的鸡尾酒："尝尝我的手艺。"

不过既然能让江丛羡带出来，就说明他这会儿还是有点真心在的，讨好她，百利而无一害。

林望书酒量不行，但江丛羡并没有阻止，她想做什么都可以。

前提是有他在。

她道了声谢，抿了一小口。

赵河安静地看着她，在等待点评。

她点点头："很好喝。"

赵河笑了："度数不高，而且也不呛，适合女孩子。"

对于他来说，女人和酒一样，都是调剂品，所以也不会在她们身上浪费太多的时间。

江丛羡话不多，这些他也都习惯了。人狠的，话都不多。要说他这辈子佩服的，还真没几个，江丛羡算一个。

人在他这儿似乎不会分个三六九等，对谁都足够温和和宽容，可也只有他们这些与他深交过的才知道他的狠。

狠是真的狠，那心就跟铁做的一样，压根就没软过。所以说他动真心，赵河觉得还没有太阳从西边出来靠谱。

赵河又找酒保要了两副扑克牌，说斗会儿地主，干喝没意思。

江丛羡脱了外套，盖在林望书的腿上："下次不要穿这么短的裙子了。"

林望书说："我里面穿了打底，而且这个都过膝盖了。"

"可以看到小腿。"

"只有小腿。"

他语气仍是淡淡的，没什么起伏："居然能看见小腿。"

林望书不想和他说了。

她继续低头去喝自己面前的鸡尾酒，有点甜，又有点咸，口感挺好的。

包厢门开了，进来几个衣着性感的美女，全是赵河叫来的。

其中一个穿着黑色低胸装的女人看到江丛羡了，那双眼睛跟看到鱼的猫一样，发着贼光。好些日子不见，她可天天都想着他呢。

赵河见着她这副模样，提醒道："人家正牌女友在旁边坐着呢，你多少收敛点。"

她这才注意到坐在他旁边的女人，腿上还盖着他的外套。

周身气质干净得不像是会出现在这里的。

她顿时感觉没趣了。

林望书不太喜欢这里的氛围，几次想找借口离开，都被江丛羡按住了，哪怕是打着牌也能分出一点注意力给她。

"你就不怕你走了以后我乱搞？"

他说这话时，看着手里的牌，抽出一对三扔出去。

林望书犹豫了一会儿："我相信你。"

牌被上家的一对 K 压了，他随手扔出王炸："你别相信我，连我自己都不相信自己。"

林望书是真的想走，她试着融入了，可还是没办法进到他的圈子。

见和他说不通了，林望书深呼一口气，也不管他了，起身就要离开。结果人家干脆扔了牌，搂过她的腰就把人往腿上带。

这动静闹得有点大，旁边几个人都将视线移了过来。罪魁祸首却跟没事人一样，仍旧是那副淡定漠然的神情。

"继续。"

手越过她的腰去拿牌，把人搂得更紧，胳膊按着她不安分的双腿。

她还在那挣扎，要从他腿上下去。这么多人都看着，她脸皮薄，羞得不行，也不顾自己坐的地方是哪儿，蹭来蹭去的。

江丛羡的气息被她蹭得有点不稳了，上家打的一串对子他也没压。

这把赵河赢了，因为江丛羡的心思已经不在打牌上了。

赵河挺高兴，这还是他第一次赢过江丛羡，哪怕只是斗个地主而已。他一边洗牌一边和旁边的女朋友说："可以在网上看车了，喜欢哪辆哥哥给你买。"

女朋友高兴地搂着他："亲爱的，你真好。"

赵河看一眼江丛羡，笑道："没事，今天哥哥心情好。"

江丛羡坐的那地儿光正好暗，轮廓被夜色勾勒得挺深，深灰色的衬衣，没系领带，银质领扣泛着一层冷色的光。

气场足，又有点禁欲系的性感。就像是那高高在上，又不食人间烟火的神仙。

此时腿上坐着个小姑娘，他仍在专注地打牌，动作间，薄唇偶尔不小心从她耳边擦过。神色倒是没什么异样，好像腿上坐的不是姑娘，而是一块木头，激不起他心里半点涟漪。

"木头"还在挣扎，他就吓她："里面有个洗手间，很大，还有一整面的落地镜，不论在里面干什么都可以看得一清二楚，就是隔音不太好。"

他声音小，也只够林望书听到。

她听懂他话里的意思了，皱眉，有点抵触："江丛羡，你不要这样。"

"嘘。"他低沉撩人的声音落在她耳边,"知道你反感,所以我不会做,就是吓唬吓唬你。"

他空出一只手,把她往上抱了抱。总是这个姿势,定力再好的人也忍不住。

更何况,他压根就没定力。

"会打牌吗?"

林望书迟疑片刻:"不太会。"

他"嗯"了一声,把手里的牌塞给她:"帮我打。"

"啊?"

"怕什么?输了算我的,赢了归你。"

林望书没打过牌,唯一一次玩的还是手机游戏,是上计算机课时无聊的时候玩的。

赵河见状来兴致了:"可以啊江总,还请外援,不过嫂子会打吗?"

江丛羡给自己倒了杯酒,轻晃了几下,仰头一口喝光:"北南大学的高才生,聪明得很。"

这话说得沾了点得意,仿佛在炫耀一样,他家的小宝贝是名牌大学的,多厉害啊。

林望书被他夸得有点心虚,就她那个擦线过的成绩,实在是没有炫耀的必要。

赵河三分惊讶,七分拍马屁:"北南大学那可不好考啊,嫂子可真牛。"

这马屁拍得还挺到位。

江丛羡唇角带着淡笑,手肘撑着头,眼神一刻也没从林望书身上离开过。

"听到了吗?夸你呢。"

林望书有点不自在,慌乱中还出错了牌。

这次的生意如果成了,最后得利的是赵河,所以江丛羡能空出时间赴这个局他已经是感恩戴德了。看眼下的局势，这合同谈拢，似乎也不是什么难事。

赵河圆滑得很，溜须拍马那套他比谁都顺手。

他开始套近乎："正好我也有个表弟在北南读书，他学管理的，不知道你学的是什么？"

林望书礼貌地答："我学的大提琴。"

"还是音乐才女啊。"

林望书："……"

"大提琴可不好学，我小侄女学了一个月就哭着嚷着不学了，年纪轻轻学成你这样的，估计也没几个，牛，太牛了。"

说着说着他居然还鼓起掌了，身旁那些人见状也跟着一起鼓掌，此起彼伏的称赞在包厢里响起。

不知道的还以为林望书做出了什么值得载入史册的丰功伟绩呢。

这么明显的拍马屁，就连林望书都能听出来。偏偏江丛羡还就吃这一套，笑容里带了点自豪，又是摸摸她的脸，又是蹭蹭她的小鼻尖。

"捡到宝了。"

赵河把这一幕幕的细节全部捕捉在眼里。

是真的动了真心啊，看现在这状况，估计可以维持个半年。

江丛羡知道林望书不喜欢这样的环境，也没多留，给了赵河一个准信，合同可以签。

后者的心就这么放下了。

他要的就是江丛羡这一点头，万事大吉。合同的得利方完全就是他，江丛羡不过就是一投资送钱的。他原先还在担心呢，像江丛羡这种聪明人，怎么可能会做这种吃力不讨好的事。还想着要点什么手段，骗他把这合同签了，想不到居然这么轻松。

看来再聪明的男人一旦沾上女人，那智力也得下降好几个台阶。

俗啊。

月下娇

赵河拿着酒，摇头感叹了一会儿。

俗不可耐。

时间很晚了，寻雅和夏早先回去了，街上却还热闹，喝得烂醉的男男女女互相搀扶着赶往下一场。

甚至还有趴在路边吐的。

江丛羡捂住林望书的眼睛。

后者愣了一下："怎么了？"

他声音轻，但明显带了点厌恶："很脏。"

林望书知道他有洁癖，而且他洁癖的点很奇怪，他可以接受屋子乱糟糟，但在某些地方上，他一点瑕疵也不允许有。至于是哪些地方，他不说，就没人知道。

很奇怪不是吗？可江丛羡就是这么一个奇怪的人。

赵廖之前就和林望书讲过，和江丛羡在一起是一件很累的事情。他的毛病太多了，这种毛病，真的是病。

偏执抑郁的人，一旦找到了他们认为可以依赖信任的人，那么他们会把自己的命完全交到那个人的手上。他们爱你，但爱的方式很偏执，偏执到你会想逃。

可你一旦逃了，他们的命也就没了。

就像多米诺骨牌，只要中间出了一个差错，游戏就彻底结束，不会给你再来一次的机会。

江丛羡虽然喝了不少，但以他的酒量，那点度数的酒和水没什么区别，可他还是靠在林望书的肩上睡了。

他在行使一切男朋友可以行使的权利。

林望书替他把衣服穿好，安安静静地坐在那里，直到到家，她也没动过。

车子停在她家小区的楼下，江丛羡睁开眼，头却没从她的肩上离开："到了？"

她点头："嗯。"

他握着她的手，往自己怀里放："再陪我坐一会儿。"

这个时间到处都是静悄悄的。

蒋苑把车灯关了，然后下车去抽烟。

车内便只剩下他们两个人。更静了，甚至可以听到彼此的呼吸声。

江丛羡的呼吸要重一些，心跳也是。

"明天几点上课？"

林望书老实地答道："下午。"

他"嗯"了一声："那时我的酒应该也醒了，可以送你。"

她拒绝道："不用的。"

喉间又是一声低沉的声音，不过相比之前，这次带了点质问的意思。

"嗯？"

之前她和江丛羡的事就在学校论坛里引发了热议，江丛羡无疑成了学校里的红人，他要是再出现，肯定又会引起骚乱。

林望书还在考虑该怎么和他解释，后者点了点头："随你。"

语气其实没什么变化，但还是能捕捉到他微妙转变的情绪。江丛羡太擅于拿捏人心了。他的城府和心机已经深到，哪怕你明明可以看出来他滴水不漏的情绪里故意漏出的那点破绽，就是为了让你看到，可还是会不忍拒绝。他就是这样的一个人。

林望书最后还是同意了："那就送到校门口吧。"

一人退一步，很公平。江丛羡知道见好就收的道理。

目送她下了车，进了电梯。

蒋苑一根烟抽了一半，掐灭后进来，问他："回家吗？"

江丛羡把西装前扣重新系好："回去。"

"嗯？"

月下娇

江丛羡冷笑："还有第二场呢，急什么？"

合同是可以签，但不代表签的就一定是赵河递给他的那一份。

人嘛，总该为自己的自负买单。

真把他当成公私不分的恋爱脑了？

林望书睡到第二天中午才醒。

冰箱里还有点蔬菜和肉，她随便做了几样清淡的。

林约去学校了，没有叫醒林望书，自己下楼坐校车走了。

医生说，他的病已经在逐渐好转了，随着年龄的增长，也会慢慢稳定下来。

离上课时间还早，林望书拿出平板，选了一部之前教授推荐的片子，那段时间她一直忙着比赛，也没空看。

整部片子采用了倒叙手法，以主人公的自我独白作为开场。故事很压抑，雷电交加的天气，主人公站在桥边，看着那条幽暗的河。

她说她很幸福。

她有爱她的丈夫，也有一双很可爱的儿女。

故事也几乎是在将她的人生重演。

她真的很幸福，至少在林望书这个观众看来，她什么也不缺，有一份合适的工作、疼爱她的家人。每年生日，她的丈夫都能给她准备完全不同的惊喜。她很高兴，笑得也很快乐。

可无数个夜晚，她的丈夫孩子睡着以后，在他们看不见的地方，她会失眠，她会绝望，她会看着窗外的路灯发一整晚的呆。

她其实很困了，但她睡不着，一闭上眼睛，各种莫名其妙的念头全都涌了过来，就像是有一百个人在同时和她讲话。

夜越深，她的思维就越活跃。

一夜未眠，第二天面对家人时，却还是不得不摆出一张笑脸。

她怕自己的情绪会影响到他们，这与他们无关，他们是健康的，并且无辜。而造成这一切的，只是她一段阴暗的童年。

　　无论你往后多幸福，那段过往都无法被忘却和释怀。童年真的太重要了，它带给你的影响是一辈子的。

　　女主觉得自己太没用，太无能，终于决定在那条河里结束自己平平无奇的一生。

　　全剧很平淡，甚至没有什么转折起伏，评分不高，看的人也没多少。

　　发觉唇边有点湿润，林望书伸手碰了一下：眼泪。

　　她想到了江丛羡。

　　他应该也很累吧，这么多年，他又是怎么过来的呢？

　　林望书其实很难想象，像他那么骄傲的人，在真正感到绝望时，是什么样子。

　　他会哭吗？还是和剧里的主人公一样，靠自残来麻痹自己。比起哭，江丛羡明显更倾向于后者。他手腕上那些层层叠叠的伤口，应该都是他的杰作。

　　饭菜几乎没怎么动过，因为林望书早已没了胃口。

　　她有点后悔，不该看这部片子的。

　　她把平板收起来，准备把剩下的饭菜倒了，门铃响了。以为是物业来了，她连忙过去开门。家里水管有些问题，还有厨房里的灯也坏了，都需要修。催了物业好几遍，也是一拖再拖。

　　门开后，看见的却不是物业，而是男人那张熟悉的脸。应该没工作，他今天罕见地没穿正装，打扮休闲随性。

　　林望书看了眼墙上的表："不是告诉过你两点才上课吗？"

　　"嗯。"

　　他淡淡应一声，绕过她进去。

　　看到桌上还来不及撤走的饭菜："掐着饭点过来的。"

　　林望书把门关上："我去给你盛。"

　　不等她进厨房，江丛羡拖出椅子坐下，拿着她的筷子和她吃剩的半碗饭，看着碗里被她嫌弃的半块肥肉。

月下娇

林望书愣了一会儿，解释说："那个是我……我吃剩下的。"

"嗯。"

他也不介意，把那半块肥肉吃下。

既然他自己都不介意，林望书也不好说什么。

她进厨房给他盛了一碗汤："酒醒了吗？"

他点头。

"昨天几点睡的？"

江丛羡："到家以后就睡了。"

这话也不假，他的确到家以后洗漱完就睡下了，不过是凌晨四点才到家。

林望书点点头，没再说话。

江丛羡也没看她，安静地吃着饭，除了中途问了一句："哭过？"

林望书有点窘迫："刚刚看了一部比较催泪的电影。"

"嗯。"

他似乎对电影的内容不感兴趣。

林望书别过脸，对着手机检查了一下仪容，眼睛不红，眼泪也擦干了。江丛羡是怎么知道自己哭过的？

不过她也不想在这种问题上深究，江丛羡吃完以后，她把碗筷收了。

手机铃声在桌上响起，林望书空不开手，问江丛羡是谁的电话。

他看了一眼："物业的。"

"你帮我接一下可以吗？"

他把手机拿起来，按下接通。女声语气颇为官方，像是在汇报工作。

大概意思就是今天维修师傅有事，请假了，可能要明天才能过来，并询问她洗手间里的水管以及厨房的灯的损坏程度。

江丛羡看了一眼洗碗的林望书，语气平静："不用了。"

"嗯？"

他没有解答物业的疑惑，直接把电话挂了。

他从来不在任何多余的事情上浪费时间。

江丛羡卷了袖子过去，问林望书："家里有扳手之类的东西吗？"

林望书正在洗碗，听到他的话有点疑惑："要扳手干吗？"

"水管不是坏了吗？"

林望书有点惊讶："你还会修这个？"

他神色有点不豫，因为林望书质疑他能力这件事。就连他自己都没发现，但凡和林望书扯上关系的事，他都会格外较真。

林望书擦干净手，把工具箱拿出来给他。江丛羡接过以后就进了洗手间，碗筷还没洗完，林望书重新折返进厨房。

等她把东西全部整理好以后，江丛羡也从里面出来了。灰色的卫衣脏了，脸上也是，身上还有水。

看上去有点狼狈，又有点……好笑。

林望书抿了抿唇，强忍下嘴角的笑。

江丛羡没注意到，手扯着领口，直接把卫衣脱了。看着面前壁垒分明的腹肌不断朝自己靠近，林望书脸上的笑就这么僵住了。

林望书脑海里浮现出那些旖旎暧昧的场景，属于她和江丛羡的。

她的头垂得很低，手紧紧攥着衣摆。江丛羡用手背蹭掉鼻子上的灰，眉眼微抬。他很聪明，不可能不知道林望书在想什么。

于是往后退了一步，与她拉开一段距离："衣服脏了。"

语气平淡得像是不在意，又像是在解释。

林望书一愣，反应过来是自己多想时，她的脸猛地涨红，话也说得结结巴巴："我……我去给你拿换的。"

走了两步她又停下，脸上有迟疑："只有林约的衣服了，你……"

江丛羡不喜欢穿别人穿过的衣服，林望书知道。

"没事。"

看到他点头，林望书这才放心地进了林约的房间，他的衣服大多都是林望书给买的。

月下娇

不少买大了的，还没穿过的。

林望书挑了一件最大的，拿出去给江丛羡。

他手腕和脖子也脏了，应该是擦汗的时候不小心蹭到的。

林望书说："我去给你烧水，你洗个澡吧。"

他点头，顿了片刻，又问她："还有什么地方需要修？"

林望书拒绝道："我等物业来了再修。"

"别等了，破地方，物业都是些不管事的废物。"

不发病时，他的情绪似乎少有起伏的时候，哪怕是说着脏话也给人一种斯文淡然的腔调。

也不怪那些人被他的伪装蒙骗，就连林望书自己，有时候都不清楚到底哪一面才是最真实的江丛羡。

厨房灯泡要换，抽油烟机也有点问题，那件弄脏的衣服他肯定是不会再穿了，至于林望书刚拿给他的衣服也没法换，换了肯定也会弄脏。

他索性就光着上半身了。

厨房是开放式的，林望书在客厅里还是可以看到他。她避着嫌，别开视线，可偶尔还是会忍不住看一眼。

他穿着深灰色的抽绳运动裤，身上那些伤口可以看出来，有些年头了。

应该是她父亲造成的。

至于肩上那几道抓痕，林望书还有印象。她当时的确很使劲，恨不得剜掉他一块肉。那个时候的林望书也没想到，他们也有心平气和、好好说话的时候。

而且他居然还在给自己换灯泡。

想到这里，她有点唏嘘，又有点觉得好笑。

灯泡换完了，抽油烟机也重新修理了一遍，江丛羡在洗手台旁反复冲洗着满是油污的手。

一抬眼，就看见林望书在冲他笑。不是冷笑，也不是带着怨恨的笑。

她很好看，笑起来的时候更好看，所以江丛羡很爱看她笑，不惜用任何方式。

她应该笑的，应该对他一个人笑的。

他突然开始后悔，他应该从一开始就对她好点的。这样，他就可以一直看到她笑得这么温柔的样子。

多好啊。

看到他从厨房里出来，林望书进了盥洗室，打开最下面的抽屉，拿出新的毛巾和牙刷。

"漱口杯我忘了买。"她为难地征求他的意见，"用我的可以吗？"

知道他不爱用别人用过的东西，她正打算说要不下楼去买一个的时候，江丛羡点了点头："好。"

直到浴室的门关上，林望书还处在些微的震惊中。

总觉得，江丛羡好像变了。至少不再是之前那个她熟识的，让人厌恶的江丛羡了。

林望书把东西整理好，又用烤箱做了点小点心，用盒子装好。她之前尝试着做过，寻雅说好吃，所以她今天就又做了点。

等她把一切都弄完以后，浴室门开了，江丛羡擦着湿发从里面出来。

身上的衣服他穿着刚刚好。

自然垂落的额发往下滴着水，林望书把吹风机递给他："先吹干吧，不然待会儿就感冒了。"

他没接："手酸。"

话语简洁，但其中的意思很好理解。

林望书"哦"了一声："那我把暖气开大点。"

自然烘干吧。

他略微咬紧了后槽牙，然后又松开，喊她的名字时语气有点重："林望书！"

月下娇

她无辜地抬眼："嗯？"

他也懒得和她打哑谜了，直接把手里的毛巾扔给她："你给我擦。"

语气不容置喙，霸道强硬，又有点无理取闹。

林望书很少看到他这副气急败坏的样子，他总是一副运筹帷幄、睥睨众生的冷傲样子，这样的他似乎更有烟火气一点。

她拿着毛巾，绕到他身后，轻轻擦拭了几下，然后才将吹风机插上。

热风，一档。

她动作温柔，偶尔抓几下他的头发。发质软，沾了水以后更软了，就这么听话地被她放在掌心蹂躏来蹂躏去的。

客厅里很静，两人都没说话，只有吹风机运作的轰鸣声。

短发干得快，林望书把吹风机关了，拔下插头放下："好了。"

他轻轻应了一声，然后起身，去拿车钥匙。

林望书看着他的头发，好像稍微长了点，额前碎发都快挡住眼睛了。他的眉骨凌厉，眼神也是，所以总给人一种不好接近的疏离感。

可这会儿挡了一半，疏离感自然也少了一半。

穿着她买给林约的卫衣，上面还印着可爱的卡通图案，和他平时那身价格不菲的高定反差太大了，一下从高冷禁欲的精英范变成了学生，感觉好像年轻了不少。

下午太阳大，没有早上那么冷。

出了电梯以后，江丛羡让林望书在这里等一会儿，他去把车开过来。林望书点头说好，就站在便利店旁边的过道里等他。

前面是绿化道，中间是去停车场的必经之路。林望书看到江丛羡被两个穿着黑色工装服的女生拦住，看上去年纪也没多大。

因为江丛羡是背对着林望书，所以她也看不见他此刻是什么表情。但光从背影也能感觉到他此时的不耐和厌恶。

好看的人总会过多地侵占别人的注意力和目光，这句话还是寻雅告诉她的。林望书觉得其实也不无道理。

男人不知道说了句什么，那两个小女生都将眼神移向了林望书，脸上笑容稍微停滞了一会，然后笑得更开心了。

正好林望书的手机响了，是盛凛给她发的消息。之前那件事以后，他们之间很长一段时间都没有联系。

林望书不知道应该和他说什么，说再多也只会显得更尴尬，倒不如什么也不说。

他这次找她也只是为了聊工作，半个月前说的那场个人演出已经敲定了，就在跨年夜那天，在城南音乐厅，她的个人独奏音乐会。

林望书看到这条消息后，瞳孔逐渐放大，激动得有点想尖叫，心情久久难以平复。

这是她一直以来努力的最大目标，终于得以实现，没有什么比实现梦想还让人雀跃兴奋的事了。

林望书：谢谢您。

盛凛：不用谢我，这是你自己努力得来的结果，和我无关。这么多天的演出，你的名字早就被业界内外熟识了，我不过是个传话的。

林望书：不管怎样，还是应该谢谢您。

车内，盛凛看着这条信息，双眼无神了很久。

冷静自持的他少有动心的时候，学生时期曾有过一段懵懂初恋，谈了一个月就分手了。对方说感受不到他对自己的爱，甚至她于他而言还没有他的一根琴弦重要。盛凛没有挽留，因为觉得她说的的确有点道理。

因果循环，这不就转回来了。

他终于也明白了死心塌地喜欢一个人的感觉，可是对方却一直在

月下娇

身体力行地尽力和他划清界限。

多讽刺啊。

他拍了下方向盘，头慢慢低下去靠着。

太累了。

第二十章
疏失

　　林望书刚把手机收好，刚刚那两个拦过江丛羡的女孩子就过来了。

　　两人应该还只是高中生，林望书认识她们胸口别着的校徽，是附近高中的。

　　两人手上拿着奶茶，笑嘻嘻地问她："姐姐，你是刚刚那位哥哥的女朋友吗？"

　　她们太热情，林望书有些不太适应，下意识往后退了一步，礼貌地询问："请问有什么事情吗？"

　　"我们就是觉得姐姐太好看了，和哥哥超级配！"

　　"姐姐您别误会，我们刚刚是看哥哥长得帅，所以想搭个讪，他说他有女朋友的时候我们就立马死了这条心了。"

　　"姐姐要和哥哥长长久久哦。"

　　林望书被她们这通直白的赞美夸得有些没反应过来。直到她们走远，她才后知后觉地抬手碰了碰自己的脸。

　　有点烫。

月下娇

江丛羡把车开过来，见她还傻站在那里，不知道在想些什么，于是按了两下喇叭。

林望书这才回过神来，拿着包过去。

她系好安全带，问他："你刚刚和那两个小妹妹说什么了？"

江丛羡看着后视镜倒车："她们真去找你了？"

"啊？"

"她们拦住我不让我走，说要当我的女朋友，我说我女朋友在后面，让她们找你打一架，打赢了我就答应她。"

林望书皱眉："你真这么说的？"

她好看，笑的时候好看，生气的时候好看，一脸严肃的时候也好看。真奇怪，明明人都是一双眼睛、一个鼻子、一张嘴，他却永远都看不够她。

想看一辈子——这张脸，这个人，包括她所有的喜怒哀乐。

他不轻不重地捏了捏她的脸，唇角带着宠溺的笑："怕什么？有我帮你呢。"

莫名其妙。

林望书深吸一口气，反正自己也早就知道他是一个莫名其妙的人了。

"你把我放在东门就可以了，我从那里进去快一点。"

"好。"

好在并没有引发什么骚乱，除了林望书从豪车副驾驶上下来这件事在校内小范围地流传了一会儿。学校里的人似乎总是能将校花和被包养联系到一块儿去。

林望书把她做的小点心给了寻雅，然后才去上课。

北城的雪近来越下越大，积雪都快没过小腿了，每天环卫工都在道路上铲雪。

离跨年夜也近了，林望书为了准备演出，已经有一些日子没和江

442

丛羡联系了。

他也很少找她。因为知道她忙，所以就不去打扰她。和成熟男人谈恋爱的好处便是，他会充分地了解你。

偶尔夜深了，会给她发一条消息。就是一些普通的标点符号，没有实质性的内容。

因为知道林望书睡前有将手机静音的习惯，如果她回复了，那就说明她还没睡。而她失眠的原因不是在学习，就是因为演出而感到紧张。

江丛羡会给她打电话，开导她。他的确是个合格的领导者，哪怕话再少，也能三言两语点出重点。以至于到了后来，林望书每天晚上都要在他的安抚下才能缓解紧绷的情绪，成功入睡。

说到底，还是她疏忽了。只知道自己因为紧张而失眠，却忘了每天凌晨两三点，江丛羡都在给她发消息。她却忘了问他一句，为什么会失眠。

接到蒋苑的电话的时候，她在城南音乐厅彩排。等她赶到医院的时候，江丛羡还在里面抢救。

蒋苑说，他割腕了。

他故意在蓄满水的浴缸里，这样血能流得快一点，也能死得快一点。还好蒋苑发现得早。不过等到医院的时候，他的生命体征已经很弱了。医生几次下了病危通知，可是他连个可以在上面签字的家属都没有。最后还是蒋苑签的字。

医院走廊的灯光太亮了，惨白惨白的。林望书不是第一次知道他自杀的消息，他自杀过很多次，但她是第一次这么难受。

胸口像是被谁攥着，反复地拉扯。

很痛，痛得她没法呼吸。

蒋苑说："他的病很严重了，严重到他已经没办法控制自己的喜怒哀乐。

"林小姐，羡哥他是为了您才坚持这么久的。

月下娇

"他已经很努力了。

"我这么说可能会有点自私，可我还是想拜托您，不要放弃他。"

一个小时后，医生从抢救室出来，面带倦色。

他摘下口罩后问："请问谁是病人家属？"

蒋苑和林望书同时过去。医生看了下二人，似在用眼神询问他们与病人的关系。

又是一阵沉默。

林望书开了口："我是病人的女朋友。"

医生点点头："病人已经脱离生命危险了，不过他失血过多，现在身体还很虚弱，需要留院观察一段时间。"

林望书松了一口气，身体绷紧的最后一根弦断掉，她像脱力一样，撑着墙，勉强站稳。

医生欲言又止："病人的求生意识很弱，作为医生，还是希望你能多陪陪他。"

缝合伤口的时候，他看到病人手腕上有很多这样的伤口。重度抑郁的人都有这个共性，作为医生，还是可以看出来的。

林望书点头："谢谢医生。"

病房只能留一个人陪护，所以蒋苑就先走了。走之前他和林望书说："有什么状况还麻烦您第一时间通知我。"

他眼底的血丝很明显，应该是很久没有睡过一个好觉了。

"嗯，你先回去好好休息一下，有什么事我会联系你的。"

蒋苑不放心地看了眼病房，然后才离开。

护士将病床推出来，江丛羡躺在上面，还没醒。

换到旁边的普通病房，护士交代了几句注意事项，然后离开。

林望书替他掖好被子，坐在旁边看了好一会儿。

上次见到他时，他还没有这么憔悴，眼底也没有黑眼圈。林望书知道他的病严重，但没想到会这么严重。她一直以为，他好好接受治疗，好好吃药，慢慢就会好。

病房外的灯光有点亮，她把窗帘拉上，又调节了床头灯的亮度。

那个晚上，她不敢睡，就一直陪着他。

夜很静，林望书时而看看输液袋，时而看看江丛羡。

他的睡颜安静，睫毛柔软地垂着。

林望书抬手，轻轻碰了碰他的脸。很凉，像刚从冰水里捞出来的一样，一点温度也没有。

在她不注意的时候，他的睫毛轻颤了几下。

护士半夜进来，替他把针拔了。然后再次陷入无边的安静。

到了后半夜，天开始亮起晨光，林望书终于没扛住，趴在病床边缘睡了。

睡得也不好，一直做梦。

梦见江丛羡没有抢救过来，梦到她连他的最后一面都没有看到。梦里她哭了很久，在他的墓碑前。

脸上的轻微触感让她惊醒。她睁开眼，发现江丛羡不知道是什么时候醒的，坐在病床上，替她擦着眼泪。动作温柔，蓝白条纹的病号服衬得他肤色更白。

林望书急忙坐起身，问他："好些了吗？还有没有哪里不舒服？"

他脸色还很憔悴，一点血色也没有。

就这么看着她。

嘴唇干裂起皮，说出的话也沙哑到了极致，像是很多很多天没有喝水一样。

他没有回答她的问题，反而问她："怎么哭了？"

他从来都不在意自己，也不在意任何东西，他在意的只有一个林望书而已。她流眼泪，远比他进重症监护室抢救还要严重。

看到他这样，林望书就哭得更凶了。

她一边抹眼泪一边哭："你以后不要这样了好不好？"

是在求他啊，语气那么可怜，又难过。

江丛羡顿时觉得熟悉的窒息感再次侵袭他的所有感官，铺天盖地，将他淹没。

他多没用啊，被一个病折磨成这样，还连累林望书也跟着担惊受怕。

他替她擦眼泪，想答应的。她提的任何要求，他都会答应。可是那句"好"，他始终说不出来。

他控制不了，他也没法控制。他甚至不确定下一次是什么时候，可能在很久之后，可能就是今天晚上。

林望书还在哭，哭得眼睛都肿了。

江丛羡靠近她，手放在她后脑勺，轻轻往自己这儿带。额头抵着额头，像是安抚宠物一样，在她柔软的发间轻揉了几下："这么好看的小姑娘，怎么哭起来没完没了了呢？"他吓她，"再哭我就不要你了。"

语气却温柔得要命。

哪里像是不要她了啊，分明是宝贝得不行。

林望书抽泣了几下，看见他眼里的红血丝，比蒋苑的还要严重。

"这几天是不是天天失眠？"

他没说话。

林望书又问："是不是？"

他老实回答："嗯。"

"为什么不告诉我？"

他就笑啊，伸手刮了刮她的鼻子："告诉你又能怎么样？你又不会陪我。"

林望书忙说："我会的！"

他提醒她："我发病的时候控制不住自己，你不怕我不放你去学校？"

这点倒是事实。

看到她脸上犹豫的神色了，江丛羡好整以暇地看着她，笑容散漫恣意，像在打量猎物一样。

这个眼神太熟悉了，以至于林望书下意识地把领口往上提了提。

446

他扫兴地移开视线，冷笑道："你全身上下哪里我没见过，现在倒藏着掖着了？"似感觉没趣了，他重新躺回病床上，"你走吧，你在这儿我没法睡。"

他以前也常爱用这种语气来嘲讽她所谓的清高，仿佛只有把她的自尊踩进土里了，他才会痛快。

以往林望书总会和他对着来，她会咬他，也会掐他，江丛羡在做那种事情的时候往往对她的包容度很高。

可是现在，林望书有的只是难过和心疼。

她憋回了眼泪，去牵他的手。小心翼翼地碰了碰他的手指，很凉，他全身上下都是凉的，明明病房里开了暖气。

能感觉到，在她碰到他的那一瞬间，他身子也跟着颤抖了一下。不明显，但却足够来形容他此刻的心理了。

他希望她能留下来陪他，可是又不敢开这个口。他心里其实也明白，自己这个病不管在哪儿都是拖累。林望书还年轻，她大学还没毕业，她可以拥有更好更明亮的未来。

照顾一个自闭症的弟弟已经很累了，有些事情，不该她来承担的。

手指碰了一下，然后她握住他的整只手。他的手太大了，林望书将手指挤入他的指缝里，十指相扣。

"江丛羡。"

听到她的声音，他的视线从自己被握住的手上移到她脸上："嗯？"

"我想抱你，可以吗？"

喉结微动，他下意识地握得更紧。

"你想干什么都行。"

林望书笑了一下，抱着他。

窗户应该是护士打开的，想让病房通通风，窗帘被吹起一个角。阳光从那道缝隙透过来，落在病床上，有些刺眼，江丛羡也跟着恍惚了一下。

"你不会一直喜欢我的，你总有一天会厌烦。

"找个健康的人嫁了，别被我拖累。

"我不可能说出这种话，永远都不可能，因为我很自私，就算是下地狱，我也想拉着你一起。可是如果你想走，我也不会强求。"

跟着他这样的人会很累，他是知道的。

林望书问他："你会放我走吗？"

"不会。"

"那我不走。"

他沉默很久，然后喊她："林望书。"

"嗯？"

"对我这种人好是非常危险的一种行为。"

"有多危险？"

"危险到你这辈子都只能在我身边，我不会放你走的。"他说，"我已经给过你机会了，但是现在不会了。"

林望书把他抱得更紧了一点，下巴在他的肩上轻轻蹭了几下："那我就一直留在你身边，陪着你。"

护士拿着输液袋进来，看到他们两个人黏黏腻腻地抱在一起，调侃道："这青天白日的就开始虐狗了啊。"

林望书脸一红，从江丛羡怀里离开。后者看着她这副模样，饶有兴致地微抬下颌，笑了。

他脸皮厚，本能大过理智，林望书从来没见过他有脸红的时候。

护士说得先扎个小针，然后才能输液。她将药水推出来一点，故意问林望书："小针是扎屁股，可是要脱裤子的，要是介意的话，你来脱？"

这突然的一句话把林望书给问住了，她愣了好一会儿才反应过来话里的意思。

脸涨得更红了："我……我就算了。"

护士若有所思地点了点头，拿着针管绕到江丛羡身后："要不要观摩一下？"

林望书一抬眸，正好对上江丛羡的视线。他眼里带着笑，似乎还挺期待她留下来观摩一下的。林望书闷声转过身去，身后传来衣料摩擦的窸窣声。

很快，护士说了一声："好了。"

林望书这才重新坐过来，江丛羡又是提裤子又是拉衣摆的，好像刚刚做了些什么见不得人的事一样。

护士给他输好液，临走前还冲林望书抛了个媚眼："肌肉不错。"

林望书没说话，低着头给他削苹果。削到一半，她还是欲言又止地问道："她还……摸你了？"

江丛羡在看书，听到林望书的话，他微抬眼睫，然后合上书，随手放在一旁："这么怕我被占便宜，刚刚怎么不看着？"

她一本正经："你的隐私，我总得尊重。"

江丛羡没忍住，彻底笑出了声："你都摸过多少回了，这会儿就不敢看了，怕长针眼？"

她急忙去捂他的嘴，同时还像做贼一样左看右看，生怕被人听见："你小点声。"

江丛羡被她捂着嘴，说不了话，就是挺想笑。直到林望书确定了没人听见，她才放心地把手松开。

江丛羡故意问她："手感其实还挺好的吧？"

林望书没理他。

江丛羡不依不饶，非要她给出一个答案来："你每次摸着不都挺顺手吗？怎么现在不好意思答了？"

林望书忙说："我那是想推开你。"

"可你那手放的地方分明是想把我往下压啊。"

说完，他还试图用手演示一遍。

林望书整张脸都羞红了，趴在他怀里不让他说。

月下娇

江丛羡动作微顿，她小小的一个，趴在他怀里，跟个兔子一样。他低头就能看见她柔软的发顶，有一个很小的发旋。

听说长一个发旋的人脾气都好。

她也是。

江丛羡抱着她，听话地不说了。

过了好一会儿，他才补了一句："扎针的地方是腰下面一点，没脱裤子。当然，你适当吃点醋也可以。"

他抱了她好一会儿，一直不肯放。林望书推了几次，他却抱得更紧。

还是怕啊。

怕就这么松开了，下一次，她就不让他抱了。

江丛羡是自卑的，在林望书面前，他总是用伪装来掩饰自己的卑微。哪怕是之前，他故意惹她生气，故意让她恼怒。

这一切的源头都是自卑。

在该懂事的年龄里，没人教他人该怎么活着。他在荒野中求生，如藤蔓一般，低贱得要命。心理上的疾病导致他的性格也有缺陷。

他也不是从一开始就这么圆滑世故的。有很长一段时间，他被校园暴力，然后病情加重。

他的人生，从来都不轻松。

压抑、阴暗。

他就是在这种环境下活过来的。

所以当他看见站在聚光灯下的林望书时，才会挪不开视线。她穿着白裙子，坐在椅子上，拉着琴。微卷的长发，皮肤如凝脂。所有人的目光都在她身上，他们鼓掌欢呼，还有人上台献花。

江丛羡看着她的裙子，心里想的却是：真干净啊，他总有一天会让这条裙子也变得和自己一样肮脏。

因为知道自己的低贱，所以他一直用仇恨来蒙骗自己。他是因为恨林望书所以才想把她绑在身边，不是喜欢。

似乎只有这样，才能让他忘记自卑。

林望书不会一直喜欢他的，没有人能忍受他的病，他就像一个定时炸弹，一个累赘。

可还是高兴啊。

这来之不易的幸福，他应该好好珍惜的。

推了几次没推开，林望书就这么让他抱着了。她的脸在他胸口轻轻蹭了蹭，能闻到他身上的消毒水味。

"我过几天有个演出。"

"什么时候？"

她将脑袋从他胸口离开："后天。"

江丛羡沉默了一会儿，似乎在算时间。

林望书打断了他的念头："别想了，老老实实听医生的话，待在医院养病。"

他皱着眉，捏她的耳朵："长本事了，敢吩咐我了。"

她脸色痛苦："痛痛痛。"

江丛羡急忙松开，样子有些紧张："我没用力啊。"

"很痛吗？"

看到他那副又心疼又内疚的样子，林望书有点想笑，面上却仍旧装出一副痛苦的样子："特别痛。"

江丛羡替她揉耳朵，动作很轻，似乎怕又弄疼她："豆腐做的吗？"

揉着揉着，就松开了手。江丛羡的下颌搭在她的肩上，薄唇含咬着她的耳垂，舔舐轻咬。全身像是过电了一样，她打了个战，想从他怀里离开，却只是徒劳。

他的轻笑声就压在她耳边："小骗子。"

他怎么可能看不出她在撒谎？就这点拙劣的演技，还想瞒过他的眼睛？

月下娇

好一阵后，等到她的耳朵和脸都红透了，江丛羡才松开她。林望书像一只受了惊的兔子一样，迅速从他身边弹开。

"我……我要回去排练了，你好好休息。"

他单手撑着头，唇边笑容很淡："还来吗？"

"我后天演出结束了再来。"

"可以的。"

原本以为他会闹上一会儿，可没想到，他居然这么好说话。林望书说后天再来，他也没有一点异议。

林望书松了一口气："那你好好休息。"

从病房离开后，她拿出手机。在里面时她调了静音，现在才发现有好几条未接来电。看着上面的名字，她犹豫了一会儿，选择回拨过去。

她靠着墙，等电话接通。大概两三声，耳边传来男人温和低沉的声音："望书。"

林望书下意识地站直了身子："盛前辈，请问有什么事吗？"

盛凛翻阅着手里的资料："是这样的，你交上来的曲目单有一首的版权有点问题，你现在有时间吗？"

"需要我过去吗？"

"嗯，你过来一趟比较好，不过你也别太担心，我已经联系那边了。"

"好的，您把地址发给我，我现在就过去。"

她已经把话和他说开了，他也没有纠缠。成熟理性的人可以做到控制情感，而不是被情感控制。

体面对盛凛来说，很重要。公私分明，他不会将个人情绪带到工作中去。

电话挂断后，林望书将手机锁屏，走去等电梯。

病人的药该换了，护士推门进去，正好看到他阴沉着一张脸站在那儿，手背上的针也抽了，应该是直接扯开的，拉开了一道口子，针

452

眼正流着血。

护士皱着眉："哎呀，你也太粗鲁了吧，快点躺床上去。"

他抬眸，阴恻恻地看了她一眼。

护士后背一凉。

如果不是因为外表一样，她甚至开始怀疑，这个病房里的病人是不是换了。

处理好版权问题以后，已经很晚了，林望书回到家，桌上压着一张便签，上面的字迹俊秀有力。

> 锅里热着汤，还有饭，冰箱里有西红柿炒蛋，你记得热一下再吃。
>
> ——林约

林望书走过去打开冰箱，可能是怕串味，盘子还用保鲜膜包着。因为心疼，所以林望书平日里对林约几乎到了溺爱的程度。什么家务也不让他做，也就是上次她生病，林约照着食谱给她做过一回粥，之后就再也没让林约进过厨房。

林望书将饭菜加热以后端出来，尝了一口，有片刻的愣怔，出乎意料的好吃。

林约很聪明，在任何方面都是，他不管学什么都很快。林望书甚至觉得，他的病其实已经好了。

现在的他只是不爱说话，不太喜欢和人交流。他把自己关在那个小世界里，不出去，也不许任何人进来，算是一种自我保护。

那几天林望书都是很晚才睡，一是忙，二是紧张。

可能是因为睡眠太差了，以至于演出那天，她整个人有些昏昏沉沉的，甚至连演出是什么时候结束的都不太记得了。说结束致辞的时候，她险些连手里的大提琴都没扶稳。

月下娇

　　那一瞬间，她的脑子还是蒙的。就这么看着大提琴从她手里离开，然后，被一双宽厚有力的手握住。

　　盛凛扶着她的肩膀，担忧地问："还好吗？"

　　林望书脸色很白，额头还有虚汗，她摇头："不太好。"

　　盛凛替她说完结束语，然后让后台闭幕。

　　厚重的幕布拉上，盛凛喊了两个女工作人员过来，让她们先扶她过去休息："低血糖了。"

　　林望书只觉得自己像是踩在棉花上，浑身都没了力气。

　　夏早前几天飙车摔了，她爸一生气，把她的车砸了，人也扣在家里，禁足半个月。她打着石膏翻墙越狱，最后还是被逮了回来。

　　去不成现场，只能看直播。不得不说，有颜就是任性啊。这么魔鬼的打光，林望书这张脸都扛住了。

　　烟灰色的露肩长裙，惨白灯光之下，肤色被衬得越发冷白。犹如坠入凡尘的仙女，身上没有一点烟火气，清冷脱俗的气质。

　　弹幕上清一色全是夸的，各种老婆老婆叫个不停。

　　夏早截了好几张图，低头发给张也。她疯狂地夸赞林望书的神仙颜值，脑袋一抬，演出正好到了结尾。然后她看到……

　　盛凛动作亲昵地扶着林望书。

　　这是上位成功了？

　　林望书睡到第二天中午才醒，太累了。

　　她推开房门出去，客厅的餐桌上放着三明治和煎蛋，应该是林约去学校之前做的。已经冷了，林望书也没加热，就这么直接吃了。

　　哪怕休息了这么久，可她还是没什么力气，依旧有点虚。身体本来就娇弱，体质也算不上好。这会儿伤了元气，也没那么快就恢复。

　　因为前一天和学校请了假，今天也不用过去，所以她拿出平板，上了会儿网课。为了应付考试，她买了几节课，平时在家偶尔上上，勤能补拙嘛。

　　三明治吃完了，课也上得差不多，一看时间，下午三点。

　　不早了。

　　她刚想把平板放下，再回房间睡一会儿，却突然记起，她答应过江丛羡，演出结束后会去看他。他难得那么乖，她不能食言。

　　想到这里，她先去换了身衣服，又开火给他煮了点粥。小火慢熬，怕太过清淡，他吃不下去，林望书又单独做了点小菜。

　　从这儿去医院大概要一个半小时的时间，为了节省时间，她打车过去的。

　　工作日医院人不多，林望书去了住院部，刚过去，就看见护士从病房里出来，手上还拿着病历本。看到林望书，她笑着和她打招呼："吃饭了吗？"

　　林望书点头，笑容温和礼貌："吃了。"

　　她看了眼关着门的病房，问护士："他恢复得怎么样？"

　　"挺好的，我还纳闷呢，这刚从鬼门关里走了一遭，倒是半点元气都没伤。就是不说话，一整天都在那看书。"

　　而且看上去好像心情不大好的样子，脸色阴郁，好几天了。

　　怪吓人的。

　　护士起先还会像之前那样和他开玩笑，他阴恻恻地看她一眼，眼神里的不耐和厌恶她可看得十成十。

　　半点没有第一天的随和。

　　林望书谢过她，刚要推门进去，却被护士伸手拦下了，她面色为难："病人说了，最近不想见任何人。"

　　林望书短暂地愣住，以为他又病发了。

　　她担忧地问："是病发了吗？"

　　"没病发，就是不想见人。"她话说得犹豫，"尤其是……不太想见你。"

月下娇

　　林望书听到她的话后，安静了几秒，脸上也没表现出什么异样来。只是把手里装着粥的保温饭盒递给护士，拜托她转交给江丛羡。

　　这点小忙自然是要帮的，护士拿着饭盒进去。

　　开门的那一瞬间林望书透过门缝往里看了一眼，只看见拉起来的帘子。

　　过了一会儿，护士出来，手里的饭盒原封不动。看到她欲言又止的神色，林望书大概也猜到了。

　　"没事。"她接过饭盒，重新装进包里，"他说什么了？"

　　小情侣之间闹矛盾很正常，但看到面前这个姑娘仙女一般的脸，小护士有点不忍心了。

　　"他说不想吃，觉得味道恶心。"

　　攥着包带的手稍微收紧，她点头轻笑："可能是我太着急过来了，没控制好火候，我下次做得仔细些。"

　　话说完后，她又和护士道过谢，然后才离开。

　　江丛羡的脾气算不上好，可从未像今天这样过，可能是发生了什么。

　　林望书虽然好奇，却也没有打算去问他。既然他不想见到自己，那就先不烦他了，让他好好养病吧。

　　刚出电梯，就和吃完饭的赵廖碰上了。

　　他拿着纸巾擦嘴，看到林望书，热情地喊她："哟，好久不见啊，小书。"

　　"赵医生。"

　　"过来看望病人啊？"

　　"嗯。"

　　看他的反应，应该是不知道江丛羡住院了。不过也正常，除了一些病情方面的事以外，江丛羡是不和他联系的。

　　他这个人就这样，没有人情味，也很难对谁付出真感情。赵廖是，蒋苑也是。

赵廖看了眼腕表："这样，我还有半个小时才上班，有些话想和你谈谈，你现在着急吗？"

"不着急的。"

"那行。"

赵廖带她去了诊室。

除了外面等候区坐着几个拿着检查单等医生上班的病人，走廊没什么人，其他几个诊室门也关着，看上去有些冷清。

赵廖让林望书先坐下，他到旁边的抽屉里翻了很久，然后拿出一沓检查单给林望书："这些都是这几年来江丛羡的检查结果，你可能看不太懂，我简单地给你讲一下。"

林望书接过后，简单地看了一下，虽然不太懂，但那些数值她是可以看明白的。

赵廖拿着茶杯去饮水机那接了点热水，干枯的茶叶在里面打着卷，他也没拧上盖子，吹散热气，抿了一口，然后重新坐下。

"他算是我跟过时间最长的一个病人了，比起普通人，他接受治疗的环境自然要好很多，所以治疗的效果也更好。"

林望书听到他的这番话，松了一口气。

他又喝了一口水，大喘气道："不过呢……"

林望书的心又提了起来："不过什么？"

赵廖把茶杯放下，将她手里的检查报告往前翻了翻："治疗的效果好，但是反复得也厉害，这个病最受不得刺激。"他叹了口气，"小书啊，我这么说希望你别见怪啊，像江丛羡这种生性冷血绝情的人，其实很不容易被刺激到，至少在你出现之前，他的病情一直呈平缓的状态好转，后来你住进去，他三天两头就病发，人也一直处在理智的边缘，疯狂像是会随时破笼而出。"

她不介意的，毕竟赵廖说的是事实。但如果说后悔，倒也没有。江丛羡用那种手段折辱她，就算是重来一次，她也会这么做。甚至可能在知道他的病情以后，变本加厉地刺激他。

月下娇

每个人都该为自己做出的事付出代价。

林望书不是圣母。

她不可能在知道他有病的情况下就去原谅他，原谅他的所作所为。哪怕是后来，得知他的病是被她父亲亲手折磨出来的，然后答应陪在他身边，也不全是因为内疚。

是在爱的基础上，加上内疚。

她恨他，也爱他。

人性本来就复杂，不过是恨大过了爱，便以为自己不爱了。当爱大过恨时，才会彻底认清。

你说她现在还恨吗？

当然恨，她甚至会恨他一辈子。可她还是会爱他，会疼他，会好好陪着他。

赵廖说："我说这些也不是故意让你为难，只是想拜托你一件事。"

林望书抬眸，看着他："您说。"

"他所有的情绪起伏都是因为你，既然你们现在在一起了，我希望你能多花些时间陪他，得这个病的病人大多数都缺少陪伴和安全感，当然，偶尔他想要独处的时候你也给他一些单独的空间，不要去打扰他。"

林望书点头："好的。"

从医院离开时，天已经黑了。冬天黑得快，五点半就开始初显暮色。

医院旁边有个夜市街。昏黄的灯光下，偶尔能看见穿着病号服的人员在家属的搀扶下走进店里。

这里什么都有卖的，有烧烤摊，有文具店，也有书店，甚至还有复古风的照相馆。

几个六七岁的小孩子打打闹闹着从旁边跑过去，店门口的风铃被风吹动，发出清脆的声响。

　　林望书还记得她从诊室离开之前，赵廖和她说的最后一句话。

　　"和他这样的人生活在一起会很累，至少在他病好之前会很累。他会变得越来越依赖你，你甚至要时刻注意他的情绪。我之前的病人，通常能做到这点的只有他们的亲人。你还年轻，大学都没毕业，你的未来应该很轻松的，所以我希望你能想清楚，不要擅自做这个决定。因为你一旦点头，中途再放弃的话，对他的打击是毁灭性的，甚至可能他的人生会止步于此。"

　　赵廖并不是在吓她，他只是在以一个医生的角度给她建议。

　　林望书知道，同时她也确定，她既然答应了会陪着江丛羡，就不可能中途扔下他。哪怕他偶尔闹个小脾气，她也会好好哄的。

　　拉面店的老板娘出摊了，林望书点了一碗："麻烦您少放辣，打包。"

　　面做好了，她又去隔壁的便利店拿了一瓶牛奶，特地让收银员加热了。

　　重新折返进了医院，病房门还是关着的。

　　医生过来查房，小护士跟在后面，冲她抛了个媚眼。他们推开门进去，里面黑乎乎的，没开灯。护士把灯开了，林望书站在外面，隐约听到医生问了几个问题。

　　"恢复得挺快啊，果然是年轻人，身体好。"

　　这句话没有回应。

　　江丛羡兴致不高的时候一句多余的废话都懒得讲，看来他的心情真的挺不好啊。

　　小护士从里面出来，也没有跟着医生一起去别的病房，前面那几个病房不是她负责的。

　　她给林望书出谋划策："你要不直接进去得了。"

　　他应该也不至于赶她出来吧？

　　林望书却摇头，她应该尊重江丛羡的，他不许她进去，那她就等到他同意自己进去为止。

"不了。"

小护士见她这样，耸了耸肩，忙自己的去了。

林望书在旁边的椅子上坐下，戴上耳机，开始上网课。

医院的走廊很冷，不知道是不是有点心理作用，总觉得阴冷阴冷的。她今天穿得也不多，好在出门前围了条围巾。

手机看久了眼睛很疼，而且又有点困。她一看时间，都十一点多了。

前面的病房门还是关着的，一点动静也没有。

鼻子有点痒，嗓子也干疼得不行。

她抬手，用臂窝掩着唇，连续打了好几个喷嚏，好像有点感冒。她在楼下买粥时给江丛羡发的那条信息到现在都没有回复。

说怕他吃不惯医院的饭菜，她特地在楼下买了碗拉面。

看来气还没消。

太困了。

林望书取下围巾，盖在身上。

身体本来还虚着，这会儿又是受凉又是熬夜的，没扛住，也不知道是怎么睡着的。反正就是靠在椅背上，没一会儿就开始做噩梦了。

人在生病的状态下，做的噩梦似乎都比平时要恐怖得多。

林望书睡得迷迷糊糊的，总感觉脸有点痒，像是被什么东西触碰着。喉间发出一阵不太舒服的呻吟，她翻了个身。

刚醒的脑子还不太清醒，过了好一会儿才记起自己所处的环境。

她在医院走廊里等江丛羡给她开门，结果等着等着就睡着了。可意外的，并不太难受。医院的长椅什么时候这么软了？她伸手按了按，手上的触感绵软。

睁开惺忪的睡眼，入目的不是雪白的墙壁，而是蓝色的帘子。

喉咙有点痛，她在病床上坐起身，不记得自己是什么时候进来的。旁边的沙发上，穿着病号服的江丛羡坐在那里看书，也不看她

460

一眼。

林望书浑身没力气，连从床上坐起身都有点费劲。

"几点了？"

她开口，声音哑得可怕。

翻页的手顿住，他没抬头："墙上有钟。"

林望书侧眸看了一眼，七点半。

感冒引起的喉咙痛，又干又涩，还有异物感。林望书穿上鞋子，走到桌前，倒了杯水，喝下以后稍微好了些。

"我昨天听医生说，你今天就可以出院了，对吗？"

"嗯。"

语气不算恶劣，却也不显温度。

并不反常。

林望书自然也不会觉得哪里不对。

她走过去，替他倒了半杯热水，又加入冷水，兑温以后才放在他面前的茶几上："医生有没有说你那个药是饭前吃还是饭后吃？"

安静了很久。

江丛羡把书合上，扔在茶几上，力道有点大，以至于将茶杯也给撞倒。水流了一地，流到林望书的脚边。

"睡好了就走吧。"

林望书像是没听到一样，去洗手间拿来拖把，将地上的水拖干净："想吃什么？我去给你买，我昨天看了一下，医院附近有好多小吃摊，什么都有卖的。"

他看上去挺不耐烦："你能让我一个人安静地待会儿吗？"

林望书不说话了。

他站起身，打开衣柜，把病号服脱了，拿出里面的衣服换上。

护士拿着药进来，看到了，忙说："下午才出院呢，你怎么现在就把衣服换了？"

他语气不善："让开。"

月下娇

护士被吓到，乖乖让开了。

江丛羡出了病房，一边穿外套一边给蒋苑打电话，让他过来接他。

护士看了眼走廊里逐渐走远的江丛羡，又去看里面一言不发的林望书，不用问也知道发生了什么。

她走过去安慰她："没事，这个不乖咱就换，男人那么多，不缺他这一个。"

林望书笑了笑，和她道谢。

从医院离开，也才八点。

她只请了两天假，今天得去学校。

刚到宿舍，就看到寻雅在楼下，旁边那个男生林望书有印象，大四的学长，她们刚入校的时候就是他替她们扛的行李。

隔着老远，看到林望书了，寻雅不知道和他说了句什么，然后红着一张脸跑过来。

"望书，你今天怎么来得这么早？"她靠近她，闻了闻，"怎么这么浓的消毒水味？"

"去医院看病人了。"林望书看了眼站在后面的学长，笑着调侃寻雅，"这是桃花开了？"

寻雅扭捏着笑了笑："不是啦，他刚刚和我告白了，说刚入校那会儿就喜欢上我了，不过因为害羞，再加上我有男朋友了，所以他一直不敢说，直到最近快毕业了，怕再不说就没机会了，所以才来找我。"她问林望书，"你觉得他怎么样？"

林望书客观地点评了一下："长得挺帅的，个子也高，听说还是个学霸，就是不知道性格怎么样。"

寻雅一阵猛夸："性格很好的，很温柔，而且很会照顾人！"

林望书笑道："你自己心里不是已经有答案了吗？"

寻雅捧着发热的脸，有点担忧："可他是学编程的，以后该不会秃顶吧？"

"呃……"

少女梦断："不行不行，我还得认真考虑一下。"

考试的日子更近了，之前为了准备演出，林望书不得不先把学业放下。这会儿已经有些着急了，她又不敢在家里学。林约很敏感，一点动静都会打扰他休息。

林望书只能在宿舍学习。

正好她们这些天都在备考，都睡得晚。下午的时候，她先去学校把林约接回来，给他做完晚饭。

"小约，姐姐马上就要考试了，今天晚上会去宿舍住，你在家里好好休息，不要乱跑，无论是谁敲门也不要开，知道吗？"

他握着筷子，乖巧点头："知道。"

等他吃完饭，林望书把碗筷洗了才离开。

她刚走没多久，林约也走了。他把作业放进书包，又从冰箱里拿了两瓶他最爱喝的牛奶，然后开门出去。

江宅。

先生是今天中午到的，整个人看不出半分异样来。沉稳、淡漠，他的情绪好像天生不为任何事情撼动。

孙姐在这儿打工一个多月了，听厨师大姐讲，这家的阿姨换了好几个。不是受不了自己走的，就是因为说错话被开了。

"毛病多得很。"

她说这话时正嗑瓜子，瓜子壳就直接往地上吐，孙姐刚扫完的地立马就脏了。孙姐看得眼睛直喷火，要不是为了继续听她讲八卦，她早就一扫帚抽过去了。

"也不能说他毛病多，他这人啊，本身就有病，一身的病。

"你刚来没多久，估计不知道，我可见过的，他发起病来啊，吓人得很，整个儿就一疯子。

463

月下娇

"一整瓶的安眠药直接往嘴里倒，就干嚼，跟吃奶片一样，我看着都替他觉得苦，可人家吃得面不改色的。"

孙姐被她这话唬得一愣一愣的，还以为她是在骗人。

先生气度不凡，矜贵斯文的，怎么可能像她说的那样？

直到她目睹了那一幕。

她上楼打扫时，看到浴室外的地毯全是水，中间还有点红色的痕迹，像是被水冲淡的血。

她敲了半天的门也没人应，只能下楼去叫蒋苑。原本以为只是里面的水忘了关，结果蒋苑的反应彻底把她给吓住了。

他没说话，直接冲上楼，两脚就把浴室门给踹开了，孙姐跟在后面进去。

也就是那一眼，她看见装满水的浴缸里，男人穿戴整齐，躺在里面，手腕割开了很长一道口子，深可见骨。刀片浮在水面，随着那被血染红的水起起伏伏。

孙姐这才确信，这家的主人是真的有病。

听说得的还是精神病，受不得刺激的那种。

她有点害怕，她没文化，也不清楚精神病杀人到底犯不犯法，但她不敢拿自己的生命冒险。

别为了点钱把自己的命给搭进去了，那可就太不值了。

她想着，干完这个月就走。

第二十一章
先救谁

蒋苑能看出来，江丛羡的心情不太好，甚至可以说很不好。

他喜怒不形于色，但蒋苑太了解他了，哪怕他没有表现出任何异样来，可他还是能一眼就看出。

"我让厨房去做点吃的。"

"不了。"他低声打断，"和华宏电子的周总约的是几点？"

"十一点半。"蒋苑欲言又止，最后还是出声劝道，"医生说了，伤口恢复阶段不宜饮酒。"

他淡道："这么听医生的话，你是他养的狗？"

蒋苑不说话了。

孙姐按照蒋苑的吩咐，给江丛羡倒了杯热水，刚递给他，他就把杯子给砸了。玻璃碎片落了一点，她被吓到不敢动弹，浑身都在抖。

江丛羡踢开桌子，起身上楼。

她犹豫地看着一旁的蒋苑。

后者表情没什么异样，仍旧是那副寡淡的模样，倒是语气礼貌地和她说："麻烦您把这里收拾一下。"

月下娇

她问道："那晚饭呢……"

"不用准备了。"

说完，他也上了楼。

人都走了，孙姐这才后怕地拍着胸口，更加坚定了干完这个月就走的决心。

江丛羡讨厌消毒水的味道，为了洗掉身上那股难闻的味道，他在浴室里待了很长时间。

围着一条浴巾出来时，蒋苑等在门口。

"已经联系过那边了。"

江丛羡用毛巾擦着湿发，往衣帽间走："嗯。"

蒋苑停下，又说："林小姐的弟弟来了。"

擦头发的动作停下，过了好一会儿，江丛羡才把手放下来。他走到二楼栏杆旁，往客厅看了一眼。林约身上还穿着校服，书包也背着，此时正规规矩矩地坐在沙发上。

"我先换衣服。"

五分钟后，江丛羡从衣帽间出来，蒋苑看到他身上穿着深灰色的家居服。于是他给华宏电子的周总打了个电话，表达完歉意后，延后了这个酒局。

林约看到江丛羡了，面无表情的脸上闪过欣喜，他站起身，喊他："哥哥。"

江丛羡温和地笑了笑："一个人来的？"

"嗯，姐姐今天回宿舍了。"他打开书包，把里面的牛奶拿出来，递给他一瓶，又给了后面的蒋苑一瓶。

江丛羡不爱喝牛奶，却还是和他道谢。

林约一脸期待地看着他："这个是我最喜欢喝的。"

江丛羡无奈地沉默片刻，最后还是把牛奶盒的封口撕开，倒进杯子里，一口气喝完了。

腥味太浓，让人想吐。

"挺好喝的。"

林约满足地把书包放下。

江丛羡若有所思地看了他一会儿，终于问道："你过来找我，你姐姐知道吗？"

他摇头："她不知道，我是偷偷溜出来的，想给姐姐买药，顺便给你和蒋哥送牛奶。"

听到他说的话，江丛羡皱紧了眉："买药？你姐姐生病了？"

林望书最近觉得喉咙越来越难受了，又痒又痛，总感觉像有东西卡在里面一样，咳得厉害，喝再多水也没用。

万笑笑从抽屉里翻找出感冒药给林望书："这个是我上次感冒去医院，医生给我开的，很见效的，吃一粒就行。"

林望书接过后和她道谢。

万笑笑干脆把椅子拖过来，就坐在她旁边："不过你也小心些，最近流感可不是闹着玩的，这种季节很容易感冒，我们老家四季如春，反正我是受不了这种天气的。"

寻雅在床上一边敷面膜一边追剧，听到她的话后，将脑袋探出来："你老家是回城吧？"

万笑笑点头："对。"

"我听说你们那山多，正好这次放假我还愁该去哪玩呢，要不就去你们那儿？"

万笑笑一听她这话，也来了兴趣："我家那边就算了，没什么好玩的地方，不过我知道有个地方，风景挺好，我们可以去滑雪。那里还有鬼屋冒险、真人剧本杀，而且民宿也很有特色，非常适合拍照。"

"好啊好啊，那就这么定了。"说完，她又问林望书，"望书，你也一起去吧。"

林望书刚吃完药，脑门上还贴了个退烧贴："我可能——"

467

月下娇

　　一听她这话就是要拒绝，寻雅连忙打断："你说我们都大二了，大四就都得实习，就剩明年一年的时间了，不抓紧点去好好玩玩，以后连个共同的回忆都没有。"

　　万笑笑可怜巴巴地挽着她的胳膊："对啊，百年修得同船渡，你说我们几个能住在一个宿舍这是多么不容易的事情啊，这要是就这么散了，多可惜。"

　　她们这你一言我一语的，林望书无奈地笑了笑，只能点头答应了："好吧。"

　　还不等她们高兴欢呼呢，电脑旁的手机就响了，未知联系人。

　　林望书迟疑了一会儿后，按下接通。

　　那边说他是送外卖的，女生宿舍进不了，让林望书下来取一下。

　　林望书疑惑："我没有点外卖啊？"

　　外卖小哥看着上面的名字，和她确认道："是叫林望书吧？"

　　"对。"

　　"那就是你的。"他催促道，"麻烦快点啊，我这手上还有好几个单子呢。"

　　电话挂断后，林望书问她们："你们谁点了外卖吗？"

　　三脸困惑："没有啊。"

　　林望书放下手机，下了楼。

　　东西有点多，都是吃的，还挺重。

　　好不容易提回宿舍，寻雅揭了面膜正在洗脸，看到她手上的东西，问道："你晚上不是不吃东西的吗？"

　　"不是我点的。"

　　"不是你点的？"寻雅擦净了手过来，打开看了一眼，"全是你爱吃的，该不会是你哪个追求者送的吧？"

　　知道她喜欢吃什么的人不多，更别说是学校里那些话都没说过几句的同学。

　　不等林望书开口，手机又响了，又是外卖。

468

　　她下楼去拿，这次送的是药，各色各样的感冒药几乎把药店能买的全给买了。

　　寻雅这下越发确信，这就是林望书的追求者送的。

　　"不是我说，这也太有心了吧，一看就是情场老手了。"

　　林望书没说话，一直看着手机，等电话。果然，十分钟后，手机又响了，还是送外卖的。

　　外卖员把手里的东西给她，林望书伸手接过，也忘了说谢谢。

　　路灯挺亮的，一路上都是。

　　林望书的视线在四周扫了一遍，最后在背着光的暗处看到一个模糊的轮廓。个子高，腿又长，身形优越到哪怕只是一个轮廓，也足够被认出来。

　　他自己好像没认清这点，还以为自己躲得挺隐蔽的。

　　林望书走过去，她往前走，那人就往后退，然后林望书就不动了，而是捂着肚子，脸色痛苦地蹲下。

　　她在等，等江丛羡自己主动过来。

　　她也没抬头刻意去看，毕竟戏要做足。

　　果然，没过多久，面前传来皮鞋底踩踏地面的声音，男人声音焦急，在她面前蹲下："胃疼吗，还是哪里不舒服？我带你去医院，可以走吗？算了还是我背你吧。"

　　说完他就把外套脱了，给她披上，怕她着凉，然后就要去背她。

　　林望书松开手，却笑了："不是不理我吗？"

　　男人的手顿住，反应过来她是在骗自己，眉头皱得更深了："林望书，你没病吧，撒这种谎？你知道我多担心多害怕吗？

　　"有病。"

　　她撒娇着去抱他："我感冒了，还挺重。"

　　突如其来的拥抱，让江丛羡愣了很久。

　　她身上的味道很好闻，明明不算特别，但就是让人上瘾。可能是发烧的原因，体温也高。她的脸靠在他肩上，有点烫。

月下娇

"还生气吗？"

他还想多坚持一会儿的。

她当着那么多人的面，和别的男人那么亲密，被他扶着，甚至没有推开他，所有人都在夸他们般配。

那他呢？

他又算什么？

江丛羡善妒，占有欲还强，他从来没有掩饰这些。所以林望书是知道的，她明明知道，却还故意惹他生气。江丛羡不是什么温顺的小猫，他是长着利爪的恶犬。

他冷笑："林望书，你是不是以为我很好说话？"

她点头："嗯，太好说话了，又蠢，书拿倒了都没发现。"

在病房的时候，林望书就看到了。他手里的书是倒的，他自己却没察觉，还装模作样地翻页。

太蠢，蠢得有点可爱。

她温柔地哄："还生气的话，我让你打几下，打到你消气为止，好不好？"

伪装被戳穿，恶犬被迫收起了利爪，江丛羡没了刚才的阴沉，整个人像霜打的茄子一样，蔫了。他说话的声音也提不起劲："算了，你这身板还扛不住我一拳。"

她得寸进尺地在他颈窝蹭了蹭："那就不要生气了好不好？"

她的头发软软的，皮肤也嫩，像只撒娇的兔子。

蹭得他有点痒，江丛羡别开脸，声音依旧很冷："你连我为什么生气都不知道，就急着让我原谅你？"

声音可真冷淡啊。

林望书看着他红透了的耳朵，试探地问道："是因为盛凛？"

一提到这个名字他就格外激动："你知道？"

看来还真是因为他。

"你知道那你还不早点和我解释？怎么，你真的想和他发生点什

470

么？还是已经发生了？"

如果是因为盛凛，肯定就是那天演出闭幕的事。也是她大意了，光想着江丛羡在住院来不了现场，却忘了他可以在医院看直播。

"我那天低血糖，差点晕倒，是他把我扶回后台的。

"我跟他一点关系都没有的，盛前辈之前的确是和我表达过心意，但是我也拒绝他了。

"他也知道我和你在一起了，我们现在就只是普通的前后辈关系。"

然后江丛羡就不说话了，也不知道在想什么。

这个时间宿舍楼下不算安静，但人也不多。偶尔有约完会的情侣，男生送女生回来。路过的人，无一例外会看向他们。有些认出了林望书，甚至还有的拿出手机偷偷拍照。偶尔有闪光灯刺得她眼睛疼。

江丛羡问她："你不躲吗？"

"躲什么？"

"你和我在一起被拍到了。"

她以前总是嫌弃他，他送她来学校，她也只让他把自己放在校门口，不许他进去。

"拍到了就拍到了。"她抱得更紧，似乎一点也不在意。

沉默很久，江丛羡还是缓缓地抬起手放在她的后背，回抱住她。

见她这副样子，他的声音有些沉闷，像是在控诉："你不能这样，这样我会觉得委屈，你不能老让我委屈，我一委屈就没安全感，没安全感就会和你闹，你又不愿意哄我，我只会闹得更凶。"

林望书说："我哄你。"

他一愣，以为自己听错了："什么？"

林望书抱着他，很有耐心地重复了一遍："我说我哄你，不论什么时候，觉得委屈了就说出来，不用通过和我闹来吸引我的注意力，我的注意力一直都在你身上的。"

月下娇

"林望书。"

"嗯？"

"你对我这么好，就不怕我越来越离不开你吗？"

"那就不离开。"

他提醒她："我占有欲很强的，我会捆住你，让你的眼里只有我一个。"

"那我就只看你一个。"

她事事顺着他，便如才说过的，真的在哄他啊。

江丛羡抱得更紧了一点，害怕这只是他的一场荒诞大梦，害怕梦醒了，一切又回到原样。

以前的他就算是做梦都不敢这样做的。

太不现实了。

可就是这种不现实的梦，如今却实现了。所以他患得患失，每一天都在害怕。

他的情绪林望书可以感受到，于是一边抱一边哄，想要给他足够的安全感。让他知道，她不会离开他的。

缓和的气氛突然被打破，因为江丛羡问了那句："那我和林约谁更重要？"

"嗯？"

这种问题似乎过于尖锐了一点。

他不依不饶："我和林约掉进河里了，你先救谁？"

"我两个都救。"

江丛羡又别扭又好哄，两句话就顺好了毛。

林望书说："我和我室友约好了放假后去旅游，我带你一起去好不好？"

"也带林约吗？"

"……你别无理取闹。"

到了熄灯的时间，路灯依次暗了几盏。

472

学校秉着节约的理念，一到时间就把能关的灯全给关了。周围陷入一片昏暗的黑。

江丛羡突然想到林约偷跑去找他的事，这件事她也有权知道。于是告诉林望书："对了，林约在我家。"

听到他的话，林望书愣怔了几秒："他在你家？"

"嗯。"

林望书从他怀里离开："我出去的时候让他好好在家待着，他怎么会去你家？"

她眉头紧皱，似乎有点生气。她下来得急，也没带手机，于是让江丛羡把手机借给她。看得出来，她是要找林约兴师问罪了。

江丛羡在中间劝了一会儿："他是给我送牛奶，也没干别的，我看这么晚了，就没让他回去。蒋苑陪着他，你别太担心。"

林望书脸色非常不好看。

她对林约好，甚至因为他的病百般顺从这个弟弟，但这不代表他可以谁的话都不听，随心所欲地来去。

大晚上的，一个人出去？

她气笑了，喘气声有些重："把手机给我。"

江丛羡看到她这个神情，知道她是真的生气了。

"你先冷静一会儿，他也只是一个孩子，你不能总用大人的标准来衡量他。"

她眼睛红了，情绪激动："他现在都敢在晚上一个人出去了，他和普通的孩子不同，他没办法一个人在外面待很久的，他会有应激反应，他会胃痉挛，会想吐，会害怕。"

"好好好。"江丛羡抱着她，安抚她的情绪，"我会好好说说他的，你别生气。"

小姑娘脾气好，很少动怒，就连大声说话的时候都是少之又少的。就像是生锈的锁，很久不用，你再转动时，难受费力的还是自己。

"他不能这样的。"生气过后,她又是一阵后怕和自责。

好在今天去找的是江丛羡,好在他还记得路,要是坐错了车,会发生什么林望书连想都不敢想。

她的声音在抖,明显沾染哭腔:"他连路都不会问,如果迷路了,我可能就再也见不到他了,是我不好,我不应该把他一个人放在家里的。"

江丛羡动作轻缓地拍着她的后背:"不哭,不哭。"

电话最后还是拨出去了,不过是蒋苑接的:"刚刚陪他拼了会儿积木,现在已经睡着了。"

林望书有些不放心地问道:"他吃药了吗?"

"吃了,自己吃的。"

"那就好。"她稍微放下了心,"谢谢你陪他玩。"

"不用,分内之事。"

电话挂断后,她把手机递还给江丛羡,又和他道谢。他没接,动作温柔地给她擦掉脸上未干的眼泪:"要不要出去吃点消夜?"

林望书摇头:"我不饿。"

他笑:"可是我饿了。"

这个点附近的小吃街还开着门,人挺多的,大部分都是学校里的人,以及隔壁学校的。

出了校门,走到人多的地方时,江丛羡下意识地松开了握着她的手。

他心里还是自卑的。

外人眼中的江丛羡是个喜怒无常的人,面上不显山不露水的,其实有股又野又狠的劲。像野外生长的狼,随时都能要了你的命。可人的本性在某个特定的时间点,或是某个特别的人面前,总会暴露出来。

就像此刻。

他本身就是自卑的,骨子里便流着这样的血,改变不了。

原生家庭的影响、幼年时受到的那些阴暗经历以及他的病，这些注定了他没法太过坦然地活在阳光之下。

尤其是在和林望书确定了关系以后，更加有所顾虑。怕她被同学嘲笑，笑她有个精神不正常的男朋友。她还要在这里待两年多，他不能让她因为自己受委屈。

有这种想法其实就足够心酸了，但江丛羡觉得无所谓，习惯了，就不会觉得有多心酸了，甚至觉得挺正常的。

他避开了人流，与林望书拉开距离，结果下一秒，掌心过来的温度，烫得他心跳也放缓了片刻。

林望书握着他的手，小声控诉着："人这么多，你还离我这么远。"

她的手软软的，又小，他甚至都不敢使太大的力，怕捏坏。

"我有病。"

听上去像是在骂人的一句话，实际却是在提醒她。别忘记了，他有病的，是个精神病人，和他走得太近的话，挺丢脸的。

林望书无所谓地笑了笑："以前我赶你走你都不肯走，非要让大家都看到，现在你和我真的在一起了，怎么反倒介意起来了？"

以前不同，以前林望书总惹他生气，把"嫌弃"两个字写在脸上，江丛羡怎么可能受得了。他的理智本来就薄如蝉翼，很容易就会坏掉。理智都没了，哪里还会去管她愿不愿意。可现在不同了，他想要她好好的。

她没忍住，笑了起来："看来你还挺叛逆。"

江丛羡没听懂她话里的意思："嗯？"

林望书握得更紧了一点："牵好了，可别走丢了。"

江丛羡看着她一副故作老成的模样，明明还是个小孩子，却总想扮成可以保护他的大人。

但那又怎样？

挺好的。

月下娇

江丛羡就这样从野外生长的狼，变成了在她羽翼下存活的猫。

足够了。

你看吧，他很好满足的，只要林望书给他一点甜头，就足够他开心很久了。

这儿的路边摊林望书很熟，寻雅经常和她来这儿逛。

她买了十块钱的串，拿盒子装好。考虑到江丛羡手腕上还有伤，不能吃太重口的东西，她就没让老板放辣椒。

她拿出一串递给他："尝尝味道怎么样。"

江丛羡接过后，吃了一口："还行。"

林望书就知道，从他这儿得不到什么太高的评价。江丛羡这个人吧，对吃的一点要求都没有。再好吃的东西在他这儿也都是一般，再难吃的东西他也能坚持多吃几口，问他味道怎么样，也是一般。所以林望书压根就不知道他到底喜不喜欢吃。

前面的广场围满了人，林望书抱着盒子，牵着江丛羡的手往里走。

后者不太喜欢这种人多的氛围，微皱了眉："想不到你还挺喜欢凑热闹的。"

她点头，笑道："喜欢啊，你不喜欢吗？"

江丛羡看着她嘴角的笑，停顿了几秒。

算了，看在她笑得这么好看的分上，忍一忍吧。

"喜欢。"

人群中间站着几个街头艺人，长得挺帅，在那儿弹吉他唱歌，不时有小女生上去合照。

这个广场每天都有人过来唱歌，有的是网络直播，有的是靠唱歌赚钱。

听完一首歌了，江丛羡说："唱完了，走吧。"

不等林望书开口，又开始下一首了。

江丛羡："……"

林望书听得挺投入的，甚至还拿出手机开始录像，镜头拖放到最大。看她这么专注地拍别的男人，江丛羡逐渐有了些躁意。旁边还总有人拿手机偷拍他，假装从他面前经过，偷偷地侧眸看一眼，再走回来，和自己的朋友小声议论。

议论的内容他听不清，也不感兴趣。但是他非常讨厌这种被别人当成动物园里的猴一样参观的感觉。

过了一会儿，刚才那几个女生拿着手机过来，礼貌又羞涩地询问："您好，请问可以加个微信吗？"

他声音冷："没微信。"

"……QQ也行的。"

"没。"

"那……手机号也可以的。"

"刚从牢里放出来，还没买手机。"

都是些学生，胆子也小，听到他坐过牢，首先联想到的就是杀过人。再帅的脸都没办法压住恐惧，她们以最快的速度逃离了现场。

江丛羡没什么多余表情，反应平淡，就好像她们刚才搭讪的不是自己。他的情感观念本来就淡薄，指望他热情一点，太难。

录完了一整首歌，林望书刚按了返回，准备发给寻雅。她平时最喜欢看他们的直播，要是让她知道他们今天来了学校，估计得高兴疯。

可还来不及发出去呢，头一抬，江丛羡人不见了。她从人群中出来，视线扫了一圈，好不容易才看到头也不回就离开的江丛羡。

这人脾气上来了，一点喘息的机会也不给别人，这点倒是一点都没变。

林望书一路小跑，追过去，拉他的衣袖："怎么生气了？"

他没说话，只是脚步顿住，垂眼看着她拉着自己衣袖的手。

注意到他的视线，林望书从拉衣袖变成挽他的胳膊："为什么生气？"

他移开视线，声音冷淡："怎么不继续拍了？"

原来是因为这个。

"拍完了。"

回答得还挺坦荡，江丛羡冷笑一声，就要甩开她的手。

"我刚刚被人搭讪你没看见，你眼里只有别的男人？"

这种近乎控诉的话，生气中又透着一丝难以察觉的委屈。

"不是，我是给——"

"既然做不到就不要承诺，我不会勉强你。"

他安静地站在那里，没有太过激的情绪，用很平静的口吻说出这一切。

外人看来，他好像是个非常大度的人，可以原谅这世间的任何事。可林望书知道，江丛羡这个人，心眼小得很。

他站在这里，就是等她来哄。说这些话，也是等着她来哄。如果她不哄的话，他就会生很久的气。

很多时候甚至连林望书都觉得奇妙，那个高高在上，对一切都运筹帷幄的江丛羡，怎么就在她面前，变成了多疑自卑、还爱吃醋的小心眼？

正是因为见过他最可怕的一面，所以她才会觉得不可思议。就像赵廖说的那样，她应该庆幸，江丛羡最终还是爱上了她，不然她的下场好不到哪里去。

是爱，在他硬冷的心上裹了一层柔软，他开始会痛，会恼，会气。

从一个疯子变成普通人，其实也挺简单的。

林望书抱着他："视频我是拍下来发给寻雅的，她很喜欢他们，我发过去就把视频删了。"

似乎怕他不信，她甚至还把手机拿给他检查。

"不信的话你自己看。"

他没接："我的心眼还没有小到这个地步。"

"真的不看？"

沉默了一会儿，他松开手，还是把手机接了过来。

算了，不看白不看。

林望书的爱好太单调，除了音乐，她几乎也没什么别的爱好了。手机里甚至连个爱玩的游戏都没有。

他点开相册，只有寥寥几张她的照片和一些风景照，他盯着那几张照片发了会儿呆。

照片是用原相机拍的，也没加滤镜，就是她最真实的模样，但是很好看。她穿着卫衣，戴着连帽，系带拉紧，半张脸都被遮盖住，脑袋搁在钢琴上，看着镜头打哈欠。看上去有点蠢，但是又很可爱。

林望书也看到这张照片了，脸有点红。照片是夏早给她拍的，她当时困得不行，正打着盹儿呢。

她急着要删照片，这一张看着太傻了。江丛羡却将手往上抬了抬，不让她删，林望书只能拼命蹦跶，想把手机抢过来。可惜他个子太高了，抬一下手，她蹦再高也抢不到。

看到她沮丧的神情，江丛羡温柔一笑，把她捞进怀里："很可爱。"

林望书的脸埋在他胸口，声音瓮声瓮气的："你别骗我了。"

江丛羡借事要挟她："我不生气了，你把这张照片发给我，我就不生气了。"

江丛羡好不好哄其实也分场合，听到他说一张照片就可以让他气消，她自然是忙不迭地点头的。

人哄好了，他说肚子饿了。

林望书想到前面正好有一家路边摊，就直接带他过去了。

看着一个简易油布支起来的小棚子，以及旁边暴露在路边的锅炉，林望书心里突然有点内疚。让一个公司总裁吃路边摊，似乎有点

月下娇

太寒酸。

不过这家挺好吃的，而且还近，她和寻雅就经常来这儿。

用热水烫过一遍餐具后，她把碗筷放在江丛羡面前："这里虽然环境一般，但味道还挺好的。"

江丛羡环顾了一下四周，没说话。

林望书以为他是在嫌弃，沉吟片刻后："你要是不习惯的话我们就换一家。"

他收回视线，摇了摇头："我只是想到我姐了。"

她以前经常带他来这种地方。

童年的记忆之所以这么深刻地留在他脑子里，是因为很长一段时间里，他都是靠着那段回忆活下去的。

人都有个生存寄托，父母在他很小的时候就离世了，他甚至没有半点印象。唯一记得的亲人，就是姐姐。所以与她的回忆，就成了生命里的寄托。

哪怕嘴上不说，可他很渴望有一个家。往往越是没有的东西，就越让人向往。钱谁都爱，他自然也不例外，不然也不会没日没夜地应酬了。可比起钱，家更让他向往。人一旦有了精神上的病，心灵就会开始空虚。更何况，他的人生本身就是空虚的。没人爱他，也没人会永远陪着他。

他一直觉得，自己一个疯子，人生可能也就这样了。直到有人出现，填补了他内心的空虚，他开始渴望和她拥有一个家。

饭菜上了，老板娘说林望书是他们的老客户了，就多送了一点小菜。她还问林望书，今天怎么没和那个话多的丫头一起来。

林望书笑了笑："今天和男朋友约会，所以没带她。"

老板娘心领神会，看了眼坐在她对面的江丛羡，暧昧一笑："是个小帅哥，挺配的，祝你们长长久久啊。"

她也笑："谢谢您。"

480

老板娘走后，林望书见江丛羡迟迟没有动筷，于是夹了一块酥肉放进他的碗里。

"尝尝看。"

江丛羡听话地吃了。

林望书等来的依旧是那句万年不变的点评："不错。"

她本来也没多期待他能有多好的反应，说出这个不错已经可以了。

吃完饭了，她也该回宿舍了。

江丛羡送她回去，就在宿舍外看着她进去。林望书走了两步，又回头。夜色寂静，周围一个人也没有，他站在那里，看着她，看上去有点孤独。

可能是有了喜欢加持，林望书总觉得这样的他怪可怜的，于是过去给了他一个拥抱。

被抱蒙的江丛羡缓了好一会儿才回抱住她："怎么了？"

她摇头："没，就是想抱抱你。"

头顶传来男人低沉的笑声："附近有家酒店，要不就去那里抱？"

林望书："……"她松开手，往后退了一步，"开车小心点，到了和我报个平安。"

他点头："上去吧。"

然后林望书才重新折返进楼道，踩在楼梯上的声音把声控灯惊亮。

宿舍里的几个都没睡，正聚在一起看韩国新出的一个恐怖片。

灯关着，在这个气氛下显得越发吓人了。

寻雅被吓得两只手捂着眼睛，却又忍不住，偷偷从指缝往外看。正在关键时刻，门开了。她们几个吓得抱在一起，尖叫着往里躲。

林望书刚进来，还来不及把门关上，被她们的动静吓到，还以为

月下娇

宿舍进贼了，自己也有点紧张："怎么了？"

看清来人是她，寻雅呜呜哭着过来："你吓死我了。"她闻到她身上的路边摊味，"你去夜市街了？"

林望书点头："男朋友来了，陪他四处转了转。"

"江丛羡？"

"嗯。"

那边万笑笑为了转移注意力刷了会儿论坛，刷着刷着就瞪大了眼睛："望书，这是你吗？"

她把手机屏幕对着她。

照片上，她抱着一个男人，关系看上去异常亲密。照片不是同一个人发的，底下还有跟帖，甚至多角度，那个男人的脸也被拍下来了。

"这不就是那天那个大帅哥吗？"

"他们果然有一腿！"

"林望书也太好命了吧，男朋友这么帅。"

"难道不是那个男的好命，找了校花当女朋友？"

"你懂什么？现在美女遍地都是，帅哥凤毛麟角，尤其是这种级别的。"

"遍地都是？哪儿呢，我怎么没看见呢？反而看到一群妒妇。"

"怎么，看到你女神和别人在一起就恼羞成怒了，跑这儿撒泼来了？"

……

学校里的论坛林望书很少看，不管是什么话题，最后都能歪楼歪成骂战。

他们刚刚吃饭的隔壁是个烧烤摊，摊位上的油烟全部飘过来了，现在她身上和头发上都是一股烧烤味。林望书拿了衣服准备去浴室再洗个澡。

没关拢的宿舍门被人推开，陈素敏气势汹汹地站在那里："林望书，你要不要脸啊！"

她气得要命。

截图还是同学发给她的，问照片上的那个男人是不是江丛羡。

她以前一直都是以江丛羡的准女朋友自居的。因为知道她家里有江丛羡想要的东西，而且陈家多年的根基也可以帮助他在这北城更上一层楼。所以他们总会在一起的，只不过是时间问题。

他的照片陈素敏早就拿给那些玩得好的同学看过了，炫耀的成分占了大部分。

可现在这张照片无疑是打了她的脸。

林望书算什么，抢她的男人？

"你插足别人的感情挺过瘾是吧？"

她恨得牙痒痒，怒目瞪着林望书。

寻雅不爽地反驳道："你嘴巴放干净点。"

"是我先喜欢他的，我们认识那么多年了，他甚至还去我家见过家长了，是林望书在这里面横插一腿！"

陈素敏都快气疯了，一直以来她就被人拿来和林望书比较。

之前她家还没破产的时候，那些长辈个个都夸林望书，说她有灵气，又懂事，让陈素敏多和她学学。后来两人考上同一所大学，又学了同一个专业，依旧会拿来比较，她还是比不过她。

现在居然连她的男人都要抢。

寻雅一听她这话不乐意了，刚要开口，被林望书的话给打断。

她的语气不卑不亢："我们在一起挺久了。"

"什么？"

她轻声补充："刚刚不光抱了，还亲了。"

"你！"

陈素敏觉得自己就像个待爆的气球，已经在失去理智的边缘了。原本是过来兴师问罪的，却被她的话给气到一刻都不想在这多待了。

放下一句狠话就踹门走了。

寻雅过去骂了句脏话，然后心疼地看着她们的宿舍门，也不知道踢坏了没有。

月下娇

万笑笑一脸八卦地问林望书："你们真的亲了吗？"

她摇头："没有。"

连她自己都不知道她为什么要撒谎骗她，就是突然觉得，有点不高兴。

听到陈素敏的话她觉得不高兴。

如果再说得仔细些，大概就是，吃醋了。

没错，她就是吃醋了，听到陈素敏说喜欢他，莫名其妙地，就想要宣示主权。

太幼稚了。

她叹了口气，抱着衣服进了浴室。

陈素敏第二天就回了家，在她爸面前大闹一场。

"你不是答应过我，会让江丛羡和我在一起的吗？你这个骗子！"

陈老爷子老年得女，对她向来宝贝得不行。平时是含在嘴里怕化了，捧在掌心怕碎了。从小到大，只要是她想要的东西，他都会想方设法给她搞到。

可是这人啊，都有自己的想法。更何况是江丛羡这么个心机重的，就连自己这个活了五十多个年头的老头子都玩不过他。

原本是想靠着江北那块地要挟他，结果人家直接放弃了，那边话说得很明确："陈叔叔是长辈，我尊敬您，但也不代表我会一直尊敬您，您该知道的，我最讨厌的就是被人要挟。您话都说到这个份上了，不就是在逼我吗？"

他是笑着说完这段话的，语气也不重，但就是给人一种无形的压迫感，像警告，又像威胁。

看到自己女儿又哭又闹，陈老爷子想，他不让自己好过，自己自然也不会让他好过。生意人，都讲究一个礼尚往来。

林家那个二儿子前些日子回了西亚，算算时间，差不多也该回来了。他拿出手机，拨通了他的号码，问他什么时候回国，说想找个时间聚聚。

他知道，林有勤原本就有意开拓国内市场，被他大哥败光的那些祖业他也想一一捡回来，所以这段时间他应该会长居国内。

"后天的机票。"

陈老爷子笑道："落地后和我说一声，我让人去接你。"

"麻烦了。"

"一家人不说两家话，有什么麻烦不麻烦的。而且你这次回来，应该也挺忙的吧，不光得处理生意上的事，还有小书的婚事。"

林有勤疑惑："婚事？"

"你还不知道吗？"陈老爷子笑着恭喜他，"你家小书和江丛羡在一起了，小两口甜蜜得很，还在学校里搂搂抱抱呢，你说现在这年轻人啊，就是比我们那时候大胆。"

林有勤瞬间屏住了呼吸："您是说，小书和江丛羡在一起了？还在学校里搂搂抱抱？"

"对啊，还是我家素敏给我看的照片，他们学校的人都看到了。"他惊讶道，"怎么，这事你还不知道吗？"

林有勤低沉地回一句："望书没和我说。"

陈老爷子自责道："那我这是不是多嘴了？"

"是我应该感谢您，不然我还被蒙在鼓里。"

林有勤和他约好了回国后的饭局，然后让特助把机票改成了今天晚上。

好不容易结束了考试，林望书觉得自己浑身像是脱掉了一层皮一样。笨鸟在飞的时候，总是会遇到很多挫折。

寻雅正和万笑笑研究旅游攻略，林望书在收拾东西。

今天江丛羡有个会要开，没法过来，行李只能明天再带回去。

万笑笑已经提前把民宿订好了："这个还不错，可以野炊，还可以露营，不下雨的话还能看日出。"

485

月下娇

　　林望书衣服叠了一半，手机响了。她看了一眼，是二叔打来的。

　　他回西亚后，也一直有和她联系，不过问的都是一些生活上的事，还有林约的病情。他已经找好了医生，对林约后续的恢复有很大的帮助。

　　"望书，考完试了？"

　　"嗯，今天最后一门刚考完，您回国了吗？"

　　"回了，前几天到的，处理了些生意上的事。"

　　面对这个二叔，林望书在亲近中又带着陌生。他在她很小的时候就离开了，所以林望书对他没什么印象。但他如今是除了姥姥和林约，和她最亲近的人了。

　　他说："你婶婶也回国了，过几天来家里一趟，吃顿饭，带着林约一起。"

　　"好的。"

　　停顿片刻，他又说："把江丛羡也带上。"

　　林望书一时没有反应过来，缓了好一会儿才问："您都知道了？"

　　"真打算一直瞒着我？"

　　"没有，只是……"

　　想在一个合适的地点告诉他而已。

　　她知道，二叔对江丛羡非常不满意，甚至在那么多通电话里，他也不止一次提醒过她，让她远离江丛羡。可她还是把他的话当了耳旁风。所以林望书觉得，二叔是应该生气的。

　　但她也不后悔，她既然答应了和江丛羡在一起，自然也做好了承担该承担的责任的准备。

　　电话挂断后，她的心情久久没法平复。甚至给江丛羡拨通那个电话的时候，她的心跳仍旧很快。

　　相比她而言，江丛羡则显得淡定很多。林望书以外的事，很难让他的情绪有波动。

　　"好。"应声后，他又问，"你二叔有没有为难你？"

林望书摇头："没有。"

看来他是知道的，二叔不许他们在一起。

他轻声安抚她："别担心，这些事情我来应付，你刚考完试，和朋友好好玩玩。"

"嗯。"

"少喝点酒。"

"知道。"

"真打算喝酒？"

原来是在套她的话。

"我少喝点。"

那边传来椅子拖动的声音："我这边九点结束，你把地址发给我，我忙完就过去。"

林望书不解："你过来做什么？"

他回答得还挺理直气壮："替你挡酒。"

林望书原本就没打算喝多少，也深知江丛羡来了以后，假期前和同学吃的最后这顿饭也没法安心吃完，于是轻言软语把他先劝下。又是保证自己肯定不会喝多，又是保证自己绝对不会理会其他男生的搭讪，也不会多看他们一眼，江丛羡这才重新坐下。

"早点回家，别玩太晚。"

"嗯嗯。"

电话挂断后，江丛羡看着落地窗外的夜景。

今天下雪了，是场难得的大雪。

原本打算快点忙完去找她的，考完试后吃的第一顿饭，应该是他来陪她的。可是她有自己的朋友，有自己的交际圈。

他不应该一直捆着她。

江丛羡点了根烟，抽了一口，吐出烟圈。

挺烦的。

烦他的占有欲。

月下娇

可能这也算是疾病的一种？

不知道有没有药可以治，改天问问赵廖好了。

一根烟抽完，蒋苑敲门进来："羡哥，来客人了。"

江丛羡碾灭烟蒂，挺不在意地抬了下头，林有勤在蒋苑身后走了进来。

江丛羡也没多惊讶，他早就猜到他会过来。看了眼蒋苑，后者立马会意，出去了，出门前还不忘把门给关上。

办公室里有冰箱，不过全部都是矿泉水。

江丛羡拉开冰箱门问他："只有水了，可以吗？"

林有勤语气生硬地拒绝："不必，我说完要说的话就走。"

江丛羡还是拿出一瓶水，贴心地替他拧开，放在桌前："以前也未必会给，但现在不同了。"他笑得温柔，语气也礼貌，喊了他一声，"二叔。"

林有勤唇角微挑，脸上挂着笑，眼底却是冷的："这声二叔我恐怕担待不起。"

"上次是晚辈说话太冲了，改天我一定找个时间专程上门和您赔礼道歉。"

他用办公室里的座机拨通了总裁办的电话，让他们去楼下的咖啡厅点两杯热美式送上来。

"我跟望书的确是两情相悦，我知道，您嫌弃我的出身，但我觉得和出身相比，能力更重要，相信您也不愿意您的侄女嫁给无所事事的纨绔草包吧。"

城府深的人交流起来，总能读懂别人读不懂的另外一层意思。虽然他没明说，但林有勤知道，他这番话里指代的就是林望书的父亲，自己那个草包兄长。

的确，出身不是衡量一切的标准，能力才是。

如果是别人，他可能会松口同意。

但江丛羡，不行。

他断不会让自己的侄女和一个精神随时会崩溃的人在一起。

江丛羡就像是一个故障的炸弹，他的病只要一天不好，就总有爆炸的危险。

"那你的病呢？你有把握治好吗？或者说，有把握在治好之前不发病吗？"

江丛羡手抵着烟灰缸："二叔，您这话说得有点为难人。"

"连你自己都没办法去承诺这件事，我怎么可能让我侄女和你在一起？"

江丛羡一退再退："我会尽量控制住自己的情绪，减少发病的次数。"

"'尽量'这两个字没有任何信服力。"

江丛羡觉得今天的自己足够好说话，也完全按照"尊老爱幼"这四个字来了。

"我相信您也了解过这个病，在治好之前没有任何一个人可以言之凿凿地去保证不发病，哪怕是医生。"

特助敲门进来，把热美式放在桌上，然后离开。

现磨咖啡的香味溢满了办公室。

"您是林望书的二叔，所以我尊敬您，也叫您一声'二叔'，一再退让。我知道您今天过来是为了什么，我也可以很明确地回答，我不会和林望书分开。"

当然，凡事都不会太绝对，他也不会将话说得毫无保留，于是给了他第二种解决方式："除非我死了。"

他够坚决，也够固执。

除了死亡，没有什么能把他从林望书身边带走。

答案从一开始就是这个。

林望书刚住进他家里时，他的潜意识里便这么认为了。

除非他死，哪怕她后来嫁给了别人，他也会阴魂不散地缠着她。

被众人唾骂也无所谓。

他本身就是一个没有道德底线的人。

第二十二章

对我好一点

　　林有勤没想到他会这么决绝。

　　"望书是我的侄女，这些年来她吃了太多的苦，我希望你能理解，作为她的叔叔，我也是为了她好，你们不合适，在一起也不会幸福的。"

　　江丛羡往面前的美式里扔了一块方糖，用银匙搅化："合不合适，幸不幸福，我相信也只有她本人才会知道。"他又扔了一块，重复着刚才的动作，"您想开拓国内市场，可林家的根早就烂了，有了前车之鉴，是不会有人敢冒这个险和您合作的。可能与林家交好的那些老前辈愿意顺水推舟送您一个人情，先不说这个人情有多大，既然是人情，就总有需要偿还的那一天。"

　　江丛羡不爱甜食，方糖扔进去后，这杯美式他就没打算喝了。

　　刚才纯粹只是为了打发时间，和迂腐的中年人聊天，实在太费口舌了，他总得做些什么转移下自己的注意力。

　　"不过只要您愿意，我可以帮您，林家的污名也好，烂在地里的根基也好，就连林家被输掉的那些产业，我统统可以帮您摆平。"他

490

将银匙放回杯中，"您也不会欠我的人情，我只要一个林望书。"

林有勤的脸色很不好看，连最后一点伪装也卸掉了："你这是在拿望书和我讲条件？"

江丛羡笑得温和，看上去还有几分不露破绽的真诚。

他演技好，可以把"尊重"二字直接放在脸上，哪怕心里半分尊重也没有："我从来不拿望书讲条件。"他拿出一张名片，递给他，"有需要您可以随时给我打电话，任何事情。"

进退有度，语气适中。

那张名片林有勤最终还是接了，可能只是出于礼貌。至于打不打就不关他的事了，反正他的戏已经做足了。当然，林有勤如果真有事需要找他帮忙，江丛羡自然不会推拒。林有勤如今也算是林望书少数几个还在世的亲人了，他犯不着去得罪他。

江丛羡是不允许他和林望书之间存在任何阻隔的。

她好不容易开始喜欢他，谁都不能把她从他身边带走。

林有勤离开后，他打开抽屉，拿出手机起身，给林望书打了个电话。

那边响了好几声才接。

"喂。"

声音有点喘。

他问她："在做什么？"

"刚洗完衣服。"

林望书擦干净手，从阳台进来。林约在客厅里看电视，她走过去，拿出一瓶水递给他，让他帮忙拧开。

林约一边拧瓶盖一边眼巴巴地看着她："谁的电话？"

林望书笑了一下："你江哥哥的，要和他说会儿话吗？"

他拼命点头。

江丛羡听到了，眉头微皱。

月下娇

不等他开口，耳边传来的声音就低了好几个度："哥哥。"

他"嗯"了一声，掩去了和林望书讲话被突然中止的不悦："听你姐说，你这次考试又是第一？"

"嗯，全校第一。"

他打开雪茄盒的盖子，拿出一根叼在嘴里，打火点燃，抽了一口："想要什么礼物？"

姐姐说过，不能随便接受别人的东西，所以林约第一时间就是拒绝："不用了。"

"说说看。"

不带什么感情的哄骗。

对林望书以外的人，也不需要带什么感情。

给他买礼物只是因为他是林望书弟弟，江丛羡是个非常现实的人，他把感情和其他事情分得很开。

林约沉默了一会儿，然后小声说："拼图，可以吗？"

江丛羡掸落烟灰："我明天让人去买。"

林约的声音更小："我想……要羡哥家里的那套。"

家里的，他家有拼图吗？

正好蒋苑进来，江丛羡问他："家里有拼图？"

蒋苑不知道他为什么突然问这个："有的，去年您生日，周家的小儿子送给您的，您当时还说很喜欢。"

哦，没印象了。

他答应林约："我下次去你家的时候给你带过去。"

林约听到他同意，声音都轻快了许多："谢谢哥哥。"

林望书晒完衣服进去，看林约高兴得嘴角都要咧到耳根了，摸了摸他的脑袋："什么事这么高兴啊？"

听到林望书的声音，江丛羡让林约把手机给姐姐，林约听话地照做。

林望书接过手机后，问江丛羡："刚刚你和他说什么了？他那么高兴。"

"他想要我家里的那幅拼图，我答应了。"

"拼图？"

江丛羡不希望林望书和自己说话时注意力放在其他人身上，不动声色地岔开了话题："吃饭了没？"

"当然吃了，这都几点了。"她停顿片刻，问他，"你该不会还没吃吧？"

"嗯，本来打算去吃的，后来你二叔来了。"

林望书一惊："我二叔去找你了？"

"嗯。"

二叔对江丛羡有成见，林望书知道，所以这次他叫她带上江丛羡一起去家里吃饭，林望书就有点担心。

只是没想到二叔居然直接去找了他。

"他有没有说什么？"

江丛羡反问她："说什么？"

"就是……"林望书很在意江丛羡的感受，她也知道这些话可能会让他不高兴，声音也逐渐变轻，"就是让我们别在一起之类的话。"

他没有回答，而是问她："如果说了呢？你会和我分开吗？"

"不会的。"这次她说得挺坚决。

她既然已经彻彻底底地接受江丛羡，就是做好了承担一切的打算，不可能中途把他丢下，也舍不得。

江丛羡听到她的话，悬了一天的心终于落下。

他可以给足林望书安全感，可他自身却是没有多少安全感的。这种东西太稀缺，是从前他不敢奢望的，所以他把一切都看得很开。

无论是午夜突然从梦中惊醒，还是病发时的孤独，他都自己一个人忍过来了。

可听到林望书那么坚定地说不会放弃他的时候，江丛羡突然觉得从前受过的苦难都是甜的。

月下娇

　　这个让他厌恶的世界也因为林望书而变得充满希望。

　　他不肯挂电话，想一直听她的声音，林望书没办法，只能开了扩音，一边收拾行李一边和他讲话。其实也没什么好讲的，他要工作，甚至还有会议，电话也没挂，就放在手边。

　　林望书叠着衣服，听见他清冷严肃的声音，追责前些日子企划案的漏洞造成的亏空。

　　和同她聊天时的态度截然不同，工作时候的他更像一个公私分明的领导者。

　　那些高管们大气都不敢出一下，他平时表现得温和，只是这种温和更接近于笑里藏刀，比直接发脾气还要可怕。

　　林望书收拾好衣服放进行李箱中，准备把化妆品的旅行装也带上，胳膊不小心碰到桌面上的镜子，镜子摔在地上，破了个稀碎。

　　她被吓到了，叫了一声。

　　听到蓝牙耳机里传来的声音，江丛羡眉头一皱，紧张道：“怎么了？”

　　林望书忙着去处理那些地上的碎片，没有听到他的话。

　　江丛羡“喂”了很久，都没有回复，一颗心因为担忧都提到嗓子眼了。他罕见地失了冷静，骂了一声，然后把蓝牙耳机摘了，拿着手机推门离开。

　　剩下那群高管们面面相觑。

　　片刻后，副总叹了口气，对电话那边的人感到惋惜：“什么时候犯错不好，偏偏这种时候犯错，看来又有人要遭殃咯。”

　　碎片太多，有些甚至弹到床底下去了，林约偶尔会只穿袜子在家里走来走去，林望书怕打扫得不干净了，会弄伤他，于是仔仔细细地清理了个遍。

　　等她忙完这一切时，才后知后觉地想起来，自己还和江丛羡打着电话。她的脑子的确不太够使，做一件事就得非常专注，中途打个小岔都不行。

电话还没挂，她拿过手机，喊他的名字："江丛羡，你还在吗？"

没有人回应，但总有风声以及独属于超跑引擎的轰鸣声传来，他应该开得挺快。

她接连喊了好几声："江丛羡。"

还是没有回应，她就安静地等着。

直到车声停下，耳边才再次传来他的声音："我在你家楼下。"

林望书一愣："嗯？"

她走过去把窗户打开，入目的，先是那辆银色超跑，然后才是旁边的江丛羡。他拿着手机，抬头往上看，正好和她的视线对上。

"你怎么过来了？"

"听到你那边有动静，叫你也没人应，担心你是不是出了什么意外。"

林望书走到客厅把门禁打开了："我能有什么意外？"

"太不让人省心了。"

他似在叹气，但声音里却听不出半分不满。

电梯里短暂地没有信号，那边传来滋滋的电流声，却也就那么几秒钟。

伴随着声音恢复正常，门铃也响了。

不用想都知道是谁按的，林望书拿着手机过去把门打开，还没看清楚是谁呢，就感觉自己肩膀一沉，腰也收紧。

他抱着她，整个人也从疲劳状态逐渐转换过来。

"有没有被弄伤？"

他在手机里听到了东西摔碎的声音。

林望书揉了揉他被风吹得有些凌乱的头发："没有。"

他闷哼了一声："下次不可以再让我担心了，知道吗？"

"知道了。"

她记得他好像是在开会的："你不是在开会吗？"

"跑了。"

月下娇

"跑了？"林望书还是分得清公私的，她伸手去推他，"我这边没事，你快回去忙吧，不是还要开会吗？"

他没动："那群老头子有什么好看的？"

"……工作要紧。"

他张嘴咬住她颈间那一块软肉，轻轻地舔："你要紧。"

林望书几次都没有推开他，就任凭他抱着了，只是不停地提醒他："我还没洗澡呢。"

"嗯。"舔完脖子，他又去舔她的耳垂，"我不嫌弃。"

林望书很想问他是不是属狗的，可是被他舔得浑身没有力气。

他含糊不清地问她："林约在家吗？"

林望书的气息已经有点不稳了："不在，中午吃完饭就被二叔派人接过去了。"

其实从林望书的反应就可以看出来了，如果林约在家，她一定会拼命地推开他。可是现在，她只是象征性地推了几下。

"家里有吗？"

林望书被他问得满脸红晕："没……没有。"

"嗯，我去买。"

东西很快就买回来了，林望书抱着衣服准备先去洗澡。

门开了。

她看着江丛羡："我先去洗澡。"

"不用洗。"

林望书欲言又止："不洗的话，脏。"

江丛羡不由分说地吻了上来："不脏，很干净。"他的喘息声很低，鼻尖抵着她的鼻尖，"我的小书最干净了。"

气氛似乎暧昧得刚刚好，甚至连外面的光透进来，都被拉上的窗帘晕开一层朦胧的暖黄。

林约在前面带路，许清烟四处打量了一圈，还算满意。

496

她从林有勤那里得知了两个小家伙的事情以后，就一直很担心他们过得不好。她是在西亚认识的林有勤，那时他从来不肯讲他家里的事情，她理所当然地以为他是孤儿，结果前些日子，他突然告诉她，他在国内还有一个侄女和一个侄子。

这次她回国，也是想着过来见见他们。

都是苦命的孩子，可以的话，她想把他们一起带回西亚，由他们照看着总比让姐弟俩没有依靠地在国内生活要好些。

林约低头输完密码，推开门进去。

客厅里很安静，没开灯，窗帘也拉上了，看上去黑乎乎的。林约把灯打开，疑惑地四下看了一眼，在找林望书。

与此同时，卧室里传来声响，林望书穿戴整齐地出来，神色有些不太自然。看到林约身旁的女人时，她有片刻的疑惑。

女人主动站出来，做了下自我介绍："望书，初次见面，我是你二婶。"

对于这个二婶，林望书也只在电话里和二叔的口中得知过，之前一直没有见到真人。

她礼貌地和她打招呼："二婶。"然后走进厨房，问她喝点什么。

许清烟在沙发上坐下："温水就可以了。"

"好。"

林望书给她倒了一杯温水，放在她桌前。许清烟道过谢后，拿起来喝了一口，眼神在房子里扫视了一圈。

这儿挺不错的，地段不错，环境不错，内里的装修也不错。她把水杯放下，刚要开口，洗手间的门开了。

江丛羡神色平淡地从里面走了出来。

许清烟愣怔许久，没想到她的家里居然还有男人。

她看看江丛羡，又看看林望书。后者看出了她的疑惑，轻声做了个介绍："他是我男朋友，江丛羡。"话毕，又看向江丛羡，"这是我二婶。"

月下娇

　　江丛羡点了点头，也跟着喊了一声："二婶。"

　　语气平淡，仅仅是做到了"礼貌"二字，但也足够了。

　　看到他以后，许清烟一双眼睛都亮了："你就是小书的男朋友？林有勤居然还骗我，说你是个人面兽心的狼崽子，我还以为长得有多难看呢。我看啊，他才是缺心眼的，这么好看的小朋友哪里人面兽心了。"

　　林望书微抿了唇，下意识地看向江丛羡。好在后者听到"人面兽心的狼崽子"这种难听的形容也没太大的反应。

　　许清烟是个绝对的外貌主义者，她当初不顾家里的反对，坚持嫁给还是一无所有的林有勤，就是图他长得帅。

　　她从上到下打量了他一遍后，再一次感叹道："小伙子长得可真帅。"

　　许清烟热络地和他聊起了天，顺便打听着他家里的情况："改天把你爸妈也叫上，我们一起吃顿饭，双方家长见个面，这婚礼的细节总得先商谈一下吧？"

　　林望书脸色微变，忙喊了一声："二婶。"想示意她别说了。

　　父母对江丛羡来说算是一个痛点。他当了这么久的孤儿，对这些事情，哪怕嘴上不说，可林望书也知道，他其实是在意的。

　　江丛羡本就是个喜怒不形于色的人，除非他自己愿意，你才能偶尔窥见他的真实情绪，这会儿倒也没能瞧出个异样来。

　　也不知在想些什么，安静了一会儿，他笑得温和，在许清烟对面的沙发上坐下，相比之前的淡漠，这会儿显得礼貌尊敬了许多："父母早逝，家中也只剩我一个了，您要谈细节的话，可以和我谈。"

　　许清烟听到他的话，怪心疼的："你说望书她二叔也真是的，这么好一孩子，他还反对个什么劲？非得显示他能耐。当初我爸也不准我和他在一起，一门心思要拆散我们，这下好了，他反而想当拆散别人的那个了。"许清烟直接给他们出谋划策了起来，"那个时候她二叔直接拉着我，把生米煮成了熟饭。逼得我爸不得不同意，要不你们也试试？"

林望书脸一红，他们刚刚就试图煮饭的，结果煮到一半人就来了。

江丛羡表现得足够大度，甚至还处处替林有勤说话："二叔也是为了小书好，我可以理解的。"

许清烟叹了口气，这么好的孩子，林有勤怎么就非和人家过不去。

"没事，有二婶在，二婶帮你好好说说。"

江丛羡温顺地点头："谢谢二婶。"

此刻的他从头到脚都透着乖巧，哪里有林有勤说的那么性格孤僻乖张，什么不尊重长辈、眼里只有利益、虚伪至极，明显就是无稽之谈。

许清烟当时听到这些评价还挺疑惑，心想，小侄女是怎么看上这么不堪的男人的，这次过来也是抱着劝服她的打算。

优秀适龄的男人她认识很多，只要林望书点头，她马上就可以给她安排相亲。可是没想到，这才过来没多久，她反而成了被说服的那个。

"后天记得来家里吃饭，小羡有什么忌口的吗？我记下来，到时候吩咐厨房避开。"

人与人之间的的确确是存在区别的。有的人天生就有这个优势，简单笑一笑，就能博得所有的好感。江丛羡就是一个典型。

"谢谢二婶，我没有忌口。"

这话落在许清烟耳中，又多出了另外一层意思：无父无母的江丛羡从小过惯了饥一顿饱一顿的生活，对食物也就没有那么挑剔了。

在这儿待也够久的了，许清烟带着林约离开。林约其实挺不想走的，但下午还要去看医生。

走之前许清烟握着林望书的手，语重心长地劝她："对小羡好一点，这孩子挺不容易的。"

月下娇

林望书点头："我知道的，二婶。"

然后送他们离开，直到他们进了电梯。

不等她转身，江丛羡从身后抱了上来，脸在她肩上轻轻地蹭，像在撒娇："对我好一点。"他重复着许清烟刚才的话，"我挺不容易的。"

林望书说："我觉得我对你挺好的。"

江丛羡点头："是挺好，但我这人不懂满足。"

说完了，他咬起她脖子，力道有点大，林望书疼得直皱眉。可他还是没松口，似乎就是故意想让她疼。

疼痛比舒适更容易让人记住。

"所以你每一天，都要比之前还要对我好。"比起威胁和强迫，更像是在撒娇。

江丛羡很会察言观色，这也是他成功的原因之一，他非常清楚在什么情况下，应该说什么样的话。很多时候他甚至可以放下那些在他眼中不值钱的清高和自尊，他对自己狠绝，比对别人还狠。

背地里，总有人骂他就是条狗。

狗怎么了？会看家，还忠心，野性点的还会捕猎，而且如今爱狗人士这么多，谁他是狗，岂不是夸他讨人喜欢？

虽然江丛羡对讨别人喜欢没什么兴趣，他只想讨林望书喜欢。

因为太会察言观色了，所以他也知道，什么样的情况下可以肆无忌惮一些。

林望书觉得他有点无理取闹："哪有人这样的？"

"现在有了。"

他就是在耍无赖，就是在仗着她的喜欢，无所顾忌。

林望书叹了口气，又笑："行吧，我答应你。"

他不依不饶："答应我什么？"

"答应以后每天都比前一天更爱你，对你更好。"

他这才心满意足地松开嘴，不咬她了："疼不疼？"

"挺疼的。"

"疼就对了，疼点你才会永远记住，这里是我咬的。"

还真是属狗的呀。

因为许清烟的突然到访，他们之前想做的事情也没有进行下去。江丛羡在洗手间里忍着被打断的怒意用凉水冲了一遍，硬生生地把那股欲望给压下去。

林望书也没有继续完成的打算了，这事本来就讲究一个水到渠成。她脸皮薄，直接上的话，估计又得好几天不敢和他见面了。

比起这样，他还是希望可以每天都看到她。

卫生做到一半江丛羡又凑过来了，她想继续去整理剩下的，可身后的男人却一直抱着她不肯撒手，整个人都像是黏在她身上了一样。

林望书推他："我还有家务要做。"

他不松，甚至还怂恿她："待会儿再做。"

有的时候林望书甚至觉得江丛羡是一个会蛊惑人的妖精，不然为什么他的每一个请求，自己都会忍不住想要答应？

放在桌上的手机非常不合时宜地响了，林望书垂眸看了一眼。

是盛凛。

她伸手要去拿，却扑了个空，江丛羡已经先她一步拿走了，毫不犹豫地按了挂断键。

"他为什么还会联系你？"

林望书不知道怎么和他解释，她知道江丛羡对盛凛的存在耿耿于怀，可是她已经和他说清楚了，他们的关系就是普通的前后辈，半点暧昧色彩也没有。但因为工作上的原因，他们不得不保持联系，这是没办法的事。

"你先把手机给我。"

江丛羡不给："你先和我解释清楚，他为什么还会联系你。"

"工作上的事情。"

江丛羡把手背在身后，林望书绕过去拿，他又把手换到身前，反

月下娇

正就是不给她："我说了，不会让你们再有联系的。"

林望书是真的有点生气了，气他的占有欲不分场合："我说了，他联系我是因为工作上的事，你别无理取闹行吗？"

江丛羡不说话了，垂眸看了她很久，然后把手机还给她。

"对不起。"

虽然是在道歉，可是半点歉意也听不出来，交出手机后，他拿上外套推门离开。

林望书看着他的背影，犹豫了一会儿，还是没有追上去，她有些无力地在沙发上坐下。

她整理了一下自己的情绪，然后才回拨过去。

盛凛这次找她也的确是因为工作上的事，他要走了，调回学校当任课教授。这次是想和她告别的。

他是个理性大于感性的人，爱情于他固然重要，却也没有到那种离了就不能活的地步。这些日子以来，他的确浑浑噩噩了挺久，在家里足不出户的，没日没夜地喝酒。颓废了半个月，他也想通了。可能无论什么时候这段时光都会是他心里的一道疤，但也不像开始那么痛了。

"一起吃顿饭吧，说不定是最后一次见面了。"

林望书犹豫了一下，没有拒绝。

的确像他说的那样，可能是最后一次见面了，朋友之间的告别，她应该去的。

江丛羡那天离开后，他们就没有再联系过了，林望书觉得情侣之间吵架应该有个冷静期，也就没有找他。

再次见面，是在林有勤的家里。他们是各自前去的，并没有约在一起。

林望书到得稍晚一些，江丛羡已经在那里了，坐在沙发上看他平时不会看的那种偶像剧。他的确也看得不怎么认真，眼神也没个聚焦点。

听到玄关处传来动静，他急忙扭头看了一眼，正好和林望书对上了视线。她扶着墙在换鞋子，想开口说点什么，他却已经把头转了过去。

于是作罢。

看来还在生气。

许清烟从厨房里出来，手上端着刚洗好的水果，看到林望书来了，她笑着把果盘放在桌上，忙让用人去给她倒一杯奶茶："我自己煮的，尝尝味道怎么样。"

林望书笑了笑，眼神在四周扫视一遍，问她："小约呢，还没起吗？"

"起了，在楼上写作业呢，听话得很。"

这几天林约一直住在这边，林望书挺想他的："我上楼看看他。"

看着她的背影，许清烟在沙发上坐下："姐弟俩感情真好。"

江丛羡"嗯"了一声。

许清烟又笑："这以后你估计有的醋吃了。"

江丛羡闻言也笑了："我还不至于和小约争风吃醋。"

许清烟意味深长地看着他，心想，这孩子手劲大得都快把遥控器给捏碎了，还说不至于呢。

饭是等到林有勤回来以后才吃的，他对江丛羡依旧没什么好脸色，后者自然也不会巴着他，好听的话更是一句也没有。

林有勤偶尔会问林望书一些问题，譬如毕业以后有什么打算。

林望书放下筷子："有位前辈给我介绍了一个乐团，我想去那里试试。"

林有勤知道自己这个侄女在这方面有追求，点头应道："这样也好，年轻人嘛，总得闯闯。"但他又怕她年纪小被骗，于是多留了个心眼，"哪个前辈？人家也算是帮了你一个大忙，改天有时间让他来家里坐坐，请他吃个饭。"

"是音乐方面的大前辈，我已经和他约好了。"

月下娇

坐在她左侧的男人突然猛地放下筷子，声音挺大，像是故意为之一样。

动作上虽然一惊一乍的，话却说得很有礼貌："麻烦帮我倒一杯水。"

阿姨点头，转身去给他倒水了。

他动静虽然弄得大，但言谈举止却礼貌有度，让人挑不出刺来。林有勤虽然对他有不满，却也没个挑事的由头，再者，许清烟喜欢他。前天甚至还专门回来骂了他一顿，说他不是个东西，只知道欺负年轻后辈。

林望书见林约的碗里只剩下小半碗米饭了，就给他夹了一尾黄鱼："不能挑食，也不能剩饭，知道吗？"

他点头："知道。"

林望书这才满意地笑了："真乖。"

饭吃完了，林有勤说有话要和林望书说，让江丛羡先走。

这话里话外的就是要赶人，江丛羡怎么可能听不出来。他倒也没强留，穿上衣服就走了。

他这次特地拿来的补品，都是些有价无市的东西，也能够看出来，他对这次的饭局足够重视。可重视并没有换来对等的尊重，林有勤反而一再给他下马威。从他来到这里的那一刻起，林有勤就一直有意无意地在他跟前接电话，内容无非就是哪个富二代想约林望书吃饭。

联姻在这个圈子里再正常不过。

钱生钱，道理都懂。

他这么做，无非是想让江丛羡明白，林望书并不是非他不可。

林望书进了二楼的书房，林有勤要和她说的，就是劝她再考虑考虑。

"相比小约，你更让我放心不下，不会哭的孩子都容易被人忽略。

你还年轻，未来也长，没必要去承担一段未知的感情，江丛羡那个人太极端了，和他在一起，会很累。"他站起身，入了正题，"过几天有个慈善晚宴，你和我一起过去，那里的青年才俊不比江丛羡差。"

知道了他的真实目的，林望书拒绝了："谢谢二叔，不过我觉得我也不会喜欢上江丛羡之外的其他人了。"

自己这个侄女外表看上去柔软，实际上坚强又倔强。

深知自己再怎么说也改变不了什么，林有勤叹了口气，无奈地点头："多的话我也不说了，只希望你能好好的。"

他是真的把林望书当自己的女儿对待，也是真的希望她能一直好好的。既然她这么坚定不移地选择了江丛羡，自己也不好再去阻拦些什么。

从二叔家离开后，林望书去了学校。公交车上，她反复拿出手机，想给江丛羡发消息，可最后都忍下了。

她和江丛羡不同，她永远理性地看待问题。

等他的气消点了，再去哄吧。

车快到站了，她起身走到后门，抬眼时，正好看到最后一排，某个人低头去躲，生怕被看见。哪怕他躲得再快，林望书还是看到了。

车门开着，一直在等她下车，司机见她站在后面那么久了，还一直没有动静，于是不耐烦地按了按喇叭，催促道："到底下不下啊？"

林望书回过神来，轻声和他致歉："不好意思，我不下了。"

司机说着方言骂骂咧咧地重新启动车子。

林望书站稳以后，走到后排，在江丛羡身旁的空位坐下。他的脑袋还偏向一旁，似乎怕她认出来。

"还在生气？"

她这么问他，没得到回答。

江丛羡只是坐直了身子，很明显不想开口。

林望书去握他的手："我要怎么做你才不会生气？"

他还是没有回答她，手却没有抽离。

505

月下娇

　　林望书懂他的意思，这种时候往往就是在等着她去哄。

　　她知道他没有安全感，也有足够的耐心去哄，手也握得更紧了一点："今天在二叔那里，他说的那些话你别太往心里去。"

　　她指的是，他给她安排相亲的事。

　　江丛羡将手从她掌心抽离出来，冷笑一声："我怎么不介意？这绿帽子直接当着我的面要戴给我看了。"

　　林望书下意识往他怀里靠："不要生气了好不好？"

　　江丛羡甩开她，起身就要出去，林望书腿伸直，挡住路，不许他出去。

　　江丛羡长腿一迈，轻轻松松就跨了过去。仗着身高优势，轻易就将她碾压了。

　　林望书也起身跟在他身后。他走，她也走；他停，她也停。公交车还在行驶中，没法下车，他从车尾走到车头，林望书就从车尾跟到车头。

　　车上的乘客不多，此时都看着这一男一女。

　　估计是吵架了，小姑娘在哄呢。

　　乍一看还挺般配，男的从打扮上一看就是事业有成的精英，女的年纪不大，应该还只是学生。虽然是在闹别扭，但总觉得挺甜。

　　坐在旁边的两个女高中生悄悄耳语着：

　　"好帅啊。"

　　"那个姐姐也好看！！！"

　　"我好像在哪里见过她，是哪个组合的爱豆吗？"

　　"有点像老师上次带我们去看的音乐会里的大提琴姐姐。"

　　"啊啊啊啊啊啊想起来了，就是她就是她。"

　　林望书就站在江丛羡的身后，他没地方走了，冷声叫她让开。

　　林望书不让："你要过去的话推开我就行了。"

　　江丛羡怎么舍得推开她，两个人就这么僵持不下。

　　他还生着气，没什么好脸色，林望书看上去也没什么异样，仍旧

506

是往日的平静温柔。

直到两个女高中生的出现打破了僵局，两人拿着手机，有点激动："请问您是林望书老师吗？"

林望书看着她们，愣了一下："你们是？"

确认了身份以后，她们更加兴奋，甚至还有点面见偶像的紧张："老师您好，我们是您的粉丝，上周还去看过您的音乐会，特别特别喜欢您，想问下可不可以合个影？"

这样啊。

林望书笑了笑，点头说："可以的。"

两人分别照了一张以后，想再来一张合影，可看到江丛羡黑着的脸，都不敢开口让他帮忙，最后还是旁边座位的大姐帮她们拍的。

女高中生拿着手机，小声和林望书说："前辈的男朋友好凶哦。"

虽然声音小，但江丛羡还是听到了，看向她们的眼神凌厉，还带着让人胆战的寒光。两个小女生都被吓到了，不敢说话。

林望书宠溺地看着江丛羡："他很可爱的，又乖，就是喜欢撒娇。"

江丛羡脸色更难看，却没开口。

正好车到站了，小女生和林望书说了再见后就下了车。

林望书把江丛羡的衬衣下摆从裤腰里扯出来："还生气呢？"

他眉眼微垂，看了眼被她扯皱的下摆。

林望书知道，他在外一直都是一丝不苟的，从穿着到谈吐。她就是故意的，故意让他开口。

可江丛羡只是冷哼了一声就别开了视线，似乎连看都懒得看她。

身旁安静了一会儿，在他以为林望书终于放弃的时候，皮带金属扣被解开的清脆声响让他不得不给出反应。他握住林望书还在跃跃欲试的手，垂眸看她。

她仰着小脸，哪怕手上做着恶作剧，脸上笑容仍旧一如既往地温婉娴静。

这里没人，江丛羡后背又挡着，正好形成了一个摄像头死角，没有任何人可以看到，所以林望书才会这么大胆。

总得做出点什么让他理理自己啊，她是这么想的，反正在公交车上，他也不敢做什么，顶多阻止她，然后多说一句。

可她还是低估了后者。

安静片刻后，江丛羡干脆带着她的手继续刚才的动作。还好林望书手缩得及时，她的脸顿时涨得绯红，不敢看他了。

看到她这副样子，江丛羡喉间带着低笑，就这点脸皮还敢恶作剧？

他把皮带重新扣上。

车到站了，上车的人很多，林望书站在外圈，不可避免地会被挤到。江丛羡手放在她后背，往自己怀里带，转个方向，让她站在里面，自己则替她挡着。

人越来越多，车厢都站满了，江丛羡一手抱着她，一手抓着吊环，把她护得很好。

林望书的手在他胸口戳来戳去："现在是消气了吗？"

消气个头，他小心眼又记仇，这件事他能气一辈子。

"没有。"语气生冷又僵硬。

林望书闻言踮起脚，伸手环住他的腰，在他肩上轻轻蹭了蹭，讨好般地说："不生气了好不好？"

她像只猫一样，又可爱又乖，在他怀里不停撒娇。软软的手，放在他的腰上，温度炙热，江丛羡的呼吸停滞了片刻。

还生什么气呢？

他托住她的腰，防止她从自己肩上掉下去，控诉道："你就是个小骗子，明明才刚答应过我，以后的每天都会比之前更爱我，对我更好的，可是转头你就忘了。

"还不理我。

"是，脾气是我先发的，可你只要稍微服个软，给我一个台阶，我顺势就下了。

"可你就是不给。

"只要你先开口，我就可以道歉的，可你不说，什么也不说，连看都不多看一眼。

"我怕死了，怕你真的嫌弃我，不要我了。

"等到我真生气了，你才跑回来找我。

"你是不是就是故意想让我难过？嗯？"

最后一句带点威胁的性质，林望书摇头，和他保证："以后不会了，你一生气我就立马给你台阶下，好不好？"

"不好。"

"嗯？"

他语气不太好："刚刚因为你，我气得饭都没吃，现在还饿着。"

林望书无奈地笑了笑："那我请你吃饭。"

"便宜的我不吃。"

"多贵都行。"

他哼笑一声："穷大方。"下车以后，江丛羡随便进了路边的一家小餐馆。

林望书愣了一下，迟迟没有进去："不是要吃贵的吗？"

江丛羡拉着她的手，推开玻璃门："随便吧，贵的你也请不起。"

请还是请得起的。林望书这句话最终还是没有说出来，因为她已经被江丛羡牵着手，进了那家店。

店里面人很少，没开暖气，有点冷。

老板娘坐在柜台前打盹，看见有人来了，她拿着菜单起身，走过来递给他们："要吃点什么？"

江丛羡粗略地看了一眼，点了份煎饺和炒米粉。林望书不怎么饿，就要了一碗云吞。

东西点完后，江丛羡看了眼她有点红肿的手，起身坐到她身旁，握着她的手往自己大衣口袋里塞。

"暖和点了没？"

月下娇

林望书顺势靠在他肩上："暖和多了。"

两个人都是土生土长的北城本地人，对这里的气候还算适应。但是林望书从小到大就是这样，手不经冻。

"她们定好位置了，后天的机票，你的票我让寻雅一起买了。"

算上他们俩的话，此行一共有六个人，万笑笑的男朋友也会去，还有一个是寻雅班上的同学。知道江丛羡厌恶和外人之间有太多的接触，所以林望书提前和他讲清楚了。如果他不愿意，可以说出来。

难得的，他居然还挺善解人意地说了句："我不介意的。"

心里唯一的石头终于落地，林望书松了一口气。

江丛羡说话的声音清冽好听，是个非常具有欺骗性的人。不熟悉他的人，对他的第一印象往往都非常好。

就像此刻，他轻声问她，还撒着娇："不带林约去就行。"

林望书筷子一抖："你对他偏见太深了。"

"不是偏见。"

老板娘先上了煎饺，旁边的小碟装着芝麻酱。

林望书对林约总是过多偏爱一些，只要有他在，她的目光总是时时刻刻都跟随着他。他都这个年纪了，还要和一个未成年人争宠，多丢脸啊。

可是他就是希望林望书的目光和注意力能够一直属于他。他可以永远只看着她一个人，她也应该这样的。

不是她说的吗？感情是相互的。既然是相互的，那她也应该像自己对待她那样来对待自己。

林望书见他也不动筷，就夹了个煎饺，随便蘸了点酱料递到他嘴边："啊——"

他听话地张嘴。

喂完他以后，林望书把筷子放下："你放心，小约不去，他这段时间都住在二叔那里。"

一来是治病方便，二来那边也有人照顾他，二叔一家全部搬回国

510

了，再过几天二叔的独子林叙也要回国过年了。

整句话，江丛羡关心的只有那句"小约不去"。

他挺自私的，自私得也挺坦然，他对林约好完全是出于他是林望书的弟弟这层身份。其他时候，对他来说，那只是一个无关紧要的人。

吃完饭了，江丛羡先送林望书回家。

他也没走，而是看着她家暗着灯的窗户："不请我上去喝杯茶？"

林望书有点不解："你不是不爱喝茶吗？"

"喝别的也行。"

他一直看着林望书的眼睛，指尖去碰她自然垂放在身侧的手背。

林望书懂他的那些小动作。

他非常有把握，林望书会点头同意。的确，她也没法拒绝。

"有咖啡和牛奶，不过你经常失眠，还是喝牛奶？"

"都听你的。"

家里没人，灯也关着。

林望书开了密码锁，摸着墙先把灯给开了，然后从鞋柜里拿出一双全新的男士拖鞋。

那天江丛羡离开后，她特地去买了一双，是他的尺码。

"我去给你热牛奶，电视遥控器在茶几上。"

她说着话，便转身进了厨房。

江丛羡对看电视没什么兴趣。

他把鞋子换好，去洗手台仔仔细细地把手洗了一遍，然后也进了厨房。

林望书刚拆开牛奶盒，见到他进来了，问道："你怎么进来了？去外面坐着吧，我马上就好。"

他毫不遮掩，走过来抱她："看你啊。"

林望书被他抱得有点蒙："看我？"

"嗯，想多看看你。"

月下娇

"可你一直抱着我，我开不了伙。"

"那就不煮了，我待会儿喝冷的。"

"对胃不好。"

"没事，我身体挺好的。"

他都这么说了，林望书也就没再开口，让他抱着了。

厨房后面是流离台，位置不算宽敞，两个人在里面就显得有点挤了。但江丛羡抱得紧，林望书也就没有开口。

时间过得快，墙上挂钟的指针都不知道走了多少圈了，江丛羡还是没有松手的迹象。林望书觉得自己要是不开这个口，他可能真的会抱一个晚上。

于是她轻轻推了推他的肩："我腰有点痛。"

江丛羡这才松开手，脸色有点紧张："腰痛？"

有时候林望书甚至觉得在江丛羡这儿没有轻重缓急。她只是腰痛，他都紧张个半死，却从不把自己的命放在眼里。

林望书有时候想到这里也挺难过的。

为他的遭遇难过，也为他的病难过。她对他的恨和心疼他，这些是两码事。

看到她哭了，江丛羡顿时有点手足无措了起来，想拿纸巾帮她擦眼泪，四下看了一圈都没找到，最后直接用自己的衬衣袖口给她擦。

"怎么哭了？很难受吗？你去客厅沙发上躺着，我帮你揉一下。"

林望书摇头，栽进他怀里："发病的时候，是不是很难受？"

擦眼泪的动作停住，他垂眸，直视她的眼睛。

原来是因为这个哭的。不知怎的，他突然松了一口气。还有空去操心这些无关轻重的事，说明腰疼的程度也还不算太严重。

"会有点难受，不过我还是忍得了的。"

林望书似乎不信："可赵医生说，得这个病的人都没办法控制自己。"

"是控制不了，但我也习惯了，不觉得有什么的。"见林望书听到他的话，又要哭了，他忙哄道，"我在好好治病的。"

"那你听医生的话，别总是生气了。"

"嗯。"他一时失笑，"你别总惹我就行。"

"我也没有惹你啊。"

"那你把盛凛的电话拉黑。"

"……"

还真是喜欢见缝插针。

牛奶到最后还是没热，江丛羡为了图省事，直接喝了冷的。

林望书说要送他下楼，他没让。

"算了，楼道那么黑，你送我下去了我又不放心让你一个人上来，还得送你。"

林望书点了点头："那你路上小心一点。"

他把左脸凑过来："你亲我一下我就小心点。"

林望书踮脚，在他脸上轻轻地碰了一下。

原本只是想调戏一下她，结果他自己反而脸红到说话都开始结巴了："那我……我就……就先下去了。"

"嗯。"

林望书目送他进了电梯，跟个机器人一样，走路都卡顿。

第二十三章

心付永恒

出发前一天，寻雅收拾好东西直接过来找林望书，和她住了一晚上。她们住的地方距离太远了，当天再过来的话会很麻烦。

寻雅还是第一次来她家，林望书亲自下厨做的饭，味道一般般吧，甚至可以说有点难吃。两个人都没吃多少，最后干脆点了外卖——附近挺有名的一家炸鸡店。

寻雅的视线飘远了，看到阳台上的外套。

"这衣服应该不是林约的吧？"她笑容暧昧地看着林望书。

衣服是昨天江丛羡回去的时候落在这里的，她后来给他打电话，他让她洗好了晾在外面。

"江丛羡的衣服，他忘了拿走。"

寻雅有一双能够透过现象看本质的眼睛，推了推并不存在的眼镜，对江丛羡忘了把衣服拿走感到质疑："真的是忘了带走，还是故意留下的？"

"故意留下？"

"有两种理解方式：一呢，可能是他怕有其他男人来你家，所以故意留件外套在这里，宣示主权。这二呢，就是他怕你一个小姑娘独居，担心有人图谋不轨，这件外套一挂出去，不就是证明家里有男人在嘛。"

林望书被她的分析逗笑："我觉得你不应该学考古，应该学刑侦。"

寻雅顿时来了兴趣："你也觉得我在刑侦这方面挺有天赋吧，我也觉得，当初要是不学考古，我真的就报考警校了。"

两个人晚上聊得晚了点，凌晨一点才睡。

虽然林望书给寻雅重新收拾了一间房，可她还是缠着林望书要一块儿睡。小姑娘身上又香又软的，比枕头要抱着舒服。

寻雅一边睡还一边嘟囔："你是会催眠吗？我一抱着你就犯困。"

江丛羡是个非常有时间观念的人，次日一早，不需要闹钟，七点准时就醒了。

他开车过来接林望书去机场，也没提前给她打电话，想让她多睡一会儿。密码锁的密码她告诉过他，开了门后他进去，径自去敲她的卧室门。

里面很快就传来动静。

然后门开了，寻雅眼睛都没睁太开，不满地嚷道："谁啊？大早上扰人清梦。"

江丛羡眉头微皱，越过她的肩膀去看房间里面。

林望书还睡着，睡裙不知道被谁薅到了腰上，细长白皙的双腿以及粉色的内裤一览无余。

等到寻雅透过那双惺忪的睡眼看清来人是江丛羡后，刚想和他打招呼，后者已经绕开她进去了，贴心地替林望书把被子盖好。

她睡得熟，半点反应都没有，江丛羡多看了一会儿，用手碰了碰她的脸。见她还是没有要醒的迹象，于是他站直了身子，准备出去。

寻雅总觉得自己站在这儿就像个明晃晃的电灯泡，提议道："要

月下娇

不我先出去？"

江丛羡语气平淡："不用。"

他也不看她，直接出了房间。

冰箱里东西还算齐全，他系上围裙进了厨房，随便弄了点早餐。

可能是时间到了，林望书被闹钟吵醒，寻雅洗漱完进来，见她醒了，坐过来告诉她："你男朋友来了。"

林望书揉了揉眼睛，没太清醒："我男朋友？"

"嗯，江丛羡啊。"

林望书这才记起来，她们是今天九点的飞机，于是慌忙地问她："现在几点了？"

"七点半。"

如果江丛羡不来，她们肯定得睡过头，林望书松了一口气，下床准备出去洗漱。

寻雅还困着，又躺床上要补会儿觉，让林望书早餐好了再叫她。

开放式的厨房里，江丛羡正给锅里的煎蛋翻面，听到声响了，他回头看了一眼，正好看到从房间出来的林望书。

他关了火："过来。"

声音平淡，也没有半分命令的意味，但就像是带着某种魔力一样，林望书抗拒不了。

她把房门带上，走了过去。离得近了，江丛羡摸她的脸，低下头，似乎想亲她。

林望书急忙用手去挡："我还没刷牙。"

他无声地笑了："我不嫌弃你。"

"可我嫌弃。"

她脸还有点红，专门用空着的那只手放在嘴边，哈了一口气，想闻闻有没有什么异味，还好没什么味道。

江丛羡干脆直接把她的手拿开，吻了下去。事后继续笑着："躲什么？我不嫌弃你。"

林望书看了眼锅里的煎蛋，不动声色地转开了话题："蛋应该熟了吧？"

"嗯。"江丛羡拿了个盘子过去，把煎蛋盛出来，又问她，"今天想吃全熟的还是溏心的？"

"溏心的吧。"

江丛羡重新拿了一个蛋，打碎，倒入锅中。哪怕是在做饭，他的视线也总在林望书的身上。

洗手间的门没关，正好可以看到她在里面洗漱。洗漱结束，她拿着擦脸巾擦脸，从里面出来。胸前有些水渍，江丛羡多看了一眼，然后伸手去抱她："真软。"

林望书笑了一下："我最近好像是长胖了一点。"

他笑声低沉，贴着她的耳蜗往里钻："我说的是其他地方。"

后知后觉感觉到别样的触感，林望书这才反应过来，脸一红，猛地推开他。

江丛羡视线坦荡地看着她的胸口，没有内衣的束缚，那件单薄的睡衣根本挡不住什么："我还以为你是故意的呢，看我做饭辛苦，想给我点福利。"

林望书的脸更红了："你……你别乱说了。"

她逃一般进了房间。

寻雅闻到香味，正准备起床，看到她脸红得跟猴屁股一样，以为她是发烧了。

"你是不是感冒了？"

林望书没说话，头还低着。

寻雅已经打开抽屉去拿体温计了："这种特殊时刻如果发烧就难搞了，估计飞机都上不了。"

"没发烧。"林望书轻声说完，拿了衣服准备换。

"笑笑他们先去机场了吗？"

寻雅坐起身："她和她男朋友先过去了，我那个同学可能有点麻烦，他们那儿不好打车，所以得我们去接一下。"

"嗯，可以的，正好江丛羡开了车。"

寻雅想了想，还是一点一点地蹭到林望书身旁，小声问她："江丛羡的病，好了吗？"

闻言，林望书换衣服的手稍微顿住："这个病没有那么快治好的。"

"那你真的想好了要一直和他在一起？"可能是觉得这句话说得不太对，寻雅又改口道，"我的意思是，万一他的病一直不好呢？"

她也不是在劝分，也不是在挑拨离间，是因为她知道双向情感障碍有多可怕，也知道江丛羡这个人有多可怕。要说他哪天杀了人，寻雅也不会意外。

理智和法律似乎都没办法成为约束他的枷锁。

林望书把外套的扣子一一扣上："想清楚了，会一直和他在一起，哪怕他的病永远不会好，也要一直和他在一起。"

"你想好了要承担他的未来了吗？"

正是因为之前身边出现过这样的人，所以寻雅才会担忧。

她的高中同学，半年前通过相亲认识了一个男人，985毕业，大学老师，有车有房，性格也好。原本两人已经到了谈婚论嫁的地步了，但是她的同学最终还是抵抗不了压力，和他提出了分手。

她是这么和寻雅说的："我很爱他，可我实在没办法去承担一个人的未来，他已经把我当成他的精神寄托了。他发病情绪低落时，我得开导他，还得时刻提防着他做出什么伤害自己的行为，我感觉我被他折磨得都快抑郁了，我实在没有办法了。"

所以她提出了分手。

正是这句分手，成了压死骆驼的最后一根稻草。

上周，寻雅陪她参加了那个人的葬礼，她哭得很惨，几乎晕厥。寻雅知道，哪怕心里的创伤会随着时间恢复，但内疚会一直陪着她。

前几天她还给寻雅打了个电话，说她最近开始失眠了，情绪也很低落，已经预约了心理医生。

这件事给了寻雅挺大的冲击，所以她不希望林望书也步她那个同学的后尘。负责病人的一生，光是这几个字都足够吓人了。

林望书知道她是为自己好。

"从我点头同意和他在一起时，我就想得很清楚了，我不可能丢下他不管的。"

他的前半生已经过得足够苦了，她不能眼睁睁地看着他整个人生都被苦涩和孤独充斥，这对他不公平。

寻雅听到她这么说，反而放心了："你自己能想通就好。"

换完衣服后出来，早餐已经好了，吐司、燕麦粥还有两个煎蛋。

江丛羡还在厨房里，洗锅。

这还是寻雅第一次吃江丛羡做的饭，林望书拖出椅子坐下："他做饭很好吃的，你尝尝。"

寻雅拿着吐司，咬了一口，看着厨房里忙碌的背影，丝毫不吝啬自己的赞美："江大厨这手艺都快赶上米其林大厨了。"

江丛羡头也没回，还在忙自己的，语气嘲讽地"呵"了一声："吃过米其林吗？"

寻雅听到后愣了一下，差点脱口而出"呃，那倒没有……"。

她有点尴尬地看向林望书，林望书微不可察地皱了下眉。

她笑着安抚寻雅："你别理他。"

寻雅点点头，用笑容掩盖尴尬，低头安静地吃饭。

江丛羡只做了两份，没做自己的。

打扫完厨房以后，他从里面出来，坐在林望书身旁，把胡椒粉递给她："等回来晚上给你煎牛排，特地从澳洲空运过来的，很新鲜。"

林望书没说话，只是安静地喝着粥。江丛羡没等到回应，起身去给她倒了杯牛奶。林望书没喝，推开了。

寻雅总觉得气氛不太对，本来嘛，男女朋友搞个冷战闹个脾气之类的挺正常的，最多余的应该就是自己这个电灯泡了。

月下娇

此时她就觉得坐立难安，坐也不是，站也不是。好不容易吃完饭
了，江丛羡在林望书起身之前把碗筷收拾了。

非常贤惠。

和刚刚对她冷言相待的江丛羡完全不同。

因为这次过去待不了多久，她们带的行李不多，但是冬天的衣服
厚，所以一个人也准备了两个行李箱。

江丛羡往返了好几趟，才全部扛上车。

林望书坐进了副驾驶，把寻雅同学的地址告诉他。

"她那边不好打车，我们先去接她。"

江丛羡点头："好。"

北城的路他都熟悉，也不需要导航。而且那边的小区，正好是他
们开发的。

离得不算远，二十分钟就到了，接到人以后他们直接去了机场。

几个女孩子聚在一起似乎话都格外多，那些话题江丛羡不感兴
趣，也不了解，全程保持安静。

万笑笑的男朋友是学管理的，正在读大三，已经开始准备实习
了。很显然，他对这里除他以外的唯一的男性很感兴趣。

"你这手表是限量款吧？"

江丛羡在看书，头也没抬："嗯。"

李朝似乎丝毫不介意他的冷淡："听笑笑说，你是做房地产的？"

"其他方面也有涉猎。"

他笑道："我是学管理的，不知道贵公司有没有适合我的岗位？"

江丛羡把书合上："适合的岗位有很多。"

李朝面带喜色，江丛羡的公司他早就有所耳闻了，同级的同学削
尖了脑袋想要过去实习。可是那边要求高，对校外实践经历有要求，
对学历更是。

不过也能理解，北城顶尖的大企业，招人肯定比普通企业要高出

许多。

原本这次旅游他没想去的，家里人让他回澳洲，他连机票都买好了，后来得知万笑笑那个室友的男朋友的身份后，他才毫不犹豫地退了机票。

对于即将步入社会的人来说，人脉比什么都重要，更何况是这种有可能一辈子都遇不到的优质人脉。

幻想着自己可以走这个后门，他笑道："我也可以吗？"

"当然可以，按步骤投简历，每个人都有机会。"

"……"

他们的目的地是北城附近的一个小城市，风景好，位置也算偏僻，人不多，非常适合过来玩。

民宿是万笑笑定的，里面的装修很适合拍照。一共三间房，林望书和江丛羡一间，寻雅和她同学一间，万笑笑和李朝一间，他们分别进去放行李。

林望书把美妆包拿出来，放在化妆桌上，同时把这里的枕套和床单被套全部换成了自己带的。江丛羡过去帮忙。

"这边需要扯过去吗？"

"不需要。"

"要折起来吗？"

"不要。"

"我帮你把你的衣服放到衣柜里吧？"

"不用，我待会儿自己来就可以了。"

"……"

被连续拒绝了好几次以后，江丛羡直接过去，一把抓住她正在抚平床单的手："林望书，你对我有什么不满可以直接说出来，我不喜欢你和我冷战。"

他不喜欢她这种若即若离的态度，这让他有一种林望书会随时抛下他的感觉。

　　林望书沉默了一会儿，直起上身，直接和他说了："我希望你能尊重我的朋友。"

　　江丛羡皱着眉，似乎有点不解："我没有不尊重他们啊。"

　　"看吧，你永远都不知道自己哪里错了。"林望书说，"性格和你的病没有关系，你不能总是这样，寻雅刚刚是在夸你，你却用那种语气嘲讽她，我觉得你这样做很不对。"

　　江丛羡是成熟的，甚至比他实际年龄看上去还要成熟。

　　大部分时间里，他待人接物都是温和大度的。可林望书总觉得，他对自己身边的人敌意很大。

　　江丛羡听她说完，沉默了一会儿，然后伸出手去便要抱她，林望书还在气头上，没让他抱。

　　伸出去的手落空，他也没说什么，只是眼睛垂着，脸色很淡。

　　林望书继续去整理床铺，身后传来江丛羡的声音："让我抱抱，好不好？"

　　声音很轻，但林望书却听出了里面的一点哀求。她现在并不想和他说话，所以也没有给出回应。

　　"我可以向她道歉。

　　"可我说那些话不是因为我看不起你的朋友。

　　"你们在房间里说的话我都听到了，因为她劝你离开我，所以我才会……

　　"我好不容易才让你留在我身边，可你身边的每个人都在阻止你走向我，我是在气这个。

　　"你抱我一下好不好？你抱我一下，我待会儿就出去向她道歉，还有你室友的男朋友，他的工作我也会安排。"

　　林望书知道，江丛羡每次对这段关系没有安全感的时候，都会通过亲密的接触来确定林望书的心意。他现在这么急切地想要她抱他，不过是在害怕。

怕她会离开，怕她真的不要她了。

林望书心一软，完全没脾气了。

既然他知道错了，既然他愿意改，那就算了吧。

她放下手里的枕头去抱他，手刚碰到他后背的那一瞬间，就得到了更加热烈的回应。林望书感觉自己的腰都快要被他拧断了。

这会儿已经很晚了，他们都在各自的房间里面休息。周围很静，房间里也是。

可能是一切都刚刚好，所以林望书并没有推开江丛羡去脱她衣服的手。

头顶的灯是几何图案的，灰色的角，很尖，也不知道手碰上去，会不会被扎伤。

江丛羡咬她的耳垂，手背轻拂过她的脸颊，声音温柔地夸她："书书真厉害。"

林望书紧咬着唇，不想发出声音，看着天花板。

过了一会儿，她摇头，声音嘶哑，想要推开他："不行了。"

江丛羡吻住她的唇："别跟一个男人说不行。"

"我说我不行了。"

他一边鼓励她，一边搂着她的腰，让她背对着自己："书书乖，我们书书最厉害了，再多坚持一会儿，再坚持一个小时，我很快就好。"

"你一个小时前也是这么说的。"

他俯下身来，吻她的耳朵："男人有时候说的话不能信。"

天刚蒙蒙亮的时候，寻雅过来敲门，说一起去山上看日出。

江丛羡醒了，随便套了件卫衣过去开门，"嘘"了一声说："你们去看吧，她还在睡。"

寻雅一愣，下意识地踮脚，想越过他往里看，被江丛羡挡住了。

他淡淡地迎上她的目光，即使什么话也没说，可寻雅还是被他的

月下娇

眼神莫名吓了一跳。

"那我……我们先走了,望书醒了的话你和她说一声,让她去山顶找我们。"

"嗯。"

她离开后,江丛羡才把房门关上,动作很轻。

昨天好像的确折腾得狠了点,到最后她直接睡在他怀里了,怎么都叫不醒。

民宿是独栋的复式小楼,他们都去看日出了,家里只剩下江丛羡和林望书。

他做了点早餐,然后把林望书昨天换下来的衣服拿去洗了。洗衣机里堆放着其他人的衣服,江丛羡看了一眼后,最终还是决定手洗。

衣服洗完了,他拿着衣架去阳台,正好碰到早起遛狗的房东。那是一只西伯利亚雪橇犬,看到他,疯狂摇尾巴示好。

房东太太使劲拉着狗绳,才没让它生扑过去:"我家这条狗特别喜欢好看的小哥哥,看到就激动。"

江丛羡"嗯"了一声,淡定地抚平林望书衣服上的褶,挂到晾衣绳上。

不光狗喜欢长得帅的小哥哥,房东太太自己也喜欢。她干脆和他唠起了嗑:"你是昨天住进来的租户吗?"

"嗯。"

仍是惜字如金的单音节回应。

房东太太看见他晒的几乎都是女装,好奇地问:"给女朋友洗的?"

"嗯。"

"我刚刚看他们都去山上看日出了,你怎么不去啊?"

"她还在睡。"

原来是为了留下来陪女朋友。

"不过日出什么时候看都行,对了,你们中午要是饿了,可以去前面那个日式餐厅，里面可以泡温泉，有情侣私汤。"

江丛羡晒衣服的手稍微顿住，礼貌地说了声谢谢。

房东太太干民宿这么多年了，生意也还不错，来来往往见过的人不少，但像这种体贴的男朋友还是少见。

她低头去摸狗狗的爪子："和哥哥说再见。"

体型庞大的雪橇犬示好地冲他汪汪叫了两声。江丛羡也只是垂眸看了它一眼，并没有给回应。

反而是屋内传来了动静。

林望书睡得正熟呢，被突如其来的狗叫声吵醒。她穿上衣服出来，就看见站在阳台上的江丛羡，以及对面马路上的那一人一狗。

房东太太听到声了，也将视线移了过来，笑容和善地和她打招呼："小姑娘早上好啊。"

林望书点头，礼貌地回应："早上好。"

江丛羡替她把外套扣好："怎么不多睡一会儿？"

她打了个哈欠："睡不着了。"

扣好外套了，江丛羡又去摸她的脑袋："给你做了早餐，就在厨房里放着，你先去吃，我把衣服晾完就过去。"

看着面前这甜蜜恩爱的场景，房东太太也没有继续留下来当电灯泡，牵着她的狗继续往前遛。

林望书看了眼旁边的衣服："你手洗的？"

"嗯，手洗干净点。"

"不冷吗？"

"不冷。"

"骗人，明明手都冻红了。"

她握着他的手，放在嘴边哈气取暖："好点了没？"

喉结轻微地动，他摇头："没好，还是挺冷的。"

林望书握得更紧了一点，不时还替他搓搓，想搓热一点："以后不要用手洗了，洗衣机洗的也挺干净的。"

月下娇

江丛羡也不说话，全程看着她，眼睛一刻也没从她身上离开过。

衣服晾完了，两人进了屋。

早餐还是热的，江丛羡去给她盛，林望书看着他忙碌的背影，问他："药吃了吗？"

"吃了。"

"赵医生说过什么时候去复查吗？"

他将碗筷放在桌上："这次回去以后。"

林望书脸色担忧："那你最近有哪里不舒服吗？你如果不舒服就和我讲，不要因为怕我担心就瞒着我，知道吗？"

他轻笑一声，抱着她："既然这么担心我，干脆一辈子都不要离开我了。"

林望书说："我本来就没打算离开你。"

她是一个做好了决定，就很难改变的人。既然决定承担起他的未来，就不会中途再离开的。

江丛羡的动作明显放缓了许多，声音从喉间泄出来，有些低哑暗沉："林望书。"

"嗯？"

他吻着她的头发，询问她的意见："我们结婚好不好？"

很久以前，他就想和她结婚了。只不过那个时候的林望书恨不得他去死，怎么可能会同意呢？所以他也一直没说，就只是在心里想想。

他其实没多么伟大的梦想，从小到大，一直都希望有一个属于自己的家。

小学写作文，主题是"我的梦想"，他写的就是希望有一个家。对结婚没有概念的年纪，他想的只是，有一个可以遮风避雨的家。

后来稍微大些了，他想成为父亲。有自己的孩子，他可能很乖，也可能不太听话，但他会是小小的，需要自己来保护。他可能会走路不太稳，艰难地跑向他，扑进他的怀里，奶声奶气地喊他爸爸。再后来，他想和自己喜欢的人结婚。

那个时候他已经遇见了林望书。

他恨她，把对她父亲的恨，全部转移到了林望书的身上。可他一边恨她，又一边爱她。他想和她结婚，想和她拥有一个家，想有一个属于他和她的孩子。

他这一生中，所有的梦想都和她有关。

林望书面对他时，总是很容易心软。这会儿也没拒绝，却也没点头。

她在权衡。

大学期间结婚，有利有弊，但利总是大于弊的。她知道江丛羡在感情方面没有安全感，他总是容易患得患失，因为病情而情绪更加敏感。

林望书想，自己应该是能够给他安全感的。

"可是我还在读书。"

他点头："嗯。"

林望书仰头，看着他，问道："你很想和我结婚吗？"

想啊，怎么可能会不想呢？他把她捆在身边，就是为了每天都能看到她。他的确挺坏的，以前那样对她，知道她不愿意，还非要勉强她。

没办法，林望书三两下就能撕开他那张伪善的面具，让他被迫露出丑陋的那一面，然后就无所忌惮了。

下地狱也好，都无所谓。

林望书要留在他身边的，她要一直留在他身边，哪怕是用她讨厌的方式，他也要把她留在身边。

那个时候的江丛羡如同一个地狱修罗，可怕得很。现在回想起来，他都挺恨自己的，恨自己没有对她好一点。希望还来得及，未来的每一天，他都会对她好，把之前落下的统统补回来。

希望还来得及。

月下娇

　　江丛羡极轻地笑了一下，抱得更紧了一点："当然想，做梦都在想。"

　　林望书明显还有顾虑："万一我二叔不同意怎么办？"

　　婚姻大事是自己来决定的，但林望书还是希望二叔能接受。他对江丛羡一直有偏见，如果知道他们要结婚的话，肯定会反对的。

　　"放心好了，他会同意的。"

　　江丛羡很少失败，是因为他从来不做没有胜算的事情。

　　林有勤的态度其实已经很明确了，哪怕他仍旧对江丛羡不满，却也没有去阻止林望书和他在一起。这也属于另外一种意义上的默许。

　　他蹭了蹭林望书的鼻尖，闻着她身上好闻的花香味，还是觉得不太真实。

　　被爱包围长大的人，是很难被满足的，除非你给他的爱远远超过他平时接受的范围。可从小缺爱的人，只要你稍微表现得对他有哪怕一丁点好，他都会觉得自己得到了世间最大的恩赐。

　　江丛羡现在得到的，对他来说，就是世间最大的恩赐。

　　寻雅他们看完日出回来，万笑笑全程没说话，摔门回了房间。

　　林望书看着寻雅，疑惑地问道："她怎么了？"

　　寻雅压低了声音，在她耳边说："吵架了呗。"

　　本来嘛，情侣吵架是很正常的，哄两句就好了，但李朝不愿意哄，还一直在那里冷嘲热讽，说万笑笑心眼太小了，动不动就生气。

　　于是成了现在这副样子。

　　林望书其实挺不会安慰人的，她天生就没有这方面的天赋。寻雅说让他们先冷静冷静，等这事过了再去劝劝。不过李朝完全不像是刚吵过架的，看上去心情依旧挺好，甚至还和江丛羡套起了近乎。

　　若是以往，江丛羡顶多保持礼貌和他多说一句话。可因为昨天答应林望书的事，他非常有耐心地替他答疑解惑。

　　可能是觉得聊私事才能拉近关系，李朝问完工作上的事情后，又开始八卦他和林望书。

"我听笑笑说，你们在一起也挺久了吧？"

江丛羡在收拾碗筷："真正在一起不算太久。"

李朝若有所思地点了点头，似乎觉得自己的苦楚只有同为异性的江丛羡才能理解："笑笑今天说要和我一起回家过年，还说顺便把婚事给定了。这才多久啊，我们俩都没毕业，她居然就想到结婚去了。"

江丛羡没说话，将清洗干净的碗筷放进橱柜里。

"要是笑笑有林望书一半的善解人意就好了。"李朝笑道，"说实话，我还挺喜欢她的。"

闻言，江丛羡终于稍微有了点反应。

他的眼眸泛着冷色，淡淡地看了他一眼。

晚上吃饭依旧只有林望书和江丛羡两个人。

原本订好了附近的餐厅，寻雅的本地同学家里有点事，她说要陪她回去一趟。至于李朝，刚把万笑笑给哄好，两个人出去约会了。

于是六个人变成了两个人。

江丛羡说："不如就在家里吃吧，我给你做。"

林望书点头："好啊。"

在家里做饭的话，就得提前去菜市场，好在这个点还没关门，林望书换了衣服和他一起出去。

路上碰到上午遛狗的房东太太。

"嗬，缘分啊。"

房东太太一边笑着和他们打招呼，一边攥着狗绳，阻止那条西伯利亚雪橇犬往江丛羡身上扑，看来它是真的很喜欢他。

房东太太笑道："它以前对别人不这样的，还是第一次这么热情。"

林望书蹲下身，询问她的意见："请问我可以摸摸它吗？"

"当然可以啦。"

月下娇

　　得到允许后，林望书才小心翼翼地伸手，摸了摸它毛茸茸的脑袋。不过它好像并不喜欢她，还冲她汪汪叫了两声。

　　林望书被吓到了，往后退了一步。

　　江丛羡走过来扶她起身，神色担忧："有没有被咬到？"

　　"没有的。"

　　房东太太捏了捏狗耳朵，训斥了它几句，然后向林望书道歉："不好意思啊，我家这狗就喜欢帅哥。"

　　林望书笑着摇头："它好可爱。"

　　西伯利亚雪橇犬吐着舌头，冲着江丛羡狂摇尾巴，似乎想让他摸。

　　江丛羡也没看它一眼，牵着林望书的手就要离开："我们走吧。"

　　也没再和房东太太说一句话。

　　林望书礼貌地和她告别："那我们就先走了。"

　　"好好玩啊。"

　　"嗯，好的。"

　　出了小区，走在马路上。江丛羡让她走在内侧，自己则站在外围护着她。

　　"那种大型犬，以后别乱摸。"

　　"挺乖的啊。"林望书其实还挺喜欢狗的，"我们以后要不要养一条？"

　　他声音有几分硬冷："我家里养了两条，你要是喜欢我送给你。"

　　想到他家里那两条恶犬，林望书现在都有点害怕。

　　"我想养那种可爱点的。"

　　江丛羡停下，眉头皱着，有点不爽地看着她："我还不够可爱吗？"

　　不知道他为什么会生气，林望书哄道："你可爱，但狗是宠物，不同的。"

　　"我不想最后还要和一条狗去争宠。"

好吧，原来是因为这个。

占有欲太强了，也不算是一件太好的事。

林望书心平气和地问他："那如果我们以后结婚了，有孩子了，你是不是也要和他争？"

江丛羡只听到了自己想听的那部分，眼里带着点希冀的神色："你也想要孩子了吗？"

旅游也没玩多久，李朝和万笑笑大吵了一架，最后闹得不欢而散。原本计划的一周也缩减到了三天。

飞机落地后，江丛羡送林望书先去了二叔家看林约。林有勤知道后特地空出了几天的时间，想着好好陪陪家里人。这么多年了，难得有一次过年是全家人一起过的。

那幅拼图已经拼完一半了，看到江丛羡，林约高兴地走过来，喊他："羡哥。"

江丛羡点点头，然后便将视线落到一旁的林有勤身上，礼貌地喊了一声二叔。林有勤在外打拼了这么多年，基本的体面还是有的。虽然对江丛羡依旧有诸多不满，但他始终是自己未来的侄女婿。

哪怕是表面的和谐，也要维持住。他觉得江丛羡也是这样想的，他可不信像他这样高傲的人会尊敬自己。

两个人就各自心怀鬼胎地以礼相待。

饭是许清烟做的，他们家的口味偏甜，林望书吃不太习惯，觉得有点腻。

但看到许清烟一脸期待地看着她："怎么样，好吃吗？"

林望书咽下鱼肉，声音温柔地对她说："好吃的。"

厨艺得到了认可，许清烟高兴得不行。

"你二叔以前经常嫌弃我做的饭菜，我就说是他自己没品位。"

说完，还白了林有勤一眼。

后者轻咳一声，提醒她："还有小辈在，你给我留点面子。"

月下娇

江丛羡不动声色地吃着饭，桌下，却用手轻轻掐了掐林望书的腿。

林望书神色有些闪躲，没给他回应。

江丛羡放下筷子，不吃饭了。

察觉到异样，许清烟忙问："怎么了，饭菜不合胃口吗？"

看这紧张程度，比起林望书，她似乎更在乎江丛羡的看法。

江丛羡拿了张餐巾纸擦嘴："挺好的。"语气挺平淡的，听不出嫌弃，也没有多喜欢。

许清烟有点失望地垂下头。

江丛羡偶尔握拳抵唇，轻咳几声。林望书也全程装聋，像没听到一样。可能是她的态度伤到了江丛羡，他低声笑一下，不说话了。

一直到那顿饭吃完，他都没有说一个字。哪怕是饭后一起坐在客厅里看电视时，他都离林望书很远。

许清烟察觉到不对劲，问林望书："你们怎么了？"

林望书低着头，没说话。

这件事的确是她不对，她明明答应了江丛羡，回来后就会和二叔说清楚的，她要和江丛羡结婚。可是这会儿她又退缩了，有点不敢开口。

二叔考虑到她还在读书，肯定会反对，到时候她不知道该怎么再次开口，可也不能一直放任着江丛羡不管。

他没安全感，又喜欢多想。犹豫了一会儿，她还是起身，坐到他身旁，柔声问他："生气了？"

他也不理她，专注地看着电视。

林望书去牵他的手："别生气了好不好？"

仍旧没有任何回应。

"我要怎样做你才会理我？"

他这才有了点反应，垂眸看着她："还需要我再重复一遍？"

早死晚死，横竖都是一死。

"我现在就去和二叔讲，好不好？"

江丛羡眉眼微动，林望书靠过来："还生气吗？"

他抿唇，按捺住笑意："这么怕我生气？"

"嗯，怕死了。"

"有多怕？"

"超级怕。"

出乎林望书意料的是，她说完那些话以后，二叔表现得很平静。

林望书的性格他了解，这孩子看上去柔柔弱弱的，其实有自己的想法。他不会去束缚她，但还是希望她能考虑清楚。

"真想明白了？"

"嗯，想得很明白了。"

他刚离开的时候，她其实还没多大，说话都得人教。可就一转眼的工夫，她居然都要结婚了。

林家的人其实都有个共同点，就是够绝。就像当初，他一言不发就离开了，这么多年一次都没回来过。

他做事绝，林望书也是，他们在自己认准的事情上面是不会轻言放弃的。

所以林有勤点头同意了。

"我和你二婶以后会长居国内，有个家也好给你撑腰。江丛羡那个人，说句实话，我的确不太满意他，但你喜欢，我也不会反对，到时候他要是欺负你，你就回来，二叔帮你出气。"

林望书点头，鼻子有点酸。

有的时候，她还是想念父亲的。他的确不是一个好人，但剥离这些身份，他还是给她生命的那个人，在她人生的前十几年里他也尽全力替她遮风挡雨。

可她没办法说想他，甚至连给他扫墓也得偷偷去。

他至死都欠江丛羡的，这层关系永远没法抹掉，所以林望书不敢

月下娇

在他面前提起这个名字。

从二叔家离开后，林望书告诉江丛羡，二叔已经同意了。

他的神情看上去没有什么变化，只是专注地开着车。林望书安静地看了他一会儿后，盖上薄毯开始闭目养神。

不知不觉就睡着了。

不知道睡了多久，等她醒来的时候，脖子都开始有些发酸了，江丛羡还保持着刚才的动作。

林望书打了个哈欠，问他："几点了？"

"十点半。"

"这么晚了吗？你怎么不叫醒我？"

江丛羡似乎很迟钝，过了好一会儿，才后知后觉地反应过来。

"我忘了。"

林望书总觉得他现在怪怪的："是不是哪里不舒服？"

说着她就伸手去摸他的额头，又摸自己的。

"不烫啊。"

"我手有点麻，心跳得也很快。"

江丛羡也不知道自己怎么了，很奇怪。从刚才林望书告诉他，她二叔同意他们结婚后，他就一直很奇怪。

"你很紧张吗？"

他脸色很白："好像有点。"

林望书有点想笑，以前那个手起刀落、连死都不怕的江丛羡，居然在这种事情上，紧张得手都开始发抖了。

她安慰他："没事的，没什么好紧张的，平常心就可以。"

江丛羡深呼了一口气，然后去抱她："让我抱一会儿，抱一会儿就好了。"

"嗯。"

林望书回抱住他。

时间一分一秒地流逝着。

林望书也不确定自己到底抱了多久，等到她想问他好点了没有的时候，发现他靠在她的肩上睡着了。

江丛羡的病情在逐渐好转，但还是会发作。

不受刺激时也会发病，那个时候林望书就会陪着他，听他语无伦次地讲一些话，思维跳脱，喜怒无常。她就陪着他，顺着他的话去接，不然他会有被忽视的挫败感。

往往等他清醒了，已不记得那些事了，但他知道自己发病了，偶尔会沉默，或是发呆。林望书知道他是在难过，那是对自己感到自卑和无能的难过。

林望书做不到感同身受，但她知道，他一定很痛苦，因此她时常感到自责。

她知道，他太想成为一个正常人了。

春节前，林望书把姥姥接回了北城，他们是一起过的春节。

她之前就告诉姥姥她和江丛羡的事了，姥姥其实挺赞成的，她相信林望书，也相信她做的每一个选择。小姑娘懂事又听话，她喜欢的人，肯定也不会有错。

因为忙着过年，忙着一家人团聚，所以林望书短暂地把江丛羡给忘了，他也没有找她。

等到林望书想起他时，已经初八了。这么多天没有给他打电话，也不知道他生气了没有。或者说，她担心春节他是怎么过的。

肯定是和蒋苑一起吧，两个沉默寡言的男人，估计也没什么过年的氛围，都是吃完一顿饭就各自回房间了，最多会在客厅里一起看半个小时的春晚。

电话打了过去，那边缓了一会儿才接通。

男人低沉的声音依旧沉稳："喂。"

"吃饭了吗？"

"嗯，吃了。"

月下娇

林望书问他："这几天怎么过的？"

"和蒋苑在家看春晚。"

果然。

"初一呢？"

"看春晚的重播。"

"初二呢？"

"看春晚的重播和应酬。"

这么辛苦啊，过年都要应酬。

"今天有空吗？"

林望书想请他吃饭，好好犒劳他一下。

"今晚我没空。"

"啊，这样啊。"

江丛羡问她："你有空吗？"

"什么？"

"八点半，我让蒋苑过去接你。"

蒋苑来得挺准时，一分不早一分不晚。

林望书坐在后排，看着他的后脑勺，其实挺想打听一下他和夏早最近怎么样了。

夏早说他就是一块石头，油盐不进。其实林望书觉得，蒋苑要比江丛羡有人情味得多。

车子停在别墅前面，蒋苑下车替她把车门打开。

林望书道过谢以后下车环顾四周，黑压压的一片，连路灯都没开一盏。难不成是停电了？她拿出手机，想给江丛羡打电话。

突然一阵强光打来，四周亮如白昼。

在黑暗中待久了的眼睛暂时还不能适应突然的光亮，她缓了一会儿才逐渐睁开眼睛。

只见路边摆满了蜡烛和香水玫瑰，粉色的轿车后备厢开着，里面放满了玫瑰。

难怪他这些天来不吵她也不闹她，原来是在偷偷准备这个。说实在的，挺俗的，车子的颜色也特别……直男审美。

但一想到这些是江丛羡准备了很久，策划了很久才做出来的，她居然觉得有点可爱。

平日他总是西装革履，处处都透着清冷矜贵，就和现在一样。可林望书看到他眼神闪躲，走路都有点跟跄地过来时，却有点想笑。

可能是因为反差太大了，那个冷血的江丛羡，居然也有这样的一面——笨拙地单膝下跪和她求婚，笨拙地给她套上戒指。

大小居然刚好。

林望书疑惑："你怎么知道我手指的尺寸的？"

"早就准备好了。"

戒指戴完了，他抱着她，抱得很紧："你来我家的第一天，我就准备了这个戒指。"他说，"那个时候我就想过了，或者娶你，或者单身一辈子。"

一直以来，她都在他人生的规划里。没有别人，只有她。

"林望书，你说过的，要对我好。

"我把什么都给你了，你要对我好。

"不能不要我。"

林望书问他："怎么样才算是对你好呢？"

"这辈子眼里只有我一个，不能对其他男人动心，也不准多看他们一眼。"

"好的呀。"

江丛羡的脸深埋进她的颈窝："你再说一遍。"

"说什么？"

"说你爱我。"

"嗯？"

他有些急，催促道："快点。"

月下娇

"我爱你。"

"再说。"

"我爱你。"

"再说。"

"林望书爱江丛羡，很爱很爱的那种。"

"再说。"

他重复了很多遍，直到蜡烛都快烧完了。

林望书知道，他只是觉得这一切很不真实，像在做梦一样。

的确，他经常做这个梦。

梦里，林望书答应他的求婚，可转头就把他给她戴上的戒指扔了，转身和其他男人离开。他听到她和别人说我爱你。

很长一段时间里，他都会做这个梦。梦醒了，他就再也睡不着了，吃药也睡不着。

那个时候他会去林望书的房间，握着她的手，一遍一遍地说爱她。可她睡得很熟，根本不会给他回应。但也只有那个时候，他才敢说这些话。

因为等她醒了，一切又变回现实。她会骂他，会让他滚，会拿东西砸他。

江丛羡其实也没觉得自己可怜，没有见过光的人，都会觉得地狱是最好的地方。可是他现在见到了，所以他不想再回到那个地方。

"林望书，我谁都不恨了。我会对你好，去弥补之前对你做过的那些事。"

林望书点头："嗯，好。"

可能的确像二叔说的那样，这条路会比较难走。他的病情不可能很快就康复，可能需要一年、两年，甚至是十年。但林望书觉得都没关系，因为她会一直陪着他。

人生不就是这样吗？你陪着我，我陪着你。然后发现这一辈子就这么过完了。

仔细回想，其实觉得还挺可笑的。

她曾经那么迫切地希望他去死，可后来他躺在急诊室里的时候，她却祈求老天，希望把自己一半的寿命分给他。可能是老天听到了她的许愿，并且实现了她的愿望。

这样，他们就拥有了相同的寿命，不用担心谁先离开，后面的那个人会伤心难过。

多好啊。

她这一辈子，可以永永远远和她的江丛羡在一起。

—正文完—

番外一

那之后的故事

　　今天的拍卖会是打着慈善的名号进行的，江丛羡本来没打算来。主办方请不动他，只能迫于无奈，去找林有勤，希望他能帮忙说服一下。

　　有江丛羡这个大佬坐镇，这次的拍卖会才能赚足版面。本来嘛，对于他们这些目的性很强的生意人来说，慈善的动机自然不纯。归根究底，还是图一名声。名声响了，好处自然也就来了。

　　主办方与林有勤有合作关系，所以他就多费了些口舌，把江丛羡给劝去了。必要时刻，他会有意无意地拿出二叔这层身份来压他。后者对这种行为嗤之以鼻，却还是点头同意了。

　　工作人员把拍品名单拿过来，他也没看，随便指了前面几样："就这些吧。"

　　特助沉吟片刻："可是还没估值。"

　　他声音淡淡地道："让你拍你就拍。"

　　特助立马吓得不敢说话了，乖巧地坐在一旁点头："好的。"

　　江丛羡似乎赶时间，频频低头看手表。

再有半个小时早教班就要下课了。

拍卖会进行到一半时，他中途离场。

刘越看见了，跟过来："江总，拍卖会结束了还有酒会，好些个人都是专门冲您来的，您这要是突然离开，我这儿不好收场啊。"

江丛羡按捺住躁意，笑容温和："我要是再不离开的话，也不好收场。"

刘越愣了一下："这，还有谁能让您收不了场？"

看来还是个大人物。只是这北城什么时候出了这号人物，他居然半点风声没听到？

江丛羡指了指表盘上的指针："还有二十分钟，我要是赶不及去接我女儿的话，她今天晚上又该不理我了。"

刘越恍然，笑道："您的女儿一定很可爱。我就不打扰您去接女儿了，下次有机会的话，一定要来家里吃顿便饭啊。"

拍马屁总得拍在点上。

江丛羡这人看上去温润谦逊，其实油盐不进，但夸他女儿总没错吧？

刘越为的就是拉拢他这条人脉，所以才会这么急切地约下一场。

他说的那番话似乎很得江丛羡的心，他意外地好说话了起来："嗯，有时间的话。"

从酒店离开后，江丛羡开车去了教育机构。

原本他是不想这么早就把小漾送去上课的，但是又怕她没人陪。林望书平时得上课，遇到有演出的时候，全世界地跑。江丛羡就更不用提了，最近兰国分部那边在拓展新的项目，他大部分的时间都在国外，只有最近这段时间才得了空闲回国。虽然家里有保姆照顾她，但学校里的同龄人多，把她送过去，至少不会那么无聊。

车子停在楼下的停车区域，江丛羡倚着车身等着。

和他一样等孩子放学的家长挺多的，有人可能是等得久了，开始站在那儿抽烟。

月下娇

江丛羡怕身上染上烟味，就走远了些。

他戒烟挺久了，江云漾非常讨厌烟味，比她妈妈更讨厌，闻到他身上有烟味了，就不许他抱了。

到点了，女老师领着孩子们出来，江云漾年纪最小，被女老师抱着，已经睡着了。小脑袋东晃晃，西晃晃的。

江丛羡走过去，伸手在她嘴边轻轻擦了一下，睡得口水都流出来了。

他轻声道过谢，从女老师的怀里接过孩子。

女老师年纪不大，脸有点红，低着头不敢看他。她以汇报孩子在学校的情况为借口加了他的微信，偶尔过节时会假装群发一些祝福消息。

她知道这样不太好，可还是忍不住心动。

那些消息其实只发给了他一个人，可他基本没有回复过。为数不多的回应还是在她谈到江云漾在学校的近况时。

他的朋友圈几乎没什么内容，全是老婆孩子。那个女人似乎也很优秀，长得也好看，与他非常般配。

她心里泛着酸水，真是羡慕那个女生。

被羡慕的女生此时正被毕业论文折磨得焦头烂额。

林望书最近每天都忙到很晚，今天也不例外，所以在宿舍一边写论文一边等江丛羡过来接她。

寻雅跟教授去了一趟野外，去了三个月，晒得黝黑，林望书都快认不出她来了。

"整天面朝黄土背朝天的，不晒黑才有鬼了。"

宿舍里其他几个室友都是舞蹈生，一个选上了舞团，一个进了娱乐圈参加选秀节目去了，都已经不住在宿舍里了。只剩下林望书和寻雅两个人。

寻雅对着镜子敷面膜："夏早和张也到底怎么回事啊？我听他们

讲，张也退学了？最后一年啊，他退学干吗？"

提到他们俩，林望书沉默了一会儿。

这里面的关系实在错综复杂，年前的时候，张也和夏早告白了，不过夏早很明确地拒绝了他，说她有喜欢的人。张也没说什么，还是和之前一样，仿佛没发生那件事。

中间也不知道发生了些什么，张也被刺激到了，像变了个人一样，以前那个沉默寡言的三好学生开始抽烟、喝酒、文身，酒吧成了他第二个家，现在又直接退了学。说起来还挺唏嘘的。

林望书也不敢去问夏早，因为她知道，她现在也挺难过的。

蒋苑几次三番地拒绝了她。

林望书其实对蒋苑还算了解，他不是什么扭捏的人，不会因为害羞而去拒绝一个人，他说不喜欢，那可能就是真的不喜欢。

叹了口气，她戴上降噪耳机，继续去写论文。过了一会儿，寻雅推了推她。

她取下耳机："怎么了？"

寻雅晃了晃手机："你老公给你打电话没人接，打到我这儿了，说是带着孩子来找你团聚了。"

林望书收拾好东西下去，江丛羡站在车外等。看到林望书，他走过去，把她手里的包接过来："吃饭了没有？"

"吃了。"她问，"云漾呢？"

"睡了。"

江丛羡把后车门打开，东西放进去，儿童座椅上，江云漾歪着个小脑袋，睡得很熟。圆嘟嘟的小胖脸，白得像个汤圆，甚至都能闻到她身上的那股奶味。

林望书怕她热到，替她把外套扣子解了几颗，说话的声音也放得很轻："我过几天要去趟江城。"

江丛羡没说话，林望书抬眸，看向他。

他不爽地冷笑一声："挺好的，正好我夜不归宿也没人管了。"

月下娇

　　林望书知道他又在闹脾气，叹了口气："等我忙完这几天就好好陪你，好不好？"

　　江丛羡的态度并没有好多少："好好陪我？你陪过我吗？"

　　他也不是什么刚入社会、没有任何经验的学生。他当然知道临近毕业会很忙，也理解林望书工作忙起来时需要全国各地地飞，因为他的工作性质也差不多。

　　可他受不了的是林望书的注意力不在他这儿。

　　他很爱女儿，也很爱林望书，但他还是会吃醋，有时连自己女儿的醋都吃。

　　"我忙完这段时间——"

　　江丛羡戴上蓝牙耳机，给特助打电话，强行中止了这段对话。林望书迟疑了一会儿，无声地吞咽下剩下的话。看了会儿车窗外的景色，她开始闭目养神。

　　车停在门外，江丛羡解开安全带，绕到车后座去抱女儿。他动作很轻，怕惊醒她。

　　林望书没动，鞋跟卡住了。她今天穿了高跟鞋，这会儿使劲扯了扯，非但没扯出来，反而把脚踝给擦伤了。她疼得皱眉，干脆把鞋脱了。

　　卡进去的地方是个凹陷，她把旁边的东西放下来，才把鞋子拔了出来。只不过脚踝伤了，也不能再穿着高跟鞋了。她索性把两只鞋都脱了，拎在手上，光脚走了进去。

　　房间里面的灯开了，过了一会儿，江丛羡从里面出来，也不说话，上身微倾，手绕过她的膝窝，把她公主抱了起来。

　　林望书一愣："我可以自己走。"

　　他还是不说话，把她抱进了屋，放在沙发上，又去拿医药箱。

　　刘姨是负责照顾江云漾的保姆，刚才已经把她抱回房间了。出来的时候看到正在给林望书脚踝上药的江丛羡，他蹲在她面前，仔细又小心地涂抹着药膏。

刘姨担忧地走过来："怎么受伤了？"

林望书怕她担心，笑了笑："不小心刮到了。"

"那双鞋子别穿了。"男人的声音冷了下去。

林望书提醒他："那是你送的。"

"嗯，别穿了。"

人的病可以治好，但性格是没药医的。江丛羡这样的人，如果出现在电视里，那肯定是人人厌恶的大反派。脾气差，还没爱心。

林望书点了点头，站起身："今晚分房睡吧。"

收拾药箱的手顿了片刻："什么？"

"我去睡客房。"

林望书说完也不给他再开口的机会，穿着拖鞋上楼了。不能一味地惯着他，他这个性格，总得改改，林望书是这么想的。以前他每次吃醋，她都会去哄他，但这次不会了。

爱吃就吃。

她把自己的东西都拿去客房，因为都在二楼，所以离得也很近。

林望书打开电脑继续写论文，中途江云漾醒过一次，想要找妈妈，被刘姨哄好了。

"妈妈在忙，小漾乖，我们不去打扰妈妈。"

江云漾睁着那双无辜的大眼睛，咬着手指："爸爸。"

声音奶声奶气的。

刘姨想了想，先生的工作好像也挺忙的，而且比夫人还忙得多。哪怕回了家，也有各种大大小小的远程会议要开。

不过被小家伙这双满是期待的眼睛看着，她似乎有点抵抗不了，于是点头："好，我们去找爸爸。"

抱着孩子上了二楼，她又不太敢敲门。来这里有一年了，她还是有些惧怕先生。她知道，先生看上去待人接物似乎极宽容，其实是个心狠的。这个世界上，他爱的，估计也就这家里的一大一小两个女人了。

月下娇

小家伙被她抱在怀里，见她迟迟没有动静，于是自己伸着个小胖手，敲了敲门。怕里面的人听不到，小家伙憋着劲，奶声奶气地喊了一声："爸爸。"

很快，门就开了。

江云漾看到门后的人，伸着手要抱抱。

江丛羡摘下眼镜去抱她，问刘姨："她怎么醒了？"

"白天在学校睡过了，这会儿精神得很，嚷着要爸爸呢。"

他用口水巾替她把嘴边的口水擦掉，眼神充满了宠溺："陪爸爸开会好不好？"

她不懂开会是什么，只知道盲目点头，伸手去扯他的袖子。

连线会议进行到一半被敲门声打断，江丛羡中途叫了暂停。

他替她把头发扎好："今天和爸爸妈妈一起睡。"

扯了一会儿，可能是嫌不过瘾，她又上嘴去咬。

他动作温柔地把她拉开："不要什么都放进嘴里，脏。"

她又往他怀里钻："困。"

江丛羡抱着她："先在爸爸的怀里睡一会儿。"

看到她闭上眼睛了，江丛羡把蓝牙耳机戴上，声音刻意放轻了许多："继续吧。"

那边策划继续讲着刚才的报告，中途隐约听到有小孩的哭声，他有点不知所措，不知道是哪个敢在开会期间带孩子。江丛羡一向对这种事情是零容忍的。

一时之间，安静得很，只剩下小孩的哭声："爸爸，neinei，要喝neinei。"

过了一会儿，男人的声音顺着电脑传出来。

"漾漾不哭，爸爸去给你冲 neinei。"

"嗯……"

"neinei"这么可爱的词从清冷严肃的大 BOSS 口中说出来，居然没有半点违和，反而还挺有趣的。

江丛羡说了句："今天的会议就先到这里了。"然后摘了耳机，抱着江云漾出去。

林望书论文写到一半，听到哭声，也出来了。

"怎么了？"她一脸担忧地过来问，"是哪里不舒服吗？怎么哭了？"

江丛羡面不改色地瞎说："她知道你要和我分房睡以后，就一直在哭。"

林望书没有理会他的话，反而问他："你真的一点都察觉不到自己不对吗？"

他实话实说："我不知道。"

林望书疲乏地揉了揉眼睛："你的性格就有问题。"

"我性格哪里有问题了？"

他是真的不知道。

"你不能谁的醋都吃，小漾是你的女儿，不是你的情敌。"

江丛羡点头："我知道。"说完，他又去抱她，声音还有点委屈，"可我就是忍不住，你不能有了孩子就忽略我，我也需要被疼爱。"

林望书叹了口气，提醒他："你三十岁了。"

"我就算八十岁了你也要疼我爱我。"

林望书发现自己对他的确没有抵抗力，他一撒娇，一份可怜，她就什么脾气也没有了。

垂放在身侧的手终于缓慢地抬起，她回抱住他，声音也缓和了几分："你以后不能一直这样，你要改一下，稍微变得有人情味一点，我怕小漾被你带坏。"

他拼命点头："你说什么就是什么。"

"那你先把我松开。"

他立马言而无信："不行。"

江云漾被刘姨抱下楼喝奶了，江丛羡推开旁边的房门，抱着林望书进去。灯也没开，就把她按在床上，有点急不可待。

月下娇

"你都好久没有陪我了。"

他委屈巴巴地控诉,手上的动作也没停下。

一颗颗扣子被他解开,林望书手勾着他的脖子,主动去找他的唇。先是轻轻一吻,然后便得到了如同骤雨一般急切的回应。

他咬着她的唇瓣,炙热的呼吸与她的缠上,眼底染上情欲的红:"不要分房睡好不好?"

林望书像哄小狗一样,去摸他的头发:"嗯,那你乖一点。"

得到回应,江丛羡开心地在她颈间乱拱。

折腾到了凌晨三点,林望书早就累得睁不开眼了。她只模糊地记得,江丛羡抱她去洗了澡,又把床单和被子换了,然后才拥着她睡下。

次日,她醒过来的时候已经是中午了。身侧是空的,她洗漱好后出去,看到刘姨在喂江云漾吃饭。

今天周末,不用去上课。

看到林望书了,小家伙伸着白嫩的小爪爪,要抱。

林望书走下楼,过去抱她,然后问刘姨:"江丛羡走了吗?"

刘姨站起身又喂了小家伙一点,然后才去收拾碗筷:"早上七点半就出门了,让我声音小一点,别吵着您,您可以多睡一会儿。"

她这话是笑着说的,这家的小夫妻恩爱,又有个可爱的女儿,谁看了不羡慕。

想到昨天晚上的场景,林望书脸有点红,轻咳一声,别开视线。一同带开的还有话题:"今天蒋苑回来,您把一楼的客房收拾一下。"

"好嘞。"

蒋苑这段时间都在国外,替江丛羡处理工作上的事,今天才回国。

他平时一个人住,家里也没人,正好赶上周末,所以林望书也想让他来家里吃饭。

提到蒋苑，刘姨抿了抿唇，欲言又止。

林望书看到了，问她："还有什么事吗？"

她声音温温柔柔的，刘姨对她没什么忌惮，有些不好意思地笑了一下："是有件事想和您说。"

林望书抱着江云漾坐下："您说。"

"是这样，我有个小侄女，在北城读大学，和您是校友，大二的，这不我们老家那儿结婚都早嘛，所以她妈就着急了，让我帮她留意一下。"

她的话说半头藏半头的，林望书愣了一会儿，才反应过来话里的意思。

"您是希望我给您牵个线，让蒋苑和她见个面？"

刘姨笑道："是这个意思。"

蒋苑也不小了，二十七八，该找个女朋友了。就连夏早也经常骂，说他是不是个同性恋，眼里只有他的江丛羡。甚至因此，还把江丛羡当成了假想情敌。

对于这点，林望书觉得江丛羡还挺无辜的。

蒋苑虽然很明确地拒绝了夏早，但林望书觉得如果自己在这个节骨眼上给他介绍女朋友，似乎不太好。于是她说："要不您还是自己和他去讲吧？"

刘姨点头："也行。"

虽然话是这么说，可她心里还挺没底的。这个家里，她不光怕先生，还怕先生手底下那些人，个个长得都不像是好人。尤其是那个叫蒋苑的，好看是好看，看上去却极难亲近。

先生最起码还会对夫人和小漾露出温柔的一面，可蒋苑，这个世界上他似乎只听先生一个人的话，但除此之外他各方面的条件都不错，工作稳定，收入可观，长得还帅。

她把自己偷拍下来的照片发给小侄女时，她很快就给了回复，问什么时候见面，一看就是有意思。

月下娇

　　论文也不着急写，林望书陪江云漾玩了会儿玩具，时间过去得很快。

　　因为她提前给江丛羡打过电话，让他今天早点回家。所以他连应酬都推了，提前半个小时到家。

　　看到客厅里坐在一起玩玩具的母女俩，他脱了外套，递给旁边的用人，松了松领带，走过去把江云漾从林望书怀里抱过来，同时在她的脸上留下了一个吻："今天陪她玩了一天？"

　　"嗯，她也不困，就一直在陪她。"

　　江丛羡满脸写着心疼："累不累？"

　　林望书笑道："陪孩子有什么好累的？"

　　江云漾搂着江丛羡的脖子，趴在他耳边说悄悄话。

　　江丛羡配合着挑眉，露出一副很惊讶的模样："这么厉害？"

　　她有点骄傲地点头："嘿嘿。"

　　江丛羡把她抱在怀里，伸手去揉她的头发："我们小漾可太厉害了。"

　　林望书问他："她说什么了？"

　　江丛羡故作为难："她不许我告诉你。"

　　林望书样子有点失落，却也没有勉强他开口。

　　江丛羡唇角微勾，笑了一下，捂着江云漾的耳朵，告诉林望书："她说她今天吃了很多糊糊，把你的那份也给吃了。"

　　小家伙被捂着耳朵，什么也听不见，躲在他怀里偷乐呢。林望书也笑了，伸手把她滑下来的外套扯好。

　　"对了，你昨天累了一晚上，今天又这么早去公司，要不要先去补个觉？"

　　"你也知道我昨天晚上累啊，叫你自己动一下都不愿意，还咬我肩膀，现在还疼呢。"

　　林望书红着脸："孩子在这儿，你胡说什么呢？"

　　"捂着耳朵呢，听不到。"

过了一会儿，江云漾努力地扑腾小胖手，想要挣脱他。

江丛羡索性就放她自己去玩了，坐过来和林望书一起看电视。她平时爱看的都是一些偶像剧，江丛羡也不讨厌，就是无法理解——漏洞太多了，还毫无逻辑，所以看起来很奇怪。但和林望书一起看，什么都好看。

外面有人敲门，阿姨过去把门打开，声音有点大："蒋先生来了。"

江云漾对"蒋"这个字很敏感，立马扔了玩具站起身，穿着纸尿裤的小屁股一扭一扭地往门口跑。

"蒋苏苏。"

蒋苑隔着老远就听到她的小奶音了，他手里拿着给她买的玩具，递给阿姨后过去抱她。他来之前特地洗了个澡，衣服也换了，就是怕身上的酒气和烟味熏到她。

他声音温柔："有没有想叔叔？"

她呜呜呜地往他颈窝里靠，肉乎乎的小肥脸贴着他的脖子："想的。"

"叔叔也想你。"

他笑得也温柔，细长的桃花眼上挑，就这么看着她，偶尔伸手替她擦掉唇边的口水。

林望书告诉厨房可以把饭菜端出来了。

蒋苑抱着江云漾进来，坐在江丛羡对面的沙发上。

江丛羡看着自己的女儿趴在别的男人怀里，脸色不是很好看。咳嗽了几声，提醒他："你年纪也不小了吧？"

蒋苑点头："今年生日过了就二十八了。"

"还不打算结婚？"

听到他的话，蒋苑沉默片刻。没有等到回应，江丛羡不爽地挑眉。

他立马说："今年会找的。"

江丛羡冷哼一声："赶紧找个女人结婚生孩子，到时候就不用一直抱着别人的孩子了。"

话里的酸味都快漫出窗户了。

蒋苑闻言，起身把孩子交给刘姨。

林望书在厨房听到了他们的对话，眉头微皱。她走出来，扯了一下江丛羡的袖子："你过来一下。"

他起身跟过去："怎么了？"

一直到回了房间，林望书把房门关上，然后才开口问他："你昨天是怎么答应我的，今天就忘记了？"

江丛羡试图解释："你是没看到，他抱着小漾就不撒手了，弄得像是他女儿一样。"

"他是小漾的叔叔，一年都见不了她几回，抱抱她怎么了？"

林望书难得有这么凶的时候，江丛羡沉默了一会儿，然后过去抱她："你别凶我。"

林望书被他抱着，动不了："多大的人了，还这么爱撒娇。"

江丛羡以前很想有个家，越是缺什么，就越想拥有什么。他不想再过那个应酬喝到吐，回到家后面对的除了阿姨就是无边黑暗的生活了。他希望等在家里的那个人是林望书，也一直希望，他们能有个自己的女儿。

现在什么都实现了，所以他很知足，他觉得自己也有在努力地改变。可性格不是一朝一夕生成的，也不可能突然改掉。

但他可以改的，他什么都可以做。

卑微吗？

不重要了，在林望书这儿，尊严什么的，都不重要。是她亲手替他揭掉的假面，所以江丛羡可以做到毫无保留地对她。大话他不爱说，于是身体力行地履行那些答应她的诺言，对她好。

他知道的，林望书也会对他好，她答应过他。她说过的话他都信。

林望书见他不说话，那双手却越抱越紧，似乎要把她嵌入他体内一样。

她答应他："嗯，我不凶你。"

林望书有时候觉得蒋苑挺可怜，江丛羡最起码有了一个家，可他什么也没有。

其实她还是有点怕他，之前留下的阴影太深了。那些江丛羡嫌恶心嫌脏的事，都是他去做的。别人都说，他是江丛羡养的一条狗，主人高兴了，给他扔一块骨头，不高兴了，便可随意打骂。江丛羡对他没到这个地步，但也没好到哪里去。

他就是这样的人，对谁都缺少几分真心。这么些年里，只要蒋苑做出一件背叛他的事，他都可以不顾先前的情谊，一脚将他踹开。

这就是江丛羡，眼里容不得一点瑕疵。

所以林望书才会觉得蒋苑可怜。

她知道江丛羡在他心里有多重要，就算江丛羡那么对他，他还是不许任何人在他面前说江丛羡半点不是。

客厅里，江云漾一直哭，在刘姨的怀里挣扎，要蒋苑抱，奶声奶气地喊着："蒋苏苏。"

蒋苑长睫轻垂，一贯平静麻木的眼睛此时带着温度，看着她，想抱又不敢抱。

正好林望书听到哭声，下楼见小家伙哭得梨花带雨的，胖乎乎的小胳膊朝着蒋苑的方向伸着，偏要他抱。于是她走过去，从刘姨的怀里把她抱过来，又走到蒋苑面前，唇角上挑，声音如四月的风，恰到好处地让人舒适："她哭闹起来就没完没了的，你抱着哄一会儿吧。"

他犹豫地看了眼从楼梯上下来的江丛羡。

林望书说："麻烦你了。"

蒋苑摇头，从她手中接过江云漾："不麻烦。"

声音仍旧是平淡的。

月下娇

江云漾被他抱着，也不哭了，嚷着要举高高。他一只手就可以把她举起来，江云漾在上面，小肉手抱着他的胳膊。蒋苑用另一只手护着，怕她摔下来。

刚被林望书做好心理疏导的江丛羡看到这场景，老父亲心态作祟，又开始吃醋了，但他强忍着，什么也没说，只是简单地问了一些工作上的事情。

蒋苑毕恭毕敬，一一地答了。

他点头："嗯。"

饭菜端上来了，刘姨站在一旁，支支吾吾的。

江丛羡问她："有事？"

刘姨点头，有些不好意思地看了蒋苑一眼。江丛羡微挑了眉，也去看他。

长久的沉默后，他放下筷子："蒋苑才二十八，年龄上来讲，你们并不合适。"

刘姨连忙解释："不是我，是我一个小侄女，在这边读大学，和小书是一个学校的。"

她话说完后，又陷入长久的沉默中。

家里唯二的两个大男人对相亲这种事不在行，也都不感兴趣。两人都没开口，甚至眼皮都懒得抬一下。

还是林望书出声打破了尴尬："刘姨，有照片吗？"

刘姨连忙应道："有的。"

然后拿出手机，划开相册，点开那张她事先让那丫头发过来的照片，将手机递给林望书。

是个相貌普通的女孩子，不丑，却也算不上好看，看上去有点朴素。林望书下意识就将她和夏早对比了一下，完全不是一个层面上的。

夏早属于那种万人之中也可以一眼就看出来的美。而这张照片，哪怕美颜开到最大，仍旧平平无奇。不过从蒋苑对待夏早时的无动于衷来看，他对外貌应该不在意。

粗略地扫了一眼，他点头，挺爽快地就同意了。

刘姨面色带着喜意："那我去和那丫头说，你们先加个微信？"

"嗯。"

微信加完了，这顿饭终于可以吃了。

江丛羡把土豆压成泥，喂到江云漾嘴边哄她吃。她不怎么爱吃饭，饭量小，随她妈妈了。所以每次吃饭的时候，江丛羡都得花费不少心思来哄她。

"小漾乖，先吃饭。"

江云漾听话地吃了一口，然后就不想吃了。她从他腿上下去，左边扭扭右边晃晃，穿着纸尿裤想跑。还没走出饭厅，就被江丛羡拎回来了。

他捏她的小鼻子："不吃完不准走。"

她去扯抓他的衬衣领口，脸凑过去，要往嘴里放。

江丛羡把她的小脑袋推开："爸爸不是告诉过你吗？不要什么都往嘴里放，脏。"

她似懂非懂地点了点头。

好在她虽然和她妈妈一样，饭量小，但也和她一样，听得进去话。很快就把那一碗土豆泥吃完了，刘姨去厨房给她热了点奶。

吃完饭了，江丛羡把蒋苑叫去书房。

大概十一点的时候，他从书房里出来，刘姨就守在楼下等着。蒋苑目不斜视地从她身旁走过，没看到她。

还是刘姨出声喊他："蒋先生。"

脚步顿下，他没什么情绪地微垂眼睑，看着面前比他矮一个头还多点的妇人。

她笑容客套："那丫头害羞，性格内向，有时候说错话了，还希望您不要怪罪。"

他点了点头，没说话，开门离开。直到他顾长高大的身影消失在

月下娇

视野里，刘姨才拍着胸口松了一口气。

江丛羡为了陪她们吃饭，把应酬往后推了。林望书洗完澡出来，在里面吹头发。江丛羡开门进来，从身后抱着她，手不安分地到处摸，最后往下滑。

林望书按住他的手："你洗澡了没？"

他摇头："洗澡的话，就没时间了。"

林望书一愣，扭头看他："什么没时间？"

他捏着她的下巴，顺势吻了下去，吻得不深，很快就离开了。沙哑的声音落在她耳边，蛊惑人一般说着："嘴巴张开。"

林望书被吻得七荤八素，脑子还是蒙的。

"嗯"了一声。

江丛羡也懒得再等了，捏着她下巴的手稍微使力，她疼得皱眉轻呼。江丛羡低头，借着缝隙，舌尖探了进去。侵略性太强了，林望书完全没有回应的力气。

江丛羡不管做什么事，都是主导的那个。

室内安静得只能听见水声。

林望书终于没了力气，虚倒在他怀里。她睁着一双水波潋滟的眸子："你要出门了吧？"

江丛羡动作一顿，林望书提醒他："快到时间了。"

江丛羡"嗯"了一声："再让我抱一会儿就好。"

林望书也不动了，就这么让他抱着。

"待会儿少喝点酒，知道吗？"

"好。"

"碰到好看的女孩子给你敬酒也不许喝。"

几天前的酒局，有个客户的女伴身上喷了很浓的香水，坐在一个包厢里的他，身上难免也沾染到了一点。那还是林望书第一次吃那么多的醋。

江丛羡之所以没有安全感，很大一部分原因是她的性子太淡了。

淡到他甚至看不出来，她是喜欢自己，还是怜悯自己。

可是那次，她不光不理他，还把他的枕头和被子都给扔了出来，让他自己去书房睡。

江丛羡抱着她哄了好久，直到他声音哑了，没力气了，开始可怜巴巴地求饶。

虽然后来乖乖认错的那个人依旧是他。

但至少没有睡书房。

夜店里。

看到人来了，唐礼安拿出烟盒，递给他一根："还以为你不来了呢。"

江丛羡摆手拒了。

唐礼安惊道："戒了？"

"早戒了。"

他解开西装前扣坐下，旁边的侍者很有眼力见地给他倒了杯威士忌。

"家里有小朋友，闻不得烟味。"

唐礼安把烟收进烟盒里，耸了耸肩："所以我才不愿意结婚。"

他和江丛羡年纪相仿，平时花天酒地，女朋友换得勤，根本理解不了江丛羡这种老婆孩子热炕头的乐趣。

"不过我最近也抽不了。"他跟认命一样，"老家伙把家里的小矮子交给我了，让我好好盯着她。"

他喝了点酒，已经有些微醺了，这会儿狂吐苦水："我还能怎么盯？"

说到痛点了，他叹息，自己为什么不是独生子？怎么就有个让人头疼的倒霉妹妹？

一手去拿桌上的酒瓶，眼睛一瞥，就看到刚从外面进来几个小朋友，年龄看上去没多大。长得都很嫩，尤其是其中一个小姑娘，脸上

月下娇

婴儿肥都没褪，那双清澈的大眼睛此时困得睁不开，一直在打哈欠。小手攥着皮卡丘的钥匙扣，钱包也是浅黄色的，还是某部动漫的联名限量款。

唐礼安之所以这么懂，是因为这玩意还是他给买的！

唐礼安过去把人扯过来："长本事了啊，还敢来夜店了？"

他妹妹唐安安是睡觉睡到一半被电话叫过来的，这会儿还困着，看到唐礼安了，以为是自己的幻觉，揉了揉眼睛再去看，发现还真是他。

"你都能来。"

"我这是来应酬的，能跟你一样吗？再说了，你一个小姑娘，能随随便便来这种地方吗？"

和唐安安一起的那几个女生听到声音了，走过来，冷言讽刺道："怎么，想跑单啊？"话刚说完，她们看到唐礼安了，眼睛都亮了，并继续嘲讽她，"这才进来几分钟，就开始勾搭男人了？"

唐礼安眉头皱得死紧："你骂谁呢？有种把刚才的话再重复一遍，我让你被抬出去信不信？"

那个小姑娘也没多大，比唐安安还小一岁，平时虽然在学校作威作福的，但也只是个学生而已，被唐礼安这一凶就吓到了。

"还不快滚？"

唐礼安又吼了一嗓子，她们吓得脸色都白了，酒也不喝了，连忙离开。

唐安安倒是没走，就站在那儿，偶尔打个哈欠。

唐礼安皱眉，恨铁不成钢地看着她："说说看，为什么要当这个冤大头？"

她实话实说："昨天中午我说她男朋友长得像大马猴。"

"说她男朋友像大马猴她就欺负你？"过了一会儿，他察觉到不对，"你为什么要说别人的男朋友像大马猴。"

她一脸认真："因为真的很像。"

"……"

唐礼安对自己这个妹妹是一点办法也没有，直白得过了头，一点他的圆滑也没学到，谎也不会撒，这张嘴经常得罪人。

"行了，先在这儿坐一会儿，等应酬结束了我送你回去。"

然后他就面露难色地去看江丛羡了，后者正低头发消息，唇角带着温柔的弧度，不用想也知道他在给谁发消息。

"嫂子催你回去呢？"

回完消息了，江丛羡把手机锁屏放回桌面。

"让我少喝点。"

"啧啧啧，这话听着怎么这么酸呢？"

江丛羡这才注意到，卡座多出了一个人，但也没在意。多一个人少一个人，于他来说没区别。

他把酒换成了冰水，长腿交叠，左手搭放在膝盖上。眼眸半垂，百无聊赖地看着杯中浮动的冰块。

唐安安被他的脸短暂地吸引了一会儿。女生都喜欢帅哥，不论是哪个年纪的。

"想不到你居然也会有这么正常的朋友。"

这话是和唐礼安说的。

她知道她这个哥哥是一个纨绔的二流子，交的朋友也多是和他一样的二流子。

唐礼安皱着眉："你皮痒了是不是？"

唐安安专注地吃着果盘，没理他。

唐礼安"啧"了一声，对自己这个妹妹还挺无奈的。他也就这一个妹妹，看到她被欺负，心里也不爽。前后一合计，他堆着笑容给江丛羡的杯子里又加了块冰，以此来引起他的注意。

男人略微颔首，看着他。

唐礼安笑道："羡哥，你能把你那个贴身保镖借我几天吗？我妹这张嘴保不齐明天又会得罪谁，我让他看着她几天。"

月下娇

"你手底下没人？"

"那些都是吃干饭不干正事的废物，蒋苑办事多靠谱啊，人狠话不多，往那儿一站就倍儿有安全感。"

圈子里都说，他们是一个疯子养了一条疯狗。唐礼安对江丛羡一直都挺仰慕的，他以前有病的事，其实也不算秘密。这个圈子里，别的不快，八卦流传得特别快。

江丛羡有精神病的事很早就传开了。

一个二十刚出头，没权没势没背景的新人，能迅速在这个圈子里打好地基，站稳脚跟，已经算是一件非常了不得的事。说实在的，真没几个人做得出来。

不等这波惊呼声过去，他又用短短几年的时间，拓展产业，连林家也被吞并了。有智商的人多，有胆识的人也多。但像他这种又有智商又有胆识的，凤毛麟角。

唐礼安慕强，那个时候便将他视为自己努力的目标，也过多地关注了一下他的私生活。得知他有精神病时，他的确也感到可惜过。

这人啊，有什么都不能有病，健康出了问题，再牛那也白搭。唐礼安一度以为他的人生可能就这样了，但命运这种东西，还挺难预测的。

快要掉下悬崖的人，总有人会伸手拉一把。能不能上去，全都取决于伸手的那个人。力气使得大，人就上去了。要是稍有犹豫，手一松，那就只能葬身崖底。

以唐礼安对江丛羡的了解，他不怕死。对于想活着的人来说，死亡很可怕，但江丛羡，说句实在的，唐礼安一直觉得他这人求生欲望很弱。

连续不断的高强度工作，应酬时当水喝的高度洋酒，他每次都在用这种方式过度透支自己的身体。

唐礼安一直觉得，他是真的活不过三十岁。可他活过了，还像变了个人一样。有人情味了，也有烟火气了。不再是那个高高在上让人胆寒的修罗了。

恶魔被爱扯入人间，从此柴米油盐，一日三餐。

所以唐礼安现在倒不怎么怵他，如果是之前的江丛羡，他连句多余的话都不敢和他讲。可现在没什么好怕的，自己可是他女儿的干爹——虽然是单方面认的。

江丛羡淡声拒绝了："他有自己的事要忙。"

唐礼安忙说："不需要蒋苑一整天都守着，就接送一下她上下学，也就这几天。过几天，我立马把她送出国，眼不见为净。"

江丛羡让酒保给他上了杯温水，他吹散热气喝了一口："再说吧。"

一旁的唐安安终于靠吃果盘吃饱了，听到唐礼安的话，她坐直了身子："蒋圆？我养的那只蓝猫也叫圆圆。"

唐礼安白了她一眼。

唐安安歪了下头，马尾从肩上滑了下来："他是不是和我的圆圆长得很像？我可以摸他的头吗？"

唐礼安皱眉："你摸他的头他能把你手掰折了。"

江丛羡也没留多久，因为看到了夏早发的那条朋友圈，是她和林望书的聊天截图。

夏早："我在外面吃烧烤，这家的味道太绝了，下次一定要带你来吃！！"

林望书："想吃。"并配了个哭泣的表情。

配文是：

　　某位又要忙论文又要带孩子又要准备演出的宝妈今天也要带着饥饿入睡了。

林望书刚把江云漾哄睡下，她本来都快睡着了。小家伙今天晚上非要闹着和她一起睡，小孩子晚上又有活力，折腾了她好久。

月下娇

听到房门外有脚步声，接着就看到江丛羡把门打开，动作很轻。

林望书睁开眼睛，看到江丛羡了，她"嘘"了一声："你动静小点，小漾睡了。"

听到她的话，江丛羡停下了开灯的手，走到婴儿床边看了好一会儿，替她把被子盖好。然后去牵林望书的手："过来。"

林望书愣了一下，被他牵着起身："怎么了？"

"给你买了消夜。"

"嗯？"

"不是饿了吗？"

他们去了一楼客厅，茶几上放着他特地打包回来的烧烤，还有林望书爱喝的银耳莲子汤。

"吃完了再睡。"

林望书肚子早就饿得咕咕直响了，可是想到几天后的演出，她有点担心会吃胖。

"晚上吃烧烤热量好大。"

"没事，不会胖的。"他递给她一串烤翅。

林望书还在犹豫，他坐过去，哄她："胖了也好看，我喜欢你胖点。"

"现在就不喜欢吗？"

"喜欢。"他笑着把鸡翅放下，伸手去抱她，"你怎样我都喜欢。"

二楼传来动静，穿着纸尿裤的江云漾一扭一扭出来，脑袋卡在栏杆缝隙往下看，一副捉贼拿赃的幽怨眼神。

"臭爸爸，小气鬼。"

偷吃被抓了个现行，江丛羡怕她会摔倒，于是上楼把她抱下来。

"怎么醒了？"

她也不理他，"哼"了一声，脑袋别开，嘴巴噘得老高，像是在用表情告诉他：我在生气！

江丛羡无奈地笑了笑，伸手去捏她的鼻子："你还小，不能吃

562

这个。"

她一本正经地告诉他："我已经两岁了，是个大人了。"

"大人还穿纸尿裤啊，羞不羞啊？"

江云漾握着拳头捶他，一边捶一边骂："坏爸爸，坏爸爸，讨厌爸爸。"

捶了一会儿，又嚷着要妈妈抱，嫌弃地推他。

林望书坐过来，伸手去抱她，声音温柔地哄着："这些东西太辣了，你吃不了，饿的话我让爸爸给你做消夜，好不好？"

江云漾点头，说了声好，然后就趴在她的肩上，困得眼睛都睁不开了。

江丛羡笑道："也不知道是随了谁，嘴巴这么硬。"

林望书知道他这话是在指桑骂槐。

她没理他，一边扯过旁边的毯子给小家伙盖上，一边提醒他："明天下午你记得带她去打疫苗。"

"你呢？不和我一起去吗？"

"我有个演出。"

江丛羡这才记起来。

"几点结束？我去接你。"

林望书说："你带她打完疫苗差不多就可以过来了。"她动作轻微地站起身，"先把她抱回房间吧。"

江丛羡把孩子接过来："你吃饭，我抱她上去。"

林望书还是有点不放心："给她换个纸尿裤吧，我怕她晚上不舒服。"

"嗯，好。"

那些烧烤林望书也没吃多少，她本身饭量小，最后还是江丛羡吃完的。

天气预报说今天有雨，江丛羡原本打算开车送林望书去音乐厅的，却被她给拒绝了："你在家里陪小漾吧，我怕待会儿会打雷。"

江云漾怕打雷，一听到就哭。

江丛羡不放心地去抱她："你呢？"

她也怕，每次打雷的时候，她都会钻进他怀里。

有的时候是深夜，江丛羡睡着了，但是能感受到她躺在自己怀里发抖，意识还没清醒，手就先去捂她的耳朵，然后一边安慰："不怕，老公在。"

林望书说："没事，要是打雷的话我就戴会儿耳塞，而且琴房隔音挺好的，也听不到多少。"

江丛羡这才稍微放了点心："你要是害怕的话就给我打电话，我过去陪你。"

"知道了。"

家里的司机开车送她过去的，路上在一中门口碰到了蒋苑。林望书让司机靠边停车，降下车窗喊了他一声，和他打招呼。蒋苑拉车门的手顿住，往这边看了一眼，然后走过来。

林望书问他："你怎么在这儿？"

他语气平淡："送人上学。"

联想到他好像没什么朋友，林望书虽然疑惑，但还是点了点头，没有多问。

倒是蒋苑，主动解答了她的疑惑："羡哥朋友的妹妹，遇到点麻烦，所以让我送几天。"

"这样啊。"

她轻应了一声，看着他，欲言又止。蒋苑一眼就看出了她想说什么。但这次没主动开口，而是站在那里安静地等着。

林望书知道这些话不该自己说，但夏早是她的朋友，这些天她的反常她也都看在眼里。以前最喜欢的音乐最近也没什么兴趣了，整天和一群狐朋狗友一起喝酒蹦迪，前些天还被媒体拍到了绯闻。

她对这些事似乎完全不在乎，还是该干吗干吗。

林望书犹豫了很久，还是出声问道："夏早最近联系过你吗？"

他点头："昨天晚上给我打过电话。"

蒋苑会接她的电话，是因为她是林望书的朋友，但也只是因为这点。所以她说的任何话，他都没有给回应。

没有必要，他不想把已经讲过的话再说第二遍，会很麻烦。

"她最近过得挺不好的。"

"嗯。"

蒋苑点头，无动于衷。

看到这一幕，林望书也明白了，他们两个彻底没有可能了。蒋苑对夏早是真的没有一丁点那方面的感情。别说感情了，可能在蒋苑眼中，她只是一个知道姓名的女生，仅此而已。

他和江丛羡有的地方很像，有的地方又不像。他不会像江丛羡那样，态度恶劣地去对待一个女生，但他也不可能接受那些他没有感觉的好感。

林望书让他下个星期记得来家里吃饭，得到回应以后，就让司机开车走了。

下周末是江云漾的生日。

演出进行得很顺利，在后台卸妆的时候，小刘拿着几张照片过来签名："望书，我有几个朋友是你的粉丝，这次知道我过来，特地让我要几张你的签名回去，不知道可不可以暂时占用一点你的时间？"

林望书把耳环摘了，放在桌上，笑着点头："当然可以。"

她接过卡片和笔，在上面一一签下名字。小刘站在一旁等着，视线从卡片移到她的侧脸上。不愧是被誉为"提琴小公主"的林望书啊。当你只有美貌时，会被称为花瓶，但当你美貌和实力并存，并且不论哪样都格外出众的时候，你走到哪里都会成为万众瞩目的焦点。

林望书就属于这种。

于是她生起了给她当红娘的心："望书，你有男朋友吗？我认识

月下娇

好几个优质男人，长得帅，学历高，人还温柔，你要是有意思的话，我给你约时间？"

旁边有人打断她："你就别乱点鸳鸯谱了，人望书早结婚了，孩子都两岁了。"

小刘一脸难以置信："啊，可是她不是还在读研吗？"

林望书把签好的卡片递给她，笑道："我大二那年结的婚。"

"英年早婚啊。"小刘遗憾道，"还是结太早了，都没好好挑，这人生还长，以后碰见的只会更优秀，到时候就知道后悔了，女孩子真的不能太早结婚。"

工作人员撩开后台的帘子进来："小书，你老公抱着孩子接你来了。"

林望书妆还没卸完，就让江丛羡先进来。她拿出手机给他发消息。

小刘在一旁还挺好奇的，想看看那个把仙女一样的林望书给拐走的男人到底长啥样。她一直觉得婚姻是女人的第二次生命，尤其是林望书这种条件的，完全可以换一种生活——例如在家当阔太太。

帘子被人撩开，江丛羡抱着已经睡着的江云漾进来，她乖乖地趴在他的肩上。江丛羡单手抱着她，另一只手按着她的背，防止她乱动。

看到林望书，他走过来："演出还顺利吗？"

"挺顺利的。"

她站起身，拿纸巾把江云漾睡着以后流出来的口水擦了。

江丛羡声音轻，怕弄醒她："哭了一路，刚刚才哄睡着。"

小家伙怕打针，一进医院就开始哭，嗓音洪亮得很，一下子就让他也跟着成了医院的焦点。

林望书笑着摸了摸他的脑袋："辛苦了。"

"知道我辛苦这几天就好好陪陪我。"

她面露难色："现在还不行，毕业了就有时间了。"

他冷哼一声。

林望书去哄他："再等我一周，好不好？"

"不许骗我。"

"嗯，不骗你。"她怕江丛羡一直抱着会累，"我来抱一会儿吧，你去旁边休息一下。"

"我单手都能把你抱起来，就抱这么一会儿怎么可能会累？"

林望书脸红了，她扯他的袖子，让他别说了。她甚至能感觉到周围人的视线一下子全落在他们身上了。

事实上，从江丛羡进来的那一刻，这里的视线焦点早就成了他。他们只知道林望书结婚，并且有了个女儿，但一直没见过，多多少少都有点好奇。

大部分人是抱着八卦的心思，不止一次在私下讨论过。能让一个这么优秀的女孩子大学没毕业就结婚的，估计是个有钱人。

她演出的场数也不少，老公却一次也没来过，由此也能猜出来，应该是个其貌不扬的，可能是秃顶，也有可能有啤酒肚，更有可能是个老头。

不少人觉得可惜，没必要。她有颜值又有才，还是名牌大学的学生，就算是靠自己也能活得很好。

可此刻，之前所有的可惜都变成了艳羡。

她们也不知道该怎么去形容面前这个男人，温文尔雅，清新俊逸。穿着打扮也低调，他的身份似乎也不需要用一些高端的奢侈品来彰显。

矜贵又低调，给人一种很舒适的感觉。

小刘的眼睛跟钉在他身上一样，挪不开了。

她收回刚才的话，这两个人没有谁配不上谁，简直就是天造地设的一对。哪怕是换了任何一个人，都会给人一种高攀不上的感觉。

林望书和他们介绍："这是我老公，江丛羡。"

江丛羡温和地笑了笑："你们好。"

月下娇

声音也好听，像春风一般吹进人心里，荡开的涟漪一下子引出了周围人初恋时的懵懂。

太帅了太帅了。

小刘红着一张脸和他打完招呼，然后小声问林望书："你老公还有兄弟吗？长成他这样的？"

林望书无奈地笑了笑。

她卸完妆后，去洗手间把脸洗了，又敷了张面膜。出来的时候江云漾已经醒了，在后台和他们玩。

她把自己刚学会的魔术变给他们看："这是我蒋苏苏教我的。"

一张小脸满是自豪。

旁边有人逗她："蒋苏苏是谁呀？"

她说话的声音像含了一大口奶，说着急的时候会有点含糊不清的可爱："蒋苏苏很厉害。"

"哦，比爸爸还厉害吗？"

江丛羡眼神温柔地看着她，似乎也在等待她的答案。

江云漾毫不犹豫地点头："对啊。"

江丛羡："……"

挑事的人看热闹不嫌大："那你是喜欢蒋苏苏多一点还是你爸爸多一点？"

她小拳头撑着下巴，一脸愁容，似乎在思考。

"蒋苏苏我都见不了他几回，所以我应该更喜欢蒋苏苏。"

江丛羡挑了下眉，静静地看着她。

江云漾过去抱他，小嘴在他脸上连续亲了几下，声音很小地哄他："爸爸不难过，我就今天暂时先喜欢蒋苏苏，我以后都喜欢你，好不好？"

他不说话。

江云漾又搂着他的脖子，稚嫩的小脸讨好似的在他脸上蹭："爸

568

爸不许哭鼻子，我其实更喜欢你，我刚刚是骗他们的。"

"爸爸不是告诉过你吗？骗人是不对的。"

她乖巧地点头："我下次不骗人啦。"

她和她妈妈一样，哄他的时候什么都答应，能不能做到就是另一回事了。

他温声提醒她："不是要变魔术吗？"

江云漾这才想起正事来，伸手找他要钱："爸爸给我一枚硬币。"

江丛羡从钱夹里拿出一枚硬币递给她。

江云漾接过后，面对着他们站着："我待会儿就把这枚硬币变不见哦。"

人群中响起一阵附和声："这么厉害啊。"

江云漾把硬币放在掌心，吹了两下，然后分开手掌。硬币掉在地上，声音清脆，还弹了几下。

江云漾面不改色地把手摊开给他们看："是不是不见啦？"

众人看了眼地上反光的硬币，被她的可爱逗笑，纷纷在那儿鼓掌，还挺配合。

"太厉害了。"

"大魔术师啊。"

"林望书，你女儿不去当魔术师可真是浪费了一块好苗子。"

江云漾被夸得膨胀了，还要继续表演，她让江丛羡把她的零食拿给她。

打完疫苗以后她一直哭，江丛羡为了哄她，就带她去了趟超市买了一堆吃的。江云漾扯了几下包装袋，没打开，迫于无奈，只能场外求助，眼巴巴地看着江丛羡。

江丛羡帮她撕开："不是大魔术师吗？怎么不变个魔术把它变开？"

她一本正经："我的魔力不能浪费在这种地方。"

江丛羡笑了一声，还挺专业。

月下娇

江云漾拿出一个，说要把这个东西给变没。拿着零食的手在脸上晃了晃，然后塞到嘴里。

"呜呜。"

怕一张嘴就露馅，她只能闭着嘴，含糊不清地说。

江丛羡在一旁给她当翻译："她说，没了。"

江云漾嘴小脸小，腮帮子也小，零食被含在嘴里，就跟小仓鼠一样。

江云漾背过身子，偷偷地嚼，跟做贼一样，还一边问他："爸爸，我厉不厉害？"

他替她擦掉嘴巴上遗留的残渣："厉害。"

"嘻嘻。"她快乐地往他怀里扑，"我明天还要来这里。"

江丛羡："明天妈妈没演出了。"

江云漾："妈妈没演出就不能过来了吗？"

江丛羡："不想在家里陪妈妈吗？"

江云漾："想。"

"那我们以后再来，明天爸爸在家给你做好吃的。"

"蒋苏苏也来吗？"

醋缸一下就翻了，他微笑着："蒋苏苏不来呢。"

江云漾最近发现，自己和其他的小朋友不太一样。因为她没有爷爷奶奶，也没有外公外婆，明明别的小朋友都有的。她不懂，所以去找妈妈，妈妈告诉她，爷爷奶奶和外公外婆都去天上了，他们变成了星星，一直陪着她。

江云漾知道她是在撒谎。她的同桌告诉过她，那些大人总是喜欢骗小孩，说什么人死了以后就会变成天上的星星。

"那都是骗你的。"她一脸认真地告诉她，"雷把天打破了几个口子，所以才会有星星，夜晚是黑色的龟苓膏做的，很好吃。"

江云漾不知道龟苓膏是什么，但被她说得有点嘴馋："你吃过吗？”

小同桌得意到不行，双手叉着腰：“我当然吃过。”

江云漾很羡慕，羡慕她吃过龟苓膏一样的天空，羡慕她有外公外婆和爷爷奶奶。

下午的时候，爸爸过来接她，她也不和他说话。脚一跺，嘴一噘，不许他抱，生他的气。

她走得很快，把爸爸都甩在身后了。

她很多时候都觉得自己很厉害。

吃饭的时候，妈妈说如果她比爸爸先吃完，就让她看半个小时的动画片，她每次都比爸爸吃得快。就连现在走路也是，轻轻松松就把他甩在身后了。

她光想着自己很厉害，没有注意前面的路，小腿磕到台阶上，快摔倒的时候被人一把捞起。爸爸的胳膊搂着她的腰，往自己怀里放，担忧地问她：“有没有摔疼？”

她哭得挺大声，鼻涕眼泪糊了他一身：“膝盖疼。”

爸爸抱着她在一旁坐下，卷起她的裤腿，仔仔细细地检查了一遍。

江云漾听到他松了一口气：“有点红，还好没破皮。”

她倒是还委屈着：“痛。”眼泪哗哗地往下流。

爸爸抱着她，宽厚温暖的大手在她脑后摸了摸：“回去以后爸爸给你用热毛巾敷一下。”

最后她还是没理他，小姑娘记仇得很，还记着自己没有爷爷奶奶和外公外婆的事。妈妈去国外了，听阿姨说，好像是有个音乐演出。她不知道是什么，只知道妈妈下周才会回来。

这样一来，她就要单独和爸爸相处一周了。

她还是喜欢妈妈多一点。爸爸总是没有多少时间陪他，很多次都是半夜醉醺醺地回来，而且还要和她抢妈妈。

月下娇

江云漾想和妈妈一起睡，可妈妈要去照顾醉酒的爸爸，把她哄睡下以后就离开了。

江云漾每次都是装睡。她想让妈妈早点去照顾爸爸，因为爸爸看上去好像很难受，他连路都走不太稳，还会吐。更多的时候，是他醉醺醺地进到她的房间，哪怕连路都走不稳，却还是小心翼翼地，生怕弄出一点动静吵醒她。

江云漾能感受到，他一直站在自己床边看着自己，因为她闻到那股酒味了。他会摸摸她的脸，给她盖好被子，调节空调的温度，也会吻她的脸，告诉她爸爸很爱她。

江云漾不懂爱是什么，她只是有一种恶作剧成功的念头。

想不到吧，她还没睡。

再然后，是离开的脚步声，房门也随之关上。

江云漾睁开眼，还是想要爷爷奶奶和外公外婆。

那几天爸爸专门在家陪她，她有个玩具房，还有一间琴房，里面什么乐器都有。爸爸说他不会逼她，等她再大一些，想学什么都可以。如果不想学乐器，学别的也可以。

江云漾左耳进，右耳出。因为她只是一个两岁半的孩子，很多事情她当然听不懂。她抓着自己最喜欢的那个芭比娃娃，给她穿裙子。

爸爸端着她的小碗进来，里面装着热气腾腾的燕麦粥，让她吃了早餐再玩。江云漾的气还没消，不想理他，自己爬进了帐篷里，很快就被爸爸拎了出来。

他拎着她的小脚，替她把袜子穿上："别着凉了。"

她"哼"了一声，伸手去推他。手往上拐的时候，不小心打翻了他手里的碗。燕麦粥洒了他一身，她的手上也弄了一点。

很烫。

江云漾却没哭，因为爸爸哭了。

不过老师说了，哭泣是会有眼泪的。可爸爸没有，他只是眼睛很红，整个人和平时也不太一样。

平时的他不管什么时候都是轻言慢语的，好像永远都不会有着急的时候。阿姨说，爸爸这叫沉稳。她不懂沉稳是什么意思，以为阿姨是在说爸爸胖，可是爸爸明明一点也不胖。

那天的爸爸惊慌失措，抱着她进了洗手间，将她的手放在水龙头下面，一直冲一直冲。直到那种灼烧的痛感没有了，他还在那儿冲。

江云漾喊了他好几声，他都没有回应，呼吸声很重，浑身都在抖。江云漾不知道爸爸怎么了，以为他是病了。

"爸爸，你很难受吗？"

他终于回神，垂眸看她，摇了摇头："还痛不痛？"

"不痛了。"

"嗯。"

爸爸把身上的衣服换了，然后抱着她去上药。凉凉的药膏涂抹在手背上，还挺舒服的。

江云漾还没来得及说一句谢谢爸爸，他就沉着声音问她："知道错了吗？"

江云漾其实挺怕这样的爸爸的，很凶，阿姨也怕爸爸。好像有很多人都怕爸爸，比她大两岁的李小伟说，她爸爸是个疯子，是他爸爸告诉他的。

"你爸爸杀了你妈妈的爸爸，还骗了你妈妈，后来才有的你。"

江云漾知道杀是什么意思，但她的爸爸不是这样的爸爸。所以江云漾和他打了一架，使出了全身的力气去揍他，结果自己先摔倒了。

她忍住没哭，因为不想给爸爸丢脸。哭了就意味着，爸爸的确杀了人，可爸爸不会。

"知道错了吗？"

她点头，小手放在腿上："知道了。"

"以后还敢不敢了？"

"不敢。"

江云漾看着爸爸，他已经不像刚才那么凶了。他伸手去摸她的脑

573

袋，声音很轻，江云漾差一点就听不到了，所以她觉得爸爸可能不是讲给她听的。

但这儿又没有其他人，所以很有可能，是在说给自己听。

"爸爸真的很害怕，你会和爸爸一样。

"你要乖一点，幸福快乐地长大。"

江云漾问爸爸："爸爸，为什么别的小朋友都有爷爷奶奶和外公外婆，就我没有？"

她看到爸爸陷入了长久的沉默中。他好像在想些什么，又好像什么也没想。然后他笑着捏了捏她的脸："因为爸爸妈妈给你的爱足够让你幸福快乐地长大，所以不需要爷爷奶奶和外公外婆再来爱你。"

江云漾想，下次再见到李小伟了，她就可以理直气壮地告诉她，她有爸爸妈妈就够了，而且她的爸爸妈妈是全世界最最最好看的人！

所以她很开心！

她不需要羡慕李小伟有爷爷奶奶和外公外婆，也不需要羡慕同桌吃过天空里的龟苓膏，反正爸爸会带她去吃的。

要是李小伟再敢说爸爸杀了人，她就让蒋苏苏去教训他！哼！

江丛羡从噩梦中惊醒，眼前是大片的黑暗，他下意识看了眼身侧的人。她小小的一个，躺在他怀里，睡得很熟。

江丛羡大口喘着气，还没从刚才的恐惧中彻底醒过来，手在抖。

林望书含糊不清地问他："做噩梦了吗？"

声音软软糯糯的，黏在他心脏。

"嗯。"他笑着去抱她，"梦见你不要我了。"

林望书闭着眼睛，摸索着去亲吻他的脸："别怕，我不会不要你的。"

她太困了，困得连睁眼的力气都没了，却还是不忘去安慰他。说完这句话后她就又睡着了，仿佛刚才说的只是一句梦话。

江丛羡垂眸看了她很久，然后，将她抱得更紧了一点。

他其实依旧觉得这一切不太真实。他这样的人，居然也能拥有平和的幸福，很不公平，不是吗？

江丛羡觉得自己应该下地狱的，他太坏了。可能是上天可怜他，想让他在人世的这些日子里过得安稳下，死了以后就该下地狱了。

不过没关系，下地狱就下地狱吧，他之前可是活在比地狱更可怕的地方。

次日一早，林望书起床的时候身侧已经没人了。

江丛羡在厨房做早餐，腰间系着江云漾挑的围裙，上面有一只粉色的凯蒂猫。

林望书走过去，从身后抱住他："在做什么好吃的？"

他把盖子盖上，怕油溅到她身上："去外面等着，别被呛到了。"

林望书不去，非要在这里抱着他："你都不让我抱了，你是不是不爱我了？"

被她这胡搅蛮缠地找碴儿，江丛羡没有半点恼意，反而关了火，转过身，让她继续抱。

"抱够了告诉我。"

江云漾被接去二叔家了，二婶说想她，让她过去住几天还给她织了几件毛衣，让她过去试试尺寸。

小孩子个子长得快，今天这个高度，明天就是另外一个高度了，所以她得抓紧了让她多穿一段时间。

家里今天就只有他们两个人，很安静。

林望书伸手去攥他的围裙，轻声问他："昨天晚上是不是做噩梦了？"

他笑着调侃她："睡得那么死，居然还能记得。"

林望书："有不舒服的地方你就和我讲，不要因为害怕我担心就自己忍着，你不告诉我我才会担心，会胡思乱想。"

　　江丛羡这个人，最不会的就是和人诉苦了。以前难得露出软弱的一面都是为了挽留她，让她心软。但是现在，他很少说了，因为怕她担心，他从来不说自己哪里难受。

　　双向情感障碍不可能那么快治愈的，只能控制。赵医生说他目前控制得很好，暂时没有病发的可能，不过还是得注意。

　　林望书有时候总会害怕，害怕江丛羡会彻底离开她。

　　人类在疾病面前，真的太渺小了。

　　见她哭了，江丛羡把流离台上的纸抽拿过来，给她擦眼泪："眼睛哭肿了就不好看了。"

　　她哽咽着声音反驳："我怎么都好看。"

　　"是是是，我的望书全世界最好看。"

　　林望书干脆扑进他怀里哭。

　　一上午就这么过去了。她哭了一上午，他哄了一上午。

　　锅里煮的面都坨掉了，水分汤汁全被吸干，没办法吃，只能倒掉。

　　"想吃什么？我带你出去吃。"

　　林望书哭得满脸的眼泪鼻涕，她很少有这么失态的时候，像个什么也不用管的小朋友，肆无忌惮："什么都想吃。"

　　江丛羡点头，给她擦完眼泪又去擦鼻涕。

　　没关系，只要他在，她永远都可以当他的小朋友。

　　"正好你今天放假，小漾这个电灯泡也不在，我们好好过会儿二人世界。"

　　他们很久没有单独出来过了。

　　林望书还记得婚礼结束的那天晚上，他被灌酒，喝得醉醺醺地回房，看了她很久，一直问她一个问题。

　　"你是林望书吗？

　　"你是林望书吗？

"你是林望书吗？"

不管林望书怎么点头说"是"，他都像没听到一样，反复不停地问。他问再多遍，林望书都非常耐心地回答。

时间一分一秒地流逝着，他终于抱着她，好像在哭。

"我以前每次梦到你，你不是拿刀捅我，就是让我滚，这次终于梦到你对我笑了。"

那个时候林望书就好难过，好难过。

江丛羡一直不肯睡，怕一睡着，梦就醒了。哪怕已经醉得神志不清了，却还要坚持看着她。

仿佛看一眼，就会少一眼。

最后还是林望书扛不住困意，先睡着的。

他说带她去约会，但又没什么经验。谈恋爱的时候他恨不得一天二十四小时都和她腻在一起。

林望书除了学习还得练琴，他又要工作。两个人都不是那种时间很空闲的人，很多时候都是他去她的宿舍楼下给她送吃的，然后趁机占点便宜。亲她几下，或是抱个半小时。

他没经验，但林望书有，男女约会，和室友一起出去玩也差不多。

她先在网上买了两张电影票，说先去看电影。江丛羡把车从地库开出来，接她。

林望书一边系安全带一边说："你怎么连约会该怎么约都不知道呢？你以前没和朋友出来玩吗？"

他诚实地回答："我没朋友。"

那些走得近的，只能算是有利益相关的合作人。

"那你和蒋苑呢？以前最常去哪儿？"

他想了想，欲言又止地看着她。

林望书看懂了他这个眼神："算了。"

她早该想到的，他和蒋苑一起出去，做的肯定也不是什么太好的事。

他见缝插针道："所以我才担心蒋苑会不会把小漾带坏，你说以后要不就别让他来家里了，我和他谈事可以就约在外面或是直接打电话。"

林望书看了他一眼："蒋苑对云漾挺好的，你不要总是带着偏见去看他，而且云漾以后长大了也会嫁人，难道你要拴着她一辈子？"

"要。"

"……"

林望书买的是一个小时后的场次，到了电影院后，林望书去了趟洗手间，江丛羡在外面等她。

林望书出来的时候，他坐的那张桌子旁边站着几个女生，看着年龄不大，应该还是学生，在那儿和他搭讪："哥哥，我们是附近高中的，在做调研，请问您方便让我们加个微信吗？"

林望书拿着纸巾在擦手，走过来。看到她了，几个小女生愣了一会儿，互相对视一眼。

江丛羡把手机递给林望书："你说加不加？"脸上带着好整以暇的笑。

这是把烂摊子扔给她呢。

"我老公的微信平时都是用来联系客户的，可能不太方便，要不加我的吧？"

她这话一出，那几个小女生纷纷面露尴尬，最后随便扯了个电影快开场的借口离开了。

林望书把手机还给他，坐下。

江丛羡单手支着头，垂眸看她："我什么时候用微信联系过客户，我怎么不记得了？"

林望书泰然自若地喝了一口可乐："我是在帮你解围。"

"可是我不觉得我有陷入什么危机里啊？"几个小姑娘还没走远，在门口排队检票，江丛羡将眼神移过去，"她们长得还挺好看的，而且又年轻，对吧？"

没有等到回应，他回头看了一眼，发现林望书没有理他，正专注地吃着爆米花。

"好吃吗？"

林望书还是没理他。

江丛羡坐过去一点："怎么不说话？"

林望书和他道歉："刚刚不该阻止你加那几个小妹妹的微信的。"

"真生气了？

"我是为了惹你吃醋故意那么说的。

"我连她们长什么样都没看清楚。

"林望书，你理理我。

"我下次再也不敢了。"

林望书还是不理他，一直到检票进场。

这个场次人不多，里面有很多空位，林望书为了不和江丛羡坐在一起，自己走到边上坐着了。江丛羡偏要和她坐一块儿，不论她换到哪里，他就换到她旁边。

直到电影开场了，江丛羡按住她正欲起身的肩膀："走来走去的影响到后面观众的观感，多不好。"

林望书神色淡然，"嗯"了一声，老实坐在那儿不动了，但还是不理他。

一场电影看完，江丛羡也没记住什么剧情。他本身就对这种娱乐抒情的片子没什么兴趣，他眼神全在林望书身上了。

她似乎气消了一点，江丛羡去牵她手的时候也没有甩开。

"看来真挺在意啊。"

她"哼"了一声："不要脸。"

"嗯，我要不要脸，你不是从一开始就知道了吗？"

林望书暂时就原谅他了。

"后天去复查吗？"

"嗯。"

"要不要我陪你？"

"不要。"江丛羡笑着替她把刘海整理了一下，"我一个人去就行。"

他的病情控制得挺好的，赵医生说如果再复发一次，可能就要终身吃药了。

其实他对自己这个病的痊愈已经不抱太大的希望了，能控制住就行。他想，尽力好好活着。

人生好不容易才开始窥见一点光亮，他怎么舍得死呢？

"那你呢？"

"明天北南大学校庆，我去一趟。"

林望书本来不想去的，但耐不住校长的热情邀约。

"我让司机去接你。"

"不用了，明天晚上同学聚会，我应该会晚点回来。"

江丛羡沉默了一会儿说："少喝点。"

"我知道。"

车停在十字路口等红绿灯，人行道上来来往往的人，行色匆匆。

江丛羡左手按着方向盘，也不知道在想什么。心里斗争了很久，他没忍住开口说："要不还是我陪你去吧？"

"不用，同学聚会，带家属去好像不太好。"

江丛羡不太情愿地点了点头。

"嗯。"

大学同学里大部分的人都不是本地的，毕业后有一小部分留在了北城发展，但绝大部分还是回了老家。所以林望书觉得这次以后，想再见到，可能就很难了。

因为人多，他们订的是大包间。

以前班上的人也有组织过聚会，但林望书一次也没来过。所以他们都说，校花难得肯赏脸一次，她也只是笑笑。

因为不知道该说什么，她本来就是个比较慢热的性子，哪怕是四年的接触，仍旧没有和他们混得太熟。

大抵都知道以后怕是见不到了，所以也没有什么不敢说的了。他们都把自己憋在心里很久，想说又没说的话都给说出来，甚至还有人问林望书，有没有再和徐景阳见面。

提及这个名字，她的记忆像是被短暂地涂白，什么也想不起来了。

还是在旁人的提醒下："学生会会长徐景阳啊，之前为了你还和人打过架，还进派出所关了几天。"

"我们以前都以为你俩会在一起。"

"对啊，当时学校的金童玉女，你是不知道，当时学校论坛里甚至还有人打赌呢，赌你们什么时候在一起，我还下注了。"

"谁知道不了了之了。"

林望书也只是笑笑，并没有搭话。说实话，她其实已经忘了徐景阳这个人是谁了，有点印象，但记得不太清楚。

隔壁包间的酒送错了，酒保过来道歉，说拿错了酒，这些是隔壁包间点的。可是好几瓶已经开了，酒保面露难色地站在那儿。

酒是他拿错的，扣也是扣他的薪水。可这酒的价格太贵，存货也不够。见他一副快哭的样子，他们几个也不忍心。还都是学生，心思纯善，也有点于心不忍了，说过去帮忙说一声。

人过去了，没一会儿，回来的时候还领了一个人。

"熟人，没事。"他安慰完酒保，在徐景阳胸口上捶了一拳，"可以啊徐学长，听说现在已经是徐总了。"

徐景阳笑着揽过他的肩膀："什么徐总，就一啃老族。"

月下娇

今天是公司员工聚餐，谁承想居然还会碰到学弟。

"要不去我们包厢喝一杯？你以前的女神也在呢。"

听到他的话，徐景阳脸上笑容微怔，过了一会儿，他又摇头："算了，人家都结婚了，我再去打扰就没意思了。"

"嗐，这算什么打扰，老同学喝杯酒而已。"

徐景阳想了想，最后还是点头。

几个同学正在里面讨论着毕业后去了哪里发展，偶尔会问林望书一些问题。

包厢门开后，看到徐景阳了，几个人都愣了一下。

他在北南大学也算是尽人皆知的地步，尤其是再加上林望书也在。昔日的校草校花，都在这个包厢里。所以有人起哄，让他们喝一杯。

看出了她的为难，徐景阳轻声说："没事，只是喝杯酒而已。"

他的确也没有别的想法，从知道她结婚那天起，他就彻底死了这条心。

其实这么多年以来，他一直都有关注她的动态。知道她夫妻恩爱，知道她生了个女儿。她家里的那些事情，他是后来才知道的。都是北城上流圈子的，不可能一点风声也没有。

喜欢是真的喜欢过，放下也是真的放下了。

"最近还好吗？"

林望书放下酒杯："挺好的。"

他点头："那就好。"

然后两人便陷入长久的沉默当中。太久没见面，连共同的话题都没有了。

"听说你女儿两岁了？"

"嗯。"

"我也是听寻雅讲的，她说小家伙很可爱，像你多一点。"

"也像她爸爸的，嘴巴很像。"

"那挺好的。"

他又敬了她一杯。

就当是，敬过往吧，也敬他年少的喜欢。

比起之前的不甘心，现在的徐景阳突然释怀了。他对她的喜欢其实算不上爱，保护欲更多一点，看到她在学校里独来独往的时候，便生起了那样的心思。

看到她现在这么幸福，他也很替她开心。

一群人闹到很晚，十一点才彻底散场，大多都喝得烂醉，却还要去赶下一场。

徐景阳让司机把车开过来，说要送林望书回家。

被她拒绝了："不用，我朋友刚好就在附近，我已经给她打过电话了。"

夏早他们节目组聚餐，吃饭地点离这儿不远。她开了车来的，特地没喝酒。

徐景阳点头："那，再见。"

"嗯，再见。"

出于礼貌，她还是目送着他上了车。

等到车开走以后，她才收回视线，准备再给夏早打个电话。手机才刚拿出来，就和对面出来抽烟的江丛羡碰上。

他嘴里叼着一根未点燃的烟，旁边的男人殷勤地给他点燃："江总，您好好考虑考虑，只要您放心把这个项目交给我们公司负责，我保证把它完成得漂漂亮亮的。"

火舌舔上烟尾，橘黄的火光如同黑夜里的一粒碎星。他叼着烟，没动，眼睛一眨不眨地看着林望书。

男人没得到回应，顺着他的视线看过来，看到林望书，立马套近乎地喊道："嫂子！"

林望书走过去，对这个称呼感到别扭。

月下娇

　　面前这个男人都三十好几快四十了，按辈分，她甚至应该喊他一声叔叔。

　　"您好。"

　　他笑道："嫂子这是出来聚餐？"

　　"嗯，同学聚会。"

　　江丛羡嘴里那根烟就这么烧着，林望书看着他，知道刚才的那一幕他都看到了。

　　"今天不是休息吗？怎么出来了？"

　　他把烟掐灭，扔了："谈生意。"

　　"谈完了吗？"

　　旁边的男人刚要开口，说已经谈完了，正要回家了。

　　江丛羡却说："还没。"

　　林望书点了点头："早点回去，别弄太晚了。"

　　"嗯。"

　　正好夏早的电话打了过来，她说她到了，就在门口等着呢。林望书和他说了一声就离开了。

　　车窗开着，看到她了，夏早疯狂招手："这儿呢。"

　　林望书拉开副驾驶的车门进去。

　　看到她了，夏早就开始吐槽那个同行："一个三十八岁的过气歌手居然在那儿嘲笑我的资历，拐着弯地说我这次比赛得第一是靠潜规则，我靠的是实力好吗！"

　　她最近参加的这档节目是个唱歌的节目，以淘汰制在一群歌手中间选出冠军。昨天是最后一期的录制，夏早就是这个冠军。

　　她又东扯西拉说了很多，没个重点，给人一种欲盖弥彰的感觉。

　　林望书看穿了她的心思，问她："是不是想问我蒋苑的事？"

　　夏早握着方向盘的手下意识收紧："他……他是不是有女朋友了？"

　　林望书一愣："没听说他有女朋友啊？"想到之前刘姨的话，她

584

顿了顿，又说，"不过家里的阿姨说要把自己的侄女介绍给他，他已经答应去见面了。"

"那难怪了。"

"什么难怪？"

夏早腮帮咬紧又松开："我这几天总看见他送一个女孩上下学。"

林望书想起来了："你见到的那个应该是江丛羡朋友的妹妹。"

"妹妹？"

"嗯，她最近好像被校园暴力了，所以他朋友希望蒋苑这段时间能暂时接她上下学。"

夏早松了一口气："这样啊？"

"嗯。"

"那难怪，我说怎么长得那么小呢，原来就是一小孩啊。"

危机感顿时没了，夏早的心情明显也好了许多。

"对了，刚刚站你旁边那个是不是江丛羡？"

"是他。"

"可以嘛，几个月没见，又长帅了不少。"

夏早见到江丛羡没几句好话，但对于他外表这件事，还是不得不承认。

他的确太帅了！

她在帅哥遍地跑的娱乐圈待了这么久，还没见过颜值超过他的。

"小漾生日是不是快到了？"

"下周就是。"

"我到时候让经纪人帮我把那天的档期空出来。"她看着后视镜转弯，"那天人多吗？"

林望书低头回完消息，是刚刚一起聚餐的女同学，问她安全到家了没。

"不多，就打算家里人和几个朋友一起吃顿饭。"

"小漾的生日你们怎么能叫自己的朋友去呢？不得给小漾整几个

月下娇

好朋友过来？"

林望书笑道："叫了，她自己打电话叫的，讲了两个小时都不肯挂电话，要不是她到了睡觉时间，她爸强行把她抱回房间了，她估计还能继续讲两个小时。"

夏早总觉得江云漾不像他们俩中的任何一个人。

不过也幸好，不像江丛羡。

要是一个女孩子遗传了江丛羡那样的臭脾气，估计男朋友都不好找了。也是他运气好，碰上林望书这个好脾气的老婆。

车内挺安静的，夏早一不说话，似乎就冷了场。林望书知道，她最近的情绪一直都不高。

之前在网上被黑粉无端攻击，再加上蒋苑对她的态度。

蒋苑那个人，怎么说呢？话少，也从不说废话。在他看来，把讲过的话再重复一遍，就是废话，所以他不可能再去回应她的感情。

夏早很难过。怎么能有人比江丛羡还要冷血呢？

"你说蒋苑是不是在江丛羡身边待久了，近墨者黑，被他给传染了？"

林望书抿了抿唇，没说话。一边是她的朋友，一边是她的老公，偏袒谁似乎都不太好。

没一会儿，夏早又自问自答地摇头："那货本身血就是冷的，和别人无关。"

她其实挺难过的，真的挺难过的。虽然总用一种不正经的语调说出这些来，但心是疼的。她还是头一回这么喜欢一个人。

路上有点堵车，到家的时候已经十二点半了。林望书简单地收拾了一下，洗完澡后已经快两点。

她坐在客厅看电视，偶尔看一眼时间，江丛羡很少有这么晚回来的时候。

想到刚才被他看到的那一幕，林望书拿起手机，想给他打个电话解释一下，怕他胡思乱想。

手指悬在他号码的上方，最后还是放弃了。算了，等他回来了再当面和他说吧。

临近三点的时候，门开了。

江丛羡手里提着一个木质的打包盒，他换好鞋子进来，把东西放在桌上："回来的时候让人多打包了一份。"

林望书把盖子打开，里面整齐地码放着几枚寿司，是她喜欢吃的口味。

江丛羡坐在那儿，没再开口，也不去看她。

他坐的位置离她远，所以林望书站起身，走到他身旁坐下："江丛羡，我有话要和你说。"

剩下的话被他给打断："你不用说了。"

林望书一愣："江丛羡……"

他拿出烟盒，还有打火机，放在桌上。

"我真戒了，今天那根烟是别人给的，你不是让我对人礼貌点吗，我就接了。

"……没想到刚抽上你就来了。"

他也不敢去看她，眼神闪躲，一副做错事的样子。

林望书似乎没有想到他是在介意这点，所以才不理她的。

"我以为你是看到我和徐景阳在一起了，所以才……"

"我是挺讨厌你和别的男人离得太近，尤其是那些对你有过企图的人。"

但他也在努力地去改变，努力地去摆脱从前那个，让人心生恐惧的灵魂。

"林望书。"

"嗯？"

他抱着她："如果，我是说如果啊。

"如果我的病真的再也好不了，你会难过吗？"

林望书吓得猛然抬头："是这次复查的结果不好吗？"

月下娇

他笑着安抚她："没有，结果很好。"

他快两年没有发病了，赵廖说，如果继续按照这个情况好转下去，很有可能就离停药不远了。他只是想把最坏的结果预想一下。

如果他复发了，如果他再次发病了，会怎样？

这么多年，他早就习惯了自己有这个病。那么多次在死亡边缘徘徊，他也没有过恐惧。但只要一想到，因为他发病而痛苦的林望书，他就会害怕。

人一旦有了软肋，浑身都是弱点。江丛羡一下子就从那个让人心生畏惧的恶魔变成了凡人。他会有顾虑，会害怕，会恐惧，会瞻前顾后，从前的他不是这样的。从前的江丛羡，做事从来不给自己留后路，他把每一天都当成了最后一天在过。

林望书说："我一直都在给你答案啊。"

她是笑着说出这句话的，手在他脸上捏了捏。

他又想起几年前，林望书刚刚和他在一起的日子。

那时候他把她强硬地绑在身边，她抵触得明显。她很少捏他的脸，几乎没有过。少数几次的触碰，甚至还是她甩他耳光的那几回。指甲把他的脸都划伤了，留下了三条血道道。

蒋苑说叫医生过来，他没让。把房门反锁了，让林望书看着他，看着他这张脸，好好记住。她不肯看，他就强迫她看。

"看清楚了，可别忘了你恨之入骨的这张脸。"

他以前多坏啊，破釜沉舟的那种坏。既然她不可能喜欢上自己，倒不如一直恨着他。恨比喜欢更不容易被遗忘，不是吗？

他哑着声音喊她的名字："林望书。"

"嗯。"

"等小漾再大点了，我们就退休好不好？我和你回青市。"

青市是林望书妈妈的老家，她小的时候在那里生活过很长一段时间。

她有点不解："怎么突然想去青市了？"

"想和你一直在一起。不被人打扰的，单独在一起。"

你看吧，他本质上还是冷血的那一个。他很爱女儿，因为女儿是他和林望书的女儿，是林望书十月怀胎，辛苦生下来的。

但他最爱的，永远都是林望书。

"永远"这两个字其实挺遥远的，所以他不去奢望。他只希望接下来，生命流逝的每一天里，都是林望书陪在他的身边。

人们都说，喜欢积累到一定的程度，会逐渐减少。

怎么可能啊？

喜欢是茧，把人缠得死死的，然后从里面开始腐烂，变成养料，开始滋养肉体，然后继续喜欢。

"爱是一种本能。"他之前在一本书里看见过这句话。

哪怕变成行尸走肉了，本能仍旧继续。

林望书给他答复："好，等小漾长大结婚，我就陪你去青市，你想去哪里我都陪着你。"

他很自私不是吗？居然想抛下女儿，自己离开。

人性的劣根性在酒精的侵蚀下，短暂地浮现。

他又摇头："算了。还是要留下来的，万一她被欺负，总得有爸爸去给她撑腰。"

林望书笑他："万一她脾气随你呢？"

"随我也好。"他抱她抱得紧，像在利用她的身体取暖，"那样就不会受欺负了。"

江丛羡左肩上有一个文身，是用来遮盖伤疤的。他身上其实有很多道疤，可唯独那道，他选择用文身遮盖住了。那是林望书用碎片划伤的。

那时候她不肯吃饭，他就逼她吃，端着碗说喂她。她不张嘴，他就用手捏着她的脸，强迫她张嘴。她把碗打翻了，从地上去捡碎片，威胁他，不准他靠近。她虽然怕得发抖，却还是强装镇定："你别过来，你别过来。"

江丛羡神色未变，无视她的话，偏要过去。

情绪濒临崩溃时，理智就是一根棉线，轻轻一扯就断了。手里的碎片刺进了他的体内，流了很多血。

林望书还是后来才知道的。

他用文身盖住了伤疤，因为他一看见这道疤就会想起，林望书当时厌恶的眼神。他们并不相配，一个生活在淤泥中，一个向阳而生，可最后却成了彼此最终的归属。

想到过往的一切，林望书还是觉得恍如昨日。明明很遥远了，却又好像才发生了不久。

她是一个有责任心的人，一旦接手了谁的人生，就不可能再放手了。所以他可以撒娇，可以要赖，也可以提出一些无理的要求。

她都会满足他。

最终，江丛羡也终于等来了他的月亮。

番外二

凛冬

　　手机一直在响，蒋苑从浴室里出来，腰间围了条浴巾，上面是光着的，头发还往下滴着水。

　　匆匆忙忙地，连手都没擦干就去接电话。他设置了专属铃声，这通电话和其他的不太一样。

　　才刚接通，那边就传来奶声奶气的声音："是蒋苏苏吗？"

　　那张平素没什么表情的脸上罕见地浮现出笑意："嗯。"

　　江云漾的儿童电话手表是爸爸给她买的，里面只存了六个号码，其中一个就是蒋苑的。

　　"我刚刚吃了两大碗饭，妈妈奖励我给朋友打半个小时的电话。"

　　他拿了条干毛巾擦拭着湿发："所以就和我打了？"

　　"小桃不听话，被她妈妈骂哭了，我只能给你打了。蒋苏苏，我好想吃上次你给我买的那个黏牙齿的蛋糕呀，你什么时候来看我。"

　　他眼神宠溺："好，蒋叔叔明天买了给你送过去。"

　　"明天不行，爸爸这几天都在家，不能让他看到。"她小嘴一扁，像是在告状，"爸爸坏，不让我吃甜食，说会坏牙齿。"

月下娇

"爸爸说的是对的，你要听爸爸的话，知道吗？"

"那蒋苏苏就不给我买蛋糕了吗？"

他无奈地妥协了："买。"

"嘻嘻嘻，我最爱蒋苏苏了。"

蒋苑笑了一下："嗯。"

她的声音突然变得很小，跟做贼一样："挂电话啦，爸爸回来了。"话刚说完，就被"嘟嘟嘟"的忙音替代。

蒋苑拿着手机等了好一会儿，才把手机放下。他把干毛巾盖在头上，轻轻擦拭了几下湿发，另一只手去拿烟盒。

江丛羡放了他一个多月的假，让他出去透透气。但放假和不放假，对蒋苑来说没区别。人生没有目标的人，活在这个世上就跟没有根的浮萍一样。

他没病，但也好不到哪里去。情感缺失，像一块朽掉的木头。外在看上去完好无缺，里面却是烂的。

唐安安是八点上学，他七点就得去她家门口等着。

换好衣服出门，外面天还没太亮。他看到旁边的花坛边上鬼鬼祟祟地躲了个人，脚边的花盆也倒了。应该是慌忙跑过去的时候，不小心碰倒的。

蒋苑没动。

可能是见这么久都没有动静，以为安全了。夏早小心翼翼地从花坛后伸出一只手，想把花盆扶起来。

她在拐角处的视野盲区，什么也看不见，手在地上摸索了半天什么也没摸到，索性直接走出来，弯着腰去扶花盆，手却顿在了半空，看着蒋苑。

过了一会儿，她强装镇定地站直了身子，骂骂咧咧道："什么破小区，哪有在绿化区放花盆的！"

蒋苑看了她一眼，没说话，拿着车钥匙离开。

夏早跟过去："不过还真巧，你也住这啊。"

没回应。

"我一个朋友也住在这里，我今天是过来找她的，原本是打算躲在花坛后面吓唬吓唬她，结果居然碰到你了，你说巧不巧？"

她干笑几声，试图给自己这个蹩脚的谎言增加一抹可信度。

走在她身前的男人却始终无动于衷，仿佛并不在意她来这里的真实目的。

是了，蒋苑这个人，本来就是这副德行。

他在意什么，估计连他自己都不知道吧。

夏早不爽地看着他的背影，看着他上了车，看着他离开。她走出去，拦了辆出租车，让司机跟过去。

看她紧抿着的唇和不太好的情绪，司机还以为是抓奸，吆喝一声："系好安全带，抓紧咯。"

夏早还没反应过来，车子"咻"地一下开了出去。

一路上，司机都在开导她："渣男要不得，你就算整天防着他，也总有疏忽的时候吧，现在这年头，女孩子抢手得很，尤其是你这种大美女，想要什么男人没有啊，犯不着在一棵树上吊死。"

夏早被他吵得头疼，敷衍地应了一声。

她看到前面那辆黑色的车停在一栋别墅前。蒋苑没下车，过了一会儿，门打开，从里面走出来一个背着双肩包的女孩子，眼睛还没睁太开，打着哈欠走出来。拉了几下车门没拉开，最后还是里面的人给她打开。

夏早从头看到尾。

上车前，唐安安往这边看了一眼，正好和夏早对上视线。她坐进副驾驶，系好安全带："那个姐姐是不是喜欢你啊？"

蒋苑没说话。

唐安安也习惯了。这人的确就像是一个设置好程序的机器人，除了完成他该完成的任务，其他的，连一个眼神都不会给。

月下娇

　　唐安安其实挺喜欢他这样的人的。多酷啊，跟电视剧里的冷血杀手一样。

　　"你打过人吗？

　　"我听我哥说，你打架很厉害，一个打十个都不在话下。

　　"你是黑社会吗？"

　　蒋苑把电台打开，声音调到最大。

　　夏早不爽地想，她难道不比这个未成年小妹妹更有吸引力吗？她也没继续跟下去，而是去了公司。

　　公司里今天的气氛不太对劲，低迷诡异。

　　办公室里，经纪人把报纸扔过来直接砸在了夏早的脸上："你都上报了你知道吗！这种时候你给我搞个恋情出来，你是想被雪藏还是被封杀啊？"

　　夏早捡起那张报纸看了一眼，娱乐版块，她占据了最大的版，上面的照片是她和张也。

　　也不知道那些媒体怎么就这么神通广大，三十多层的高楼都能拍到。是开着直升机来偷拍的吗？

　　"我跟他就是普通朋友。"

　　赵信叉着腰，因为生气，胸口剧烈地起伏着："都待一个房间了，还普通朋友？这话说出去你信吗？估计连你爸妈都不信吧！"

　　夏早眉头皱着，她觉得自己态度其实挺好了。从刚才到公司，他骂了她整整一个小时，刚才还拿报纸砸她脸，她可一句话都没说。

　　但人啊，不能惯着，更何况是狗呢。

　　所以夏早出声提醒了他："嘴巴放干净点，有问题就好好问，我欠你的？"

　　赵信被她这番话和这个态度惊到了，愣了好一会儿，才猛一拍桌，吼道："对，你就是欠我的，你可是我白纸黑字签了合同签进来的！"

"合同上面也没说我不能谈恋爱啊！"夏早站起身，把报纸撕了，重新砸回他脸上，"一个小作坊公司，靠压榨我完成了绩效考核，真把我摇钱树了？"

赵信知道她不服管，搞地下乐队的都有自己的脾气，这些年他有意无意地打压她，也是为了让她听话。可这位大小姐从头到尾就不把他放在眼里。

离开的时候还不忘抓一把他糖罐子里装着的牛轧糖："违约金下午打到你账上，我从今天起，和你没有半毛钱关系。"

走得潇洒。

出了公司，夏早拉开车门坐进去，刚把手机开机，一连串的未接来电和微信消息全部炸出来了。

爸："你和张也在一起了？"

爸："你这孩子，谈恋爱怎么也不和我还有你妈说一下？"

爸："过几天我约亲家公亲家母一起吃顿饭。"

夏早就知道会这样。

她敷衍地应付了一句："我们没在一起。"

张也从小话就不多，性格内向，小的时候经常被欺负。夏早正义感爆棚，保护了他一段时间，谁知道他就赖上她了。

原本以为他们两个是非常纯洁的友情，结果他居然和她告白了。

感情这种事没的说，不可能因为同情就喜欢上的，所以夏早拒绝了他。

再然后，他就跟变了个人一样，学也退了，不知道从哪儿交了一群不着调的狐朋狗友。

那天夏早还是无意中看见的，他和那群狐朋狗友进了一家风月会所。为了避免他误入更深的歧途，夏早强行把他给拐回家了。

谁知道刚好被拍到。

回完她爸的消息，她就把手机静音了，懒得再去看。

开着车，漫无目的地四处游荡，然后就看到一个熟悉的身影——

595

月下娇

蒋苑。

他这个人，太有辨识度了，哪怕只是一个背影，都足够出挑。

这里是个"施工现场"，挺偏僻的。里面是一条巷子，他靠着墙，单手插着裤袋，懒散地看着手机。

应该是在回复谁的消息，偶尔会把手机举起来，放在耳边。那个时候他会笑，唇角短暂地浮现出一道弧度，转瞬即逝。

里面惨叫声不断，却丝毫影响不到他，像是生活在两个维度一样。

消息回完了，他收起手机进去。身影被黑暗笼罩，什么也看不见。

夏早解开安全带，下车过去。离得近了，惨叫声更明显。

蒋苑踩着那个人的手，低头点烟。

"说吧，错哪儿了。"

那个人抖得厉害，鲜血顺着额头往下流，手也被踩肿了。

也不知道是疼的还是怕的。

"我……我不该打小姐的注意，也不该起……不该起绑架她的心思。"

蒋苑蹲下身："还有呢？"他取下嘴里的烟，往他脸上戳，"少说一条，我就卸你一只胳膊。"

裤子湿了，淡黄色的液体往下流，肉焦味有点呛鼻："我更不该弄……弄伤她。"

蒋苑站起身，交代手底下的人："看着点弄，留口气就行。"

手机又振了几下，他低头去看消息。

备注写着林望书，他点开语音，却传出一道奶声奶气的声音："蒋苏苏，医生苏苏说我没事的，我不疼的，你别担心。"

他长按语音键："嗯，你好好养伤，蒋叔叔忙完了就去医院看你。"

消息发出去后，他准备离开，就看到站在巷子口的夏早，她看了看蒋苑，又看了看里面。

"蒋苏苏，揍人可是违法的哦。"

脚步微顿，他没理她，绕过她准备离开。

夏早却拉住他的胳膊："你就不怕我报警？"

他这才稍微有了点反应，深邃的眸子静静地睨着她。

"没打人。"

言简意赅。

"哦？"

见她不信，蒋苑把人扯过来："叫两声听听。"

那人模样狼狈："汪汪汪。"

蒋苑把手松开，没再理会夏早，直接走了。

夏早看着他离开的背影，眼眸微眯。还真是冷漠他妈给冷漠开门，冷漠到家了啊。

她也是后来接到电话才知道的，江云漾住院了。电话里也说不清，夏早急得开车去了医院。

江云漾左手打着石膏，坐在床上，乖巧地张着嘴，等待林望书的投喂。

夏早连忙走过去："怎么骨折了？"

江云漾看到她了，兴奋得就要站起来，让她抱："早早阿姨。"

夏早心疼地抱着她，小心翼翼地避开她打着石膏的胳膊："小可怜儿，痛不痛啊？"

她摇头，嘴里的稀饭还没咽下去："不疼的。"

夏早问林望书："这到底怎么回事？"

林望书摇了摇头，她也不太清楚。江丛羡什么也不跟她讲，只是让她别担心，其他的事情他会处理好。可看他那个脸色，她怎么可能不担心。

后来还是问了江云漾才知道，弄伤她胳膊的是一个戴着口罩的叔叔。

月下娇

　　夏早联想到白天在工地看到的那一幕，揍揍的那个人十有八九就是江云漾口中戴口罩的叔叔了。

　　这么一想，她甚至觉得蒋苑下手太轻了，要是她能提前知道，估计就会上去多补几脚了。

　　江云漾年纪小，什么也不懂，还说她一点也不害怕。

　　"我一生病大家都会陪着我，所以我好喜欢生病啊。"

　　夏早皱眉："乱讲，你要健健康康地长大，知道吗？不然早早阿姨就不疼你了。"

　　江云漾讨好地抱着她的脖子，脑袋在她脸上蹭来蹭去："早早阿姨不许不疼我。"

　　病房门被人礼貌性地敲了两下，不等里面的人回应就推开了。蒋苑手上提着专门去给江云漾买的章鱼小丸子。

　　她和她妈妈一样，挑剔得很，尤其在吃的方面。她爱吃的那几家都离得远，在其他地方买的她会觉得味道难闻而不吃。

　　蒋苑特地开了半个多小时候的车去买的。

　　"有点凉了，叔叔先拿去给你加热一下。"

　　江云漾摇头："凉的才好吃呢。"

　　只是没那么热了，还不至于凉到肚子疼。

　　蒋苑走过去，把盒子打开，用竹签扎了一个，喂到她嘴边。

　　她伸手去拿，说要自己吃。

　　"蒋苏苏，爸爸呢？"

　　她吃得到处都是渣，蒋苑用纸巾给她把嘴边的沙拉酱擦干净："爸爸有点事，马上就会回来。"

　　江云漾看到他衣服上的血了，惊讶地睁大眼睛："妈妈，蒋苏苏的衣服流血了！"

　　蒋苑低头看了一眼，领口上有一滴。

　　应该是那个人的，不小心溅到了。来之前应该换身衣服的，不过因为担心江云漾，所以权衡几秒，他还是直接来了医院。

他笑了一下："不是叔叔的血。"

夏早看到他脸上难得浮现出的温柔笑脸，莫名有点酸。

她居然开始羡慕一个小孩子了。

蒋苑对她永远都是一副臭脸，或者说，他对着她根本就没有表情，就像是在看一个没有任何瓜葛的陌生人一样。

明明他们之间还是有点关系的。

想到这里，她就有点火大，冷嘲热讽道："这么喜欢小孩，怎么不自己去生一个？"

江云漾嘴里被章鱼小丸子塞满了，疑惑着去问林望书："妈妈，什么是生小孩啊？"

林望书也不知道该怎么和她解释："就像爸爸和妈妈一样，相爱以后就生出了你。"

她似懂非懂地点了点头，又去问蒋苑："蒋苏苏，你怎么不生小孩，你没有喜欢的人吗？"

"有的。"蒋苑唇角微挑，"蒋叔叔喜欢小漾。"

她一脸懵懂："那蒋苏苏要和小漾生小孩吗？"

林望书："……"

他非常有耐心地和她解释："蒋苏苏对小漾的喜欢和你爸爸对你妈妈的喜欢不同。"

夏早在一旁看着，蒋苑这种没有感情的冷酷的人，想不到居然对小孩子这么温柔。不过也是，他所有的耐心和温柔估计都给江云漾了。

江云漾问他："那蒋苏苏会结婚吗，像爸爸和妈妈那样？"

她虽然年纪小，可她能看出来，蒋苏苏总是一个人。来家里吃饭的时候他是一个人，回去的时候也是一个人。听妈妈说，蒋苏苏有家人，可江云漾从来没有见到过蒋苏苏的家人。

她之前去蒋苏苏家玩过，他是一个人住的，家里很冷清。不像她家，有爸爸有妈妈，还有厨师叔叔和保姆阿姨，偶尔小舅舅也会过来。蒋苏苏家就只有他一个人。

江云漾觉得很是头疼，她明明只是一个两岁半的小孩子，居然要去操心一个大人的未来。

唉，现在的大人啊，真是不让人省心。

"蒋苏苏可要快点结婚哦，我听爸爸说，男人超过四十就生不出小孩了。"

林望书皱眉："你爸爸什么时候和你说的？"

江云漾也不记得了。

小孩子的记性不太好。

蒋苑是在她睡下以后离开的，江丛羡处理完手上的事情后急忙赶到医院，林望书拉他到走廊外质问他："你给小漾讲那种话干吗？什么叫男人四十岁以后生不了小孩？她才多大你给她讲这个。"

江丛羡一直在解释："那天看电视她一直问我问题，我不知道怎么跟她讲就随便编了一个。"

蒋苑低头看了一眼手机，是唐安安给他发的消息。

唐安安："你现在有空吗？"

他没回，把手机锁屏，走过去摁电梯。

夏早也过来了，站在他旁边一起等电梯。他看了她一眼，没反应。没有刻意地疏远，但也不表现得熟稔，完完全全就是丝毫不上心的陌生人。

夏早心里其实也挺委屈的。

她之前也谈过几段恋爱，但从来没有像这样疯狂地喜欢一个人过，偏偏这人油盐不进。也不能说油盐不进，只能说他这道菜天生就不适合放油和盐。

进了电梯以后，夏早冷哼一声："让一个小孩子操心你的婚姻大事，羞不羞啊？"

"不是每个人都想要结婚的。"

没想到他竟然会回应自己，夏早有点受宠若惊。

"那你呢，你不想结婚？"

蒋苑摇头："没考虑过。"

夏早："我以前一直觉得江丛羡没有人情味，可现在看来，你才是最没人情味的那个。"

人情味？

蒋苑笑了一下，嘴里叼着一根没点燃的烟，出了电梯。

很久以后，夏早仍旧记得那个笑，因为那是蒋苑第一次因为她的话而露出笑容。只可惜，那个笑不温柔，也不开心，更像是冷笑。

因为去医院看望江云漾，所以晚了半个小时才去学校，人都已经走光了。

蒋苑不确定唐安安走了没，但接送她是他的任务，所以不管她走没走，他都会过去。

车子停在校门外的马路边，他下车抽烟，站在那儿等了一会儿。

盛夏的六点，太阳还没落山。香樟树遮挡住大半的阳光，地上落着零散的光斑。

唐安安看到他了，她从保安室里出来，背着她的双肩包。原本挂在拉链上的皮卡丘已经不见了，只剩下一条绳子，空荡荡地吊在那里。她脸上有伤，校服上也有几个脚印。

走过来开车门，拉了几下没打开。

蒋苑看到她脸上的伤，把车锁开了。

唐安安坐进副驾驶，开始系安全带。

"我今天给你发消息你怎么不回啊，没看到？"

他把烟掐了，上车。

"看到了。"

那就是故意不回的。

唐安安点了点头："今天烹饪课，我做了我最拿手的蛋糕，还特

月下娇

地给你留了一块。

"可惜被隔壁班的几个女生踩烂了。"

蒋苑专心地开着车。

车内挺安静的，唐安安丝毫没有讲过一句责怪他的话。

因为他迟到了半个小时而导致她挨揍，或是他故意不回自己的信息。她甚至都没把挨揍这件事放在心上。

看到他车上的小摆件，她眼睛"噌"地一下就亮了："你这个是在哪里买的？"

蒋苑罕见地给了她回应："我侄女做的。"

"哇，我好久没有见过这么丑的粘土娃娃了，我用脚捏都捏不出这样的。"

"……"

蒋苑把东西抢过来，重新放好。

"你居然还会生气？"她跟发现了什么新奇的宝贝一样，"机器人居然也会生气？"

"你安静一点。"

她听话地点头："哦。"

她脸上的伤其实还挺严重的，青紫了一大块，应该挺疼。但她看上去没多大的反应，就好像这伤是在别人身上一样。

她低头看了会儿漫画书，看到一半又晕车。

蒋苑把车停在一个有公厕的路边，等她吐完。

唐安安从公厕出来，吐的腿都软了："里面太臭了，我吐了一遍以后被恶心得又吐了一遍。"

蒋苑看了一眼她的衣服，上面的脚印已经清理干净了。

重新坐上车，她犹豫着问他："我今天可以晚点回家吗？"

她不想让他家人看到她这副样子。

蒋苑就是个机器人，迂腐得很。

让他送她上下学，他就只送她上下学，中途她想去朋友家都不行。但是只要把她送到了目的地，他就不会多管一件闲事。可能她死在他面前了，他也不会管。

真是个奇怪的人。

蒋苑看了她一眼，最后还是掉转了方向。

他带她去看了一场地下拳击，看着他们在台上打到鼻青脸肿的，底下的人却在尽情欢呼。唐安安还是第一次直面这么血腥的场景。

"你居然喜欢这种，不觉得很野蛮血腥吗？"

他手搭着观众护栏绳："我就是喜欢这里的野蛮和血腥。"

倒是个不意外的回答。

"哦？"

"脱离人性，凌驾于力量的野蛮，才是最真实的一面。在这里，只有输赢，无关其他。"

真是个奇怪的人。

"不过应该没有女孩子喜欢这种吧。"

"有。"

"嗯？"

他眼睛看着拳台："你左手边第十个位置。"

唐安安好奇地将眼神移了过去，她左手第十个位置上坐着一个穿着黑色露腰短 T 恤，军绿色工装裤的女人。此时她长腿交叠，姿势懒散地坐在观众椅上，黑色马丁靴晃啊晃的。

她神情专注地看着拳台上的比赛，偶尔眉头皱起，露出一些紧张的神情。

她长得很美，是那种野性的美。

唐安安认识她，夏早，她听过她的歌。

"居然是夏早。"

唐安安看了一会儿，想不到像她这种明星居然也会有这么奇特的爱好。

可能是觉得蒋苑不认识她，于是唐安安开始和他科普起来："那

月下娇

个女人叫夏早，很有名的，我们班好多女生都是她的粉丝。”

他并不感兴趣，视线仍旧落在拳台上。从进来到现在，他的眼神就没挪开过。

唐安安有点好奇，所以他是怎么在这么多人里面发现夏早的？难不成他后脑勺上也长了一双眼睛？

比赛最终以另一方倒在地上，再也没有力气爬起来为结尾。

裁判宣布着获胜方，夏早懒得去看胜者又臭又长的获奖感言，不爽地把帽檐往下按，戴上墨镜起身离开。

又输了。

看来她还真应该听她妈妈的，找个算命的算算。这还没到本命年呢，怎么就这么衰。又是被狗仔拍到，又是和公司解约，又是追男人失败，连追个比赛都能输。

车子拉去保养了，她今天是打车来的。

她叫了辆网约车，正站在路边玩手机边等。

不知道什么时候走过来两个人，他们应该是在看比赛的时候喝了点酒。正好看完比赛，这两个人还热血澎湃着，觉得自己也是拳台上的拳击手。

他们拦住夏早，笑容猥琐地要她的联系方式。

夏早抬眼，视线在他们脸上一一扫过，手一伸：“手机。”

竟是意外地好说话。

看完比赛以后时间也不早了，唐安安跟在蒋苑的身后悠闲地走着。

车就停在路边的停车区，刚上车，她就看到距离他们这儿大概一百米的距离，站在香樟树旁的夏早。她前面站着两个男人，看样子不是什么好东西。

唐安安去拉蒋苑的袖子：“她好像遇到麻烦了，你去帮帮她吧。”

蒋苑没说话，把袖子从她手里扯出来，系安全带。

604

唐安安对这种多数欺负少数的事情很看不惯，因为她就是这种恶行的受害者。更何况现在被欺负的那个还是她认识的女歌手。

蒋苑无动于衷，她就多拜托了几句，让他去帮帮她。蒋苑把车锁开了，看着她，等她下去行侠仗义。

唐安安不敢："我……我打不过。"

他淡漠地收回视线，虽然没反应，但也没有立刻开车走人，而是停在那儿，看着前方。

唐安安已经拿出手机准备打110报警了，那边夏早接过男人递给她的手机，随手就扔在身后的河里。

"……"

那个男人冲过去，想接，但是没接到，顿时恼了："你什么意思？"

夏早靠着树，把帽子摘了："我现在心情不太好，你们要是不想留下来当沙包的话，赶紧滚。"

原本是见她长得这么好看，还一个人，就想着占点便宜之类的，谁知道她竟然这么生猛。

那两个男人彼此对视一眼，只能认怂走人。

唐安安看得目瞪口呆，好半天，才发出一句感叹："好帅。"

一路上，她都没有停止表达对夏早的崇拜之心。

"你没关注过娱乐圈可能不认识她，她可是很牛的女歌手，发行的第一张唱片就火了。

"不过前些天她的绯闻发酵，被狗仔拍到她和一个圈外的男人同居。

"后来不知道发生了什么，她就被经纪公司雪藏了，听说是把老板揍了一顿。

"我之前还不信她会揍老板，可看到刚刚那一幕我信了。

"她要是能当我的保镖送我上下学就好了。

"长得好看，唱歌又好听，不像你，跟个哑巴一样。"

月下娇

　　蒋苑把车停在路边，车子熄了火。

　　唐安安有经验了，知道他这是在赶她下车。她下意识拉紧安全带，和他道歉："对不起，我不该说你是个哑巴。其实你也挺好的，除了见死不救、心肠硬、没爱心、不懂得尊老爱幼，也没什么太明确的缺点了。"

　　蒋苑淡淡地看了她一眼，重新发动车子，车速比刚才快了不少，平时半个小时的车程今天十几分钟就到了。当然，客观原因应该是夜深了，不太堵车。

　　唐安安和他道谢："路上小心点，到家以后记得和我发个信息报——"

　　话没说完，车子就开走了。

　　啧。

　　真是绝情。

　　因为之后是周末，所以这两天蒋苑不用去接唐安安。但生物钟已经定型，他会在七点钟准时醒过来，不管睡得多晚。

　　他打开冰箱，拿了罐汽水出来，看着电视里播放的晨间新闻。

　　手机一直在响，他错目看了一眼。看到上面的来电人时，脸色微变。

　　他没接，那人就一直打，电话铃声无间断地在响。

　　最终蒋苑还是起身，把手机拿过来接了。

　　是个女人的声音，上来就质问他："这个月的钱怎么没给我打？"

　　蒋苑沉默了很久，才说："打给你了方便你继续去赌？"

　　电话那边的音量拔高，尖厉得像是剪刀划破布匹时刺耳的声音。

　　"我生你养你，现在让你给我能打点生活费你还找借口不愿给是吧？我当初就是养条狗也比养你这个废物白眼狼要好！"

　　电视上的早间新闻里，记者正在采访一个为了救高度烧伤的女儿、甘愿用自己身上的皮肤来给她做植皮手术的母亲。那个母亲脸上满是心疼："我不怕疼的，只要我女儿没事，就是要我这条命我也愿意。"

两种声音杂糅在一块儿，蒋苑突然不知道哪种才是真实的。

可能，都不真实。

"中午之前我要是看不到钱我就死给你看！"

威胁完以后，她把电话挂了。

蒋苑没反应，眼睛一眨不眨地看着电视。

那个母亲进了病房，安慰完自己躺在病床上的女儿后，偷偷躲在外面哭——怕她看到。

钱最终还是转了过去，因为怕她再来烦他。

她活着或是死亡，对他来说区别其实不太大，反正她也没管过他。

他一直以来都是一个人。

从前为了那个男人每个月打过来的一点生活费，她勉强答应带着他这个拖油瓶。她好吃懒做，不愿意上班，又爱赌，欠了一屁股债，最后只能靠不入流的手段来还钱。

蒋苑就是在这样的环境下长大的，他见过最底层的肮脏，也见过人性的丑陋。

他和江丛羡最大的不同就是，江丛羡有报复的执念，可他没有，他更像是一个行走在迷雾中的人。

哪里有光，他就往哪里走。可他都走了这么久了，还是没看到光在哪儿。

手机又响了，这次他懒得再去看。

关了电视，拿上外套出门。

肖林得罪了人，被绑了。

蒋苑过去的时候，他已经被揍得鼻青脸肿，躺在地上，只剩出

月下娇

气了。

纪和说他在自己的场子闹事，还把人给揍了，所以他总得做点什么，不然也不好给手底下的弟兄们交代。

"蒋哥，真不是我得理不饶人，我也没想把人怎样，就想要一个道歉，你看他，死活不肯。"

把人揍成这样了，然后来一句"没想把人怎样"。

纪和递了根烟过来："抽根烟。"

蒋苑没接，绕开他，走到肖林面前："还不快道歉？"声音冷漠。

肖林道过歉了，可谁都看得出来，那人就是故意找碴揍他。

纪和啧啧叹了两声，走过去："蒋哥你看，我没说错吧，你这小弟性子太烈，得磨。"说着就抬脚踩着肖林的手，使劲碾了几下，"您手上干净，我帮您磨。"

蒋苑微皱了眉，提着肖林的后领，将他从地上扯了起来："道歉。"

肖林被揍得连开口说话都是一件难事。

蒋苑用膝盖在他膝窝上顶了一下，肖林就这么硬生生地跪在了地上。

蒋苑垂眸，淡道："可以了？"

纪和愣了一下，没想到他居然还挺下得了手。

这么久没回应，蒋苑没了耐心，眼眸半压，声音染上几分冷洌："我在问你话。"

纪和反应过来，连忙点头："可以了可以了。"

蒋苑把人扔给后面几个："带他去医院。"

这儿就是一库房，他们是有正经生意的，而且做得还挺大。南边那几个码头就是他们的，江丛羡最近有收购的打算，所以纪和就记恨上了。他不敢硬碰，只能来这些阴的。

走之前蒋苑拍了拍他的肩膀，好意地提醒了一句："以后走夜路的时候小心点，遇到坏人就不好了。"

纪和后知后觉地反应过来他话里的意思，吓出了一身冷汗。蒋苑就差没把"坏人"两个字文在自己脸上了。

蒋苑今天心情不太好，也不知道该去哪儿，索性跟着去了趟医院。

医生在里面给肖林缝合伤口，蒋苑出来透了口气。

隔壁是儿科，椅子上坐满了小孩，都在输液，身旁的大人忙前忙后地照顾着。

蒋苑将视线移开一会儿，余光瞥到了一张挺熟悉的脸，迟疑了片刻，他转头再次看过去。

那是个体形消瘦的妇人，她怀里的小男孩看上去才四五岁的样子。她抱着他，声音温柔地哄着："小粤想吃什么？妈妈去给你买。"

迷雾中行走的人总会把石壁里的那条裂缝当成光，直至满怀希望地走近，才发现那是一条死路。

而有的人从他出生起，光就在他头顶。他不用去找，光自然会跟随他。

蒋苑面无表情地看着那个母慈子孝的温馨场景。

原来对他恶语相向的人在别人面前会这么温柔。

夏早现在属于半雪藏状态，合同问题一天没解决她就一天不能开工。不过也好，她本来就没什么事业心，签公司就是为了出唱片。公司后期给她规划的路线是演员，她压根儿就不想去当什么演员。

她难得有这么闲的时候，正好可以回家待几天。

周教授这几天在家忙着研究新菜品，看到新闻了，手上卤着鸡架还不忘替夏早担忧："我听浩浩说，雪藏就是中止你的事业，合同一天不结束你一天不能出去工作。你这孩子也是，这外面不是在家里，脾气多少收敛点啊。"

苏浩那个大嘴巴。

夏早躺在沙发上看电视，遥控器一通乱按："您不用太担心，我已经找好律师了，下月就开庭，谈好违约金就行。"

月下娇

听到花钱就能解决，周教授松了一口气："缺钱就和家里讲，别自己硬抗。"

周教授是教英语的，去年退休在家，成了一个家庭主妇。但她闲不住，前几天找了个补习中心的活儿，教人英语。

"我今天下午要去上课，厨房里卤了鸡架，冰箱里有我早上做好的菜，下午浩浩来，你们热一下再吃，别点外卖知道吗？那些外卖用的都是地沟油，吃了对身体不好的。"

夏早左耳进右耳出："知道了。"

她也没有看电视的心情，一直在那儿换台，偶尔看一眼手机。

想着要不要给蒋苑发消息，可她转念一想，觉得还是算了。当面和他讲话都没回应，更别说是发消息了。

夏早叹了口气，心想，追男人太难了，追这种油盐不进的男人更难。

她刚把手机放下，就来电话了。

电话是苏浩打来的，他是夏早的表弟，比她小两岁，因为父母工作忙，所以小的时候被扔在夏家，生活了四五年然后才被接回去。也是吃了这两岁的亏，从小不是挨她的揍就是替她背锅。

"呜呜呜，早早姐，我快死了，我想在死之前见见你，可以吗？"

夏早沉默了一会儿，把电话挂了，然后给他打了个视频电话过去："见到了吗？"

苏浩："……我可是你亲表弟，你不能对我这么狠心。"

"有话就说，我忙着呢。"

"你都被公司雪藏了，还忙呢？忙着揍老板？"

夏早微笑着警告他："趁我还能心平气和地好好和你说话的时候赶紧把嘴给我闭上。"

苏浩自认自己是那种非常会审时度势的人，大丈夫能屈能伸，以光速道歉："早早姐我错了。"

"我生病了，在医院输液，你能来看看你可怜的表弟吗？顺便去隔壁酥香楼打包一份狮子头过来。医院附近的外卖都太难吃了。"

　　要搁平时，夏早不等他第二句话讲完就把电话撂了。但今天也不知道怎么着，非但耐心地听完了他所有的话，反而还鬼使神差地答应了。

　　酥香楼离她这儿半小时的车程，市一医又在完全相反的地方。

　　她这么怕麻烦的一个人，居然答应了？连她自己都觉得不可思议，但就感觉，冥冥之中有一道力在推着她。

　　她的车送去保养了，所以只能去地库随便挑了一辆她爸的车。中老年男人对黑色尤其钟爱。夏早看着车库里一溜的黑色，最终还是选了一辆稍微不那么老成的。

　　她先是去酥香楼买了份狮子头，然后绕路去医院。

　　不多不少，刚好两个小时。

　　她虽然被雪藏了，但不代表她先前做出的那点成绩也被雪藏了，她仍旧是这几年来最火的华语女歌手。所以出现在这种人流量大的地方，必要的伪装还是少不了的。

　　她站在电梯口，给苏浩发了条信息，问他在几楼。那边跟专门等着似的，秒回。

　　"23楼，504号病房。"

　　夏早看了眼旁边的提示牌，这里的电梯最高只到十楼，若是要坐高层电梯，得去二楼右边那个电梯。

　　想不到坐个电梯还得换乘。

　　医院的灯光挺亮的，亮得有些刺眼。

　　妇人哄完怀里的幼童以后，拿起一旁空掉的水杯，想去给他接点热水。才刚站起身，就和蒋苑对上了视线。

　　她其实很久没见过他了，在他九岁那年，她就和人跑了。离开了那个毁她半生的地狱，也离开了那个孽种。

　　她想彻底和从前的生活脱离开，连同这个孽种一起。

月下娇

　　蒋苑是孽种，她一直都是这么称呼他的，可最后还是不得不去找他。这个被她称为孽种的人养活了她一家。

　　每个月，她都会找他要生活费，少则几千，多则十几万，数目不定。

　　原本她还有所顾虑，不敢要太多。可是后来，她发现自己不管要多少，他都会给她，索性就越要越多。

　　她滥赌，嫁的男人也滥赌。两个人是在牌局上认识的，之后发现生活方面意外地契合，于是就起了在一起的念头。正好那个时候她苦于不知道该怎么离开那个鬼地方，甩掉那个拖油瓶。

　　那个男人的出现，就像是有人给身处黑暗中的她递了一把梯子，她丝毫没有留恋地离开了。

　　这些年的生活其实并不幸福，那个男人一输钱就会喝酒，一喝酒就会打她，一直恶性循环。唯一值得庆幸的是，他们有个很可爱的儿子，比那个孽种要可爱得多。

　　孽种和他那个爹长得太像了，都有一张会迷惑女人的好皮相。男人不应该好看，越好看的越短命。他那个爹不就是吗？十年前病死了。

　　蒋素丽开心得很，恶人终有恶报。

　　医院里人来人往，看病的、陪人看病的，在其中穿行。每个人脸上都有焦急，目的性很强。

　　蒋素丽脸色变了变，各种情绪都涌了上来。

　　按理说，她活到这个年纪，肯定比小年轻要沉稳得多，也的确，她的确比年轻人沉稳。不过面前这个男人更沉稳，沉稳得过了头，就显得她有那么点生涩。

　　他一点也不像个二十多岁的年轻人。

　　蒋素丽下意识就挡在了男孩的面前，生怕他看清自己儿子的脸："你怎么来这里了？"

　　她的眼里有明显的紧张，她是真的怕，怕他看清了自己儿子的脸，以后会对他动手。

蒋苑摇了摇头，没说话，转身准备离开。蒋素丽走过去，攥着他的胳膊把他往楼梯口扯。

那里安静，是个谈话的好地方。

刚进去就开始质问他："这个月的钱怎么才几万？"

语气非常理所当然。

蒋苑脾气算不上差，甚至可以说是很好，但干他这行的，不狠点不行，起不到震慑力。面对妇人咄咄逼人的语气，他只是轻声劝了一句："别赌了。"

蒋素丽冷笑："我赌不赌和你这个孽种有什么关系？"

是啊，他是孽种。劝诫不听，他也没办法了。

这个时间肖林应该已经上完了药。

见他打算离开，蒋素丽急忙挡住了出口："你弟生病了，需要钱动手术，我和你后爸拿不出这么多钱来，只能来找你了。"

他眼睫抬起，声音轻："我弟？"

虽然语气仍旧是那种平静淡漠的，但是个人都能听出里面的嘲讽。

"他怎么就不是你弟了？都是我生的！"

"我是孽种，孽种的弟弟也是孽种？"

"啪"的一声，蒋素丽使了全身的劲给了蒋苑一巴掌。对他来说却是不痛不痒，甚至还不如蚊子叮咬的程度。这些年来他受过的伤、挨过的揍，早让他变成了一个没有感知的石头人了。

蒋苑也不知道自己为什么会说出这番话，可能是一时的情绪失控吧。

他很少有情绪失控的时候，挺多东西看得开了，就会觉得也就那样，但可能心里还是在期待些什么。

打完人了，蒋素丽比刚才更有气势："给我五百万，我以后都不会再来烦你。"

他平静地问："我去哪里给你弄五百万？"

蒋素丽冷眼看他："这是你的事。"

应该是电路不稳吧，头顶的灯刺啦刺啦地响，暗了又亮。

蒋苑笑了一下，点头说："好，我也去做你那个行业，给你赚五百万。"

可能是因为之前的经历，蒋素丽对这种字眼格外敏感。

又是一巴掌甩过去，这次积累了更多的怒气，指甲在他脸上划了五条线。伤口挺深的，这会儿正流着血，也不知道会不会留疤。不过留不留疤他也不在乎。

蒋素丽胸口剧烈地起伏着，恶狠狠地瞪着他："好啊，你去啊！

"你那个不要脸的爹也就只给了你这张勾引人的脸了。找个富婆让她包养你，你不是挺厉害的吗？把她伺候舒服了，就有钱了。"

怎么能有母亲和自己的孩子说出这种话来？

蒋苑也只是短暂地惊讶了一下，然后就释然了。

哦，他是孽种啊。

他轻笑着点头："嗯，好。"

同意了，而且没有半点不情愿。

蒋素丽是故意说出这话羞辱人的，谁知道他竟然半点反应没有，反而还冲她笑。是那种看上去很无所谓又带点温柔的态度。

可只有熟悉他本性的人才知道这意味着什么。

他是那种不会轻易将情绪外露的人，因为他具有自我消化的能力。他不需要被治愈，也不需要去拿谁当药。野外的动物都有一个特性，那就是可以自舔伤口。他就是在野外长大的，现在的他才是最反常的。

因为积累的情绪已经没办法自我消化了，所以就变成了坏掉的人。就像是一个不间断工作的流水线机器终有坏的那一天。出现了故障，行为也开始反常。

夏早原本打算悄悄溜走的，可是手机响了。

门后面的两个人都将视线移了过来，她透过墨镜看到了，蒋苑的视线定格在她身上。

迟疑片刻后，她伸着手在空中小心摸索着，一边缓慢地掉头离开，一边小声埋怨："现在的医院怎么连个盲人通道都没有？"

为了不露出马脚，她走得很慢。

电梯人太多了，夏早只是去二楼，索性就没有和其他人一块儿挤。反正也没几步路，她打算走楼梯。谁知道就这么巧，偏偏就撞上了这么狗血的剧情。

她一直以为蒋苑是个孤儿，没想到他居然还有个母亲。不过看现在这个情况，有这个母亲还不如当个孤儿。

她从小在父慈母爱，哦，偶尔母严的环境下长大，整个家族就她一个女孩子，大家疼她就跟疼宝贝一样，所以她没办法去体会蒋苑此时的心情。

但她还挺心疼他的，被自己的亲生母亲说出这种羞辱人的话来。

只剩下几级台阶了，远离了战火中心，夏早松了一口气。

靠着墙等了一会儿，包里的手机每隔一会儿就开始响，她索性直接调了静音，打包盒里的狮子头应该也凉了。

没多久，身后的楼梯传来脚步声。

蒋苑沉默着往下走，脸上仍旧维持着平静，和平时一样。

夏早摘了墨镜，走过去，欲言又止："那个……"

他也没看她，低声问了一句："都听到了？"

"嗯。"想了想，她又说，"你缺钱的话我可以帮你的。"

蒋苑拿出烟盒，突然想到这里是医院，停顿片刻，又把刚拿出来的烟塞回去。他坦然地迎着她的视线："你用什么帮我？买我的一晚上吗？"

夏早一愣，显然没想到，这种话会从他的嘴里说出来，她长久地沉默了下去。

月下娇

蒋苑说："不要再来烦我了。"

他虽然一直都在和她拉开距离，可从来没有这么直接地说过"不要再来烦我"。所以夏早觉得，自己是有机会的。

但是此刻，她有一种无力感。

蒋苑对她的态度好像一直都很明显。

他的拒绝也很明显。

苏浩发现自己这个表姐今天非常不对劲。

从她来这儿到现在，他已经絮叨了她半个小时，埋怨她不接电话，埋怨她来得太晚，狮子头都凉了。

按照以往的经验，她这会儿已经开始锁他的喉了。可她现在居然什么反应也没有，跟中邪了一样。

他伸手在她面前挥了挥："姐，你该不会是失恋了吧？"

他嗓门大，直接把夏早叫回神了。她皱着眉："瞎说什么？"说着就去拿包，"你慢慢吃，我先走了。"

苏浩从床头爬到床尾，抱着她的大腿："别啊，姐，我还有一瓶液半没输完呢，你陪我会儿，我一个人太无聊了。"

夏早也懒得和他废话，开始倒数："三……"

不等她嘴里的"二"说出来，苏浩立马吓得把手给松了。

离开了医院，夏早也不知道该去哪儿。她心里很乱，想到蒋苑刚才的样子，和他说的那一句"不要再来烦我了"。

很明确地拒绝了，不是吗？

下雨了，唐安安坐在教室里发呆。

临近高考，她周末也是要上补习班的。蒋苑的电话打不通，人也没来。

这几天他都处于完全消失的状态。虽然他话少，但是非常有时间观念。每天早上，唐安安背着书包出来，他都已经等在她家别墅楼下了，可这几天一点音信都没有。

唐安安担心他是不是出了什么事，就找她哥要了他朋友的电话。

电话那边的男声意外的温润好听："哪位？"

唐安安礼貌地和他打过招呼："请问您是江丛羡哥哥吗？"

那边安静片刻："唐礼安的妹妹？"

"是的，您的电话是我找我哥哥要的，因为联系不上蒋苑哥哥，所以担心他是不是出了什么意外。"

男人"嗯"了一声："稍等，我帮你问问。"

挂了电话后，唐安安有些不安地坐在那里等了一会儿。铃声再次响起，不是刚才那个号码，而是蒋苑直接给她打过来的。

既然还能打电话，那就说明他还活着。

唐安安松了一口气："我还以为你出事了呢，你这几天怎么突然消失了？"

蒋苑的声音很哑，是那种不健康的哑，像是生病了。

"这几天可能没办法接送你了。"

"你生病了吗？看过医生吗？吃药了没？"

唐安安的三连问并没有等来答案，蒋苑咳嗽了几声，玻璃杯底碰撞在大理石餐台上的声音透过手机听筒落在她耳边。

他倒了杯热水："没什么事挂了。"

唐安安忙说："有的。"

他沉默，等她开口。

唐安安问他："你家住在哪里？我去看看你，顺便给你买点药拿过去。"

"不用了。"

话说完，电话就被挂断了。

唐安安盯着结束的通话界面发了会儿呆。

真是一个奇怪的人啊。

唐安安不会说话，也学不来讨好人的那套。先前欺负过她的那几个女生后来又找过她几次，想要句道歉。

"只要你和我说声对不起，在你的 QQ 空间里夸我好看，我以后就不让那些校外的混混打你了。"

唐安安不理解："我为什么要夸你好看呢？你长得又不好看。"

如此一来，彻底把仇恨值拉满了。

当天下午补习班放学，她就被那几个人拉到后门那条巷子里，一群人让她下跪道歉，不然就揍她。

唐安安不为所动："我又没做错什么，我不道歉。"

那个被她说不好看的女生此时气红了脸："你说我长得不好看！"

"可你的确不好看啊。"

她走过去扯她的头发："我让你说，我让你再说！"

"喂，打架吗？还扯头发？麻溜点赶紧走，不然哥哥我一人给你们一脚。"

不知道是谁的声音中止了这场多数欺负少数的战争。

几个人纷纷将视线移了过来，就看到一男一女站在巷子口。男的穿着白短袖和花里胡哨的沙滩裤，趿拉着一双人字拖，就像是胡同里挨家挨户收租的包租公。至于他旁边那个女人，高挺的鼻梁上架了副墨镜，巴掌脸被盖了一半，只能看见黑色裙子包裹之下的曼妙曲线。

她们再横，还是群学生，不敢和这些出了社会的人硬来，厉声警告了一遍唐安安就走了。

原本只是过来接周教授下班，谁知道竟然碰到校园暴力现场，而且还是个熟面孔。

夏早记得她，蒋苑那天接送的女孩子。

苏浩已经过去给小妹妹送温暖了："没受伤吧？别怕，那群坏人已经被哥哥吓跑了。"

唐安安和他道了声谢，眼神却全部落在他身后的夏早身上。

哪怕她又是帽子又是墨镜的，只剩下一个鼻尖和嘴巴还露在外面，唐安安还是一眼就认出了她："你是夏早姐姐？"

苏浩还挺意外的："她都快把自己裹成木乃伊了，这你都能认出来？"

唐安安自动过滤掉他的话，走到夏早面前："夏早姐姐你好，我很喜欢你的歌。"

夏早摘下墨镜，笑着感谢她的喜爱："谢谢喜欢。"

过了一会儿，唐安安又补充说完："虽然您在之前的比赛上破了一次音，还险些跑调。"

"……"

那次可以说是夏早这辈子的第一次车祸现场。当时她上了火，嗓子坏了，说话都费劲，更别提是唱歌了。因为那件事，她被嘲上热搜，挨了好几天的骂，没想到今天再次被人捅伤口。

她有点尴尬地笑了笑："哈哈哈，那次是……是意外。"

旁边苏浩憋笑都快憋出内伤了。夏早抿了抿唇，用胳膊肘对了他一下，苏浩这才强忍住笑意。

夏早问唐安安："刚刚是怎么回事？她们为什么要欺负你？"

唐安安把她是怎么得罪她们的事情原原本本地讲了一遍。

"原本有蒋苑哥哥每天接我上下学保护我的，可他这几天生病了。"

夏早眉头一皱："生病？"

夏早开车把唐安安送回去了，也没去细问蒋苑生病的事，反正和她没关系。人家之前在医院把话都说得那么清楚了，她要是再往上倒贴，那可真是太掉价了。

苏浩见她有些心不在焉的，于是问了一句："那个蒋苑你认识啊？"

夏早没承认，也没否认。

在苏浩心里等同于默认了："你该不会对人家有意思吧？想和刚刚那小妹妹抢男人？"

她单手扶着方向盘，胳膊肘支着车窗："关你什么事啊？咸吃萝

月下娇

卜淡操心。"

"不是，我这不是出于道德关心一下你吗？万一你真抢了人家小妹妹的男朋友，那你这污名可就一辈子都洗不掉了。"

这话听着格外刺耳。要不是车子还在行驶当中，夏早真的能一脚踹过去。

夏早叛逆期长，三岁就开始了，二十二岁还没结束，所以苏浩这种天生的纨绔至今没走上歪路也是多亏了夏早。头顶上有个无药可救的纨绔压着他，他哪有机会走弯路啊。

又是文身，又是搞地下乐队的，高考的时候还偷偷改志愿，非要去学音乐。总之他们家所有的男孩子加起来都没有一个夏早叛逆。

苏浩还是挺担心她做出这种缺德的事来的。

想到蒋苑说的那句话，夏早说："只是认识的人。"

没必要一而再再而三地往上倒贴，真的没必要。

夏早是有自己的骄傲的，在蒋苑这儿碰壁的次数也够多了，人总得拿得起放得下吧。

这样的想法刚生起，她又想到之前在医院听到的那些话。

他该不会真的去那啥了吧？

"最后一次了。

"好歹也喜欢过一场，要是他真去做了那种事……

"算了。"

夏早半道上把苏浩赶下车，让他自个儿打车回去，车费由她报销。

车子掉了个头，她一直在心里安慰自己。

这真的是最后一次了，肯定没有下次。

地址是她找江丛羡要的。他意外地还挺好说话，她话问出口后，他就告诉她了。夏早原本还提前打好了腹稿，想着要是江丛羡质问她的话，她应该怎么回答。

620

不过倒也不意外。

江丛羡这个人会尽量避免和自己没兴趣的人讲话，所以直接从根源上制止了她的下一句。

真是一个怪人。

她把江丛羡给她的地址输在导航上，开车过去。

蒋苑住的是个挺普通的老旧小区。楼栋之间分布得挺散的，也没什么规律，她一栋一栋地找，最后终于找到了 E 栋。

楼道的灯坏了，只有一边是亮的。颜色是柔和的暖黄，在这安静的夜晚看上去显得有点阴森。

夏早突然想起那天在医院看到的那一幕，蒋苑一人拖着别人一家好几口。看他妈那个样子估计也不是个会工作赚钱的人，家里的所有开支可能全部都是靠从蒋苑那儿要钱。所以夏早能猜到蒋苑可能缺钱，可没想到他会住在这种地方。

生活在城堡里的公主没机会体验人间艰辛。

她有些质疑地看着电梯，担心这东西也是坏的，心想着，别等到她刚进去就被困里面了。犹豫片刻，她提前拍下了外面墙上贴着的电梯维修小广告。

蒋苑住在十一楼，她按了楼层，有点忐忑地看着不断变换的数字。幸运的是，最后平安抵达了目的地。

她看着上面的门牌号，停在走廊最尽头的那间。然后按响门铃，里面一直没动静，她就一直在那儿按。

过了好久，才稍微有点声响传来。

门从里面打开，男人身上穿着再简单不过的家居服，黑色 T 恤配灰色抽绳运动裤。他的脸色有点憔悴，嘴唇一点血色也没有。

看到夏早，他脸色冷了几分，站在那儿没动："你来干吗？"

夏早手里提着她专程绕远路去菜市场买的鱼虾蔬菜，还有水果。

她担心他，好心来看他，结果这人上来就给她冷脸。夏早气不打一处来，连带着语气也不太好："来看你死了没。"

月下娇

他眉眼微抬，刚要开口，腮帮咬紧了一瞬，急忙别开脸，咳嗽了起来。

"你走吧，我没事。"

话刚说完，又开始咳了。

平时那个面无表情的冷酷猛男，此时重感冒到跟刚被蹂躏过一样，咳到面色潮红。

夏早觉得自己真是一个可耻的人，这种时候居然还有心情觊觎别人的美色。

她偏不想走："我来都来了，你坐都不让我进去坐一下？"

"没什么好坐的。"

门只开了一半，他就站在那儿，刚好挡着门，铁了心了不让她进去。

夏早绕过去把门推开，从他身侧钻进去。

"我不管，贼不走空，我可不白来。"

她话说得理直气壮，看准了他生着病，没什么力气。要搁平时，估计直接单手把她拎出去扔了。

他虽然是独居，但家里还是收拾得挺整洁的。看到所有的东西都是单人的，夏早暂时放心了，这说明他家没女人来过。

她把东西提进厨房："你继续忙你的，我给你做顿好吃的。"

她看到沙发上放着的书后猜想，在她来之前蒋苑应该就坐在那儿看书。

还真是和江丛羡一样没趣。

她一看书就头疼，上学的时候都懒得看，更别说是休息在家了。

蒋苑看了她一眼，可能是知道再说什么她也不会听，也懒得和她讲了，老实坐下，重新看起了书。

夏早一边看菜谱，一边研究那个少许盐是什么意思。她百度了一下，结果人家让她自个儿掂量。她皱着眉，有点苦恼地在那儿研究，舀了一勺盐，掂了掂，觉得不太够，又舀了一勺。

她百度过了，感冒时得吃点有营养的，好好补补，所以她想给蒋苑煮点鱼汤。

时间缓慢地流逝着，蒋苑果然没有再去管夏早，仿佛并不存在她这个人一样。

一本书看到了结尾，夏早从厨房里面跑出来，胳膊和手上全是油溅出的伤，她也没管，随便用袖子盖住。

蒋苑看着她，没说话。

夏早苦着一张脸，有点内疚，声音也轻，毫无底气："怎么办……那个锅……"她手往厨房里指了指，"锅好像……要炸了。"

"……"

信誓旦旦地说要煮鱼汤给病人增加营养的夏早最终在客厅里坐了半天。病人自己戴着口罩，忍着咳嗽，在里面给她处理烂摊子。

饭菜端出来后，被夏早糟蹋了一半的食材在他手中居然罕见地回了春，看上去色香味俱全。

夏早"哇"了一声："看不出来，你厨艺还挺好。"

他安静吃饭，没有回应。夏早也习惯了，她食量不大，平时也习惯吃个半饱，但今天破天荒吃了很多，吃到胃撑得有点痛。

难得蒋苑给她做一次饭，可能以后再也没有这个机会了。

夏早这辈子都没想过，她居然也有这么喜欢一个人的时候。

从小到大，她都是众人的焦点。读书的时候是张也陪着她，她说一他不说二的那种，她从来没有这么耐心地对待过一个人。

可能是报应来了。

蒋苑语气不变："吃完了就走吧，我要休息了。"

夏早看着他："蒋苑，你就这么讨厌我？"

他站起身，收拾碗筷："算不上讨厌。"

夏早心里突然有了点盼头："你不讨厌我？"

他摇头："我没有讨厌的人。"

不深交就不会讨厌。他人生中接触最深的就是江丛羡。

月下娇

外界对他的评价他多多少少也知道一些，说他是江丛羡养的一条狗，而且还是最狠的那一条，江丛羡让他咬谁他就咬谁。

很具有侮辱性的一个评价，但是他从未反驳过。一是觉得没必要，二是因为，的确是这样。

即便是这样，他也是一个活生生的人，即便生活把他折磨得千疮百孔，他的心也早已像石头一样坚硬，但是人类的情感他一样不缺。

这也是为什么，他愿意一次又一次地满足他母亲提出来的任何无理要求。

他没有亲人了，只剩下她一个。

蒋苑刚进厨房，把剩了的菜倒掉，准备洗碗。

客厅里夏早喊他："你的电话。"

他没回应。

"小漾的。"

片刻后，厨房门开了。他洗净了手出来，用纸巾擦拭着。

夏早已经帮他接了，因为电话响了太久她怕对面的小家伙等得着急。

她开了免提。

小家伙奶声奶气的声音传了出来："蒋苏苏，你睡了没？"

"还没有，刚吃完饭。"

难得地，他居然也有这么温柔的时候，虽然神色仍旧平淡，但也能看出一些平日没有的柔和。

"妈妈让你周末来来家里吃饭，你来不来呀？"

他点头，轻笑一声："来。"

小家伙立马高兴地在那儿拍手。

江丛羡低沉的声音也一块儿传了过来："别乱蹦，摔倒了怎么办？"

那边窸窸窣窣地响了几声，然后安静下来。

江云漾小声说："爸爸坏，我不想和爸爸说话，蒋苏苏，我现在

624

躲在窗帘后面偷偷给你打电话呢，你下次来再陪我捉迷藏好不好？"

"好。"

一旁的夏早早就被江云漾的可爱眩晕了，喊了一声："小漾，想不想姨姨啊？"

小家伙的声音瞬间又兴奋了起来："早早姨，我好想你啊，你周末和蒋苏苏一起来我家吃饭好不好？我们一起玩捉迷藏。"她怕蒋苑听到，小声告诉夏早，"蒋苏苏好笨的，每次都找不到我躲在哪里，但是我一下子就能找到他躲在哪儿。"

"哇，我们小漾这么厉害啊。"

"嘻嘻嘻，小漾厉害，早早姨也厉害。"

那边应该有人在喊她，她"嗯"了一声。

"妈妈，你刚刚说什么？我没听清。"

过了一会儿，她拿着手机问夏早："早早姨，妈妈让我问你，你怎么在蒋苏苏家？

"你是不是要和蒋苏苏生小孩啊？

"爸爸之前和我讲过，男人和女人住在一起就会生小孩，我就是这么来的。

"你们要给我生小弟弟吗？"

夏早被这四连问给问住了，她下意识看了眼旁边的蒋苑。

后者神色未变，泰然处之，没有半点异常。相比夏早的尴尬和慌乱，他显得再平静不过。

这种时候越是心里有鬼，反应就越大。

夏早不得不承认，她心里的确有鬼，但蒋苑的态度让她心凉了大半截。

"蒋苏苏生病了，所以早早姨来看看他。"

江云漾惊呼："啊，蒋苏苏生病了？那不是要去医院打针！"她顿时皱紧了眉，在那边安慰蒋苑，"蒋苏苏你别怕，打针不痛的，你不看就不会痛。"

月下娇

江丛羡的声音在一旁轻飘飘地响起，拆她的台："打个疫苗都能哭一天的人居然还有脸安慰别人？"

"爸爸讨厌！"

"行了，过来洗澡，水都要凉了。"

"我不，我还要和蒋苏苏说话。"

江丛羡根本不给她反驳的机会，已经过来拎人了："说了这么久了，还没说完？"

"还有好多话要说呢。"

"有什么话待会儿和爸爸说，快去洗澡。"

她"哼"了一声："我才不和爸爸说，这是我和蒋苏苏的悄悄话。"

她这话一说完，那边安静了一会儿。

江丛羡拿着手机，问了一句："蒋苑？"

蒋苑点头，"嗯"了一声。

江丛羡："下周你不用来了。"

不等蒋苑开口，一旁的江云漾气鼓鼓地说："要来的。"

"不准来。"

"不行不行，蒋苏苏要来，你别听爸爸的话，他是坏人。我讨厌爸爸！"

说到最后一句的时候，声音已经染上哭腔了。

小家伙其实很少哭的。她又乖，还听话，但是在脾气方面和她妈妈很像，那就是倔，倔得不行。

她的声音已经随着距离的拉远而变小了，但很明显还是在哭。

一旁的夏早沉默了很久，摊上这么一个爱吃醋的爸爸，江云漾这童年过得可太沉重了。

蒋苑有分寸，知道自己什么时候该说话，什么时候不该说话。

那边江丛羡已经去哄人了。

"是爸爸的错，别哭了，再哭眼睛就肿了。

"爸爸明天就把蒋苏苏接过来陪你玩好不好？"

江云漾不理他，还在那儿哭。

江丛羡的声音柔了好几个度："你不是想再去一次迪士尼吗？等爸爸的工作忙完了，就带你和妈妈一起去，好不好？"

似乎是筹码起了效果。

江云漾睁着婆娑的泪眼："你不许骗我。"

江丛羡失笑，抽了几张纸巾过来给她擦眼泪："爸爸什么时候骗过你？"

"我想让早早姨和蒋苏苏陪我一块儿去。"

江丛羡听到后眼皮抖了一下，行啊，都懂得提条件了。

"那你告诉爸爸，蒋叔叔和爸爸你更喜欢谁？"

心满意足的江云漾抱着他的脖子："最喜欢爸爸。"

把小家伙哄去洗澡了，阿姨带着她去了浴室。江丛羡拿起手机，让蒋苑周末还是过来。

安静了一会儿，他问他："都听到了？"

蒋苑点头："听到了。"

江丛羡笑了一下："亲生的嘛，肯定是更喜欢爸爸，你要是喜欢小孩的话，可以自己生一个。"

这话里话外的炫耀，夏早听了都觉得幼稚。看来再牛的人物在争宠这件事上都像个小学生。

电话挂了，蒋苑重新进厨房收拾碗筷。夏早也没走，就这么靠着墙盯着他看。他丝毫不为所动，专心地洗着碗。

他的手其实很好看，修长白皙，骨节分明。夏早是学音乐的，看着他的手很轻易就联想到了乐器。他的手很适合弹钢琴。

其实他给人的第一感觉就和暴力完全不沾边，明明长了一张会在校园文里被女主视为白月光的清冷高傲学霸脸，偏偏却做着一些违背他形象的事情。

她听林望书讲过一些他的事。林望书主观上是不支持她和蒋苑在

月下娇

一起的，但她也只以朋友的身份提过一次。如果夏早执意要喜欢她，林望书也不会多说什么。

每个人能都有每个人的追求。

蒋苑无论何时做事都很认真，洗碗也是。

洗干净的碗碟摞在一旁，他又冲了一遍水，然后才放进橱柜里。接着又去清洗料理台和抽油烟机。此刻的他背对着厨房门，背对着夏早，从后面看去，他个子高，肩又宽。隔着黑色T恤也能隐约瞧见里面肌肉的轮廓。

很多东西做到极致的时候，是会有两面性的。譬如看上去危险的蒋苑，同时也具备着让人踏实的安全感。

夏早盯着他的背影出了神，鬼使神差地问了一句："你喜欢现在的生活吗？"

男人擦拭抽油烟机的手顿住，不过也只是停了片刻。

"我这样的人，得先活下去，才能说喜欢。"

他说这话的时候，语气很平静。

他这样的人？他是怎样的人呢？

夏早其实很好奇。他可以选择自己的人生，江丛羡会给他这个选择的机会。

夏早觉得自己对江丛羡算不上多了解，但大概知道他是一个怎样的人。他对蒋苑，至少比对外人要好许多，他会给蒋苑选择的机会，只不过是蒋苑不肯放过自己罢了。

他已经给自己打上了标签，并且未来也打算一直带着这个标签存活。

夏早突然很想赌一把，最后赌一把，如果赌输了，她就放弃。

"蒋苑，你要不要和我在一起试试？你想要的人生、你喜欢的生活方式，我通通都可以给你。"

人总得先跨出那一步，然后才能看见曙光。故步自封在一个地方，是没办法前行的。

夏早有些紧张，同时又有点期待地看着他。

蒋苑停下了手上的动作，走到洗手台边洗手，又拿纸巾擦干，然后走到门边，把门打开："你走吧。"

赌输了啊。

夏早没有再纠缠，而是点了下头："这段时间打扰了。"她说，"以后不会了。"

保安阻止着一个女人，让她离开，说这里非拍摄相关的人员不能靠近。

蒋素丽皱着眉推他："我找人，怎么就不能在这里了？"

"请问您找谁？"

蒋素丽说："我不是说过吗？我找夏早！"

每天过来找夏早的粉丝数不胜数，保安见得多了，也懒得继续周旋。

"麻烦您现在离开，不然我们只能强制性送您出去了。"

正好夏早听到动静出来，蒋素丽看到她了，连忙招手："早早啊，是我，我是蒋阿姨。"

夏早神色微变，还是走过去，礼貌地喊了声蒋阿姨。

夏早知道她过来是为了什么，所以特地让助理把她先带去自己的休息室里。

"您先去那里休息一下，我还有最后一个镜头就拍完了。"

蒋素丽点点头，看着聚在她身边的人。

大明星就是不一样，光是伺候她的人都这么多。

因为这个插曲，夏早拍摄时很不在状态，经常走神。导致中途NG 了几次，拍摄时间也比平时多用了一个小时。

等她回到休息室的时候，蒋素丽正拿着她的水壶在喝茶。

蒋素丽站起身，笑着问她："这里面是什么茶？味道还挺好。"

月下娇

夏早说："福鼎白茶。"

茶是她妈妈给她泡的，让她倦了就喝一点。

她让助理先出去，然后问蒋素丽："您今天过来是有什么事吗？"

蒋素丽被她一提醒，才想起正事："我给你发消息你也不回，只能亲自过来找你了。"

夏早笑了笑："找我？"

"嗯。"她说，"是这样，你之前给我转的那些钱已经没了，所以我这次过来是想再找你借点。"

夏早尊敬她，是因为她是长辈，同时也是蒋苑的母亲。但这不代表她就是软柿子，可以任人拿捏。

"阿姨，我还是希望您能明白，蒋苑也是您亲生的，您这样做，对他公平吗？"

似乎没想到她会说这样的话，蒋素丽神情微变，但很快就恢复如初了："我当然知道他也是我亲生的，他弟弟生病了，他帮帮忙不行吗？"

"可我怎么没有看出来，您对他尽到了做母亲的责任？"

夏早以前一直不知道蒋苑为什么会这么死心塌地跟着江丛羡。他对他其实算不上多好，他的眼中只有林望书。

直到现在，夏早才知道。原来在蒋苑的世界里，江丛羡已经是待他最好的人了。

黑暗的裂缝中透出一抹光，人类的本能会拼命地伸手抓住。在此之前，江丛羡可能就是那抹虽然微弱，但对蒋苑来说是全部的光。

夏早不知道他到底经历了什么，可只要想得越深，她就对面前这个女人越厌恶。

"您走吧，之前借给您的钱也不用还了，我只希望您不要再打扰蒋苑。"

话说得很清楚了，蒋素丽虽然不满她现在的态度，但也没办法继续纠缠，毕竟面前这个女孩子的确和她没有关系。

两人唯一的联系就是蒋苑。

夏早那几天一直失眠,闭上眼睛就是在医院楼道口看见的场景。

蒋苑不该过这样的生活的。

夏早从小到大被保护得很好,人间疾苦和她几乎无关。她这一辈子遇到的最大挫折大概就是前段时间里的合同纠纷。除此之外,她的人生一直都过得顺风顺水,除了在追求蒋苑的路上碰过几次壁。

所以她会心疼蒋苑,从她的角度来看,蒋苑的家庭、蒋苑的过去,都是混乱不堪的。

她想给他打电话,但又不敢。

已经被那么直白地被拒绝过了,如果再厚着脸皮往上凑……

她有自己的尊严和骄傲,断不可能容许自己做出这种事情来的。

再次见到蒋苑的那天,正好张也出院,他父母从国外回来了。

两个人又气又心疼,气他的不懂事,心疼他胡乱作践自己的身体。

张也全程都很沉默,他不是那种不听话的孩子,做的那些出格行为只是为了吸引夏早的注意。

偶尔他会看她一眼。

夏早全程一副没睡醒的样子,端着手里那杯从咖啡店打包的冰咖,企图压制困意。昨天晚上失眠到凌晨四点才睡着,今天八点就被她爸妈叫起来了。

见张母气成那样,周教授上前劝她:"小孩子嘛,总有不听话的时候,再说小也这孩子是我看着长大的,他什么脾气我还不知道吗?估计就是跟着我家夏早,被带坏了。"

一旁昏昏欲睡的夏早疑惑地睁开了眼睛,有点无辜:"怎么突然扯到我身上了?"

周教授瞪她一眼:"大人说话小孩子插什么嘴?老实喝你的咖啡!"

月下娇

"哦。"

张母叹了口气："我现在就希望他能安心把学业完成，你说这突然退学算个什么事？"

"我会好好劝他的，你啊，就别太担心了，本来身体就不好，要是再急出个什么毛病，你让你家老张怎么办？"

周教授能说会道的，三两句就把张母给哄好了。

张也换好衣服出来，周教授过去扶他的胳膊："身体好些了没？"

张也点头："好多了。"

周教授是丈母娘看女婿，越看越喜欢，脸上的笑容都攒不住了："听周阿姨的，以后少和夏早一起玩，等你们结婚了，有的是时间在一起，现在首要的是先把学业完成，知道吗？"

张也脸一红，看向夏早。后者皱着眉，一脸不爽："妈，你乱说什么呢？"

"我怎么乱说了？你和小也的婚约那可是从小就定下的。"

夏早懒得继续讲，避开了这个话题："我去趟洗手间。"

周教授和张也的母亲在一起聊来聊去，话题最后都会绕到他们两个的娃娃亲上。

夏早对张也是一丁点那方面的想法都没有，这种幼稚到极点的娃娃亲自然不作数。她故意在里面多待了一会儿，确定她们差不多快聊完以后才出去。

出来时正好看到等在外面的张也。

在医院住了这么些天，他的气色已经恢复了。看到她了，张也主动走到她跟前："我听周阿姨说，你没吃早饭。"

他把兜里的糖拿出来，递给她："这是我自己做的，你最喜欢的蔓越莓味。"

夏早有低血糖，不吃早饭就容易头晕，所以身上总是备着点甜食或是糖，张也去学烘焙也是为了她。

夏早推开他的手："行了，你自己留着吃吧。"

然后就要走，可走着走着又停下了。

人生可不就是一个圈吗？绕来绕去总会遇到。

夏早看着蒋苑，这些日子没见，他好像又瘦了一点。

下颌线越发锋利了些，头发也剪短了，换成了干净利落的寸头，显得五官轮廓更加深邃。他是比较硬朗的长相，骨相很好，让人过目难忘。

他此刻手里提着一袋小孩子才会喜欢的那种零食，应该是过来看望病人的。

夏早一时不知道该说些什么，可是又不舍得就这么离开。

这么久没见，她还是没法欺骗自己的内心。她想他，想得不得了。

最后还是蒋苑先开了口。

他看了眼站在夏早身旁的张也，然后才低声问她："可以聊聊吗？"

夏早点头："可以的。"

张也没跟过来，夏早让他先回去等她。他不放心地看着蒋苑，直到夏早保证，她很快就会回来后，他才肯松口离开。

蒋苑并没有询问张也是谁，夏早也不意外，毕竟他也不可能在乎这个。他连她都不在乎，又怎么可能会去在乎她身边的人呢。

走廊不算安静，经常有病人和家属走动。

沉默过一段时间，蒋苑才出声问她："她去找过你？"

夏早知道他口中的她指的是谁，犹豫片刻，还是点了点头。

蒋苑也没说什么，只是和她道歉，然后问她："你的卡号是多少？"

夏早一愣："什么？"

他说："我把她找你借的钱还给你，以后她要是再去找你，你可以告诉我，我来处理。"

月下娇

夏早最开始对他动心，是因为他的声音，声线很温柔，平淡地讲话时都很撩人。他本身就是一个温柔的人，哪怕他揍人揍得再狠，仍旧改变不了这一事实。哪怕是对待自己不喜欢的人的骚扰，都从未表现出太多的不耐烦。

夏早和他告白过无数次，说喜欢他，哪怕是在他很明确地拒绝过她的前提下。蒋苑每次都会听完，即使那些话她已经重复了一遍又一遍。

现在的他同样也是，耐心细致地解决问题，不想给她添一丝一毫的麻烦。

但夏早就是挺难过的，很突然地，心中生出了一种失落的念头。

蒋苑是真的一点也不想和她沾上关系啊。

她深呼了一口气，尽量表现得很平静："嗯，我待会儿微信发给你。"

蒋苑说："这些天，麻烦你了。"

她摇头："不麻烦。"

看了眼他手里提着的东西，夏早还是没忍住，问了一句："你怎么知道你妈妈找过我？"

"她告诉我的。"

蒋素丽给他打了个电话，把他约出来。用的还是老办法，威胁逼迫。

看到蒋苑，她直接告诉了他，这些天他弟弟的医药费都是从他那个叫夏早的女朋友那里要来的。

蒋苑其实很少发脾气，他几乎没什么脾气。哪怕蒋素丽用再狠的言语去侮辱他，蒋苑都没有反抗过一句。

被抛弃的次数多了，他就很怕会失去一些东西，亲情也好，喜欢也好。被抛弃的滋味不好受，他体会过。与其中途被扔下，倒不如一开始就没有拥有过。

可听到蒋素丽说出那些话时，他突然有种无力感。

是啊，他不光一无所有，甚至连未来都看不见。像他这样的人，可能某天就会死在这座城市里的某一个阴暗角落，变成一具烂掉臭掉的尸体。

他从未回应过夏早的感情，只是想让她放手，和他这种人沾上关系，是不会有好下场的。

可人生就是这样，你越是逃避，它就越让你去面对，夏早最终还是被他连累了。

也是从那天起，蒋苑彻底想清楚了。

既然都被抛弃过一次了，为什么还奢望会被捡回去？这次过来，他只是想以哥哥的身份看望他那个同母异父的弟弟，之后不会再和他们有任何联系。

那边周教授已经挽着张母的胳膊过来了，张也乖巧地站在一旁。

看到夏早，她喊了一声："电梯快来了，你还傻站那里干吗呢？"

蒋苑听到声音，往那边看了一眼，然后和夏早说："我先进去了。"

夏早迟疑片刻，点了点头，转身过去。

周教授问她："刚刚那个男孩子和你是什么关系？"

夏早不想和她深入聊这个话题，随口敷衍了一句："朋友。"

"哪个朋友啊？我怎么没见过？长得可真好看啊，有女朋友了吗？我看你表姐和他年龄挺搭的，你要不在中间搭个线？"

夏早不满地嘟囔："行了啊，我才不想当媒婆呢。"

刚好电梯门开了，夏早急忙进去，强行中断了这个话题。

周教授和旁边的张母埋怨："你看看，你看看，这个孩子真是越大越不听话。还是你家小也懂事，小也要是我的儿子，我估计能比现在年轻最少十岁。"

张母被她这话逗乐了："我就觉得夏早这丫头挺好，讨人喜欢，我就一直想要个女儿。"

月下娇

"那可不正好，等她和小也结婚了，咱们的愿望就都满足了。"

电梯里传来夏早的埋怨："妈，你怎么又在乱说？"

"我怎么乱说了？你和小也的娃娃亲那可是你爷爷当年亲自写的婚书。"

蒋苑将视线收回来，推开病房的门，不再去听身后热闹的对话。

那些平淡温馨的烟火气不属于他。

因为忙着筹备新专辑，夏早把自己关在录音室，整整半个月没出过门。只要是涉及她喜欢的领域，她可以没日没夜不停地钻研。

周教授偶尔看不下去了，会劝她出去散散步，透会儿气。像她这样，迟早会闷出病来的。

夏早一边点头应着，一边去修改填词，修改曲子。她的专辑从作词、作曲到编曲每一步都是自己亲自操刀。

人忙起来的时候，就没有那些闲心去想其他事。

譬如失恋。

夏早不希望自己分出闲心来想蒋苑。很多时候她都不太明白，他为什么要把事情做得那么绝。如果不是特别讨厌她，为什么要拒绝得那么干脆，一点机会都不肯给她。

人总不能在一个地方栽人多次。夏早也想清楚了，就这样吧。反正她的追求者也不少，要是真想谈恋爱了，随便答应一个不就行了，犯不着非得去喜欢一个不喜欢自己的人。

时间过得很快，眨眼间，她已经闭关半个多月了。

连着好几天都有雨。

夏早把乐谱封袋，拍了张照片发微博。

　　夏早：下次见。

评论很快就堆起了高楼。

"啊啊啊啊啊啊啊是新专吗！！！期待期待！！！"

"终于等到了，原本年头就能见到新专的，垃圾公司给我死！"

"我看到上面的作曲和作词的人名字了，全是夏早，女儿好棒，妈妈很欣慰。"

"女儿的下次演唱会在什么时候？呜呜呜呜妈妈好想你。"

……

夏早随便刷了会儿评论，打着哈欠去了客厅。

手机先后进了两条消息，陈兆喊她去喝酒。

她看了眼时间，才九点半，时间还早。

家里今天没什么人，她爸妈去走外地走亲戚了，过几天才会回来，正好没人管，想多晚回来都行。夏早穿上外套，拿着车钥匙，问了他地址就出门了。

还是他们以前读书的时候就经常去的老地方。

陈兆大学也是学音乐的，毕业后败给了现实，成了社畜大军中的一员。前些天辞职，顺带泼了领导一脸咖啡。

夏早去得晚了点，他拿着酒杯起哄："老规矩，迟到了自罚三杯啊。"

夏早接过酒杯，爽快地喝完了，然后找位置坐下："听说陈老板离职前还泼了领导一脸咖啡？"

陈兆摆了下手："嗐，是那女的有问题，说是去出差，只开一间房，把我骗进去就开始动手动脚，我一大老爷们，怎么可能受这个委屈？"

夏早眉一挑："还有这事？"她上下打量了他一眼，"哎，这么一说，我以前怎么没发现你长得这么眉清目秀？不去陪酒真是可了惜了。"

听了夏早的打趣，他笑道："这么久没见，你这嘴还是这么损。"

夏早拍了拍他肩，语重心长道："我这不是在给你提建议吗？多好的职业啊，你这外貌条件，不出半年的时间，准保干到头牌。"

月下娇

　　陈兆端着酒杯："到时候你可得光顾一下我的生意啊。"

　　夏早面前的酒杯空了，她拎着酒瓶倒满，然后和他碰了下杯，一口饮尽："那当然了，我们兆哥好不容易下海一次，作为朋友的我怎么能不去光顾呢？到时候我拉上寻琳琳她们几个，一块儿去。"

　　旁边有人接过话茬："那算我一个，去给我们兆哥撑撑场面。"

　　陈兆一脚踹过去："你去干吗？老子还嫌你脏呢。"

　　"什么年代了？还搞男女歧视。"

　　他们这些人也挺久没见面了。大家都忙着实习找工作，进了社会以后，挺多东西都变了。

　　陈兆问夏早："张也那事还没搞定吗？"

　　一提到他夏早就头疼："不肯回学校，他妈正劝着呢。"

　　陈兆"啧"了一声："要我说你干脆和他在一起得了，人家老早就喜欢你，喜欢到现在了，那些追求他的女生他看都不看一眼，这么死心塌地的男生不好找了。"

　　夏早苦笑了下："可不是难找吗。"

　　最难找的那个非但让她碰上了，还死心塌地地喜欢上了。

　　夏早有时候也会想，他的眼里到底什么时候才会有她。

　　可能得下辈子吧。

　　蒋苑是过来接江丛羡的，司机家里出了点事，请假回去了。

　　儿童座椅上，江云漾睡得很熟。

　　林望书今天早上抱着她去了蒋苑家，还拿了一袋尿不湿，把她硬塞给他。

　　"我这几天有点忙，她爸爸也是，就麻烦你带她几天。"

　　江云漾一看见他就伸着手要抱。

　　蒋苑在家陪她玩了一天，直到晚上的时候，她玩累了，抱着他的脖子让他哄自己睡觉。

　　小家伙的声音又软又糯，亲了亲他的脸，安慰他："蒋苏苏不哭，弟弟没了，小漾陪着你，小漾永远都不会离开蒋苏苏的。"

然后蒋苑就不说话了，哄她睡觉时的笑颜逐渐隐了下去。

这些天隐忍的情绪，被她这句话轻易地挑破。

他抱着她，红了眼。

是难过的。

当然会难过，他没办法理解，为什么那个女人会把一切都推到他身上。他靠自己活到这么大，不算顺利，甚至可以说是卑贱，欠她的也统统还回去了。

人生不如意之事十有八九，可他的不如意却是十成十。

江云漾像妈妈哄她那样哄她的"蒋苏苏"，最后哄累了，就靠着他的肩膀睡着了。两人就保持着这个状态，直到江丛羡的电话打过来。

蒋苑不放心把她一个人放在家里，就带着她一块儿过去了。

酒吧里面太嘈杂，他担心会吵到她，把她放在车内，空调调到最舒适的温度，替她盖好了薄毯，然后才进去找江丛羡。

人群的声音太过热闹，其中杂糅的一道有点熟悉，于是他偏头看了一眼。

夏早笑得恣意明艳，手里举着酒杯："那当然了，我们兆哥好不容易下海一次，作为朋友的我怎么能不去光顾呢？到时候我拉上寻琳琳她们几个，一块儿去。"

蒋苑看着这样的她，突然有点挪不开视线。

她只有在自己的世界里，才能成为一朵娇艳向阳的花，一旦靠近他，就会逐渐枯萎。

他的人生已经过了一塌糊涂了，不能再去连累别人了。他坏掉了，没人能把他修好。

江丛羡没喝多，他时刻都记着林望书的话，就算是应酬也是以茶代酒。这次叫蒋苑过来，也是知道了他家里发生的那些事。

从酒吧出来后，他看了眼停在远处路边的车，里面的灯光是舒适的暖黄色。后排的儿童座椅上，坐着一个正熟睡的小家伙。

江丛羡看了一会儿，然后将视线移了回来，递给他一根烟："接下来有什么打算？"

蒋苑接过烟，没点燃。

"挺想去江城的。"

江丛羡抬眸："江城？"

他点头，笑了笑："小的时候你不是告诉过我江城甜食很多吗？"

经他这么一提醒，江丛羡才想起，小时候的蒋苑特别喜欢吃甜甜的东西。糖果、蛋糕，只要是甜的他都喜欢。所以江丛羡告诉他，江城的甜食很多，那里的人闲下来了，就会自己动手做各种各样的糖果，连主食都是蛋糕。

那些都是看他年纪小骗他的，谁知道他不光相信了，还信了这么多年。

江丛羡不爱吃甜，在他身边跟了这么多年，蒋苑也渐渐不再碰甜品。

可能是突然想通了吧，人在这个世界上多活一天，未来就会少一天。如果再不抓紧去做一些自己一直想做的事，可能就真的没机会了。

"没想过要结婚？小漾可是很替你操心呢，天天在我耳边念叨，说要给你找个婶婶，陪着你。"

提到江云漾，两个神情淡漠的男人脸上都露出一点宠溺的笑。

蒋苑摇头："没必要祸害人家了。"

江丛羡自嘲地笑道："你要是能像我一样冷血，人生至少会比现在好过一些。"

江丛羡可能是这个世界上最了解他的人了。

他就像是一座漂浮了很久的孤岛，不会沉没，但也靠不了岸。只能终日在沉寂危险的海面，看着远处热闹的万家灯火。但凡他冷血一点，不那么在乎感情，也不至于成现在这样。

可人生就是这样啊。

每个人都有自己的特点，也有自己的人生。

他既然选择成为一朵有温度的花，就得去承担这一切。

没办法改变的。

蒋苑咬上烟，推开打火机点燃。

"你还记不记得以前，你说要带我去后面的老房子里冒险，别人都说那里闹鬼，我很害怕，你说会保护我。结果进去以后你就躲起来了，我吓得一直哭。"

提到以前的往事，两个人明显都轻松了许多。

江丛羡垂下眼眸，喉间发出低低的笑声："当然记得，你怕我被鬼抓走了，明明自己怕得要死，还一边哭还一边找我。后来找到我了，你还抱着我，让我别怕。"

时间已经过去太久了，那个时候他们都还很小，江丛羡八岁，他五岁。一眨眼，他成了家庭美满的父亲，而蒋苑，还是那座漂浮在海面的孤岛。

江丛羡的梦想是拥有一个属于自己的家，他又何尝不是呢？越是缺什么，就越想要拥有什么。江丛羡的幼年至少还有一个疼爱他的姐姐，可他什么也没有。

蒋苑比谁都想要一个寻常的家。

他没有多么远大的抱负，只想在回家后，能看见有人为他留一盏灯。生病受伤的时候，能有人问他一句疼不疼。

这些在外人眼中看来很容易满足的小事，于他来说却格外奢侈。

江丛羡问他："决定了？"

蒋苑知道，他是在问他去江城的事。

他点头："决定了。"

江丛羡说："要是让小漾知道了，估计得哭个七天七夜。"

蒋苑无奈地低笑："我会回来看她的。"

江丛羡皱眉："你这弄得怎么像是你的女儿一样？"

他的醋劲总是不分场合时候出现。

蒋苑仍旧只是轻笑着："可能吧。"

江云漾很可爱，仿佛只要看着她，就会觉得所有的负面情绪都烟消云散。有时候蒋苑甚至会短暂地生起一点恶念，如果她是自己的女儿就好了。

但也只是一瞬。

"这几天让她陪陪你吧。"

江丛羡拍了拍他的肩，然后过去看女儿了。她向来睡得熟，打雷都不会醒。江丛羡把车门拉开，看了江云漾一会儿，才给特助打了个电话，让他过来接他。

"早点休息，别想太多。"江丛羡说，"你弟弟是病死的，和你没关系。"

蒋素丽来找过蒋苑，又哭又闹，让他赔她儿子，她真的是任何事情都能推到蒋苑身上。她哭了很久，几次险些晕厥过去，蒋苑无动于衷，任她打骂。

"当初要不是你，我也不至于落魄成那样。

"都是因为怀了你，我的人生才会一塌糊涂。

"我原本就没打算把你生下来，我吃堕胎药都没把你流掉。

"你小的时候害我，现在也害我。

"死的那个人为什么不是你！"

蒋苑想，对啊，死的那个人为什么不是他？为什么当年的堕胎药没有把他给流掉？

他也很困惑。

江丛羡走了，蒋苑目送着那辆车离开，然后才上了车。

驾驶座上，放着一个铁质的盒子。包装很熟悉，是小的时候明月姐姐经常给他买的糖。

手抖了一下，他微抿了唇，笑了，只是笑容挺苦涩的。

才刚到家，江云漾就醒了。蒋苑帮她洗完澡，然后抱她去睡觉，她不肯睡，说要看电视。

小家伙的精力很充沛，越是晚上就越有精神。

蒋苑突然想起了林望书把她抱来时提醒的那句话："你千万别让她白天睡太久。"

他顺从地抱她去了客厅，给她调了动画频道。

她看得很认真，还不时和蒋苑讲下重点："喜羊羊是故意让灰太狼把他抓走的，因为他要去救他的朋友。"

蒋苑露出恍然大悟的神情："这样啊。"

江云漾下巴抬着，露出点得意的神情："喜羊羊很聪明的。"

蒋苑轻笑着捏了捏她的脸："嗯，很聪明，和我们小漾一样聪明。"

电视里，灰太狼出来了，江云漾一改刚才得意的样子，吓得直往蒋苑怀里钻。脑袋埋在他的胸口，不敢看，连声音都不敢听。

蒋苑替她捂住耳朵，无奈地摇了摇头。又怕又爱看。

她白天睡得太饱了，晚上一点困意也没有，半夜嚷着肚子饿，还让蒋苑给她做一份菜单，她想吃什么自己点。

难得可以不用被爸爸妈妈管，自然要任性一些。

只要是她提的要求，蒋苑都会满足。他写了几样她爱吃的，知道她不认识字，还专门在旁边画了图。

江云漾看哪个图画得好看就点哪个，最后点了蛋炒饭和蔬菜沙拉。她不爱吃蔬菜，只肯吃上面的沙拉酱，蛋炒饭倒是全部吃完了。饭吃完了，又缠着他给自己讲故事。一直到后半夜了还精神得很。

蒋苑喝了几杯黑咖啡，才勉强压制住困意。他一直陪到了早上，直到哄她睡着以后，蒋苑才有时间喘一口气。

他去阳台点了根烟，看着日出，有些出神，也不知道在想些什么，也可能什么都没想。

烟抽完了，他也简单地去补了个觉，可连三个小时都没睡足就

月下娇

醒了。

他失眠了。

他起床又抽了几根烟解乏，然后去了客厅，打开电视。遥控器握在手里，犹豫很久，最终还是调到了娱乐频道。娱乐新闻不间断地放送，大多数都是一些艺人的采访或者最近新的八卦。

蒋苑很少关注这些，上面的人他几乎都不认识。虽然没什么兴趣，但他也没调台，就这么看着，仿佛在等什么。

这个综艺结束了，播放几分钟的广告，又到下一个综艺，中途再播放几次广告，最后又跳到下一个综艺。反反复复地，就这么从九点看到了十一点，终于在上面看到了一张熟悉的面孔。

夏早在后台化妆，同行的艺人举着摄像机进了她的化妆间。她坐在椅子上打哈欠，手上拿了一本不知道从哪儿翻出来的书，边角都旧得起毛边了。造型师正在给她卷头发，刚做到一半，一边是卷的，一边是直的。

"让我们来看看，这是哪位爱学习的小可爱？"

听到声音，夏早疑惑地抬眸，正好看到对着自己的摄像头了。

艺人叫林景，跟夏早是同一家公司的艺人，因为有共同的爱好，所以两人私下也会有联系，也是夏早新歌 MV（音乐短片）的男主。

夏早合上书："这个机器该不会开着吧？"

林景说："当然了，没看到上面的小红点啊？"

他调整了一下拍摄角度，让她看上去更好看一点。

"来和大家打声招呼。"

夏早看着镜头，挥了挥手："大家好啊，我是夏早。"

笑容挺官方的，和她平时的笑一点也不同。

"这么简单吗？"

夏早笑道："那不然呢？"

林景故意逗她，假装自己是主持人，在那里采访她："那么我们就是采访环节了，请问夏早同学对这次的 MV 搭档有什么看法？"

夏早手撑着下巴，似乎在挺认真地想："看法啊？看法就是挺便宜的。"

摄像机后面伸出来一只手，轻轻打了一下："你好好说。"声音里带着止不住的笑意，"再给你一次机会，我贵还是便宜？"

她妥协地点头："贵，贵得很，我们小景最贵了。"

一旁围观的工作人员突然开始起哄。

夏早不明所以地看了一眼："你们这么兴奋干吗？"

林景提醒她："夏小姐，撩人不负责是犯法的，希望你能遵守法律，对我负责。"

夏早两只手合在一起，主动递给他上拷："那我还是坐牢吧。"

后台的访问持续了很久，蒋苑一言不发地看着。夏早和他的人生行进在两个截然不同的世界里。

她生活在光里，一切都是美好的。蒋苑不能将她也拉向淤泥，这对她不公平。

他是个很理性的人，懂得压制自己的情绪，包括感情。

他从一开始就做好了离开的打算。

江云漾醒了后就在床上哭。蒋苑帮她把尿不湿给换了，给她冲好了奶，又试了下温度后才拿给她。然后他就坐在一旁，看着她小口小口地咬着奶瓶。

"今天想去哪里玩？"

她抱着奶瓶："我想去找早早姨。"

蒋苑愣了一会儿，笑道："不能先陪陪蒋叔叔吗？"

"我和早早姨一起陪蒋苏苏。"

"早早姨会很多好玩的东西，她肯定会让蒋苏苏高兴起来的。"

来之前妈妈告诉过她，让她好好陪着蒋苏苏，他最近心情不是很好。江云漾每次心情不好的时候，看到早早姨心情就好了。她知道很多好玩的地方，还会带她去吃很多很好吃的东西。所以她觉得，有早早姨陪着蒋苏苏，他肯定也会高兴起来的。

蒋苑摸了摸她的脑袋："有小漾陪着蒋叔叔就够了。"

她有点难过："可是小漾不能让蒋苏苏高兴。"

"蒋叔叔现在就很高兴。"

"骗人。"她小声嘟囔着，"蒋苏苏高兴的时候根本不是这样子的，蒋苏苏高兴的时候眼睛亮亮的，才不是现在这样，像快下雨的阴天，黑黑的，什么也没有。"

才两岁，怎么就懂得这么多？

蒋苑抱着她："那就好好陪着蒋苏苏，好吗？"

她搂着他的脖子，肉嘟嘟的小脸在他脸上蹭了蹭："好！"

她说要陪着他，就是真的一直陪着他，一刻也不能从他肩上下来。蒋苑想上厕所了，哄她先下来一会儿，她也不肯，蒋苑只能先忍着。

今天天气不错，不热不冷的，他抱着她出去散了会儿步。

他在这座城市生活了二十多年，终于要离开了，他想在离开之前，把该做的全部都做一遍，以后可能就没有机会了。

可是什么该做，他一时又想不起来，好像也没有。

他一直都不是以一个个体的身份活着的，一般都是江丛羡让他做什么他就去做什么。

后悔吗？

当然不。

怎么可能会后悔呢？

蒋苑其实没想过要走到今天这步的，他没想要对自己做得这么绝，但很多事情，积累得多了，真的不是普通人可以承受的。

小的时候，他渴望多得到一些母亲的关注。他努力地学习，拿了第一名的好成绩回家，却在门口听到那些不堪入耳的声音。他不敢进去，只能抱着书包蹲在外面等着。

男人开门出来，看到他了，摸了一把他的头发，和里面的女人笑道："你家这小子长得挺好看啊，以后你退休了，可以让他来接你的班。"说完，他还惋惜地叹了口气，"可惜是个男的，要是个女娃娃，我还能帮着照顾下生意。"

蒋素丽娇嗔着和他打趣："你乱说什么啊？"

她目送着他离开，在看到蒋苑的那一刻却收了脸上的笑，只剩下厌恶。蒋苑被她的眼神吓到，也忘了将那张全校第一的成绩单拿给她看。

直到后来，她抛下年幼的他和其他男人跑了。那段时间，他是靠政府补助才勉强活下来的，九岁就已经开始自己买菜做饭，上学放学。

夜晚的时候，一个人躺在黑乎乎的屋子里，想着妈妈什么时候会回来看看他。他会向她证明，自己一个人也可以活下去，不会当她的拖油瓶。他只希望，她能偶尔回来看看自己。

这样的梦想一直持续到他十五岁，他才彻底放弃。

一次一次的希望落空，就只剩下无尽的失望。

直到他们再次见面时，蒋苑甚至以为，她终于要回来了。可她却是回来找他要钱，拿了钱去养活她现在的家。蒋苑给了，每个月都会给，甚至越给越多，因为她说，她快吃不起饭了。

可到了后来，她要钱的同时，甚至还会用言语羞辱他。她埋怨着，说是因为他，她的生活才会这么不堪。他这才得知，她过得并不幸福，那个男人一喝醉了就会打她。

那天晚上，蒋苑穿着连帽衫，戴着口罩，尾随那个男人拐进了某条巷子，将他摁在地上狠狠揍了一顿。

他的确怪过那个女人，怪她为什么会抛下他，可他从来没有恨过她。

可是后来，她居然去找夏早，她不应该去找她的。

他费尽力气，好不容易才让自己和她拉开距离，可是那个女人就

月下娇

这么把她拉了回来。

再然后，是那个同母异父的弟弟病逝。

手术失败了，可那个女人却将这一切都推到了他身上。

"你为什么活得好好的？死的为什么不是你？

"我可怜的儿子，他还那么小。

"他的人生才刚刚开始啊。"

她哭得撕心裂肺。

蒋苑突然很想告诉她："你抛弃我的那年，我也还很小，我的人生也才刚刚开始。"

可他没说，他最终什么也没说。那一刻，他终于彻底明白了，他在这个世上一直都是独身一人。从前是，现在是，未来也会是。

有些事情想清楚了，问题就自然迎刃而解了，他想到了一个解决这一切的好办法。

那就是离开这里，做回他自己。

夏早拍摄完当天的 MV 后就去找了林望书。同剧组的同事送了她一些特产，她知道林望书就爱吃这些新奇的小玩意。

林望书在织毛衣，夏早打趣她："这才刚入秋呢，你就开始织这个了？"

林望书笑道："总得先准备着，我织得慢，给小漾织完了还得给江丛羡织，估计等织完正好入冬了。"

夏早撒着娇往她怀里钻："那人家也要。"

林望书怕痒，被她弄得频频闪躲，笑道："好好好，我给小漾织完了就给你织。"

"那江丛羡呢？"

"他的最后。"

夏早满意了。

她拿着遥控器随便调了个台，看着里面的连续剧："对了，小漾

648

呢？睡了吗？"

织毛衣的手微微顿住，林望书摇头："我把她抱去蒋苑那儿了。"

一听到蒋苑这个名字，夏早神色微变，不过她很快就恢复了正常，她已经不打算和他有什么关系了。

"什么时候接回来？我这几天正好有空，可以带她去玩玩。"

"蒋苑过些天就要走了，所以我让小漾多陪陪他，可能后天。"

夏早疑惑："走？"

林望书点头："他家里出了点变故，他弟弟半个月前去世了，他妈妈跑去找他闹了一顿，还把他打伤了，说了一些很难听的话。"说着，她叹了口气，"离开这儿也好，北城对他来说，应该也没有什么好的记忆。"

听到林望书的话，夏早沉默了很久。

半个月前，她刚闭关没多久。也就是那个时候，蒋苑度过了一段不太好的时光。

林望书看出了她的异样，把手里的东西放下，问她："还喜欢蒋苑？"

夏早回过神来，摇头笑了笑："不喜欢了。我也想通了，他都拒绝我拒绝得那么直白了，我也没必要一直倒贴不是？"

林望书点头："想通了也好。"

她看了眼时间，江丛羡差不多也快回来了，于是让夏早留下来吃饭，待会儿让江丛羡开车送她回去。

夏早对江丛羡一肚子意见，怎么可能让他送自己？

"不用，我开了车的，而且我最近在减肥，下午不吃饭。"她把外套穿好，"那我就先走了，什么时候小漾回来了你再给我打电话。"

"好。"

夏早直接开车回了家，看到她家门外停着一辆 SUV，车牌号挺熟悉的。她突然有种很不好的预感。

649

月下娇

推门进去以后，果然看到了张也，以及张父张母。

周教授看到她了，让她赶紧过来。

"小也终于同意回去上学了。"

夏早走过去，叫完人以后随便找了个离张也挺远的位置坐下。

她拿了个香蕉，剥皮："想通就好。"

张也看着她，欲言又止，犹豫了一会儿，起身坐到她身旁："你现在有空吗？"

她淡淡地抬眸，看他一眼："你觉得呢？"

都面对面坐着了，还问她有没有空。

周教授有些不满她的语气，拍了一下她的腿："怎么说话呢？"说完立马变脸，满脸笑容看着张也，"小也啊，你和早早出去逛逛，我和你爸妈有话要说。"

张也点了点头，然后去看夏早。周教授见她没反应，用胳膊肘捅了她几下。

夏早只能不情不愿地起身："走吧。"

她走在前面，张也乖巧地跟在身后。

这个时间天已经黑完了，夜风很凉，路旁的香樟树被吹得树叶碰撞。这个小区绿化做得很好，随处可见繁盛的绿植，空气中都是植物的清香。

夏早裹紧了外套，走得很快。

张也腿长，很轻松就跟上了，但他一直和她保持着一段距离。

从小到大，他所做的任何努力都是在追随她。他看着她的背影，努力跟上她。

以他的分数，本可以考上更好的大学，却因为舍不得离开她，不顾他父母和老师的反对，执意在志愿上填写了和夏早相同的学校。

他的人生，一半是为了夏早，一半是为了自己。不，应该说，一大半都是为了夏早。

他看着她的背影往前走，从很久以前到现在都是这样，可是他突然不想只是看着了。

于是他义无反顾地走到她身旁，去牵她的手，脸上是倔强的坚持。

"夏早，我喜欢你。

"你应该是知道的，我一直都很喜欢你，从初中第一次见到你的时候，我就喜欢上你了。

"是一见钟情。

"我知道，你现在可能还不太喜欢我，但是你能先别急着推开我吗？

"我想再等等。"

对于他的这番话，夏早并不诧异。他喜欢自己这件事，太过明目张胆，但凡是个有眼睛的人都能看得出来。

但夏早不喜欢他。他们可以是兄妹，可以是挚友，但唯独不会是夫妻。她相信张也是明白这一点的，所以他才会希望夏早不要这么直白地拒绝他。

他的意思是，能不能，等他自己放弃。

夏早听懂了他的话外音，他们太熟了，对彼此的想法也一清二楚。

于是她点头："好。"

不远处，江云漾歪着脑袋，问蒋苑："蒋苏苏，夏早阿姨在和他说什么呀？"

蒋苑将视线移回来，冲她笑了笑："夏早阿姨现在有点忙，我们就先不去打扰她了，好不好？"

她一直缠着蒋苑，非要来找夏早。蒋苑没办法，只能妥协。

然后就看到了面前这一幕。

挺好的。

他们是同一个世界里的人，都是生活在阳光底下的。

这里的路不怎么平整，往右是下坡路，蒋苑抱着江云漾，转身离开。

月下娇

昏黄的路灯将他的影子拉成长长的一道。

这看似无奈的妥协，其实是藏着私心的告别。

可能是最后一次见面了，他也想任性一回。或许能够开口，问她一句："我坏掉了，你可以把我修好吗？"

可是现在看来，好像没必要了。

这样也挺好的。

临近春节，北城的冬天冷得刺骨。

江云漾背着书包，用脚上的雪地靴用力地踩着雪，以此来表达她的不满："爸爸每天都害我迟到！"

江丛羡蹲下身，替她把围巾围上："是爸爸的错，爸爸以后一定早点起。"

江云漾勉强原谅他了，接过他手里的牛奶，小口地喝着。

妈妈这些天出国演出了，头发都是爸爸给她扎的。虽然手艺不怎么样，但江云漾还是很满意。她坐上副驾驶座，把安全带系上。

"后天有家长会，你到时候记得来呀。"

"好。"

"蒋叔叔今年会回来过年吗？"

江丛羡看着后视镜，等旁边的车辆都过去了然后才拐弯。每次江云漾在他车上，他都格外小心，生怕把她磕着碰着了。

"我明天给他打个电话问问。"

"好！"

江丛羡垂眸看她："怎么每次一提到你蒋叔叔你都这么兴奋？"

江云漾笑道："我的蒋叔叔多帅啊，崔小花上次看到蒋叔叔的照片，一直嚷着长大以后要嫁给他呢，但我才不会让她当我的姊婶。"

他挑眉："哦？那你想让谁当你的姊婶？"

"要和蒋叔叔一样好看的。"她想了想，"我觉得夏早阿姨就正好。"

不光崔小花，他们学校好多人都喜欢夏早阿姨，甚至连老师都喜

652

欢。之前夏早阿姨去学校接她放学，班主任和其他班的任课老师拉着她拍了好久的照片。

车在校门口停下，江丛羡替她把衣服穿好，顺便叮嘱她："在学校要听老师的话，知道吗？作业按时交。"

她乖乖地点头，拎着书包和他挥手："爸爸再见。"

江丛羡站在校门外，看着她进了教室才上车。

想到刚才江云漾的话，他还是给蒋苑打了个电话。

这些年他很少回来，偶尔几次还是过来接江云漾去江城玩。那边气温适宜，冬暖夏凉，比较适合居住。江云漾本就黏蒋苑，江丛羡索性就让她每年假期都去那边待上一段时间。

电话接通了，男人的声音微沉低哑，带着点疲乏。

江丛羡问他："又熬夜了？"

"没有，最近变天，有点感冒。"

"嗯，小漾让我问问你今年过年回不回来，她挺想你的。"

那边安静了一会儿，蒋苑应了一声："好，等我忙完手上的事就回去。"

"一个人回来？"

蒋苑知道江丛羡这句没头没尾的话是什么意思，轻笑着点头："嗯，一个人。"

有了孩子以后，人的身上多少都会沾点烟火气。几年下来，江丛羡早就不是从前那个冷血的怪物了，他还是知道关心人的。

"你也老大不小了，就没想过要成家？"

蒋苑笑着说："想过，以前想过。"

"现在呢？"

"不知道。"

江丛羡"嗯"了一声，没再继续问了。

蒋苑是在江云漾放假以后回来的。她不顾北城的冬日的寒风，一

月下娇

大早就去机场等他。

早上出门前，林望书特地给她围了两条围巾，连袜子都穿了两双。她觉得现在的自己就像是一只行动不便的熊。

"熊"的身体笨重，眼神却很灵巧，一刻不停地在人群里扫视着，最后终于看到那个熟悉的身影。

她高兴地跑了过去："蒋叔叔！"

男人松开行李箱的拉杆，蹲下身，温柔地张开双臂，她整个人直接栽进他的怀里。

"蒋叔叔，我好想你啊！"

蒋苑的眉梢和眼角都带着宠溺的笑，替她把散开的围巾围好："蒋叔叔也很想你。"

江云漾窝在蒋苑的怀里不肯下来，林望书见状，说她这么大了还让人抱，让她下来自己走。她很听妈妈的话，虽然有些恋恋不舍，但还是决定自己走。

蒋苑笑道："蒋叔叔还抱得动。"

她闻言，看了眼林望书。后者见蒋苑都这么说了，也只好点了点头。

上车以后，她一直和他讲自己在学校认识了哪个好朋友，还告诉他，爸爸总是睡过头，害她上学迟早，讨厌死了。她语气软糯，小表情丰富得很，和她妈妈一点也不像，和她爸爸更不像。

蒋苑安静地听着。

今天家里设了家宴，二叔一家和林约都会过来。

还有夏早。

林约他们是中午到的，江云漾一看到他，就去拉他的手："小舅舅，你吃过饭了没有？我给你留了一盒冰激凌。"然后就牵着他去了客厅。

冰激凌是她用小红花攒的，老师奖励给她的。她不舍得吃，专门留给了林约。

林约笑了笑，伸手摸她的脑袋："谢谢小漾。"

她摇头："不用谢。"

蒋苑已经很久没回来了，离开这个地方前，他甚至没打算回来。四年过去了，很多东西也都在潜移默化中改变。

他不确定自己放下了没有，可能放下了，也可能没有。

门铃被人按响，林望书过去开门，夏早肩上和头上全是雪。她拍掉身上的雪，笑着埋怨："我出门的时候还好好的，中途就下了雪，连伞都没准备。"

她手上拿着买给江云漾的礼物："我上周去冰岛拍 MV，特地给她买的，排了好久的队。"

林望书伸手接过，笑道："她昨天还怪你不知道来看她呢。"

夏早进屋后把外套脱了："这小没良心的，也不知道关心一下她夏早阿姨在国外拍 MV 冷不冷。"

她刚要上楼去找小家伙兴师问罪，却不经意间与人群中的某一道视线对上。

四年的时间，说长不长，说短不短。记忆抽丝剥茧一般，层层分离。

周围的热闹喧哗似乎都被屏蔽了，两人就这么安静地对视了一会儿。

夏早释怀地冲他笑了笑："好久不见。"

蒋苑点头，也笑了："是挺久的。"

客厅里似乎不太适合叙旧，于是他们去了二楼露台。从这里往下看，视野所及，都是一片刺眼的白。

说是叙旧，但两个人都不知道应该说些什么。安静持续了很久，蒋苑从兜里掏出一颗糖，递给她："吃糖吗？"

夏早垂眼，看着那颗静静躺在他掌心里的糖，鼻子有点酸。但她忍住了，表面上仍旧是风轻云淡的笑容："四年过去了，想不到你还是喜欢这种口味的糖啊。"

月下娇

蒋苑愣了一瞬。

她从包里拿出那颗糖，放回他掌心。

两颗一模一样的糖，只是另外一颗明显年岁久了点，糖纸都开始掉色了。

夏早自嘲地笑了笑："你肯定想不到，我会无聊到去查监控吧。"

对面的人听到后掌心逐渐收拢，手臂垂放，他抬眸，一点点对上了那双眼睛。佯装的轻松和无所谓，像是一面镜子，在此刻全部破碎掉了。

那个夜晚，在离开之前，他放了一颗糖在她家门口。

夏早问他："江城的糖，甜吗？"

他点头："挺甜的。"

夏早轻笑："那就好。"

冷风夹杂着雨雪，下得更大了。

他们却像是没有知觉一般，陪着苍茫的天地，沉默了很久。然后，蒋苑身形微动，将两颗糖果悄悄放进了她的外套口袋。

他把坏掉的自己修好了，终于有勇气，敢稍微靠近她一点点。

凛冬已过，春日将至。

明年，会是个好天气吗？

尘封的诺言

林望书八岁那年，收到了老师送给她的第一把大提琴。上面有刻字，是她的名字。

老师是一直教她练琴的老师，她也是老师收的唯一的徒弟。

因为她不光有天赋，而且努力。

老师说，她这辈子，只收林望书这一个徒弟。

那个时候的林望书就已经开始站在灯光笼罩的舞台之上，接受万人的瞩目。

人生中第一次闹别扭也是在那天，爸爸工作忙，没能及时回来。她坐在家里看着蛋糕，一直等到晚上。肚子饿了也不肯吃东西，非要吹完蜡烛才吃。

可是妈妈打过去催促的电话被挂断了，爸爸说，他还在忙。他和林望书道歉，说明天一定会补给她一个很大的生日会。

林望书很难过，趁妈妈不注意，偷偷溜出了家。

从小性格温顺听话的她，还是第一次做出这么大胆出格的举动。

林望书本来没打算走多远，可是走着走着她发现自己迷路了。她

月下娇

不知道这儿是哪里，太黑了，连路灯都没有。

分辨不出方向，她就想按原路返回，可没想到连原路在哪里都不知道。

偶尔一点旁边住户窗户透出的微弱灯光，勉强将这厚重的夜色稀释了一点，但可见度还是微乎其微。

她害怕，肚子又饿，而且还有点冷。饥寒交迫之下，她只想回家。可是她不知道该怎么回家，她不知道哪条路是回家的路。

这条路不光黑，还异常安静，除了身后多出的那阵脚步声。

有人正小心翼翼地朝她靠近。

林望书听妈妈讲过很多坏人拐走小孩子送到山区卖掉的故事，每次妈妈都以此来告诫她，千万不要一个人去太偏僻的地方。

此时那些随着记忆逐渐泛黄的故事，全部变得清晰起来。她怕到发抖，手紧紧攥着衣摆，满脑子都是自己被卖到山区的画面。

她不要被卖到山区，她要留在爸爸妈妈身边，老师送给她的大提琴她还一次都没拉过。

想到这里，她走得很快，身后的脚步声却好像一直在跟随着她，她加快步伐，他也加快步伐。直到声音越来越近，小望书终于忍不住心里的恐惧，吓到号啕大哭，边哭边跑。

身后那人追过来，千钧一发的时候，她看见前方的石墩子旁站了个人。

在林望书眼中，那个瘦高的男孩子成为她唯一的曙光。

她喊他："哥哥！"

因为还在哭，所以声音颤抖得厉害，刺耳的呼喊声划破了寂静的夜色。

少年听到声音，抬起眼皮看向这边。或许是看到有人在，身后跟着的人心中生起了顾虑，转身离开了。

刚从一场巨大的恐惧中逃离，林望书蹲在地上，早就被吓没了力气。她一直在哭，哭到浑身颤抖，哭到全身脱力。

少年皱了皱眉，用并不热切的语气问："你怎么了？"

林望书一边哭一边摇头，拜托他："哥哥，你能给我家里人打个电话吗？"

电话是在附近一个老旧的小卖部打的，按分钟计费。

家里发现林望书不见了，早就闹翻了天，此时都在外面找。

接到她电话的时候妈妈还在哭，问她去哪儿了，也不说一声，自己快要吓死了。

林望书也在哭，一边哭一边告诉妈妈自己的地址。

妈妈让她乖乖等着，她现在过来接她。

林望书拼命点头："嗯，我一定乖乖的！"

电话打完了，她过去和那个男孩道谢。

她刚哭过，眼睛还是肿的，身上的白裙子也脏了，裙角全是泥巴。江丛羡的目光从上面扫过，没说话。

林望书抬起手，胡乱地用手背抹了下眼泪："我妈妈马上就来了，哥哥，我会报答你的。"

他嗤笑，对她话里的报答不屑一顾，抛了抛手里的钥匙，捞起放在一旁的外套搭在肩上就要离开。

才刚出小卖部的门，他脚步停下，低头看着被攥住的 T 恤下摆。那双白白嫩嫩的小手此时紧紧攥着他的衣服不放，因为太过用力，指骨处甚至失了血色。

她好像还是有点害怕，眼底泪光未消："可以……等会儿再走吗？"

语气里满是恳求。

这个时间实在是太晚了，地方又偏僻，附近只有这一家店是开着的，整条街陷入一种诡异的黑暗之中。

经过了刚才的事情，林望书莫名对面前这个今天才第一次见面的哥哥有种依赖。哪怕他长得不那么善良，甚至好像还很冷漠。可不知道为什么，她觉得他是好人。

月下娇

如果不是他，自己可能早就像妈妈之前讲过的那些故事里的孩子，被塞进面包车，然后被卖到偏僻山头。

那个哥哥不说话，一双眼睛黑沉沉的。

林望书手上的力道稍微松了松，但还是不敢完全放开。她怕自己放开了，他就会走。

老板正拿着一个老旧的计算机对账，时不时翻翻旁边的账本，瞧见面前这幕了，他笑着打趣："这么可爱的小姑娘，你就忍心让她一个人在这儿等着？"

少年有点不耐烦地说："您不是人？"

老板乐乐呵呵："人小姑娘明显不相信我嘛，你要是走了她待会又哭怎么办？我可拿这种娇滴滴的小女娃娃没办法。把我弄烦了，说不定给她扔了。"

这明显是吓唬人的话，但八岁的林望书却信了。

这下她更是不肯放开少年："哥哥……"

她颤抖着哭起来，那双大眼睛水汪汪地看着他，活像一只被人遗弃的流浪猫。

少年眉头皱得死紧，显然耐心已经彻底告罄，但他什么都没说，随手拖了张椅子坐下。

林望书寸步不离地跟着他，就站在他旁边。

他语气不善："坐，别站着碍眼。"

不知道为什么，虽然他说话的语气很凶，但林望书却一点也不怕他。她听话地在他旁边坐下。

夜晚的风是冷的，吹在身上有种寒意，林望书此时处于一种饥寒交迫的状态。

肚子"咕噜"响了几声，她有点不好意思，红着脸，伸手去捂肚子，不想让它再发出那种丢脸的声音来。可哪怕她捂得再紧也没用，肚子反而越叫越响。

明明就在小卖部里，货架上都是让人饱腹的零食，可是她没有钱。

在她肚子发出的"咕噜"声和她的抽泣声双重奏的时候，身侧多出一只白皙消瘦的手，拿着一袋面包。

"吵死了，吃完了就安静点。"

林望书看着那个夹了蓝莓果酱的面包，手伸了伸，犹豫地接过。她没拆开，就只是拿在手上，圆嘟嘟的小脸朝向他。

少年低声说了句什么，最后叹了口气："想吃什么你自己选。"

像是彻底妥协了。

什么家庭的大小姐啊，都这境地了还挑食。

有了他这句话，林望书像是得了什么特赦一样，走到货架旁挑挑选选，最后拿了一个奶油爱心的面包和一盒巧克力牛奶。

将东西拿到柜台结账的时候，她小心翼翼地回头看他。少年一抬下巴，走过来，递给老板一张纸币。

见她拿的那点都不够塞牙缝的，他问："能吃饱？"

她点头："谢谢哥哥。"

他"嗽"了一声，没说话。

他话不多，但林望书话却不少，一直拉着他问东问西。

"哥哥，我叫林望书，双木林，希望的望，书本的书，你叫什么？"

他不理她，看着自己手上那页密密麻麻的纸。林望书伸着脑袋过去看了一眼，是一些她看不懂的数字。

"哥哥。"她非常有耐心地又问了一遍，"你叫什么？我以后想报答你。"

"不用报答。"他把那张纸收起来。

"那你能告诉我，你叫什么吗？"

他看着她，眉头皱了皱："你怎么这么烦？"

她丝毫不介意他的话，反而笑容灿烂："你告诉我了，我就不烦你。"

月下娇

"江丛羡。"他没好气地扔下这三个字。

"是三点水的江？哪个丛啊？虫子的虫？"

"丛，丛林的丛，你平翘舌不分？"

"哪个线呢？陷阱的陷还是现在的现？"

"……羡慕的羡。"

她疯狂输出彩虹屁："哥哥，你的名字真好听。"

"……"

十二点的时候，林望书的妈妈来了。

雍容华贵的女人哭得眼睛都肿了，从那辆黑色轿车上下来后，她踩着她那双细高跟一路跑过来，把她抱在怀里："你吓死妈妈了，以后不许乱跑了知道吗？"

小姑娘一见到妈妈，刚才所有的委屈顷刻间全爆发了："我刚才以为我再也见不到你了，我好怕。"

女人温柔地拍打着她的后背安抚她："不怕了不怕了，妈妈在呢，妈妈会保护我们小书的。"

就这么哭了好一会儿，等林望书想起来要去感谢刚才那个哥哥的时候，才发现椅子空了，人不知道去了哪里。

她去问老板，后者笑道："回家去了，人家明天还要上学呢。"

后来好长一段时间，林望书放了学都会去那店等一会儿。

老板劝她别等了，说他也不是常来，就偶尔会来一两次，还是从这儿经过时才会过来买点东西。

林望书有点失落，因为她只知道这个地方，她不知道还能去哪里见他。

演出的日子近了，她找妈妈多要了两张门票，然后拿去给了小卖部的老板。

她告诉老板："一张是给您的，还有一张如果您能看到那天那个哥哥，麻烦您帮我拿给他。就说是我的答谢。"

她郑重其事，小小的人儿，却有种莫名的执着。

叔叔笑了笑："好，要是看到他了，我会拿给他的。不过你也别抱太大希望，就算给他了他也不见得会去。"

"会来的。"林望书不知道自己为什么会这么坚定，但是她知道，他会来的。

演出那天，妈妈让她别紧张，就按照之前练习的来。

这不是她的独奏，但她却是作为压轴出场。

观众席灯光全熄，在她演奏结束的那一刻才打开。她看见内场区第一排，坐着一个熟悉的身影。

瘦瘦高高，穿着初中校服，她握着琴弓看着他笑。

看吧，她就说，他肯定会来的。

—全文完—